珠江人家

柳桦 著

花城出版社
中国·广州

图书在版编目（CIP）数据

珠江人家 / 柳桦著. -- 广州：花城出版社，2024.4
ISBN 978-7-5749-0147-6

Ⅰ．①珠… Ⅱ．①柳… Ⅲ．①长篇小说－中国－当代 Ⅳ．①I247.5

中国国家版本馆CIP数据核字(2024)第065614号

出 版 人：张　懿
责任编辑：王铮锴
责任校对：卢凯婷
技术编辑：凌春梅
封面设计：介　桑

书　　名	珠江人家 ZHUJIANG RENJIA
出版发行	花城出版社 （广州市环市东路水荫路11号）
经　　销	全国新华书店
印　　刷	广东鹏腾宇文化创新有限公司 （广东省珠海市高新区唐家湾镇科技九路88号10栋）
开　　本	880毫米×1230毫米　32开
印　　张	20.875　2插页
字　　数	610,000字
版　　次	2024年4月第1版　2024年4月第1次印刷
定　　价	88.00元

如发现印装质量问题，请直接与印刷厂联系调换。
购书热线：020-37604658　37602954
花城出版社网站：http://www.fcph.com.cn

岭南人就像是木棉树,花开得绚烂,又挺拔入云。

自 序

《珠江人家》是我编剧并播出的第四十部影视作品。这四十部作品中，电视剧有十四部，三部在央视一套黄金档首播，两部在央视八套黄金档首播，这个成绩我很自豪。

这部戏从一张白纸到活色生香地登上央视荧屏并全网同步播出，走了一条长达三年的原创之路，所以想把它改编成小说出版，让这些人物和故事在另一种载体上继续活着。

顺便回忆一下创作过程，算是个简短的总结。

编剧是聪明人下笨功夫，接到高满堂老师邀约后，我的第一步工作就是做啃书看资料的笨功夫。后来统计了一下，不算在网上阅读的资料，我搜集的有关粤药、粤菜、粤剧和广州历史、风俗的书有一百多本，这些都被我埋头啃下来了。

我的习惯是每个新项目用一个新笔记本，写这个戏时用的笔记本记满了粤药、粤菜和粤剧的资料。每次面对陌生的行业，我都需要一点点建立起"世界观"和"历史观"，这个笔记本就是最初的蓝图。这个过程，我称之为寻找一个角色，而这次要一口气寻找三个。

我喜欢边摘抄边把灵机一动的想法写在一侧，有些想法后来放弃了，有些则最终出现在剧本中。比如粤菜方面有一条摘录："1938年日本人中泽亲礼开办广州园酒家，到1942年因经营不善转给别人，抗战胜利后作为敌伪资产公开拍卖,成为大同酒家。"这一条资料后来并入了剧中广州大酒家兴衰起伏的故事,体现"舌是心之苗"的爱国情怀。

粤剧方面记录到日据香港时期的文化特务禾田久幸助(一说为和久田幸助),在剧本中被我发展成阮飞舟的形象。

粤药方面的摘录更多,十大广药以及陈李济、何济公、潘高寿、九芝堂等老牌药铺都充满了故事,剧中老大陈山河在龙虎丹原料上写字的设计就来自其中。

细节是激发灵感的基石,也是故事的落脚点,这种在阅读中迸发出的想法,需要保持全神贯注的状态才能产生,所以我阅读资料时,一旦察觉自己陷入阅读而不再有敏感的想象,我就会立刻停下来,因为阅读不是目的,阅读迸出火花才是。

2020年10月21日,在广州第一次跟粤药、粤菜、粤剧的代表们见面、座谈和采访。高满堂老师带着我到广州、佛山、汕头一路采风,此前看到的资料被不断激活、刷新。更巧的是,那时候广州酒家正跟著名文史学者周松芳博士合作,成功复原了八十年前的民国粤菜,我们得以把失传已久的粤菜原汁原味地展现在剧中。2020年10月26日,从汕头回广州的动车上,我突然按不住冲动,奋笔疾书,写下了这部戏最初的人物构思,写了大哥、二哥和小妹在三个行业的发展脉络,现在回头看,二哥粤菜的线改变最多,而大哥和小妹的故事脉络那时已成定局,我要寻找的三个人物,遥遥在望。

寻找角色的过程不是几次采风和看着资料就能结束的,它贯穿了整个创作。其实寻找到的又何止是三个角色,剧中每一个角色都在逐渐成形。我喜欢金慧荣,在台上唱的是旦角,良辰美景奈何天,在台下却是中共地下党,枪林弹雨出生入死,为的是真正的良辰美景,是人人有衣穿、有饭吃的社会,是他为之献身的共产主义理想;陈立夏的师父陈冶冰跟韦太平的那份情感我也很喜欢；还有向往江湖的药坊老板徐南禄、良知未泯的食评人谭耀亨、雍容大度的酒楼东家冼仲隽、反面角色邝庆奎等，他们都或多或少地倾注过我的某种偏爱和揣摩，写他们的时候，或者开心，或者悲伤。

二十年前我第一次去广州，震惊于那高大的木棉树，拳头一般的花朵，那么大，那么红，那么沉，又那么陌生，"南国"二字一下子就爬上心头。现在写完这部戏，出了这本书，仿佛又看到那漫天的木棉花，依旧那么大、那么红、那么沉、那么亲切。

目　录

第一章	1
第二章	9
第三章	16
第四章	23
第五章	49
第六章	74
第七章	121
第八章	177
第九章	212
第十章	252
第十一章	290
第十二章	337
第十三章	378
第十四章	424
第十五章	472
第十六章	544
第十七章	574
第十八章	608
第十九章	650

第一章

1

"咔嚓!"

相机取景框里上下颠倒着的小女孩被拍了下来,她并不在意镜头,慢条斯理地剥着荔枝,二哥陈精卫蹲到妹妹身边,抢过她剥好的荔枝塞进自己嘴里。

大哥陈山河从照相机的黑篷布里钻出来,他伸出一根手指,酷酷地指着弟弟陈精卫,陈精卫连忙把荔枝吐在掌心要还给妹妹,妹妹翻了个白眼儿,一副懒得理他的样子。

爸爸妈妈在院子尽头的戏台上唱着戏,粤剧的特点是声音大,陈家戏班是私伙局,五架头的棚面正卖力地敲打出巨响,三兄妹不喜欢听,远远地躲到院子这一头。这是佛山远近闻名的陈家大屋,美轮美奂的满洲窗彩色玻璃和金光闪闪的潮州木雕交相辉映。

用人端着的一盘荔枝穿行在席间,戏台前青砖墁地,摆着四张方桌,广绣桌布上摆着各色荔枝和点心,荔枝带着露水,茶水冒着热气,也有酒,玉冰烧。

戏台上,佛山最大的荔枝商人陈煜卿夫妇粉墨登场,唱着粤剧《劈山救母》。

观众看得过瘾,坐在主桌上的是一伙西装革履的外国人,他们热情地向台上举杯,一杯杯玉冰烧晶莹剔透。

虎度门里奔出六个勾着脸穿戏装的"戏子",挥舞刀剑向他们直扑过来,当先一个人挥刀砍向陈妻的脖子，陈煜卿连忙举枪阻挡。

他的木枪被一下子砍断，台下爆发出叫好声，夹杂着惊喜："打真军啦！好！打真军好！"

打真军也是粤剧的一种特色，用真刀真剑在舞台上演出，一招不慎便会迸现血光，演员需要有高强的南派武功做底子，近年打真军的演出已经少了，所以观众才会叫好，然而那一刀竟然刺进陈煜卿的戏服，血喷涌出来。

陈煜卿做的是出口旧金山的荔枝干生意，家里有的是钱，此刻歪斜着倒下，血喷涌而出。他的夫人也随即被一刀砍在脖子上，喷着血倒在台上。

台下的观众这才觉出不对，而"戏子们"已经跳下戏台，挥着带血的长刀扑向宾客，最前面一桌的外国客人最先中刀，惨叫着倒下。

后面几桌的宾客轰然散开，四散乱跑，一支支黑色三角旗被甩出来插在地上，旗子上有金丝绣成的"谢"字，宾客们惊叫着越过三角旗，随即后背中了飞刀倒下。

戏台前鼓乐敲得正响，掩盖了院子里的惨叫——鼓乐师父们后腰上顶着刀尖，不敢停下，直到鼓乐声戛然而止，乐师们保持着坐姿死去，胸前或后背露出刀尖和血迹。

广州市公安局特别侦缉队一组组长邝庆奎，戴着鸭舌帽，穿着光亮的皮鞋走过来，满地荔枝都被踩碎，一路上荔枝的白色汁液横流。

躲在桌子下的妹妹忍不住呕吐出声，桌布被掀开，她被拽出来丢在两个哥哥旁边。三兄妹被捆绑起来，还蒙上了眼睛。

邝庆奎走到离戏台最近的桌前坐下，从桌上拎起荔枝剥开皮吃起来，他撇撇嘴："陈老板糊弄人哪！二月红过季了还敢拿来待客！"

他在桌上的几盘荔枝上挑选着："糯米滋、桂味，还可以。"

他认真地挑选，剥壳吃着荔枝，吐出来的核被他整齐地排列成一行。

那些"戏子"各自忙碌，有人从门里搬出箱笼等细软，有人提着口袋搜检满地死者的衣服钱夹、金银首饰。还有一个人在扒拉着尸体，拿着手里的照片对照着，这个人收拢起照片，快步走向邝庆奎，在他身边低声说着："奎哥，不妥当，死的人跟照片对不上，一个都对不上。"

这个人是廖四六，邝庆奎的手下。

邝庆奎问："苏联人呢？"

廖四六举起几本护照翻开，说："也不对，是美国来的荔枝商人，不是苏联领事馆的。"

邝庆奎看向倒在戏台上的陈氏夫妇："上当了。"

廖四六也知道上当了，而且自己有责任，他们的目标是陈煜卿藏起来的一批共产党。这已经是1927年的6月了，两个月前，上海和广州的国民党先后开始清缴共产党，抓了、杀了不少，还有一些东躲西藏。是廖四六的"驳脚"报告说他们藏在这里，邝庆奎才下令伪装成水匪谢十三突袭陈家大院，原打算通通杀光，一了百了，不料出纰漏了。

廖四六有点担忧："奎哥，我们不会惹麻烦了吧？"

"至少姓陈的没杀错。"

"这几个孩子？"

"姓陈的豁出性命，他们的崽子总不会没人管吧？你留在佛山再打个窝子，不用耽误太多时间，对付共产党别贪心，杀一个是一个，杀一个就少一个。"

邝庆奎带着搜剿来的钱财上船离开，廖四六把三个孩子弄上另一条船，准备找个什么地方再设个埋伏，不料老大陈山河藏了一把剪刀刺伤了他，三个孩子都跳进江里，浮浮沉沉不见了。

廖四六不敢把这件事报告给邝庆奎，怕邝庆奎骂他办事不力，他也懒得去找这三个孩子的下落，便让佛山市公安局帮自己把此事糊弄过去。此时的他还想不到，因为这一时偷懒，十年后给自己带来了麻烦。

2

当晚，广州市公安局特别侦缉队队长办公室内，邝庆奎站得笔直，目不斜视地报告着:"我对陈煜卿夫妇调查十六个月,他们自称祖籍佛山,咸丰年间阖族迁往南洋经商,民国十一年,陈氏夫妇携大量资本突然归来,很短时间就成了佛山数一数二的荔枝商人,主要生意是出口荔枝干到美国……"

一沓照片丢过来砸在他脸上,都是凶案现场的死者惨状。

办公桌后面的梁齐光队长不耐烦:"我叫你来做报告?"

邝庆奎弯腰捡起这些人像照片,码齐了放回桌面:"他们夫妇在广东并无宗族亲属,来历蹊跷,综合各种迹象,我相信他们是共产党在佛山的重要暗桩。"

梁齐光正在吃晚饭,桌上的木制雕花食盒打开着,摆了一碟青菜、一碟烧鹅、一碟清蒸鱼,他吐着鱼刺,说:"死了三十几个人,个个有名有姓,都是共产党?那几个美国商人也是共产党?"

邝庆奎连忙低头:"是我的失误,我检讨。是我误判了'驳脚'的情报,我以为……"

"就在你以为的时候,共产党的漏网之鱼逃窜到香港啦!跑了四十几条大鱼!"

邝庆奎知道这才是梁齐光生气的原因,他为自己辩解着:"是我上了当,我请求处分。不过陈煜卿夫妇一定是共产党的重要暗桩,杀了他们俩,也算断其手足。"

"你有证据?"

"行动用的是水匪的名义。"

"那就是没证据喽?"

邝庆奎正色:"卑职以为,杀共产党不需要证据,也不需要跟死人讲证据。"

梁齐光用筷子狠狠地指了指他:"你少耍小聪明!"

"是。陈家留下的荔枝生意,还请队长处置……"

梁齐光瞪眼:"还要!"

"是。"

"给你擦屁股不要买草纸啊!"

邝庆奎知道梁齐光肯收下佛山那笔无主的财富,自己算是过关了,他告诉梁齐光,自己还留了得力助手廖四六在佛山善后,只要公安局这边发个告示,就说"水匪谢十三肆虐佛山,富商陈家及宾客几十人惨遭洗劫而死,公安局正在倾力追缉,以伸张正义,还朗朗晴空",一切都会妥妥当当。

3

陈家老大陈山河一瘸一拐地走向陈家大宅,鞋在河里丢了一只,衣服湿了又干,皱皱巴巴,他眼神散乱、嘴唇干裂,却见自家大门紧闭,交叉贴着封条,他正要推开院门,里面就传来一阵枪声。

陈山河跪在门前,扒着门缝往里看,两个拿枪的男人向四周还击,掩护身后的三个小孩,但他们和三个小孩都连连中枪。陈山河震惊地看着那三个孩子,两男一女,穿得都很整齐洋气——穿的就是陈家兄妹的衣服。

一颗流弹打过来,在门板上打出个枪眼,陈山河吓得坐在地上,看着近在咫尺的枪眼冒着蓝烟。

院子里枪声停息,倒在地上的那两个大人三个孩子都中了不知道多少枪,几个警察从周围的花木丛中钻出来,其中一个胳膊绑着绑带的男人开了口,陈山河听出他就是在船上被自己扎伤胳膊的人。

廖四六:"抓了两条鱼,也算有收获,这三个小孩没问题吧?"

领头的警察罗松墨回答着:"街上捡来的流浪儿,没人在意。"

"后面的事都安排好了?"

"请了记者,拍完照片就入土,要不要请和尚道士做做法事?"

廖四六瞪他一眼:"你出钱?多事!"

这就是佛山市公安局帮廖四六想的办法,从街上找来三个流浪儿冒充陈氏三兄妹,果然钓到了两名来营救他们的共产党,现在全都乱枪打死,这件案子算是完结了。

门外的陈山河浑身颤抖,双手捂住嘴不让自己哭出声来,他不知道这一幕是什么情况,但他知道自己必须离开。这个家,不是自己的了,在河中失散的弟弟妹妹,不知道在哪里、是不是还活着。

4

弟弟陈精卫正躲在一个码头货堆里,火把晃动,人影摇曳,一帮人提着刀在追逐寻找,呵斥声在货堆间回荡:"人呢?哪儿去了?出来!你跑不了!"

陈精卫以为是找自己的,他贴着货堆偷偷走着,眼看晃动的人影向这边走过来,他掀开货堆上盖着的草席钻了进去。

黑暗的草席下却已经有了一个人,一把硕大的菜刀架在他的脖子上,嘴也被堵上了。

林北江小声道:"别出声!"

陈精卫惊恐地点头。

外面的人靠近了这里,火把的光亮从草席缝隙投射进来,陈精卫偷眼看向持刀的人,是一个长相颓废的中年男人。

草席外的追逐者大呼小叫:"林北江!跑得了和尚跑不了庙!再不出来就烧了你的菜艇。"

林北江一声不出。

"你跑到天边也没用!欠债还钱,没钱还命!连芳哥的钱也敢赖!"

追逐者叫骂着远去。

陈精卫说:"你叫林北江!欠了芳哥的钱,你有个菜艇?你是厨师?"

脚步声从黑暗中一路响过来,陈精卫跟着林北江一前一后走上山坡,边走边问。

"你要去哪儿?这是哪儿?离佛山有多远?这么巧我也走这条路。"

林北江烦了:"你跟着我干吗?"

"我又没跟着你!这条路姓林吗?"

"你到底要干什么？"

"跟你同舟共济。"

林北江很惊讶："读过书？"

"国小四年级。"

"你叫什么？"

陈精卫犹豫了一下，决定给自己换个名字："陈卫，讲究卫生的卫。"

林北江一屁股坐下，陈精卫也疲惫地一屁股坐在他旁边，林北江把菜刀塞到他手上："我不养闲人。"陈精卫松了一口气。

5

清晨的江边，一个穿着华美旦角戏服的"女孩儿"在水边捶胸顿足地撕着戏服，嘴里不停地念叨着："我凭什么学旦角，我金慧荣是男的，就不学，死也不学，对，我学杜十娘，投江而死。"

金慧荣站在江边，还没想好投江的姿势，就看到水面漂来一个小女孩，他跳下去捞起了她。

金慧荣问："你是谁？你爸爸妈妈呢？"

陈家小妹年纪小，什么也说不清，只知道爸爸妈妈被坏人杀了。

离这里不远的一个小码头泊了条红船，船头上绣着"太平年"三个字的旗子在风中懒洋洋地飘着，船头和船尾各有一条木踏板搭在岸边，人们忙碌地装船，船头搬运的是一个个戏箱，船尾则有一筐筐青菜、豆腐被搬上去。

岸边堆着的戏箱还有不少，戏箱师傅挨个打开检查着，清点着箱内的刀剑等道具、行头和戏服，清点好一个就合上箱子被人抬上船去。

班主韦太平跟一位商贾模样的人拱手告别，看着人家骑上驴背，走向远处隐约可见的村庄，炊烟正三三两两地从村庄升起，那是他们戏班演了三天戏的地方，现在要结账走人了，赚来的钱就装在他腋下夹着的一个皮包里。

他的大徒弟詹银台从船头跳上岸来。

韦太平问他:"找到金慧荣没有?"

詹银台摇头:"半夜跑的,没人留意他。师父,他是真心不想学旦角,要不,让他跟我学武生?"

"他年纪小糊涂,你还不明白?武生戏不吃香了,他学了武生,不是断了前程嘛!"

詹银台:"瞧您这话说的,我跟瑞山怎么办?以后不排武生戏了?"

被他叫到的师弟冯瑞山正把腿别在脑袋上练功,应了一声:"师哥,叫我?"

詹银台摆摆手。

韦太平:"别抬杠。想想这小子能去哪儿,到点儿我可就开船,那边的戏台可不能误喽。"

詹银台看向远方:"回来了?"

远处,两个小小的身影沿着河边走过来。妹妹跟着金慧荣走向红船,越走越近,她仰头看着,眼前只有这条红船,她从来没有见过这么高大漂亮的船,满脸震惊。

金慧荣走到韦太平和詹银台面前说:"师父,她太可怜了,留下她,我就再也不走了。"

韦太平重重地哼了一声。

"我……答应唱旦角。"

詹银台吃惊地看了一眼韦太平,韦太平依旧不动声色。

金慧荣从大师兄手里拿过单刀(道具)双手递给韦太平。

"请师父责罚。"

他趴到板凳上,撩起身上女装的戏服下摆,韦太平挥动单刀打着他的屁股,金慧荣则是回头望着妹妹一笑,妹妹睁大了眼睛……

第二章

1

风帆鼓起,船头劈开白色的浪花,两岸草木青翠,阡陌纵横,岭南的风光就是这样郁郁葱葱。

阳光下的甲板上投射着妹妹剪头发的影子,一把把小女孩的长发丢在甲板上,金慧荣告诉妹妹,她的事要到了广州再托人想办法,想到办法之前先跟着戏班子吧,但是戏班子规矩多,红船上不能有女眷,所以她得是男的。

妹妹毫不在意。

金慧荣带着她在红船上到处溜达,介绍着戏班的情况,说戏班叫"太平年"班,因为班主叫韦太平嘛,正规戏班要有两条红船,太平年班只有一条,所以算是个半班,不在广州城内演出,专跑乡下,因为戏班有詹银台大师哥当正印武生,所以很受欢迎。

金慧荣给妹妹讲红船上的各种规矩,比如行船的时候不能把手脚伸进水里,湿身意味着翻船,不吉利,还有就是红船上有几个地方不能坐,比如掌板不能坐,神箱也不能坐……

他们走到船头,衣箱师傅正拿出五彩缤纷的戏服整理着。

"烫戏服的革台也不能坐,衣箱师傅要打你屁股,"金慧荣发现妹妹痴迷地看着戏服,问她,"好看吧?我们戏班只租'余茂隆'的戏服,贵着哪。"

金慧荣继续向前走去,妹妹却停下来,仰头看着衣箱师傅用竹竿撑起来晾晒的戏服，戏服被阳光和风鼓动着猎猎作响，似乎活过来一般。

妹妹仰头看着，很痴迷，仿佛看到戏台上的母亲在舞动着戏服，在红船狭长的通道中，妹妹不绝地流着泪水。

2

陈山河已经游荡到了广州，盯着眼前一个挑得满满的担子，担子上都是各种绿色草药，有的带着花，有的带着土，最上面一个居然是颗硕大的瓜，靠一根即将断裂的瓜藤维系着，似乎随时都要掉在地上。

陈山河跟在担子后面，死死盯着那个瓜，吞咽着唾液，等待那个瓜掉在地上。他几次伸手要抓，又觉得偷瓜不对而放弃。就在他终于下决心伸手摸到那个瓜时，担子却轻巧地掉转方向，进了一个院门，陈山河跟了进去，院门的牌匾上写着"何记生药铺"。

院子里已经有了两三个山里人，正卸下担子里的草药，药铺主人何玉良绷着脸站在药铺门口，带着厌弃的表情，对草药挑三拣四，同时麻利地称着重量，喊着价钱。

送货来的山里人跟他争辩着质量和价格，也不是真急眼了，彼此都是熟客，习惯了何玉良的挑剔，也习惯了争辩几句。

陈山河悄悄地靠近那个担子，他快饿死了，眼里只有那个瓜，突然一阵锅铲声传来，吸引了他的注意。

炊烟升腾的灶间，何玉芳站了起来。她挽着袖子，动作麻利地端来几碗甜汤，几个山里人纷纷接过，嘴里道着谢，显然何玉芳的人缘比她哥哥要好得多。

何玉良说着风凉话："每次来都要吃要喝，药材又不新鲜，还那么贵……"

"大哥你闭嘴！"何玉芳又对着众人说："不要理我大哥。"

众人纷纷高声答应，气氛蛮融洽，何玉芳这时看到了蹲在草药筐后面的陈山河，连忙把甜汤端给他，陈山河接过来，头也不抬一口气喝完。

陈山河一身褴褛，身上的洋服皱皱巴巴，脚上的鞋只剩一只，袜子也磨破露出脚趾。感到被何玉芳观察着，陈山河把一把草药拽下来遮住了脚。

何玉芳转身走回灶间，嘴里招呼着大家："吃饭，吃饭！"

陈山河起身要走，又舍不得那个瓜，正要伸手去抓，何玉芳已经把一大碗饭递到陈山河面前，"吃饭吧！那个瓜不顶饥。"

陈山河死死地盯着这碗饭，碗是粗瓷的碗，筷子还不是同一对，长短不一，颜色粗细都不同，饭是糙米饭，但上面盖着的青菜碧绿新鲜，一大块熏鱼油光润滑，一个切开的咸鸡蛋也渗出油光——这一碗饭，在陈山河眼里有着丰富鲜明的色彩，刻骨铭心一辈子。

何玉芳身后，山民们纷纷捧起自己的碗，跟一脸不快的何玉良斗嘴说笑着，说着类似"要不是芳姐这碗饭，鬼才把药卖给你"之类的话。

陈山河忍住口水，摇摇头说："我不吃。"

何玉芳一愣："不饿？"

"饿，无功不受禄。"

"那，我请你吃。"

"不，我不能吃嗟来之食。"

何玉芳学问不多，不明白嗟来之食是什么意思，但看得出陈山河的拒绝。

陈山河屏住呼吸，转身要走。

"那你帮我清点一下草药，管饭，今天是收草药的日子，忙不过来。"

陈山河立刻答应："好。"双手伸过去抓住了饭碗，速度快到吓了何玉芳一跳，何玉芳松开手，陈山河接过碗，却又小心地放在地上，摘下两片草叶擦了擦手。

何玉芳回头看向何玉良，就这么一个转头的瞬间，陈山河已经捧起碗头也不抬地吃起来，速度极快，顷刻见底。

晚一些的时候，陈山河按照何姑的指点，搬上搬下地整理大捆的药草，何玉良在一旁唠叨不休："小子！我不管你什么来历，混进我家吃了三大碗饭，得赔饭钱！没钱就留下给我干活，干不干？不干就送你去见官。"

何玉芳细声细气地劝着："你好好跟人家说话。"又对陈山河说："别怕，他就是喉咙大，几碗饭又不值钱。"

"怎么不值钱！叉烧饭啊！一块叉烧要卖多少草药？"

"好啦，好啦，你这个人说话真难听，难怪一个学徒都留不住。"

何玉良梗着脖子："那是他们自己运气衰！我一身本事他们没福气学！"

何玉芳对陈山河说："我们家开的就是这么个生药铺子，小本生意，也不是热闹地段，勉强够吃饭，但采药、炮制的手艺是家传的，学会了也不亏。"

何玉良说："药行可不是生意，救人治病，积功德的善事。"

何玉芳不理他："我们用过几个小学徒，但这行当比较苦，采药辛苦，做药更辛苦，他脾气又坏，留不住人……"

何玉良不满："说这个干什么！他跟饿死鬼投胎一样，我这是发善心。"

陈山河说："我愿意。"

何玉芳说："愿意就好，我们家的确想再招个学徒来帮忙，倒不是趁机要逼迫你，你想好了再答应，要不要跟家里人商量一下？家里……还有什么人吗？"

何玉芳打量着一身狼藉的陈山河。

"还有一个弟弟一个妹妹，丢了，不过我一定能找回他们来。"

何玉良说着风凉话："怎么丢的？被人贩子买走了吧？那可不一定能找回来。"

陈山河猛然抬头怒视着何玉良，何玉芳也瞪了他一眼："你又乱讲话！你不要讲话！"然后对陈山河说："当哥哥的找弟妹，是应该的，我们也帮你想办法，你就先在我家安顿下来？饿着肚子可没办法找他们，对不对？"

陈山河点头。

"你就叫他师父，叫我……姑姑吧，我去给你找身衣服换上。"

陈山河看着何姑绕过重重叠叠的药材走进里屋。

何玉良说："全天下学徒的规矩都一样，回头慢慢给你说，但是有一条，不许偷看师姑。"

何姑嗔怪地从后面探出头:"你又乱讲!"何玉良哈哈大笑。

3

郁郁葱葱的大地,粼光闪闪的河流,红船鼓动风帆顺流而行。红船各处都有人影在晃动。船头的木人桩前,詹银台和冯瑞山这两个武生在练着武功。船尾的灶台炊烟升腾、热气缭绕,是厨师在忙碌做饭,他手下的小伙计正趴在船舷,从水中提出浸泡着青菜的竹筐,江水从竹筐下哗啦啦地沥下。

粤剧鼓乐声隐隐传来,韦太平手臂上套着一段长长的水袖,教导着金慧荣唱着花旦,手势、眼神、唱腔、袖子上的动作,一板一眼。金慧荣认真学着,不远处的妹妹专注地看着,她虽然没有开口唱,手里却做着跟金慧荣相同的动作。

到了晚上油灯点亮时,韦太平已经让妹妹跟着金慧荣一起学戏了,油灯在船壁上投射出两个孩子的身影,显然妹妹学得更好,韦太平欣赏地看着她。

金慧荣的兴趣还是在学武生上,看詹银台和冯瑞山在船头的木人桩前练功,金慧荣就拉着妹妹在一旁观看,金慧荣还手舞足蹈地跟着比画着。

詹银台练功完毕,擦汗休息,对围过来的金慧荣和妹妹说:"来,我给你们讲讲咱们的前辈李文茂的故事。李文茂前辈是广东鹤山人,工二净,《芦花荡》的张飞和《王彦章撑渡》的王彦章都是他的拿手戏,他有一身好功夫,是天地会的头目。咸丰四年他在佛山起事,班底就是戏班里的武生,全都穿着戏服,顶盔掼甲,真刀真枪,小武及武生编成文虎军,二花面、六分编为猛虎军,五军虎与打武家为飞虎军……"

金慧荣脑海中浮现出衙门紧闭的黑漆大门前,一群穿着戏服、勾着花脸的艺人,拿着刀枪远远走来,旌旗招展,人数众多,刀剑兵器,意气风发。

金慧荣说:"大师兄,李文茂前辈还活着吗?能不能去拜见他?"

詹银台笑了:"咸丰年间的事,离现在七十多年啦。"

金慧荣问:"他们起事赢了吗?"

"他立大成国,称平靖王,建立政权,铸造钱币,后来虽然失败了,但一代又一代的勇敢者去反抗,我们现在才有了民国!但这还不算是成功,孙文先生说,革命尚未成功,同志仍须努力!"

金慧荣说:"大师兄,我也要努力。"

詹银台喜爱地揉揉他的脑袋,看向妹妹:"小妹妹,你也要学戏吗?我看你应该学刀马旦。"

妹妹摇头:"我要跟金哥哥学一样的。"

詹银台说:"他?他可是一门心思要学武生。"

"那我也学武生。"

詹银台道:"刀马旦专演巾帼英雄,提刀骑马、武艺高强的女元帅、女将军,樊梨花、穆桂英这样,英姿飒爽,多威风!"

妹妹固执地摇头:"不,我要跟金哥哥一样。"

詹银台笑起来,随手拿起一串荔枝递给妹妹,妹妹神情异样地盯着荔枝,眼前出现了陈家院子里一双皮鞋踩着满地荔枝走过,红的荔枝皮和白的荔枝肉被踩爆,突然扑到船帮上呕吐起来,吐着吐着晕倒了。

4

荔枝湾是广州夜晚最繁华的地方之一,林北江和陈卫坐的小艇穿行在荔枝湾的波光上,周遭是灯火通明的各种大大小小的船,有灯光艳丽、载歌载舞的花艇,有雕梁画栋、觥筹交错的紫洞艇,有艇上架着好几口粥锅的艇仔,有卖各色水果的小艇,沿途不时有人跟林北江打着招呼,还有人从某个艇上探出身来:"林师父回来了?我要吃萝卜牛腩和白灼虾。"

林北江挥手答应着,转眼到了他自己的菜艇前,两只并排的小艇用铁链拴在一起,船头挑着一面大旗,挂着明亮至极的汽灯,其中一条艇上摆着灶火,冒着热气,另一条艇上摆着案板刀具灶具和各式洗干净的青菜,甲板上的盆盆桶桶里是鱼、虾、贝，船舷边的竹筐里还有活的鸡鸭。林北江的帮手蝶叔不知道从哪里取出一只花炮，在自己的烟袋上点燃，花炮射了出去，在夜空绽放，艳丽绚烂地慢慢落下。

今晚荔枝湾上的客人都知道林北江回来了，转眼间，陈卫就见识了荔枝湾第一菜艇的红火生意，他跟着蝶叔给林北江打下手，忙到天亮才歇，累得瘫倒在船舷边。林北江炒了两个小菜端来，跟蝶叔喝上几口小酒，顺便定下收陈卫为学徒，陈卫在荔枝湾的菜艇上安顿下来。

第三章

1

陈山河背着满满当当一竹筐草药，跟在何玉良身后走进忙碌的制药作坊。这里分成不同区域，匠人们做着不同的工作，一组人在搅动铜锅里黏糊糊的药液，一组人在切削干枯的药材，一组人架起炉火熏烤着药材，一组人在用木板揉制药丸，一组人在用蜡汁裹成药丸。何玉良看到药坊悬挂着陈李济的标记，吃了一惊，追上了伙计："怎么？怎么？你们怎么挂上陈李济的招牌了？"

伙计很是得意："我们东家买下了陈李济三款招牌药的配方，陈李济特别许可我们打他们的招牌。"

"了不起！是哪三款药？"

"壮腰健肾丸、乌鸡白凤丸、补脾益肠丸。我们东家人品过硬、医术了得，人家陈李济信得过，再加上交情才有了这机会。东家高兴得连着几天给大家买烧鹅加餐。"

"了不起，了不起。"何玉良回身拍了陈山河一下，"别乱看。陈李济的工艺也是你能偷学的？到处是价值连城的秘诀，小心人家挖你眼睛。"

陈山河委屈："我真没有！"

"还说！低着头看路。"

带路的伙计回头笑着："老何有点儿掌柜的模样了！"

"你让我们进制药作坊，我们不能不懂规矩。"

他们走到一处收储草药的地方，何玉良卸下竹筐，又帮陈山河摘下筐。伙计品着、看着、尝着、闻着，用各种办法检查着草药，称着重量，随时在纸上记录着。

何玉良赔着笑脸，陈山河在一旁协助，帮伙计搬着草药，称着重量。

"老何你有了徒弟，多采了不少药啊！土茯苓十四斤、五指毛桃二十斤、野葛根二十五斤、巴戟天十斤、车前草十斤、牛大力三十斤、白花蛇舌草十斤、独脚金二斤、金钱草十斤。"

筐底有一个湿泥捏成的土团，土团一角露出一沓银元的边缘，伙计看到愣了一下，何玉良低头看向脚面。

伙计把土团摸出来，不易觉察地塞到手边的药草中："金钱草二十斤，牛大力四十斤，五指毛桃三十斤。"

他边说边在纸条上写着，随后撕下纸条："你自去账房结钱吧，我不送你出去了。"

出了南禄药坊，在路边茶棚，何玉良叫了茶和米糕，埋头拿着个本子勾勾画画。

陈山河吃着米糕探头看了一眼："我帮你画吧。"

何玉良吓了一跳："滚滚滚，不许偷看！"

"我在学校美术成绩是良上，画得比你好，这是做蜡丸的方法吧？"

何玉良犹豫着，思考着。

"我有一个条件，你要帮我找弟弟妹妹。"

"能不能找到，要看天意。"

"好，一言为定。"陈山河伸出手要跟何玉良击掌，何玉良愣了一下："去你的，走了！"

何玉良起身离开，陈山河背起两个空竹筐追了上去，他们一高一矮的身影远去在夕阳里。

2

八和会馆吉庆公所内有很多大小规格都相同的木牌，用陈旧的细麻绳悬挂着，木牌上写着戏班的名字，这是"班牌"，粗略看去有"大罗天班""梨园乐班""新中华班""宁安迟班""菁华影班""独其乐班"等。

一个乡绅模样的人漫步大厅，仰头看着班牌，他是来邀请戏班演出的"主会"。吉庆公所的接待人员蔡叔陪在他身边，他观察着"主会"的眼神，脚下移动了一步，略略挡住了前行的路线，人家的目光便停在了眼前写着"太平年班"四个字的"班牌"前。

蔡叔没有马上移动脚步，"主会"伸手拿起跟"太平年班"的班牌悬挂在一起的演员"水牌"，水牌上铁钩银画，写着"詹银台"三个字。

"主会"凝神想了一下，看向蔡叔："是那位会少林功夫的正印武生？"

蔡叔点了点头，默默地伸出手挑了个大拇指。

"那就他们班吧，打得热闹点儿。"

蔡叔拉动"太平年班"的班牌，大殿上高高悬挂的铜铃响了起来。

韦太平有一个印有美丽牌香烟广告的日历牌，以月为单位，每个月是一页广告，上面很多日期已经被自来水笔勾选，还潦草写着地名，如东莞叶家村、清远溧水镇、顺德望江村，都是广州近郊的地名，这是他最引以为豪的生计，他坐在船头甲板上屈指计算着："我去趟吉庆公所，把这个月的几天空当填上。"

他把日历牌装回皮包，夹在腋下，皮包外面印着谁也看不懂的外文字母："问问哪家戏班演过《宝莲灯》，说不定能找到这孩子的家。"

詹银台答应着，帮师父跳下船来："不一定，私伙局排戏，喜欢买京戏戏本自己改大戏，尤其是这种孤本戏。师父，这丫头是学刀马旦的好苗子，要是找不到父母，不如留下学戏。"

"虽说还是个小女孩，也不方便混在咱们这里。我给她取了个名字叫立夏，找不到家的话，送摘星女班吧。"

詹银台喜道："交给陈师姑是再好不过了。"

3

陈师姑叫陈冶冰,是韦太平的同门师妹,执掌一家摘星女班,一张冷艳的面孔,严肃冰冷,眼神锐利,她仔细打量着陈立夏的一切。

陈立夏眼神躲闪着,不断看向吉庆公所大门,韦太平正在里面跟蔡叔、主会拱手寒暄着。

陈冶冰伸手捏住陈立夏的下巴,把她的脸正对着自己。

金慧荣在旁边赔着笑脸:"师姑,师姑你手轻一点儿,我上次被你掐了一回,脸酸了半个月。"

"你从哪儿捡来的?"

"就河边上,我们在佛山一个什么村子演了三天,准备转场去番禺再演三天,我师父又逼着我学花旦,还拿花枪打我,我一气之下去寻死。"

陈冶冰拍了他的脑袋一下:"气性不小,你寻死觅活,怎么又捡了她回来?"

"她比我更可怜啊!一家人被水匪害死了,就剩她一个了,不能见死不救。"

陈冶冰看着陈立夏:"家在哪儿?"

"师姑我问过她八百遍了,她不知道,她才八岁。"

"报官了吗?"

"师父说用不着,她什么都说不清,报了也没有用。"

"他老是这样没规矩。身世不清楚的人我不能要,跟你师父说,半年没人来找,我再收她。"

"是,我跟师父说。"

"跟你师父说,别让她上红船,该守的规矩还得守。"

"她在船上是男的,我师父说的。"

"他就是这么不守规矩！"陈冶冰转身离去，金慧荣追着问她："不等我师父吗？"

陈冶冰头也不回，摆摆手远去，金慧荣松了口气："好悬，好悬，你差点被'荷兰水'收走！"

"荷兰水？"

"喝过吗？有气泡的，甜甜的，喝到嘴里麻麻的。"

"妈妈不让我天天喝。"

金慧荣被噎住："天天喝？你可真能吹牛。荷兰水是我给师姑取的外号，她整天冷冰冰的，像不像凉冰冰的荷兰水？我第一次喝就想起师姑了。"

陈立夏愣了片刻："我家的荷兰水不凉，妈妈不让我喝凉的。我哥哥他们老是偷着喝凉的，不给我喝。"

金慧荣无语地瞪着她。

"爸爸最好了，爸爸偷偷给我喝，不让妈妈看见。"陈立夏的眼泪流下来，却依旧哽咽着说下去，"爸爸每次都拿两瓶荷兰水，一瓶冰凉的，一瓶不凉的，爸爸把半瓶凉的和不凉的倒在一起给我喝，所以我从来不知道，冰凉的荷兰水是什么味道。"

金慧荣想劝却不知道怎么劝，他脱下鞋，从里面抠出几个硬币来："我带你喝荷兰水，喝冰凉的。"

4

荷兰水就是汽水，也说不清怎么会有这样一个名字，陈卫也把几瓶荷兰水装进竹篓中，用绳子吊进江中，拴在船舷上，他跟莫名其妙的林北江解释着："荷兰水当然要冰凉了才好喝。"

"你哪儿来的钱？给你钱是买菜买肉的，要是少了食材，打断你的腿！"

"这是我赊来的，卖光了再付钱，江水不用花钱，泡过之后就能多卖两角钱。"

蝶叔撑着小艇靠过来:"阿江,你这个小徒弟能挣钱,我看啊,你以后让他当家管钱吧,也省得你又去赌钱,输了没钱买菜。"

林北江也知道自己的毛病,后来还真的把每日采买的钱交给了陈卫,陈卫给他当起了家,也开始了学艺生涯。菜艇都是做夜晚的生意,白天陈卫要采买食材,还要清洗食材,切好葱姜蒜等调料放在不同的小碗里,还要生火添柴、煮骨头熬高汤,手指被切破就抓一把灶底的炉灰抹上,切葱揉了眼不断流泪,烧火烫了胳膊,龇牙蹦跳都是常事。学艺很苦啊,有一天他突然就跑出船舱,伸手捞出一瓶荷兰水在船舷上磕开喝了起来,一口气把汽水喝完,深深地打了一个嗝儿,眼泪哗啦一下流了出来。

5

又到了收新会橘皮的季节了,何记生药铺门口晾晒橘子皮的大筐笭上,用墨笔写着大大的"新会"二字,陈山河伸手给所有的橘子皮翻着面,此时的他已经换下了以前那件洋装,穿的是一件粗布衣裳,有些肥大,不知不觉间衣角钩住了毛刺,带翻了筐笭,橘子皮掉了满地,他惊慌补救,又踩上了橘子皮,有的被踩碎,有的被踩进泥土中。

陈山河看着眼前的狼藉,愣了一会儿,转身回到屋里,翻出他离开家穿的那件洋服,衣服已经洗净烫平了,看起来很值几个钱。他找到附近一个水果摊,用衣服换了一堆橘子。陈山河拼命地剥着橘子皮,把橘子塞进嘴里,吃得嘴角汁液横流,橘子皮丢进筐笭。新的橘子皮和已经晾晒过的有些不同,他边吃边在几个筐笭之间调整着,把新丢进去的橘子皮分散在几个筐笭中,还尽量藏在原有的橘子皮下面。

晚上吃饭,陈山河已经一点胃口都没有了,何姑给陈山河讲着新会陈皮的事儿,说陈皮讲究三年才成,头三年晒制很重要,去新会买了当年的皮回来自己晒,反正太阳都是一样的,只要手脚勤快,效果跟新会出来的也没有差别,价格却要省很多。

看陈山河没有胃口，何玉良伸手去摸陈山河的脉搏，觉得像是积食了，陈山河躲闪他的手，动作大了一点，突然弯腰呕吐起来，何玉良和何姑看到他吐出来很多橘子，才知道他用普通橘子皮混进了新会橘皮中。

只有新会的橘子才能晒出新会陈皮，别的地方虽然也有橘子，但晒出来的不是新会陈皮。十大广药，新会陈皮居其一，并非浪得虚名，名医叶天士的名方"二陈何"，就写明了要"新会皮"。

何玉良越想越生气，抄起一根支撑筐箩的竹竿，把陈山河推倒在一包药草上，按着他的腰狠狠抽打屁股，陈山河咬着牙不喊不叫。

何玉良骂着他做药不能作假。

"你们就没有作过假吗？我刚来那时候，你卖给欣欣大药铺一百斤高良姜，里面掺了十斤草，多赚了六十元，上个月给陈记老号送阳春砂仁，你让我去河滩捡了一斤石子混进去，阳春砂仁一斤三十元，你这一斤石头就多赚了三十元！"

何玉良没想到他记得这么多还这么清楚，一时间又惊又怒。

陈山河："还有你答应帮我找弟弟妹妹，可你一直没有找！你骗了我！你就是个骗子！说什么怕假药伤人，放屁！"

何玉良越加愤怒，披头散发地打着他。

第四章

1

陈卫听说林北江已经赌了一天一夜,知道坏事儿了,他连忙赶到江边的赌场,榕树下悬挂着汽灯,灯下散开几张赌桌,挤满了人,陈卫在人群后焦急地挤来挤去,被看场子的伙计抓住脖领子拽出来:"小孩儿,来这儿玩你还小了点儿。"

"我找人,找我爹。我娘的二舅姥爷的三姨太得了急惊风,找我爹拿祖传老药救命哪。"

伙计还没算过这层关系,陈卫已经从别人的腿缝间钻了进去,里面的赌徒围着一张桌子赌得正欢,林北江满面油光、神色狰狞,赌博也到了最后时刻,荷官提醒他桌面上的筹码已经不够了。

"我借,拿菜艇做抵押。"

"菜艇不是你的名字。"

林北江刚要说话,赌场头目接过话头:"可以押,林师傅的面子够!菜艇虽然挂在别人名下,只要写个字据就行。"

头目递过一页纸,林北江匆忙拿起来签名,陈卫挤了过来:"不能押!菜艇不能押!师父,输了怎么办?没了菜艇咱们怎么活?"

"大吉利是!赶紧给我滚一边去。"

"大吉利是"是广东人触霉头时的口头语,跟北方人爱说的"呸呸呸"是一个意思。陈卫企图冲过来:"真的不能押菜艇啊!师父,你赢了当然好,可是万一没赢哪?万一哪?你可什么都没有了!你为什么把菜艇挂在别人名下?不就是怕赌兴上来忍不住吗?师父,不怕一万就怕万一啊!明天有客人预订了全鱼宴,你不是一直想露一手吗?万一没了菜艇,你这手艺不就没了吗?"

"我活着,手艺就在。"

"可没有用武之地了呀。"

林北江点点头:"你说得也有道理,可我已经押了,箭在弦上,不发不行,你来,你帮我摸这把牌。"

陈卫傻了眼。

"过来啊!小孩子手气壮,你又是第一次进赌场,壮上加壮,就你了!"

林北江逼着陈卫摸了一张牌,自己却不肯接,按住陈卫握牌的手,趴在桌上凑过去看着,陈卫紧张地看着他的表情,眼见着他从期待到绝望,周围的人催促着开牌,陈卫眼看握住自己手的那双手颤抖起来。

远处突然爆发出枪声和爆炸声,黑暗中隐现火光,众人回头去看,陈卫却猛然抽出手,把牌塞进自己嘴里,不顾别人的惊叫,用力吞咽下去,他纤细的脖子上都能看到麻将牌的轮廓。赌徒们大怒,有人越过赌桌扑过来:"什么牌?什么牌?吐出来!挖开他肚子!"

林北江和陈卫被赌徒和打手们拖到黑暗中拳打脚踢,有人用大拇指摩擦着刀刃,在陈卫的肚皮上比画着,要挖出肚子里的牌,继续玩下去。刚才的枪炮声由远及近大了起来,已经有些流弹打过来,打在路灯杆上砰然作响,打手们顾不上再折腾了,一哄而散。

2

陈卫推着一辆样子奇怪的车,林北江昏昏沉沉地趴在车上,他醒来皱皱眉头:"什么味儿!这是什么车?是收'夜香'的车?太臭了,让我下车。"

陈卫没理他:"菜艇保住了,我给你保住的,以后菜艇听我的。你的命也是我救的，你也得听我的。"

远处的黑暗中时紧时松地响着枪炮声。"没看皇历。今天什么日子？宜动刀兵就不宜赌钱。"

路灯的光亮时明时暗投射在他们身上，林北江的眼睛闭了起来。

"喂！喂！别睡啊，起来赌啊，你不是喜欢赌吗？赌一下能不能活下去。"

"不赌了！"

"怕输了？怕输了菜艇活不下去？"

林北江睁开眼："怕活不下去的是你吧！一条菜艇算什么？你知道我输得最厉害的是什么吗？"他伸出手胡乱指着，偶尔有流弹的暗红色的弹道划过夜空，"广州大酒家！哈哈！广州大酒家！"

陈卫吃惊："西关的广州大酒家？你输的？"

"当然。知道我做菜跟谁学的吗？广州大酒家的头镬黄祁全黄师傅，我那时候是少东家，他还没当上头镬，我整天缠着他学厨艺，我不想当少东家，就想当个名厨，穿着盛装，带着专用的铲勺，被人用八抬大轿送到要做菜的人家，唰唰唰地做出一桌子菜，十步杀一人，千里不留行，挥手自兹去，萧萧班马鸣！"

陈卫探头看看，林北江又闭上眼要迷糊过去了："请厨子上门做菜啊！我家都用汽车。"

林北江再次瞪眼："一个汽车、一个味精，把厨师都毁了，还有女招待！六国大饭店用上了女招待，还打广告说什么女侍皇后莫倾城恭候光临，呸！"

陈卫把车停在了一家药铺门前，悬着的灯笼上写着"南禄医馆"四个字。

3

十根又短又粗的手指头在林北江身上按动着，徐南禄穿着白布汗衫和大短裤，带着起床气，看起来挺凶悍，陈卫有点含糊。

"你真是医生？"

"你半夜叫门，我还要换上礼服给你看吗？"

他气哼哼地转身走到货架前，胖手指在各种瓶瓶罐罐盒盒上划过，一眼望过去，有冯了性风湿跌打药酒、李广海跌打酒、梁财信跌打丸、何竹林百灵膏、黄祥华如意油，他的胖手指飞快地挑出几样来："幸亏你们遇到我，也幸亏我还没睡着，要不然他就死定了，脱衣服！"

陈卫诧异："啊？"

"脱光！隔山打牛吗？我没这个功力。"

陈卫连忙脱着林北江的衣服，徐南禄已经拧开各种瓶瓶罐罐，把几种药油、药膏涂抹在林北江身上，"岭南民风彪悍，能动手就不动嘴，所以跌打药是天下一绝，冯了性、李广海、梁财信、何竹林、黄祥华，各门各派各有所长，我最大的本事是能熔于一炉。"他体形虽然粗壮，动作却甚是灵活，药油涂到一半交给陈卫继续，自己又打开一两个药瓶，往林北江嘴里灌进去药油和药丸，林北江袒露的胸前像是调色板一样，不同区域涂着不同颜色和质地的药油或药膏。大腿、胳膊也贴着膏药或涂着药膏。

"诊费、药费三块大洋，走之前付了。"

"啊？这就治完了？他还没醒哪！"

"他是睡着了！我也回去睡了，你就……"

门外突然传来喧哗声和拍门声，随即呼啦啦进来一群持枪拿刀的汉子，个个脖子上拴着红布条，戴着红袖标，身上、脸上有血迹，他们抬着几副床板，躺着染血的伤员。

"医生，能治吗？"

"废话。"

外面的街道又传来一阵凌乱脚步声，一群穿着警察制服的警察涌进来，随即门内外爆发出叫喊声，赤卫队和警察们在门里、门外刀枪并举地对上了，夹杂着拉枪栓的声音，双方都在七嘴八舌地嘶喊着："枪放下！投降！别动！找死！"

陈卫扑到病床前,挡在林北江面前。林北江被吵醒,正好看到挡在身前的陈卫颤抖的背影。

徐南禄甩着双手的血跳了过来:"干什么?干什么?看病一个个来!都给我挂号排队!小六子,滚出来收钱!"小徒弟在墙角探头探脑地走出来。

"看病不要给钱吗?要打出门去打,打完进来拿钱看病,去啊,出去打啊!一个枪眼一块钱,打得越多越好。"

双方还在对峙,但不再叫喊。

"不喊了?警察站这边,你们站那边,病人轮流送进来。"他抄起几瓶药,转身进了内室。

警察们和赤卫队员各自分开,站在医馆大厅两侧,中间一张病床上是林北江和陈卫,他们双方各自提着枪,隔着这张病床相互瞪着眼。

陈卫凑到林北江耳边:"你能走了吗?咱们走吧。"

4

陈卫又把林北江架在那辆夜香车上吃力地推着,林北江扭头看着两边的街道,墙壁上、路灯杆上都贴着红红绿绿的标语,写着"工农兵起来拥护苏维埃政府""打倒帝国主义列强"之类的字眼。沿途的店铺都关着门,上着门板,门板上也被贴上了标语。一辆卡车呼啸而来,车厢里站满了戴着红袖标和红领带的赤卫队员,他们挥舞着各式武器,高唱着《国际歌》,其中夹杂着声音很大的俄语唱法。这是1927年12月11日的凌晨3时许,中国共产党发动广州起义,宣布成立广州市苏维埃政府。

林北江说:"小子,怕不怕?"

"你呢?你怕了吧?骨头都打断了几根!"

"真有人订了今天的全鱼宴?"

陈卫一愣,像是忘了自己随口说过的话,"乒乒乓乓地打了一晚上,订了全鱼宴也不一定能来吃了。你全身药油还怎么做?让人家吃药油吗?"

"你来做。明天起我教你做菜，让你有份安身立命的本事，别小瞧厨师，治大国如烹小鲜，懂吗？好厨师能调和人间百味，是世上最有滋味的行业。"

陈卫瞪眼："你又想偷懒？"

"别想着给你父母报仇了，先好好活下去。"

陈卫吃惊，林北江没有看他："报纸上有啊，佛山荔枝行陈家，水匪谢十三。你的真名叫陈精卫吧？精卫填海，你父母对你期许很深啊，别辜负了他们，好好活下去。"

"你……为什么不让我报仇？"

"要报仇也是以后的事，现在你拿什么报仇？拿我的菜刀？再说你找谁报仇？谢十三？水匪上岸去抢劫，还杀了十几个人，疯了吗？反正这个事透着古怪，不过也不是你现在该操心的，你得先学门手艺活下去，在我的菜艇上。"

5

冯瑞山穿上盔甲戏装，挥舞长枪，在红船最高处高声唱着一出《黄飞虎反五关》，阳光照射在他的盔甲上，金光闪闪。

下层甲板上，陈立夏仰头看着，一脸迷惑："师哥，冯师哥怎么了？"

"他高兴。大师兄在城里当'红带友'，带着兵马造反起事了！师父一大早就进城了，要……要革命了，要苏维埃了。你猜大师兄会不会穿龙袍？扎着红布条，拿着真刀枪，就跟李文茂前辈一样，小武编成文虎军、二花面编成猛虎军……"

陈立夏一溜烟地跑了。

"嘿！你去哪儿？"

陈立夏没有回答，消失在船舱，片刻之后又溜了回来，悄声说着："龙袍在衣箱呢！大师兄没带走。"

"起事太急，没赶上，太可惜了！咱们给大师兄送去？"

就这一句话，两个孩子就离了红船，跑进了广州城里密密麻麻的骑楼下。

柱子上贴着红纸的标语，无人的街道上，有倒在地上的红旗，远处偶尔传来清脆的枪声，陈立夏害怕地靠近金慧荣："师哥，去哪里找大师兄啊？"

"找到一个红带友就好了，他们肯定都认识。"

"红带友是什么样子的？"

"不知道，反正身上有红颜色的就是，红带友嘛！必须有红色。"

两座楼的夹缝中突然跑出来一个人，是个赤卫队员，戴着红袖箍和红领带，他机警地四下看着。金慧荣惊喜，拉了一把陈立夏刚要凑近，一声更近的枪响，赤卫队员胸前迸出血花倒在地上，随即从那个夹缝中追出来一队国民党士兵，其中一个杀气腾腾地踢了尸体一脚，又看了一眼金慧荣和陈立夏，继续向前搜寻而去。

金慧荣和陈立夏抱在一起瑟瑟发抖，1927年12月12日广州起义失败，国民党军队大肆屠杀参加起义的共产党员和赤卫队员。一个普通人模样的人被拉开脖领子，露出脖子上的红色印记，随即被按倒在地，枪杀了。

这样的枪声清脆，不绝于耳。

何记生药铺内，大师兄詹银台倒在地上，胸口有个枪眼，每一次呼吸都往外流血，衣服早就染红一片。何玉良张着双手，一脸惊慌："没有药啊！我这铺子没有药啊！真的没有！我这是生药铺子，全是草药啊，你这红伤，得去大药铺。"

何姑双手各抓一把草药快步走来："三七、白及、蒲黄、地榆，用哪种？"

何玉良回身狠狠瞪着她。

詹银台："不用了，带句话给……"他的手跌落下来，咽了气。

正在何记生药铺仓库里关禁闭的陈山河踮着脚尖，扒着窗口看着外面。一队国民党士兵正端着枪搜寻而来，而在他们身后的墙边，陈立夏跟在金慧荣身后跑过去。

陈山河吃惊地揉着眼睛，大喊起来："妹妹！妹妹！"陈立夏似乎听见了叫喊，扭头看向这边，但身影随即被士兵们遮掩。陈山河眼看着陈立夏和金慧

29

荣拐过街角，回身对着仓库外面喊："快放我出去！放我出去。"

远处的士兵们闻声向这边搜索过来，他们进了生药铺，发现了詹银台的尸体，也把枪口对准了何玉良。

"我没给他治伤啊，我手上没有血！是他自己闯进来的，我不认识他。"

带队的国民党士兵却是个懂行的，他掰开何姑的手，抓过那一把草药。

"三七吧？白及吧？地榆吧？都是止血药，你还说没给他治伤？"

他们把何玉良抓走了，陈山河傻了眼。

6

邝庆奎带着廖四六一路走进广东省会公安局，过去两天里这里曾作为苏维埃政府的所在地，警察们正四处铲除着共产党留下的标语，摘下写有"广州苏维埃政府"的匾额，用水管冲洗着地上的血迹。邝庆奎带着廖四六毫不停留，径直走向办公楼深处——省会公安局特别侦缉队，这是邝庆奎他们自己的地盘，这里也留下很多标语。

廖四六说："我这就安排人打扫。"

"你有更重要的事。"邝庆奎走到自己的办公桌前，在邻近的窗台下掏摸了一番，从下面取出一个木盒子，打开，里面是一沓银元和一支小手枪。廖四六吃惊地看着。

"还好没落到他们手里。"邝庆奎看了廖四六一眼，廖四六连忙立正："我什么都没看见。"

邝庆奎分别把银元和手枪藏在身上："你去南石头惩戒场坐镇，知道任务吗？"

"甄别共产党。"

"共产党用不着甄别，随便你杀。你的任务是甄别'附逆愚民'。甄别标准是能不能榨出油水来。"

廖四六没想到："啊？"

"啊什么啊？你看看他们闹这一场，破破烂烂，不得花钱修吗？难道要跟上面伸手要钱，花费民脂民膏吗？当然是让他们自愿报效，以示惩罚。"

于是，一辆卡车，载着何玉良、韦太平等满满一车人穿过城市，穿过珠江上的桥梁。珠江边的粤海关大楼的大钟开始报时，钟声是威斯敏斯特报时曲。到处尚有战斗过的痕迹，有街垒，也有燃烧过的房屋。国民党士兵在四处巡逻、站岗。

韦太平其实早有预料，詹银台是红带友的头子，作为班主和师父的他这次肯定逃不了干系。他提前找到吉庆公所的老朋友蔡叔，塞了一根金条求他援手，刀兵过后定要劳军，蔡叔只要想办法安排太平年班给位高权重的徐团长演戏，就有借口把他从惩戒场里借出来。

卡车到了惩戒场大门外，廖四六看着手里的文件夹："何玉良！生药铺子的何玉良！是你救了赤匪头子詹银台？"

何玉良迟疑地走上前一步："长官，我没救那个人，是他自己闯进来的，我家是卖草药的，我也治不了他的红伤……"

廖四六提起手枪照着他的头开了枪，何玉良应声而倒，血从后脑勺流出来印红了土地，众人震惊地看着。

"我就是杀鸡给猴看，他是鸡，你们是猴，在我这里，是龙是虎是猴是狗，都给我老老实实地趴着。"廖四六的手指关上了手枪的保险。

韦太平身子微动，从别人身后露出头来，看着地上那具尸体。

7

何姑打点着家里的钱，陈山河悻悻地站在她面前："我不是有意引他们来的……我被关在里面，不知道外面多了个死人。"

何姑从数着的钱里拿出一沓递给他："山河你走吧，自己想办法活下去，我要去救你师父，也不知道啥时候再回来。"

陈山河推开："我不要，我看家。姑，你是生我的气了？你恨我了？"

"我没心思说话，山河，你……好自为之。"何姑抹了把眼泪，她把钱卷在手帕里塞进怀中，推着陈山河往外走，又匆匆回去，拿了一块煮红薯和一件旧衣服出来，一起塞给陈山河。

她关上药铺的大门，上了锁："山河，姑实在顾不上你了，你先找点别的活路，实在不行，过几天再回来看看，说不定……说不定你师父就回来了。"

何姑转身匆忙走去，陈山河弯腰向她的背影鞠躬，久久不肯直起腰来，眼泪扑簌簌落下，砸在脚前的土地上。

何姑一走就是半夜，陈山河蹲在何记生药铺院门外，淋着雨，瑟瑟发抖。

直到他看到远处雨幕中走来何玉芳的身影，陈山河站起来，何玉芳却似乎没有看到他，拿出钥匙打开院门，径直走了进去。

一道闪电划过，陈山河看到何玉芳的身影消失在黑洞洞的药铺内。

陈山河犹豫了片刻，也走进院子，他突然大喊一声："姑！"向药铺里跑去，抱住了何姑的双腿，她已经把脖子伸进房梁下的绳套，脚下的凳子也踢翻了。

陈山河情急之下，捡起脚边切药材的铡刀，跃上柜台挥刀砍去，绳子断了，何姑摔倒在地。陈山河跳下柜台，连忙解开绳套，拍着何姑的后背。

陈山河点燃了油灯，何姑木然地看着他。

"姑，怎么了？师父呢？"

何姑神情恍惚，喃喃自语："我要是不拿止血的草药，他们也没理由杀人。他还是个唱戏的，我喜欢看戏，可我连他的脸都没看清楚，我就是想救人啊，我是有这个念头，这个念头害死了他。"

"姑姑你……说的都是谁啊？我听不懂啊。你别吓唬我啊，我给你烧点热水喝。"

何姑的眼神聚焦在陈山河脸上，似乎认出了他："你回来了？吃饭了吗？我做饭去，今年收的草药够多啦，歇一阵子再进山。"

"姑姑，我是山河啊，我是陈山河。"

何姑的眼神又聚焦了一下，似乎才真的认出他来，她突然长长地吐了一口气,浑身瘫软地委顿在地。

雨声阵阵,陈山河端着一碗用合欢皮和酸枣仁煮的汤进了何姑的卧室,他扶何姑坐起来。

何姑道:"你师父有一身本事,可惜你学不到了。"

陈山河沉默片刻:"姑姑,是我的错,我对不起师父。"

"我也拿了一把止血的草药,谁对得起谁哪?他要是没把你锁在仓库里,你也不会大喊大叫招来人,年前去六榕寺烧香,法师说人这一辈子啊,一饮一啄,都是天命,这是说给我听的啊。"何姑掉下眼泪。

陈山河说:"姑姑……你别再上吊了。"

何姑说:"活着还有什么意思啊?"

陈山河说:"还有我哪!你不管我了吗?我还没学会师父的本事,我只能饿死了。你就算积阴德吧。"

何姑发着愣。

陈山河等着她的答复。

油灯的灯花爆开,熄灭,屋里陷入黑暗,只有外面的雨声淅淅沥沥。

何姑叹口气:"好,养大你再去死。"

8

夜晚的红船上,金慧荣又在提着一桶桶洗脚水冲着厕所,陈立夏鼻子上堵着两个纸团,趴在他们的床铺上跟金慧荣说着话:"大师兄还没有回来?师父也没有回来。"

金慧荣说:"大师兄一定会回来的。师父经常不回来睡,他要应酬嘛!咱们戏班每年三台两定要接那么多戏,都要靠他在外面应酬。"金慧荣收拾干净自己,爬上了床,陈立夏挤在他身边,继续跟金慧荣你一句我一句地聊着。

"不响枪了。"

"不响才好哪。"

"你昨天说响枪才好。"

"昨天是革命嘛！起事嘛！当然枪声越多越好，今天——不是败了吗！"

"我听冯师哥他们说戏班子要散伙了，他们商量着把行头分了跑路哪，什么叫跑路？"

"他们敢！"

"我已经梦不到爸爸妈妈了，大哥哥和二哥哥也梦不到，师哥，我没有家了。"

"没事儿，红船就是你的家。"

"听到戏班里的锣鼓声，我就能回家，就像坐在我家的门槛上，看着爸爸妈妈在戏台上唱戏。"

金慧荣乐了："那你到底是有家还是没有家啊？"

"一个家在这里，一个家在心里。"

"那行，两个都是家。快睡吧，睡着了就能回你心里的家了。"

陈立夏闭上眼睛："师哥，你不会丢下我自己跑了吧？"

"放心吧，跟你永远不分开。"金慧荣搂着她，地方实在有点小，他的另一只胳膊无处安放，索性扬起来靠在板壁上，手指在板壁上无意识地摸索着，摸到了一处划痕中。手指滑动过的那些划痕是排列在一起的两个名字：金慧荣、陈立夏。

大雨突然下起来，船舱内回荡着一片落雨的声音。

这个大雨之夜，韦太平从惩戒场大门走出来，蔡叔和陈冶冰打着伞迎了上去。

韦太平向蔡叔拱拱手："大恩不言谢。"

"我也只能帮你到这里了，你们早点想办法。"

不等陈冶冰开口，韦太平急忙跟她要了纸笔，坐在黄包车上，韦太平努力地回忆着狱友们报给他的姓名和住址，一边嘴里念念叨叨，一边埋头记录，知道他能离开，狱友们都自报家门，托他报个平安。

韦太平把一张写满字的纸条交给蔡叔，蔡叔说会找人去各家告知，让他赶紧回去准备演出，徐团长高兴了才可能帮他说话。

陈冶冰跟着韦太平一起挥手告别蔡叔，嘴里却说着冷静的话："都安排好了，雇了红鱼帮的人送你走。"

韦太平叹口气："这一跑，半生家业就没了。"

陈冶冰责怪道："好过丢命。早说了不让那女孩子上红船，你就是不听！"

"跟她没关系，那还是个孩子！"

"那也是女人！女人不能上红船！这是规矩。我不喜欢她。"

"好好好，我回头拜拜华光祖师，请他老人家原谅。对了，有家生药铺你去关照一下，因为银台才害得人家丢了性命。"

陈冶冰："詹银台也是个不守规矩的，我早就跟你说要约束他，你偏纵容，现在人死了，还连累你丢了半条命。"

韦太平叹息："也不知道他的后事谁给料理的……"

"谁敢去收殓？当年黄花岗上七十二个人，也曝尸几天才下葬。"

"你承认他比得上黄花岗七十二人吧！那就别怪他了，我不懂他做的事，但我知道他是英雄。"

陈冶冰被噎住，转换话题："晚上七点宝华戏院劳军，剧目蔡叔帮你定好了，先上《大闹狮子楼》，你露个面，然后是《贵妃醉酒》，金慧荣的杨贵妃，他一上场你就走……"

韦太平说："里面有个警察说也去听戏，要散了戏拉我回惩戒场。"

"勾上脸他认不出谁是谁，我叫车在戏院外等，直接去黄沙码头，搭八点的电轮过江，石围塘车站八点半的火车，等发现你跑了，你已经快到佛山了。"

9

晚上的劳军演出安排在宝华戏院，陈立夏凑到虎度门偷偷看着外面，戏院里坐满了国民党士兵，戏台最前面是一张方桌，已经摆上了干鲜果品和茶水，还没有人坐。戏台左侧，棚面已经就位，戏院后台，戏班众人都在忙着勾脸、换戏装，几个扮演六国元帅的演员已经换好了各种颜色的"大靠"。冯瑞山一身武生戏装，勾好脸在后台巡视着，还扎着台步，俨然有了正印武生的架势。

冯瑞山对着众人："大伙儿都卖点力气啊！《大闹狮子楼》这种牌面好久没演，别丢了人。我知道你们有人看不惯我，觉得大师兄一死我就抖起来了，可不是这么回事啊，都别在背后误会我，师父不在，我得有担当。"

"说得好！"韦太平走了进来，众人纷纷打招呼，冯瑞山迎上去："师父，你回来了，没受罪吧？都怪我们不省心，连累你受苦了。"

"大家都辛苦了，好好准备吧！"

一个伙计送来了他那个外文字母的皮包，他一把接过去夹在腋下，松了口气："我说怎么不踏实！这下好了！"他又打开皮包，检查着里面的香烟、火柴和日历本，喃喃自语，"好啦，好啦，踏实了。"

蔡叔在门边露出头来："团长和夫人到了，可以开始了。"

戏院里乱哄哄的，戏台上挤得满满的都是演员，戏服争奇斗艳，武生们在台前翻着跟头，花旦"推车"，刀马旦"骑马"跑来跑去。

台下的观众席中，各种吃食不断在士兵手中传递着，几乎没有人看戏台上的演出。戏台前的主桌，徐团长的嘴不停，面前已经堆了很多瓜子皮、干果核、鸡爪子之类的，旁边的团长夫人一副对什么都不感兴趣的样子，充耳不闻，神游天外。

韦太平端着食盒，跟着蔡叔来到主桌前，弯腰赔笑地摆上新的吃食。

韦太平道："团座驾临，蓬荜生辉，戏班上下深受鼓舞，如沐春风，我给团座和夫人介绍一下今晚的剧目？"

徐团长说："咣当咣当地敲得这么响，不如看电影。还要演多久？"

蔡叔回道："团座放心，这个可长可短，以前差不多要演到天亮。"

"呸！老子还要吃宵夜哪！"

夫人嗔怪："别难为人家，喜欢看的多看看，不喜欢的就早点走。"

徐团长这才挥挥手:"行啦,去演你们的吧。"韦太平和蔡叔倒退着离开。

第二出戏是金慧荣的《贵妃醉酒》,韦太平准备等他开嗓就走,踏上陈冶冰帮他安排的逃亡路,不料金慧荣刚一开嗓,团长夫人倒先流着泪站起来向外走去,团长连忙跳起来追,棚面停下来,金慧荣不知所措地站在台上。韦太平不明所以,一时间也不能走了,随即一个副官走进来,下令部队回营房,又对戏班的人说:"徐团长有请杨贵妃去家里做客,请吧。"

众人都很吃惊,韦太平连忙问道:"团座……是要怪罪这孩子?这孩子的杨贵妃没唱错啊……"

副官看了一眼立在台旁的演出水牌,上面有金慧荣扮杨贵妃的字样:"金慧荣是吧?团座说不要卸妆,就这么去。"

蔡叔说:"团座是要听戏?我们带上棚面去。"

韦太平说:"对,对,这出戏还没唱完哪……"

"团座只要他一个人去,快走,别让团座久等。"

韦太平:"不行!不行啊,我是班主,又是他师父,团座要这孩子去唱戏,我得跟着,要不然太失礼了……"

"军令如山,你给我滚一边儿去。"

韦太平看看金慧荣,他现在一身女装,虽然惊慌,却也眉目如画,这年月狎男伶的龌龊事不在少数,韦太平的腰更弯了,他拉开夹在腋下的皮包,掏出一把银元来:"长官,通融通融,我不能丢下这孩子不管啊。"

副官一个耳光抽在他脸上,银元叮当作响地撒了一地,随即一把手枪顶着他的脑袋:"找死。"

韦太平嘴唇都在颤抖,但还是坚持着开口:"你不让我跟着去,不如让我死。这是我徒弟,我得管着他、看着他,免得他不懂事冲撞了团座,连累了大家。"

众人都担心地盯着副官,副官的手指从扳机上离开,他收起手枪。

"那就快点走。"他转身向外走去。

韦太平拉住金慧荣的手："走吧孩子，师父不敢不让你去，师父陪着你，大不了咱们一起死在那儿。"

蔡叔追上几步："我去找人说情，你拖拖时间。"

众人簇拥着他们向外走，韦太平想起什么，回身寻找廖四六，他们隔着好几个人对上了眼。

"我恐怕没法子跟你回去了。"

"你走你的。"

"你就不能帮着说说话吗？"

廖四六吓了一跳："军警两个体系，我帮你说什么？不就是劳个军吗？去吧，去吧，完事儿你自己回南石头报到。"

金慧荣突然发现陈立夏的小手抓住了自己，金慧荣压低声音："你就跟着'荷兰水'，等我回来。"

陈立夏摇着头。

陈冶冰也挤了过来。

韦太平："这回让你破费了，能退的退了吧，万一那什么了，帮我照应戏班子。"

10

军车在夜色里开得很快，韦太平和一身女装的金慧荣坐在车斗里，夜风吹得头发飞扬，韦太平心情沉重："孩子，师父不知道该怎么说……我后悔逼你学旦角了。"

金慧荣不明白他的意思。

"前面到江边路不好走，车开不快，我提着你胳膊放你下去，你就跑吧，别回戏班了，跑得越远越好。"

"那……我妹妹哪？陈立夏怎么办？"

"你还顾得上她？"

金慧荣认真地说:"我说了要一直照顾她。"

"你先照顾好自己吧。"

"那师父你怎么办?他都拿出手枪了。"

韦太平自嘲一笑:"是啊,他还能把我怎么样?再拿出来开一枪呗。别婆婆妈妈!我告诉你,学旦角的更要有血性,在台上有脂粉气,在台下要当真汉子,有担有当,听到没?"

"是,师父。"

卡车拐个弯,到了江边开始减速,韦太平拍拍金慧荣,率先来到车后,准备把他送下车,车却停了下来,副官探出头来冷笑地看着他们:"路不好走,你们别给摇晃下去。"

韦太平无计可施了,跟着副官到了团长的家,满满一桌子菜,徐团长和夫人坐在桌前,徐团长嚷着:"怎么才来?菜都凉了!"

团长夫人说:"凉了再热热,这几个端下去热热。"

勤务兵连忙张罗起来,副官凑到团长耳边低声说了韦太平的事。

"那就多加双筷子,都坐,坐下吃饭。"

韦太平拱手:"团座相召不敢不来,请你吩咐。"

"吩咐什么?吩咐就是好好吃饭,让你徒弟陪我们吃个饭。"

团长夫人起身,拉着金慧荣的手坐到自己身边,韦太平半个屁股落座,一头雾水,看着徐团长,徐团长已经拿起筷子吃起来。

团长夫人给金慧荣夹着菜,很快就堆满一盘子。

金慧荣被她催促着拿起筷子,团长把鸡爪子丢在桌上,砸在盘子上叮当作响,金慧荣怯怯的眼神让团长夫人顿时对团长沉下脸:"你吃饭斯文点!有客人在哪!"

徐团长立刻放慢了吃饭的速度。

团长夫人看到了金慧荣手上有点脏:"走,我带你去洗洗手,吃饭前应该洗干净。"

她站起身,金慧荣连忙看向韦太平,韦太平点头。

金慧荣跟着团长夫人进了一扇门。

徐团长松了一口气，他大口吃着饭，头也不抬突然说道："见笑了，我女儿要是活着，跟他一样大。"

"啊？"

"她妈妈喜欢听戏，家里养着个私伙局，也喜欢给女儿穿上戏服，小脸儿白白的，跟你这徒弟一个样。"

卧室洗漱间里，金慧荣在洗着手，一抬头，看到团长夫人在镜子里看着自己。

"我能卸了妆吗？"看到团长夫人犹豫，金慧荣说，"那我就不吃了，一张嘴脸上就掉渣子。"

"那快卸了吧，咱们好好吃个饭。"

金慧荣在梳妆台的瓶瓶罐罐里挑选着，有的还打开闻闻，迅速挑选出几样放在手边，团长夫人好奇："你一个男孩子，怎么懂这些？"

金慧荣边卸妆边回应着："旦角嘛！在戏台上那一刻，我就是我扮演的角色，女娇娥也好，女婵娟也罢，我都得是她，这些东西自然而然就懂了。"

团长夫人："你在台下也很清秀嘛。"

金慧荣："我也不想啊！我师父就是揪着这一点非让我学旦角，还说是祖师爷赏饭，我可没少跟他争，我要学武生。"

"武生我知道，学武生太苦了。"

"我不怕，不怕疼也不怕苦，练功夫打真军，受伤也不怕。"

团长夫人惊呼："啊？还受伤了？伤在哪里？"

金慧荣随手指了指后背和肩膀，突然发现衣服被拉起来，团长夫人正抚摸着他背上的伤痕，金慧荣在镜子里目瞪口呆，浑身僵硬。

徐团长喝着酒："我们到处打仗，一开拔就几个月，女儿生了病也没人管，那次是去打陈炯明，一直追得他通电下野逃到香港，可我们的女儿也没了，她妈妈后来就再没有笑过，对我也又打又骂，不客气……"

徐团长压低声音："我平常家里都不敢有枪，怕她哪天想不开，一枪打死我。所以她想跟你徒弟吃个饭，那就吃嘛！"

门突然开了，团长夫人笑盈盈地走出来，随后从门内拉出了金慧荣，韦太平吃惊得嘴都合不上了。金慧荣一身女装，不是戏装，而是一身稍小的洋装女裙，头上系着蝴蝶结，脖子上挂着翡翠项链，唇红齿白画着淡妆。

一顿饭吃得倒是没什么特别的，都是家常菜，韦太平和金慧荣也没吃出个滋味来。回来的路上，金慧荣躲在车厢深处的黑暗中，脱下裙子换上一身稍嫌肥大的军装："师父，这事儿你得烂在肚子里，谁也不能说！立夏更不能说。"

韦太平犹豫了一下，问："团长夫人没有为难你吧？"

金慧荣在黑暗中没有回答。

韦太平紧张起来："怎么？她怎么你了？"

"没有，我就是觉得她挺可怜的，满桌子菜，她都没怎么吃。"

韦太平松了一口气："我他娘的也没吃啊！回去吃！"

回到码头上，他们在红船边上支起小桌，搞了个热气腾腾的打边炉，还有烧肉、烧鹅、白切鸡之类的下酒菜，韦太平和蔡叔、陈冶冰围坐一起，蔡叔连声感叹："这简直就是钩鼻章前辈的翻版啊！"

钩鼻章是清咸同年间的粤剧名伶。咸丰四年，佛山粤剧艺人李文茂响应太平天国号召，组织粤剧艺人起义，一时风头无两，起义失败后，清政府禁绝粤剧达十六年之久，直到钩鼻章出现才有了转机。钩鼻章姓何名章，番禺沙湾乡北村人，在为两广总督瑞麟之母贺寿时，钩鼻章演《太白和番》中的杨贵妃，雍容华贵、仪态万千，花旦扮相酷似瑞麟之母英年早逝的爱女，遂被收为螟蛉义女，钩鼻章利用这个特殊身份，由瑞麟向朝廷奏准，于1871年解除对粤剧的禁演令。

蔡叔给他们出主意，让金慧荣去拜个干爹干娘，则韦太平的灭顶之灾迎刃而解。

韦太平心动，他找金慧荣说此事，许诺让陈立夏继续住在红船上，还会给他们两个调换一个舒适的床铺，金慧荣答应了，但是没想到前去疏通此事的蔡叔却带回来一个消息："是徐太太说的，不要干儿子，要收就收干女儿。"

"当干女儿穿女装？我徒弟连学个旦角都给我寻死觅活的，这事儿办不成。"

"办不成你就完了，你去南石头非死在里面不可。"

韦太平只好又去找金慧荣谈："他们死的是女儿，所以他们想再要个女儿。"

金慧荣把陈立夏拉到身边："陈立夏啊！现成的女儿，以后改叫徐立夏。"

韦太平说："不行的，如果真能行当然最好了，可是徐团长的太太，思女心切，你们大师兄是红带友，造反起事，哦对，他说这叫闹革命，现在他把命闹没了，我也活不了，我是他师父嘛。我死了，戏班子也得散，你想想你跟陈立夏会怎么样？能比我多活几天？就是这样的世道，徐团长位高权重，一句话就能救我，可人家凭什么说这句话？"

金慧荣没有说话。

韦太平说："你们大师兄造反起事闹革命，他是想当英雄，你哪？你那么佩服他，你想不想当英雄？"

金慧荣问："英雄就要画口红、穿裙子？"

韦太平说："戏台上的英雄你看过、唱过，可戏台下的英雄却不多，因为不容易。"

于是金慧荣就换上了裙子，他对着镜子涂着口红，陈立夏坐在一旁静静地看着。

"没事儿，等我去了就找团长爸爸学打枪，谁敢笑话我，我就给他一枪。"

陈立夏突然抱住金慧荣的腰。

金慧荣说："别哭啊，别弄脏了我的衣服，我可就这一身裙子，哎！等我不用当干女儿了，这裙子可以给你穿啊！我瞧这布料还挺好哪！"

陈立夏还是忍不住哭了，边哭边用手接着眼泪，不敢弄湿金慧荣的裙子，搂住他腰间的两只小手轮流抽上来抹眼泪。

金慧荣劝道："别哭，别哭！我要当大英雄，像大师兄那样的大英雄，先给人家当个干女儿又怎么了，戏文里唱过，天降大任苦其心……"

一辆军车载走了金慧荣。

11

陈山河和何姑各自背着竹筐，在山间采着草药，陈山河背着《汤头歌诀》："紫菀汤中知贝母，参苓五味阿胶偶，再加甘桔治肺伤，咳血吐痰劳热久。"

何姑提问："百合固金汤。"

"百合固金二地黄，玄参贝母桔甘藏，麦冬芍药当归配，喘咳痰血肺家伤。姑姑，不用考了，整本《汤头歌》我都背会了。我又不当医生，背这些干什么？采药看看'本草'什么的就够了。"

何姑手脚不停地采着草药："你还想采一辈子草药？"

"想啊！我喜欢到山里采药，还能找到好吃的。"他说着话，从草丛中抓出一条蛇来得意地展示着，"姑姑，有蛇吃啦！"

他们在清澈的溪流边点起一堆火，架着小锅煮着蛇肉，何姑在整理着药筐："火炭毛、九干菜、车前草、穿心莲，到处都有的便宜草药，你师父靠这些一辈子也实现不了梦想。"

"师父是什么梦想？"

"开个正经八百的药铺，自己能做丸散丹膏，他一直说，那样的药铺才算是做药的。"

"难怪！他去南禄药坊偷偷摸摸地看人家怎么做药。"

何姑从药筐深处拿出一个油纸包："你既然还认是他的徒弟，这个就交给你了。"

陈山河打开油纸包，里面是何玉良的笔记本，随便翻开有图有画，依稀可辨是一些做药的设备、工艺。

何姑告诉陈山河："虽然咱们爱说'单方一味，气煞名医'，说什么'药无分贵贱，识使是灵丹'，但那不是我们的本事，那是药材本身的本事。"神农尝百草，不仅仅是知道了药性，得君臣佐使着才能让这些草啊根啊发挥效力，救人救命，这才是她哥哥整天惦记的事。

陈山河终于明白了："姑姑你放心，师父惦记的这事儿，我也惦记上了。"

何姑又说："让你背《汤头诀》，以后还得背别的书，都是为了这个。你师父处理生药的本事你也得学，牙皂刮皮、淮牛七去心、羊藿叶剪边、熟地三蒸九晒、益母草只取前三段……懂吗？"

陈山河迟疑地说："我慢慢懂。姑姑，你今天说话怎么这么怪？听着跟交代那什么似的。"

何姑犹豫了一下，跟他说隔壁裁缝铺家儿媳妇是三水嫁过来的，给她在三水说了个婆家。

山间传来一声陈山河的嘶喊，惊起一片飞鸟，锅已经被陈山河掀翻在地，冒着满地热气。何姑蹲在地上，把蛇肉一块块捡回锅里："还是要先过日子啊，家里欠下那么多债，咱们俩拼死拼活采药卖药，可这债倒越还越多，我嫁过去，人家答应帮着还债。"

陈山河大声嚷嚷着："用不着！父债子还，师父的债，我还。"

何姑嗫嚅着："你也是个半大小子了，家里就咱们俩，瓜田李下，人言可畏。"

陈山河激动地说："姑姑，你不要我了？说什么是为了还债！我们慢慢采药就还不起债了？你嫁人才能还债，那成什么了？把自己卖了？"

"胡说！"

"你也知道我胡说！那你反倒不怕人言可畏了？你要嫁人可以，让他入赘！入赘到药铺来，还能帮着干活，怎么样？他敢不敢？其实有必要嫁人吗？根本没必要，我们不缺人手，我能干！我会好好学，你让我背什么我就背什么！我还要学怎么做成药，我就不信我做不到，我都有胆子干下去，你就不敢了？"

何姑站住脚，回过身，盯着陈山河："山河，咱家这个状况，我这个年纪，嫁人是最好的选择，如果不嫁，我们的日子会很难过，以后的路会很难走，你想过吗？"

"再难我也愿意，我也能走。"

何姑继续走着，陈山河绝望地看着她的背影，突然大喊起来：

"你怕活不下去，以后我养你！"

何姑停下来说："你别后悔。"转身又走。

陈山河糊涂了，连忙追过去问："姑姑，你什么意思？你不嫁人了？我不后悔，永远不后悔！"

他们的身影远去，陈山河一直在絮叨着："我不后悔！绝对不后悔！姑姑，你是不是不嫁人了？"

12

陈卫踩着木箱垫高了脚在菜艇后梢忙碌着，锅铲叮当作响，灶上时而暴起一团火。周遭围着几只小艇，新来的一只小艇上，伙计叫喊着客人要点他们的拿手菜，报上了菜名。蝶叔让陈卫做了花生煲猪尾、萝卜酸熘猪手，又配了两个青菜。蝶叔笑呵呵地端出菜，在船舷向早就等候的小艇交割收钱。

几个灶头上熬着不同风格的粥，蝶叔向周围的小艇推荐着："试试我家新上的粥吗？及第粥、生滚粥、猪杂粥、猪红粥，以后有了灶再添新啦！"

陈卫已经取代林北江，成了这只菜艇的主厨，他喜欢做菜，更喜欢跟其他菜艇的师傅学，不光学来了各式艇仔粥，花生煲猪尾、萝卜酸熘猪手、白豆烧土鲮鱼、莲藕煲猪肉汤这四大招牌菜也是他到处拜师学来的。

两条菜艇用铁链拴在一起，这边灯光更亮，气氛热闹，而另一只艇上就安静许多，林北江靠在黑暗的船舱发呆，只有手上的香烟暗暗地亮着。岸边突然有人放起烟花，水面映射下分外好看，周围小艇上的宾客都小小地喧哗了一下，看着远方，只有林北江神情漠然。

到了深夜，周围的小艇已消失不见，蝶叔在甲板上安置了一张小桌，端上三碗热粥和几样小菜。三个人吃着宵夜。蝶叔夸赞陈卫的手艺越来越好。

林北江说："要害他，你就多夸他。"林北江看向陈卫，说："你也觉得自己不错了是吧？"陈卫一点不客气："反正荔枝湾十三条数得着的菜艇，咱排名在前面。"

蝶叔揶揄道："你掌灶那时候排名十三，垫底儿的！"

林北江说："厨艺一道上，你有天赋，但是，你现在做的这些只是家常小菜，要想成为有字号的名厨，做名扬天下的好菜，得进大酒家，大酒家才有钱提供更多食材，菜艇就这么大，备料也不会多，来来回回都是你做熟了的几样，怎么进步？"

陈卫说："我也在学新的菜式嘛，你又不教我。"

蝶叔附和道："就是啊！你这个师父当得真省力。"

林北江说："我当然愿意教，以你的天赋很快就能学会，学会之后呢？就算把所有菜艇的看家本事学到了，你还是个菜艇上的厨师。"

陈卫说："我觉得挺好。"

林北江说："见过吃过，才谈得上能做，好厨师要能博采众家之长，广州菜本就是汇天下名菜之大成，挂炉鸭是南京的、炒鸡片是江苏的、干烧鲍鱼是四川的、香糟鱼球是绍兴的……"

陈卫说："师父，你甭想打发我去什么酒楼学艺，我在菜艇上挺好，荔枝湾最好的菜艇，我挺开心啊。"

林北江叹口气："我不开心，我怕耽误了你。"

陈卫说："师父，你想过没有？我长大之后不一定做厨师。"

林北江一愣，他还真没想过。

"如果爸爸妈妈没有死的话，我还是国小二年级学生，童子军学员、足球队守门员。我们小学教国文、算术和英文，我会有个英文名字叫什么亨利、什么汤姆,而不是现在的小厨师陈卫。"陈卫举起双手,双手上伤痕累累,有刀痕也有火烧油烫的伤痕,"师父,你说我长大之后,不该去找找害我成这样的那个人吗?我要去问问他为什么。"

蝶叔放下饭碗,急急火火地找出一瓶红花油,给陈卫收拾手上的各种伤痕。陈卫任他操作,自己盯着林北江看。

林北江说:"师父没本事。你想做,就去做吧。"

陈卫一笑。

13

日子过得飞快,金慧荣已经适应了在徐团长家当义女的生活,陈立夏也跟他住在一起。金慧荣被送来的当晚,韦太平也把陈立夏送来了,因为她哭到嗓子出血,不肯和金慧荣分开,徐团长和夫人也就收下了她。

徐团长驻屯广州的日子,大宅子里天天宴客,抽大烟、打麻将、品尝美食、看粤剧,到处都是一片乱哄哄的喧闹。

安静的是房顶上,身着女装的金慧荣和陈立夏并肩坐着,俯瞰着下面的热闹。金慧荣说徐团长他们要开拔了,去打仗,把金慧荣寄养在戏班里,等回广州了再回来住。

"你喜欢他们吗?会想他们吗?"

"不知道,他们还没走哪,我不知道会不会想。你能想起你爸爸妈妈的样子吗?"

"要使劲想使劲想才行,还特别不清楚。"陈立夏摇摇头,眼圈红了。

金慧荣连忙改变话题:"对了,你知道日本吗?"

陈立夏点头:"一个小国家。"

金慧荣说:"日本现在有一种在地底下开的火车,你能相信吗?报纸上说是亚洲第一条地下铁,去年年底开始的。亚洲是什么?"

"我们这里就是亚洲啊,我跟爸爸妈妈坐过火车,很长很大的一条铁龙,怎么能钻到地下去？对了，有一出戏叫《封神榜》，里面有个土行孙，能够钻到地下到处走，这叫土遁……"

镜头高高升起，这片灯火明亮的院子融入周围无边无际的黑暗，她的声音也渐渐变小，日子就在陈立夏的唠叨中过去了。

第五章

1

转眼到了1936年,天台戏院的戏台上,左上角斜斜地拉着一块正方形的白布。已经长大了的陈立夏蹲在戏台边沿,穿着工装背带裤,她喊了一声开始,一道光束从白布背后投射过来,白布上出现了一团影像,模糊一团。

陈立夏喊:"徐叔,对焦距!"

幻灯机上的焦距被调整着,光柱中光影晃动,白布上的画面变得清晰,隐约可见亭台楼阁。

陈立夏又喊道:"云彩!快上!"

戏台后面炭火暗红的炉子里,一块烧红的铁块被用铁锹铲出来向白布下送过去,有人在铁块上浇了壶水,烧红的铁块遇水冒出水汽,水汽使得白布上的画面云雾缭绕。陈立夏扭头笑起来,明眸皓齿,笑容灿烂:"成功啦!"

戏班的办公室两面有窗,朝外的一面临着天台边缘,能居高临下地看到远处的珠江和近处纵横交错的街道,朝内的一面对着戏台,陈立夏正跟几个工匠模样的人比比画画地说着什么,两个身着华服的女演员站在窗前,看着外面的陈立夏。

尹灵芝酸溜溜地说:"咱们摘星女班又要上报纸了吧?"

商锦芳道:"上报纸的是她陈立夏,居然在戏台上放影戏,这不是砸自己场子吗!你看着吧,那些小报就喜欢刊登这种新闻。"

墙壁上的自动式电话机铃响，两人都去抢。

尹灵芝说："找我的。"

商锦芳说："我等李公子电话。"

尹灵芝抢先接起了电话，神色由兴奋到悻悻："好的金师哥，我告诉立夏。"

尹灵芝推开窗，向陈立夏喊："立夏，金师哥打电话来了，让你马上去广州大酒家。"

陈立夏惊喜地跳下戏台："他们回来了？昨天红船还没到码头哪！"

尹灵芝道："你们师兄妹感情真好，金师哥让你按老规矩去，什么老规矩啊？"

陈立夏哈哈大笑："老规矩啊，你马上就看见了。"她一阵风一样跑进办公室，片刻之后又跑了出来，已经换了一身男装，鸭舌帽小西服，活脱脱一个俊俏小男生。

"这就是老规矩喽！替我跟师父说一声哈。"她推出一辆脚踏车，风风火火地跑去。

这是一家百货公司的天台，戏院是半露天的，而戏院之外的其他地方是游乐场，陈立夏推着自行车七绕八绕地穿过东一堆西一堆的转椅、跷跷板、哈哈镜，进了电梯。

2

广州大酒家的后厨，灶台一溜排开，灶前的炒锅爆起一团火光，锅铲叮当作响。每个灶前都是同样忙碌的气氛，厨师们此起彼伏地忙碌，炒好的菜出锅入盘、刷锅、倒油、拿来新食材开始烹调。厨师们身后是一排长案，炒好的菜放在长案上，"打荷"们放入托盘端给门口的传菜员，吆喝着要送的位置，"三号桌白灼虾仁，六号桌生炒菜心。""打荷"们不断向上面摆放配好的食材，嘴里还吆喝着这道菜的菜名，麦啸文在他们身后神色威严地巡视着。整个后厨充斥着这样的声响，吆喝声、炒菜声、切菜声，热火朝天，不同工种的人穿着不同颜色的服装，倒也一目了然。

在这一片热闹中，角落里站着素衣少年陈卫半张着嘴看得目瞪口呆，如果凑近了看，他眼中却有着淡淡的不以为然。他所站的位置，是后厨处理各种食材的"水台"所在，地上汪着水，学徒们赤着脚跑来跑去，洗菜、杀鱼，还不断被前面"砧板"的人催促着，一个小学徒抱着一大棵增城迟菜心跑过来，脚下一滑，陈卫眼疾手快拉住他，没让他倒在水中。

麦啸文看了一眼，走了过来："陈卫是吧？你跟林师傅来的？你出去等他吧。"

陈卫说："我又没碍事。"

"这是后厨重地！"

"我也没下毒啊，还帮你救了人。"

"毛手毛脚不堪大用。他要是摔倒了，我会轰他出去。"

陈卫看了看他严肃的表情，嘟囔了一句："难怪你们后厨没有镬气。"

麦啸文沉下脸："你说什么？"

陈卫扭头看向后厨尽头，林北江正跟主厨黄祁全说着什么，此时他们看向这里，陈卫向林北江做了一个出去溜达溜达的手势，林北江没有理他。

陈卫说："我出去遛遛，我师父完事儿去前面找我吧。"

他走出后厨。

麦啸文："你别走！凭什么说我们没有镬气？"

陈卫一副欠打的模样："我为什么要告诉你？"

陈卫跟着一个端着菜肴的传菜员走到前面来。他盯着那盘菜肴，嘴里数着步数。菜肴上淡白色的热气由浓到淡一路减少着。陈卫停下脚步，嘴里也不再数数，眼睛却还盯着那盘菜肴，看着它被送上了桌，客人们向它伸出筷子。

陈卫回望走过来的方向，自言自语："五十二步菜就成了这样了，那边二十桌太可怜了，吃的是什么玩意儿呀。"

在他身后，陈立夏匆匆走过，四下张望，两个人擦肩而过，走向不同的方向。

一阵小号声从某个包间传来，吹奏着《红河谷》的曲调，客人纷纷四下张望，陈立夏笑了起来，循声找去，陈卫似有感应，疑惑地挠挠头，望向她离去的方向。

3

金慧荣站在窗边吹着小号，几个年轻人围在桌前鼓着掌，兰建辉年纪最大，眼神灵活，一边以手拍桌打着节拍，一边还给众人倒着茶，更年轻些的阮飞舟连忙起身接过茶壶。

另外两个年轻人穿着飞行员的制服，更显得帅气。

唐云说："这首《红河谷》是加拿大民歌，在美国学飞行的时候经常听，但用小号吹，味道更不同。"

另一名飞行员诸葛丰用英语跟着唱了几句，众人打着节拍相和。

陈立夏推门进来，阮飞舟连忙起身招呼，替她拉开座位，兰建辉给她倒上茶，他们相互打着招呼，一看就是旧识，金慧荣用一个华丽的尾音结束了吹奏。

金慧荣道："立夏，介绍两位新朋友给你，空军飞行员唐云、诸葛丰，我师妹陈立夏，摘星女班的当家刀马旦。"

唐云和诸葛丰起身打招呼，陈立夏也毫不见外地称呼他们："唐哥好，诸葛哥好。"

阮飞舟插嘴："立夏姐有个英文名字，叫Summer，夏天的意思。"

两个飞行员有些意外，也各自用英语报上自己的英文名字。

唐云说："我叫汤姆。"

诸葛丰说："叫我杰森好了。"

陈立夏说："我的英文可不好，英文名字是叫着玩儿的。"

"各位，各位，立夏的英语水平，我这个大学教授最有发言权。"兰建辉卖着关子。

唐云问:"兰教授,怎么样?"

兰建辉哈哈大笑:"不怎么样。"

众人都笑起来。

金慧荣说:"我这个师妹啊,精力充沛,好奇心强,什么都想学学,学英语就取了个Summer的名字。"

陈立夏冲他翻了个白眼。

金慧荣说:"叫你来是有好吃的,梧州纸包鸡,广州倒不容易吃到。"

阮飞舟跳起来张罗着,把两个食盒提上桌,拿出热气腾腾的纸包鸡来。

陈立夏吃惊道:"怎么可能还是热的?"

阮飞舟解释:"唐哥和诸葛哥在空军嘛!陈济棠总司令宴请贵客,派飞机去梧州买纸包鸡。"

唐云说:"顺便捎几只跟大家分享。"

诸葛丰说:"如果喜爱吃,我们就多飞几次梧州,最近还有几次飞行计划。"

兰建辉说:"陈总司令频频宴客,跟当下的时局有关吧?"

唐云说:"胡汉民主席驾鹤西去,蒋介石没了顾虑,着手夺取广东,陈总司令要联合桂系抗日反蒋!"

诸葛丰压低声音:"陈总司令找人算过命,这次反蒋机不可失。"

金慧荣笑起来:"对对对!陈总司令信这个,我们去给他唱戏,他都要算一算时辰对不对。"

众人大笑起来,侍者端上几盘水果。

兰建辉说:"试试我带来的荔枝,我带了增城挂绿,可惜不多,实在是太贵了。"

众人大笑着传递着水果,荔枝被送到陈立夏面前,她惊惶地向后躲闪,金慧荣连忙挡住她:"立夏从来不碰荔枝。你们吃,你们吃……"

4

佛山，开在骑楼下的一间荔枝商铺，店主罗松墨坐在堆得满满的荔枝摊中恣意吃着荔枝，一口烂牙的嘴正咀嚼着荔枝，吞咬皮肉吐荔枝核，汁液四溅，打湿鼠须。他就是十年前佛山公安局那个帮助廖四六设伏的警察，论功行赏分得了陈家的这个荔枝铺，挣了几年钱后索性辞了警察局的差事，可也怪，辞了差事之后，荔枝铺的生意就每况愈下了。

陈山河克制着对荔枝的厌恶，赔着笑脸从脚下装满草药的背篓中掏出一块木头："这次出来采药运气不错，得了块六十年的莞香，送给你赏玩。"

罗松墨斜着眼："糊弄我？这玩意儿生在东莞，你在佛山能采到？"

陈山河说："不敢糊弄，我先去的东莞，再来佛山。"

罗松墨继续吃着荔枝："听说谢十三在东莞落网了。"

"我知道，我去东莞就是为了他，想花点钱见见谢十三。"

"糟蹋钱！花了多少？"

"没人肯收，也没见上，这不又来找你了吗。"

"我也不保证让你见上，我不干警察很久了，人脉都淡了，何况还是东莞，别瞎花钱了。你关心陈家的灭门案，我不问理由，拿钱办事嘛，公安局的卷宗我给你看过了，你还要见他干什么？"

"我怀疑当年杀我父母的并不是谢十三，我去当面问问他。"

罗松墨差点被荔枝呛住，不断地咳嗽着，好不容易才止住咳嗽："我装糊涂也装不下去了，你就是陈家漏网的孩子吧？你是老大还是老二？老老实实活下去不行吗？想着报仇？你拿什么报仇？有钱还是有势力？敢灭你家满门的人，别管是不是谢十三，都不是你能得罪的，你拿什么报仇？你那点从牙缝里省出来的钱，连我都喂不饱，凭什么惦记报仇？"

陈山河灰头土脸地离开。成年以后，他就不断地回佛山寻找陈家惨案的真相，寻找弟弟妹妹的下落，也因此认识了前警察局的警探罗松墨，他没有公开过自己的身份，没想到今天被揭穿了。

离开佛山回到广州，陈山河决定要赚钱，赚很多钱。

5

清晨的广州大酒家大堂里，茶杯相碰，叮当作响，吵醒了趴在桌上熟睡的陈卫，正是早茶时分，三三两两的老年客人正对付着自己的一盅两件，西装革履的生意人和穿着中山装的政府工作人员则动作迅速，一边吃早茶一边看着《广州民国日报》，开始了一天的生活。

陈卫匆匆走向后厨，与昨夜灶火轰鸣的热闹不同，后厨只有点心部在忙碌，满眼是高低起伏的蒸汽，人也少，很安静。

陈卫四下张望，却看不到林北江，也看不到昨天晚上见过的麦啸文和黄祁全。

"点心小案"的外号叫千手陈，是个慈祥的老者，他迎了过来："后生仔？"

陈卫问："你见到我师父了吗？昨晚来这里找黄祁全师傅叙旧的，一叙就叙了一夜，我也稀里糊涂地睡着了。"

千手陈摇着头。

陈卫指着昨晚林北江站的位置："他就一直站在那个地方说话，我站这里，后来有个姓麦的打荷把我轰出去了。"

千手陈摇头："不可能的，后厨是不可能让外人进来的，你也不能进来。"

"我知道，我知道，可我师父确实来过了啊，他就站在那里……黄师傅呢？"

"他还没有上工。"

"姓麦的那个打荷呢？还有昨天晚上的灶台师傅、打荷、水台？他们都见过我，我站在这里好半天……"

"不可能的，谁让你进了后厨，谁就会受罚，这是黄师傅定的规矩，快出去吧，莫让我难做。"

陈卫从大门走出来，满腹狐疑。他突然拔腿跑了起来。

清晨的广州老城还没有醒过来，早起的人穿着木屐呱嗒呱嗒地走在青石板路上，收夜香的粪车从街边走过。陈卫看向夜香车，大概是想起了用这个车推着林北江的事，嘴角带出笑容。他跑过生活气息浓厚的广州街头，有人开门将洗脸水泼出来，他跳跃着躲着水，有脚踏车摇着铃从他身边超过去，有卖早点的小贩在叫卖猪肠粉和生滚粥，有挑着青菜的小贩走得飞快，清水从竹筐里滴答下来，有穿着校服的小学生结伴而行，有送水的小推车在街边卖水。陈卫一路跑到珠江边，沿着江边的大榕树奔跑着，一直跑到了江边码头，蝶叔站在小艇上说："你师父他半夜跑来，卖了菜艇上岸走了。"

"卖了菜艇他吃什么喝什么？我吃什么？"

"他说你已经长大了，你不应该再守在菜艇上了！"

"他又欠了新赌债？把菜艇输掉了？"

"这回不是赌债，菜艇，我买下来了。我也没多少钱，反正菜艇算是我的了，他的赌债我慢慢还。"

"那我呢？"

"他不让你在菜艇上干了，还跟荔枝湾所有的菜艇打了招呼，要想为你好，就都别雇你。"蝶叔从小艇里拿起裹着厨刀的牛皮卷，"他给你留了这个，说跟广州大酒家谈好了，你去当学徒，学更好的厨艺。他还让你不要找他，找也找不到，他这辈子跟你仁至义尽、恩断义绝。"

陈卫气愤地说："蝶叔，你听听这还是人话吗？真的脑袋有病！他去哪儿啦？我找他去看看脑袋。"

还真让他说着了，林北江确实有病，黄祁全让他去南禄医馆找徐南禄打听，徐南禄拿来一张胸部X光片插在窗玻璃上，借着外面的亮光，清晰可辨。

"这是你师父去博济医院拍的X光，外国医生跟我的诊断一样，都是肺炎，而且比较严重，就是我们常说的肺痨。"徐南禄指点着X光照片，"看，这些阴影就是他肺部的洞，这么大面积，非药石可治了。"

陈卫惊愕道："我师父他，没说不舒服啊！"

"确实有这种情况，没有明显的症状，但身体已经慢慢垮掉了。"

"这怎么了？怎么就说他没有救了？你给我师父吃药啊！打针啊！开刀啊！生病了你光给他照相管什么用！这照片算是什么？什么叫肺上有个洞？"陈卫拿着X光片，崩溃地挥舞着，"有病就看病啊！他躲起来有什么用？"

徐南禄说："非洲草原的大象，大限将至就离开象群，去一个地方独自死去，这是王者的尊严……"

陈卫怒喊着："飞什么飞，粥什么粥！他就是又去赌钱了！"陈卫久久地盯着那张小小的X光照片，"我拿走了，这是我师父！"

陈卫回到了广州大酒家，麦啸文带着陈卫走上曲折的楼梯，进了狭窄的宿舍，高低床上探出很多年轻学徒的脸，个个看起来都比陈卫要小许多。

麦啸文说："我本不管学徒的事，但你是带艺投师嘛，黄师父看重，我就亲自给你安排住处喽。该守的规矩一件也不能少，头一年没有薪水，不能偷师，不能打架，手脚要勤快，外出要请假……"

他把陈卫带到一个铺位前："这套被褥给你了，旧的，干净，想要更好的，就自己去挣。"

"谢谢。"

"你可以跟着他们叫我啸哥，也可以叫我麦啸文，都可以，我很随和的。"

"谢谢你，麦啸文。"

麦啸文被噎住，他回头瞪了陈卫一眼："那好，你明天跟着他们去上工，不懂的问他们，先进门为大，这些都是你的师兄。"

陈卫看看那些稚嫩和好奇的小脸蛋，笑了："各位师兄好，我是陈卫。"

小脸蛋们都羞涩地缩回了床铺间，麦啸文瞧他很不顺眼，转身离开："你自己收拾吧，上工不要迟到。"

陈卫坐在了自己的床铺上，他把牛皮刀包放好，又把布包着的相框打开，师父的X光照片已经被装进了相框，这是他唯二的两件私人物品了，他试图把相框挂在床头。上铺探出一个小孩子的头来，他就是那天在后厨差点滑倒的小学徒，叫丁宝。

丁宝说："不让钉钉子，钉钉子要罚擦地。"

陈卫点点头，解开刀包拿出菜刀，在牛皮包的边缘切了一刀，切出一条牛皮绳来。

丁宝说："你都有自己的刀啦？谁给你的啊？"

"我师父，你们没有吗？"

"要出徒才有。那你不是出徒了吗？"

"在我师父那边算出徒了，在这里还没有，不过，应该不难。"

他手脚麻利地用牛皮绳把相框系在床头，丁宝用力探着头但还是看不清楚："这是谁啊？怎么这么瘦？瘦得跟骨架子似的！"

陈卫叹息一声："我师父。"

6

药业行会高大的仓库里，明亮的汽灯嗞嗞作响，侍者举着荔枝穿行在宾客中。

到处都能看到中药材，分门别类地各自堆放，这间仓库辟出中间的一块地方，聚集了一群药商。何姑神色不安，努力用手抚平衣角上并不存在的褶皱。陈山河长得高大威猛，比何姑还高出一头，他凑到何姑耳边低语着："弄脏了就给你买下来。"

何姑的双手连忙离开衣服。

"放轻松点儿，这儿没人认识咱们。"

"那请帖上有名字。"

"他们又不会验人名。"

侍者端着荔枝走到他们面前，嫣红的荔枝让陈山河下意识地闪躲了一下，何姑替他挥手阻拦着侍者："拿走拿走！他不吃荔枝。"

侍者刚要走,陈山河叫住他,伸手过去慢慢提起一串荔枝给了何姑:"我不吃,你吃嘛!是糯米糍,现在上市可不便宜。"

"你不去看看药材?"

"我不用看。"

"你到底要买什么药材?最近有新买卖?"

"买了就有了,开始了。"他兴奋地盯紧前面,一个"买卖手"走到人群前,站在一个木箱上:"各位南北药行、西土、参茸、药片、熟药、丸散、樽头、生草药行的掌柜老板、同行朋友,欢迎大家参加今晚的'开盆',这次要开盆的药材一共两船,来自广东药业行会的委托,大家都看过货了吧?"

众人三三两两答应着,陈山河伸长脖子向人群中打量,他盯着的是徐南禄,徐南禄正跟老药工徐联仲低声说着什么。

徐联仲说:"去年黄河决口,山东受灾甚重,鲁境的中药紧俏,这批喊盆里的山东海麻黄和透骨草,咱们要拿下。"

徐南禄点头:"你定就行。我感兴趣的是那两箱西药。"

买卖手举起手里的密底小算盘,如果细看,这算盘只有五行,与平常算盘不同:"现在开盆,第一批来自山西的黄芪一千斤、党参五百斤、远志六百斤。"

底下三三两两的人群开始喊出价格,陈山河远远看着徐南禄,看他没有喊盆的兴趣,自己也不出声。何姑倒是被现场这种争夺的气氛搞得兴奋起来,凑到陈山河耳边:"咱们不买吗?价格真不高。"

"还会涨的。"

买卖手抖了一下手里的算盘,喊道:"三百五十块银元,山西黄芪一千斤、党参五百斤、远志六百斤,归你了。"

何姑:"啊!这就买到了?!这么多药材,太便宜了啊!"

她急得摇晃着陈山河,陈山河连连安慰她:"别急!别急!说不定是托儿哪!热场子的,热场子你懂吧?"

台上的买卖手又举起算盘,开始新的拍卖,"第二批,来自福建,穿心莲三百斤、泽泻一百斤、乌梅一百斤、太子参五十斤、酸橙一百二十斤……"

台下举起一片手臂，陈山河隔着人群，死死盯着徐南禄，何姑已经气息不匀，心驰神往地看着那些药商不断举起手臂叫着价格。

"不行了。"

"怎么？"

"已经出到四百了，咱们只有二百三十块钱，攒了好几年的钱。"

"那就算了。"陈山河死死盯着徐南禄，自语，"你到底看上什么了？"

两个印着外文字母的木箱被推到台前，买卖手指着它们："下面两箱西药是委托拍卖，粤海关查扣的走私货，拍卖款将捐给陈济棠总司令倡议建设的中医学校。"

众人议论纷纷："西药来捣什么乱！今天都是吃中药饭的！""就是啊！赶紧继续吧！我还等着浙江那批药材哪！"

徐南禄说："卖药所得捐给中医学校，跟吃中药饭的就有关系了，我挑个头，五十元。"

陈山河立刻专注地看向他，突然开口："六十元。"何姑吓了一跳，周围的人也看向他。

陈山河说："徐医生说得有道理，中药西药都是药。"

徐南禄笑着点头，看没有人举手叫价，自己又举起手来："共襄盛举，我再加十元。"

"响应徐医生号召，我加二十。"陈山河再次加价。

买卖手说："现在是九十了，还有人加价吗？"

他喊了几遍，徐南禄再次举手："那就凑到一百。"

陈山河立刻跟上："一百二。"

满场的人都觉得异样，这个年轻人是跟徐南禄杠上了，徐南禄身边的徐联仲扭头瞪着陈山河，陈山河跟人家拱手致意，徐联仲闷哼一声回过头，压低声音说："冲着你来的？"徐南禄也压低声音说："从来没见过。是哪家药铺的？"

买卖手在台上催促着:"一百二十元,还有没有?海关罚没西药两箱,必定是真货无疑,对不对?没有人会冒着风险走私假药。"

徐南禄道:"那就一百三十元。"

陈山河立刻跟上:"一百五十元,抱歉,我就喜欢真货。"

何姑偷偷拉着他的衣角,陈山河暗中拍拍何姑的胳膊,说:"徐医生还要加价吗?不如成全了小子吧?"

"相互成全才是真成全,我再加十元。"

买卖手喊:"一百六十元啦!南禄医馆徐南禄医生出到一百六十元。"

何姑再次拉着陈山河的衣角,喊价在继续,价钱一路飙升,陈山河喊出四百三十元的价格。

徐联仲走回徐南禄身边说:"他喊盆不作数的,拿的是别人的请柬。"

"是冲着我来的,看看他要干什么。"

买卖手在上面喊着:"四百三十元!还有人叫价吗?我不得不说,这个价格就算是去药房买药都够了,我喊盆这么多年还是第一次见。还有人叫价吗?徐医生?"

徐南禄摆手放弃,买卖手一振手中的算盘,指向陈山河:"西药两箱,四百三十元,你们的了。"

何姑急切地:"咱们钱不够!"

陈山河远远地看着徐南禄:"你先拖延一下,我想办法。"

拍卖行的伙计已经第一时间走到他们面前,陈山河把何姑往前一推:"我把她押在这里,马上回来。"

何姑吃惊地看着他向徐南禄追去。

徐南禄和徐联仲走出门,陈山河追了过来,抱拳致意:"徐医生要走了吗?还有不少药材没拍哪!"

徐南禄点点头没有回答。

陈山河说:"抱歉啊徐医生,我抢了你要的药材。"

徐联仲说:"小伙子,太张狂了吧?"

"我想把这批西药送给你。换我进你的药坊当学徒的机会。我要完成我师父的遗愿，把他留下的生药铺变成大药房，所以我想去跟广州最好的药工徐联仲老爷子学制药。"

徐南禄说："徐爷，人家是冲着你来的。"

徐联仲说："我不收！就不能好好登门吗？"

陈山河笑嘻嘻，故作腼腆："空着手，不好意思登门。"

徐南禄说："你是何记生药铺的？你师父……故去有九年了吧？"

"你知道我师父？"

"他给我们供过药。"

陈山河瞟了一眼门内，何姑正语无伦次地站在买卖手面前，不知道在说什么。

药商们鼓噪起来，催促继续拍卖，陈山河静静地等待徐南禄的答复。

"好，我同意了，那两箱西药按市价也就二百元，这个钱我出，多出来的钱是你自己炒上去的，你自己背。"

"谢谢你。"

徐南禄吩咐了一下，他的手下进了仓库，去跟何姑和买卖手完成交割，何姑松了一口气，看向他们，陈山河向她微微点头。

徐南禄突然回过头来问道："你算到我会付这部分费用？"

陈山河说："我根本没那么多钱，如果你不肯开恩，我就麻烦了。"

徐南禄面露微笑："早听说年轻一辈中你狡猾如狐，果不其然。"

陈山河一脸受宠若惊："徐医生还听说过我？真荣幸。世人对狐狸误解太深，聊斋里早就说了，狐狸最懂报恩，我可以在这里立誓，一辈子唯你马首是瞻。"

徐南禄一愣，大笑着离去。

事情办完了，陈山河带着何姑回家，月色比路灯更亮，照得青石板小街纤毫毕现，何姑催促陈山河走快点，赶紧把借来的这身衣服还给裁缝铺去。

陈山河不以为意："明早再还也是一样。"

"那怎么能一样？今天还，是情分，明天再还就是生意了，你给不给人家钱？给多少合适？家里可一个毫洋都凑不出来了。"

"没事儿，明天有一批穿心莲要送货，送去就有钱收了。"

"以后可别干这样的事了，差点把我吓死。对了，你还把我押给人家！你敢把我押给人家！"

何姑越想越气，狠狠地打了陈山河两下。

陈山河说："你不怪我把西药送给徐南禄？那是咱们所有的钱！"

"我就怪你把我押给人家！"

回到家里，何姑急急忙忙地去还衣服，陈山河去巷口的水喉挑水，跟看守水喉的区伯要着明矾，在桶沿上磨碎，撒进水中。

区伯嘟囔着："每次都要蹭一点明矾，可真是滑头的小狐狸。"

"你老可是看着我长大的，小狐狸能有什么坏心眼嘛！"

"跟你师父一样，只有他占我便宜，我可沾不上他的光。"

"我们是开药铺的嘛！我倒情愿你沾不上光，健健康康、长命百岁多好！"

区伯说不过他，赌气地说："我要喝你师姑煮的凉茶。"

"遵旨，明天煮了就送来！"

7

天台戏班的戏台上，艺人们在练功，陈冶冰神情严厉地巡视着，不时地纠正一下动作，走过商锦芳的时候停了一下，吸了吸鼻子，商锦芳心虚地低头。

陈冶冰厉声喝道："去洗了。"

商锦芳慌慌张张地站起来向办公室跑去，陈冶冰环顾四周："再有人涂香水，自己去扒了皮。"

尹灵芝和商锦芳在对着镜子试着戏装，压低声音说着话。

尹灵芝说："是雅顿今年新出的Blue Grass吧？先施公司还没上货哪！"

商锦芳说："李公子从旧金山给我带回来的。"

"这味道真好，洗掉真可惜。"

"师父太偏心了，对陈立夏就怎么样都行，她说要安装电话，一百个银元的初装费，十多个银元的月租，她眉头都不皱就出了。"

"哈！这电话咱们俩用得还更多些。"

"不用白不用！还有她的脚踏车，一年光牌照费就八块银元！师父就这么宠着她？"

门口传来陈立夏的声音："喂！脚踏车可是我自己买的，牌照也是我自己花钱上的，你安在师父头上，问过她没？"

陈立夏穿着一身女将军的大靠，威风凛凛地走了进来。戏班的衣箱师傅拿着针线跟了进来，陈立夏做了几个动作，跟衣箱师傅默契地交流着需要修改的地方，衣箱师傅在大靠上做着标记。

陈立夏说："师父没有对任何一个人偏心，她是什么脾气大家都知道，好好干活守规矩，你就能如鱼得水。"

陈立夏换掉了大靠，陪着几个大腹便便的商人在戏台前参观着。

一个商人说："立夏小姐还要在台上放电影吗？"

陈立夏说："电影还不行，但是可以放出照片来，也算电影吧？我们这次的首本戏号召的就是全新电影布景，是杜丽娘梦里的景象。"

"杜丽娘梦见什么了？"

"亭台楼阁什么都有，梦见什么就有什么。反正各位只要知道，我们这出《杜丽娘》跟其他人演的都不一样就行了。"

几个商人望着空荡荡的戏台，似乎遥想了一下盛况。

"另外，我们的棚面加了一个人。"

"啊？棚面还可以加人？"

"就是创新嘛！跟薛觉先薛师父学习，我们也请了一位会吹色士风（萨克斯）的棚面，怎么样？电影影像、机关布景、色士风，三大创新！"

"行！咱们跟陈班主谈谈正事吧？"

"还是老规矩，戏票、座椅垫儿、戏台帷帐上印广告，价高者得。"

"天气渐热,天台上要不要添几把遮阳伞?小号免费奉送。"

"那不行!几把伞能用好几年,我们不是要给你们打上几年广告?你想得美!"

8

陈山河在一个伙计的引领下走进南禄医馆的制药作坊,他边走边向两侧打量着。徐联仲老爷子一直远远地看着他,直到他走到自己面前。

陈山河上前致意:"徐爷,我来了。"

徐联仲阴沉着脸:"我想起你师父是谁了,每次送草药都东张西望、鬼鬼祟祟的,你也跟他一样。"

陈山河毫不在乎:"徐爷,我师父已经过世了,你想骂就骂我吧。"

"我就要骂他!看看他把你教导成什么样子了?小小年纪学得一身阴谋诡计!我听说都叫你狐狸?一个大男人被叫作狐狸,这是好话?"

"是不是好话,我也都得听着,你说是吗?"

"我说不是!你就甘心被叫作狐狸?"

"我想被叫作老虎,你们也不叫啊!"

"那你就去努力当老虎!"

"我做梦都想当老虎,你瞧!"他从怀里掏出一个永安堂虎标万金油的小盒子,示意着上面的老虎商标,"我随身带着,没事儿就照着学一学。"

徐联仲瞪着眼,突然冷笑了一下:"想学怎么做药是吧?"

"是。"

"能吃得苦?"

"能。"

徐联仲带着陈山河来到院子里,这里砌着一个大灶台,架着铁锅,烧着干柴,几个赤膊的汉子戴着口罩,正站在宽大的锅台上,用手里巨大的铁锹翻炒着铁锅里的药材。徐联仲边走边说着:"学制药,不能不学中药炮制,生药铺经营草药，对炮制想必不够精专，你就从学习炮制开始吧，正好有一批姜在炒，你知道炮姜吧？"

陈山河点头说知道。

"干姜炒至微黑内呈棕黄色而成，有温中散寒、温经止血的功效，能治疗中气虚寒的腹痛、腹泻和虚寒性出血……"

"性味苦，涩，温、辛、热，归脾、胃、肾、心、肺经。"

"看来学过点东西。"徐联仲指着头上方位置的大锅，"一百斤生姜，沙子加热炒成三十五斤，需三个壮汉一起炒制，我看你也挺壮，尤其是嘴够硬，你就从这个开始吧。"

陈山河二话不说，脱了衣服，光着膀子跳上锅台，接过了一支铁锹。工友又递给他一副厚厚的口罩，他扣在脸上。

"炒炮姜是最累、最考功夫的工序，你要不行就跟他们说一声，打好铺盖滚蛋吧。"

陈山河居高临下地回头一笑，做了一个老虎长啸的姿势，徐联仲气哼哼地离开。陈山河跟另外几个人一起挥动铁锹，他们围着锅台转着圈炒制起来，这一炒就是一整天。

晚上，粤海关大楼的报时钟声响起来，守着水喉的老者区伯从打盹中醒过来，看到何姑正焦急地站在街口，频频眺望远方，区伯知道她在等谁。

"还没回来？铺子不管了？"

"有我管着，草药生意不好，我一个人就够了。"

"他年轻，老守在你身边，不是办法。"

何姑看了一眼区伯，他却一副眼都睁不开的瞌睡模样，水喉是锁在一个木盒子里的，区伯掏出钥匙把木盒子锁起来："走啦，年纪大了，该上锁的，还得上锁啊。"

"区伯，你是老了，说话开始颠三倒四的了。"

"我守了这么多年水，清白不清白，我还是知道的，可是人言可畏啊！"

区伯踩着木屐，呱嗒呱嗒地走远，何姑沉静下来，月色如水。一连串沉重的脚步声从黑暗中传来，随即陈山河走了过来。

"你怎么在这儿？打水？区伯呢？"

"刚走。"

"水桶呢？"

"缸里还有水，今天上工怎么样？"

"都快把我烤成一块姜了，整整一天围着灶台转，那汗出得，下雨似的，还都落不到地上，滑到腰上就烤干了，水够不够？我得好好冲个凉。"

他们絮絮叨叨地走向小巷深处，陈山河哼着一首法语儿歌《雅克兄弟》，这首曲子在中国也耳熟能详，何姑被他的欢快感染，也用同样的曲调轻声哼着，但她哼的却是一首粤语歌，歌词是："打开蚊帐，打开蚊帐，有只蚊，有只蚊，快啲攞把扇嚟，快啲攞把扇嚟，拨走佢，拨走佢。"陈山河又改成另一种唱法，是儿歌《两只老虎》，何姑也改了唱法，是那首"打倒土豪，打倒土豪，分田地，分田地"的《革命军歌》。同一首曲调，两个人换了四种唱法，歌声相互纠缠，很是温馨。

9

洒满晨光的酒家大堂宽敞透亮，满洲窗的雕花玻璃映得地面五色斑斓，丁宝等一大群学徒正小跑着擦洗桌椅打扫卫生，三两个早来的年长客人也进了大堂坐下来。陈卫换了学徒的衣服擦洗着桌椅，他的一只手里还拿着自己的牛皮刀包，打扫起来很不方便。

一个老者站在陈卫身边等待着，陈卫指指周围的空座位，但老者不为所动。丁宝飞快地跑过来，帮着陈卫把这个座位打扫完，老者欣然坐下。丁宝拉着一脸迷惑的陈卫离开，小声解释着："这是森伯，他就中意那个座位。"

他看了一眼陈卫的刀包说："陈卫哥，你不用老拿着它。学徒头一年用不到刀。"

"什么意思？"

"头一年在水台学徒，洗菜、择菜、杀鸡、宰鱼、剥蒜、切葱，就干这些。"

陈卫已经转头向后厨走去，丁宝没有觉察，还在絮絮叨叨："我当学徒一年了还在水台，有个师兄已经两年了还天天洗菜，手指头都泡肿了……"

后厨的点心部里蒸汽弥漫。黄祁全和点心部的点心小案千手陈、烧腊部的"油鸡大佬"三个人传看着几页不同颜色、质地的酒家点心单，最近陆羽居推出了星期美点，号称每星期都更换点心，生意大涨，陶陶居、金轮、福来居马上都要跟上，黄祁全担心自家不做会影响生意，他征求油鸡大佬和千手陈的意见。

油鸡大佬说："不跟只怕不行，就是老陈要辛苦了。"

千手陈说："我们做点心的有句话，叫一世夫妻半世床，日夜颠倒，跟家人只有半辈子相处，每星期换点心，我也能做到，就是食材上要多打出损耗。每家的星期美点都不少于六咸六甜，香露虾云吞、薄皮鲜虾饺、蚝皇叉烧包、牛肉滑肠粉、椰蓉冰肉角、凤凰椰丝爽……这食材成本可不小。"黄祁全答应去跟东家商量，陈卫快步进来，径直走向黄祁全："见过黄师傅、陈师傅——"

他不认识油鸡大佬，向他点点头。

油鸡大佬说："林北江的徒弟？我认识你师父，以前他是少东家的时候……"

黄祁全打断他："这是油鸡大佬。你师父把你托付来谋个前程，我们会照应你的，麦啸文给你安排好了没有？"

"他让我从水台干起。"

"那就好好干，别辜负你师父。"

"我在荔枝湾最好的菜艇干了九年，我不需要再从水台干起了。"

黄祁全不置可否："这样啊？"

麦啸文得知此事，找到陈卫，把一把菜刀和一颗土豆拍在案板上，土豆还没有洗，泥土溅落在案板上。

"觉得自己挺不错了？找黄师父告状？来，让我们看看你有多棒。"

"想看什么？"

"切丝。"

"我要用我自己的刀。"陈卫打开自己的牛皮刀包，麦啸文又随意点了两个人，也各自站到案板前，面对同样的菜刀和土豆。

"你在菜艇九年，他们从学徒起也差不多九年，你们比比吧。"

众人各自就位，同时开始动手，用不同手法削掉带着泥土的土豆皮，刀锋刮削着案板，带走了泥土和木屑、切土豆成片成丝……

麦啸文心说，在我们后厨，炉头、砧板、上什、烧腊、点心、打荷、水台，七大分工各司其职，菜艇没这个条件，你难免基本功不扎实，所以才让你从水台做起，夯实欠缺，可惜你不领情，那就让你看看差距。

三块案板上各有一堆切好的土豆丝，麦啸文拿起第一盘土豆丝，从中夹起一根土豆丝，提了起来，整盘土豆丝随之被提了起来，原来这盘土豆丝切得首尾相连，提起来像是一张大网。学徒们低声惊呼。

陈卫嘴硬："比的是土豆丝，不是网！"

"土豆丝是靠黏液彼此连接的。"麦啸文抖了一下手中的土豆丝，瞬间崩塌，落在盘中变成一盘土豆丝。

陈卫哑口无言。

麦啸文又拿起另一盘土豆丝，同样惊艳，整齐划一、粗细均匀，偏偏还很薄，举起来对着光，都能透出影子来。

陈卫继续嘴硬："菜有锼气才是最重要的，切得再好看，进了嘴里还不是一样？"

"能说出这种话，更证明你不学无术。"麦啸文用刀尖在陈卫的那盘土豆丝里挑选了一下，六根大小粗细薄厚都不相同的土豆丝摆在案板上。

"你输了。"

"愿赌服输，我会好好练习切菜。"

"这就想升砧板？美得你！在水台好好练吧。"

69

"等等！要练到什么时候？"

麦啸文拉着他蹲在地上，陈卫莫名其妙，麦啸文指着地上的蚂蚁："什么时候你能让蚂蚁排队走直线，什么时候升你。"

"你为难我？这不可能做到。"

"话别说这么满！我要是做到了，你在水台干三年，敢不敢？"

陈卫瞪着他，似乎在揣测他是真有把握还是在吓唬自己，最终他决定不冒险："那算了。"

那天回了宿舍，陈卫把那六根被挑出来的土豆丝插在师父相框的边缘。土豆丝已经干了，依旧大小不一，有一根还插不进去，他用吐沫舔湿了粘在相框上："师父，咱们今天栽跟头了！要说也怪你，九年了你都没好好教我切菜，你还有什么东西没教我啊？这跟头栽得！我脸都摔肿了。"

第二天一早，晨曦笼罩后厨，学徒们在打扫卫生，千手陈守着蒸汽缭绕的点心部，在纸上勾勾画画，上面写着各种点心的名称，丁宝这个小话痨压低了声音，给陈卫讲着后厨的八卦："油鸡大佬没有名字啊，连发薪单子上写的都是油鸡大佬，人家烧腊都是油鸡大佬谁谁谁，就好比咱们是点心小案千手陈、灶头头镲镲气黄。"

陈卫把一块围裙骤然抖开，发出很响的啪的一声，他认真地系好围裙，说道："从今天起，我就是水台陈卫。"

10

陈山河抡起大锤狠狠砸下，榨油设备上的木楔子被砸下一截，又一股子油被挤榨出来。这是制药作坊的一角，一台用整棵树干做成的榨油设备旁，陈山河抡着大锤狠狠砸着，汗水浸湿了他的衣服。

徐联仲走过来，伸手用手指沾了沾油，检查着成色："可别说我没教你，这麻油性微寒，味甘，润燥通便、解毒生肌，炮制药物可使其质地酥脆。知道麻油能炮制什么药物吗？"

陈山河一锤一答:"蛤蚧、马钱子、三七……还有骨头。"

"孺子可教,好好捶吧。"

陈山河却砸完最后一下,跳下来:"徐老爷子,我告个假,有点事出去一趟,一会儿就回来。"

徐联仲鄙视地说:"想偷懒别找借口。"

"真的有点事,我昨天跟徐老板也提过。"

徐联仲更不高兴了:"还拿东家压我?你能有什么事?"

"有个故人今天要死了,我去送行。"

徐联仲认为他不肯说真话,沉着脸转身走了,陈山河脱下衣服擦干汗水,又换上一件干爽衣服,走出药坊。徐联仲在远处默默看着,喃喃自语:"朽木!哼!朽木!"

同一时刻,陈卫在广州大酒家的后厨门外磨着五六把菜刀,有的磨完了,有的还没有,丁宝等几个学徒围着他看,有人还在往嘴里扒着饭。丁宝眉飞色舞跟小伙伴们散布着八卦:"就刚才的事儿,从这边巷口过去的,听说要游街示众,押到流花桥法场枪毙。"

"不是都在东校场枪毙人吗?"

"你懂什么?流花桥是枪毙水匪的,有桥有水,谢十三可是大水匪!"

本来毫不在意的陈卫惊住了:"谁?"

"大水匪谢十三啊!在东莞被抓到了,送到广州来正法。"

"从这里过去了?往哪边?"

丁宝指了一个方向,陈卫跳起来就跑,甩下一句话:"帮我告个假。"他手里还提着一把菜刀,阳光下寒光闪闪,他脱下外衣裹着刀,在街道上一路疾行,直奔所谓的流花桥边的刑场。其实那只是郊外一块空旷之所,并无鲜明标志,看热闹的人遮挡了大部分视线,陈山河挤在人群中,远远看着中间空地上,谢十三面无表情地被捆在一根木桩上。

另一侧的人群中,穿着便衣的邝庆奎和廖四六远远看着。

邝庆奎问:"搞好了?"

廖四六说:"我专门去了趟东莞,弄断了他的舌头。"

邝庆奎点点头:"梁队长吃相难看,早晚出事,我可不想被牵扯出一堆旧事。"

"是,人死了,就断了。"

邝庆奎手搭凉棚看着谢十三:"都说他杀人如麻,我看也……"

他眼角闪过一道白光,紧贴着他的脑袋飞了过去,随即人群传来一声大喊:"谢十三,去死!"一柄菜刀旋转着飞了一阵子,插在谢十三脑袋后面的木桩上,刀面的反光瞬间照亮了谢十三的脸。

邝庆奎连忙回头看,却只看到一大片挥舞起来的手臂,大家被这把刀带动,把各种水果、雨伞、茶壶、汽水瓶砸向谢十三,一时间群情激奋,谢十三被砸得狼狈不堪。陈山河在人群中奋力地向刀投出的方向挤去,陈卫却转身逆着人群离去。

公安局特侦队在调查那把从刑场取来的菜刀,指纹科查不出指纹,刀是正岐利出的双狮菜刀,不算新,是常用的刀,而且刚刚磨过,新发于硎,但是只磨了一半,这挺有意思。邝庆奎想象不出来这是怎么回事,让人把刀送去食堂,免得浪费。

陈卫另买了一把新菜刀还到后厨,去水台开始洗菜,他双手插进水中,安静下来,默默地向爸爸妈妈告慰:"谢十三死了,你们安息吧!"

那天从刑场回来,陈山河既激动又郁闷,他确信扔刀子的就是弟弟,却跟弟弟失之交臂。何姑安慰他:"那谢十三害的人太多了,谁家的子女亲人不想杀了他报仇?所以那个丢菜刀的不一定是你弟弟。"

"我觉得是!那个声音像!"

"你呀,是太想弟弟妹妹了。又该上报纸登启事吧?今年早点登吧!"

"晚几天也行,生意不好,我又被南禄药坊拖住了身子……"

何姑摇头:"没事儿,我一个人也能行,你早点找到弟弟妹妹才是大事。"

"也不知道他们还……在不在广州。"

"那就多登几家报纸，省里的报纸也要，外地的报纸也要。"

"好，我最近也琢磨了个办法，如果顺利，就能早点学到本事了。"

"什么办法？"

他咧嘴一笑："江湖事江湖了。"

陈山河的办法就是在武馆里邂逅徐南禄。陈山河从小在武馆遍地的佛山长大，跟着父亲和家中武师学过几年拳。打听到徐南禄爱好功夫后，就托人找到这家武馆的馆主吴世钧，请他帮忙设了一个局，果然，徐南禄看到正在练拳的陈山河很是手痒，俩人一来二去就较量了一场，以洪拳对咏春，打得畅快淋漓。徐南禄把陈山河引为少年知己，主动说要帮他在徐联仲老爷子面前说说好话。

第六章

1

太平年班的红船鼓着风帆在河汊上疾行,韦太平坐在船头,拿着一个印着哈德门香烟广告的月份牌查阅着:"明天到广州,下午开船去佛山,在佛山连演三晚,你哪儿还有富余时间?"

金慧荣赔着笑:"立夏鼓捣了半年的首本戏,首演你不让我去捧场,她能答应?"

"那也不能耽误了咱的戏啊!戏比天大!"

"我先去捧个场,然后坐火车去佛山,反正我是压轴,不耽误演出。"

"你这也太宠着她了。"

"师妹嘛,可不就是拿来宠的。"

韦太平顿了一下:"你不会还在忙活那些事吧?"

"什么事?"

"你大师兄詹银台搞的那些事!你可别忘了,我差点被他连累死。"

"怎么会哪!大师兄是英雄,我跟他不能比。"

韦太平冷哼一声:"别以为我不知道……"

"你说伶人工会啊?我担个虚职,放心吧师父,我会保护自己。"

红船到了码头,金慧荣便赶去天台戏院了,摘星女班的戏飞(戏票)上端印着"梁培基发冷丸"的广告,下端印着《杜丽娘》的剧名和"摘星女班奉献全新电影机关布景色士风献声"的字样，三三两两的观众正拿着票入场，这里早就布置得花团锦簇，摆着庆祝新戏开锣的花篮。外面的天台上，商贩们忙不迭地招揽生意，卖王老吉凉茶的摊子前生意最好，几种凉茶在陶瓷煲里熬煮，加水、揭盖、倒茶，忙而不乱，熟极而流。

兰建辉和飞行员朋友诸葛丰、唐云一起走来，阮飞舟跟他们打招呼。

兰建辉说："怎么样？这珠江景致跟你们在天上看到的一样吗？"

唐云道："这里看得更踏实。"

"真羡慕你们飞行员啊，天高云淡、自由自在。"

两个飞行员矜持地笑笑。

"可惜不能永远在天上飞，一落到红尘中，就得面临吃喝拉撒，各种琐事。"

诸葛丰说："我们还好，陈总司令对飞行员很优待。"

唐云说："那当然，他是个做大事的人，就是现在的日子不好过啦。"

他们低声说着什么。

戏班后台，华光祖师的神位前早早就摆好了一个铅粉钵（化妆盒），等着戏班里的丑生阿丽来开台，这是粤剧戏班的规矩，但是阿丽却生了病，没有人开台，陈立夏在自己脸上迅速勾了个丑生的妆："我也学过丑生，我来开台。"

陈冶冰大为生气："你搞什么名堂？开台了就开锣唱戏，你的妆怎么办？"

"我换得快！就这么办吧师父，来不及啦！"

陈冶冰明显生气，却又强忍着。

全体演员在华光祖师的神位前依次站好，陈立夏拿起笔饱蘸胭脂，在铅粉钵外面写"大吉"二字，"吉"字之口还按照规矩留了一条缝。

众人向神位拜了拜，陈冶冰喊着："开锣，勾脸。"

演员们一下子散开，棚面们拿着乐器去了戏台，陈立夏迅速擦掉丑角的妆，画着杜丽娘的旦角妆容，看到陈冶冰走到她身后，她还讨好地说了一句：

"师父放心吧，我勾脸最快了！"

前面的戏台已经响起了锣声，陈立夏再次提升了速度，总算没误场。

棚面的各种乐器在演奏，尤其特别的是有一个萨克斯率先吹响，舞台一角的幕布上放出幻灯画面来，观众大感新奇，拼命叫好。陈立夏扮演的杜丽娘在台上表演着，她的视线在观众席里寻找着，看到金慧荣来了，开心地笑起来，这突如其来的笑容让观众叫起好来。

演出完后，换了男装的陈立夏骑着脚踏车，驮着金慧荣来到码头，渡轮的汽笛声响起。

"师哥，我送你过江去。"

"算了，我下船就赶火车，来不及跟你说话，三天后再来看你的戏。"

"你不在，我演得也没有意思。师哥，别的地方都能男女合班了，我要跟你一起唱戏。"

"广州还不行，你别折腾。"

"不，我就要折腾。"

"师姑能忍受你在布景上搞花样，但男女不得合班是大规矩。师姑是多么守规矩的人，当年要不是为了守规矩，她早就成了我师娘了。行啦，等我回来再聊。"

金慧荣买了票检了票，挥挥手进了码头，陈立夏怏怏地推起自行车。

2

陈山河的武馆之计起了作用，徐联仲老爷子吩咐他去学合药。陈山河被引到一摞笸箩前，伙计介绍着："这是在配龙虎丹，咱们药房卖得挺好的一味药，这边有师傅负责配药，咱们的任务就是把这些料搅匀，然后在上面写上九十九遍'龙虎丹'三个字。"

"啊？"

"你会写字吧？会写就好，用手指头写'龙虎丹'三个字。"伙计做着示范，在药末上写了字又抹平，然后继续写，"必须写满九十九遍，不能偷工减料，开始吧。"

陈山河莫名其妙："可是为什么啊？有什么讲究吗？为什么是九十九遍？一百遍不行吗？八十遍不行吗？"

伙计被问住："老师傅就是这么教的，你问那么多干什么！"

陈山河开始老老实实地写着字，写了差不多一整天，不知道什么时候起，他写的字变成了陈精卫、陈妹妹，一遍又一遍。他突然停下手醒悟过来，呆呆地看着满笸箩药渣上写着的陈妹妹和陈精卫的字样，他伸手抹平了字迹，走出这间房，向远处的徐联仲走去。

"徐师傅，为什么要写九十九遍'龙虎丹'？"

"秘诀。"

"如果写的不是'龙虎丹'这三个字，会怎么样？"

"必须写'龙虎丹'。"

"为什么必须是这三个字？"

"那就不足为外人道了。"

"我写的不是这三个字会怎么样？药失效？还是会吃死人？"

"哪些？挑出来！挑出来！"

"已经混在一起，挑不出来了。"

"你写的什么？"

"陈精卫、陈妹妹。"

徐联仲的手指虚空点写着。

"我的弟弟妹妹，从小失散了，我每年这个月都登寻人启事，心里想着这个事，就写了他们的名字。"

"这两个名字，你各写了多少遍啊？"

"我还是写足了九十九遍，我记着数哪，但是从哪一遍开始写的是人名，我就不知道了。徐师傅，写错了会怎么样？"

"你说的是真的？寻人启事哪？登在哪里了？"

陈山河从口袋里掏出折叠的报纸,徐联仲看了看,的确是一则寻人启事:寻佛山陈精卫、陈妹妹,自民国十六年分别,为兄甚为挂念,见启事请洽西关珍珑街何记生药铺。

"龙虎丹原料甚多,需要搅拌均匀方能发挥药效,'龙虎丹'三字二十八个笔画,写上九十九遍,自然也就均匀了。"徐联仲解释着。

"那写别的字也行喽?"

"当然可以,你要抄一遍《本草纲目》也是可以的。"

陈山河松了一口气,回到家中,他高兴地把这一条秘诀记在师父留下的笔记本中,所谓秘诀,说开了很简单,但真传一句话,谁也不肯轻传,这次得到了这条秘诀,全靠他随身带着那份寻人启事,所以,就算冥冥之中有弟弟妹妹保佑吧。

可惜的是,这份载着寻人启事的报纸,正在陈卫手下被折叠着。陈卫把一沓摞起来的报纸放在案板上练习刀功,报纸在他的刀锋下变成碎屑,从案板上一直堆积下去,落在脚边上,那页刊载寻人启事的报纸也在刀锋下分崩离析被切碎。陈卫的虎口处已经磨出了血,他撕下一条报纸胡乱包了包,继续练习着。

偶尔,陈卫也会溜到荔枝湾,到蝶叔的菜艇上帮忙掌一晚的灶,那一晚必定是生意火爆,可惜一直没有师父林北江的消息,倒是那个为难住陈卫的"蚂蚁排队"的难题,在蝶叔这样的老江湖面前都不是问题。这是酒家后厨的陋习,也不知道从哪里传下来的,往好处说,是为了磨一磨学徒的性子,让学徒更心细,往坏处说就是整人,是个下马威,菜艇小门小户没这个毛病,越是大酒家的后厨,这种事越多。蝶叔把解决办法教给了陈卫。

某一天早晨,阳光从满洲窗的彩色玻璃投射进来,光柱中五颜六色的轻尘飞舞。

森伯等老客人们吃着早茶,茶杯冒着热气,叉烧、蛋挞等点心也冒着热气,好一个安静的早晨。麦啸文等厨师说笑着走进后厨准备开工,却看到学徒们都带着古怪的笑容看着自己,点心部的千手陈和烧腊部的油鸡大佬也笑眯眯看着他。麦啸文很奇怪，直到他看到了陈卫，陈卫向他伸手示意，地上纵横几条黑黑的细线，是蚂蚁们排着队行走。

陈卫又指指案板，那里放着一颗土豆，陈卫拿起刀来一阵操作，土豆丝被他切得细密整齐，陈卫手指划过，土豆丝在他手指下呈扇形展开。

陈卫说："这是我琢磨出来的新切法，我管它叫发如雪。"

千手陈和油鸡大佬鼓掌，学徒们也小声欢呼着。

陈卫自信地说："我可以升砧板了吗？"

3

陈山河挑着两个桶，排在打水的队伍中，看守水喉的区伯跟他打招呼："怎么没去上工吗？你先来接水吧？"

陈山河摆手拒绝："不用啦区伯，今天药坊给了一天假。"

"那么好？还给假？"

"卫生局要去做防疫嘛！作坊要喷药杀虫，一整天都不让进去，所以就放一天喽。"

"我们这里不知道什么时候能轮到哦，整天老鼠跑来跑去……"挑水的人一下子触动了话匣子，七嘴八舌地谴责起卫生和老鼠来。这时一只手拍在了陈山河肩膀上，他茫然回头，一张正吐着荔枝核的嘴近在眼前，是佛山那个前警察——荔枝铺老板罗松墨。

罗松墨把陈山河带到附近的茶居，他一边往嘴里狂塞点心，一边把点歌的牌子交给伙计，伙计拿着牌子下去，几个乐手抄起乐器弹奏《平湖秋月》。

罗松墨舒展四肢，惬意地哼哼着："还是广州舒服，佛山生意人太多，蝇营狗苟，没有味道。"

陈山河没想到罗松墨能找到自己，有点蒙，问："你要干什么？"

"你瞧你这个人！就不能先叙叙旧？《平湖秋月》好听吧！"

"你怎么找到这里来了？"

"我卖腻荔枝了,还是有枪的日子过瘾,所以我就来广州找你喽,何记生药铺,还有个年轻貌美的女人,小日子不错嘛!"

陈山河没有说话,目光炯炯,似乎在寻找动手的机会。罗松墨从口袋里抽出一张报纸,打开推过去,是那份寻人启事:"这不是写得清清楚楚的?失散于佛山,弟弟叫陈精卫,妹妹叫陈妹妹,你躲在西关何记生药铺。"

"敢登报纸我就不怕人知道,谢十三被枪毙,我亲眼看到了,这件事已经过去了。"

罗松墨嘴里喷着点心渣子:"就是说不打算再花钱了?"

"你上次说得对,没钱还折腾什么哪!我没钱,所以算了。"

"我都开始喜欢你这个性格了,猜到我想用这个秘密敲你点儿钱,先把路给我堵死了,不错,不错。你那个美貌姑姑怎么办?有人想灭你家满门,但是你没有死,你说他们要是知道了,会怎么样?"

陈山河突然伸手去抓罗松墨的脖子,但罗松墨早有准备,枪口顶住了他的头:"听着小曲儿喝着茶,你这么煞风景?你的身世是个大把柄,我抓住了,你得认!"

"你到底要怎样?"

罗松墨笑了:"钱!好多的钱。"

"我没有!"

"那是你的事,我不管。"

陈山河就这么被讹上了,他甚至想到了偷偷搬家,一走了之,但何姑不肯,一是因为这里都是老邻居老客户,生意虽少但开销也小;二是搬了家,师父的魂儿回来找不到家怎么办?弟弟妹妹要是看到寻人启事来找怎么办?

4

陈立夏面无表情地翻看着印着她和尹灵芝、商锦芳头像的广告单,尹灵芝和商锦芳坐在她身边,陪古董商人徐老板聊着天,徐老板老想着请她们出去吃饭,但一次次被婉拒,因为戏班有规矩。

徐老板强辩:"怎么会有这样的规矩!我请薛觉先薛老板、马师曾马老板都吃过酒哪!"

尹灵芝道:"我们女班不一样啊,你多体谅,女班不比男班,规矩有点多嘛。"

徐老板说:"那真是太可惜了,我对你们这一行心存敬意,小时候还想过要学艺,可是吃不了苦。"

商锦芳凑着趣儿:"幸亏你没进我们这一行,要不这广府就少了一个大老板了。"

"不能妄自菲薄,你们艺人还有称王的哪!咸丰年间的李文茂知道吧?造反称王,开炉铸币,叫平靖胜宝,我最近刚收了一枚。"

陈立夏抬起头来:"徐老板要请客吗?在哪里吃啊?"

众人都吃惊地看着她。

晚上,风吹过天台,戏台的帐幕晃动着,帐幕上从上到下印满了广告,每一条都是相同的模式,写着诸如"广州有墨中西大药房敬赠""佛山安迟南北杂货贸易公司敬赠""广州大酒家敬赠""佛山墨兜绸缎庄敬赠",后面是门牌地址、五位数的电话号码,有的还列上了产品,类似"强身止咳丸""海参全鲍席""西洋提花布"之类的。

金慧荣等在帐幕外,陈立夏扬着勾了一半的脸跑向他:"师哥,你们回来了,这次去哪里演的啊?顺利吗?"

"你又惹师父生气了?"

"也没有特别生气,就是三天不让吃晚饭,我不怕,过午不食呗。"

"你呀!明知道你师父不许你们去跟外人吃饭。"

"我以前可从来不去。这次是为了这个。"

陈立夏掏出一枚铜钱,献宝一样放在金慧荣的掌心,铜钱正面是"平靖胜宝"字样。

陈立夏又伸手翻过铜钱,背面是"后营"两个字:"李文茂前辈带戏班子造反用的铜钱,看,这个是后营用的。"

"你哪儿来的?"

"吃饭吃来的呀。"

陈立夏抽出一根早已准备好的红绳,穿起铜钱给金慧荣挂在脖子上:"你跟大师兄都喜欢李文茂前辈,这个就送给你了,让前辈保佑你。"

金慧荣惊讶地看了她一眼,似乎在琢磨她的意思,但陈立夏却神色平静:"你可得好好戴着哦,要不我白饿了三天。"

"好。快回去准备吧,我邀了朋友给你捧场。"

陈立夏答应着转身跑回后台,到了侧幕回身偷看金慧荣,金慧荣已经走到门口,跟几个人凑到一起。

后台,商锦芳和尹灵芝已经化完妆,正小心翼翼往嘴里塞着点心,听到动静吓得到处藏。陈立夏蹦蹦跳跳地进来,两个人才放下心来。

"快吃两口,别让师父看见。"

"好啊,你们两个偷吃。"

"还不是怪你!都说了不跟徐老板吃饭,你非要去!害得我们都挨罚。"

陈立夏对着镜子接着勾脸:"我又没让你们跟着去……"

商锦芳咋呼起来:"你听听她说的这叫什么话!还嫌弃我们跟着去碍眼了?"

尹灵芝:"是啊小师妹,你要想单独跟徐老板出去,你跟我们明说啊!谁还差那两口饭呀?"

"我们还不是怕你吃亏,你要是被灌上几口酒……"

"我不喝酒。"

"那由不得你!男人凭什么掏钱请吃饭?还不是图咱们的身子!"

前面响起了鼓乐声,陈立夏手脚麻利地勾完脸:"他想图,我不给。"

陈冶冰一脸严肃地探进头来:"上场!"

三个女人都起身,整理行头,肃然做好了准备。

夜幕降临,天台上成串的彩灯闪烁,戏台上大灯雪亮,演员们在唱念做打，观众看得津津有味，不时发出笑声。

金慧荣提着一个紫砂小壶从外面走来，他径直走到后台，一路娴熟地跟女班众人打着招呼，陈冶冰站在台边监督演出，她看向金慧荣。

金慧荣举了举手里的紫砂壶："师姑，我给立夏饮个场。"

陈冶冰面无表情地默许了。

金慧荣等在一旁，看着台上的陈立夏在演出，她看到了台侧的金慧荣，惊喜地笑了起来，这显然与剧情无关，也让陈冶冰的脸沉了下来："太平年班这么闲？你天天来看戏？"

"回师姑，红船漏水要修几天，我们应了的戏也转给别的戏班了。"

陈冶冰不满地说："你师父还舍不得红船！现在还有几家戏班子用红船？人家早都进戏院唱了！"

"我师父做梦都想进戏院！这不是抢不过别人嘛！大师兄没了，我们戏班没了挑大梁的，跑乡下先维持着。"

"红船总有一天连修都修不好，让你们没船可用。"

"那他也就能狠心上岸了。师姑你去劝劝他？"

陈冶冰闷哼了一声表示不满，她看向正下台来的陈立夏，转身到后台去催促别人："快！快！小武上去走一圈！"两个演员拿着道具刀枪小跑着上去，在台上对打起来。

陈立夏接过紫砂壶："师哥，我还以为你走了，在台上看不到你，别给我喝冰的啊，我还有半场。"

她就着壶嘴喝了一口，眼睛瞪大了，金慧荣压低声音："金福居煲的汤，肉丝熬成汁了。"

陈立夏恋恋不舍地把壶递给金慧荣。

金慧荣："饿坏了吧？快喝！"

"我不能喝。"

"你师父不知道是肉汤，我说是饮场的茶。"

"我自己愿意认罚，喝了它，为你吃的三天苦就没意义了。"

"你这孩子！"

陈立夏伸手扒拉着金慧荣挂着的那枚铜钱，一时间安静下来，陈冶冰远远地看见，瞪起眼睛，她狠狠指了指舞台，陈立夏吐吐舌头："我得上场了，明天找你玩去。"

陈立夏扎了个架势上了台。

陈冶冰走过来："回去跟你师父带个话。看好戏班子的人，没事别到处乱窜，更不要拿肉汤当茶水来饮场，没这个规矩。"

金慧荣笑了，他做了一个舞台上万福的动作："你自己跟他说吧，告辞了。"

5

公安局特别侦缉队办公室里，邝庆奎正在向队长梁齐光报告着："经过多年蛰伏，广府地区共产党的活动有所恢复，时不时就露出蛛丝马迹，我也在密切侦查，不让他们死灰复燃。"

梁齐光又在吃饭，桌上的食盒比以前更多，吃得更好了，除了白切鸡、清蒸鱼、烧鹅，又多了烧肉、盐焗鸡、炒虾仁等菜："南京呢？陈总司令反蒋，南京不会没动作。"

"都在掌握中。"

"别吹水。"

"卑职不敢。"

"你有什么不敢的？这些年先斩后奏了多少事？"

邝庆奎暗自吃惊，一时不知道该怎么回答。

"我不反对你替我加菜，但是加菜不能砸锅，惹了麻烦你自己领罪去。"

邝庆奎觉得梁齐光话中有话，一时却也想不清楚，他叫上心腹廖四六，让他跟自己一起想一想，这些年有没有先斩后奏的事被梁齐光抓住把柄。

廖四六苦着脸："真的没有了。佛山那件事算是第一次先斩后奏，这几年……"

"九年。"

"对，这九年先斩后奏的事真不多，好处也都给了梁队长，他还有什么不满意的？"

"他那个眼神像我爹。我爹是杀猪的，下刀前就是那种眼神，像是揣摩哪块肉更肥。"

"啊？"廖四六害怕地缩缩脖子。

"你再去想一想有没有纰漏，有就堵上，拿命也好，拿钱也行。广州大酒家叉烧不错，比福满楼的稍微甜一点儿，别有风味。"

"哦。"廖四六连连点头。

"佛山那件事，那三个孩子后来怎么样了？"

廖四六吃惊："孩子？哦？那几个孩子！死了啊，埋了！早就埋了！"

"怎么死的？"

"拿他们当诱饵又钓到两个共党，一顿乱枪，连孩子带大人都打成筛子了。我跟你报告过，你还给我请了功。"

"三个都死了？"

"死得透透的。"

6

菜入热油锅，火焰爆起，被迅速翻炒，又是广州大酒家后厨最忙碌的时候。陈卫站在后面的砧板前，眼神热切地看着灶火前黄祁全的背影，他眼睛盯着的是黄祁全挥动锅铲的手臂，嘴唇翕动，默默数着数字，不断把手里的豆子丢在菜板上计着数，黄祁全炒完出锅装盘，陈卫松了口气，扒拉着菜板上的豆子。

麦啸文远远地看见，瞪了他一眼，无声地指了指他面前切到一半的菜，陈卫继续切起菜来，他手法熟练，切菜声自有独特的韵味。这是他摸索出来的偷师招数，真传一句话，不传，不传就自己学喽！晚上下了工，陈卫靠在宿舍床头跷着二郎腿，回味着黄祁全上灶炒菜时手臂挥动的频率和角度。

年轻学徒们在嬉笑打闹着，在床边跑来跑去，但是陈卫不为所动。丁宝从上铺探出头来，看到痴迷的陈卫，又摇摇头缩了回去。学徒们突然安静下来，不敢跑动，原来是麦啸文走了过来，他俯身在陈卫的床铺前，先盯着林北江的X光照片看了看："你这个……别吓着孩子们。"

"早就吓过了。有什么盼咐？"

"提个醒，别惦记不该惦记的。"

"黄师父没说不让学他的本事。"

"饭要一口一口吃。"

"也许我嘴巴比别人大哪？"

麦啸文强忍怒气："你以为数着锅铲次数就能做出好菜？"

"火候最关键！你们不教我就自己数。"

"黄师傅让我来跟你说一声，学做菜先要懂食材，食材有高下之分，产地不同、季节不同，食材的使用也都不同，好厨师必须懂这个，你在菜艇能见过什么好食材？还不是怎么廉价怎么来？你以为砧板只负责切菜配菜？最重要的是要懂食材。"

"好，我该去哪里买食材？"

"想得美！采买这种肥差能轮到你？你负责查收！不懂食材你怎么查收？"

第二天，陈卫就开始接手查收食材的差事，送货的推车停在后厨门外，摆满了肉、鱼、蛋和各种蔬菜。陈卫拿着一张皱巴巴的字条，发着愣，送菜的人擦着汗，催促着："快些啦！"陈卫连忙开始清点。

油鸡大佬望着门外忙碌的陈卫，对麦啸文说："阿麦啊，会不会太快了些？陈卫他能识那些食材吗？"

"他说他可以的，他还想直接上灶哪。"

"那你也要教一教他啦！进错了食材，大家都麻烦的。"

"大佬啊,他自己不会学吗?我们都是这样过来的。"

千手陈从点心部溜达过来:"点心部的食材,还是自己看一眼吧,出了纰漏还是我麻烦。"

"烧腊也马虎不得。"千手陈和油鸡大佬一起向后门走去,他们各自的徒弟连忙追了过去。麦啸文哼了一声,催促周围的人:"看什么?不用开工的吗?"

千手陈和油鸡大佬走过来,伸手拣着各自所用的食材。

千手陈说:"我做鲜虾荷叶饭,虾跟荷叶不光要新鲜,还得讲究产地,虾要伶仃洋的,伶仃洋知道吗?文天祥写过一首诗——文天祥知道吧?"

陈卫说:"大佬啊,我好歹读过几年书嘛!'人生自古谁无死,留取丹心照汗青'的文天祥嘛!"

千手陈说:"嗯,荷叶不耐保存,远处运来的不能用,但是要注意,要长在湖水里的,不能要珠江哪个湾子里长的,珠江上都是电船,水里有杂味儿。"

陈卫连连点头,知道千手陈是在教自己。

油鸡大佬也说:"我们两个部门如何验收食材,你可以跟着学一学,不过我们用的食材只占十之二三,你还得尽快补上这一课。"

"是,我有办法的。"

陈卫确实有办法,他把专门给荔枝湾菜艇送菜的菜商樊七请到了广州大酒家:"七叔尝尝这酒,南京来的,跟咱们的玉冰烧有点不同。"

"小陈卫啊,你有话就直说吧,这么搞,七叔我心里慌得紧。"

"我就不能请你吃顿饭?"

"你总想打我一顿我倒是信。"

"你给我家菜艇偷工减料的事,一笔勾销。"

"那你说说吧,一定是有大事找我。"

"我想跟你学学挑选食材,我在广州大酒家做到砧板了,他们让我验收食材,每天都好几大车要收,我不懂。"

樊七笑了："这可是我们这一行看家的本事，我不能教给你。"

"我是一定要学的，不学这一关就过不去，早晚还会被踢回菜艇来，到时候我专门挑你毛病，还要联合所有的菜艇，都不要你的菜。"

"哎哟！给七叔来霸王硬上弓？"

"我是背水一战。"

樊七沉默片刻，说："谁叫我看着你长大的哪！换一壶玉冰烧来，这南京酒我喝不惯。"

陈卫说："行，你喝什么都行。"

于是接下来的几天，樊七带着陈卫跑遍了菜市场、米粮店、榨油坊、渔船码头、南北干货行，让陈卫迅速了解粮油米面蔬菜鱼虾干鲜食材的秘密。

如此过了一些日子，又是广州大酒家最热闹的早茶时间，热气腾腾的点心和茶、满洲窗的彩色玻璃投射进来的阳光五彩斑斓。

樊七笑逐颜开地看着满桌子点心："够了！够了！陈卫啊，你破费了！这种地方七叔可来不起。"

陈卫还在往桌上摆着各式点心："刚刚搞出来的星期美点，六甜六咸，你都尝尝，提提意见。"

"你也一起吃，我怎么吃得了？"

"我不能坐，有规矩。"

"哦，哦！你们大酒家规矩多。"

"你慢慢吃，我就不陪了，这会儿后厨最忙。"

"好，七叔能教你的，都教了，吃完这顿早茶，咱们就江湖再见了。七叔最后再叮嘱你一句。"

樊七站起来，拉着他来到满洲窗边："好看吗？"

陈卫点头。

"别看花了眼。七叔就这一句话，心里有数，别看花眼。"

陈卫不解。

"食材上该说的不该说的，我都给你说了，龌龊不少，对吧？可是一个巴掌拍不响,后厨采买、验货,过手沾油的机会太多了,别看花了眼,染黑了心。"

陈卫明白了他的意思:"七叔,大恩不言谢,以后你来吃早茶,我包了。"

樊七哈哈大笑,走回座位:"你有这个心,我还没这个时间哪!好好干,别丢你师父的脸。"

这一日之后,陈卫验收食材的本事,就入了门。

7

陈山河被罗松墨给讹上了,他开工也心不在焉,一个不留神,切药的刀擦着手指切下来,切掉一块指甲,指尖渗出血来,陈山河惊醒,把出血的手指伸到嘴里。

一张"大叶紫珠"递到他面前,徐联仲瞪着他:"大叶紫珠止血,不知道?"

陈山河道:"这不是……不能占药坊的便宜嘛!"

他揉搓了一下大叶紫珠,盖在手上止血。

"你这几天掉了魂一样,怎么?家里那个小药铺忙不过来了?趁早关了!你还怕在这里干不出名堂来?"

"那我师父能托梦唠叨死我。你老别操心了,多传我点儿秘诀就行。"

徐联仲哼了一声,骄傲地背着手离去。

放工后陈山河跟学徒们走出药坊,罗松墨又嚼着根甘蔗,出现在对面:"走啊!吃饭去,有家新馆子。"

"我回家吃饭。"

"家里饭有什么好吃的?这家馆子鸡做得好吃。"

陈山河瞪着他:"我说我要回家吃!"

罗松墨针锋相对:"我说要下馆子,你请客。"

两个人剑拔弩张了片刻,陈山河服了软:"我给你钱你自己去吃。"

"不要！我又不是讨饭的，我拿你当朋友嘛，朋友就得一起吃。要不，你叫上你的小美人儿？"

陈山河屈服了，陪着他去下馆子。

罗松墨拿着筷子吃得正欢，说："我喜欢交朋友，交朋友讲究一贵一贱，交情乃见，你想想我对你是什么交情？保命的交情！把你往外一捅，你还不是死定了？你的药铺、小美人儿，全没了。"

罗松墨凑过来压低声音说："你爹妈是共、产、党！这不是该死的罪过吗？佛山鸿胜馆听说过吧？教蔡李佛的大武馆，上万人的规模啊，因为是共产党的，人抓了，武馆封了，上万人都散了。"

陈山河沉浸在自己的思路里："水匪杀共产党？为什么？"

"那谁知道！身不由己呗。"

"我一直在琢磨，谢十三背后的人是谁，或者，他是不是替罪羊。"

"你还想不想找弟弟妹妹？我认识个干这一行的，帮你打听一下？"

"是人贩子？"

"对呀！你在报纸上打广告有个屁用。他们现在认不认识字都难说！何况还那么巧能看到？"

"人贩子我也找过，这九年广府做这门生意的人我都找过。"

"那你是没有找对人，我给你找，警察找人贩子嘛，本色当行。这都过去九年了，你们在街上碰见都认不出来了吧？说不定就在这餐馆里哪！"

陈山河没有接这个茬儿，他知道，不，他猜到这是罗松墨变着法子想要他的钱。

罗松墨不是善茬儿。几天后，他装作大药商，径直找上了何姑，订了好多货。

何姑很高兴，招呼陈山河说："山河你快换件衣服，陪罗老板去吃个晚饭吧。"

陈山河："罗老板？"

罗松墨得意地大笑起来："好，那我就叨扰一顿，跟你师姑聊得很投缘，以后我还会常来的。"

何姑道:"谢谢你照顾我家生意,山河,陪好罗老板啊。"

陈山河亲热地搂住罗松墨的肩膀,手指狠狠扣紧:"那就走吧,罗老板!"

陈山河和罗松墨勾肩搭背地走到街上来,他们手中各自拿着刀和枪,顶在对方的肋间。

"你是讹上我了?"

罗松墨爽快答应:"是。你这个小姑很寂寞啊,我略施小计,她连你爱吃什么菜都告诉我了。"

"你找死?"

"我找钱,你不给,我就连人带钱都自己拿了,你家小姑年纪不小了吧,啧啧,真心疼。"

"你很想玩是吧?我带你去个地方。"

陈山河把他带到吴家武馆,吴世钧正带着徒弟们练武,拳风阵阵、呼喝有声,汗水四溅。陈山河跟他用眼神打着招呼,罗松墨看在眼里,疲懒地靠在木人桩上:"要给我个下马威?不知道佛山遍地武馆吗?"

陈山河狠狠地瞪了他一眼:"上台试试手?"

罗松墨说:"我玩枪的。我报几个字号,能在这里找出一堆徒子徒孙,你信不信?给我下马威,呸!你是练咏春的吧?那也是我们佛山一脉,不知师从的是阮老揸(阮奇山)、神手姚才还是叶问啊?"

陈山河还真不是要给罗松墨下马威,他是要让吴世钧认一认人,罗松墨如此得寸进尺,陈山河决意要除掉他。

8

红船码头水波荡漾、朝阳绚丽,工人们在叮叮当当地修理着红船。红船比以前更旧了,船身上打着颜色不同的补丁,透着一股子破败气息,戏班众人在红船上下各自忙碌着:"衣箱"在船身和码头之间拉起很多绳子,晾晒着戏服,"杂箱"在洗刷着刀枪等道具,演员们各寻地方练着功,冯瑞山现在成了大师兄,独占船头的木人桩打得热火朝天,其他演员也练习着各自行当的基本功,咿咿呀呀、唱念做打。

脚踏车铃声清脆响起,陈立夏骑着车来到红船边,相熟的演员们跟她打招呼,她也笑眯眯地回应。她在红船下用力按着铃声,金慧荣从船舱里探出头来,他踩着跳板快步下了红船,胸前挂的铜钱在摇晃。

陈立夏看到铜钱还挂在他脖子上,开心地笑了,她从脚踏车上拿下一个食盒,说:"陶陶居的点心。"

他们走得稍远一些,坐在防波石上,陈立夏打开食盒,金慧荣大口吃起来。

"师哥,我想住在红船上。人家好多地方都让男女合班了。"

"红船肯定是不能上了。合班了男女也不能住到同一条红船上,再说,广州跟别处不一样嘛,陈总司令不允许男女合班。"

"那咱们就去别处嘛。"

"这话可千万别让我师父听见,他一心一意就想进戏院演出,你让他离开广州?不可能,再说你师父也不会答应啊,你们女班能离开天台?"

"戏够好,到哪里都会爆棚,师父们都太保守了,咱们演的戏都是老戏,一点新鲜意思都没有,我拼命搞彩灯光、放电影、喷水雾,我师父还不喜欢。"

"我看上座儿还不错。"

"就指望这些东西上座哪,可这不是正路子,应该让人家进来听戏,而不是看这些……这些……我师父用了个什么词儿来着?"

"奇技淫巧?"

"对,就是这个词儿。可不用这个拿什么上座儿?挣不到钱,戏班子怎么活下去?我师父从来不关心这些事,吃喝拉撒都是事儿,人吃马喂都要钱,全得我操心。"

陈立夏发愁地皱着眉，金慧荣笑了起来："你这话说得老气横秋的。"

"我也想到你身边来，什么都不操心。"

海关大楼的时钟报时声远远传来，陈立夏惆怅地说："这钟声我们从小听到大，还能听多久呢？"

金慧荣诧异地看了她一眼。

陈立夏说："戏词里有一句唱，世间好物不坚牢，彩云易散琉璃脆。"

"怎么了？一大早的多愁善感？"

陈立夏伸手摸了摸金慧荣胸前的铜钱："小时候咱俩拿着龙袍去找大师哥，满街都在杀人，血都黏住鞋底了，大师哥也死了……我好怕有一天，你也跟大师兄一样见不到了。"

金慧荣沉默片刻："你什么时候知道的？"

"这大半年你有空就来看我的戏，每次都带几个朋友来，其实不是为了看戏吧？我不会管你的事，师哥，我只想你好好活着，你死了，我也不活了。"

"傻话。"

陈立夏认真地看着他："我没有爸爸妈妈了，两个哥哥也不知道是死是活，连他们的样子我都快记不起来了，师哥，戏台上的日子多简单，有你有我、有生有死，够了。"

阳光明亮起来，陈立夏的脸上亮晶晶的。

9

广州大酒家后厨最忙碌的时候，门外突然传来一声大喊，随即门被猛然撞开，有人闯了进来。来人是专司采买的冼少，广州大酒家东家的侄子，"谁呀？谁是仆街的陈卫啊？给我滚出来！"后厨有了瞬间的安静，除了最前面炒菜的黄祁全等掌灶，其他人都停住了手。

冼少穿着全套西装，皮鞋锃亮，油头粉面，双手戴着各种质地的戒指，戴着墨镜，叼着象牙烟嘴，所有人的目光又投向莫名其妙的陈卫。

冼少用手指点了点陈卫："滚过来！"

陈卫没理他，麦啸文连忙过来催促着他："快过去啊！别耽误大家！"

陈卫放下刀解下围裙走过去："我就是陈卫。"

"你就是一条狗！你算个什么狗东西！我订的货你也敢挑三拣四！狗东西。"

"那些货是你订的？你瞎了狗眼了？"

麦啸文吓了一跳，冼少也很吃惊："你不知道我是谁？"

"知道，是吃里爬外的狗东西。"

冼少不气反笑："行！行！你够狠！我看你嘴有多硬。"

冼少挽着袖子要动手。

"冼少自重，后厨菜刀多，留神伤着你。"

冼少根本不理睬，一巴掌打了过来，陈卫往后退了一步，手中已经摸到了菜刀，再往前一冲，刀就架到了冼少脖子上，麦啸文等人连连喝止，冼少吓得不敢动了。

最后一个炉灶的锅铲声结束了，黄祁全把菜盛到盘子里："走菜。"

麦啸文连忙催促手下的打荷去端菜。

黄祁全问："都在干什么？打烊了吗？客人都走了吗？"

麦啸文喊道："快放下刀！你疯了吗？"他催着众人："快，继续干活，灶上不能停。"

冼少说："你不敢杀我。"

"我杀你干什么？我只是证明一下厨房里菜刀多，不自重容易受伤。"

"你放下刀！"

"行啊。"他随手挽了个刀花，把刀放回案板，"有事说事、有理讲理，大喊大叫、动刀动枪都不好。"

"为什么退我的货？我的货怎么就不能用？"

"不好意思，最近退得太多了，你说的是哪一笔？"

"每一笔！"

"具体点儿,我记不住。"

冼少被气得狠狠喘息着:"增城迟菜心!今天的四十斤增城迟菜心!怎么不能用了?我看了货,早晨带着露水摘的!没虫眼没过季,为什么给我退了?"

"菜心是不错,但不是增城的,咱们后厨只用增城迟菜心。"

"放屁!就是增城的。"

"不是,确切地说,离增城也不远,仔细分辨还是有区别。"

"什么区别?"

"说起来太复杂,你也未必会承认。"

"那就是没证据喽?没证据就给我收货!麦啸文,去把菜拿进来。"

"啊?"

"装什么傻?没有菜心做什么生意?客人要吃菜心你说沽清了?"

他指着后门,麦啸文过去打开门,送货伙计抬着一筐菜心走进来。

"幸亏我今天在楼上请客。黄师傅,我没耽误你的事儿吧?"

黄祁全看向陈卫,问:"砧板怎么说?"

"黄师傅,要增城迟菜心的话,这些我们砧板可不收,这不是增城的。"

"这些就是增城迟菜心,我亲口尝过,跟我以前吃的一模一样。"

陈卫转身去了水台,提了一筐菜心过来:"我让别人送了一些增城迟菜心救急,我敢打赌说,这两种菜心做出来味道不一样,而且好吃的一定是我拿来的增城迟菜心。"

"敢赌吗?赌什么?"

陈卫咧嘴一笑:"冼少想跟我赌?"

"少废话!赌什么?怎么赌?"

"请黄师傅随便指派一位掌灶师傅,用这两种菜心各炒一份,端到前面去请客人品尝,吃不出差别就算我输。"

"你有什么赌注?输了滚出广州大酒家?"

"不光滚出广州大酒家,我还断自己一根手指头,小拇指吧,切了也不难看。"

众人吃惊,黄祁全注意地看了他一眼。

冼少兴奋地舔着嘴唇:"行!"

"如果客人尝出区别哪?冼少输点什么?"

"老子给你钱。"

"不要。"

"那我也赌一根手指头,外带退出广州大酒家。"

"一言为定,大家都是证人啊!黄师傅,你看可以吗?"

黄祁全:"要赌这么大?"

"冼少的面子和我的尊严,值得。"

黄祁全点点头。

"水台,洗菜。"

学徒们上来,各自拿了两种菜心去洗,清水哗哗地冲洗着菜心。

麦啸文又转身看向别人,喊了起来:"干什么?干什么?都忙起来!忙起来!"

众人立刻继续忙碌起来。

觥筹交错、灯红酒绿,客人们吃得正欢,侍者在穿梭忙碌着,后厨门口,陈卫和冼少并肩而立,目光在一桌桌客人上寻觅观察着,陈卫做了一个请的动作。

冼少说:"四号桌、十一号桌,还有三号小包厢。"

分别是合家欢宴、男女对酌和一帮年轻人吹牛聊天。巧合的是,那伙年轻人是男装的陈立夏和金慧荣、阮飞天、兰建辉和他的两个飞行员朋友。

两份洗干净的菜心放在一位掌灶师傅面前,他做着炒菜前的准备。

麦啸文麻利地在他面前摆上六个盘子:"比试三桌。"

掌灶师傅点头,开始炒菜,不远处的黄祁全看着,油鸡大佬和千手陈凑了过来。

千手陈说:"陈卫还真得了林北江的真传,赌性真不小。"

油鸡大佬说:"你也不管管?要玩大了!"

黄祁全说:"愿赌服输嘛。"

油鸡大佬说:"冼少输了还了得?东家多宠着这个侄子啊!"

黄祁全说:"那有什么办法!"

转眼间,六个盘子装好了菜,量不多,盘子很白,菜很绿,从外表上看不出区别来。陈卫拿起胡萝卜,随手雕出三朵小花丢进其中的三个盘子:"有花的是我拿来的菜,别搞错了,端上去。"

三个侍者上前各自把两盘菜端上托盘,端了出去,众人呼啦啦地跟了上去挤在门边,看着三个侍者分别向刚刚指定的三桌走去,在客人们好奇的注视下放好两盘菜,客人们纷纷举筷子品尝,相互商量,指指点点。

冼少很紧张。

陈卫神态悠闲,说:"对了——"

"什么?"

"你要是舍不得切手指头,可以拿钱赎,就按店里进凤爪的价格吧,我记得你采购的凤爪,价格比外面贵得多。"

冼少沉下脸:"我还没输哪!"

"分分钟的事。"

侍者等候在包间里,看着几个人轮流吃菜品尝两盘菜心。

金慧荣伸着筷子夹着盘子里的菜心,盘子边上有一朵小花:"真怪了,平常也没有觉得这增城迟菜心有多好吃,可这么一比,还真是有区别!"

其他几个人也纷纷伸着筷子。

兰建辉说:"增城迟菜心久闻大名,菜质鲜嫩、香脆甜爽,好甜好靓。"

两个飞行员小声嘀咕:"想必与增城处于北回归线有关吧?独特地理造成独特风味。"

兰建辉说:"听说增城的迟菜心能长到一米高,皮脆肉软、茎肥叶厚,祖国处处有神奇美味啊。"

侍者问:"各位先生有结论了吗?"

金慧荣看看众人,说:"我想已经有了结论,增城迟菜心更好吃。"

侍者说:"谢谢诸位先生,我这就告诉后厨去。"

陈卫赢了,脸上一直挂着笑容,直到散工。他认真地擦刀放进牛皮包里,嘴边依旧带着笑,因为今天干得漂亮。

黄祁全推门进来。

陈卫打招呼:"黄师傅,你还没走哇?"

"你也晚一会儿走,没事儿吧?"

陈卫有点吃惊:"没事儿啊。"

"洗菜。"黄祁全拿出两份不同的菜心。

陈卫莫名其妙:"啊?"

"我洗?"

"我来,我来。"他连忙端过两份菜,在水台上清洗着。

"食材的产地固然重要,但并不是决定味道好坏的关键。"

"那关键是什么?"

"是平衡,烹调的重点在于调而不在于烹,调的就是平衡,把食材的突出特点,把它的好和坏,通过你的手找到最完美的表达。好厨艺,不受食材产地的影响。"

陈卫把两份菜心都摆在黄祁全面前,他点火倒油,迅速地分别下锅翻炒,转眼摆在陈卫面前:"蒙上眼,看看能不能吃出区别来。"

陈卫立刻抽出毛巾蒙上眼睛,黄祁全把筷子放在他手中,他夹起菜来吃着。

筷子在两盘菜里轮流夹着,陈卫不断地咀嚼着、品尝着,他猛然撕下毛巾,低头看着盘子,他又转身去翻检刚刚洗过的两份菜心,仔细分辨着。

"知道你会多想,所以每一样我都留下一半没有炒,是不是一种菜?"

陈卫摇头:"这个是增城的,这是冼少的。"

黄祁全指指炒好的菜:"区别呢?"

"我吃不出来。"

"你今天赢了冼少，但是赢得不够公平，你承认不承认？"

"他在采买时做手脚，以次充好……"

"那是另外一件事，我只是想说，如果是我来炒这两盘菜心，你会输，你会丢了手指头。"

陈卫哑口无言。

"年轻人，做事不要急功近利，要给自己留余地。"

"可是，这两盘菜没有那么好吃，你把增城菜心的甘甜减少了。"

"我也把另外一种菜心的味道给增加了，这就是平衡。"

"这是中庸。这是不对的，我师父说，厨师要把最好的给人家吃，你这样做，就不是最好的了。"

"但这是最合适的。不是所有的人都吃得起最好的增城迟菜心，也不是所有的菜心都能卖出增城迟菜心的价格，那它们该怎么办？都该拿去喂猪？增城的产量是有限的，都卖光之后怎么办？不让人吃菜心了？"

陈卫被说蒙了。

学徒们都睡着了，宿舍里有此起彼伏的呼噜声。陈卫依旧保持着茫然的状态，他取下林北江的X光照片自言自语："师父啊……"

上铺突然耷拉下来丁宝的胳膊，把陈卫吓了一跳，丁宝的手掌突然动了动，变成了举着大拇指的姿势。陈卫起身看着上铺的丁宝，丁宝趴在床上睡得口水横流，嘴里还嘟囔着梦话："真棒！"

陈卫笑起来，他把丁宝的胳膊放回去，再次躺到床上，看着林北江的X光照片："我没有错，师父你老说'舌是心之苗'，心不正就做不成最高的美味，黄师傅讲得不对，他心眼子太多，苗儿长乱了。"

夜深人静，只有一盏灯，黄祁全和冼仲隽面对面坐着，面前只有一壶黄酒，两碟小菜，是烧鹅和白切鸡。

冼仲隽说："我有大半年没来过了。"

"你看不上店里的手艺。"

"我是不喜欢喧闹，店里生意太好，太吵。"

"不好意思啊,还是劳烦你来一趟。"

冼仲隽指指桌上的菜和酒:"有十年了吧?十年前我从林北江手里盘下这个店,跟你谈请你当主厨那天,我们就是这样两个菜一壶酒,吃完喝完你就答应了。今天又摆上这两个菜,你有大事跟我谈?"

"上午冼少来,在后厨折了面子。"

"我听说了,你有什么打算?"

"冼少,得走,但不是因为采买的理由,传出去对生意不好。"

冼仲隽点头:"我也丢人。"

"林北江那个徒弟,我还要留下。"

"有理由吗?"

"他没有错,算是理由吗?"

"算,但不够啊。我侄子会不服气的,何况,他是林北江的徒弟,有点微妙。"

"他是个厨艺天才,如果不能留下,总有一天会成为广州大酒家的对手,甚至压倒我们。"

冼仲隽吃惊,用目光向黄祁全确认着。

"我不是为了留下他才这么说,事实上我还挺不喜欢他的,跟林北江一样狂妄、不服气、不听话,还同样赌性重,你知道他要跟冼少打什么赌?一根手指头!"

"说重点。"

"重点就是他有天赋,这世上大部分厨师如果遇到名师,自己也肯下功夫苦练,总会学到几手看家菜,成为一个好匠人,而陈卫这样的,天生就知道怎么做出好菜,这是祖师爷赏饭。"

冼仲隽答应了:"好。"

10

　　脚踏车铃声在响着，金慧荣骑着脚踏车，陈立夏侧身坐在后座上，双脚晃荡着一路行来，路灯的光亮在陈立夏脸上忽明忽暗地照着。

　　陈立夏说："薛觉先师父说，不欲独合南北为一家，尤欲综中西剧为全体，截长补短，去芜存菁，使吾国戏剧成为世界最高艺术。师哥，师哥，这也是我的理想。"

　　"我还以为你会更喜欢马师曾师父，他说要本着革命的精神，努力奋斗，探讨人心深远，表现生活元力，打倒千年老例——是不是更合你胃口？"

　　陈立夏撇撇嘴："我不喜欢千年老例，反对到台上去撞戏、爆肚，我师父就事事都要循着旧例，现在看我越来越不顺眼。"

　　"我师父也没有什么艺术理想，他想的是怎么多接几台戏，怎么能拿到戏院的租约，丢开红船进城演戏。"

　　"师哥，我们怎么办啊？你现在是正印花旦了，什么时候才能当班主啊？你们不是要革命吗？革命能让你当班主吗？当了班主就能做主男女合班，我就能到你身边来了。"

　　"革命的目的就是这个？你也太小瞧革命了。"

　　"我就图这个。你呢？你都革什么命了？"

　　"保密。"

　　脚踏车远去，留下时断时续的车铃声在江边回荡。

11

　　罗松墨整天到南禄药坊纠缠陈山河，徐南禄看出来了。

　　"没事儿吧？看着像公门中人？"

　　"没事儿。徐老板好眼力，以前是警察。"

　　"要帮忙吗？三教九流，我还有几分薄面。"

"就是想讹点小钱儿,我找了武馆兄弟帮忙,能对付。"

"那就行,要是太过分了,就套上麻袋栽荷花。"

陈山河笑起来:"看不出来啊徐老板,你还有这么江湖的一面。"

徐南禄道:"咱西关正骨,最恨天下不平,不管是骨头还是别的。"

陈山河正色,竖起大拇指。

陈山河给何姑带回去两张戏飞,说:"明天晚上不在家吃了,我们去看大戏。你不是说摘星女班有好戏看吗?晚上关了铺子你直接过去,先逛逛百货公司,我下了工就去找你。"

何姑又惊又喜:"两张戏飞差不多要一块毫洋了,太浪费了!再说你又不喜欢看戏。"

"南禄药坊捐了座椅垫,我们拿戏飞有折扣,不去才是浪费了。"

何姑开心地笑了:"真的啊?好。"

陈山河同样给了罗松墨一张戏飞,约他在百货公司天台见,有些事,该画个句号了。

彩灯亮起,天台上人来人往,远处还传来孩子们在哈哈镜前玩耍嬉戏的尖叫声,天台游乐园里除了戏院,最受欢迎的就是哈哈镜了。摘星女班四个字的招牌也缠绕着一圈彩灯,开始并没有亮灯,片刻之后亮了起来。招牌下的陈立夏高兴得拍着手:"亮了!师父,怎么样?我就说我能弄亮它。"

陈冶冰敷衍地点着头。

陈立夏说:"电路很简单,我跟掌电师傅学过,以后咱们多买彩灯,把整个戏院都装上。"

陈冶冰不理睬。

"行不行啊师父?"

陈冶冰忍无可忍:"你就不能老老实实唱戏,非得搞那些乱七八糟的东西吗?你就不能靠唱戏唱红吗?"

陈立夏不以为意:"我唱戏已经红了啊,这不是为了热闹嘛!师父,这是潮流,这个电跟电话一样,每个月都花着钱哪,不用不就浪费了?师父,我还想买个收音机,广州电台开始办收听执照了,咱们办一个吧?"

陈立夏追着陈冶冰进了戏院,另一边,陈山河陪着何姑走来。

陈山河说:"一个哈哈镜还照了那么久!开场了别后悔。"

"把人照得不成样子,这种镜子还有人要?"

"你不是照得挺开心?要不要我买一块放在家里?"

"算了吧,我还要照镜子才知道自己丑吗!"

"你可不丑,说不定这镜子天天对着你照,一来二去还能变正常喽。"

"嘴甜!将来不知道说给哪家姑娘听。"

陈山河把一张戏票递给她:"你先进去吧,我跟朋友有点事谈。"

"不用你陪着,不爱看戏就在门口等我,别浪费。"何姑走了进去,陈山河扭头走到卖凉茶的小摊子前,要了凉茶在桌前坐下,罗松墨和一个油头粉面的男人坐在他面前。

戏院内鼓乐奏响,陈立夏等人在台上表演着,还是那出《杜丽娘》。

台下的观众席分开男女,男席的最后排,金慧荣正跟两个男人低头说着什么,女席前排最好的位置上,何姑看得很投入、很动情。

陈立夏下了台,提着裙角快步跑到舞台一侧,低声催促着:"要做梦了!机器通电,云彩!云彩准备好了吗?"

舞台下面生着炉子,里面烧着几块通红的铁块,旁边放着一桶凉水,徐叔向她点点头。

陈立夏:"好,准备——"

烧红的铁块被火钳夹出来投进木桶中,水汽升腾起来,徐叔提着水桶弯腰向白布下跑过去,与此同时,舞台一角的白布亮起来。

观众席传来一片哗然声,陈立夏连忙抬头,看到那块白布中间斜斜地裂开一道口子,投射上去的画面支离破碎。观众吃惊、纳闷、喝倒彩、议论纷纷,有人站起来把手里的水果、茶壶、毛巾砸向戏台。

演员们被砸得跑下台,台上台下顿时乱成一团,这时一声高亢的小号声从后排传来,乱哄哄的观众席上人们回头张望着,陈立夏站在台上看得更清楚,金慧荣从观众席最后一排站起来，一边吹着小号一边向戏台走来，他吹的曲调是广东民乐《步步高》，耳熟能详的曲调欢快轻松，安抚着观众，至少让他们安静下来。

金慧荣一路吹着小号走到台前，猛然跃起，跳上了台，而曲调并没有变化，这一手绝招引起观众叫好声，台前一脸急切的陈冶冰也舒缓了表情。

金慧荣在观众的叫好声里，把小号吹得更加天花乱坠，还是《步步高》的曲调，却又像爵士乐那样增加了很多变化，既熟悉又新鲜，广东的观众就爱这样的稀奇，都笑逐颜开。金慧荣回身向棚面里的乐手们示意，他们也拿起各自的乐器奏起乐来，萨克斯首先跟了上来，跟小号配合着，金慧荣又转向演员们继续示意着，同时吹的曲调变成了这出粤剧应有的调子，跟棚面的演奏配合，演员跟着曲调继续唱起来，观众们安稳下来，各自就座，金慧荣一边吹着小号，一边走到棚面那里，站在乐手身后，继续着演奏，风波平息了。

12

就在戏台上出事的时候，戏院外的天台上，陈山河也骤然发作，隔着桌子伸手抓住油头粉面的男人，一把拖过来摔在地上，手脚并用一顿痛打。

罗松墨跳起来连连叫喊："哎！哎！怎么打人啊！怎么还打人啊！"

陈山河突然停住手，抬头凶狠地盯着他："你敢骗我！"

罗松墨脸上露出一种谎言被揭穿却又不太在乎的、压抑不住的笑容，嘴里否认，但表情已经承认了："胡说什么哪，我好心好意帮你。"

陈山河说："我问弟弟妹妹身上四个胎记和伤疤，他都说亲眼所见，我弟弟妹妹身上什么胎记伤疤都没有。"

罗松墨笑得更厉害了："哎呀你这就太阴损了，哪有你这么寻人的？这不是玩人吗？太不真诚了！"

"我说过，上一个骗我的人怎么样了？"他狠狠打在骗子的左右脸上，脸迅速肿起来，满嘴鲜血中喷出一堆牙齿碎片，"滚！"

油头粉面的骗子挣扎着爬起来跑了，陈山河把罗松墨按倒在墙角，一只手扣住他的脖子和下巴，另一只手死死压在罗松墨掏枪的手上，让他掏不出枪来。

罗松墨吃力地说着："你敢！"

"我为什么不敢？我凭什么被你拿捏勒索？你又有什么能拿捏住我的？"

"你是陈家余孽，共产党的崽子！"

"那你去告发我！挖开陈家那个坟，里面是完整的一家人，谁能证明我是陈家余孽？你可吓不住我。"

"报纸上有寻人启事！"

"同名同姓而已。"

"有人知道那是假的！"

"可他们会理你吗？那些人扮成谢十三就是为了隐藏身份，你说他们会不会揭穿这件事？他们要杀的共产党已经死了，你说他们会不会节外生枝再来杀我？又何必杀我？"

"我也能抓你……"

"那是以前，现在你不是警察了，人走茶凉了不是吗？你都落魄到坑我的钱了，还会有人帮你？你没用了，从你贪图我父母的水果店，脱下那身狗皮开始，你跟我就是一样的平头百姓了，你还不如我，我比你年轻，比你有劲儿，比你有钱，而且比你更狠，以后离我远一点。"

陈山河嚣张地拍拍他的脸，松开了手，罗松墨迅速掏出手枪来。

陈山河一脸夸张的表情："哎哟！你不是警察了还拿出把枪来，是要抢钱吗？"

陈山河突然大喊起来："来人啊！有人抢劫！他有手枪啊！"

他的喊声引起周围人的注意，也有人看到了罗松墨的手枪，跟着尖叫起来，很快远处传来巡捕的哨音，罗松墨迅速地藏好手枪："算你狠。"

陈山河嘲笑着："是你太没用！"

"你别后悔！"

陈山河很轻松："再不走，你就该后悔了。"

罗松墨看见远处的警察吹着警笛跑过来，他转身从另一个方向离去。陈山河松了一口气，他看向另一处，有人跟他点头示意，跟着罗松墨走出去。

跟踪罗松墨的人走上灯红酒绿的街道，罗松墨一脸愤恨，嘴里喃喃自语谩骂着，在他身后不远处，吴家武馆的吴世钧在指挥着人手，几个人交替地跟踪着他。

公安局特侦队廖四六办公室很大，其中一张桌子上亮着台灯，廖四六正在吃力地填着表格，桌上摆着几本书，他在把书名抄录到文件中，都是印着镰刀斧头标志的共产党宣传小册子。电话响了，廖四六拿起电话。

"廖四六吗？我是佛山警察罗松墨，想不起我来了？贵人多忘事，我给你提个醒，九年前佛山有一家子共产党，姓陈。"

罗松墨说自己在"冻京冰室"等他，店里有三个客人，隔着玻璃窗看得很清楚，一对服装洋气的青年男女腻腻歪歪共饮一杯冰饮料，另一个就是罗松墨，他面色阴沉，死死地盯着手里的饮料。

外面的黑暗中，陈山河走到吴世钧身边。

吴世钧说："他打了一个电话，就一直坐在里面，喝了好几杯冰水，这是心里有火了？"

"有火就对啦！谢谢吴哥，你们先回去吧，我盯着他。"

"不用给你帮把手？我带来的都是能打的。"

"不用，我就是认认来见他的人，今天不动手。"

"行，那我们就走了。"

陈山河伸手拉住他，把一袋子沉甸甸的毫洋塞到他口袋里："请兄弟们宵夜。"

吴世钧抱抱拳，转身吹了声口哨，黑暗中影影绰绰地出来几条大汉跟着他走远。陈山河继续看向冰室，看着里面阴沉焦躁的罗松墨，他忍受着罗松墨的一次次逼迫、欺压，都是为了等待这一刻的到来。

13

车灯划过，一辆轿车从远处开过来，陈山河缩了缩身体，藏在树后。

汽车在冰室外停下，车窗摇下，手枪伸出，隔着玻璃向罗松墨射击，玻璃破碎，罗松墨倒下，冰室里的青年男女在惊呼，汽车转眼开走。

陈山河震惊得猛然冲出来，他向着轿车远去的方向狂追而去，他的两条腿和汽车轮子在比赛，翻上房顶、院墙，抄近路追逐着，直到那辆轿车拐进了公安局的大门。陈山河扑到围墙上，看到一身制服的廖四六下了车，办公楼里的灯光泻出，陈山河看清了他的长相，认出了他就是九年前杀了自己父母，又被自己在胳膊上刺了一剪子的男人，原来他是个警察。

此时，天台戏院早就散场了，何姑从百货公司的天台下来，等在江边。陈山河气喘吁吁地跑来，满头满脸的汗，衣服也湿透了紧紧贴在身上，问："早就散场了吧？"

"你还好意思说？不能等就别说跟我一起回家，害得我等这么久！"

陈山河把背在后面的手伸出来，提着一把荔枝："特意绕了路去给你买的，知道你生气了嘛。"

"干什么？你又不吃荔枝！"何姑接过来嗔怪着，"装模作样，嘴里没个真话。"

陈山河却伸手揪下一颗荔枝，在何姑诧异的目光中，剥开外壳塞到嘴里，他嚼着荔枝，眼泪却哗哗地流下来，把何姑吓了一跳。陈山河躲开她伸过来的手："我没事儿，我是高兴，高兴！我找到杀我父母的人了，我再也不怕吃荔枝了……"

陈山河只有在何姑面前才彻底放松下来，他突然腿脚发软，坐在江边的长椅上。何姑坐到他身边，他流着泪，不由自主地靠向何姑。陈山河蜷缩着，躺倒在何姑的腿上。

冻京冰室门外拉起了警戒线，警察们在内外忙碌着，有人对着尸体拍照，有人测量着距离，有人在提取证据，把死者的各种东西一一装进纸口袋里，放在一张临时摆放的桌子上。那对青年男女正在一侧接受警察询问，廖四六越过了警察把守的警戒线，走到冰室门前，为首的一个警察迎了过来。廖四六把证件掏出来亮了一下，没有理睬他，径直翻看起纸口袋里的证物，他打开手枪弹仓，发现没有子弹，钱夹里只有一两张小票子、一把旅馆的钥匙、一沓皱巴巴的报纸，廖四六随意翻了翻，露在最外侧的就是陈山河的寻人启事，廖四六没有在意，丢下报纸，拿起了旅馆的钥匙凝神看着。

14

一座古朴、土气兼而有之的乡村戏台，村民们拖家带口聚集看戏，太平年班的旗子在微风中飘扬。台下一角，已经扮上妆的金慧荣站在韦太平面前。

韦太平翻看着他那个日历本："十天之后倒是还没有排上戏，但这由不得我啊，有戏就得排。"

"你就少排一天，十天之后，那天我得在广州。"

"这可不是少排一天的事儿！一个地方演三天，加上红船路上的时间，你这一耽误就是五天啊！"

"所以才早早跟你说啊，你接戏的时候有点谱儿。"

韦太平瞪着他："怎么跟我说话哪！我还必须给你留出这一天？太平年班你当家了？"

金慧荣赔笑："这不是跟你商量吗！"

"你这是哀的美……什么书！"

"哀的美敦书，师父我这不是最后通牒，我怎么敢跟你最后通牒啊！"他恭维着，"师父你还会说这个新名词儿啊！"

"说说，到底为什么那一天你非得在广州？"

"也是朋友所托，我都答应人家了！"

"什么事？又是你那些不要命的事？"

"不是，不是，是好事。十九路军的几个军人遗孀要办个聚会，我受邀主持一下。"

"你干点正经事行不行？听说你还去找'花弄影'女班的麻烦了？"

"你消息还真灵通！摘星女班演《杜丽娘》，在戏台上放幻灯，上座很不错，'花弄影'不服气，买通人把银幕给割破了，我管伶人工会的嘛，肯定要出面谴责。"

"那应该管！你师姑嘴笨不会吵架，你得给她出气。"

"花弄影道歉了，答应买两百张师姑她们的戏飞，算是金钱上的补偿。师父，看在我帮了师姑的面子上，这个……"金慧荣指指韦太平手里的记事本。

韦太平苦着脸，在日历的某几个日子上画了大大的叉子。

天台戏院，陈立夏站在凳子上，跟徐叔等人安装新的银幕，陈冶冰走过来站在她身边："花弄影戏班来买了两百张戏飞，是你干的吧？"

"我师哥！她们弄坏了幕布，我师哥去找她们了。"

"换块白布用不了这么多钱。"

"师哥说这是惩罚，以后再有人想捣乱，就得算计一下赔不赔得起。"

陈冶冰伸手扶住了在凳子上踮着脚摇摇晃晃的陈立夏："你好好琢磨戏，这些活不用你干。"

陈立夏跳下来："我喜欢干这些呀！"

"你有几多精力啊？那么多戏都会了？唱念做打都尽善尽美了？艺海无涯……"

陈立夏用无声的口型模仿着陈冶冰的话，显然已经听过很多遍了："是，师父说得对，今天衣箱师傅晒行头，我去看看啊，我最喜欢晒戏服了。"

陈立夏一溜烟地跑了，她跑到另一侧空旷的地方，这里支着很多大衣架，悬挂晾晒着很多套戏服，在阳光下，在微风里，戏服飘逸、色彩艳丽、金碧辉煌。陈立夏仰着头在戏服间穿行，如醉如痴。她想起在红船上，少年时的她跟着金慧荣第一次看到晾晒戏服的样子，嘴里唱起了一首童谣："落雨大，水浸街，阿哥担柴上街卖，阿嫂出街着花鞋，花鞋花袜花腰带，珍珠蝴蝶两边排……"

15

陈卫跟麦啸文提出要升打荷,惹得他很不高兴:"你才来几天啊?水台、砧板都容不下你了是吧?你这态度就是急功近利,对厨艺没有敬畏之心,你这样的,当不了打荷。"

"我不光要当打荷,我还要当掌镬。"

"别以为你敢顶撞冼少就了不起,你有什么了不起?"

"你敢顶他吗?"

麦啸文被噎住。

"忍着他高价采买的破玩意儿,拼命想做出好吃的菜,你们就这么胆小?"

"你说话小心点儿。"

"我把他顶回去了,你敢吗?我要干打荷,你有什么资格不让?"

"就凭我是黄师父的徒弟,就凭我是后厨的打荷王,我有权管理后厨的事,你就是去求我师父也一样,这是后厨的规矩。"

千手陈从点心案板前抬起头来:"陈卫啊,跟你商量点事儿。"

陈卫走过去。

"现在各家酒楼都在搞'星期美点',你知道吧?"

"知道啊。"

"各大酒楼、茶楼点心部的大佬们商量,每周拿出一个晚上,在莲香楼饮夜茶聊美点,同行交流切磋,可以带个徒弟,你想不想去?有好吃的点心哦。"

麦啸文的脸色很不好看。

"不是说要收你做徒弟,那屈才了,就是为了让你去吃点心,去不去?"

"去!"

"今天就是正日子,下了工等着我。"

油鸡大佬也走了过来:"吓了我一跳,还以为你要把陈卫拐去捏包子。陈卫啊,等有空了我教你几招,比捏包子强。"

麦啸文的脸色更难看了。

黄祁全知道了此事,告诫麦啸文:"油鸡大佬和点心小案都替他说话了,你注意分寸。"

"师父,他非要干打荷,他才来几天?这不是坏了规矩吗!"

"他是想学厨艺。"

"都想学厨艺,我不会断别人财路,但他也得守规矩嘛!还拉上油鸡大佬和点心大佬——恶心!"

"干这一行,会遇到很多在各方面比你强的人,有人刀功就是比你好,有人火候掌握得妙,有人天生会琢磨新菜,有人对盐、对糖、对五味都比你敏感,更有的人,上面各个方面都比你强,你怎么办?"

"啊?我……不会有这种人吧师父?要说有,那就是你了。"

黄祁全默默地看着他,不说话。麦啸文知道他的意思,也沉默下来。

"格局要大,不要让攀比之心蒙住了眼。"

麦啸文心虚地说:"我没有……"

"后厨安稳才能不让东家操心,安稳就是平衡。我教你做牛肉炒芥蓝,过两天你上灶。"

麦啸文吃惊:"师父是说十九路军遗孀那一席?"

"这一席会来不少记者,牛肉炒芥蓝又是人家指定的菜式,就当师父送你的出师礼吧。"

麦啸文感动了。

很快,陈卫发现这几天的后厨有点奇怪,黄祁全在灶台前比比画画地教麦啸文做牛肉炒芥蓝,身边的砧板上,大家也都在切着牛肉和芥蓝。他又回过头去,身后水台的学徒们也在洗着芥蓝,陈卫很是不解,油鸡大佬从他身边走过:"手上忙着吗?不忙来我这边看看。"

陈卫连忙放下刀跟他走到烧腊部,站在一堆悬挂的烧鹅、烧鸭中间。

"吃过我拿手的芝麻鸡吗?"

陈卫说："偷吃过算吗？"

油鸡大佬哈哈一笑："芝麻鸡是把生鸡用开水烫熟，很多酒家的厨师都会，为什么咱们广州大酒家的最有名？"

"逼我夸你？"

油鸡大佬再次大笑："知道何时出水就是诀窍，出水早了鸡没熟，出水晚了鸡已老，所谓真传一句话，但是我不能说，你又没磕头拜师。"

"大佬！"

"我做一遍你来看，学会了算你赚了。"

陈卫认真看着，油鸡大佬把鸡投进热水，片刻后提起来放进冷水中。

"是鸡尾吗？鸡尾一浮起你就拎出来了。"

"有悟性，这就是这道菜的分寸。"

"明白了，谢谢大佬。"

"真明白了？世上的道理跟做菜一样，分寸很重要，你现在这样到处学艺，要小心过犹不及。学点心、学烧腊，无妨，艺不压身，但别忘了你师父林北江的期待，他心气可高，你成了个点心小案或者油鸡大佬，他可要发火的。"

当晚，陈卫去了菜艇，蝶叔惊喜地看着他。

"蝶叔，我要借灶台用几天，不耽误菜艇的生意。"

"行啊！你这是学到新菜式啦？"

陈卫把随身带来的菜篮子打开，拿出大块的牛肉和成捆的芥蓝："没人教，我得自己琢磨出来。"他一边麻利地洗菜、切肉、炝锅炒菜，一边跟蝶叔念叨，"四年前，十九路军淞沪抗战，有个军官正好回粤成亲，听到消息就毅然归队，他平素爱吃牛肉炒芥蓝，与新婚妻子约定胜利后再吃，结果一去上海就战死了，他的遗孀每到他生日，都要为他做这一道牛肉炒芥蓝……"

16

公安局特侦队的办公室里，邝庆奎在站得笔直的一排手下面前来回走动着，说的也是十九路军遗孀的饭局："这位遗孀每年都找有名的酒家有名的大厨来做这一席追思宴，连着办了三年，影响越来越大，参加的烈士遗属越来越多，还广邀社会名流制造影响。我怀疑今年是共产党在幕后推动，目的是把这平常一餐饭，变成他们宣传抗日的活动。"

廖四六说："小日本是该打！"

"但是宣传抗日只能由政府来主导，换成共产党，一定是别有用心。可笑啊，本该是宣传抗日的好机会，可党政各机构尸位素餐，抓不住人心向背，都忙着争权夺利钩心斗角、互相拆台。"

"我们该干什么？"

"给我盯着每一个出席的人，从他们中间找出共产党来。"

廖四六等手下齐声答应。

散会后，众人纷纷离开，廖四六被叫住。

"冻京冰室那个人是怎么回事？"

"啊？什么？"

"刑侦支队来找你报告情况，我怎么不知道你关注这个案子了？"

"咳！我那天正好从那边经过，遇到了就随口问了一句，也算督促他们破案。"

"我还以为那个案子跟你有关系。"

"没有。我都不知道死的是谁。"

"是佛山的同行，九年前那个案子时他正当差，你应该认识。"

"不认识、不认识，那个案子之后我都再没去过佛山。"

"热吗？"

廖四六表情夸张地抹了一把汗："本来不热，你一问就热了，全特侦队谁站在你面前都紧张。"

这马屁拍得好，邝庆奎笑了："去吧。"

"是。"廖四六一路走出来，半路拐进一间办公室，叫出一个手下来："上回让你准备的佛山案卷，有人来查阅过吗？"

"没有。"

"真没有？有人问过你吗？"

手下摇头。

"行，忘了这件事。"

还有一个人想忘了这件事。

何姑念叨起罗老板，陈山河起身从一堆报纸中掏出一张，找到其中一篇新闻，指给她看，新闻标题是《冻京冰室离奇命案》，下面还配着罗松墨的照片，何姑震惊地看着。

"这是哪天的事儿？你怎么不跟我说？"

"我天天买报纸回来，你从来都不看。"

"别的事跟我没关系，看它干什么？这是罗老板啊！你应该告诉我啊！"

"怕你发财梦破了，受不了。"

"罗老板太可怜了，凶手抓到了吗？他家里人知道吗？"

"行啦，你就别多想了，他跟咱们不是朋友，生意没做成也就跟咱们没关系，你就把他忘了吧！"

"连广州城里都这么乱了？这世道……"

"这世道一直是这样，想想我师父，他死得不冤枉吗？姑姑，这世道就得咬着牙往前走，松一口气都不行。"

陈卫在菜艇上练习了好几个晚上，和蝶叔、菜艇厨师、伙计等四五个人品评他用不同做法做的牛肉炒芥蓝，"这一盘我先用芥蓝飞水捞出同炒，你们都说没有镬气。我又先用姜汁料酒炒芥蓝，结果牛肉又不够香。这一盘我用蚝油炒牛肉，牛肉香了可芥蓝却不入味。这个哪，我把芥蓝和牛肉分别炒香后再合炒，结果芥蓝的香气挥发了……"陈卫很苦恼。

回到广州大酒家，陈卫还沉浸在对这道牛肉炒芥蓝的琢磨中，前面灶台不断爆出炝锅的火光，陈卫站在砧板前处理着肉、菜，但神游物外。他的刀越来越快，面前堆积的肉、菜越来越多，密集的切菜声充斥整个后厨。麦啸文远远地指挥着打荷去处理,打荷走到陈卫面前,把切好的肉、菜拿走,陈卫却恍如未见,油鸡大佬和点心小案千手陈也从各自的位置探头出来观望,他们相互对视。

后厨火爆忙碌的场面渐渐过去,灶台上的灶火逐一熄灭,只剩下一个灶还有火苗。黄祁全也停下手观望着。陈卫突然离开砧板,双手各握着一把牛肉和一把芥蓝,眼神直愣愣地径直走到唯一的灶火前,拉开灶台的风门加大火苗,烧锅加油。

麦啸文要上前阻止,被黄祁全拦住,陈卫麻利地先炒芥蓝,装盘后再炒牛肉,然后合炒,麦啸文一脸不以为然,黄祁全却被陈卫接下来的动作吸引,猛然凝神关注——陈卫补进姜汁和料酒。

菜被装进盘中,陈卫把手指在围裙上擦了擦,伸手捏起一条牛肉丢进嘴里,又捏起一根芥蓝吃了,脸上的神色缓和下来,他如梦初醒一般看看周围目瞪口呆的众人,伸手指指那盘菜:"尝尝?"

油鸡大佬和点心小案率先走上来,抄起筷子各自品尝,连连点头,众人也围上来品尝着。陈卫寻找黄祁全,发现他已经不见了踪影,只对上了麦啸文阴沉着的脸,陈卫咧嘴一笑:"食材,算我的。"晚上,陈卫脸上继续挂着笑容,他向着宿舍床头挂着的X光照片拜了拜:"师父啊,我开窍了。"

已经打烊的酒家大堂,灯只留下一盏。

油鸡大佬借着光亮穿过大堂向外走去,黑暗中传来黄祁全的声音:"真的好吃吗?"黄祁全坐在唯一的灯下,桌上一壶酒,没有菜。

"吓我一跳。"油鸡大佬走过来,"谁叫你自己不尝尝?"

"他最后补上姜汁和料酒,我就知道他成了,摸到这道菜的窍门了。"

油鸡大佬坐下,把手里的一个荷叶包丢在桌上打开,露出几样烧腊切剩下的边角料:"省得我回去找酒了。"

他自顾自倒上酒:"说吧,为什么不尝尝?那孩子看你走了,挺失望的。"

"我没想好该不该夸他。"

"你啊，就是心思太重，好吃就夸嘛！难不成你的嘴比别人金贵，金口难开？那你不成了铁嘴食评谭耀亨了？"

"我走后，啸文没说什么吧？"

"脸沉得能拖地，不过什么话都没说。"

"没说话就好，还可堪造就。我手把手地教了三天他也没摸到窍门，眼看着陈卫成了，难免心乱。"

"偏心。我跟老陈都想不明白，明明陈卫有这个天赋，你为什么不收了他？"

黄祁全犹豫了一下："他是林北江的徒弟啊。林北江又是个赌徒，谁知道是不是苦肉计？是不是别有所图？"

"我问过徐南禄，林北江是真生病，现在应该已经死了。"

"医不叩门，道不轻传，收弟子品行为重，陈卫，我还看不好。"

"那你多给他些机会，多看看他。"

"他给你们灌了什么迷魂汤，一个个都替他说话？"

"他啊，他让我想起刚入行的我自己。"

两个大厨一时都惆怅无语。

17

到了那一天，廖四六的大脸出现在树荫下，一副黄包车夫打扮，懒洋洋地坐在黄包车上，斜睨着对面的广州大酒家。七八名记者拿着照相机守在门口，不断有黄包车和轿车停在门前，记者们上前采访着。

廖四六正盯着下车的人，突然视线被挡住，客人叫着他："去惠爱中路177号。"

"滚蛋。"廖四六掀起衣襟露出手枪，客人连忙离开，更远的地方，陈山河蹲在树下，远远地看着廖四六，廖四六若有所觉，四处打量，陈山河低下头来。

黄祁全穿着礼服，在前厅笑容可掬地迎接客人。客人中有男有女，有老有少，还有穿着褪色军服、挂着拐杖来的残疾军人。他们被各处竖立着的引导牌引向最大的包厢，引导牌和包厢外都有相同的字样，写着"魂魄归来：十九路军遗属联谊会"。

大厅入口处安置着一个大喇叭口的留声机，正放着唱片，是胡蝶演唱的《十九路军》，歌词大意是：民众朋友，十九路军，民族战争，反帝先锋，七周血战，全球振动，宝山路血，永留沪淞，不参混战，不打工农，不为军阀，舍命盲从，不辱妇女，不扰民众，民众卫兵，十九路军。一旦无路，枪在手中，带领民众，攻上坚峰，联结义军，一起进攻，不达目的，誓不放松，铁刀木棍，一切都用，破椅断床，障碍敌军，痛苦民众，全体出动，反帝先锋，十九路军。

有几个人站在留声机前听歌，还触景生情地抹着眼泪，也在这里迎接客人的金慧荣劝着众人，送往包厢，他走向黄祁全，指指留声机："黄师傅，你们有心了。"

黄祁全说："应该的。"

"如果有《义勇军进行曲》就更好了。"

"这个好像有……"

"那开席之后放一放。黄师傅，这边的人到齐了。"

"好，你们宽坐，我去后厨了。"

他转身走向后厨，脱下礼服，在学徒的帮助下换上厨师服，系上围裙，洗手擦干走向灶台，一系列动作熟极而流。

麦啸文拍着巴掌招呼着："都打起精神！开始了！开始了！"

后厨众人奔向各自的岗位，马上忙碌起来，黄祁全看了一眼麦啸文："牛肉芥蓝，你来。"

麦啸文兴奋地连连点头，陈卫失望地咧咧嘴。

传菜侍者推开后厨的门："三号桌散客三位，雀肉鹿縻、太史炖田鸡、虾子扒乌参、鲍鱼扣猪肚、红烧大蓙翅、网油金蚝脯、蟹肉烩鲜莲、传统八宝蛋、烧醉酒汾肉、鼎湖上素、烩瓜皮虾,另加牛肉芥蓝一盘。"

黄祁全看向陈卫:"散客牛肉芥蓝,你来。"

"是。"陈卫兴冲冲地跑到灶台前,跟麦啸文并肩而立。

"好好做,别辜负我师父对你的信任。"

"你专心点儿。"

麦啸文被噎住,他强忍着怒气,两人同时点火、放油、下锅爆炒,无形中展开了比拼,两份牛肉炒芥蓝同时出锅装盘,传菜侍者接过去。

陈卫说:"黄师傅,我能跟着去看一眼吗?看看客人的反应。"

黄祁全点头,陈卫跟着传菜侍者走出厨房。

临窗的三号桌,食评人谭耀亨居中而坐,正跟两个陪客滔滔不绝:"一年一度搞到第四回,这道牛肉炒芥蓝就成了考题,不管哪家酒家接了十九路军这一席,都得靠这道菜来证明实力。这就是我们食评界常说的因事成菜,跟乾隆皇帝的珍珠翡翠白玉汤一样。"他是个油腻的中年人,有着比实际年龄显年轻的脸,但又头发花白,穿的衣服也是半中半西,中西合璧的这样一位"妙人"。

客人插嘴:"真有那个什么白玉汤?不是话本里编的吗?"

"天下之事,哪一件不是编的?听的是故事,吃的是味道,芥蓝本身也是好菜,苏东坡《老饕赋》有云,'芥蓝如菌蕈,脆美牙颊响',所以这个菜的关键在于爽、脆、甜、美。"

侍者呈上了芥蓝炒牛肉,陈卫难掩兴奋地站在一旁。

谭耀亨看了他一眼:"这位是炒这道菜的厨师?看表情就知道了。"他对客人解释着,"一般来说,跟着自己的菜出来看客人的有两种情况,一是客人尊贵,厨师特来致意,但是广州大酒家不知道我来,所以不是因为我,另一种情况就是厨师第一次炒这道菜,心里没底才出来看看,这位厨师,我说得对吗?"

陈卫还没有回答,客人先拍了桌子:"太不像话了!你到哪家店不是主厨亲自掌灶啊,这弄个学徒出来也太不像话了吧!"

"别急、别急，也许有奇迹哪。"谭耀亨夹起菜来吃了一口，又优雅地把嘴里的东西吐了出来，"可惜，没有奇迹。牛肉又老又柴就不必说了，可能是牛魔王的肉，芥蓝绵软干涩，跟'脆美牙颊响'半点不沾边儿。"

陈卫的笑容凝固住了。

前厅的留声机换了一张唱片，唱针搭上唱盘，《义勇军进行曲》的歌声放了出来，突然之间，大厅里五六个散座上的客人同时站了起来，十几个人无声地分散开，有的去了十九路军集会的包厢，有的扑到廊柱前，有的跳上了桌子，紧接着，上了桌子的向周围抛撒传单，廊柱前的人张贴标语，扑到包厢门前的人推开门，振臂高呼口号："停止内战，一致抗日！收复失地，还我河山！打倒日本帝国主义！"

随着领头者的呼喊，另外那十几个人也齐声呼应，漫天传单飞舞，飘落在饭桌上、酒席间，陈卫肩头也落了一张，他莫名其妙地抓住。转眼间，那十几个人贴完标语、撒完传单、喊完口号，无声无息地向门口快步走去。宾客们这才反应过来，有人鼓掌欢呼，那些人毫不停留地消失在门口。

不久，荷枪实弹的警察封锁了大门。邝庆奎仰头看着贴在廊柱上的一张传单，龙飞凤舞写着：打倒日本帝国主义！他转过身踩着满地传单在餐桌间一路走着。大厅里保持着中午的原样，桌上的饭菜也都没有动，其间有六张桌子上没有饭菜，各摆着一张白纸，上面粗笔写着编号和人数，桌边坐着人，数量跟纸上写的一样。

邝庆奎向廖四六点点头。

廖四六举起手里的一个秒表，喊了一声："开始。"

六张桌前的人同时站起，有人跳上桌子，有人奔向包厢，有人跑向廊柱，然后有人喊了一声，三拨人马同时行动，做出了喊口号、贴标语、撒传单的动作……廖四六按下秒表："五十秒，然后他们就直接出门了，全程不到一分钟，我们的人根本没反应过来。"

邝庆奎说："非常漂亮的飞行集会！让我回到前几年跟共产党交锋的日子。承平日久啊老廖，你守在门口还出了这种事，该不该罚你？"

119

"是,该罚。"

"有什么可疑的人?"

"现场每个人都登记了名字,还在逐一筛查。"

"这里一定有个发号施令的人,能同时指挥这十几个人统一行动。"

廖四六茫然地环顾四周,他的视线扫过后厨门前探头探脑的陈卫、黄祁全、麦啸文等人。邝庆奎走向门口的留声机,胡蝶的那张《十九路军》唱片被拿出来放在一旁,唱盘上是另一张唱片。

邝庆奎启动了留声机,搭上唱针,《义勇军进行曲》播放出来。

"唱片是谁拿来的?这曲子就是号令。"

第七章

1

金慧荣哼着《义勇军进行曲》,欢快地走着,陈立夏好奇地看着他:"师哥今天这么高兴?"

"很明显吗?"

"你肯定有开心的事,却不告诉我。"

"以后,以后一定告诉你。"

"我知道,一定是你又去革命了。"

金慧荣做了个嘘声的动作,叮嘱着:"以后别当着外人说这个,有人问也不要说,明白吗?"

"神神秘秘的,我还不想说呢!"

"我请你去冰室吃冰激凌吧。"

陈立夏刚要答应,又苦了脸:"不去冰室,报纸上说前几天冰室死了人,血溅到冰激凌上,我想一想都要吐。喝凉茶吧,我去买。"她指指街道对面的凉茶铺子,小跑着过了街道去买凉茶。

金慧荣目送她蹦蹦跳跳的身影,随即一辆车开过来遮挡了视线,门猛然打开,廖四六和几个大汉扑了出来。陈立夏听到身后剧烈的轮胎摩擦声和汽车轰鸣,回过头,黑色轿车开走了,金慧荣已经不见了踪影。

韦太平和蔡叔得知消息后,立刻赶来天台戏院,陈立夏坐立不安、陈冶冰和蔡叔愁眉不展。

阮飞舟一溜小跑地冲了进来:"我找了公安局的朋友,答应帮着找人。"

陈立夏说:"韦班主也托了人,还没有消息。"

蔡叔说:"我回会馆给水陆码头发帖子,如果是水匪绑人,让他们跑不出广州。"

阮飞舟说:"我回报馆写文章。"

陈冶冰提醒道:"先别透露,免得……有其他麻烦。"

阮飞舟解释:"公布于众是保护他,对方心存忌惮才不敢撕票。"

陈立夏声音尖厉:"撕票?"

陈冶冰说:"沉住气!你先慌了还怎么救他?"

韦太平打完电话走回来:"徐副师长已经打进湖南了,没能力管广州的事,让我们自己想办法,说会汇笔钱回来。"

"唐云和诸葛丰呢?他们是空军,有没有办法?"

"我去找。好像最近都没见到他们,陈总司令讨蒋,空军估计上战场了。"

陈冶冰说:"该拜托的人都拜托到了,也都答应帮忙,咱们自己先别慌。"

阮飞舟说:"我要呼吁社会治安,保证伶人安全,给当局增加压力。"

2

南石头惩戒所的审讯室里,廖四六把一盆凉水泼在黑布头套上,邝庆奎责怪看着廖四六,廖四六莫名其妙,问:"怎么了?"

"你怕他认出你来?"

"不怕啊!一个戏子。"

"那你泼头套上干什么?头套湿了不好摘你不知道?你就不能摘下来再泼水?"

廖四六一把拽下头套来："好摘啊。"

金慧荣眯着眼看着他们："是哪路朋友跟我开玩笑？我义父是第三师徐兆龙副师长。"

邝庆奎哼了一声："他救不了你。你是共产党。"

"开什么玩笑？"

邝庆奎打开文件夹念着："金慧荣，伶人工会执行秘书长，擅长解决劳资纠纷和组织游行示威，很有威望，前几天还逼花弄影女班赔礼道歉。"

"伶人工会是共产党的？你许给他们的？"

廖四六再次抬手欲打："嘴还真硬！"

"我们唱戏的，活的就是一张嘴。"

"那我打掉你满嘴牙。"

金慧荣没有回答他，盯着邝庆奎。

邝庆奎说："花弄影的人出首说你是共产党，我们一查，还真是！"

"她们那帮臭娘们儿敢诬陷我？我饶不了她们！这事儿不难查清楚吧？我要求还我清白。"

邝庆奎说："这次飞行集会，你搞得不错。"

"什么飞行？我是有两个飞行员朋友，对，他们可以担保我出去。"

"担保？我这里不接受，也不接受律师，不接受法官，不接受任何人说情请托，进到这里只有两个结果，站着出去，或者躺着出去。"

"你们是什么人？"

"特侦队，专门对付共产党。"

"听说过，我有个朋友……"

邝庆奎抬手制止他："就说说你自己吧，怎么加入的共产党？算了你不会承认的，先上点儿手段吧。"

廖四六一脸狰狞："遵命。"

3

陈山河给徐南禄拉了一笔生意,给省会公安局的警察们义诊按摩,外面排了很长的队,徐南禄带着几个学徒各自按摩正骨,屋里一片骨节作响的声音。

"你可狠狠坑了我一把。"

"不能这么说啊徐老板,义诊是扩大影响、提高名望的捷径。"

"提高了有什么用?我只有一双手,生意再好也得忙得过来啊!"

"那就多招徒弟扩大规模嘛!我也算是你的学生,我来帮你!"

徐南禄没好气地说:"不收你这个孽徒!我也是鬼迷心窍,弄得贴钱贴力气,骑虎难下。"他扶起按摩床上的一个警察,"行了!脊柱有点歪,以后注意走路姿势。"

警察舒服地活动身体,伸着大拇指:"徐医生别后悔,你这个徒弟可不吃亏,成了警察局的定点医馆,生意少不了。"

徐南禄叹口气,陈山河送上一个印着南禄医馆和南禄药坊字样的彩页:"拿好,以后凭单正骨买药,都是八折。"

廖四六吆喝着进来:"仆街!这么好的事没人告诉我?"

陈山河戴上口罩遮住脸,廖四六穿着便衣,蛮横地推开排队的警察:"是不是真的不要钱啊!局本部总算做了件好事。"

他脱下外衣,趴在按摩床上:"先给老子来一段。"

徐南禄伸手给他整着脊柱,点、按、推、拿。陈山河无声地做个手势,让徐南禄让开,自己上前去按摩起来,他的手接近了廖四六的肩膀,揉着揉着掀起了衣袖,露出一点点文身。

陈山河问:"长官,肩膀上有文身啊,文的是什么?左青龙?右白虎?"

廖四六猛然回头,看到的是戴着口罩的陈山河,他又扭头看向徐南禄:"拿学徒糊弄我?"

"按了十几个人,我师父手腕子没力气了,让他按才是糊弄你。"

廖四六哼了一声,炫耀地扯起袖子,露出了臂膀上的两个字,一个是同,一个是志，正是当年在船上，勾着脸的廖四六，左右臂膀上的汉字文身。

陈山河手下骤然加大了力气，眼睛瞬间红了，廖四六呻吟着："舒服。"

"对了长官，你的证件呢？我们只给局本部的人义诊。"

"仆街！你查个屁，老子是特侦队廖四六。"

陈山河用力按着，徐南禄奇怪地看了他一眼。

到了晚上人都散了，徐南禄给自己双手手腕上涂着药水，陈山河在发呆。

徐南禄说："你也涂点，养养关节，我好多年没这么干过了。"

陈山河机械地伸手接受涂药。

"耽误一天生意，这就不说了，印招贴的钱、茶水钱，也不说了，我承受得起，但是你把我当傻瓜，不合适吧？"

陈山河吃惊地看着他。

"你拿我耍了这么大一个局，劳民伤财，就是为了那个叫廖四六的！为什么？"

"我没有……"

"不方便说，可以不说，但是不要骗我。"

"那我不说了。"

徐南禄被噎住。

"算我欠你一个情。"

"我不稀罕。山河，你用了这么多手段做这件事，你得答应我，不做坏事。"

"什么是坏事？"

"你肯问这么一句，我很高兴，我也说不好，总之，对得起良心就行。"

"好，我答应你。另外，我的人情很珍贵，你别瞧不上。"

南禄药坊，陈山河被带到封装蜡丸的地方，这是最后一道工序，也是他从没有来过的地方，干活的全都是大姑娘小媳妇，好奇地看着陈山河。

徐联仲说："你不是想学做药的全套本事吗？这是最后一道了，岭南气候潮湿，先人想到用蜡来裹药丸，不霉不蛀，存上一百年都不坏。"

"这一看就明白,有什么可学的?"

"不想学就踏踏实实给药坊干活,我们还能白教你一场?"

陈山河看看满屋子女人,有点为难:"要不我去榨油吧?炒炮姜也行,还能多出点力气。"

"用不着,老老实实在这里干吧,那个谁,你安排一下。"人群中一个老婆婆喜笑颜开:"放心吧,一定包教包会。"

徐联仲背着手走了。陈山河被老婆婆拉到人群中坐下,面前摆上一个装满蜡汁的木盆:"让外面手艺最好的姑娘教你吧,小菊、小菊,坐他身边儿来,离那么远你怎么教?"

一个羞答答的姑娘站起来,坐到陈山河身边,陈山河看到所有的人都用一种热情的眼神看着他,叫作小菊的姑娘拿起做蜡丸的工具。

小菊说:"咱们这里分为煮蜡、串原子、蘸蜡、入丸、封口、剪蒂、盖印……"

晚上回到何记生药铺,何姑频频神色诡异地打量他:"你今天干什么了?"

"没干什么。"

"没学到新本事?没让你去做蜡丸?"

陈山河诧异:"你怎么知道?"

何姑支吾着:"我猜的!你不是说快学完了吗?最后要学的就是做蜡丸了。"

"不对!你有事瞒着我。你知道我今天要去做蜡丸!怎么回事?快说!"

"你也老大不小了!听说做蜡丸的都是女的……"

"你……你找谁做的手脚?你认识谁?"

"都是做药材生意的,想认识谁都不难。怎么样?有没有看中的姑娘?"

"没有。"

"不是说有好几个都不错?有个叫小菊的……"

"行啦,我的事你以后别操心。"

"我是你姑姑！我不操心谁操心！都没看上？你眼界也太高了吧？你想找个什么样的？"

"你就别管啦。"

"不行，你必须说出个一二三来！我不能白搭人情！快说说你要找什么样的。"

"就你这样的吧。"

何姑一愣："你个小浑蛋，拿姑姑开心，是不是皮痒了？"

"你说是就是吧！"陈山河看了她一眼，转进里屋去，留下何姑心有余悸地发愣。"敢胡说八道！揍死你。"

陈山河突然又探进头来："不让我胡说八道，就别给我张罗这种事。"

4

吴世钧打听到了廖四六的底细，说他没有成家，平常要么住妓院，要么住公安局宿舍，反正行踪不定，兄弟们盯了几天，查到他今天到南石头惩戒所去了，那里有特侦队的牢房，专关共产党。

那间牢房里，金慧荣已经遍体鳞伤。

邝庆奎伸出手指弯曲成钩，模仿唱机头的模样，搭在一张唱片的边缘，嘴里模拟着唱片里的歌声，唱了几句《义勇军进行曲》，"第一个音符响起，就是你们飞行集会开始的信号，我不得不说，很天才的设想，可惜你留下一个破绽，黄祁全交代出原本放的不是这一张唱片，是你要求他换上的。"

"十九路军遗孀用这首歌纪念英雄，很合适，唱片是广州大酒家的，事先我不知道他们有，只是随口问了一句，如果拿它做什么信号，我难道不应该自己带去吗？"

"这个唱片家喻户晓，有唱机处就会有它。"

"万一广州大酒家没有这张唱片呢？实施你所说的缜密计划，居然把这么重要的东西交给莫须有？"

"那你一定另有备选方案。"

"你可真会自说自话,再说,用一首歌发号施令,你有证据吗?"

"忘了跟你介绍,我们特侦队办案,从来不看证据。"

"那还问我做什么?打死我去领功吧。"

邝庆奎伸手挑起他脖子上挂着的那枚铜钱,分辨着上面的字:"平靖胜宝,天地会的铜钱,你这是有了反心啊。把反心挂在脖子上,不是找死吗?也许是你心中的理想?推翻政府,称王称霸?"

"我跟你有什么仇什么怨?你一定要把我打成共产党?"

"话不要乱讲,我可没让他们打你的脸,金慧荣,我给你留着脸面哪!"

"我要不要谢谢你?"

"好好配合调查就行。铜钱儿哪儿来的?是不是你们组织的联络暗号?"

金慧荣沉默片刻:"我师妹,从古董商徐老板那里让来的,你们可以去查,应该花了她不少钱。"

不久之后,古董商徐老板慢慢转动手里的玉扳指,看着陈立夏一脸憔悴和焦虑地坐在他面前。

"你说巧不巧?刚刚有人核实那枚平靖胜宝的事,你就来找我了。"

"是什么人?我师哥落在谁手里了?他现在怎么样?"

"人家没表明身份,不过难不住我,特侦队知道吗?金老板落在他们手里了。"

"特侦队?"

"这就不好办了啊!特侦队虽然隶属于公安局,但一向自成体系,谁的面子都不给,据说他们抓的人,公安局局长出面都要不出来,逼得急了就杀人灭迹,死无对证。"

陈立夏脸色大变、神情惊慌。

徐老板掩饰着眼神中的色眯眯:"好在——"

"怎么?"

"我跟他们有点生意往来,有时候要帮着处理些赃物什么的,所以,说不定我可以去问问。"

"那太好了,谢谢徐老板,你什么时候去问?"

"已经这么晚了,很急吗?"

陈立夏连连点头:"他已经被抓走五个小时了。"

"才五个小时而已,你总要陪我吃一餐饭……"

"对不起啊徐老板,救出我师哥,我跟他一定好好请你吃饭答谢,我还得再去找几个朋友……"

"不用找别人了,我说能解决这件事,你再去找别人,是不是信不过我?"

"不是、不是……"

"不是就好。我在六国大饭店订了酒席。"

陈立夏站了起来:"今天真的不行,我晚上有戏。"

徐老板沉下脸:"你这就是敷衍我了?刚说你要去找别人,转头又说有戏要演?"

"我要找的朋友,在去戏院的路上,戏比天大,不敢误场啊。"

"误场就误场,我给你师父打招呼!今天这顿酒,我喝定了!"

陈立夏镇静下来:"徐老板,师哥的脾气我了解,如果知道我陪你喝了酒,或者还遂了你别的什么愿才救他出来,他会很不开心的,我不能让他不开心。"

"宁可让他待在大牢里?"

"我师哥是'宁为玉碎,不可瓦全'的脾气。你能帮忙,我们感恩,也会有份心意,你要觉得能趁机干点什么,那你想错了。"陈立夏端起茶杯,"徐老板,我以茶代酒,谢谢你了。"

5

天台的电梯抵达,开了门,陈立夏推着脚踏车出来,戏班的杂役焦急地等在这里:"陈老板,快!"

陈立夏把脚踏车丢给他,快步向戏院跑去,一路上闪躲着游乐园的孩子们,前面戏台传来鼓乐和唱戏的声音,陈立夏快步冲了进来,一帮人围了上去,有人帮她穿着戏服,有人给她戴着行头,她自己双手蘸上油彩,迅速勾着脸。

陈冶冰走进来问:"陈立夏来了吗?"

陈立夏没有回答,别人替她答应了一声。

"快!要误场了!"

陈立夏双手迅猛如飞地勾着脸,偏偏还充满韵律感,快而不乱。

尹灵芝和商锦芳下了台,陈立夏已经快步走到台口,一捏姿势走了出去。

陈冶冰皱着眉头盯着场,陈立夏在台上唱着戏,她是刀马旦,演的是穆桂英一类的角色。满场子观众喝着彩、叫着好。

陈立夏眉宇间难掩焦虑。

散场之后,陈冶冰给华光祖师上了香:"你师兄失踪,你心乱心急,我都理解,但是规矩就是规矩,今天误场,按规矩也得处罚你,你服不服?"

陈立夏说:"我服。"

陈冶冰招招手:"拿过来。"

尹灵芝求情:"师父,要不算了吧?她这也是情有可原……"

商锦芳也说:"是啊师父,事出有因嘛,再说也就这一次。"

"拿过来。"

一个杂役拿着一把马鞭和一只乌靴过来。

陈冶冰命令道:"吊她化妆箱上。"

杂役忙活着,把马鞭插进乌靴,挂在化妆箱的镜子上。

"戏比天大,误场的人,按照老例,人人可以鞭打,屡教不改更要严惩。散了吧。"

众人散开,尹灵芝和商锦芳凑过来。

尹灵芝问:"立夏,还没找到你师哥吗?"

商锦芳说:"我打个电话,帮你问问陈公子吧?"

尹灵芝说:"对呀,我们都帮你想想办法……"

陈立夏谢道:"谢谢,这两天的戏,如果我来晚了,麻烦两位姐姐帮我拖一拖场。"

商锦芳和尹灵芝对望一眼,同声答应下来。

6

廖四六和邝庆奎走出南石头惩戒所的大门。

"不用逼得太紧,别伤了他的脸和嗓子,手也不行。"

"一个戏子而已,你还这么照顾他?"

"那是艺术,你懂个屁。"

"他要真是共产党呢?"

"要不是呢?白白毁了一个唱戏的,有意思吗?你回去把草菅人命这四个字写一百遍,明天早上给我。"

廖四六很茫然:"草……什么命?"

汽车开过来,邝庆奎上了车开走了,廖四六吐了口唾沫:"装什么有学问啊!"

他向着黑暗处招招手,一辆黄包车快步跑过来。

黄包车夫沉默地拉着车,廖四六看着车夫的背影,伸手到怀里摸枪,却摸了一个空,忘了带枪出来了,他弯腰伸手摸向小腿,抽出了藏在裤子里的匕首。黄包车却猛然停下,廖四六借势挥刀向车夫扎去,而车夫也在瞬间转身挥拳打来,两个人在路灯下打斗着,蒙着脸的车夫很快打掉了廖四六的刀,又把他逼得步步后退,廖四六连连惨叫。远处车灯划过,一辆轿车开过来,随即车窗里伸出手枪朝天上射击着,车夫毫不犹豫地转身跑向街边,跃上墙头,消失不见了。汽车停下来,邝庆奎和司机下了车,举着枪四下警戒。

"是什么人?"

廖四六惊魂未定:"不知道。我的车夫老黄跑起来爱唱戏,这个人一声不吭,我就知道不对了。"

"有什么线索?"

"力气很大,别的……我都蒙了,没顾上。"

"查查吧,看那两下子像是会功夫,先从武馆查起。"

"好,你怎么又回来了?"

邝庆奎从口袋里掏出笔记本,取出夹在其中的一张纸:"幸亏我回来一趟。草菅人命,抄一百遍!"

廖四六打开纸条,上面写着四个大字:草菅人命。

7

油灯下,何姑给陈山河擦着药酒,嘴里絮絮叨叨:"晚上有个人来,北方口音,把咱的布渣叶(中药名)都买走了,我本来说打烊了不开门,他非要买,付了毫洋,全买走了!说还需要五百斤,问咱们能不能进货。"

陈山河没有反应。

"你说布渣叶买那么多做什么?这药能清热利湿、健胃消滞,是做凉茶的?问你话呢!不过,卖给他也好,咱家的布渣叶积压了很久了吧。他都买走,我这一块石头就落了地了。"

何姑涂完药酒:"你以后能不能少去武馆?你瞧这身上整天都是伤。"

陈山河说:"跟我打的人,身上的伤更多。"

同一时刻,廖四六找到徐南禄的医馆,徐南禄给他敷着药,涂着药酒,擦着药膏。

"你见多识广,我这伤,是什么拳打出来的?"

"是有点怪,咏春的标指?看着眼生,不敢瞎说,你的枪呢?"

"要去小桃红那儿嘛,就想着别带着枪冲撞佳人了,谁想偏偏就中了埋伏。"

"没带枪也好,带了,我就做不成你的生意了。"

"奶奶的,以后我枪不离身。"

第二天,陈山河又在一群女人中间做着蜡丸,徐南禄招手叫他出去,突然按向他的胸口,陈山河疼得叫了一声。

"为什么?"

"什么?"

"廖四六昨天没带枪,要不今天就该给你收尸了,为什么?"

陈山河无语。

"他找我治伤,问是什么拳能打出那种伤来,我说不知道,其实我知道,我每次跟你打完,身上也是一样的伤!"

徐南禄模仿了一下咏春拳的手形:"他随便去个武馆就能问出来,怎么回事?你们……"

"是我仇人,他杀了我父母。"

"你父母是……"

"你就别问了。"

"那你打算怎么办?他不是一般人,他有枪,还有人。"

"父母之仇不共戴天,我要杀了他。"

徐南禄看了看脸色阴沉的陈山河:"你杀过人吗?不,你杀过猪吗?鸡也算,你杀过鸡吗?杀人没有那么简单!"

"他的命我要定了,你不用劝我,除非你去公安局告发我。"

"跟拿枪的人打,你还快得过子弹?"

"大不了同归于尽。"

"仇不是这么报的,你得好好活着,报仇才有意义。这件事我应承下来了,我去找人帮忙,有专门的人干这个。"

"为什么要帮我?"

"要给钱的!生意而已,准备好钱吧。"

看陈山河一脸不相信,徐南禄叹口气说了实话:"这世道刀光剑影,每天都有人被欺凌、被伤害、被宰割,我看不惯,能帮就帮,帮一个算一个。"

"谢了。"

"等我消息吧。对了,最近先别去武馆,廖四六会到处找你,君子报仇十年不晚。"

8

麦啸文带着陈卫进了广州大酒家的包间,冼仲隽和黄祁全都在,看着一沓报纸。

"东家,他就是陈卫。"

"昨天你做了一道芥蓝牛肉?"

"是。"

"你端给客人吃的时候,他说了什么?"

"他说我炒得不好,我正想跟他理论,结果那边就闹起事来了。他逃单了?"

"他有没有说自己是谁?"

"没有。他……"

"他叫谭耀亨,是很有名气的食评人,号称铁嘴。"

"食评人?还有这种人?"

"他的食评能影响生意好坏,他今天在报纸上说,广州大酒家的十九路军遗属宴席办砸了,水平有限诚意不足,那盘芥蓝炒牛肉很差。"

"他吃的是我炒的,不是给十九路军遗属们做的。"

"他有意说得含含糊糊,所以大家会认为我们搞砸了!"

"我的芥蓝炒牛肉比你炒的好吃。"

"可现在是你连累了我们。"

黄祁全说:"你们回去吧,这事儿我跟东家商量,你们别管了。"

麦啸文和陈卫往外走去,黄祁全又补了一句:"如果有人问这件事,都不要回答。"

陈卫问:"为什么?我还想跟他理论一下呢。"

黄祁全说:"这件事不是靠嘴巴能解决的,去吧,管住嘴。"

陈卫被麦啸文拉走。

黄祁全说:"昨天看宾客名单中没有谭耀亨,我就隐隐有点不安,果然来麻烦了,谭耀亨是要显示自己的影响力。"

冼仲隽费解:"请客的又不是咱们酒家,他拿咱们撒什么气?"

"这就是他的谋生之道,既然是食评人,那么所有与美食有关的事情都要有他出现,他可以不来,但你不能不请,否则就要闹出些动静来。"

"城门失火,殃及池鱼,现在该怎么办?"

"真是不好意思,恐怕得拿一笔钱出来,托人去斡旋一下,让谭耀亨到此为止。"

"需要用多少钱,你自去账上支,不用跟我说。"

"谢谢东家宽宏。"

"能用钱解决的问题,都不是问题。那盘菜是陈卫炒的?会不会是菜的问题?"

黄祁全摇头:"谭耀亨如果想骂人,我亲自掌灶也会被骂个狗血喷头。"

谭耀亨是名满广州的食评人,在各个酒家都有专属的位置,他也喜欢轮流去这些专属位置上开始一天的工作,写上几篇当天要见报的食评,让报馆的人来这里取稿子。有时候也会在这样的地方招待朋友,或者打发琐事,比如广州大酒家送来的和解的钱,就被他毫不犹豫地打发了,如果拿钱能堵住,他就不叫铁嘴了,他不敢辜负了名号。

黄祁全和油鸡大佬、千手陈琢磨这事儿,到底是嘴太大、钱太少才堵不住,还是谭耀亨真的爱惜羽毛?油鸡大佬说信得过陈卫的水平,绝不是谭耀亨文章里写的那么不堪,他们想联合一些受过谭铁嘴荼毒的酒家,一起跟他算账。但黄祁全并不乐观,因为饭菜口味本就没有标准,好吃不好吃全凭嘴上说。黄祁全说,这事儿还得陈卫。

黄祁全和陈卫走在街头,陈卫手里提着一个纸包。

黄祁全问:"做好菜的诀窍是什么?"

"你说过,是调和平衡。"

"再深入一层,是要有情感。"

"情感?"

"厨师要对食材有情感,把这种情感炒进菜里,让吃到的人感受到你的情感。"

"黄师傅,你今天说的这个有点玄,我没听懂。"

"慢慢体会吧,从今天开始体会,从见铁嘴谭耀亨开始。"

陈卫怒火上升:"他……"

"求得他的谅解,让他放你一马。你要服软,要以情动人,要让他知道,他的文章害得你活不下去了,你会被酒家开革,而且坏了名声,以后都找不到差事!你家里上有高堂,下有……弟妹!"

陈卫委屈:"黄师傅……"

"周瑜打黄盖的故事听过吗?苦肉计,你今天就要施展苦肉计。"

"我不!"

"那你让我去给人家跪下吗?我可以跪!因为广州大酒家声誉毁了就完蛋了,前台后厨一百多兄弟都得饿肚子,为了他们我可以跪。"

"我们为什么要怕他?"

"因为斗不过,正经生意人斗不过这种无赖!"

"找公安局呢?找找靠山?找找……"

"人情都很贵,对掌柜的来说,惹了这种无赖,关了酒楼可能更划算。"

陈卫虽然不服气,却也无言以对,两个人再没有说话,闷着头一路走到一家酒家门外站下来。

"他就在里面,你愿意当黄盖吗?你要不愿意,就不用进去了。"

"那你呢?"

"我去跪着求他!难道跪下来求你?"

侍者把黄祁全和陈卫引到谭耀亨的桌前,他又在杯盘之间挤出的一小块空处埋头写着。

"谭老师笔耕不辍，妙手著文章，佩服、佩服！"

谭耀亨头也不抬："等我写完。"

黄祁全尴尬地等在一旁。陈卫狠狠地看着谭耀亨，侍者要安排座位，黄祁全摆手拒绝。

谭耀亨写完了稿子，丢下笔，说："广州大酒家的吧？黄祁全黄师傅。"

"是我。一直疏于问候，还请你别见怪。"

"你来得正好，我又写了篇文章，叫《再论广州大酒家的牛肉芥蓝》，你给指点一下。"

"谭老师写的一定是振聋发聩、字字珠玑，我们一定回去好好学习。"

谭耀亨讥笑："振聋发聩、字字珠玑，黄师傅也读过书？还是跟谁学了几句词儿，来跟我套近乎了？"

黄祁全面色不变，陈卫大为气恼，谭耀亨盯上了他："又是这位小师傅，怎么？还一脸不服气？你叫陈卫是吧？"

黄祁全连忙拱手："谭老师见笑了，这是我准备收的干儿子，跟我，姓黄，黄盖的黄。"

谭耀亨继续盯着陈卫。

黄祁全拍拍陈卫："叫人啊，没礼貌。"

陈卫随随便便拱拱手："谭老师，那盘菜是我没炒好，你要怪就怪我吧。"

谭耀亨笑起来："现在服气了？你那天可不服气得很哪！"

"服气了。"

黄祁全赔笑："小孩子嘛！没见识，你大人有大量，就……"

"不，我大人没大量。饮食一道诚意为先，你们广州大酒家有诚意吗？没有！我怎么能容忍这种事发生？这样的厨师根本就不该进后厨！他们在毁掉美食，毁掉厨师行业！我只要还有一口气在，也要替那些美食伸张正义。"

"谭老师说得对，我们都有个共同目标就是做出美食来。"

"不！你们是图利，满心都是铜臭，以为什么都能拿钱来收买？我猜你们又带了钱来了？"他扫了一眼两个人，尤其是陈卫拿着的小包，"学聪明了，带的不是钱，我猜猜，是古玩之类的吧？端砚？名墨？宋版书？反正是能变现的文玩，对吧？少来这一套！我要是肯收钱，早就买房子置地了！"

"谭老师你骂得对！你看这件事，我们该怎么办？你怎么说，我们照做。"

"关门歇业吧。"

"谭老师……"

"广州百姓有权利吃到最好的美食，不能被这种无良厨师糊弄。"

陈卫再也忍不住了："广州老百姓有权不听你放屁！我看你就是找碴儿，你就是想为难我们！跟菜好不好吃没关系！好吃不好吃，全凭你说，你才是败类！"

"黄师傅，这篇稿子你还看不看？不看我就这么发表了。"

"还有食评人这种职业？我们靠做菜过日子，他们靠吃菜过日子，你们不光是败类！还是菜里面的虫子！"

"黄师傅，我会继续发表系列文章，全面问责广州大酒家的方方面面，勿谓言之不预也。"

"你还要胡说八道？"

"广州大酒家可以去法院告我啊，我文责自负。"

沟通失败，陈卫和黄祁全出了酒家的门，站在街头。

陈卫说："我没当成黄盖，惹祸了。"

"菜下锅了就要炒完，回去吧。"

"你不怪我？"

"林北江好赌，愿赌服输总是挂在嘴上，你得他真传了吗？接下来会很难看了，你离开广州大酒家吧。"

"我不走！我没做错事，是谭什么故意找碴儿。"

"你连他的名字都叫不全，更不了解他是个什么人、做过什么事，就敢掀桌子砸锅。匹夫之勇，连累别人。"

"那我更不能走！一人做事一人当。"

黄祁全没有回答，沿着街道走远，陈卫愤愤不平地跟了上去："都怪那几个撒传单、喊口号的，要不是他们闹，我就能揪住姓谭的理论，他就没机会写狗屁文章了。"

9

金慧荣吊嗓子练功的声音远远传来，他在牢房里气定神闲地练功，做着下腰的动作，邝庆奎和廖四六脚步匆匆地沿着走廊赶来，打开铁门进去。

"你跟唐云和诸葛丰是什么关系？"

"朋友啊！他们是飞行员。"

"怎么认识的？谁介绍的？"

金慧荣凝神想着："这谁能记住？认识好久了。"

"兰建辉呢？"

"兰教授啊？刚认识不久，忘了谁带来的朋友了。"

"你上次见到他们三个是什么时候？"

"那可有些日子了。我师妹新戏首演那天，我们戏班在佛山有戏，我坐晚班火车赶去的，他们怎么了？"

"兰建辉住在哪里？还认识什么人？透露过吗？"

金慧荣摇头："只是喝酒听戏的朋友，你找他们担保我？兰教授我不敢说，唐云和诸葛丰应该能答应吧？"

邝庆奎盯着金慧荣，沉吟片刻："他们也答应不了，今天早晨他们驾着飞机叛逃了。"

"啊？"

"一整队的飞行员开着十几架飞机，集体叛逃南京去了。陈总司令震怒，下令彻查！"

"跟我没关系啊！我……"

"兰建辉是南京来的军统特工，受戴笠指挥策反我们的飞行员。"

"戴笠又是谁啊？我都不认识。"

"据查，兰建辉是通过你认识的飞行员，也是跟你一起诗酒唱和时谈好的叛逃条件，你不是同谋也是帮凶，这事儿太大了，比你是共产党还要大。"

"我也不是共产党啊！我要跟我义父通电话。"

"空军叛逃，陈总司令北伐受挫，你义父被困在湖南郴县进退两难，能救你的只有你自己。"

"我怎么救自己？我跟南京没关系，这辈子都没出过岭南！我工旦角的，戏台上只唱良辰美景奈何天，不管什么良将忠臣家国天下。"

邝庆奎和廖四六走出南石头惩戒所大门时，陈立夏正在向守门的警察哀求着："就算是死囚犯也有见家人的权利！大吉利是！金慧荣是我丈夫，我有权见他。"

邝庆奎走了过去："你要见金慧荣？"

陈立夏满怀希望地看着他。

"谁告诉你他在这里？"

"我……猜的。"

"你不可能猜出来。告诉我是谁，我就让你见他。"

"没有人。"

"你是陈立夏，摘星女班正印花旦，兼工刀马旦，金慧荣的师妹，对吗？要想见他，就跟我说实话。"

陈立夏犹豫挣扎："没有人，是我猜的。"

邝庆奎笑了："那你猜错了，他不在这里。"

"那他在哪里？你们为什么要抓他？"

邝庆奎没有理睬，径直和廖四六走向自己的车。

"查一下谁泄露出去的。"

"是。她呢？要不要扣下来一起收拾了？"

邝庆奎看了他一眼："让你抄的字抄完了？"

"我知道了，不扰民、不乱来。"

邝庆奎上车，陈立夏追了过来："你等等！"

廖四六一把拦住她，车开走了。

"你们为什么抓他？你们无法无天！"

廖四六二话不说，伸手掐住陈立夏的脖子，守门的警察一眼看见，转身进门装作看不见。

"给你通风报信的人没说过，我们就是无法无天的吗？在这里杀了你，你猜，会有人知道吗？"

陈立夏不敢再出声了，在他的刁难之下，陈立夏赶回天台戏院的时候，终于还是误了场。

当晚散戏之后，陈冶冰从靴筒里拔掉马鞭，插上排刀，吊在陈立夏的化妆台前。

"鼓乐停了是大误场，罚你服不服气？"

陈立夏强压着脾气，点头。

"在华光师父神位前斟茶认错。"

"我不！我没有错。"

"你说的什么话？在华光师父神位前也敢胡说八道？"

"我就是没有错，我误了场，可就差一点时间，是她们都不帮我！"

"那你想想人家为什么不帮你！"

商锦芳连忙插嘴："师父，我们……"

"闭嘴！"

尹灵芝和商锦芳都不敢再说。

"斟茶认错！按规矩，犯错不认，戏班要开革。"

"开革就开革！"她愤怒地脱下戏服，胡乱擦了一把油彩，冲出了后台，尹灵芝和商锦芳隐隐有点兴奋，假惺惺地劝着："师父你消消气，立夏说的是气话。"

陈冶冰说:"我这就通传各方,陈立夏从此开革。"

10

徐南禄引导着陈山河在书架间走动着,书架上有各种医书,有线装古书,也有书脊烫金满是洋文的洋文书,陈山河惊讶地看着那些洋文书。

"我也看不懂洋文,看的是里面的画,洋人画的骨骼筋络、肌肉纹理,咱们的画师可画不出来。吴世钧说,你托他盯着那个廖四六?"

"知己知彼嘛。"

"不要再盯了,报仇的事,急了容易出错。"

"我每天一闭眼就看到父母倒在血泊里,一睁眼就想到弟弟妹妹不知下落,这一切都是因为那个人。"

"让狗去盯着狼,弄不好会害死狗。还是交给专门的人来做。"他指指更多的那些线装医书,"你去做你该做的事。你说要给你师父一个大药房?"

"是。徐老板,你说的专门的人,是谁?"

徐南禄叹口气:"我可以告诉你,但你不能传出去。天字码头的红鱼帮知道吧?我给帮主宋石莲正过骨,有几分交情,我托了他。"

陈山河松了口气:"他们啊!"

"事成之后再付钱,所以我也不好催,用人不疑,疑人不用,对不对?"

陈山河点头。

"搜罗古旧医书是我的嗜好,要做好药材生意,诀窍就在其中。"

"徐老爷子教过我'取其地、采其时、遵其古、炮其繁'……"

"他教你的是术,光有术还不够,你得'得道',比如药方啊,前人医书里记载了很多药方,学医的人都在学、在背、在用。学药的人照着做成丸散膏丹,修合无人见,存心有天知,但这还不够,从医书中寻找成功病案,提炼成药配方,不埋没老祖宗的智慧。研究药方、验证药效,推陈出新,才是中药行业越来越好的关键。"

陈山河愣愣地听着。

"你为什么来我这里学药？为什么要做大何记生药铺？"

"完成我师父的心愿，没有他和姑姑，我早就死了。"

"所以是要报答他？大丈夫有恩报恩、有仇报仇，好！但是先报恩还是先报仇呢？"

陈山河没有想过这个问题，愣住。

"报仇的事交给红鱼帮吧，你先专心报恩，说难听一点，报仇有风险，万一出师未捷身先死了，你还能报恩吗？"

徐南禄给陈山河指了一条路，一条能做大何记药铺的路，那就是搜罗古旧医书，越生僻冷门越好。他跟何姑说明天歇了工要去双门底街寻书，问何姑要不要也去逛逛街，何姑说不去了，这几天忙着收布渣叶，没力气逛街。

陈山河这才诧异："布渣叶？为什么要收布渣叶？"

何姑说："啊？不是跟你说了吗？有人托我们收购五百斤布渣叶，我说了好几天了。"

"等等！谁会要那么多布渣叶？他下了定金没有？"

"没有，他把咱家的几十斤买走了，我觉得……"

"现在进货是咱家垫钱？"

"他说明天带着钱来拿货。"

"你这五百斤货是不是找了很多地方？"

"是，后来碰到一家店清仓，正好有500多斤，我全拿下了。"

"如果明天他能来，一切都阿弥陀佛……"

"啊？如果不来哪？你什么意思啊？你是说我被骗了？"

陈山河觉得不妙。

11

晨光从窗口投射进来，邝庆奎看着报纸，标题是《再问广州大酒家的芥蓝炒牛肉》。邝庆奎又翻了翻其他报纸，都看到了各种以广州大酒家为题的文章。

廖四六抱着一个沉甸甸的玩意儿进来，外面包着一块布，他小心地放在桌上，掀开了布，露出金光灿灿的一个动物雕像。

"干什么？"

"奉命追查泄密，找到一个姓徐的古董商，证据确凿，狠狠敲了他一笔，钱上缴了，这个小玩意儿据说是专管律法的，跟你八字相合，我就带回来了。"

"獬豸，号称公正严明之神，拿金子做獬豸，这不是本末倒置了吗？拿走拿走，污了我的眼。"

"摆在办公桌上呗，时刻提醒我们的职责嘛！又没拿回家，不算贪污。"

邝庆奎盯着廖四六看，把他看毛了。

廖四六连忙说："我可没做亏心事，没打算贿赂你，再说也不是我花了钱的。"

邝庆奎拉开抽屉，丢出一个纸袋，纸袋没有封口，从中掉出一个瘪瘪的钱包。

"要警示自己，我有这个就够了，一个从警三十年，杀过人、立过功的老警察，身后之物只有毫洋四块半，连吃一顿像样的餐都不够。"

"这是……"

"我派人去佛山查了，他没老婆、没孩子、没有家，一辈子只剩下这点钱和一支没有子弹的左轮枪。"

廖四六惊恐："佛山？"

"就是九年前帮你擦屁股的佛山警察罗松墨，我也是刚知道他的名字，他还帮你找了三个流浪儿顶替跳水逃走的陈家三兄妹，设伏杀了两名共产党，你立了功得了赏金，他分到了陈家一个水果铺。他厌恶我们内部的黑暗，趁机金盆洗手脱了警服当了水果店老板，却发现没了警察身份万事皆难，他居然做亏了本儿，亏到只剩四块半。"邝庆奎说得很伤感，廖四六不知道什么时候已经跪了下来，满脸是汗。

邝庆奎又拿起报纸来看着："生意哪里有那么容易做。"

12

午饭时分，广州大酒家的前厅空荡荡的，黄祁全跟冼仲隽解释着："来吃早茶的都是多年的街坊邻居，对我们的点心有信心，所以早茶还没有受到影响，但是正餐不太好。"

"谭铁嘴的工作没有做通？"

"是，我觉得他不像是临时起意，也许另有所图。"

"有所图就让他说出来嘛，说出来我们才知道怎么办，现在一味地泼脏水，他到底要干什么？"

"跟他打过交道的酒家，遭遇都差不多，被他不依不饶地写文章攻击，他在报界朋友多，每次都是一呼百应，同一时间内所有报纸都会参与。"

"这就不是因为一碟菜没炒好了呀。"

"是！老百姓很信白纸黑字。看到这么多报纸都在说某个酒家不好，自然就不会来了，然后能赊账的商家铺户，也都催着结清菜钱、肉钱、鸡蛋面粉钱……生意就没法做了。"

"帮我约他见面吧。"

"我联系了一些被他勒索过的酒家，打算一起跟他斗一斗……"

"不必了，耗时耗力不起作用，牌子砸了，赢了也是输。"

黄祁全深吸口气："好。"

陈卫仰面朝天躺在菜艇甲板上，两只脚浸在水中，呆呆地望着夜空中的星星，耳边是水波拍打船身的声音。

"起来喝汤。猪肺白果汤，给你提正气、驱小人。"蝶叔端着两碗汤走过来。陈卫没有回应，蝶叔把汤碗放在他的头旁边："你说的谭耀亨，我是没听说过，菜艇本小利薄，也不会引来食评人关注，我明天问问人，说不定能找到跟他认识的人，说说情、送送礼。"

"怎么会有这样的人？靠吃饭挑嘴儿挣钱？"

"食评人嘴巴鼻子都更敏感吧？尝得到也说得出，还能写得天花乱坠。会吃不会说，当不了食评人。"

陈卫突然吸了吸鼻子，扭头闻了闻脑袋边上汤碗的味道："白果放多了五六粒，苦了。"

蝶叔正在喝他的汤，疑惑地又喝了一口品尝着："还好吧？是白果放多了？我还以为水少了，你看，你也能当食评人嘛！"

陈卫不屑："光会品评算什么？创造美味才能扬名天下。"

"好啦，别瞧不起别人，各个行当各有门道，只要认真在做，就该受到尊重。"

"我一想到他那张脸就尊重不起来，蝶叔，我准备辞工了。"

陈卫说去就去。他到广州大酒家辞工那天，冼仲隽正在宴请谭耀亨。

冼仲隽说："有谭先生加盟本店，必能从根本上提高饭菜水平，十分期待。"

谭耀亨说："谭某精研美食二十年，致力于提高厨师的厨艺，全面提升我国美食在世界上的地位，所以义不容辞。"

黄祁全举起酒杯："我也感谢谭先生，以后还请多多指教。"

"好说，好说！"

门被推开，上菜的侍者还没走进来，陈卫已经抢先闯了进来，他盯着谭耀亨："这就是你的目的？骂我的菜不好吃，骂我们酒家水平差，目的就是白得我们酒家的干股，年底拿大笔分红？"

黄祁全恼怒："别胡说八道！你给我滚出去。"

"谭耀亨你说话啊？哑巴了？"

"看来贵店的厨师还欠缺调教啊。"

"那你来教我啊！你不是我们的股东了吗？来呀，来教我啊！"

黄祁全起身要赶他出去，他绕着餐桌躲闪，继续盯着谭耀亨："不敢教我吧？你也知道自己没资格教我吧？你不就是拿着我炒的牛肉芥蓝做文章吗？我不连累广州大酒家，一切错处，我来承担。"

陈卫利索地解开牛皮袋，掏出菜刀。

黄祁全吓了一跳："刀放下！快放下！"

陈卫飞快地脱下鞋袜，脚踩在椅子上，一刀砍过去，小脚趾被砍断，血喷溅出来。众人都吓了一大跳。陈卫忍着疼盯着谭耀亨："手指要留着做菜，我送根脚趾赔给你。"

黄祁全奔到门口大声喊着人："快来人！快拿金疮药来！"

冼仲隽叹口气，起身走到陈卫面前，掏出手帕给陈卫包扎："你这性子，像林北江啊，放心吧，我冼仲隽必不辜负你这份血性。"

他对谭耀亨拱手："谭先生，刚才所议之事就此作罢，广州大酒家欢迎谭先生多多指点，但污蔑诽谤概不接受，冼某生意很多，广州大酒家只是方便我宴客所开，大不了关门不干了。"

谭耀亨安静地起身离席："可惜，还有一道太史蛇羹没上。"他拱手离开。

黄祁全向门口催促着："金疮药！"

陈卫被送回宿舍，包扎起来的脚垫着枕头架起来，黄祁全来看望他，俯身看了看床头的X光照片。

"谭耀亨还敢泼脏水吗？"

"羞刀总难入鞘，只怕他还会继续。"

"见了血都拦不住他？"

"哪个行业都免不了刀光剑影，血并不少见。"

"那我的脚趾不是白砍了？"

"也不是。能打破这一行里的丑陋规矩，撕掉遮羞布，这根脚趾千金不换。现在最坏的结果就是关店，东家仁义，会让大家有着落。你先好好养伤，别的事，我们会应对。"

13

徐南禄在和吴世钧对打,他有点走神,被吴世钧一拳打在肚子上。吴世钧连忙停手。

徐南禄说:"不打了,不打了,今天有点累了。"

吴世钧陪着他下了场,走到一边擦汗饮茶。

"陈山河来找过你没有?"

"好几天没来了。"

"那就好。不管他找你干什么,都先稳住他。赤手空拳跟警察斗,怎么斗得过?人家有枪!他也没练到刀枪不入,去找人报仇,不是跟送死一样?"

"你这份苦心他可不懂。"

"所以不能硬劝,我给他指了条道儿,先引着他忙活别的事,等报仇的心气小一点,再徐徐图之吧。"

何记生药铺里,陈山河边翻看医书边跟何姑说着话:"红鱼帮是码头上的大天二,走私、绑架、抢劫,什么坏事都干,徐南禄有一手正骨本事才能搭上关系。"

何姑一直没有回应,陈山河侧头看出去,墙壁上投影着何姑的影子,一动不动。

"用大天二对付特侦队,这叫以毒攻毒,徐南禄说得对,报仇不一定要亲手杀人,杀了人,一辈子都不好过。"陈山河走了过去,"再说万一我失了手,报仇未成,报恩也耽误了。"

何姑一脸崩溃的表情,陈山河发现锅里的水都快烧干了,赶紧去撤了火。

"怎么了?说话啊!"

何姑收拾了一下自己的脸,抹了抹早就干了的眼泪:"他没有来。"

陈山河醒悟:"布渣叶?没有来提货?"

"你说对了,我受骗了。他一开始就是想骗我。"

"没事,先别慌,没什么大不了的。垫了多少钱进货?"

"家里所有的钱。"

"够？"

"不够，剩下的钱我原打算收到货款再付——我真傻。"

"这种连环骗局报纸上经常登，先买下咱们积压的布渣叶，再说还需要更多，诱惑咱们去进货，供货的人也是他们一伙的。"

"那我去找他们！"

"不用。这个骗局很可能还没有完。他们可能还会想借钱给你，让你用房契做抵押！"

"我不会上当！"

"不，不！这是挽回的机会，只要他们还有贪心，我就能抓住他们追回损失。"

何姑眼前一亮。

"放心吧，明天我请假在家，会一会这路高手。"

何姑松了一口气。

14

军统特务兰建辉落网，邝庆奎和廖四六押着他走进南石头惩戒所，牢房深处传来金慧荣练功唱戏的声音，兰建辉侧耳倾听："你们把金老板抓了？是因为我？那可真是殃及池鱼了。"

邝庆奎说："你还是先操心自己的命吧。"

兰建辉满不在乎："我没回南京，是不喜旅途劳顿，以后我大概会常驻岭南啦。"

邝庆奎说："你很自信嘛！"

兰建辉说："应该的，我建议你别急着处置我，以免过几天局势有变，大家尴尬。"

这话让人听着别扭，廖四六和邝庆奎沿着长长的走廊走出来时，都有点心事重重。

廖四六说:"他也太嚣张了,我给他上点手段?"

"把金慧荣放了。"

"啊?不查他了?"

"先集中精力应对变局吧,南京的变局,金慧荣先放出再说,真有问题他自会露出破绽。"

"奎哥英明。"

邝庆奎淡淡地看了他一眼,廖四六连忙跟上脚步。

金慧荣被放出来,第一时间就在码头上摆了一桌酒,请了韦太平、蔡叔和陈冶冰。

"全赖各位师长营救,我才能逃出生天,这一杯我干了。"金慧荣仰头喝干,蔡叔和韦太平也喝了酒。

韦太平说:"行了,少喝点儿,心意到了就行了。"

金慧荣再次倒上酒举起来:"师父,这一杯我要单敬我师姑。师姑,立夏年轻不懂事,为了我也是乱了方寸,所以才忤逆了你,你打她骂她,她都活该受着,我敬你这杯,为你宽心解气。"

陈冶冰冷着脸不肯端酒杯。

"师姑还在生气,那我这一杯自罚。"他仰头喝干酒,又给自己倒上,"师姑,立夏是个孤儿,离开你她能干什么?还不得活活饿死?要不就落到人贩子手里,生不如死,你对她就是再生父母,你说,当父母的看见孩子调皮不懂事,能一榔头打死吗?小金斗胆厚颜,请师姑饶她一回。"

韦太平察言观色,脚下踢了踢蔡叔。

蔡叔忙说:"是啊!是啊!小金和立夏,这都是咱们看着长大的,品性都过得去,我看还是略施薄惩,宽大为怀吧。"

韦太平附和:"小金跟立夏情谊深厚,这一晚上,为他自己得救喝了三杯,为给立夏求情,喝了五六杯了,差不多得了吧。"

陈冶冰慢慢拿起酒杯:"没规矩不成方圆,这次看在你们的面子上,只要她接受惩罚,我就让她再回戏班来。"

金慧荣连忙喝下了酒:"谢谢师姑。"

韦太平对金慧荣说:"你也收收心,多照应照应你师妹,少管唱戏之外的事。"

"是,我这次是被花弄影给诬陷的,等砸了她们的场子,我就收心。"

金慧荣说到做到,真的带着人去砸了花弄影女班的场子,理由就是花弄影诬陷金慧荣是共产党,害得他在南石头吃了苦头,花弄影自知理亏,到处托人斡旋,不料金慧荣在伶人工会里一呼百应,无人愿意帮花弄影说话,最后是她们自愿让出了宝华戏院的租约做赔偿,此事才算作罢。这些都登上了报纸,起了类似《冲冠一怒为红颜,金慧荣暴打花弄影》《花弄影污人清白,遭伶人工会惩罚》等耀眼的标题。

邝庆奎让廖四六监视着金慧荣被释放之后的动向,廖四六一五一十地汇报着:"金慧荣当天晚上就跟韦太平、陈冶冰和蔡德全喝酒,喝到半夜,第二天带着伶人工会的一帮武生去砸了花弄影,逼她们让出了唱了好几年的宝华戏院,他师父韦太平都快乐疯了,他那个小破戏班一直想进戏院,终于捞着机会了!"

邝庆奎对着穿衣镜试着身上的新警服,用手擦拭着肩章:"你说南京那边,是怎么知道我的警服尺码的?"

"哦?"

"你们的新警服要统计尺寸报上去,我的却已经做好送来了,这说明什么?"

"你早被南京盯上了?"

"虽不中,也不远矣。"

廖四六茫然地眨巴着眼,不知道邝庆奎说的是什么:"那……金慧荣还跟不跟了?我瞧他这些做派,可不像是共产党。"

"南天王陈总司令输给南京,一朝天子一朝臣了,但哪个天子也需要能臣,能抓共产党的就是能臣,金慧荣先跟一段再说,工作要有连贯性。"

"是。"

邝庆奎想了一下:"不要轻易相信你看到的,金慧荣带人抢了宝华戏院,未必不是一种掩护,毕竟你我印象中的共产党不会干这种事。"

"你还是怀疑他是共产党?"

"一切皆有可能。"

正如廖四六所说的,韦太平真是快乐疯了,他夹着他那个公文包,满意地在宝华戏院各处巡看着。从这一刻开始,他终于实现了"弃红船入戏院"的理想,有了固定的演出场所,不再风里来雨里去地到乡下演出了,真是志得意满飘飘然。

蔡叔陪着他到处看着:"你收了个好徒弟啊!赤手空拳地给你抢下这个地盘来。"

韦太平谦虚着说:"只是给太平年班要到了戏院的租约,戏院又不是我的。"

"你想得倒美,海珠、乐善、太平、河南、民乐、宝华,六家戏院,西堤大新公司、惠爱大新公司、长堤先施公司、十八甫安华公司,四处天台剧场,你知道全广州多少戏班盯着?光一百五十多人的大班就有四十多个,你一个小小的半班就抢到了六家戏院之一的宝华,还不知足?"

韦太平乐开了花:"宝华戏院的租约,一年之内交不够包银,人家就不租给我了。"

"那还不是应该的?好好干吧!"

韦太平依旧咧嘴笑,满心欢喜根本忍不住:"我画海报印戏飞,准备首演。"

金慧荣约陈立夏在冰室见面,要说服她跟陈冶冰斟茶认错,陈立夏小口小口地吃着冰激凌。

"这事儿已经传开了,怎么也得给你师父做个面子,所以我安排了一桌席,请几个朋友见证一下,按理说要安排到陶陶居,让圈子里的朋友都知道,但你师父给你留面子,说不去陶陶居也可以,我安排到广州大酒家了。"

陈立夏还是没有说话。

"你嗓子好,有灵性,祖师爷赏饭,天生该干这一行,老跟着我,说不定哪天就辜负你了。"

陈立夏警觉:"你什么意思?"

金慧荣犹豫了一下:"我的理想是更大的戏台,要像大师兄那样为天下太平而奔走。"

"我不管,我就想跟你同台唱一辈子戏,不管这个戏台是在戏院还是在天下。"

金慧荣摇头:"这次被抓,我虽然不害怕,但也突然意识到,我干的事很危险,革命是要流血牺牲的。"

"我不管,我什么都不怕。"

"在牢里每天能听到海关大钟报时,但离得远,听不真切,我就想着如果能出来,就立刻告诉你远离危险。"

"师哥你说晚了,九年前你救我性命时说还不晚,你跟我一起学戏时说,也不晚,现在我们相依为命这么多年了,晚了。"

金慧荣被噎得无言以对。

"其实我也是支持你革命啊!不让男女合班就是陈规陋习,反抗它就是革命,师哥,我要跟你合班唱戏。"

"革命也得一步步来,你先回摘星好不好?"

"你给你师父抢来了宝华戏院,是太平年班的大功臣,你说要收留我,他肯定答应。"

"换个别人都有可能,唯独你不行。我师父见了你师父就跟老鼠见到猫一样,他怎么敢收留你?"

陈立夏心不在焉地点着头,脑子里转着一个念头,这个念头像个魔鬼,按下又起来,起来又按下,陈立夏心乱了。

宝华戏院太平年班首演那天，金慧荣旦角装扮，正在台上莺莺燕燕地唱着，一眼看到从虎度门里走出来的陈立夏，陈立夏扮的是霸王，用男人的声音唱起来，台下一片碰头彩。台下两个人用眼神交流，而虎度门台口的帘子后，韦太平和被替代的霸王，目瞪口呆地看着台上的演出。

很快，台下就有观众发现了端倪，凝神盯着陈立夏，越来越多的观众看出异样，交头接耳，一个前排观众突然站了起来，把手里的一把荔枝砸向戏台，打在陈立夏身上，金慧荣连忙中断了演出，挡在陈立夏面前。

那个观众跳着脚："是女人！她是女人！"其他观众也轰然站起，大喊大叫。

金慧荣连忙推着陈立夏下场，几个观众试图跳上戏台阻止："别让她跑了！"

韦太平和其他演员连忙冲过来阻拦着、劝告着，最后竟然厮打起来，当然，是被观众打得抱头鼠窜，棚面的鼓乐声可一直没有停，萨克斯吹得尤其凄厉。

前面的嘈杂声不绝于耳，倒显得空荡荡的后台很安静。

金慧荣说："你可是闯了大祸了。"

陈立夏说："我赔。"

"你赔得起？"

"我拿一辈子赔。"

金慧荣躲闪着陈立夏热辣辣的眼神："你赶紧卸了妆离开，谁知道观众疯起来会怎么样。"陈立夏突然扑到他怀里，紧紧搂着他的腰："我就知道你不会怪我。"金慧荣推了两下，没有推动陈立夏："要怪你的人还多着哪！你师父就饶不了你！"

"那就把拜师契还给我，八岁学戏，一日没放松过，现在倒要好好歇一歇，干自己想干的事。"

广州大酒家摆了一桌席，但没有人动筷子。

韦太平情绪激动地骂着金慧荣："她不懂事你也不懂事？这是什么日子？是咱们在宝华戏院的开台演出！戏比天大，你们搞什么乱七八糟的？"

"是我不对。"

"你当然不对！你知道我怎么收的场？全场的人戏飞延长一个月！懂吗？所有的人一个月都白看戏，我们卖不出钱还得交一个月的场租！我还得管戏班上下几十人的吃喝！你要我赔光老本去天台跳楼？"

"师父你消消气！我一定卖力气唱，然后找个好的开戏师爷编排新戏，一个月后保证爆棚！"

"你呀！你们呀！太不让我省心了！"

"好了，好了！孩子犯了错，该打就打，该骂就骂，别伤了和气。"蔡叔劝道，又对陈立夏说："还不给你师父斟茶认错？"

陈立夏没有动。

"你这孩子！"

陈冶冰问："你想好了？"

陈立夏起身跪在陈冶冰面前："请师父成全。"

陈冶冰说："今天就请蔡叔和韦师兄做个见证。我陈冶冰解除跟陈立夏的师约，从此各安天命、两不相干。"

陈冶冰从怀里掏出一份泛黄的契约，交给蔡叔验看。

蔡叔叹道："何至于此啊，小姑娘你也教出来了，到了报效你的时候。"

"我补偿师父，以后我的演出收入，六成送到师父这里来。"

"当不起'师父'二字，也不敢收不义之财。"

"是我的一片心意。"

"是我的一张脸面，也没这个规矩。"

蔡叔问："你这孩子以后怎么办？"

韦太平说："别看我，于公于私、于情于理，我都不会让你来我这儿，哪怕你是我干女儿。"

金慧荣说："先让她闭门思过吧。"

15

陈卫再次把樊七请到广州大酒家吃早茶,樊七嘴里又说又吃,井然有序:"你七叔我供了半辈子菜,没想到现在还要给你供旧报纸!报纸是能吃啊还是能喝啊?"

他嫌弃地踢了踢脚下的箩筐,里面满满的都是旧报纸,陈卫跷着包扎的脚坐在对面,专心地看着报纸:"能吃,也能喝。"

"你说要报纸看,幸亏我有个邻居在报馆上班,我托他搞来的,人家笑话我字都不认识几个还看报纸,我说我拿来包菜的。"

"谢谢七叔。"

"举手之劳!你看这些旧报纸干什么?"

"看谭耀亨的文章。做菜要先熟悉食材,才能用最合适的火候逼出它最好的瞬间,谭耀亨就是我的食材。"

"那好!以后我定期给你送来,你也是个狠人,居然斗气切掉脚指头。"他探头看了看包扎的脚,"疼不疼?"

"出不了这口气才疼。七叔,有了你这些报纸,我就能出这口气。"

自此,陈卫每天除了养伤就是翻报纸,并不断地从报纸上裁下署名谭耀亨的食评文章,黄祁全、油鸡大佬、千手陈和后厨里其他人,都在关注着陈卫的一举一动。

陈卫躺在床上,神色平静,他脚上的绷带已经解开,断趾的伤也长好了,他用报纸叠成一个纸飞机,纸飞机在狭小的房间里飞行着,此刻陈卫心情激荡,纸飞机便飞得又稳当又持久,最后从窗口飞了出去。

丁宝从上铺探出头来:"卫哥,你不用再看报纸了?"

"不看了。"

"那太好了,大家都说你着魔了,我知道你没有,你是憋着气报仇哪。"

"是啊!我要报仇了。"

陈卫去了谭耀亨所在的酒楼，一进门就看到两个报馆的杂役在等待，陈卫走了过来，站到他们两个身边。

"兄弟，哪家报馆的？谭先生这一篇是给我们的。"

"对，对，先来后到，我们报馆等着排版哪。"

陈卫笑了："两位别急，我不是来抢稿子的，我是来砸场子的。"

他走向餐桌前的谭耀亨，两个报馆杂役面面相觑，谭耀亨正写得投入，发现眼前多了一个人，抄起筷子在他面前的菜肴中挑拣着吃起来。陈卫跟他打了个招呼："这菜还没动过呀！要不要让他们热热？小炒猪肝还不错。"

"你我已经两清了，你来干什么？"

"我掉了根脚指头，你少了什么？什么都没少，怎么能说两清呢？"

"年轻人，别太张狂。"

"你接着写，人家那边等着呢！是不是思路断了？我猜猜，你是在写这盘猪肝吧？"

谭耀亨下意识地捂了捂稿纸，陈卫笑了："还真是？我猜对了！那我再猜猜你会怎么写，一定是先从《诗经》入手，要么就是《楚辞》，或者汉乐府，找古人是怎么说猪肝的，对不对？唐诗宋词你是不会引用的，历史太短，显不出你的水平。"

谭耀亨四处张望，似乎要叫人来。

"别叫人打搅我，要不我把这盘菜扣你脸上，丢人的不是我。"

"你一个厨子学徒……"

陈卫从后腰里抽出厚厚一沓剪报丢在他面前，剪报都卷起了毛边，一看就是经常翻看："你过去三年写的食评我都看了，还不止一遍。所以你一抬屁股我就知道你拉什么屎。记住哦，最了解你的人，一定是你的仇人。"

谭耀亨忌惮地看着那些剪报。

陈卫说："咱接着说，写完《诗经》《楚辞》乱七八糟之后，你就写今天的心情、天气，或者是如何来到这盘猪肝面前的，反正是骗钱的废话，倒是也有好处，显得你有血有肉、热热乎乎，可惜这猪肝凉了不好吃啊！"他招手叫来侍者，"跟后面说，猪肝再上一盘，谭老师要吃热乎的，对了，让厨师放盐比平常晚三息，会更好。"

侍者不知道大摇大摆的陈卫是什么身份，看向谭耀亨，谭耀亨点头，侍者离去。

"写完废话就该进入主题了，一般你会采用两种写法，一种就是正面夸，说它如何嫩滑、如何温润、如何甘甜，这些字眼你用得很熟练，基本上可以用来形容所有的菜。另一种就是贬，可以用硬、生涩、拙之类的词，再夹杂一些看起来是惋惜的字眼。我说得都对吧？我光是这么一说都直犯恶心，你是怎么能天天写的？"陈卫拍拍那些剪报，"我养伤这段时间什么都没干，天天看这堆破烂垃圾，每一个字都是废话。"

"你到底要干什么？"

"报仇啊！我心眼小，受不了委屈，所以我要报仇，我是没有你势力大，你毕竟经营了那么多年嘛！但我相信会有人看你不顺眼的，我就去找这种人，谁想对你取而代之，我就给他做饭做菜伺候着，我还能帮他挑你的理儿，众口难调，菜是如此，文章也是如此，要想挑毛病，都有下嘴的地方。"

陈卫大笑着离去，谭耀亨不以为意，摇摇头继续凝神接着写，侍者端着一盘冒着热气的小炒猪肝过来上菜，身后还站着穿着围裙的主厨，主厨一脸敬佩的表情："谢谢谭老师的指点，晚三息放盐，果然比平日炒的更加鲜甜。"

谭耀亨的笔尖折断在纸上，他拿起筷子吃了一口，慢慢咀嚼着，脸色变得沉重起来。

16

何姑忍俊不禁，不断瞟着陈山河，他穿了一身明显小一号的粗布衣服，袖口和裤腿都缩短一截，看起来又土又憨厚的样子，卖力地整理着药材："别笑！我这副打扮他们才不会在意我。北方有句话叫扮猪吃老虎听过吗？这是我的猪皮。"

"好像你一年时间就长大了,我记得去年还能穿这衣服。"

"我现在是家里的顶梁柱,以后家里的事我做主。"

"你不是早就做主了?丢下铺子去当学徒,不让我给你相亲!"

"别的都行,这一条不行。"

"你也不能一辈子不娶媳妇啊,你老大不小了!"

陈山河不耐烦:"你有这个闲工夫,好好背背要说的话。"

何姑不满地嘟囔着,门外出现了一个人,影子投射进屋里的地面上,何姑紧张起来。陈山河连忙开口:"掌柜的,这些鸡骨草真要送走啊?价钱太低,要赔本了啊!"

何姑镇定下来:"我都谈好了。"

"咱家可都是道地的佛山鸡骨草,煲汤的人最喜欢佛山产的嘛,鸡骨草煲猪横脷汤、鸡骨草煲老鸡汤,慢慢卖能卖个高价嘛!"

"别啰唆,送过去,中午把钱带回来,我急着用钱。"

门外的人走了进来,西装革履,何姑起身相迎:"老板,有什么需要?"

接下来的事情,陈山河就不让何姑插手了,他先是把进来的人按到墙角暴打一顿,又从武馆借来几个人,帮着他顺藤摸瓜,很快抓住了那一伙骗子,让他们把用布渣叶骗走的钱吐了出来。

日子又恢复了平静,这一日,陈山河得意扬扬地去找徐南禄,拿出一本线装古书。

徐南禄道:"这么快就有收获了?我看看。"他擦干净手,翻看着医书,书名叫作《华洋脏象约纂》,"书不错,在哪里淘来的?双门底街吧?"

"是,你看还行吗?"

"这是南海朱沛文的书,很有意思,专门比较中医和西医里关于脏腑的论述,摘取异同,开阔眼界,你这个还是光绪十九年的佛山首刻本,不错。"

"这里能找到你说的方子吗?"

徐南禄笑了:"哪里有那么容易?不过这个头开得不错,拿回去好好读。"

一个伙计神色惊慌地找过来:"东家,外面有几个人找陈山河,他们还打人。"

外面是一水的西装男人,被打的那几个骗子也在其中,鼻青脸肿的比较好认。他们让开通道,露出后面一个西装革履的男人,半倚半坐在脚踏车的后座上,伸着一双长腿,陈山河走到他面前,徐南禄也跟了上来。

陈山河:"谁找我?"

那个人抬起头,竟然是个一把年纪的中年人:"免贵姓宋,宋石莲,我一向在码头讨生活。"他拉起裤脚,露出白线布袜子,脚踝的位置,用红线绣着一只鱼。

其他的人也都同时撩起裤脚,露出各自袜子上的红鱼。

徐南禄倒吸一口凉气:"红鱼帮?"

宋石莲道:"在下红鱼帮帮主宋石莲。"

陈山河猛然扭头看向徐南禄,却发现这两人似乎并不认识。

徐南禄硬着头皮道:"宋帮主有什么指教?"

宋石莲问:"不知道你怎么称呼?"

"我是徐南禄,药坊的东主。"

"那跟你没关系,我来找这位陈小哥。"

陈山河此刻对他的兴趣远远小于对徐南禄的兴趣,他一直扭头看着徐南禄。

徐南禄说:"山河,你怎么得罪了宋帮主?快快道个歉,一定是有什么误会。"

宋石莲不耐烦地:"你滚开。"

陈山河确定了徐南禄和宋石莲并不认识,笑了起来,这一刻他的身形似乎也挺拔了一些,因为他决定要靠自己了。

"我说几个事,第一,徐老板是我敬重的师长,你可以请他离开,但不能用滚这个字眼;第二,洋服不是这么穿的,先施百货买的吧?他们卖的是欧洲板型,不适合亚洲人穿;第三,就算要穿也要把袖口的商标摘下来,对,就是那一小块刺绣布条，你大概以为是名贵之物吧？其实不是；第四，这几块废柴穿的洋服是找哪个裁缝做的？不合身看不出来吗？当骗子也是要有学问的，被我反骗出他们的底牌，不羞愧自杀还好意思再回来找我？脸哪？"

这一番话说得密不透风，别人都插不进嘴来。

"你贵姓？"

"装什么傻？我叫陈山河，我还从没见过大天二，走吧，找地方喝一杯？"

江边榕树下的露天茶馆，陈山河说了徐南禄的"糗事"，宋石莲拍着桌子大笑："原来还有这个渊源，我对你这东家失敬了！"

"是个老好人，也是个烂好人，表面上一脸横肉，很凶、很江湖，其实见不得血，心软。"

"你真想杀人？"

"怎么？想拿我到公安局换赏钱？"

"想让我们帮你杀？"

"算了，报仇还是亲自动手比较爽快。"

宋石莲沉下脸来："那就来说说咱们的事儿。"

"一笔勾销。"

宋石莲气笑了："谁要跟你一笔勾销？一笔勾销是你该说的吗？"

"要不你来说？"

宋石莲气结："我！丢你老母！"

陈山河勃然变色："我母亲被人杀了，你敢侮辱她，我跟你拼命。"

周围几张桌前的西服男人立刻站起来，向陈山河逼过来，陈山河死死盯着宋石莲："匹夫一怒，血溅五步，我会怕你吗？"

宋石莲松弛下来："是我说错了话。一笔勾销也可以，你来我这里当个军师吧。"

陈山河沉吟片刻："快意恩仇当然有意思，不过我还有心愿未了。"

"不就是报仇吗？你的仇就是我的仇，我举全帮之力帮你报仇。"

"不是因为这个,我还要报恩,报答养了我九年的姑姑,我要帮她把药铺生意做大。"

宋石莲沉下脸:"那就是不想来呗?"

"以前没有军师,你不是也过得挺好?位置给我留着吧,万一我想开了,就去了。"

宋石莲还是不高兴。

"在给你当军师之前,咱们先做点挣钱的生意吧。"

"什么生意?"

"药,西药。"

宋石莲不以为然:"你以为我们没想过?我们提着脑袋搞走私,当然越值钱越好,可西药这东西洋人都是直接运进来,我们摸不到边儿啊。"

"这个我来解决,你们只要保证船到码头后能把药弄出来。"

"这个没问题。"

"还有就是给我搞点钱来,疏通关系需要钱,进货也需要钱,我的家底他们也查清楚了,就剩下一堆布渣叶了。"

宋石莲哈哈大笑:"这是我第一次出门没带回钱去,反而出了一大笔。"

"我以茶代酒,预祝我们两个生意兴隆。"

宋石莲果然给了钱。何姑目瞪口呆地看着桌上的一堆毫洋。

"这是给我做生意的股本。"

"就那几个人?他们不是骗子吗?"

"是他们身后的人,这次机缘巧合认识了,被我游说一番,答应一起做生意了。"

何姑严肃起来:"骗人的生意?"

"当然不是!是救人的生意,西药。"

"西药?"

"对啊,西药挺管用的,就是价格太贵,卖西药的几家大药房我都去打听过,说不是他们想卖得贵,是进海关时交的税太多,所以吃得起西药的人不多。"

"可咱家是中药铺子啊。"

"不在咱家卖,我们做批发。"

"那不就是走私?你那次喊盆买的西药就是海关罚没的。"

"所以要跟那几个人合作,他负责从海关搞出来,我负责从外国买到货,还有在广州卖出去,这是救命的好事,能积阴德的。"陈山河把桌上的钱分成几份,"布渣叶的事,也不好跟他们算账了,咱们自己慢慢卖,不过进货垫的钱先收了。"

陈山河把一堆钱推给何姑。

何姑犹豫:"这是人家给你的股本……"

"对呀,股本就是拿来花的嘛。"陈山河又推过来另一堆钱,"明天去找水厂接根水管,安装咱家入户的水表。"

"啊?没有必要,我们挑水吃。"

"我忙起来就没时间挑水了,我又舍不得让你挑。再说了,你爱干净,得有充足的水洗澡,花不了几个钱,别争了。"

何姑忍不住美滋滋地把钱握在手里。

陈山河看看油灯:"等生意做起来,我再把电引过来,咱家也用电灯。"

"那可太好了。你想好怎么做生意了吗?"

"想好了,不过还需要你的帮助。"

"我?"

当天晚上,陈山河把何姑带到西餐馆,侍者穿着燕尾服,神气活现地走来走去,客人们也以洋人居多,男男女女、老老少少,何姑穿着她最好的中式衣裳,局促地坐在桌前。

"我要请怡和洋行大班的秘书吃西餐,但是我没来过,所以先要来试吃一次,免得露怯。"

"那你请别人呀,请徐老板。"

"那些都是外人,我不能在外人面前丢脸。"

"我从没进过洋菜馆,我才是要丢脸的哪。"

"咱们俩是自家人,相互丢脸都不怕,再说了,这样稀奇的地方,我一定要带你来见识一下。"

侍者拿着菜单走来,递给陈山河,陈山河的手指在全洋文的菜单上一路划过,迅速用简短的英文点着菜,侍者点头离去。

何姑诧异:"你来过?"

"没有啊!我小时候吃过西餐,洋文居然还记得几句,我爸爸每个周末都带我们兄妹去吃西餐。"

陈山河放在桌面上的手突然握成了拳,说不下去了,他深深呼吸,突然无法抑制,眼泪滚滚落下,无声哭泣。何姑伸手盖住他的手,拿起餐巾给他擦泪:"好了,好了,山河,你还有姑姑哪!"

陈山河大口呼吸,镇静下来:"丢人了。我以为小时候的事都忘了,没想到就在眼皮子后面藏着,一动眼泪先下来了。来,我教你怎么用这些餐具。"他指点着桌上的刀叉,"西餐最啰唆的就是用餐具,从最外面开始用,吃完一道菜就换一副刀叉,中间这两个是吃鱼用的,最里面的是吃牛排的,我今天没有点牛排,怕你吃不惯。"

何姑看着他熟练地讲解,说:"其实你骗了我。你对西餐这么熟悉,根本用不着提前来试吃,也不会丢脸,你为什么还要带我来?"

陈山河笑眯眯地说:"算是让你提前试吃吧,我现在的努力,都是为了让你过上好日子,这样的日子以后会越来越多,所以先试吃一下。"

何姑对这种大胆的话心慌意乱,她慌张地举起红酒杯,咕咚一口喝尽。

陈山河连忙阻止:"慢点喝,这酒有后劲儿。"

那天晚上吃完西餐,回家的路上,何姑微微有些醉了,陈山河扶着她走在西关狭窄的街道上,街边的橙龙门投射出亮光,把门上横挡的影子投射在街面上。他们走过一家又一家,扭头看去,每一户的趟栊门里都是幸福生活的景象,有孩子们追逐笑闹的声音,有搓麻将的声音,有粤剧唱片放出的乐曲声,有抽水烟袋的呼噜声……陈山河突然在两座趟栊门的阴影间抱住了何姑,在她耳边低声说着:"何姑,我希望这辈子,一直就这样,每天睁开眼就能看到你,闭上眼也知道你在哪里,有好吃的想着你,有新鲜事急着告诉你,一生一世一辈子。"

何姑在醉梦中无声无息。

第二天早上阳光照射屋子,何姑醒了,她检查了一下身上的衣服,昨晚是和衣而睡的。她翻身扑在被子上再次闭上眼,陈山河昨晚说的那几句话言犹在耳,何姑睁开眼,又紧紧闭上。

17

陈卫沿着报馆街不长的街道走过来,街道两侧的门脸上悬挂着各种报馆的招牌,《广州民国日报》《国华报》《图画时报》《现象报》《妇女世界》《七十二行商报》,整条街都充斥着响亮的印刷机印报纸的咔咔声。陈卫一家家拜访着,只要登过谭耀亨稿子的报社,他都恭敬地送上自己的习作,还言明不收钱,只因仰慕谭耀亨的铁嘴,愿意跟他同刊发表食评。开始时没有人理睬他,觉得是个妄人,但也有编辑仔细看过陈卫的食评,确实言之有物,又能占一个与铁嘴争锋的噱头,便采用了几篇,竟然渐渐有了名声。

陈卫停下脚步,谭耀亨拦在前面。

"你跟疯狗一样咬上我了?"

"只是追随你的脚步也当上食评人了。"

"小子!钱不是这么好赚的。"

"知道,你是靠敲诈赚钱嘛,我不干这个,我就踏踏实实写食评,你说好的我一定说坏,你说坏我就说好,报馆愿意看到有人跟你唱反调。"

"你到底要干什么?"

"求个公道。"

谭耀亨转身就走,露出身后站着的几个烂仔。陈卫无所谓地笑笑,烂仔们上前围住陈卫,一顿乱打,陈卫倒在地上,抱住头脸蜷缩身体,谭耀亨走到街角回头望了一眼,烂仔们还在打着他,谭耀亨欲言又止,转头离去。

这顿打没起作用,鼻青脸肿的陈卫很快又出现在写稿的谭耀亨面前:"今天写什么内容?是这盘菜?"他在对面坐下,吃力地掏出纸笔在桌上铺开,"断了根肋骨,耽误了好几天稿子,好在还跟得上你的思路,我猜你今天是要夸这道菜?"

谭耀亨脸色阴沉,陈卫看看远处几个等着拿稿子的报馆杂役,向他们挥手打招呼:"你快写吧,报馆的人等着拿咱俩的稿子,每次都能同时登出不同观点的稿子,我快跟你齐名了。"

"应该打断你的胳膊。"

"没用,学厨师的没少被刀割,疼啊,见血啊,算不上威胁,除非你找人杀了我,你做得到吗?你真敢弄死我,我也敬你是个英雄。"陈卫伸手把那盘菜挪到自己面前,抄起筷子尝了尝,"忘了跟你说了,我是孤儿一个,无牵无挂,烂命一条,只要还有一口气,这个公道一定要讨到手。"

谭耀亨发着愣,陈卫催着他:"快写啊,这么不敬业!"

18

陈山河再回南禄药坊时,徐南禄有些尴尬:"行啦行啦,笑就笑吧!谁叫我说大话被你抓住了。"

"徐老板,谢谢你的好心。"

"他找你干什么?看你们聊了那么久?"

"跟他谈点生意。"

"你找他对付仇人?他答应了?小心他们官匪勾结,那你就死定了。"

"放心吧徐老板,我没跟他提报仇的事,做点别的生意。"

"他们那种人,别与虎谋皮。咱们做正经生意的,跟这种江湖人少打交道为好。"

"我懂,但是我没办法,想报仇想报恩,都要让自己够强够大,为这个目标，我可以不择手段。"

看徐南禄欲言又止，陈山河搂住他的肩膀："放心吧，我会把握好分寸的，我还要跟你好好学医学药哪。"

徐南禄抖开他的手："没大没小，我是你东家。"

陈山河又搂了上去："我知道啊，是我的好东家、好老师。有个事想求你帮忙。"

徐南禄故作戒备地看着他："说说看？"

"怡和洋行大班的中文秘书，叫什么詹姆斯侯的，你认识吧？我记得你说过。"

几天之后，徐南禄帮陈山河把詹姆斯侯约了出来，他其实是个中国人，但是从不让人称呼他的中文名字，此刻他正不耐烦地坐在太平馆番菜馆的桌前，频频看着手表。陈山河远远地站在菜馆深处，借着廊柱遮挡，偷偷打量着他，饶有兴致地等待着，直到詹姆斯侯准备起身离去了，陈山河才一把搂过穿着白色厨师服的洋人厨师，把一沓银元塞进他的厨师服口袋。

洋人厨师跟陈山河勾肩搭背地走向詹姆斯侯。

陈山河说："抱歉，抱歉，让你久等了，我刚刚跟雷诺总厨交代了一下今晚的菜式，你还是五成熟的牛排对吧？"

詹姆斯侯下意识地点头，陈山河松开洋人厨师的肩膀："那就麻烦你啦。"洋人厨师点点头，转身走向后厨。

詹姆斯侯问："你是徐南禄介绍的朋友？"

陈山河伸出手来："正式介绍一下，陈山河，汤记环球药业集团总裁。"

詹姆斯侯打量着陈山河的一身行头——手腕上的手表、衬衫上的金袖口、领带夹、身上西服的质地，以及脚下那双擦得雪亮的皮鞋。詹姆斯侯握了握他的手。陈山河转身从桌下拿出一个不大的木盒，顺着桌布推给他："一点点西北产的锁阳，算不上值钱，但是难找，因为传说是壮阳的。"

"传说？实际上呢？"

"当然壮阳了，听这名字，锁阳！锁住了，当然壮。"

"怎么用？我是帮家里亲戚问的。"

"煲汤，老鸭、肥鸡都可以，有羊肉就更好了，保证一碗就见效。"

詹姆斯侯欣慰地靠在椅子上，手却下意识地按在木盒上："陈先生是吧？你找我有何贵干？"

"交个朋友。"他抬手制止詹姆斯侯说话，从西服口袋里拿出很大的钱夹，从中取出一沓纸条丢在詹姆斯侯面前，"你在金宝赌场的欠款，我帮你还上了。以后再去报红鱼帮的名号，至少没有庄家敢坑你。"

詹姆斯侯诧异："红鱼帮？就是那个……"

陈山河说："就是那个。跟你一样，都是我的生意伙伴。"

身后突然传来小号声，陈山河闻声回头，在番菜馆一角的金慧荣正吹着小号给众人佐餐，金慧荣特地向陈立夏吹出几个花哨的曲调，引得她笑了起来。陈山河看到陈立夏的笑容，瞬间有些愣神。

詹姆斯侯问："什么生意？跟红鱼帮有关的生意肯定是违法的，我不能做。"

"当然，你负责不违法的那部分。"

詹姆斯侯将信将疑。

"富贵险中求，险我留给自己，富贵拿出来共享，你要不要？"

陈山河无意识地又回头看了一眼，陈立夏已经不在吧台了。陈山河眼中似乎有点失落，就像是跟什么珍贵的东西擦肩而过了。

番菜馆外，金慧荣背着小号走在前面，陈立夏一蹦一跳地跟在他身后，踩着他的影子。

金慧荣催促："走快一点儿，公交车要没啦。"

"没了就走回家。"

"走不动了还不是要我背？你长大了，我背不动了。"

陈立夏追上他，试图拉着他的手，被金慧荣不露声色地避让开，陈立夏赌气地抓住他胸前的那枚铜钱。

金慧荣道："好了，别闹！你还想男女合班吗？我联系了一个戏班，他们在上海演出，缺个正印花旦，上海可以男女合班，你去做'加顶'。"

"你不去？"

"我怎么去啊？太平年班不管了？"

"那我也不去，我就要跟你在一起。师哥，咱们可以搭班子唱戏啊。"

"师父教的手艺，他没同意，不能私自拿出来赚钱，吹小号倒无所谓。"

"那我去唱清音，很容易学，我听过小明星唱的《痴云》，我唱给你听啊！"她开口唱起这首很流行的粤曲，手里还给自己打着拍子，声音清脆，一路远去。

19

詹姆斯侯在怡和洋行的办公室里，用英文打字机敲打着信件，根据他和陈山河的商议，他负责写信跟外国订购西药，并通过洋行的渠道支付货款，通知把西药送上来广州的洋船。詹姆斯侯写完信，把信件折叠好封进怡和洋行的信封，插在了一沓准备寄出的信封中间……

何记生药铺装了水龙头，正在原先放置水缸的位置。陈山河检查着水龙头，一开一合放着水，水落在铜盆里哗哗作响，嘴里说着："红鱼帮联系好洋船上的中国船员，西药送上去就会有人关照，等运到天字码头，红鱼帮有的是办法偷偷弄出来。"

"然后呢？"

"各大西药房提前付了定金，药品清单也是他们提的，所以我只要分头送过去，这边生意就算做成了，不用交粤海关的税，大家都有钱赚。"

何姑手里的针线活也完工了，是一件刺绣的小包袱，她拍了一下陈山河开水龙头的手："别浪费！这龙头一开水表就转，转得我心里乱。"她把小包袱包在了水表上，"你做这门生意……"

"是为了救人，顶多算杀富济贫。"

"总归不是正当生意。"

"我知道,我还要继续搜罗旧医书,跟徐南禄学医学药,那才是正道。"

何姑看他说得滴水不漏,微微叹息,外面传来更夫打更的声音,嘶哑地喊着:"提防瓦面,小心蜡烛!"

谭耀亨有点焦头烂额,因为桌上坐了四五个跟他气质相似的文人笔杆子,正七嘴八舌、声调各异地催促着他。前段时间谭耀亨发起对广州大酒家的围剿,这些人都应邀写了文章,同气连枝地发在各自相熟的报刊上,这才造成了偌大的气势。但随着陈卫切脚趾冼老板翻脸,谭耀亨的如意算盘黄了,也拿不出钱付给这些昔日盟友,人家找上门来了,一是催他给钱,二是催他赶紧把那个叫陈卫的搅局者搞掂。

"各位是说我吗?"陈卫出现在桌前,"老谭稿子写好没有?文思枯竭了?要不你看看我写的,给你点启发?"

"陈卫,做人别做绝了!"

"墙倒众人推而已。"

酒家的领班赔着笑走了上来,一如当初他也是这样赔着笑脸迎接谭耀亨的:"谭老师,真是很不好意思开口,但是已经拖了几天了,不说实在不行了,店里最近生意不太好,东家说索性借机会重新布置一下前厅,换换风水,这张台子……这张台子也要撤掉,不能给你用了……"

"那我换一张。"

陈卫笑出声来。

领班一脸为难:"谭老师,店里会关门歇业几天,乱糟糟的,怕耽误你写稿子,你要不要换到别家去?肯定都盼着你去坐镇指导,我们也不好老霸着你不让走,会遭同行嫉恨的。"

陈卫笑得更厉害了,领班给了他一个哀求的表情,陈卫厚道地啥也没说,谭耀亨收拾着纸笔:"好,好,那我走,替我谢谢你们东家,有情后补。"

领班再次犹豫了一下,硬着头皮递过来一张账单:"这些日子你在本店的开销,请你过目,我们东家说,不急。"

谭耀亨没有想到这一步，有点愣，文人们看不过去了，纷纷开口称过分了，当初也是酒家求着老谭来的吧？

领班一直赔着笑，但就是不松口。

一个文人冷笑着说："你们酒家这么干就不怕犯了众怒吗？"

领班说："我们东家说，谭老师已经犯了众怒！"

陈卫冷冷看着谭耀亨，谭耀亨看起来又颓唐又恼怒。

陈卫大笑起来："我今天要写的题目找到了，就叫'一个时代结束了'。"

谭耀亨收拾纸笔的手一抖，一瓶墨水倒在桌上，白色桌布被染黑，领班皱着眉头，强颜欢笑："没事儿，不用赔了。"

陈卫仰头大笑，出门而去，谭耀亨向外走去，虽然尽量挺直腰杆，但依旧显得佝偻，文人们也跟着向外走去。谭耀亨突然停住脚，问着周围的文人："你们拿了广州大酒家多少钱？"

文人们反应各有不同，有人一口否认，有人含笑不语，还有人指责他坏了规矩。他们从谭耀亨身边一拥而出，只留下谭耀亨站在空荡荡的大门通道内，阳光刺眼地从外面照进来，勾勒出他孤单的身影。

20

邝庆奎穿着新制服，笔直地站在兰建辉的办公桌前，这里曾经是梁齐光的座位，兰建辉一脸嫌弃地用手帕擦着桌面上的油腻，还不断地抬头嗅着空气中的味道。

邝庆奎说："给陈济棠算命说'机不可失'的那个人被我们抓到了，他说他批的'机不可失'，指的不是机会，而是飞机，空军叛逃是陈济棠下台的直接原因，这都是你的功劳。"

"你拍马屁的功夫，不如你办案子的能力。"

邝庆奎毕恭毕敬："是。"

"你们队长这间办公室，怎么闻起来像个食堂？"

"要不要给你换一间？"

"算了，找人好好清洗，这里摆个关二爷的神位，供上好香，驱驱邪气。你们广东警察都不拜神位的吗？"

"啊？南京的革命同志还拜神位？"

兰建辉哈哈一笑："革命尚未成功，同志仍须努力，不是要拜神位，是点香驱驱味道。"

"是，我这就安排。"

廖四六领命去关帝庙请了一尊关二爷的神像。他穿行在小巷，身后有人若即若离地跟着，廖四六觉察了，伸手握住手枪。小巷很窄，两侧店铺的货物、招幌横七竖八占据了小巷中间的空地，走在前面的廖四六和后面追踪的那个人不断受到这些布幔的袭扰、遮挡。刺杀骤然发生，刀光刺破布幔，关二爷的神像脱手而出，刀光和枪口的火光交相辉映，有刀刺破皮肤，也有枪弹击穿布幔。枪眼冒着烟，神像落地却没有破碎，稳稳当当挎着长髯，几枚子弹壳也跟着叮当落地，刺杀者已经消失不见。廖四六蹲在地上，双手持枪四下观望，胳膊上滴着血，黑色的。

刀子上涂了蛇毒，廖四六喜欢吃蛇，随身带着蛇药而躲过一劫。邝庆奎要他借机抓抓人，跟共产党斗一斗，兰队长新官上任，得干点漂亮差事！

金慧荣来跟韦太平告别，说要带着陈立夏去上海的粤剧班子加顶。

韦太平不高兴："你是怪我不收留立夏？她也是我干女儿我能不疼她？我这不是要徐徐图之吗！"

"师父，我都懂，陈师姑那个脾气，咱们肯定不能跟她对着干。"

"那你们还要走？"

"拳不离手曲不离口，立夏再不唱，嗓子可就完了，所以我才让她去加顶。"

"那你让她自己去嘛！也是大姑娘了，能自己闯了，再说你们孤男寡女的，合适吗？"

"我倒没想那么多。"

"是她缠着你是不是?这孩子就这点不好!不管不顾的!"

"她离开广州一段时间,还能让陈师姑消消气,你也多劝劝师姑。"

"那你就别走!好不容易有了宝华戏院,正印花旦跑了算什么事儿?"

金慧荣犹豫了一下,压低声音道:"师父,我不得不走。"

韦太平诧异地看他一眼。

"你没发觉最近满街都是警察,还到处抓人吗?"

"那是抓共产党的!"

金慧荣没有说话,韦太平明白过来,气得手抖:"你!你!我说过多少次了别学你大师哥!你就不能好好唱戏吗!"

金慧荣轻声地说:"唱给饿着肚子的人听吗?"

"你放屁!饿着肚子还能听戏?"

"是啊师父,很多人还饿着肚子,听不了戏哪!他们为什么会饿肚子?不是他们懒,是这世道不对头!"

"你还能耐了?你就是个唱戏的啊!"

"我们在台上唱良辰美景,真正的良辰美景是人人有衣穿、人人有饭吃。这就是我和大师哥要干的事。"

"滚滚滚,我不爱听你唠叨!"

金慧荣提起行李箱:"立夏不敢来见你,让我跟你道个别,我们到了上海就给你们写信。"

"滚滚滚!"

金慧荣转身要走,又被韦太平叫住,他从腋下的公文包里抓出一沓钱,想了想,把包里的钱都塞给了他:"给立夏的,别委屈了她。"

天台上的摘星女班里,陈冶冰也知道了陈立夏要离开广州的事儿,因为陈立夏把心爱的脚踏车卖给了尹灵芝。陈冶冰犹豫片刻,走到电话机前拨号:"余茂隆戏服店吗?我找霍师傅,我是摘星女班陈冶冰。"

她等着电话那头去找人,手里下意识地抓挠着衣角:"霍师傅,陈立夏有没有去你那里租戏服啊？没有？那金慧荣呢？就是太平年班的正印花旦？也没有？好的，我听说他们要去租戏服，如果去了，你给他们打六折吧，我知道只能打到九折，差的这三折，你找我来拿钱。"

她挂断电话，继续拿起细布擦着行头。

21

一个老太太，穿着干干净净的布衣，梳着整整齐齐的发髻，提着一个食盒走来。陈卫盘坐在江边榕树下的长椅上，抱着一沓报纸看，嘴里还咬着半个冷烧卖。他意识到有人站在面前，抬头看见了慈眉善目的老太太。

徐老太问："年轻人，我可以坐一坐吗？"

陈卫连忙让出半个长椅。

徐老太说："烧卖吃凉的可不好，你听说过我们顺德的妈姐菜吗？要不要尝尝看？"徐老太把手里的食盒放在两个人中间。

陈卫戒备地问："老人家，你是来找我的？"

徐老太微笑着说是，请他尝尝自己做的妈姐菜。陈卫有些迟疑，四下打量，想看看有没有什么异常。

"我是一个人来的，你不会还害怕我这个老太太吧？"

"就是有点不习惯。"

徐老太打开食盒，露出下面几个小碟的食物——荷香冬瓜卷、鱼腐、水蛇肉饼、粉果。陈卫接过筷子，品尝着。

徐老太问："你吃过妈姐菜？"

"小时候，我家有位梁婆婆，也是顺德来的。"

"梁是我们顺德大姓，她叫什么？"

"我爸爸妈妈叫她九姑。"

"那就不认识了。你跟她学过做菜？"

陈卫摇头："她很早就离开我们家了，不过我现在当厨师，可能也跟她有关系，小时候吃得太好了，大了就吃不惯别人做的菜了。"

"想不想跟我学妈姐菜？除了这四样，我还会鸡粥、生炒马鞍、酌响螺片、观音斋、荷香鱼、鱼羹、炒水蛇丝。想不想学？"

"为什么？"

"要回顺德养老啦，做了半辈子的几道菜，不传下来可惜了。"

陈卫摇头："你跟谭耀亨认识吧？是他请你来的？"

"他呀，是吃我做的饭长大的。"

"难怪！我说呢！原来是这么回事！他在哪儿？"陈卫站起来到处寻找。

"他不知道我来找你。这孩子从小什么话都跟我说，长大了，结婚娶了媳妇，生了女儿，在我面前还跟个孩子似的，你们俩的恩怨他都跟我说了，我就想帮帮他。"

"这个忙你可帮不了。"

"爱吃好东西的人没什么坏心眼，他只是这些年有了名气，晕了头。你打醒了他，我很高兴，所以我愿意来教你妈姐菜，你愿意学吗？"

陈卫犹豫片刻，说："学了也不亏！"

陈卫把徐老太带上了菜艇，跟着她学起妈姐菜来。要说这妈姐菜，在广府一带可是神秘的存在，厨出凤城，自食其力不外嫁的顺德女子外出帮佣，口手相传的厨艺，外人很难学到，所以徐老太很自信，传授这份厨艺能打动陈卫。

他们这一学就是大半天，黄包车等在路边，陈卫向一脸疲惫的徐老太鞠躬。

"行啦，我会的都教给你了，能学会多少，全靠你的悟性啦。"

"谢谢婆婆的授艺之恩。你什么时候回顺德，我去送你。"

"不用了，当年一个人悄悄来的，还是一个人悄悄回去吧，不用送。"

"我想……"

徐老太挥挥手："走啦，人老了，想家了。"她上了黄包车，车子远去，陈卫原地转了转，有百般感受无法释怀。他跑到江边找着小艇："快送我过江，去火车站。"

陈卫过江坐火车到了佛山，径直到了小时候的家，这里已经住上了别人。陈卫敲开门，拿出一沓钱，说要租人家的厨房做一桌菜。对方虽然莫名其妙，但看在钱的面子上还是答应了。陈卫路上已经采买了各种所需，他在厨房忙了半夜，身手很是娴熟，切着菜、肉、鱼，有条不紊地揉着面团，眼前浮现的是少年时一家人在桌前的样子：兄妹们顽皮地绕桌奔跑，父母慈祥地微笑。他把平生所学的精华，连同刚刚学到的妈姐菜做了满满一桌子，然后飘然而去，留下主人一家面面相觑。

陈卫走到当年乘船而去的河边，望着滚滚流水，跟父母说了一声："爸爸妈妈，儿子长大了，成才了。"

22

上海比广州冷得多，夜空中落下雪花，街巷一片洁白，陈立夏伸出手接着雪花，兴奋得大呼小叫："你看啊！看啊！这就是雪！"

"大惊小怪！忘了？你九岁那年广州下过雪，特别冷。"

"忘了！我就喜欢这里的雪。"

他们看着街上的小孩子用上海话互相叫喊着、追逐打闹着，相互砸着雪球，堆着雪人，声音清脆。金慧荣给陈立夏围上围巾。

"我想起来了，我妈妈她见过下雪，她跟爸爸认识就是在下雪天。"

"那你替他们多看一看。"

"我原本已经忘了爸爸妈妈的样子，也忘了哥哥们的样子了。现在这雪花落在脸上，我就全都想起来了！"她扬着脸让雪花落在脸上，热泪却滚滚而下，"我想他们了，爸爸妈妈，山河哥哥，精卫哥哥！"

她唱起了一曲《月光光》的儿歌："月光光，照地堂；年卅晚，摘槟榔；槟榔香，摘子姜；子姜辣，买菩达；菩达苦，买猪肚；猪肚肥，买牛皮；牛皮薄，买菱角；菱角尖，买马鞭；马鞭长，起屋梁；屋梁高，买张刀；刀切菜，买箩筐……"

第八章

1

韦太平拿着一支大号手电筒,站在码头上照着红船各处,与往日不同的是,红船上没有了灯火,已是人去楼空。

陈冶冰陪在他身边:"还不舍得它啊?"

"小半辈子都在这红船上了。"

"你现在才弃船上岸,已经算晚的了。"

"要不是小金拿到宝华租约,还不知道什么时候能上岸哪!对了,他和立夏在上海挺好的。"

"你徒弟和你干女儿,跟我没关系。你这么晚叫我来干什么?"

韦太平指指红船:"跟它告个别,我这辈子的重要时刻,也是太平年班的重要时刻,想让你一起做个见证。"

"你还矫情起来了?说,到底有什么事!"

"陈总司令——陈济棠去了香港,广东被南京来的人接管了。"

"知道。市政府管宣传的人换成讲国语的,让去登记备案哪。"

"南京那边风气比较开化,好多新气象一下子都出现了。"

陈冶冰不知道他的意思,无声地等着他继续说下去。韦太平吭吭哧哧地说:"以前陈济棠管得太严了,他是南天王嘛!什么都要插手,其实香港还有广西早就男女合班了,他在广州就是不让!"

"你到底要说什么？"

"我听老蔡说，有好几家戏班在商量男女合班，观众也喜欢看合班的戏，上座儿更好。"

"你要跟我的摘星女班合班？"

韦太平松了口气："就是嘛！合班最重要的是找对人，咱俩从小一块学艺，知根知底、彼此信任，咱们合班是最好的，班主你来当，你抓剧目，我当坐舱拉业务，新戏班就叫太平摘星，好不好？"

"不好。"

"宝华和天台戏院都留着。你说不好？是说好吧？"

"谁都可以合班，我不能，陈立夏因为想合班跟我断了师徒情分，现在她一离开我就合了班，我算什么东西？"

"她高兴还来不及哪。"

"那我呢？我不要脸了吗？"陈冶冰转身向码头外走去，"明明打个电话就能说清楚，非要大晚上拉我过来吃风，你是活到戏里去了，一天不演就难受。"

韦太平追了过去："你别急啊，咱们再商量商量，大势所趋啊！以后都男女合班，纯女班就不吃香了！会活不下去的！"

陈冶冰转身看着他："我活着是为了唱戏，但是唱戏可不单单为了活着。"

2

陈山河曾经跟宋石莲说过，想通过他买支手枪防身，宋石莲当时虽然笑话他多虑了，但其实还是放在心上了，这次约他到番菜馆来，就是要介绍一个卖枪的人给陈山河，不料这个人却是廖四六。

廖四六把枪拍在桌面上："说吧，你买枪干什么用？"

陈山河没有直接回答，叫来侍者点了牛排，看廖四六不会吃，便坐到廖四六身边，教他怎么使用刀叉。宋石莲在对面也偷偷学着，盘子里的牛排被切成了小块，陈山河把刀叉还给廖四六。

"六哥，吃西餐就这么简单。"

廖四六说："你很会吃西餐啊，从小就会？家教不错。"

陈山河拿起自己的刀叉熟练地吃着牛排："除非富贵人家，谁从小就吃这个？"

"我看你就像是富贵人家的孩子。"

"那是我会装，有句话叫什么来着？养移体居移气。"

"跟谁学的？"

"跟钱学的。"

"钱什么？哪里人？"

"六哥，不是姓钱，就是钱。"陈山河从西服口袋里掏出一个毫洋丢在桌布上，"小时候家里穷，我又贪新鲜，攒点钱来开洋荤，就拼命学，看人家是怎么吃的，怎么拿刀、怎么拿叉，用多大力道，喝什么样的酒，只要有心，都学得到。"

廖四六将信将疑。

宋石莲说："没错！我有了钱，再贵的洋服也有底气穿。"

"钱是人的胆，所以我喜欢钱。六哥呢？喜欢钱吗？"

"你是佛山人？"

陈山河笑了："为什么六哥会觉得我是佛山人？"

廖四六说："陈姓在岭南算大姓，正巧我知道佛山有一家姓陈的。"

"六哥你这个姓也不常见，是哪里人？"

"你还没回答我。"

"佛山，我采药去过几次，鸡骨草就是佛山的最正宗。"

宋石莲看出气氛不对，握紧了西餐刀。

"我就是想买支枪玩儿，一不相亲，二不拜把子，六哥你非要问这么多吗？"

廖四六掀开衣襟，露出枪把子："因为我看你觉得很眼熟。"

陈山河毫不在意地笑了笑："眼熟也是罪过？"

宋石莲把餐刀伸过来，从廖四六的盘子里扎了一块牛排，塞到嘴里大嚼起来："还没到验货的时候吧？六哥你撩起来给谁看哪？山河是我兄弟，你吓唬他？"

"我试试他的胆色，还行，像你兄弟。"

"那就谈生意吧？"

"枪我有，但是不能卖。"

"六哥，耍我？"

"你到处找人买枪，我当然要来看一看了，这就是我的本差嘛！"

"那你外面埋伏人了没？没有可带不走我们。"

"开个玩笑！老宋你开不起玩笑了？枪我不能卖，你们从别处买到我也不会管，就是个富家公子想玩玩枪嘛！"

陈山河："我也想跟六哥交个朋友，以后六哥想玩点新鲜的就找我，骑马、开汽车、开飞机，公子哥会玩的我都会。"

廖四六和陈山河对视，生硬地笑了笑。

这次西餐局可以说不欢而散，稍微僻静点的街边，西装革履的宋石莲和陈山河对着墙角撒尿。

"老弟你还会开飞机？没听你说过啊！"

"你还当真？"

"对不住了，我不知道他会为难你，跟他也算不上熟朋友。"

"只是想给我个下马威吧，以前没见过他，应该不是针对我的。"

"那就好。你们俩真有恩怨，我反而为难。"

"谢谢你啊宋哥，没有骗我说跟我一起砍了他。"

宋石莲讪笑："我有几千兄弟要养。"

"我知道，那种人咱们犯不上得罪，挣钱要紧，我心里有数。"

"下一批货这两天就到码头了，这是第四批，听说海关缉私队已经在调查了。不过无所谓，挡我财路，有死无生。"

廖四六回到警察局后一阵阵犯恶心，他吃不惯西餐，尤其还是带血丝的牛排，但他顾不上恶心，径直去档案库，在硕大的木质架子间寻找。架子上装满纸盒子，尘土飞扬在光柱里。他在靠近门口的架子上抽出一个盒子打开，里面东西不多，是一个陈旧的皮夹、一把旅馆的钥匙和一沓旧报纸。廖四六打开报纸，很快看到了要找的东西：那份陈山河发布的寻人启事。廖四六长长地吐了一口气，知道罗松墨为什么会死了，看来他抓到了陈山河的把柄，又被陈山河用了什么手段，借自己的手除掉了。自己当年杀了陈家满门的事，应该是败露了。

3

上海一个简陋的电影拍摄场地，布满了用布做的假景片，一群人围在摄影机前，拍摄着布景前的陈立夏。她穿着戏服，拎着一把剑，比画着一套剑舞，脚边不时喷起一阵阵雾气。

金慧荣匆忙从外面走来，他迅速脱掉外衣，混进人群中，抬头看着陈立夏。陈立夏看到了金慧荣，也看到了电影厂大门外进来了几个人，他们四下张望着、寻找着。陈立夏注意到金慧荣在人群里悄悄移动身子，躲避着那几个人的视线，并把什么东西藏在裤腿的袜子里。片刻之后，拍摄换成别的布景，拍一个侠士飞来飞去，陈立夏依旧穿着演戏的衣服，跟金慧荣坐在片场角落里，边吃饭边低声说着话。他们面前摆开几个食盒，陈立夏小心地吃着，以免弄脏戏服。

陈立夏问："那几个人是找你的？"

"什么人？哪里有人？"金慧荣迎着陈立夏的眼神，生硬地转移话题，"喜欢拍电影吗？"

"你把什么藏在裤腿里了？我刚才看见了。"

"拍戏就好好拍戏！喜欢拍电影吗？"

"好玩嘛，不过我还是喜欢唱戏，戏台上有始有终才是真的，拍电影都是假的。师哥，你来上海，不是为了我吧，至少不全是。"

"师哥的戏台不仅仅在戏院里。"

"在上海也有人要抓你？"

金慧荣摆摆手不想说这个话题："那你喜欢上海吗？"

"喜欢，这里有好多广东人，有正宗的家乡菜吃，还有拍电影、灌唱片、看各种名家演出。对了，我用戏服换了一套《宝莲灯》的京戏剧本，我爸爸妈妈唱过这出戏！"

"喜欢你就多留一段时间，我……"

"你要回广州了？我跟你一起走。"陈立夏眼神坚决，毫不留恋。

4

后厨，麦啸文在念着报纸："省政府转发公务人员革除婚丧寿宴浪费暂行规程，对于宴会，除了外交性质的之外，婚丧庆寿每席不得超过十二元，也不得发放车马随从的饭钱。"

油鸡大佬感叹："食在广州的好日子过去喽！"

千手陈说："我记得是九月份吧？市政府搞新生活运动，规定每席不得超过法币十五元，这才三个月就变成十二元了，咱们这一行还怎么干？"

黄祁全说："没让你念这个，念念谭铁嘴说陈卫的那个。"

麦啸文慢吞吞地翻找报纸，一副不情愿的样子。

油鸡大佬说："不用念，我们都看到了，说他是妈姐菜的传人，他什么时候学了妈姐菜？"

千手陈说："妈姐菜里的点心也很靓啊，以前第十甫茶香室的招牌美点就是妈妈做的粉果，娥姐粉果——好睇（看）又好食。"

麦啸文找到了文章，还是不想念。

油鸡大佬说："不用念了，谭耀亨写文章抬陈卫，算是什么心思？告饶？

咱们发力反击,他怕了?"

"陈卫如果真学到了妈姐菜,就让他掌一只灶,早点替东家挣钱。"

千手陈和油鸡大佬对望一眼,都点了头,麦啸文眼神失落。

黄祁全说:"这回东家花了不少钱,咱们得赶紧挣回来。既然还有不少人认谭耀亨那张铁嘴,索性让他将功补过。"

千手陈说:"真是无趣,美食的事,到最后还是钱说了算。"

满洲窗投射出斑斓艳丽的彩色光柱,这是上次陈卫砍掉脚趾的那间包厢,谭耀亨再次坐在这里,恍如隔世。黄祁全陪着他,说:"这件事能这样解决,也算成就了一段佳话。"

谭耀亨说:"是啊,陈卫小师父为追求美食真谛,切趾明志,感动妈姐徐婆婆传授十二道绝技,为广州大酒家的客人们增添了宝贵的口福。"

"谭老师文采!厉害!"

"陈小师父在吗?我们见一见,相逢一笑泯恩仇吧。"

"他没来。"

谭耀亨一愣。

"敝东家有意延请谭老师担任品质顾问,每月有车马费奉上,还望谭老师多多支持。"

"一定鼎力合作,陈卫知道我来了吗?"

"知道。"

"他怎么说?"

黄祁全诧异他的急切,谭耀亨解释着:"让你见笑了,陈卫做事有点……不太好沟通,他切脚指头你也在场,你说说,有必要那么血腥吗?"

"是不太规矩,他是菜艇出身,估计没人给他讲过规矩。"

"那你们能保证让他安稳下来?"

"我让他掌灶做妈姐菜,相信他不会拒绝。"

谭耀亨忍了忍,没忍住:"就凭他学到的妈姐菜,去哪个酒家都能掌灶。"

"不,广州大酒家是他师父林北江的祖业,重掌广州大酒家对他更有意义。"

5

徐南禄在给病人正骨,动作利索,立竿见影,刚刚还死气沉沉的病人活动着胳膊。陈山河提着个包袱走进来。徐南禄看了一眼他身上的西服,调侃着:"你这是加入了红鱼帮吗?打扮成这样了?"

"我可没瞧上他们。"

"那就对了!你跟他们到底在做什么生意?徐老爷子说,你好几天没去药坊了?"

陈山河把包袱打开,露出里面一大堆印着花花绿绿洋文的西药盒子:"这就是我的生意,你喜欢琢磨西药,以后我供给你。"

"走私来的?"

"那是红鱼帮的事,我不掺和,我只负责研究西药。"

"怎么?不想钻研医书了?"

"也钻!我是想着中药西药都是药,有没有可能结合起来?你研究得更深,所以找你来商量。"

"西药治表,中药治里,各有所长,但不是一回事啊。"

"徐老板你先别给自己设框框,管他中药西药,有疗效才最重要。好比治发热,中药有西药也有,把它们合在一起,会不会就表里兼治,疗效加倍?"

徐南禄愣愣地想着。

"徐老板,我可以提供各种各样的西药,你来寻找跟中药结合的办法,咱们用这种办法做新药好不好?"

"这个要徐徐图之。"

"你还是快马加鞭吧。跟红鱼帮的这门生意能挣钱但风险也大,得趁着现在有钱,找到一条长久的路子。"

"好,我帮你想想。"

陈山河走出南禄药坊,一眼看到了蹲在路边看报纸的廖四六。陈山河连忙看向四周,没发现异常,他走了过去,随即视线落在那张已经磨损的旧报纸上,甚至看到了那份寻人启事的部分内容。陈山河的脚步停顿了一下,又继续走过去。

"有胆色。"

"有家有业,我不能跑。"陈山河在他旁边蹲下,"再说我也不肯跑。"

廖四六端详着陈山河:"我就说觉得你面熟嘛。"他挽起袖子,指着一处伤疤,"这是你小时候拿剪子扎的。"他又指指另一个还包扎着的伤口,"这是你拿匕首划的,你个仆街还抹蛇毒!买枪也是为了弄死我吧?我先弄死你个仆街!"廖四六越说越气,抽出手枪来,陈山河打断他:"去年谢十三被抓,我去东莞见过他。"

廖四六一愣:"那个死鬼跟你说什么了?"

"替自己喊冤,说纵横珠江半辈子,从没去佛山杀过荔枝商人陈氏一家。"

廖四六冷笑一声。

"我自然也不信,但他有证据。"

"什么证据?"

"一份事情经过的详细报告,上面有特侦队队长梁齐光的签名。"

"不可能!他怎么会拿到这个?"

"他说他这辈子最恨被别人栽赃冤枉,查来查去,查出来是市公安局特侦队干的,还嫁祸给他。"

"你以为这能威胁我?事情都过去九年了。"

"你们杀的人里有五个旧金山来的美国商人,他们的后人都长大了!"

"报告呢?"

"你猜?"

廖四六举枪对着陈山河,陈山河毫不在意:"我就是说出来了,你也未必

185

敢去拿，比如在某个美国洋行的保险箱里。"

廖四六揣度着他这话的真假，手指不断摩挲着手枪扳机，跃跃欲试，陈山河很轻松地挠着痒痒，特别不在乎："我跟红鱼帮做药品生意嘛，跟洋行熟悉，只要我出了事儿，就会有人拿出保险柜里的东西送到旧金山去，这办法还是跟戏里学的。"

"什么戏？"

"记不得了，穿洋服洋裙子……"

"演的是外国的事儿？是《亚历山大大帝和阎婆惜》，还是《春闺梦中人》？"

"反正棚面里有个吹铜号的。"

"那就是外国的事儿，有几个戏班子喜欢演外国的事儿。"廖四六向四周隐隐包围过来的手下做了个停止的手势，"你想让我放过你？"

陈山河笑了："怎见得我就会放过你呢？"

廖四六不屑地站起身："那我就等着你来报仇！"他扬长而去，几个随从也跟了上去。

陈山河一直面带微笑注视他远去，突然精气神一泄，大口喘息着，转眼间汗如雨下，后背的衣服都透出汗迹，只有他自己知道，刚才命悬一线。

廖四六阴沉着脸："去查查哪家洋行跟他有关系，查队里的密档丢没丢文件，佛山那件案子梁队长有没有批示，查这个陈山河的一切，有什么朋友、生意、本事。"随从们分别答应着。

"在他家门口设个桩。"

"明桩？暗桩？"

"明的，让他知道我盯着他呢！"

廖四六想知道的事儿，手下很快就查清楚了，一五一十地汇报着："民国十六年共产党闹暴动，不是抢占了警察局当他们的总部嘛，咱们的枪支、档案那时候丢了不少，所以梁队长批示的报告很可能是那时候流失出去的。"

廖四六一阵烦恼："其他的事儿呢？"

"陈山河家的药铺还开着。"

"那不重要，洋行那个母猴怎么说？"

"那个……詹姆斯侯说，陈山河确实有东西存在他们洋行的保险柜里，但已经拿走了。"

"谁拿走的？拿到哪儿去了？"

"红鱼帮的人，说要送到洋船上带走。"

"什么时候拿走的？什么时候送去洋船？"

"今天，大概就是现在。"

廖四六怒了："仆街！为什么不早说？去码头！"他转身就走，一路吩咐，"带上枪！"他带着一群手下冲出房门。

码头上，高高低低的货堆将这里分割成纵横的"巷子"，很高的货堆上埋伏着十几个持枪荷弹的人，其中不少是金发洋人，武器看起来也威力十足，他们接到了举报，今天这里会有走私行动。

廖四六带着八九个人，骑着脚踏车风驰电掣来到码头入口，宋石莲却拦住他，说进这道门得去沙面找洋人请公文才行，否则进去就能打起来。他让开身子，廖四六看到码头里面游弋着一些南亚面孔的洋人守卫："你们这么多人进去，洋人不会答应。"

廖四六看到一些扛包工人大摇大摆地从洋人守卫面前走过，对宋石莲说："找几件你们的衣服。"

宋石莲欣然答应，扛包工人纷纷脱下衣服，廖四六的人很嫌弃，磨蹭着，廖四六说："专业点！"他带头脱下外衣，换上一身脏兮兮的衣服。

"你们要去哪里？里面大得很，我派人带路。"

"今天要走的那条洋船。"

"去旧金山的威尔史密斯号，明白。"他指了指一个手下，那个人连连点头："几位爷跟我走就是了。"他从旁边的一堆货物中扛起一个箱子，"随便拿个什么做做样子。"廖四六扛起箱子，跟着他走进码头。

这片堆货的区域很大，货堆间巷道纵横。廖四六一行被带领着一路走来。

187

两边高高的货堆遮挡了阳光，显得幽深阴暗。廖四六突然站住脚，他发现对面的货堆上有明显的反光，他撩起衣襟，露出手枪。前后左右的货堆上突然站起来荷枪实弹的人，用英语大声呵斥着他们。廖四六他们也听不懂，看到了枪，本能地就掏枪反击，瞬间枪声大作。

宋石莲等人蹲在货堆下探头张望，远处枪声阵阵，硝烟从货堆间升起，陈山河也蹲在一旁。

宋石莲说："你干事儿比我狠多了，不，又狠又滑。"

"徐南禄说我狡猾如狐，我跟他说，狐狸最懂报恩。"

枪声还在继续，宋石莲的手下扛着一些麻包快步跑出码头，把麻包丢在一辆辆黄包车上，陈山河站起身："我先去落袋为安，这边你盯着吧，廖四六被打死最好。"

宋石莲说："没死我就补一刀。"

陈山河抱拳致谢，跳上领头的黄包车，几辆车鱼贯而行。枪声依旧响着。

黄包车正在疾驶，迎面开过来一辆轿车，和一连串的黄包车擦肩而过，陈山河与车中的邝庆奎对视，转眼各奔东西。

邝庆奎亲自去码头救下了廖四六，回到办公室，他拿起桌上一个金光闪闪的獬豸雕像——这是廖四六曾经贿赂给他的——砸在跪在地上的廖四六肩膀上，廖四六惨叫一声歪了歪身子，又连忙挺直。邝庆奎用力砸着，好在他没想杀人，所以砸的都是皮糙肉厚的肩膀、后背，最后廖四六脑袋上也挨了一下，鲜血流出来。邝庆奎手里的雕像也碎成两半，露出里面深色的铅块，外面包裹的皮倒也是金的，已经砸变了形。邝庆奎把雕像丢在廖四六面前，廖四六又诧异又惶恐。

邝庆奎："肚子里有鬼，獬豸就做不到公正严明！你跟海关缉私队火拼，兄弟死两个伤六个，你肚子里有什么鬼？"

"真的是他们先开枪！"

"我问的是你为什么去码头！"

"有个共产党的线索……"

邝庆奎抽出手枪迅速上膛顶在他脑袋上，廖四六加快语速："佛山陈家后人！他有证据能告发我们，还要把证据送到洋人船上藏起来，我想去抢回来……"

"接着说。"

"谁知道海关缉私队抓走私，不知道怎么就误会我们了，真的是他们先开枪！"

"给我从头说，你怎么找到陈家后人的？他在干什么？也是共产党吗？"

"不！他不会是共产党，他不是好人！绝对不是好人！"

廖四六老老实实地把最近发生的事情交代了一遍，邝庆奎让他带自己去了何记生药铺。

廖四六踹开门，一脸狰狞地走进来，陈山河把何姑拦在身后，窗口和门外影影绰绰地聚了不少人。

"六哥？你这是……吃饭了吗？"

廖四六没有理睬，往旁边让了一下，邝庆奎走了进来，他在货架前饶有兴趣地打量着各种中草药，拿起了其中一枝干燥的草药。

邝庆奎问："这是七叶一枝花吗？"

陈山河压抑着情绪："是。"

"有好几个名字？"

陈山河低下头掩饰情绪："华重楼、七叶楼、铁灯台、草河车、金盘托荔枝，大概就这些。"

"治什么的？"

"治痈肿肺痨久咳、跌打损伤、蛇虫咬伤。"

"性味呢？归经呢？"

"苦、凉、小毒，归心、肝、肺、胃、大肠各经。"

邝庆奎又拿起另外一种草药："这是什么？"

陈山河抬头看了一眼："岗梅根，性味苦、甘、凉，清热解毒、生津止渴，很多凉茶会用到，可治咳嗽、痢疾，叶子外用治跌打损伤……"

邝庆奎转向另一边："这么多的布渣叶,是红鱼帮坑骗你们的那批药吧?还没卖掉?你能跟宋石莲走私西药,它可是功臣。"

陈山河没有回答他。

"很好!我很欣慰,你长大了,有一技之长,也有足够的心计,在这世上,你能好好活下去了。"

邝庆奎转身离去,廖四六显然也没想到,他连忙追了出去。屋外那些人影转眼消失远去。陈山河和何姑面面相觑,同时松了一口气。

"是杀你父母的仇人?"

陈山河点头:"带头那个,也是。"

"他们来找你……你快跑吧!"

"他们要想杀我,我刚才就死了,连你也逃不了。"陈山河从一堆草药下面拿出一把切草药的小刀,"刚才想过跟他拼了,杀一个够本,杀两个……但是我怕害了你。"何姑也从身边的草药堆里抽出一把小刀来:"我没打算独活。"

陈山河和何姑各自拿着一把刀,突然都笑了起来。

陈山河说:"都找上门来了却不杀我,为什么呢?"

这个问题,廖四六也追着邝庆奎问着:"奎哥?我杀了他们?再放把火?"

"父母是共产党,儿子也是共产党?"

"他是要报仇!我先弄死他吧,很简单,一枪打死,放火烧了铺子就完了,没人知道我们来过!"

"手里有枪还怕一个卖草药的?"

廖四六急着解释,被邝庆奎拦住:"有这么一把刀子在外面也挺好,能提醒你记住自己的职责,记住这份虎狼职业必须心冷血热。"

"真不杀?留着他干吗呀?弄死算了!"

"设个暗桩,免得我看走了眼。"

"是。奎哥,没想到你对中药也懂啊!那小子都被你镇住了!"

"没什么太值钱的药,红背叶、白背叶、小驳骨、假杜鹃、毛钩藤叶、尖尾芋……都是岭南常见的草药,知道意味着什么吗?"

"不知道,我这体格从来不吃药。"

"靠利润微薄的草药他活了九年,又搞起西药走私,这孩子是个人物。"

6

麦啸文指点着一排炉灶,语气透着酸意:"也不知道我师父中了什么邪,谁进后厨不得一步步打拼?你了不起,没几天就掌灶了!升掌灶也得从尾灶炒饭开始吧!可你直接上三灶。"

"我上三灶?"陈卫高兴地凑过去,爱不释手地摆弄着锅铲,对着光检查炒勺。

"看你跟谭耀亨斗还觉得你傻,现在才发现是你聪明,学到十二道妈姐菜。"

"有得有失,以后就没有清闲了。"

"我师父说,让你别去找谭耀亨的麻烦了,他已经投到广州大酒家,算是自己人了。"

"嗯?"

"装什么装?你也达到目的了,罢手吧!这不就是你想要的吗?"

麦啸文没发现陈卫已经转身离开。

早茶已毕,午餐还未到时候,伙计们打扫擦洗着前厅的桌椅。

黄祁全和油鸡大佬、千手陈在喝茶小憩,陈卫快步走来:"见过三位师傅,我不想掌灶。我也不想跟谭耀亨和解。"

油鸡大佬说:"阿卫啊,他已经服软了,找人教你学妈姐菜,算是很有诚意了。"

千手陈拦着他:"你让阿卫说完嘛!"

"他服软并不是因为他知道自己错了,他只是怕我纠缠下去坏了他的生意,所以我不能停手。"

"那你想要干什么?要他给你斟茶认错?不可能,他活的就是一张脸,斟茶认错,生计全无。"

"他不认错就还会祸害这个行业,我就要毁了他的生计。"

"年轻人,你真以为他落到这步田地是因为你?"

陈卫不服气地看着他。

"是东家拿了大笔钱出来,喂饱了他的狐朋狗友,报社也都得了钱财与我们消灾,他才知道惹了惹不起的人。"

油鸡大佬劝道:"阿卫,别犯糊涂,这么收场最好,你如愿以偿,广州大酒家也能多出一门特色菜。"

陈卫很认真:"三位师傅,不是这样的。舌是心之苗,谭耀亨的舌头不正,心也是歪的,我得给他正过来。"

"你得了好处还找人家麻烦,可坏了规矩。"

"是他家妈姐自己找我的。"

三个人一起无语地看着他。

"那我就不做妈姐菜了。"

"也不掌灶了?"

"我掌灶要凭本事,不是凭交易。"

陈卫转身离去,三个人都沉默了,片刻之后千手陈问:"妈姐粉果他还做不做?我都印到星期美点的菜单上了!"

陈卫在充满印刷机声响的街道拦住了谭耀亨:"徐婆婆教我的妈姐菜一共十二道,我这辈子都不会去做。"

谭耀亨诧异:"你没学会?"

"你我的恩怨,不是十二道菜能摆平的。"

"小兄弟,太贪心了吧?全广府上千厨师,有几个能学到妈姐菜的?这是宝贵的传承,再加上有我推荐你,所有酒家的后厨都会为你敞开。"

"有你这样一个颠倒黑白的食评家在,我羞于当厨师。食评家本该忠于食物的味道,你忠于的是什么?酒家车马费的厚薄?"

谭耀亨沉下脸："小子，你坏了规矩！别以为我是怕了你，我不过是惜才而已。"

"还记得你为什么提笔写食评吗？从什么时候开始你的笔成了赚钱工具？卿本佳人，奈何做贼，看了你那么多食评，我就剩下这八个字。"

"我也送给你八个字，大好前程，一朝断送。"

两个人大眼瞪小眼地僵持，两侧报馆里的印刷机械的声音骤然大了起来……

陈卫回到菜艇上，一个人坐在船边发呆，一只小艇划了过来，越来越近。

陈卫看到小艇上的谭耀亨，脸色一沉。谭耀亨也一脸不情愿的表情，他让开身子，露出后面慈眉善目的徐婆婆。

谭耀亨说："徐婆婆回凤城老家，想跟你见一下。"

陈卫把小艇跟自己的菜艇拴好，搭上搭板，要扶徐婆婆过艇。徐婆婆摆手拒绝："我不过去了，来看你一眼就走了。"

"徐婆婆，你还真要走啊？回去有人照顾你吗？"

"手脚齐全，不用人照顾。"她弯腰拿起一个广绣包裹，"我会的菜都教给你了，我做了点心，你试试看。"

谭耀亨接过包裹，踩着搭板过艇："婆婆说我也有份。"

"是啊，你们俩一起吃。"

陈卫打开广绣包裹，露出一个食盒，食盒里是一份精巧的点心，两个扣在一起的圆环，一个环是烤的，另一个环是蒸的。

徐婆婆说："耀亨说了你们俩的争论，我不懂大道理，只知道兄弟同心，其利断金。"

"婆婆，婆婆，你别乱点鸳鸯谱好不好？他都什么岁数了，我跟他当兄弟，我吃亏啊！"

"顽皮！说起来，咱家淼淼倒是跟阿卫差不多大。"

谭耀亨不屑地哼了一声。

"婆婆，淼淼是谁啊？"

谭耀亨说:"你别打听了!婆婆,点心也送了,人也看了,咱们该走了吧?要不晚上得住船上了。"

"要你们俩一起吃。"

谭耀亨说:"婆婆,你的心意我们都心领了,这个事还是让我们自己商量吧。我也老大不小了,你给我留点面子?"

徐婆婆不理睬他,看着陈卫,陈卫突然跪下来,给徐婆婆磕了三个头,徐婆婆先是一惊,喊着使不得,随即含笑接受了。

"婆婆,授艺之恩永不敢忘。"

"好,别忘了吃。"

"我送婆婆去坐船,回来再跟他吃。"

谭耀亨上了徐婆婆的船,船夫撑船远去,陈卫久久挥手告别。

7

标有"上海港"字样的灯光招牌下,陈立夏穿着出门远行的衣服,坐在摞起的两个行李箱上,专心看着一沓戏本,手里还时不时比画个动作。许是晚上的缘故,旅客并不多,三三两两有人进站,附近有挎着枪的便衣在游弋,扫视进站的旅客。

透过车窗玻璃,金慧荣仔细观察着进站口的一切,尤其是盯着游弋的便衣。一个进站乘客被他们喝住,受到粗暴检查,行李被翻检着。送行的司机告诉金慧荣打算先去引开敌人,再让他们伺机检票上船。金慧荣打开行李箱,拿出一沓广州党组织的文件卷起来塞进袜子,用裤腿盖上。

金慧荣看向陈立夏,犹豫了一下,压低帽檐准备绕过陈立夏直接进站。陈立夏却抬起头来,但她看到金慧荣不想相认的表情,意识到了什么。金慧荣向她使着眼色,陈立夏却站起来迎过去,伸手拉住他:"师哥,你怎么才来?"

金慧荣无奈地:"你先进去等嘛!叫个人拿行李。"

"不,我要跟你一起进去。"

远处传来争吵声，还有警笛吹响的声音，两个便衣特务向远处跑去。

"快走。"金慧荣弯腰提起行李刚要走，发现乘客中站起两个人，掏出手枪开始盘查。金慧荣紧张地摸摸裤腿，两个特务向他们走来，陈立夏蹲下身子，遮挡住别人的视线，神情坚决地抽出那沓纸，合在手里的戏本下面。

两个特务挡住他们的去路："磨蹭什么呢？船票！"

金慧荣和陈立夏各自掏出船票，船票上是广州的字样。

"去广州干什么？"

"回家，我们是唱大戏的，来上海加顶。"

"什么加顶？"

"就是到上海的戏班子里唱戏，加顶是我们的行话，活儿干完了，回家。"

"箱子里是什么？打开检查。"

金慧荣打开箱子，特务翻检着，里面是行头和戏服。特务又在金慧荣身上摸索搜身，刚刚藏着东西的裤腿都详细摸过。

一个特务端详着陈立夏，问："你拿的是什么？"

"戏本儿。"

特务伸手去拿，陈立夏不松手："字儿小，怕你看不清。"

特务还是把戏本拽过去翻看着，金慧荣很紧张。

陈立夏："不如我唱上一段，你对照着看看。"

"这倒可以，你唱吧。"

"我从头唱，师哥帮个忙。"

金慧荣从箱子里拿出一个行头，当然是最简单的那种，戴在陈立夏头上，敲打着行李箱，算是鼓点，陈立夏开口唱戏。特务对照戏词看了几眼，却发现听不懂陈立夏唱的，连忙打断她："什么乱七八糟的？"

"我们广东大戏用的是岭南话，也难怪你听不懂。"

陈立夏继续唱起来，金慧荣用余光盯着特务手里的戏本。特务又对照了几页，放弃继续看戏本，在手里拍打着节奏，陈立夏边唱边用手势邀请金慧荣一起唱,金慧荣伸手要过戏本儿,举在眼前看着戏词跟陈立夏对唱。陈立夏神情投入,与对唱的金慧荣四目相对,眉目传情,一些进站的游客也被吸引,驻足观看,还有人叫起好来。

8

南禄药坊里,陈山河严肃地竖起一根手指,嘴里吐出两个字:"疟疾,岭南叫发冷,北方叫打摆子。"

徐南禄失笑:"我还用你说?"

"西药我搞了四五批了,每次都有治疟疾的药,各大药房抢着要,我觉得可以做这种药来卖。"

"治疟疾,岭南有药啊!唐拾义发冷丸、梁培基发冷丸,都是管用的好药。"

"那为什么还要冒险走私西药?说明还有很大的需求,有多少药都卖得出去。"

"听说码头那边开枪了?还死了人?海关缉私队那边……"

"没事儿,死的人跟我、跟红鱼帮没关系。"

"终究还是太危险了,别干这个了。"

"所以我要自己做药嘛!"

徐南禄皱眉头:"可是洋人未见得肯把药方卖给你。"

"不用洋人的药方,洋人的药叫硫酸奎宁,中药不是讲究君臣佐使嘛,我们拿它当君药,再配上甘草粉、滑石粉做成丸散膏丹,中西结合,互为表里!"

徐南禄笑起来:"你知道张锡纯这个人吗?"

陈山河摇头。

"河北名医,写过一本医书,叫《医学衷中参西录》,我正好有一本。"

徐南禄去书架上取了一本书来:"他发明了一种药叫石膏阿司必林汤,阿司必林你知道吧？"

"也是西药嘛！每次都要进几箱。"

"他把石膏跟阿司必林合用，药理是'石膏清热之力虽大，而发表之力稍轻，阿司必林之原质存于杨柳树皮津液中，味酸性凉，最善达表，使内部之热由表解散，与石膏相助为理，实有相得益彰之妙也'。我还以为你是受了这本书的启发。"

陈山河惊喜："挺有道理啊，我就是想把中药西药结合起来。徐老板，咱们一起搞这个药吧。"

徐南禄摇头："《神农本草经》有云，'上药一百二十种为君，主养命；中药一百二十种为臣，主养性；下药一百二十五种为佐使，主治病；用药须合君臣佐使'。这里面可没说能把西药当养命的君药。"

"神农那时候也没有西药吧？"

徐南禄无法反驳，但还是说："我觉得中药西药不该是这样简单地结合。"

"那应该怎么样结合？"

"我也不知道啊，这不是一直在研究。"

"那就一边研究一边搞起来嘛！我跟你合股，不用你出钱，在作坊里分个角落给我就行。"

"你确定想干这个？"

陈山河重重点头："要不就得跟海关缉私队拼命，早晚得出事。我能搞来奎宁，滑石粉、甘草粉更有的是，无非多试几次搞出最合适的配伍来，这不就是你要的研究吗？"

徐南禄沉吟片刻："行，我跟徐老爷子打招呼，你试试看吧。"

9

陈卫在灶前炒菜，叮叮当当的锅铲声里，夹杂着来取菜和点菜的小艇传来的吆喝声。蝶叔忙碌着收钱、送菜。谭耀亨坐在菜艇的黑暗处,看着陈卫忙碌,灶火时时照亮陈卫汗湿的脸孔。一盘盘冒着热气的菜从灶台到小艇,镬气缭绕。谭耀亨手里摆弄着徐婆婆做的点心,是由两套细密如丝的圆环相互扣在一起,谭耀亨细心旋转着两个圆环,感觉是能够拆分出来的。

直到菜艇上灶火熄灭了,江面上安静下来,陈卫和谭耀亨坐在船头。

"你就住在菜艇上?"

"要不然哪?睡到江边长椅上去?"

"你这个人说话老带着刺儿?"

"看你不顺眼。"

"不会再有人针对我,也不会有报馆接受你的稿子,你已经没办法对付我了,懂吗?"

陈卫不屑地说:"邪不压正。"

"那是你太年轻,这个世道是有规矩的,徐婆婆为什么让你吃这个同心连环的点心,不是为了让你放过我,而是让我对你手下留情。"

陈卫难以置信地看他一眼。

"她的话,我还是要听的。"

"我用不着你做好人。"

"妈姐一辈子不嫁人,徐婆婆心里把我当儿子。小时候读书得了先生夸奖,她比我父母还高兴,一定会做好吃的给我。"

陈卫冷笑两声。

"她不识字,我写文章她特别喜欢,每登一篇都要做点心给我吃。"

"徐婆婆觉得你是个读书人吧?"

"当然!"

"我听说读书人讲究威武不能屈、富贵不能淫,你谄媚金钱惧怕权势,你也配当读书人?"

谭耀亨被噎住,随即愤怒地瞪着他,陈卫却不看他,拿过那个食盒打开,看着里面的点心:"我师父说,对美食要至情至性、至真至纯,你我道不同,徐婆婆的苦心只能辜负了。"两套细密如丝的圆环相互扣在一起，陈卫粗暴地撕开，揪出其中的一半塞到嘴里，把另一半丢给谭耀亨。

谭耀亨捡起来慢慢吃着："世人都称食在广州，太史菜、谭家菜自不必说，四大酒家也撑起半壁江山，有红烧大网鲍的南园、鼎湖上素的西园、有江南百花鸡的文园，还有搞出大裙翅的大三元酒家，哪个不是鼎鼎大名、名厨辈出？西园主厨的'八卦田'师父、大三元主厨的'胡须銮'师父、文园主厨的'妥当全'师父，对了，'妥当全'师父从来不用'呛喉'，他熬制的上汤要八角银豪一小碗。"

陈卫问："什么是呛喉？"

谭耀亨诧异："黄祁全没教过你吗？呛喉就是味精！好厨师连味精这两个字都不屑于说！"

"那何必呢？"

谭耀亨被他一打岔，刚刚的慷慨激昂都被影响了："名厨才有资格叫绰号，我就想告诉你，食在广州这四个金光闪闪的招牌，靠的是一代代名厨的努力，你别以为只有你陈卫才珍惜羽毛，再说你有几根羽毛！"

"你信不信我也会有绰号，敢不敢打个赌？不敢赌？"

谭耀亨看着陈卫，用粤语说了一句俗话："条路自己拣，仆街唔好喊（路是自己选的，跌倒了不要哭）。好！我答应帮你成为有字号的名厨。"

陈卫吓了一跳："别！我可不领你的情！十二道妈姐菜我碰都不会再碰。"

谭耀亨冷笑："你不做妈姐菜就没得我的好处啦？你从妈姐菜中学到的技艺、思路、眼界，都融进你的厨艺中去不掉啦，你还能从此不做厨师了？"

陈卫傻了眼。

谭耀亨说："你说跟我的恩怨不能就这么了结，可以。我可以立誓不再拿酒家的车马费，不再昧心写食评，你满意了吗？满意吗？"

陈卫还是难以置信："为什么？"

"因为粤菜的精髓在于一个'和'字。我们说菜好吃，往往会说和味，好粤菜要搭配得法、食得合时、吃得享受，天时、地利、人和！"

陈卫不解:"又跟我云山雾罩?"

"你们广州大酒家追求'饮和食德'的境界,'饮与食'讲究'和'与'德',为厨者要坚守厨德,为食者要心怀感恩。"

"你还没有说,为什么要帮我。"

"因为我要你跟我一起研究新菜式。食在广州是因为有厨师在不断推出新菜式,如果只会照着菜谱亦步亦趋,最高也就是个好匠人,只有研究出新菜式才能成为名厨。"

"等等,等等,你这个变得太快了,我有点糊涂。"

"我知道我这个铁嘴不光彩,可名利皆仰仗有钱有势的酒家,我身在其中跳不出来,如果能转而研发新菜,那跟酒家的关系就完全不同了。你愿意帮我吗?"

陈卫还是犹豫不决,谭耀亨叹口气:"我女儿淼淼喜欢美食,她去北方读书了,等她回来,我想让她吃到真正好吃的美食,这是一个父亲的愿望。"

这个理由打动了陈卫。

10

陈立夏和金慧荣从上海归来,阮飞舟到码头接了他们,递给金慧荣一把钥匙,说替陈立夏把房子租好了,在一德路上的骑楼公寓,周围吃喝都很方便,还告诉他们广州这段时间都在搞男女合班,但摘星女班不肯合,好在太平年班在宝华站住脚了,连爆了好几场演出,韦太平已经把红船退租了。金慧荣安排陈立夏去接收公寓,他去找开戏师爷修改从北方带回来的戏本,陈立夏知道,他又去干他那些冒险的事了。

徐联仲和徐南禄也在旁观陈山河干冒险的事,被碾碎的奎宁加上一定比例的滑石粉、甘草粉,经过搅拌、筛检、摇滚、成形,变作一粒粒黄豆大小的药丸,被装进手指大小的玻璃瓶里。

徐联仲说:"就这么几粒药,用玻璃瓶来装,造价太高了吧?"

"顾客不懂药,但他们知道玻璃瓶贵,也就觉得物有所值了。"陈山河振振有词。

"哼!你就喜欢搞这些歪门邪道。"

陈山河咧嘴一笑:"酒香也怕巷子深嘛。"他看着一箱箱药码放在墙边,很是满意,结果一出门就被廖四六掠上汽车。汽车一路开到了墓地,邝庆奎背手而立,面前有两个新坟:"海关缉私队要伏击的是你,他们是替你死的。"

陈山河小心应答:"邝队长你这么说我可真不敢答应了。"

"缉私队设埋伏,是因为有人说你在走私,廖四六那个时候去,是因为有人说你要把一份重要文件送上船。都是爹生娘养的一条性命,就这么为你而死了,你满意了吗?"

"不懂你的意思。"

"你要杀廖四六给你父母报仇,这个局做得不错,我晚去一步他就完了。"

"报仇,我想过,但放弃了。"

廖四六握住枪柄:"现在说,晚了。"

"是!晚了!所以我不甘心!吃了九年苦,学艺、挣钱,好不容易今年转了运,跟红鱼帮走私西药,跟徐南禄合开药坊,就要飞龙在天了,我不甘心是这个下场。"

"下去之后代我向你父母问好。"

"我死不要紧,可我是冤枉的,我没有设局。"

邝庆奎不以为意地笑笑。

"当然你也不在乎,你只是想杀了我,胡乱找个借口而已,当年你杀我父母,不也是如此吗?"

邝庆奎不笑了,廖四六一脚把陈山河踢倒在地:"你个仆街!嘴巴倒硬。"

"因为我心里没有鬼,只有愧!对我父母的愧疚,我知道我该给他们报仇,可是我放弃了,我舍不得马上就能拿到手的成功,我怕死,我斗不过你们手里的枪,已经苦了九年,我只想安安稳稳地活下去,我愧对父母的养育之恩啊。"

陈山河跪在地上,但是手脚都做好了拼死一搏的准备,这使得他的姿势有点怪异,整个身体都蓄势待发。廖四六的手枪在他后脑勺前跃跃欲试。

邝庆奎抽出手枪:"我们特侦队配发的是柯尔特左轮手枪,射程五十米,六发子弹,你跑吧,我只开六枪,打不死就一笔勾销。"

陈山河站了起来,却没有跑,他直直地面向邝庆奎。

"你跑吧!"

"不跑。"

"那我可不客气了!"他抬手一枪,却是空弹。陈山河向前走了一步,邝庆奎继续举枪射击,却连续空弹。陈山河已经走到邝庆奎面前,廖四六紧张地举枪对着他。

"还有最后一枪,你说,到底有没有子弹?"

陈山河毫不胆怯地跟他对视,枪口顶在脑门上。

"有胆色,不愧是故人之后。"他收枪离去,催着廖四六:"走了。"

廖四六莫名其妙,拿枪向陈山河比画了几下,转身追着邝庆奎离去。

廖四六回身看着在墓地发呆的陈山河,说:"奎哥,你变了。"

"哦?"

"以前你怀疑陈家是共产党,直接就去杀了他们,不屑去找证据,现在陈山河摆明了是陈家余孽,你却不杀他?"

"民国十六年国共之争,是你死我活的主义之争,须快刀斩断,直接消灭肉体最好,但是现在……我不是嗜杀之人,忘了让你抄的成语了?"

"草菅人命嘛!我看是你心软了。"

"心软?哼!当年从你手上跑掉的,还有一个弟弟一个妹妹?"

廖四六有点尴尬:"说不定早都死了。"

"万一没有呢?万一成了比陈山河更厉害的角色呢?明枪易躲,暗箭难防!我可不想有一天被涂了蛇毒的刀捅死。"

"陈山河每年都登寻人启事,不也没找到吗?"

"留他一命就是让他继续找,斩草除根才不是草菅人命,懂吗?"

廖四六露出会心的笑容:"是!"

逃过一劫回到南禄药坊的陈山河也在跟徐南禄琢磨死里逃生的原因:"他要杀我太容易了,既然不杀,一定是对我有所图。"

"图你什么?看上你的钱了?还是要拉你同流合污?邝庆奎这个人我不知道,但是公安局特别侦缉队可是臭名昭著!"

"那倒方便我报仇了。"

"人家自然有制约你的办法,你姑姑就是你的软肋,你可得拿定主意。"

"我这不是来找你拿主意嘛!我该怎么办?宁死不屈?"

"你是那个性子吗?小狐狸!"

陈山河嘿嘿一笑:"对了徐老板,咱们的药生产了多少?我要花钱做广告了。"

"你还有心想这个?"

"一刻没死就得安身立命啊。"

11

金慧荣在广州大酒家摆席,宴请韦太平和蔡叔,说师妹这次在上海加顶,唱出了一点点名声,看戏的人都叫她小红棉,问他们这个名字能不能当作艺名。韦太平看看蔡叔:"这名字,也还可以吧?"

蔡叔说:"不错,红棉是咱广州的市花,挺上口。"

金慧荣举起酒杯:"那我就替她谢谢师父赐名。"

"等等!我可赐不了这个名儿。"

"是啊,艺名应该是她师父给取,现在她解除了师徒契约……"

"那就只好麻烦师父了,你是她师叔、长辈。"

韦太平很谨慎:"就是取个艺名吧?你没琢磨别的吧?可别琢磨别的。"

"听说广州男女合班了,师父,我想让她加入太平年班。"

"说了让你别琢磨别的!不行啊!这我可不能答应,艺名我也不给她取了,不沾这份因果。"

蔡叔劝着:"你师父也有苦衷。"

"就是啊!你师姑知道我收留立夏,生气了怎么办?"

"我师姑那么大气的一个人,只会夸你好。"

韦太平还是摇头,蔡叔也觉得为难。

金慧荣说:"师姑对我师妹好着哪!我们这次带去上海的行头,是她特意打电话关照减半租金的。"

"这倒像是她能做出的事儿,但那是暗地里办的,办了就办了,你让立夏进太平年班就太不给她面子了。立夏是我的干女儿,我也希望她能顺遂,可她非要跟你师姑闹腾。"

金慧荣说:"师父,你跟师姑合班了就好了!我听阮飞舟说,摘星戏班现在上座很不好,快维持不下去了。"

韦太平和蔡叔对望:"她那个人,难啊!"

蔡叔有事先走了,桌上杯盘狼藉,金慧荣和韦太平相对无言。

"你不用说了,我不能答应你,我知道你这张嘴能说,别用在我身上。"

"我不说师妹的事。"

"帮我多想想戏班的事,演什么戏?跟谁合班?每个月都要交场租,这比以前用红船的费用可高多了。"

"成了省港大班,当然花费会高一些。"

"处处都有不同了,往年这时候就该大散班了,避开农忙再组新戏班,现在进了城也没这必要了,戏班的人怎么办?"

"你就留着呗。"

"你懂什么!有大散班在,没人敢不听话,不听话的下一年就没戏唱,现在怎么弄?"

"那你多跟同行打听打听,人家离开红船早,肯定有一套办法。师父,我想跟你说的不是这个。"

"还有比这个重要的吗?你带着立夏跑到上海好几个月,我还没跟你算账呢!以后好好唱戏,帮我管着戏班,这宝华戏院还是你打下来的,太平年班终究也会交给你。"

金慧荣打断:"师父,你不收师妹,我得离开太平年班了。她想排个戏,戏本也不错,我得帮她把班子搭起来。"

"你这是逼我?"

"是形势在逼我啊,我能怎么办?对师妹不管不顾?她连个住处都没有。"

"她可以去八和会馆。"

"年纪大了无依无靠的同行才在那里栖身,你忍心让师妹去那里?我帮她在一德路找了个住处,可我的钱只够半个月的房租。"

"钱好办。"

"好办也不能这么办,救急不救穷,对不对?她想唱戏,我只能帮她挑个班子,我不可能两边同时登台,只好跟你讨个师徒契约了。"

韦太平生气:"这还不算要挟?你师姑就是那么个脾气,我能怎么办?你知道疼你师妹,可我跟我师妹也是大半辈子交情了,难道还不如你们?"

金慧荣看着他不说话。

"你不是有本事吗?刀头舔血的事都干了,这件事你办不了?"

金慧荣突然露出一丝窘态:"这事儿不一样。"

"怎么不一样?你跟你大师兄干的事,不就是什么革命吗?你们这么有本事,那就革了我的命吧。"

金慧荣压低声音:"小声点儿哦,我的好师父!"

韦太平不服气:"革命也不让说?国民革命军!革命尚未成功,同志仍须努力,革命怎么不能说了?广州人哪个不会说革命两个字!广州就是革命的起源地!"

金慧荣无奈地看着师父巴拉巴拉地说着,韦太平越说声音越小:"真不能说了?"

"师父，我知道这事儿你觉得不好办，我也觉得不好办，除非师姑松口。宝华戏院这块场子咱们也有了，瑞山师兄比我资历深，当正印挑大梁更没问题，我就先偷个懒，你看行吗？"

韦太平无奈地长叹一口气。

"我去安顿一下师妹，你晚上可给我留着铺，我还得在太平年班睡一阵子，可以吧？"

"那你跟立夏……"

"清白如水，你可别想歪喽。"

韦太平又叹口气。

"不过我们也不会像你跟师姑似的，半辈子磨磨蹭蹭、别别扭扭！"

韦太平又羞又恼："你小子！"

金慧荣哈哈一笑。

金慧荣在跟韦太平磨蹭的时候，陈立夏去天台戏院看陈冶冰。陈冶冰正跟商锦芳生气，她也要学陈立夏讨还师徒契约，因为现在都不爱看纯女班的戏，陈冶冰又坚持不肯合班，摘星女班撑不下去了。

陈立夏叫了一声师父，陈冶冰说："不敢当师父二字。"

"好吧，陈师父，这下行了吧？我从上海回来，看看你和各位师姐。"

尹灵芝和商锦芳向她招手打招呼，陈冶冰快刀斩乱麻，对着商锦芳说："我一碗水端平，你想走就摆桌席，我退师徒帖子。"

"谢谢师父成全，我明天就安排，在陶陶居行吗？"

陈冶冰转对陈立夏："你是来看我笑话的？在上海又搞你那些乱七八糟的了？"

"没有，人家也不让我折腾，不过我这回拍了电影，还挺好玩的。"

陈冶冰不以为然："整天搞这些奇技淫巧，你什么时候才能专注唱戏？术业有专攻！"

"这是科学，不是奇技淫巧，师父，现在是科学时代了，人类文明进步，全靠科学。"

"大戏博大精深,前辈大佬苦心钻研也才有了薛、马、白、桂、廖五大唱腔流派,还不够你虚心学习的?"

"我在学啊,可是好玩的东西那么多,我也舍不得啊。再说观众也喜欢看,我以前在戏台上搞电影、电灯什么的,观众多喜欢啊!你们现在不搞了吧?没有观众来看了吧?"

陈冶冰沉下脸来。

陈立夏说:"师父,我这回在上海见到下雪了,我要排一出戏,是我父母去世前唱的那出戏。"

"翅膀硬了,能自己排戏了,那就预祝你新戏爆棚、大展宏图了。"

"我能在这里排戏吗?我还得组个班子,师哥说他帮我,可是排戏的地方还没找到,我听说这里现在连戏都不演了,正好……"

陈冶冰瞪眼:"正好?"

陈立夏反应过来:"不,我的意思是……"

"你是什么意思我不关心,我的戏班有没有戏演,也不劳你关心。"

"师父,我是有口无心的。"

"那你多长点心吧。立夏,你长大了,没有人能护你一辈子。"

陈立夏撒了个娇:"我师哥能,师父你也能。"陈冶冰被气得再次无话可说,坚决不肯把天台戏院借给陈立夏,陈立夏只好另找地方排练。

他们找到的是一间简陋的民宅,四面漏光、空空荡荡。陈立夏站在屋子中间打量着,金慧荣和阮飞舟站在她身边。

金慧荣说:"这间房是小阮费了好大力气借到的,没花钱,可以供咱们排练。"

阮飞舟局促地说:"就是太简陋了……"

"没事儿,天热,有点缝隙还凉快,我去买点香熏蚊子,不影响排练。"

"棚面呢?"

"也约到了,都是伶人工会里相熟的朋友,先用私人帮忙的名义,等正式租了场子演出,再谈费用。"

"好，那我就要练起来了。"

"行，其他租场子排日子的事我来办，再找商铺把戏飞什么的赞助起来。来，先拿报纸把这些地方挡一挡。"

金慧荣带来了一大堆报纸，他们拿起来堵着各处的缝隙，阮飞舟突然喊了一声："这个广告真是大手笔。"他们一起看过去，报纸的头版只有一个大字："他。"

"整个头版都包下来可很贵，就登了这样一个字！这是个什么广告？"

12

此时在南禄药坊，徐南禄也在看报纸上巨大的"他"字。"这是你说的广告？这也太古怪了，这算什么广告？人家知道这是发冷丸？"

"不急。我给你讲讲我的广告，在报纸头版的这第一份广告，分为四天，前三天各登一个字，合起来是'他来了'。"

"谁来了？"

"你看，连你也好奇，看广告的人更会好奇，第四天头版，就是'何记古方发冷丸，由著名医师徐南禄监制并书海钩沉，阅尽古方，十年研制乃成'，怎么样？"

"还有我的名字？"

"发明人是你，必须是你，你发明的才有说服力。"

"我不想要这个名声啊！"

"研究！这是你研究的第一部分成果，以后还可以再提高嘛！"

"我怎么觉得你拉我入股，就是为了借我的名字？"

"借你的名字、威望、名声、学识、生产场地、分销渠道，总之占了你好大的便宜，你接受不接受？"

徐南禄张了张嘴，无言。

"等这四天的报纸头版广告做完，我的广告攻势就正式开始了，准备包下全城一个月之内所有戏院的戏飞,在四大公司外墙挂条幅,从天台挂到地面,三四十米高。对了,爱群大厦也完工了,广州第一高楼,六十多米高,我去问问能不能挂。"

徐南禄吃惊地看着他:"这可是一大笔钱啊!"

"是,我打算把何记生药铺的房契抵押了,背水一战。"

"你姑姑能答应?你就不怕失败?"

"只要按照我这个节奏把广告打出去,一个月之内,广州人人知道何记发冷丸,就怕到时候产不出那么多来!"

徐南禄道:"只要你奎宁管够,我保证产量。"

晚上,何记生药铺里,清晰的算盘声在夜色中响个不停。陈山河在油灯下算账,何姑坐在旁边,不时给他摇着蒲扇,驱赶蚊虫。

"新药成本已经出来了,就算以后进正规奎宁也有得赚。"

"那就正规吧,别整天提心吊胆的。"

"还得再走几笔,维护住码头的关系,也能省点钱,最需要用钱的就是现在,要打广告,打广告很费钱。"

"还差多少?"

"多少都不够,我的意思是说,用来打广告的钱越多越好。我琢磨了卖得最好的唐拾义发冷丸和梁培基发冷丸,他们有个共同点,就是舍得花钱做广告。"

"你要看好了,咱们也做。"

"广告得排山倒海,不能跟添灯油似的。"

"反正我是不懂。"

"所以我想把这铺子抵押出去。"

何姑愣住了。

"我知道你担心生意垮了铺子也没了,我仔细琢磨过,没道理会垮,除非我死了。哈哈,英年早逝!"

何姑一愣,突然喊起来:"大吉利是!大吉利是!别乱讲。"

"这种新药叫何记古方发冷丸,何记,让师父高兴一下。"

"你师父会高兴的,他做梦都想让何记出名。"

"我跟徐南禄谈好股权了,他用南禄药坊占三成股份,剩下的七成写你的名字。"

"那你呢?"

"这是我给师父的交代,我不要股份。"

"那不行,这全是你一手一脚搞起来的,你怎么能不要?"

"我不能要。跟你说实话吧,报仇的事出了岔子,对头太强,我的小命随时可能就没了!"

"大吉利是!大吉利是!大吉利是!"

"我得替师父把家业保下来。"

"那就不要了!什么都不要了,咱们离开广州走得远远的。"

陈山河拦住她:"听我说!听我说!他们没有杀我,我琢磨着是对我有所图,图我什么呢?无非是图钱,我们拿钱免灾,也算买个门神,但是我得跟你和店铺都隔开,不连累你。"

"我们躲得远远的,哪怕过苦日子也行啊。"

"我要让你过好日子,咱俩这些年相依为命,我就靠这个念头撑着,再苦再难也能挺下来。"

何姑无言地哭泣,陈山河哈哈大笑:"哭什么啊!好日子就要到了!你就等着吧!"

陈山河又约了宋石莲和詹姆斯侯到番菜馆吃西餐,大喇叭的留声机在放着西洋音乐的唱片,宋石莲皱着眉头说:"下午到岸的这批货怎么全是硫酸奎宁?而且还去掉了包装盒子,你怎么卖啊?"

陈山河随口回答:"海关查得严嘛!去掉盒子安全。"

"屁!只要查到了,有没有盒子还不是一样?人家还认不出是西药片儿?"

"你倒提醒我了,下一批奎宁全都碾碎成粉。"他对詹姆斯侯比画了一下,"詹姆斯你记得写信告诉外面的朋友。"

宋石莲奇怪："为什么啊？"

詹姆斯侯说："因为这批硫酸奎宁是陈山河自己要的。"

宋石莲吃惊。

詹姆斯侯把一份报纸放到桌面上，头版的位置是一个大大的"了"字，"前天是个'他'字，昨天是个'来'，今天是个'了'，三天合起来就是'他来了'。我们大班说这是很高级的广告，让我查查谁是发布人，结果一查才知道是我们财大气粗的老朋友。"

宋石莲又吃惊地看着陈山河。

陈山河做举手投降状："好，好，我坦白，这是小弟新搞的一点小生意，用奎宁做发冷丸。今天请你们两个来，就是要跟你们俩说这个事，咱三个一荣俱荣，当然有财大家发啦！"

詹姆斯侯难掩兴奋。

陈山河说："这小生意是我姑姑跟徐南禄合股的，我没有入股。"

"为什么？"

"咱们是什么身份？做什么生意？咱们见不得光的，当然不能跟正经生意挂上钩，但是，该挣的钱不能少。"

"怎么挣？"

陈山河压低声音："暗股啊，多简单的事。请两位哥哥来，就是跟你们敲定这个事。"宋石莲高兴地拿起报纸，看着那个广告："字也能印这么大吗？"

"你仔细看，笔画是用最小的字凑起来的，费了很多钱。"詹姆斯侯连忙拿过报纸细看，大字里面套着小字，"何记大药房？"

"我答应我师父给他开个大药房，我做到了。"

詹姆斯侯举起酒杯："那真得庆祝一下，今天是民国二十六年七月七日，值得记住。"

三人酒杯相碰，这一天是1937年7月7日，日本发动卢沟桥事变，抗日战争爆发。

第九章

1

陈山河一溜小跑地在报馆街上疾行,两边各个报馆的机器印刷声很是响亮,每家报馆都比往日忙碌,不断有人从门里奔跑出来,整条街前所未见地繁忙和慌乱。

陈山河来到《商报》报馆前推门而入,嘈杂声扑面而来,每个人似乎都在嘶吼,电话铃声也响个不休。

蔡主编说:"派记者去八和会馆,他们要在海珠戏院筹款义演,采消息回来,各个行业都要派人去问,跟他们的行会联系!"记者们响应着,抓起照相机往外面奔跑,从陈山河身边跑过去。

"调整版面,今天所有版面都给我留出来!"编辑们也在各自的办公桌前答应着,电话铃依旧在响着,蔡主编喊起来:"都聋啦?接电话啊!"

在这片嘈杂声里,陈山河走向蔡主编:"蔡主编,我要跟你谈谈。"

蔡主编一脸不耐烦:"你是谁啊?"

"不好意思,我是你的债主,你们这家报纸今天的债主。"

蔡主编把他带进自己的办公室,房门关闭,隔音尚好,让人心浮气躁的嘈杂声减弱了,蔡主编疲惫地瘫在椅子里:"我就不给你上茶了,茶房今天没上班。"

陈山河有些吃惊:"我也不是来喝茶的,听说你们要撤今天头版的广告?

我来问问为什么！"

蔡主编更诧异："你不知道？"

"我应该知道？有人要破坏我的事？谁？"

"日本人。"

陈山河不解。

蔡主编恍然："对了，报纸都没出呢，难怪你不知道。日本人昨天，应该是今天凌晨，在河北宛平县的卢沟桥向我们守军发动了进攻。要打仗了！"

陈山河无动于衷："打仗又不新鲜，我还见过死人哪！我的广告不能停。"

"这是国难，我们头版必须发表消息表明态度，所以你的广告……"

"广告不能停。"

"你这个人！怎么不爱国啊？"

"你这个人怎么不讲理哪？我跟你们有合同，我付了全款，你要的巨额全款我没有皱过眉头，你们当时乐开了花，现在刚进行了四分之三你就要叫停？！我合同里写得很清楚，四天的头版，差一天都不行。"

"我们可以赔偿广告费，半价，不，全额退还。"

"你赔不起！我差的是广告费吗？我是指望广告做完之后的生意！你现在把最重要的一页广告给我扣下，安的什么心？有意毁我是吧？告诉你，我这生意背后是公安局特侦队邝庆奎，信不信我现在打个电话让他们砸了你的报馆？"

蔡主编有所忌惮，苦口婆心："陈先生是吧？你别着急，听我解释。日本人在卢沟桥燃起战火，这是关乎民族兴亡的关键时刻，我们报馆有义务、有责任第一时间向广州人民报告这个新闻，呼吁团结抗战。"

"那我的生意怎么办？我抵押了房契才做的广告，我押上性命才搞起来的生意，难道不也是兴亡的关键时刻？卢沟桥，我都不知道在哪里，关我什么事？"

"卢沟桥在河北宛平县城外，离北平很近，是华北的……"

"停！停！这是广东，我正走在广东的独木桥上，我还管你华北的桥？"

蔡主编无奈地盯着他，陈山河说："你瞪我也没用，这个广告我不能撤。"

"今天之后，全国报业都会报道卢沟桥的战斗，广州市民有权利……有权利知道国家的重大消息。"

陈山河想了想，说："我可以让出一半的头版让你们发新闻，但是报社要给我做出补偿，免费刊登两周广告和采访文章。"

"我答应了！谢谢你的理解，只是这样重大的新闻下发广告，好吗？"

"按照我说的发就会好，很好。"

晚些时候报纸付样，送上街头，报童高高举起喊着："卢沟桥发生激战，何记古方发冷丸支持中国守军。"这就是陈山河的办法，虽然让出了一半的报纸头版，但广告依旧清晰可辨。

南禄药坊里，工人们在传看着报纸上的广告，有人在大声念着："侵略者来了！何记古方发冷丸支持守军抗战，让侵略者发冷去吧！"徐联仲和徐南禄站在人群后，一副与有荣焉的欣慰表情。

邝庆奎也在盯着报纸上的广告看着，他对广告上面登载的卢沟桥的新闻并不在意，盯着的只是广告，廖四六匆忙走进来："奎哥你找我？"

"咱们的小朋友真是机灵。"

廖四六凑过来看了看："这就是他要做的买卖？"

"看来他一心挣钱，忘了找他的弟弟妹妹了，咱们得帮他一把。"

2

陈卫盯着门牌号寻寻觅觅走来，他在一户破旧的趟栊门前停下来，隔着栅栏看向黝黑的房间，一张全国地图挂在迎面的墙上，地图边缘上印着唐拾义的药品广告，很是显眼。谭耀亨皱着眉头，用手指在地图上摸索着华北的位置，陈卫叫着门，伸手抠开暗藏的机关拉开趟栊门走进来，他打量这间凌乱的屋子，到处都是书，满眼都是报纸。

"你这儿可够乱的。"

"坐，随便坐。"

"怎么开始？"

谭耀亨指指满屋子书，又指指自己："我调查过你，跟着林北江九年，你居然自学了中学的课本，很好，好厨师需要有文化。我这里搜罗有古往今来与吃有关的书。"他随意指点着："袁枚的《随园食单》，录清朝三百二十六种菜肴，明朝高濂的《饮馔服食笺》，南宋的《吴氏中馈录》，还有南宋林洪的《山家清供》，录宋朝一百零四种菜肴，有东坡豆腐……"

谭耀亨看到那张地图，突然有些发呆，随即心神不宁地继续着："对了，还有《清异录》《食经》《本心斋食谱》《饮膳正要》！"

"喂喂！我没想读书考状元。"

"无知。腹有诗书气自华，懂吗？不能从中华优秀文明中汲取养料，就吸收不了前辈们在厨艺上的成果。"

陈卫看他情绪激昂，连忙回避："你接着说。"

谭耀亨却又走神了，他心绪缭乱地拿起那张地图摸了摸，又丢下："我能给你的帮助就是，从食材到割烹手法，从流派到历史渊源，都能找到参照，帮你找到共鸣。"

陈卫不以为然，这副表情让谭耀亨再次心烦意乱："行啦，行啦，我长话短说吧，给你某一样食材，比如一根茄子吧，你来想一想能用它做什么菜。"

"茄子？做咸鱼茄子煲？鱼香茄子煲？香煎茄盒？煎酿茄子？我听说过有清蒸的，但没见识过。"

"你的见识也算不错了。"谭耀亨从书架上抽取一本书，"茄子，古称落苏，也叫昆仑紫瓜，高濂的《饮馔服食笺》里记录了一款茄子的吃法，叫'糖蒸茄'，用牛奶茄嫩而大者，不去蒂，直切成六棱，每五十斤用盐一两，拌匀下汤焯，令变色沥干，用薄荷、茴香末，砂糖二斤，醋半斗，浸三宿，晒干还卤，直至卤尽茄干，压扁收藏之。"

陈卫琢磨了一下，咧着嘴说："那是什么味道啊？能好吃吗？"

"古人的口味跟我们是不同的,所以我辈才要努力创制新菜,咸鱼茄子煲、煎酿茄子都是这样创制出来的。"

"然后呢?"

"创新殊为不易,既要异想天开,又要脚踏实地,要反复摸索,增减五味,调控火候,最终拿出来接受检验。"

"接受谁检验?"

"你想接受谁检验?"

"写食评的?"

谭耀亨摇头:"不要他们,我会遍请广州各家酒楼的主厨共同品尝,一菜成功、一战成名,你敢不敢干?"

陈卫被这幅前景搞得热血沸腾:"干了!我回去就买茄子!"

"不!第一战不要从茄子开始,要选一道各大酒楼都常用的食材来挑战自己。只有把厨师天天烹制的食材创制出新菜式,才能让他们心悦诚服!"

"好!老谭,你现在这样子,我才有点佩服你。"

"什么老谭!我还当不起一声老师吗?"

陈卫笑了笑:"你今天有心事?就这一小会儿时间,你看了六次地图,手伸过去摸了两回,心思一大半没在做菜的事儿上。"

谭耀亨突然有些情绪激动:"你没听说?日本人在卢沟桥跟我们打起来了。"

陈卫觉得好笑:"知道啊!厨师同业会说要大家捐款哪,跟我没什么关系,我又不能上前线去做饭。"

陈卫以为讲了个笑话,笑了两声,谭耀亨却很烦躁:"我女儿森森在北平,按她的性子,肯定会去前线。"

"啊?她不是在上学?"

"她上学也不好好念书,前年底,北平学生搞什么一二·九抗日救亡,她带着一帮学生在广州游行声援,结果被中山大学开除,她索性去了北平。卢沟桥这种事她一定跟着去劳军!宣传!"

"我最烦这些人了！动不动就撒传单贴标语，到处闹腾！"

谭耀亨惆怅："真想去北平看看女儿。"

"当学生不好好读书，烦！上次给你做牛肉炒芥蓝，要不是赶上一帮人闹腾，你就不会写那篇食评。"

"怎么不会？"

"我肯定能说服你啊！还用得着我断一根脚指头？"

谭耀亨收拾情绪："好了，咱们也算不打不相识，不管了，你好好琢磨一下，我们一起搞点名堂出来。"

谭耀亨伸手要握手，陈卫愣了一下，没有伸手相握，反而颇有古风地拱了拱手："一约既定，万山无阻。"

3

八和会馆吉庆公所宽广大厅里挤了不少人，乱哄哄地相互说着话，韦太平、陈冶冰都在其中。蔡叔一把拉住走进来的金慧荣："快来帮忙！各个戏班都争着参加义演，该怎么编排剧目？大佬倌们谁前谁后？"

"就按照每年岁末义演的办法来，各位师父也是想尽一份力嘛。"

"那戏单怎么排？"

"也按那个来，谁不满意让他直接找我，就说我们伶人工会负责码人码戏。"

"好。"

"曲目请大家筛选一下，要有爱国情怀，贴合抗日主题。"

"都演时装剧？"

"不用，精忠报国、抵抗侵略，都可以。"

蔡叔答应一声转身要走，被金慧荣拉住："我师妹……"

"她不行啊，有名有姓的戏班子都排不过来……"

"她的戏班子叫红棉戏班，艺名小红棉。"

"真不行。你师姑在，你师父也在，你们两个叛门而出的小子就别来添乱了，你就不怕他们被同行笑话？"

"我师父的脸皮你还不知道？厚得很。"

"你冶冰师姑不行。她要强了半辈子，你们想让她丢脸？"

金慧荣隔着人群看向陈冶冰，她依旧一副高冷模样，但神色中带着疲惫，再看看站在她旁边的韦太平，一脸偷偷摸摸关心的模样，想看又不敢看，不看又舍不得，虽然跟旁边的人说着话，但眼角余光全在陈冶冰身上，陈冶冰一动，他立刻就回头观望。金慧荣叹口气。

回到排练现场，金慧荣收拾茶具，归拢满地的废报纸，陈立夏在一旁更换着行头，但沉着脸，对金慧荣很不满。金慧荣还没有觉察，说着韦太平跟陈冶冰的事："我师父跟你师父那个样子真让我着急，哀其不幸，怒其不争，在我们面前夹着个皮包挺着个肚子挺威严的，见了你师父就跟……你怎么了？累了？"

陈立夏没有理睬他，狠狠卸着脸上的妆，金慧荣连忙过来，擦着手接过卸妆用的粉扑："哎哟！哎哟！再擦脸皮就掉下来了！"

他给陈立夏卸妆，陈立夏信任地扬着脸。

"情绪不高啊？累了？"

"每次都排练完了你才来，你这样还怎么排戏啊？还能按时开台吗？"

"原来是生我的气了，放心吧，戏词我记住了。"

"那也得对戏啊！这出戏对我很重要。"

"我知道，为了纪念你的爸爸妈妈嘛！"

"唱完这出戏，我就十八岁了，可以让爸爸妈妈放心了。"

"有我在，他们二老就放心吧。"

"师哥……"

"先别说话。"

他弯着腰在陈立夏脸上涂着卸妆用的油脂，很是认真："我这几天不是不关心你，是出了大事。"陈立夏嘴唇一动，被金慧荣的手指制止，"你排练得没日没夜，还不知道……"

陈立夏挣扎着张嘴说话，但依旧闭着眼睛："卢沟桥，阮飞舟说了。"

"是啊，现在群情激奋，正需要我们引导抗日热潮……"他醒悟过来，连忙改口，"这些你就不用管了，我这几天突击忙一下，肯定来得及回来对戏排练，不耽误演出。"陈立夏又想说什么，被金慧荣制止，"不用谢，我答应你的事一定做到，铁汉尚需柔情，我可不是我师父那种人，吞吞吐吐、磨磨蹭蹭。"

陈立夏立刻安静下来，金慧荣的手指在她脸上涂着油脂："我从小没有见过父母，想起父母，眼前都是你说的你爸爸妈妈的样子，所以这部戏对咱们俩都有意义，你爸爸偷偷带你去喝冰的荷兰水，你妈妈告诉你雪花有六个角……"

陈立夏的眼泪奔涌而出，金慧荣愣了一下神，被陈立夏一下子扑进怀里，他双手高高举起："哎！哎！我就这么一件出门的衣服。咱们俩可没钱了。"陈立夏破涕为笑，把脸埋进他衣服中，死死抱住他的腰。金慧荣高举的手慢慢落下，落在陈立夏的头上。

4

陈山河在专注地搓着药丸，这是他的一个习惯动作，每当需要平静心情时，他都会搓一搓药丸，一粒粒药丸从搓丸板下均匀地出来，徐南禄一脸忧色，双手插进纸箱，捧出满满的玻璃药瓶。放眼望去，这样的纸箱层层叠叠堆了很大一片地方。

"山河，这两天陆续有同行来看货问价，但真要货的可不多。"

"全广州都在关心卢沟桥的战火，没心情做生意，不过很快都会回过神来，日子总得继续嘛。"

"我叫他们先停工了……"

"别停！别停！"

"最后一笔钱你都付了广告费了!"

"奎宁还有,其他的滑石粉、甘草粉,还有包装瓶这些,能不能跟你赊账?"

"我这儿也有一大摊子要养活哪!赊不了!你眼巴巴看着我干什么?"

"再坚持两天!今天各大公司楼上会投放条幅,爱群大厦也挂出来,记者去拍照,连夜写稿子、洗照片,明天上报纸,那就万众瞩目了。我估计最迟明天晚上就会有人进货。"

"如果过了明天还没有人来,你就破产了。"

"如果没破产,我想请你帮一个忙。"

"你说。"

"帮我跟我姑姑提亲。"

徐南禄大为吃惊。

"没错儿,我想娶我姑姑。"

"可她是你姑姑!"

"对,我就想娶她。我师父的梦想是有一个大药房,我给他办成了,姑姑的后半生,我来照顾。"

"你、你!有钱也不能为所欲为!"

"江湖儿女只问真心。"

"你这也太……出乎意料了,我都不知道该不该盼你生意兴隆。"

"是咱们的生意,徐老板,是咱们的生意,就这么说定了!我去报社催一下广告,走啦!"

报馆里,蔡主编把几张黑白照片摊在桌上,是几座高楼外墙上悬垂着条幅:"先施百货公司、爱群大厦、城外大新百货、城内大新百货,都挂了贵药房的广告条幅。"

陈山河笑得合不拢嘴:"这可不是广告,这是爱国抗日的口号,你看这个,'何记古方发冷丸预祝抗战胜利',这个,'何记大药房、古方发冷丸,与卢沟桥官兵同在'!"

"陈老板脑筋灵活，日后必大展宏图。"

"照片不错，文章也得写好。"

"放心吧，我派出了最好的记者，一定好好写一写你。"

"不，不要写我，一个字都不要提，就写徐南禄，写他搜罗古医书，写他学贯中西，西关正骨高手，练洪拳的，写他的侠义，忠肝义胆，听闻卢沟桥的惨烈，怒火中烧，准备带队去华北前线……"

蔡主编眼前一亮："他要去前线？没听说啊！"

"他会去的，医药界正在商议此事，如果能成行，他一定带队前往。"

"可以写在文章里吗？毕竟还没有成行。"

"写，一定要写，写了还能促成此事。"

"那我们就写了？"

"写！我们的发冷丸是正义之药、爱国之药，是祛除发冷发热的勇敢战士！"

蔡主编挑了大拇指："明天就见报。"

随着消息见报，陈山河期盼的火爆场面随之而来。南禄药坊进进出出都是来提货的人，高举着手里的钞票，拿到货的人扛着纸箱挤出来，挤到门外的街道上，沿街停满了黄包车、手推车，还有辆汽车被堵在车堆里，焦急地按着喇叭。

徐南禄双手摊开报纸，看着上面四幅高楼悬挂条幅的照片和密密麻麻的文字，巨大的标题是《他来了，他是谁？何记古方发冷丸的前生今世》，报纸下传来病人的声音："徐医生你真了不起！"

徐南禄放下报纸，面前还趴着一个裸着上身的病人："对不住，走神了。"

"没事没事，徐医生是做大事的人，在下佩服之至。"

徐南禄继续给病人正骨，病人随着动作龇牙咧嘴，仍旧坚持说话："华北前线不是谁都敢去的，刀枪无眼，也只有徐医生这样的侠医敢挺身而出，我辈楷模。"

病人还挣扎着伸出一只手,挑了个大拇指,徐南禄看起来很烦躁,按了一下某处的骨头,病人惨叫一声,大拇指痉挛着收起来。

徐南禄去吴家武馆打沙袋。陈山河向他走来,一路跟认识的人打着招呼。武馆主人吴世钧向他抱拳:"恭喜啊!生意兴隆!"接着又压低声音,"徐老板有点不开心。"

"没事儿。"陈山河走到徐南禄面前扶住沙袋,"打这个没意思,徐老板,我让你打一顿?"

徐南禄挥拳向他打来,他拉开架势迎战,两个人拳来脚去,陈山河接连挨了几拳。"行了吗?过瘾了吗?解气了吗?不行再来,我专门带了跌打药来。"

徐南禄收手不打,向武馆外走去。陈山河向吴世钧等人做了一个不用担心的手势,追了过去。

陈山河追上徐南禄:"叹个茶,消消汗,这鬼天气太热了。"

徐南禄没有理睬。

"生意好得不得了,以后我们也叹得起好茶了。"

徐南禄在路边热气腾腾的食摊坐下:"要喝酒。"

"好!当浮一大白。"陈山河扬手招呼上菜上酒。

徐南禄等不及酒菜上来,瞪着陈山河。

"知道你生气了!你是气我没跟你商量,就跟报馆说你要去前线,对不对?是我莽撞了,但以我对你的了解,你一定会去,对不对?"

"我想去,我会去,但我不想被强迫着去。"

"没人知道你是被强迫的,再说我可没有强迫你去的意思,你可别血口喷人。"

"白纸黑字印在报纸上,你让我怎么想?中医各界还在商议去前线的人选,你这么写,让同行们怎么想?"

"我错了、我错了……我知道去前线有危险,我替你去。"

"我呸!你去能干什么?会正骨还是会针灸?你就会不择手段卖药,我真怕你砸了我的名声。"

"那不能砸！咱们的药卖得如此之好，全靠你的名声。"

徐南禄叹口气："我徐南禄的名声从未如此之好，我都不知道应该不应该感谢你！"

"让你去北方前线，也是为了避开风险。"

徐南禄诧异："到前线去避风险？"

"邝庆奎图谋的到底是什么，现在还是未知的，也许图的就是我们的产业，也许随时会下手。你到前线去会赢来大量的名望，也能给我们增加一些官方的保护。"

"你早就算计好了？"

"我是狐狸嘛！"

"我可以去，不过我真得提醒你啊，做事不能不择手段。"

陈山河连连点头，表情敷衍。徐南禄担心地看着他。

"你走之前，能不能把那件事办了？"

徐南禄为难地吸口凉气。

"我姑姑对你很信赖，换个人去提亲，她能拿切药刀把人家砍出去，所以……"

"你嘴里叫她姑姑，心里却转着这种念头！"

"习惯了。你说得对，我今天就改，让她有点心理准备，你明天能去吗？"

"你就这么急？"

"说不定你哪天就出发了！"

"也可能就回不来了！现在知道担心我了吧？"

陈山河瞪着他："那就还是我替你去！好过留在这儿受煎熬！"

徐南禄笑了笑："我再想想，你也再想想，有些话说出口，就收不回来了。"

"一言既出，驷马难追。"

"所以才不要轻易开口,这也是我要规劝你的,你不再是进山采点草药就养活自己的穷小子了,有了产业就要有担当、有责任,别让大家失望。"

陈山河困惑地摇头又点头,可能在他的意识里,替别人负责这个念头并不强烈,他的世界里只有姑姑和尚未找到的弟弟妹妹。

晚上,陈山河在跟何姑吃晚饭的时候,偷偷做着铺垫:"何记大药房正式开张的日子,我打算定在明年农历四月二十八的药王诞,这一天有药王孙思邈和药王菩萨一起保佑,开药铺最旺。"

"正式开张?"

"对,还有大半年,到那时候咱们一定生意火爆得数不过钱来,你没事儿多出去转转,去冼基街选个开大药房的地方。"

何姑惊慌道:"什么意思?这间药铺要赔出去了?"

陈山河连忙否认:"不是!不是!我是说挣了钱,换到热闹地方去开大药房,要不师父怎么能满意哪?"

"真的?你莫骗我!"

"放心吧。到时候准备几千个'服仙药'的纸袋送到庙里,印上咱们的新地址,顺便扬一扬名。"

何姑盯着他看了片刻:"你心里发慌嘴上就特别能说,到底怎么了?跟我说实话。"

陈山河否认着:"没有啊?"

"没钱了?"

"有钱。"

"那心里发什么慌?"

陈山河不敢说自己发慌是因为求了徐南禄提亲,更加扭捏。

"你不说,我明天去问徐老板,我跟他都是股东,理应通个气。"

"不用,先不用。"

"那就说实话。"

陈山河犹豫着,不知道该不该说实话。

5

简陋的排练厅里,陈立夏对着镜子勾脸化妆,天气很热,汗水不断流淌。阮飞舟远远给她摇着扇子,一脸钦佩的样子:"Summer姐,你可真是敬业,排练都要扮全套,多热啊!"

陈立夏从牙缝里挤出几句话来:"演出更热,头上有灯烤着,现在得适应。"

"以前没接触你们,觉得名伶大佬倌一定很风光,接触了才知道,真不容易。"

"你也不容易,又要写稿子,又要给我们帮忙。"

"Summer姐,我自小喜欢听戏,所以才去报社当了记者,但认识了你和金哥,对你们又喜欢又佩服,又蒙你们俩不弃,也把我当个朋友,所以我开心都来不及。"

金慧荣和车夫一起抬着麻包进了屋子,陈立夏和阮飞舟连忙迎上去,阮飞舟抢着掏钱打发了车夫,却看到要出门的车夫倒退回来。

廖四六带着手下走了进来:"金师父,又见面了,你这次能给我什么惊喜哪?"他不由分说地扯开麻包,露出里面花花绿绿的印刷品开始检查。戏飞(戏票)和节目单,印着"小红棉深情献演,神话大戏《劈山救母》"的字样。

陈立夏问:"你们又要干什么?这是我们演出用的戏飞!"

廖四六手一翻,戏飞和节目单的背面却是大字印制的标语,他一字一顿念着:"平津危急,华北危急,中华民族危急!只有全民族实行抗战,才是我们的出路!"

廖四六得意地看着金慧荣:"金师傅,你有什么话说?"

"替政府宣传抗日是我们应该做的,不用谢。"

"这是共产党说的话,你在为共产党做宣传!你是共产党!"

"这是报纸上公开发表的话啊!我印在戏飞后面有何不可?"

"为什么单印共产党的话？这就是共产党的传单！上次抓你你还不承认，这下人赃并获！"

"你再仔细翻一翻，我还印了蒋委员长在庐山的讲话，地无分南北，年无分老幼，无论何人，皆有守土抗战之责任。"

廖四六在麻包里面翻找着。

"我不是国民党也不是共产党，但我是个有良知的中国人，响应政府号召，用自己微薄之力宣传抗日，何错之有？"

廖四六找到了金慧荣所说的内容，一脸不快地看着。

"倒是你啊，身居重要职位却不去保卫国土，反倒对我一个唱戏的跟踪、偷袭，意图绑架。你安的是什么心？你是不是日本人的奸细？"

阮飞舟也上前来说："我是报社记者，我目击了这一残暴场面，保留向读者披露的权利。"

"你滚一边儿去！"廖四六丢下戏飞，"市府有令不许抛撒传单，落到地上影响市容卫生，唯你是问。"

廖四六带着人离去，陈立夏握住金慧荣的胳膊，随即神情有些诧异……金慧荣的手在微微颤抖，并非表现出来的那样镇定。

"好了，没事了。"

阮飞舟说："我一定要写文章揭露他们。"

金慧荣阻止："算了，把版面留给抗日宣传更重要。"

"师哥你真聪明，想到印国民党的话来掩护你。"

金慧荣飞快地看了阮飞舟一眼，若无其事地说："什么傻话！国民党、共产党，只要是呼吁抗日的言论，我都要宣传。"他暗中掐了陈立夏一把，陈立夏醒悟："那我也帮你宣传。"

"你好好唱戏就行，都准备好了，后天在宝华戏院开台公演。"

"韦师叔答应了？"

"那场子是我给他打下来的，不答应也得答应。"

廖四六吃了个哑巴亏，回到警察局时，邝庆奎正敲敲打打，修理着那个被砸裂了的獬豸雕像。廖四六向他报告说，全市一百多家能印东西的店铺、作坊、报馆都派了人手，共产党的传单查到了一些，但都是在报纸上公开发表过的内容，很难判定印传单的人就是共产党。

"别人吃饱饭没事干才印他们的东西！"

"可是没证据不好抓啊，现在不比前几年，南京派来的人不好说话。"

"以前梁队长就好说话吗？早跟你说过，不管环境多恶劣，心里要有准绳，为了准绳做你该做的事。"

"那……我抓人？"

"先等等，登记在册，派人看好了，一旦需要就霹雳手段。"

"是。对了，我找户籍科把全市姓陈的人都查出来了。"

邝庆奎诧异地看他一眼，廖四六掏出个小本本翻开念着："截止到去年，全广州户籍在册一万一千三百个姓陈的，年龄在十八岁到二十一岁的有四千六百二十四个，其中女的一千八百五十五个，剩下是男的。"

邝庆奎用嘲笑的眼神看着他："四千六百二十四个？你打算挨个去调查一遍？如果他们没在广州呢？如果改了姓名呢？如果已经死了呢？"

廖四六被问住了，迸出一句来："你说要斩草除根不要草菅人命嘛！"

"你肯主动做事，很好，但是陈家后人还要着落在陈山河身上。"

"他现在一门心思钻营生意！奎哥，我去看了他的生意，真是火爆啊，钱掉在地上都没有人捡，顾不上捡，咱们要不要……"

他做了个伸手握拳的动作。

"先做事，做好了事，钱就不是问题。既然他无心找人，咱们就帮一帮他，你去一趟报社。"

第二天，省政府大门前非常热闹，卡车上贴着"广州赴华北前线战时救护大队"的红纸招贴，穿着统一制服的一群老少医生在车下跟送行的人告别。每个人脚下都有自己的行李，更明显的是各有自己的医药箱，大小样式新旧都不同，有人背着的还是带有红十字标志的西式药箱，记者们围着他们拍着照。

陈山河在徐南禄身边低声交代着藏了金条的香烟桶和手绢包，徐南禄想推让，被陈山河硬塞进他的背包里。

"你找弟弟妹妹别太招摇，别再把特侦队的麻烦惹来。"

陈山河点点头，随即很诧异地问："你这是什么意思？我找弟弟妹妹，怎么招摇了？"

徐南禄连忙把腋下夹着的报纸递给他，陈山河震惊地看着整整一个头版的寻人启事，上写着："寻民国十六年失散于佛山的弟弟陈精卫、妹妹陈妹妹，十年一别，为兄日夜想念，盼见启事速与何记生药铺陈山河联系。"这份寻人启事延续了陈山河豪横广告的特色，还用巨大的字体写着："何记古方发冷丸，盼望手足团聚。"

徐南禄看着他的表情，也很吃惊："不是你？谁肯花钱给你登寻人启事？还带着这么大的头版广告，很贵吧？"

陈山河神色冷下来："也许人家不需要花钱哪。"

"你知道是谁了？"

"邝庆奎！原来他图的不是钱，是图把我们兄妹一网打尽。"

"那怎么办？你有办法吗？"

"我这些年天天想找到他们，但是现在，只盼着他们没看到。你放心去吧，大不了跟他们鱼死网破。"

鼓乐突然响起，敲锣打鼓、舞狮子、放鞭炮，人人都喜气洋洋。徐南禄等人相互帮助着上了车。汽车启动，送行的人拼命挥手告别，一片热闹喧嚣中，陈山河脸色阴冷地伫立在人群中。

车上的徐南禄担心地回望着他。卡车远去，喧嚣退散，周围熙熙攘攘的人群也转眼不见，只有陈山河一动不动，手里紧紧握着那卷报纸，这一刻他心里冰凉一片，仇恨沸腾。

6

陈山河回到何记生药铺，看到桌上的一沓戏飞和节目单："这是什么？咱们登了广告的戏飞？什么戏？"

何姑很是兴奋："是啊！是啊！你不是买下这个月所有戏飞登广告嘛，这一出是我最想看的，小红棉以前在摘星女班唱天台戏，现在出来跟她师哥组了戏班。"

"男女合班啊。"

"是啊！他们两个感情很好，新戏班应该算个私伙局吧，规模不大，夫妻档。"

"唱什么戏？"

"《劈山救母》，又叫《宝莲灯》，听说是小红棉从北方京剧名家手里换来的戏本，这出戏咱们粤剧里没有，里面有好多打戏，三圣母和眉山六怪打……"

陈山河的神色有些凝重："我陪你去。"

何姑不相信："你又约了人谈事吧？"

陈山河认真地："不，就想看看这出戏。"

差不多同一时刻，谭耀亨家趟栊门内小小的门厅中，陈卫端坐在一把小椅子上。屋里很暗，趟栊门外显得亮晃晃的。陈卫眼神发虚，神游物外，双手微微抖动着，看得出来他正在模拟炒菜。陈卫身后，谭耀亨远远坐着，拿着纸笔勾勾画画写着什么，陈卫突然泄了一口气，刚才端着的身形也松懈下来："还是不行，推着推着就走不下去了，食材之间相生相克，每一分钟都在发生改变，我想不好下一步变化会怎么样。"

"别急，割烹如弈棋，每个决定都导致不同的结果，所以厨艺才称得上一个艺字。"

"我去菜艇待几天，琢磨厨艺还是得上手，有温度有重量才真实，总在这里空想，心里虚。"

"我介绍个大酒家给你？后厨随便用。"

"算了，一眼灶台足矣。"

陈卫站起身，看到了谭耀亨拿在手里的戏飞和节目单，随口问了一句：

"又看戏去?"

"这一出戏听说难得一见,正好晚上没事儿去看看,《劈山救母》,宝莲灯故事。"

陈卫身形凝住:"什么戏?"

"《劈山救母》啊,听说打得很漂亮。"

陈卫想起这就是父母离世前唱的那出戏,他抢过戏飞冲出趟栊门,沿着小巷跑远,远远喊着:"我替你去看啦!"

谭耀亨气哼哼地看着他的背影:"这小浑蛋!"这时身后传来吼叫的歌声,把他吓了一跳。一队童子军唱着歌走过去,唱的是:"大刀向鬼子们的头上砍去——"

宝华戏院的大幅海报,写着"小红棉金慧荣合力出演,真传首本《劈山救母》"。

观众正在陆续进场,阮飞舟在到处拍照,陈山河和陈卫分别来到戏院外,抬头看着海报招贴。何姑拿着几样热气腾腾的小吃走来,陈山河带着她检票进了戏院。一直暗中跟随他的特务也要进场,被拦住检票,他撩开衣襟露出手枪,大摇大摆地进去。

陈山河进门后却没有走远,静静看着这一幕,特务发现他在看着自己,先是一惊,随即不以为然,径直走进去坐在后排,摆明了监视的样子。

台口上拉着横幅,横幅上的字是"小红棉班支持华北抗战纪念演出"。韦太平引着陈冶冰坐到中间最好的位置上,陈冶冰还想换个位置,被韦太平按住了。剧场观众席跟现在的不同,最靠近戏台的是一张张方桌,摆着水果和茶水,而后面和靠墙的两侧才是散座。

陈卫坐在靠墙的散座里,神情复杂。谭耀亨走进来,先往自己被陈卫抢走的位置看了一眼,发现桌子座位空着,他嘴里嘀嘀咕咕地走过去,半道上却看到了角落里的陈卫。

谭耀亨道:"臭小子!怎么坐这里啦?我可从没买过这么差的票。"

陈卫神不守舍地说:"你去坐吧,我就坐边上,我又听不懂。"

谭耀亨犹豫了一下，在他身边坐下："你小子不对劲，我得看着你。"

另一边，陈山河被何姑熟门熟路地引到了主桌前，她惊喜地看着桌上的水果和茶水："以前看戏只坐散座，还是坐在桌前好啊。"

陈山河心不在焉："你喜欢就好。"何姑掏出手帕擦着座椅，又洗着茶杯，给陈山河倒上茶，她很享受这一刻，叽叽喳喳什么都想试一试。

陈立夏已经勾好脸，她溜到虎度门，小小地掀开门帘缝隙，看着下面，她看的是陈冶冰。韦太平和蔡叔陪着她，尹灵芝也陪坐在一旁，不断扭头四顾，看着热闹红火的上座眼红。陈冶冰忍无可忍，拿起一个水果递给尹灵芝，手上却暗中用力。尹灵芝诧异了一下，明白了师父的提醒，她规规矩矩坐好，看到这一幕的陈立夏笑出声来。金慧荣拉住她离开虎度门："笑什么？你一点都不紧张？"

"从小唱到大，紧张什么？"

金慧荣站在棚面旁吹着小号，调子是《大刀进行曲》，这个曲调这段时间已经家喻户晓，观众跟着激动起来，拍手叫好。连吹两遍前奏后，一身女英雄打扮的陈立夏开口，合着小号的旋律唱起这首歌来，听得出经过了改造，更适合粤剧的规律。观众群情激奋，有人跟着大声唱起来。各个主桌上反应各有不同，何姑激动得站起来拍手，也有士绅模样的人保持着从容镇定，蔡叔和韦太平相顾点头，尹灵芝羡慕地环顾着戏院热烈的气氛。在这样的时刻，陈冶冰站起身来，转身向戏院外走去。韦太平连忙站起追了出去，尹灵芝也想站起来，被蔡叔拦住。

戏台上的陈立夏看到了陈冶冰走出去的身影，她骤然加大了唱腔的声音。

韦太平追着陈冶冰走出戏院，陈冶冰忍无可忍："你看到了吧？看到了吧？这就是她！处处标新立异，不按规矩来！"

韦太平弱弱地解释着："是的、是的，太不像话了！不过咱们大戏本身也可以吸收别的曲种。"

"那是一回事吗？"

"当然不是！我说得不对，不过有些大佬倌，也喜欢在戏里加些俚曲小调

231

外国歌。"看到陈冶冰又要发怒,他连忙改口,"但陈立夏凭什么这么做?她连走都没走好,居然就想着要跑、要飞,太不像话了。"

陈冶冰尽力平息怒火:"我学戏规规矩矩,半点不敢逾矩,怎么教出她这么一个孽徒来,也好,幸亏退还了师约,她是好是坏,与我无干。"

"孩子走错了路,咱们得教她啊!"

"你是她干爹,我可不沾染了。"

她扬手叫了黄包车。

"我送你?"

"我有腿。"她上了车远去,韦太平惆怅目送。

戏台上打得很激烈精彩,陈卫看得目不转睛,他在戏飞背面奋笔疾书、笔画急切。谭耀亨伸着脖子好奇地看着,陈卫把戏飞叠起来交给谭耀亨,谭耀亨发现他哭得稀里哗啦的,吓了一跳。陈卫声音嘶哑:"你认识戏班的人吗?把这个交给小红棉。"

鼓掌声、欢呼声从外面传来,陈立夏走进后台,心力交瘁地瘫倒在椅子上。坐舱进来催促陈立夏返场谢幕,金慧荣连忙拦住他,叫上刚刚出演过的演员们出去返场,外面掌声、叫好声更大了。

金慧荣向观众解释着为什么陈立夏没有出来:"立夏太投入了,在后台无法出来,我代她向大家道谢……"外面传来观众的赞赏,陈立夏疲惫地呆坐,眼泪流下来。她用自己的演出祭奠了父母,眼前摆着一束花,上面别着一张戏飞,陈立夏下意识地拿起来打开,看到了上面写着的一行字:"红布包白布,白布包猪膏,猪膏包红枣,请问这是什么?"

陈立夏猛然站起来,她张皇四顾,突然冲出后台。

陈山河死死扣住桌子边,手背上青筋暴露,他情绪激动。在观众不依不饶的掌声中,陈立夏冲出来,她被演员们簇拥着谢幕,但眼神一直在观众中寻找着。陈立夏推开众人,走到台前深深鞠躬:"谢谢大家来捧场,这一出《劈山救母》对我来说有特殊意义,它是我的父母在离世前唱过的戏。我学戏十年,这是最想唱的一出戏,今天终于如愿,刚刚有朋友送来一个谜语让我猜。"陈立夏的视线焦虑地寻找，她举起了那张戏飞，眼泪哗哗地流，脸上却还试图笑了笑："好巧，我想起小时候，我二哥也让我猜过这个谜语，我一直没有机会告诉他我猜出来了，那个东西是——"

陈山河、陈卫各自喃喃自语，伴随着陈立夏的话语一同说了出来："荔枝。"

陈卫发出一声大喊，跌跌撞撞地向前冲去，面前的椅子被他粗暴地推翻，推不动的就连滚带爬翻过去。陈立夏也看到了他，死死盯着，陈山河的手一把握住了何姑的手，何姑吃了一惊。

陈卫和陈立夏在台前抱头痛哭，未退场的观众诧异地看着。阮飞舟向前挤着要看个究竟，谭耀亨远远观望，蔡叔和尹灵芝也都好奇地看着。金慧荣拉起演员们把他们两个遮挡在身后。

何姑也很好奇，陈山河拉起她向外走去，跟特务打了个照面。外面突然传来惊天动地的爆炸声，连绵不绝，戏院里的人们东倒西歪，灯光闪烁不已，房顶哗啦啦地落着灰。

陈山河搂住何姑按倒在地，他扭头回望，戏台前，金慧荣正把陈卫和陈立夏盖在身下。这一天是1937年8月31日，日本飞机第一次轰炸广州，陈家三兄妹失散十年之后，在这场惊天动地的轰炸中相遇了。

7

夜空被远处的火光映红，警报声刺耳地响着，三三两两的夜行人快步走过。陈山河紧紧拉着何姑的手走来。何姑挣脱开，揉着自己的手："出什么事了？你这个样子很吓人。"

陈山河回望一下四处无人，压低声音："小红棉是我妹妹，另一个是我弟弟精卫，陈精卫。"

何姑大吃一惊："咱们回去……"

"不行，有人盯着我，所以我没敢相认。"

"谁？"

"仇人，想让我找到弟妹，一网打尽。"

"那……我去帮你说？"

"再忍忍，等我想个妥当的办法，何姑，知道他们还活着，我……太开心了。"

"有人说是日本飞机丢炸弹，他们……"

"他们没事。以后，我保护他们。"

轰炸留下的几处火焰还在燃烧，一辆救火用的水柜车响着铃铛，被几个人推拉着跑过去，车身上有陈李济大药房的字样，沿途洒下一溜水痕。

宝华戏院里，一群灰头土脸的人在相互介绍着，陈立夏紧紧拉着陈卫的手，给他引荐自己身边的人："我干爹，太平年班的班主，这间戏院就是他的。"

韦太平一脸笑容："租的、租的……刚见到立夏时她才这么一小点儿，一下子成大姑娘了。"

"蔡叔，八和会馆的大佬倌，对我可好了。"

蔡叔也很欣慰："你们兄妹真有缘分！不容易！不容易，今天要好好喝一杯。"

陈立夏又指着阮飞舟："这是阮飞舟，报社记者，也是我跟师哥的好朋友。对了，还没介绍最重要的人给你，我师哥金慧荣，当年是他救了我。"

陈立夏和陈卫之间还有点生疏，但他们的手一直紧紧握着没有分开过，整个戏院洋溢着欢闹的气氛。

冒着轰炸回到何记生药铺的陈山河安静地坐着，望着跳动的油灯微笑着。轰炸已经结束，更夫在门外走过，敲着梆子吆喝着"小心火烛，留神瓦上"。

"何姑，你说现在我弟弟妹妹在干什么？"

"那我可不知道，我就知道你找到弟妹就长大了，都敢不叫姑姑了？何姑也是你能叫的？"

"妹妹成了唱戏的，你又喜欢看戏，看戏不用愁了。精卫是做什么的？我看他衣服穿得还算体面，没受苦吧？他坐散座，没有钱？"

"找到他们了,就不会再让他们受苦了。"

"对!我明天得跟他们见上面,一天都等不了!何姑,你帮帮我?"

"叫姑姑。"

"谢谢,何姑。"

天一亮,陈山河和何姑就开门出来,挂上了"东主有喜,歇业一天"的木牌。街对面,廖四六的手下刚刚摆开了算命招幌,拿出荷叶包裹的肠粉准备吃早餐,愕然看着陈山河和何姑走出门来。

"我去南禄药坊盯生意,你就到各家戏院转转,检查一下海报上有没有印上何记的广告。叫个车走,别舍不得。"

他们分头向不同方向走去,陈山河走了几步,过了马路来到特务面前:"才吃早饭啊?辛苦你了。我测个字吧,照顾照顾你的生意。"

"什么字?"

"谢,谢谢的谢,测出什么结果就告诉邝庆奎吧。"他哈哈大笑,转身离去。

第二天一大早,陈卫来到陈立夏住的骑楼下,仰头望着楼上的某个窗口,大喊起来:"立夏!妹妹!你在哪间屋子?"他声音很大,来回喊了几遍,某扇窗口探出陈立夏睡眼惺忪的脸,紧接着旁边又探出了尹灵芝的脸,同样没有洗漱,怪叫一声缩了回去。陈卫本来是想上去,看到有外人在,连忙向陈立夏招手让她下来。

骑楼下边有一个早点摊,摊上有着很多冒着热气的蒸笼,外带着一口炒锅。他过去一口气点了肠粉、叉烧包、烧卖、及第粥、姜撞奶、虾饺、萝卜糕、白切鸡、白灼菜心……摊主骤然接到大单,手忙脚乱。陈卫洗干净手,推开摊主自己动手,很快摆满了一桌子。早点摊主早已经被陈卫的手艺折服,在一旁打着下手,嘴里唠叨着:"好靓!好靓!"

陈立夏下来了,看到陈卫,小跑着赶过来。陈卫手上还在忙着,他示意了一下插在裤袋的报纸,让陈立夏拿出来,陈立夏一眼就看到了报纸上巨大的寻人启事,惊呆了。陈卫做完最后一个点心,推着妹妹坐在桌前:"好运连连到,哥哥在找我们!"

陈立夏翻看报纸。

"是老谭一大早就拿给我的。快吃吧,吃完去找哥哥。"

陈立夏看着寻人启事:"真是大哥啊!他用的是我们以前的名字,大哥在药房工作的?他怎么干了这一行?"

"你怎么唱了大戏?我怎么当厨师了?从船上跳下来,我们的命都由不得自己了。不知道你喜欢什么口味,我多搞了几种。"

他突然想起来,从裤子口袋里掏出一瓶荷兰水:"这个我记得,你小时候最爱喝。"

陈立夏接过来,看着这个熟悉又陌生的哥哥。

"快吃啊,吃不了的打包给你那个师姐,她跟你一起住?"

"不是,昨天太晚了她不敢回去见师父,在我这里躲一躲。我吃不下,我们现在就去找大哥吧。"

陈卫吞下嘴里的东西:"好。"

身后却传来一个声音:"不好!"陈家兄妹诧异地回头,看到骑楼廊柱下阴影里站着的何姑。

陈山河和徐联仲老爷子在南禄药坊里指指点点着:"这一片也划给我,再上两套设备,配够人手啊,老爷子你也真是,连装瓶的人手都不足,这耽误的都是钱啊。"

"谁叫你不早说的。"

"现在说也不晚吧?这场面你们都看见了,南禄药坊的生意没这么红火过吧?"

徐联仲不服气地哼了一声,陈山河目光扫过大门处,廖四六的手下靠在门口,远远地打量着陈山河。

"徐老板还没回来,你帮他把事儿担起来吧,找几个药方,配上西药,止咳的、退烧的、清肺的……"

"我搞不懂西药那一套。"

"我懂！"陈山河俯身抱起两个药箱子，"我出去送货，顺便打听一下还有什么药值得搞。"

陈山河坐在黄包车上一路跑着，身后另一辆黄包车上，廖四六的手下跟着陈山河。黄包车在一家小药房前停下，陈山河提着药箱要进去，又转身走到后面的黄包车上："兄弟，跟我一早上了，进去喝杯茶吧？"

特务矜持地扭过头去。

"那我快去快回。"陈山河走进那间药房，何姑迎上来："他们在后面，我守在这儿。"

陈山河点点头，丢下药箱子，向药房后面走去，曲曲折折拐来拐去进了后堂，他走得很急，因为真的心焦，后堂是当作仓库用的，周围都是药架子，陈卫和陈立夏正焦急等待着。

陈卫激动地："大哥？"

陈立夏的眼圈红了起来。

不料陈山河却没有回应他们，反而径直走到后门，推门观察地形，随即退了回来："如果前面有人冲过来，你们从这里走，蒙上脸走。"

陈卫和陈立夏都有些发蒙，陈山河认真看着弟弟妹妹，突然伸出双臂把他们抱在怀里，这一刻他真情流露："能找到你们太好了，我到处找你们，好多年！以后我会保护你们，再也不分开了。"

"大哥，真的有人要杀我们？"

"就守在前门。"

"那叫警察抓他们。"

"他们就是警察！我们的仇人就是警察，我报仇失手了。"

"到底怎么回事啊？"

"报上的寻人启事不是我发的，他们想把你们找出来一起杀掉，我们三个团聚的事必须保密。"

陈家三兄妹的保密工作做得不错，廖四六向邝庆奎报告时，压根就没有觉察，他也没那个心思，邝庆奎高升为警察局长了，他盯上了空出来的特侦队的位置。

"要跟小日本打仗了，临危受命，没什么值得恭喜的。"

"咱们又不怕打仗，升官总是好事嘛，日本炸弹丢得好，炸出个锦绣前程来。"

"胡说八道，这种言论别出去说。"

"是。你什么时候搬到兰局长那屋去？"

"不动了，习惯了。寻人启事有结果吗？"

"我的人日夜盯着他，没见有外人找他。"

"再等几天，不行就弄死算了。"

"不斩草除根了？"

"要对付日本人了，再牵扯精力就是因私废公了。"

"好嘞，到时候我亲手弄死他。奎哥，你高升了，特侦队这个位子……"

"我先兼着吧。头绪太多，没时间跟别人交接。"

廖四六强忍着失望："哦，是。"

8

陈卫带着陈立夏走在污水横流的后巷："大哥让咱们谁都不能说，他太谨慎了！"

陈立夏踮着脚尖躲避污水："我可以不告诉干爹，也可以不告诉我师父，但肯定要告诉我师哥，这些年他就是我最亲的人。"

"不会是妹夫吧？我可还没有给你找嫂子哪！"

陈立夏没否认也没肯定："那你就快点找个嫂子啊。"

陈卫带着她来到广州大酒家厨房的后门外："我们平常都在这里吃饭，厨师轮流做，我还欠大家一顿饭哪……"

他拉开门，嘈杂的声浪扑面而出，陈卫拉住陈立夏的手："走，带你见见我的师长朋友。"

"大哥不是说……"

"没事儿。"

正是最热闹的时候，后厨一如既往地嘈杂繁忙，麦啸文指挥着各个部门，一眼看到了后门走进来的陈卫和陈立夏："你小子还知道回来啊！"

"麦哥，这是我妹妹，我找到妹妹了，立夏，这是麦哥，我们后厨的打荷王，对我挺照顾的。"

"谢谢麦哥照顾我哥哥。"

麦啸文吃惊道："恭喜你啊。"

"等我摆酒！"

"什么时候回来？三灶一直给你留着哪！"

陈卫看向那一排灶台，果然第三位的灶台空着。

陈卫抱抱拳："我先带妹妹去见见黄师傅。"

麦啸文远远看着他拉着妹妹向黄祁全走去，一路上经过了油鸡大佬和点心小案千手陈，分别跟他们介绍着陈立夏，陈立夏乖巧地鞠躬打招呼。陈卫拉着妹妹来到背身炒菜的黄祁全面前说着什么，黄祁全也高兴地拍着他的肩头，指向外面，意思是让他们先去外面大厅里坐。

陈立夏跟着陈卫走进大厅，认出了这里："这家店很好吃，我们以前常来，我爱吃他们的烩瓜皮虾、雀肉鹿麋、榄仁蟹肉烩鲜莲和鲮鱼面……"

"我都会做，等以后我做给你吃，今天先尝尝黄师傅的手艺。"

"刚才那位黄师傅？"

"对，我们的头镬，他肯定亲手给你做几样菜。"

他们在一处空座上落座："过几天我再办桌席请请大家，正式把你介绍给他们。"

"大哥说咱们别太张扬。"

"不算张扬，传不到外人耳朵里。"

"黄师傅是你师父？那谭老师呢？"

陈卫想起什么来，从随身的背包里拿出林北江的X光照片："这才是我的授业恩师，要没有他，我早就死了。"

陈立夏好奇地看着这张照片。

"他后来生了病，肺痨，你看他的肺上都是洞，现在应该已经离世了。"

陈立夏向照片拜了拜："林师傅你好，我是陈立夏，谢谢你养育了我哥哥。"

"老谭你见过了，跟我不打不相识，现在是合作伙伴。这家伙可不是好人，以前干了不少坏事，我跟他狠狠斗过一场，还为他砍了一根脚指头。"

陈立夏大吃一惊："啊？哪里？为什么？"

陈卫得意地跷起脚："一根脚指头换来尊严，哥不吃亏！"

"我看看！哪根脚指头？二哥你怎么回事啊。"

兄妹俩在生意兴隆的酒家里絮絮叨叨地聊着天。

陈立夏也带着陈卫去见自己的师父，他们兄妹心思一样，都想要得到自己最亲的人的祝福。他们走在天台的游乐场里，陈卫拉着陈立夏，在哈哈镜前照着自己，哈哈大笑。

陈立夏说："阮飞舟说，我们兄妹通过这出戏相认，是个好噱头，能帮助这出戏火爆起来，就会有更多戏院来邀请。"

"那跟我们做菜是一样的，能讲出个故事的菜仿佛就更好吃一些。"

"我师父就不信这些，她喜欢遵循规矩，一点新意都不想尝试。昨天我不是唱了《大刀进行曲》吗，她马上就走了。"

"你怕你师父吗？"

"我？从来都不怕她。别人都怕，就我不怕。"

陈立夏带着陈卫悄悄走进剧院，陈冶冰正在练功唱戏。

"我师父啊，她就相信嗓子，不信我那些奇技淫巧。"她的声音不大不小，刚好让陈冶冰唱不下去。陈立夏向陈冶冰介绍了陈卫，陈冶冰审视着陈卫。陈卫向陈冶冰鞠躬："陈师父好。谢谢你照顾我妹妹。"

"我没照顾她，她自己活得挺好，我也不是她师父了，她没有跟你说？"

"一日为师终身为……那个母嘛。"

"不必。"

陈冶冰看着吐着舌头浑不当回事的陈立夏，也有些头疼："有了首本戏，得继续演出才行，你有眉目了吗？"

"我师哥在想办法。"

"不要想着投机取巧……不要再叫我师父。"

陈立夏继续："是，陈师父。"

就在弟妹相互拜访亲近之人时，何姑和陈山河在生药铺里商量着以后怎么办，难道永远跟弟妹偷偷摸摸见面？

陈山河说："等精卫杀了邝庆奎和廖四六就好了。"

何姑有些吃惊。

"我在明面上吸引他们注意，精卫找机会报仇，我会安排好一切。"

"你弟弟，能愿意吗？你跟他商量了？"

"父母之仇不共戴天，有什么可商量的？"

"毕竟你们分开十年，经历也不同……"

"我们兄弟俩亲眼看到父母被杀，烙在脑子里一想就疼！血债血偿，仇人血才能浇灭这里面的火苗子。"陈山河指指自己的脑袋。

"以前没听你说过。"

"说了有什么用？这种疼只能自己忍。"他坐到自己的小床上，"我也没出息，偷偷在这张小床上哭过多少次！"

何姑很感性，差点要把陈山河的头抱在胸前，但刚刚伸出手就停了下来，陈山河期待地看着她，狭小的空间里，气氛顿时有些旖旎和尴尬。

"等安顿好弟妹，我就给他们找个好嫂子，早就物色了。以前家里穷，看好了也不敢轻易开口，现在生意做成了，也别急着开新店，你师父等了这么久，不差这几天，还是你的终身大事更重要……"

她眼角余光一闪，陈山河已经走出门去。

摆着算命摊的特务正昏昏欲睡，看到陈山河走出门，一下子来了精神。陈山河却径直向他走来，一屁股坐在他面前的小凳子上，特务莫名其妙，陈山河却沉着脸一言不发。

特务决定打破沉默："你……算命？"

"不算。"

"那你？"

"跟姑姑生气，出来待一会儿。"

特务还是有点难以置信："为什么生气啊？"

"她非要给我找媳妇。"

"好事啊！找媳妇……我还没媳妇哪！"

"你怎么还没有？我给你算算姻缘，伸手……"

特务伸出手，陈山河给人家看着手相："你这……五行有缺呀！"

"缺什么？"

"缺德。你说你这个警察当得，放着日本人的奸细不去抓，放着小偷、流氓、大天二不去管，天天盯着我个正经商人，缺不缺德？"

特务愣了："怎么还翻脸了？"

"跟姑姑吵架了，心情不好，你理解一下。"

两个人大眼瞪小眼。

9

菜艇的灯亮起来，荔枝湾里灯火点点，倒影成双，丝竹与欢笑声隐隐传来。陈卫在灶前炒菜，陈立夏坐在一旁，认真地看着哥哥的背影。陈卫抽空凑过来说："大哥应该能找到吧？我这菜艇还挺有名气的。"

"一定能。"

"你小时候是他的跟屁虫。"

陈立夏反唇相讥："那是你老欺负我……"

陈卫菜炒好了，顺手拿筷子夹起一块什么东西递给她："张嘴。"

陈立夏张嘴吃菜。

"好吃吗?"

陈立夏点头连连。

"你哥哥的手艺可是荔枝湾最好的。"

陈立夏开心地笑起来,第二筷子菜又送了过来,陈立夏吃了菜,再次竖起大拇指,然后端着菜出去了。她把菜交给蝶叔,蝶叔把菜递给一艘小艇,小艇离去,与此同时,黑暗中,一只小艇靠过来了。

小艇中传来陈山河的声音:"精卫。"

陈立夏高兴地跳起来:"大哥!"黑暗中传来陈山河严厉的嘘声。

转眼间,陈山河已经进了菜艇里面,三兄妹手拉着手。

"咱们三个说说话。"

"大哥,我打听了一下,你的生意做得好大啊。"

"你打听我干什么?小心别人多想。"

"他们听说你是我大哥,都很替我高兴。"

陈山河厉声:"他们?谁?你告诉谁了?不是让你们保密吗?"

陈立夏被噎住,陈卫看不过去:"大哥,你也太那个什么了吧?这是法治社会,哪里有那么多危险。咱们兄妹相认多高兴的事儿啊,让你弄得高兴不起来了!"

"好了,我不能多停留,先说正事,爸爸妈妈的仇,要不要报?"

"要啊!当然要报仇!"

"我也要给爸爸妈妈报仇。哥哥,仇人是谁?"

"你不用知道。"陈山河再次压低声音,"小点声儿!立夏不要参与了,小姑娘别沾一手血,我不方便出面,具体由精卫来实施,只要杀掉仇人,我们就太平了。"

陈立夏和陈卫一下子都安静了。

"杀谁?杀人?"

"就是杀害父母的那两个人,一个是在船上被我扎了一剪子的那个,另一个是他的上司,命令是他下的。"

"你怎么知道?"

"我查了十年!"

"不会搞错吧?"

"他们亲口承认了。"

"那就去法院告他们!朗朗乾坤、青天白日……"

"你大戏看多了吧?哪儿有什么朗朗乾坤!哪儿有什么青天白日!如果有这些,爸爸妈妈还会被杀死吗?你到底想不想报仇?"

陈山河一时哽咽,只余下水波拍打船边的声音,远处的丝竹声,近处的锅铲声,瞬间里离得遥远了。

"他们究竟为什么要杀爸爸妈妈?"

"他们说爸爸妈妈是共产党,那一年国民党杀共产党已经杀疯了,上海、广州、武汉,都在杀!"

"爸爸妈妈怎么会是共产党?他们是大商人!共产党我听说过,他们都穷得很!"

"我也不知道,反正他们找不到爸爸妈妈是共产党的证据,就冒充水匪谢十三动了手,这是他们亲口说的。"

陈立夏压低声音:"我师哥也是共产党,我问问他吧!"

"不要问!不需要答案!什么党也跟咱们没关系,咱们就知道杀人偿命!血亲之仇不共戴天。"

"好,你说怎么杀吧!我也拿了十年菜刀,能杀鸡宰鱼,也能杀人。"

"具体怎么办,我还要再想想,无非就是我来搞些药,你想办法做给他们吃,吃了就死。"

"那二哥……"

"放心,我会周密安排,不连累他,除掉这两个人,我们三兄妹才无愧天地良心,无愧父母养育之恩。"

"一言为定。"

10

金慧荣从陈立夏口里知道了兄妹相认的事儿,也知道了他们父母的事儿,他向上级写了密报,密报上说:"近悉,1927年6月,国民党在佛山杀害的商人陈煜卿夫妇是我党同志,请确认是否属实,杀人者为广东省会公安局特别侦缉队。"

谭耀亨听陈卫说了报仇的事儿,非常震惊:"你疯了?那是杀人!你这一辈子就毁了!"

"是为父母报仇!"

"你哥哥他自己怎么不去?你这到底是不是亲哥哥?这不是害你吗?我跟你说坚决不行啊!我绝不答应。"

"我就是跟你打个招呼,没时间弄新菜了……"

"我说了我绝不允许这种事!你杀了人,你的心还能平静吗?那是一个大活人啊!"

"两个,要杀两个!"

谭耀亨声音都尖厉起来:"绝不行!阿卫,人生很长,这两条性命会让你一辈子不安,你还怎么做菜?怎么心静如水?"

"我杀的鸡和鱼还不少。"

谭耀亨急了:"那能一样吗?我跟你说啊阿卫,我们的新菜宴已经差不多了,各家酒楼反应强烈,这是你事业走向巅峰的时刻,你可别给我毁了!"

"我不该告诉你。"

"你必须告诉我!我是你的老师,我有责任阻止你。"

"你破坏这件事,就是三条人命了。"

谭耀亨愣住,看着一脸平静、人畜无害表情的陈卫,还是很吃惊:"怎么你还想杀我灭口?"

"是我们三兄妹的命。"

"不行啊阿卫……"

"我就想赶紧把这件事了结掉,才能专心做喜欢的事。找到哥哥妹妹是我命里的好事,心里有了牵挂,那两个仇人还会威胁到我的牵挂,所以就杀了吧。"

"你这孩子……你这孩子怎么这么大的杀性啊?"

"杀人偿命,对的呀。"

"不能通过政府吗?我在政府有很硬的关系,我来疏通,让他们受到法律的制裁,我想你父母更愿意看到这样的解决办法。"

陈卫犹豫了一下,谭耀亨加紧了语速:"以前是陈济棠当家,南天王嘛,一手遮天,现在不一样了,广州归南京国民政府管辖了,很多重要部门都换成了南京派来的人,正是为你父母伸张正义的好机会。再说你父母在天之灵,也不希望看到孩子生活在危险中,生活在杀过人的恐惧中,对不对?"

陈卫还在犹豫。

"我也是当父亲的,我女儿森森你也知道,虽然跟着闹学潮被开除,可在我心里,我依旧希望她平安顺遂。如果是我被人杀了,我可不希望森森用这种办法给我报仇。"

"我跟大哥都说好了……"

"我去说服他。一日为师终身为父,我能当你父亲,也能当他父亲。"

陈卫稀里糊涂点着头。

谭耀亨问清楚地址,找到了南禄药坊,在火爆拥挤的销售场面中一眼就认出了陈山河。他大摇大摆地走来,沿途提货的商人给他上着香烟套着近乎。"谢谢,进去谈,进去谈,我不管提货的,有货,一定有货。"

谭耀亨迎了上来,伸手相握。

陈山河说:"拿货就去排队。"

谭耀亨凑近他压低声音:"阿卫不能杀人。"他转身就走,陈山河保持着笑容,快步追了过去。远处一个廖四六的手下百无聊赖坐在黄包车上,目送着陈山河,眼看着他一边解着裤带,一边拐进小巷……看架势也就是去撒个尿。

小巷里，谭耀亨被死死顶在墙上，脖子上压着刀刃，这里其实是两座建筑之间的过道，很窄，且是死路，所以那个特务才没有追过来。

"你是谁？要干什么？"

"我是……"

陈山河的刀锋紧了紧："说假话，死。"

"你跟你弟弟一样杀性太重，难道你们心里没有王法、没有敬畏吗？我是阿卫的老师。你要他杀人，他跟我说了。能不能松开我？喘不过气。"

"继续，你也可以不用喘气了。"

"总之我不同意他去杀人，会毁了他，你们应该通过正当途径，我可以帮忙。"

陈山河一阵烦躁，他现在都有杀掉谭耀亨的打算，谭耀亨也感受到了这一点，因为他的腿开始颤抖。

"别冲动。你们兄妹三个都事业有成，这很不容易了，你有钱，阿卫有手艺，妹妹有艺术，你忍心为了报个仇就毁了这一切？没有不透风的墙，何况死的还是两个重要人物，你们跑得了吗？如果我死在这里，陈卫会知道你杀了我，你们的兄弟情也就完蛋了。"

陈山河不以为然地哼了一声。

"你想想就明白这个道理了，你们小时候一起生活了十年吧，可他跟我们这些师长也生活了十年，从情感上来说，至少也是四六开吧？说不定还是倒四六，所以你不能杀我。"

陈山河松开手。

"还有一个道理，你是哥哥，你不该把风险让弟弟承担。言尽于此，告辞。"

谭耀亨侧着身子向小巷外走去，一路跌跌撞撞扶着墙，没办法，腿软了，他走出巷口，消失不见。陈山河失望地靠在墙上，抬头，只有窄窄的一线蓝天。

11

有何姑打掩护，陈山河再次来到宝华戏院跟弟弟妹妹见面，台上演出正酣，监视陈山河的特务看得如醉如痴。他分了一下神，因为前排的方桌前，陈山河站了起来，跟同座的何姑做了一个喝东西的手势向边门走去，跟一个伙计说了句什么，伙计引着他向后台走去。特务犹豫了一下没有跟过去，依旧专注地看着戏台。

后台一个装满衣服和行头的库房，跟真正的后台还隔着一两道门，有着灯光和候场演员们的说话声。陈卫安静而焦虑地等待着。陈山河被伙计引到这里。

"大哥，小妹的师哥见咱们干什么？是不是想当妹夫？求咱们俩同意？"

陈山河迅速检查各处，发现没有别人："你不想杀人就跟我直说，何必让外人知道？"

陈卫一愣："老谭找你去了？"

"他说得有道理，这件事就算了吧。"

"算了？不报仇了？"

"以后再说吧，君子报仇十年不晚。"

"今年就是第十年。"

"从现在算起吧。"

"哪儿有这么算的？老谭说什么了？"

"他说的，我觉得有道理，所以，算了。"

"他说是找政府的关系！"

"我不愿意，所以就算了，好吗？我说清楚了吗？"

"你说算就算？那也是我的爸爸妈妈，我要给他们报仇。"

"去找政府只会害死我们。"

陈卫不服气。

"求你个事吧？我跟你嫂子……"

陈卫诧异："我有嫂子了？你说何姑？她不是你姑姑吗？"

"我跟她很快会离开广州，大概个把月吧，你要想用老谭的办法，等我走了之后可以吗？能答应吗？看在我们兄弟一场的份儿上。"

"你说话怎么这么别扭。"

"我就当你答应了，好。"

两个人沉默下来，只剩下前面唱戏的声音。

"你是不是觉得我很幼稚？"

"说这个没意思。"

"我觉得有意思！"

"是很幼稚。"

陈卫再次被噎住。

"因为你没有被枪顶过脑袋，是你运气好。"

外面一阵叫好声，随即金慧荣和陈立夏下了场，他们径直来到这里，舞台上又响起乐曲和唱腔。

金慧荣说："五分钟后我们俩还要上场，所以我长话短说，立夏跟你们说过吧？我是共产党。我们俩的大师兄詹银台也是，1927年牺牲在起义中。据组织上了解，他牺牲的地点就在何记生药铺。因此还导致了你师父被军警杀害，组织上一直很内疚，我代表组织上，也代表我们的大师兄詹银台，向你表示歉意。"

三兄妹都愣住，陈山河大吃一惊："不、不，不怪他。"

"怪的是反动军警宪特，是公安局特别侦缉队。下面是我要跟你们三兄妹郑重交代一件事情。"陈家三兄妹都安静下来，只有前面的唱戏声远远传来。

金慧荣哽咽了一下，说："经查，你们的父母陈煜卿、谢大雪，是我党在佛山支部的领导人，1927年6月21日，为掩护广州部分共产党员撤离，被广州市公安局特别侦缉队杀害。陈煜卿、谢大雪同志是革命烈士，是优秀的中国共产党党员，是名垂千古的英雄。他们的牺牲挽救了我党四十六位同志，这些同志现在正战斗在敌人的心脏中，在这里，我受上级党组织委托，向你们三位致以崇高敬礼。"

金慧荣虽然一身戏装,脸上还带着妆,此刻却认真地向他们行了一个军礼,至于为什么是行军礼,大概在战争年代,他们都是同一个战壕的革命同志吧。气氛一时有些凝重,三个孩子都不知道该做何反应。

金慧荣放下手来:"你们的父母牺牲后,组织上派了两名同志去寻找你们,要把你们接到安全的地方抚养长大,但国民党设下了埋伏,两名同志都中枪牺牲了,跟他们同时中枪的还有三个孩子。"

陈山河道:"这事我知道,我亲眼看见了,那三个孩子是他们找来的流浪儿,穿的是我们三个的衣服,就是为了引诱你们的人上当,我也就是从那个时候知道,我谁也不能信任,也不能找人求助。"

外面响起掌声和喝彩声。

金慧荣对陈立夏说:"我们得上台了,你还好吗?"

陈立夏已经哭花了妆。

金慧荣说:"我先上去撑一下,你尽快来。"

金慧荣再次向陈氏三兄妹敬个礼,转身一溜小跑上了台,音乐和唱腔再次响起。

陈立夏强忍悲伤整理着妆容。

陈山河长长出了一口气:"原来爸爸妈妈,是英雄啊。"

陈卫眼睛红了:"哥,什么也别说了,咱们什么时候报仇?"

陈山河沉默片刻:"不报仇了。"

"为什么?你还在怪我?"

"打不过,国民党打共产党,天大的事,咱们别掺和。"

"那两个人是谁?告诉我名字!"

"现在可不能告诉你了,免得你去送死。"

"我要知道!"

"把我当哥哥就别问。"

"那不当哥哥呢?"

"萍水相逢，我为什么要告诉你？"

陈卫郁闷地大喊一声。

散场了，陈山河带着何姑跟随观众出了戏院，有数的几辆黄包车迅速被人叫走。

"走走吧？这儿叫不到车。"

"好。看第二遍了还是很感动，你妹妹……"

陈山河警觉地说："嘘……"

"小红棉演得更好了。"

陈山河带着她走向人少的地方："何姑，跟你说件事。"

"叫姑姑！越来越不像话了。"

"姑姑，我想娶你。"

何姑被吓了一跳，差点崴了脚，陈山河连忙扶住她，被她挣脱开。

"你知道你在说什么吗？我是你姑姑！"

"属虎，比我大七岁。"

"那也是姑姑！辈分在这里哪！"

"我今天心里很乱，好像有些话再不说就来不及了。"

"那也不该说这种疯话！你让我怎么做人？"

"我刚刚知道，我的父母是共产党，还记得死在咱家的那个戏子吗？他也是共产党，共产党干的事就是提着脑袋的，我不会在乎什么辈分！我就是要娶你，娶定了！"

何姑被噎住："你……你……我回家揍扁你！"

"你揍吧！你……"

雪亮的车灯划过，随即一辆车疾驰过来停在他面前，廖四六和两个特务下了车。

陈山河猛然一推何姑："快跑。"

何姑倒在地上，陈山河被廖四六等人一顿暴打，拖上了轿车，车猛然启动，加速开进黑暗中。

第十章

1

轿车开得飞快,陈山河左右都被手枪顶住,廖四六边开车边扭头狂笑着:"奎哥是好人,说一定要拉你到兄弟们的坟前毙喽,一是给兄弟们个交代,二是让你不寂寞。"

"你们也太没耐心了!是不是派人盯着我太费钱了?我出车马费啊。"

"你个仆街,有钱了不起吗?"

"大部分时间是的。但是现在这时候,不行。"

"知道就好。"

"所以有钱就要及时行乐,别钱没花完人先死了,亏!"

廖四六得意大笑:"那兄弟们帮你花呗。"

"你们拿不到。"车里一下子安静下来,"股权我分给宋石莲和徐南禄了,我姑姑那份由怡和洋行的洋人大班代持,你们拿不到,货也一样,没运出门就已经卖了,你们也不能硬抢。至于钱,我每天收到就藏起来了,藏在哪里只有我知道,你们别指望了。"

路灯把车内的廖四六照得一阵明一阵暗,后座上的陈山河闭目养神。

廖四六突然开口:"有多少钱?"

"四百多根小黄鱼。"

"你吹牛!你搞这个生意才多久?"

"六哥，当警察你在行，做生意你算个屁。懂什么叫一本万利吗？懂什么叫日进斗金吗？我穷怕了，有钱就换成金条藏起来。"

"藏在哪里？"

"六哥，保命的钱哪，你猜我能说吗？"

廖四六似乎下了决心，他靠边停了车："你们俩，下车。"

两个手下迟疑着："廖哥，这……"

"废话！下车！"

两个手下分别下了车，廖四六打开车窗吩咐他们："过来。"

两个手下凑到车窗前，陈山河已经堵住了耳朵，黑暗中亮起两次枪火。

廖四六沉着脸开车继续前行，黑暗中的广州，亮着车灯的汽车疾驰而过。车灯的亮光照亮了南禄药坊的招牌，停下车。

廖四六问："在这里？"

"招牌下面第二块砖，能抽出来。"

"你跟我下车。"

他们打开车门下了车，在车灯亮光里走向大门，两个人在招牌下忙活了片刻，拿着一包东西回到车上，廖四六打开手里沉甸甸的布包，里面是十根金条。

陈山河说："中央造币厂足金金条。"

廖四六难以置信："你就这么放在外面？"

"最危险的地方最安全，谁能想得到呢？"

"其他的在哪里？"

"各种你想不到的地方，还有五包，保我五年性命，怎么样？"

"五年之后呢？"

"我会更有钱，接着续命呗。"

廖四六在犹豫，接着问："你什么时候换成金条的？我的人天天盯着你……"

"我朋友多呀，有宋石莲手里的赃货，也有分销商的贿赂，很容易。"

"我怎么知道你还有？"

"人都杀了你才想起来问？"

"仆街！我信不过你。"

"你要的不过是钱，我要的可是命啊，我比你更想做成这笔生意，每年除夕跟你说一个藏钱的地方。"

"行，我不怕你毁约，你敢骗我就去杀你姑姑，她可跑不了吧？"

廖四六倒车，重新开进黑暗中。

在警察局报完案的何姑没有等到结果，被打发回来，她走进生药铺，心力交瘁，一屁股瘫坐在货架前，在黑暗中呜咽哭起来。这间屋子里到处都有陈山河的影子，陈山河在挑水、在安装水喉、在整理药材、在耍宝、在吃饭……外面传来滴水声，何姑起身，举着油灯去关水喉。她掀开了水喉上的广绣盖子，突然愣住。她迅速起身，提着油灯回了房间，回身关好了门。

手心里是一张陈山河留下的纸条，写着："何姑，你能看到这封信，也意味着我出事了，我判断仇人近期会对我下手，所以做了一些准备。你见信后按我要求来做，不要把我弟妹卷进来。我是大哥，该我来挑起这个家，挑起复仇的担子，承担所有的危险，弟妹就让他们各自安稳成长吧。万幸我没有把仇人是谁告诉他们。"

何姑捂住嘴哭着，继续看："何姑，我是真的想娶你，我拼命努力，不择手段地挣钱，要开何记大药房，一是为你的未来做打算，二是给我师父做一个证明，告诉他我要娶你。我会一辈子对你好，让师父放心。但我也是个危险的人，我要干的事很可能会丢了性命，如果这次侥幸不死，我会到佛山落脚，那家水果店是我父母最早的生意，我会在这里找寻他们的足迹，找寻活着的意义。你如果愿意做我的妻子，就来找我，如果不愿意，就不要出现在我面前了，缘分终究有深浅，我认命。"

何姑哭得更厉害了。

廖四六把车停在广州城外的小路上，他和陈山河站在车头的灯光中。廖四六拿着手枪在自己身上各处比画着，最后选中了大腿准备给自己一枪，但迟迟下不去手。

"要不我帮你？"

"滚！我怕你一枪打死我。"

廖四六举枪对着陈山河。

"打我几下，用你那个咏春，要打出印儿来。"

陈山河动如脱兔一般出手就打，并指如钩，在廖四六身上一路打下来，打得他转眼跪倒在地，但手里的枪一直对着陈山河。

"脸上再来两下。"

陈山河打了两次，廖四六抹抹嘴角的血，痛苦地号叫："你个仆街！"

"不用点力气，别人不相信。我可以走了吗？"

"你不能再回来了。"

"当然。"

"也不能抛头露面。"

"肯定是啊！"

"你去哪里落脚？"

"我现在怎么会知道，走着看喽。安顿下来我会接我姑姑过去，你不就知道了？"

"滚吧。你是个妖孽！"

陈山河拱手："山高水长，一别两宽。"他转身走进黑暗中。

廖四六神情挣扎，握着枪的手也痉挛着，他声音沙哑地嘶喊着："妖孽！妖孽！能活是你运气，死了算我没财运！"

陈山河马上跑了起来，廖四六已经举枪扣动扳机，倾泻着子弹，陈山河肩部中枪，踉跄着跑了几步，彻底没入黑暗。廖四六的左轮枪已经打空了，还在扣动扳机，空转着咔咔作响。

夜半时分，廖四六回到了警察局，他受了伤，走得很痛苦，满头大汗，脸上带着血迹和灰尘，他来到邝庆奎的办公室门前，敲门喊报告。

邝庆奎让廖四六脱光了膀子，身上有一连串明显的伤痕。警察局的医生给他涂抹着药，暗中向邝庆奎点点头。医生离开后，邝庆奎问道："法医说，那两个兄弟死在三个小时之前，这段时间你在干什么？"

"他抢了枪，杀了两个兄弟，挟持了我到处乱转。"

"转什么？跟什么人有接触？"

"没有人，他去了个地方，拿到一些钱……"

"什么地方？"

"南禄药坊大门外，他从招牌下拿了一包金条。"

邝庆奎也觉得匪夷所思："在外面？不是南禄药坊里面？"

"就在外面，大门口的招牌，他掀起招牌掏了掏，就掏出来了，我听那声音，知道是金条。"

"那时候你在干什么？"

"我被他用枪指着头。"

"再之后呢？"

"他让我开车送他出广州，我寻找机会跟他搏斗，他打了我，但我抢到了枪，开枪打中了他。"

"没有打死？"

"当时我浑身都疼，手抖，但他肯定是受伤了，地上有血，现在说不定已经死了。"

"我会派人去查实的，如果发现不符之处……"

"我甘愿受党纪国法处分。"

邝庆奎摸着桌上的獬豸雕像，说："我亲手砸死你。"

仿佛是为了配合这句狠话，外面传来一连串轰炸声，屋里震得尘土落下，灯泡忽明忽暗，一名警察打开门，催促他们去防空洞。

街上远远近近都有爆炸和火光。更遥远的夜空中，防空炮和防空机枪的不同的曳光弹打向天空。救护队员在街上奔跑，担着的担架上躺着伤员。另一队是陈李济大药房的救火水柜，跟担架队伍交错而过。

邝庆奎和廖四六出现在街头，他们身后的警察们散开，到各处维持秩序。

邝庆奎说:"城西军火库被轰炸了!有奸细给日本飞机指引目标,必须抓出来。国事危难如此,还要为些许私人恩怨操心,真是不值得。"

"奎哥你骂我吧,怪我没杀掉他。"

"明天在报纸上通缉他,写明白他畏罪潜逃,罪名嘛,就说是日本人的奸细。"

"是。"

2

谭耀亨家漂亮的满洲窗玻璃上,布满了用胶布贴的米字格图案,这是为了防止震动震破玻璃。谭耀亨踩着凳子,站在高高的玻璃窗前,挥舞锤子钉着床单。外面趟栊门响了,陈卫走进来。

"你小子也不早点到,看我一早晨干了多少活!"

陈卫没有回应他。

"桌上,手电筒蒙好蓝布了,你拿一个,防空不是小问题,一点点亮光都让你吃炸弹。"

陈卫还是没有回答。

"听说晚上要戒严宵禁,未必用得着。"

他砸完最后一根钉子,从凳子上下来:"也不说扶我一把,不尊老!"他看出陈卫的异样来,问:"你怎么了?"

陈卫把报纸丢在桌上:"报纸上说,我哥是日本奸细,给日本轰炸打目标。"

"这不是放屁吗?我看看哪家报纸,找他们主编!"

"今天所有的报纸,都说他昨晚畏罪潜逃了。"

"别理他们!你大哥怎么说?"

陈卫抬头疑惑地说:"不在家,大门落锁。我又去了南禄药坊,也不在,倒是有一堆警察,连他们的招牌都卸了。"

"别着急。"

"你不会把我哥出卖了吧?"

谭耀亨一愣,随即没好气地说:"你有这个想象力,不如想想高汤怎么调更好!"

"昨天我哥说……"

"他说什么了?"

"算了,不跟你说了。我今天不弄了,去看看我妹妹。"

"也行,我出去找找关系,打听一下你哥哥的事。"

陈立夏从戏院门口的报童手里抢了一堆报纸,怒气冲冲回了戏院。金慧荣后面拦住一群激愤的报童,给他们塞上钱打发走,沿途还安抚着看热闹的众人,喊着:"没事,没事。"他跑到陈立夏身边说:"你想让大家都知道啊?"

"我大哥不可能是奸细。"

金慧荣捂住她的嘴,拉着她坐在戏台边上:"你先冷静下来,国民党的报纸,我是从来不信的。"

"我去找阮飞舟,让他……"

"他失踪了!失踪好几天了,可能是轰炸的时候被炸死了。"

"啊?"

"我托了几个朋友找他,目前还活不见人、死不见尸。"

"那怎么办?他不会有事吧?"

"日本飞机这些日子天天轰炸,已经死伤上千人了。这就是战乱啊,每个人都命若琴弦。"

陈立夏沉默片刻:"我要去找大哥。"

"别急。"

"我就要急!"

金慧荣犹豫了一下,说:"他不在家。早上一看到报纸,我就安排人去找他了,门锁着,他和何姑都不在。"

"我大哥去哪里了？"

"不知道，我们也在调查，如果……"

"我大哥不可能是汉奸，你再这么说，我跟你割袍断义。"

"他是烈士的孩子，当然我们不希望他是汉奸。"

"他不可能是。"

金慧荣突然轻声问："为什么？就凭他是你大哥，凭你们有血缘关系吗？性格人品是会改变的，你们分开十年，谁知道他经历的是什么？"

"我要割袍断义了！"

"我昨天在他面前暴露了身份，如果他是坏人，有危险的是我。"

"我大哥不是坏人。"

"其实从组织上的审查来看，他也说不上是好人。他跟大天二合作走私西药，势力遍布三教九流，跟他合作的人，很多都是坏人。"

"我大哥做的是发冷丸。"

"发冷丸的主药是走私来的。"

陈立夏跳下戏台往外走。

"你干什么去？"

"找二哥，我不想跟你说话。"陈立夏跑了出去。

3

邝庆奎把廖四六和其他几个警察叫来开会。一名警察在广州城区地图上比画着说："日本飞机轰炸的范围遍布整个城区，大量是平民居住区，违反国际公约……"

邝庆奎说："别扯这些没用的。"

廖四六说："是，给日本飞机打信号的，集中在造船厂、军火库、军营、火车站附近。这里人烟较少，所以我们还没有抓到过人，但现场发现过信号设备，早期有长程手电筒，近期越来越多的是一种简易火箭，样式统一，我们怀疑奸细是有组织的。"

另一名警察插嘴："怀疑对象是沙面的日本领事馆，已经派人暗中盯着出入沙面的通道，但目前还没有收获。"

邝庆奎问："让你们查的陈山河，有什么进展？"

廖四六神色微微一动，说："报纸上披露说他是奸细，但我们并没有查到证据，而且他人已失踪，失去了调查方向。"

邝庆奎问："他的巨额财产哪？不值得调查？"

廖四六答道："他的产业实则跟他一点关系都没有，何记生药铺是他姑姑的，南禄药坊的发冷丸是徐南禄和他姑姑的，还有一些暗股，但都跟他没关系。"

邝庆奎说："没有关系就更说明有问题。"

廖四六说："是，但是徐南禄带队去北方做战地救护，获得很大的成功，省府和市府都要给他授勋，现在调查他的产业……"

"我们特侦队什么时候畏首畏尾了？"

警察们用沉默表示态度。

"徐南禄快回来了吧？"

"明天到。"

"好，明天给他搞个欢迎仪式。"

第二天，凯旋的卡车穿行在街道，车前车后都是欢呼的人群，有人往车厢丢着鲜花。徐南禄和一众救护队员风尘仆仆，衣服旧了，脸黑了，有人还扎着绷带，但个个都自豪地笑着，向迎接的人挥着手。

南禄药坊门前照旧聚集了很多人，大门却紧闭着。卡车在人群后停下，徐南禄下车跟大家告别："回去洗澡换衣服，晚上省政府设宴。"

人群突然爆发出口号声："打倒日本奸细！日本奸细滚出来！打倒陈山河！打倒日本奸细陈山河！"

徐南禄难以置信，眼看着一堆臭鸡蛋、死鱼砸在大门上。

4

还是佛山那一间半敞开的水果店，倒了几道手之后，陈山河成了新的主人。他倒在躺椅上看着报纸，肩膀上的绷带还隐约透着血迹。报纸上是通缉他这个日本奸细的新闻。陈山河丢下报纸，不急不恼地给自己沏茶——面前摆着一套潮汕工夫茶的小茶壶小茶杯。

两个地痞大摇大摆地走进来，随手抓起水果边吃边乱丢着。

地痞说："潮州佬，想清楚了吗？你也打听过了吧？全佛山水果店都进我大哥的货！"

"真是聒噪啊！"

地痞没听懂："你说什么？"

陈山河操着似是而非的方言："我说，约你大哥来饮茶啦，我们潮汕的功夫茶超好的。"

"你让我大哥来，我大哥就得来啊？"

"这么大的生意当然要当面谈喽，可是我身上有伤嘛。你大哥不要钱，就不要来啦。"

地痞对视一眼，转身离去，陈山河懒洋洋躺下，阳光正好，周围的水果颜色亮丽，周围很安静，遥远的街巷里传来木屐走过的声音。陈山河低声叹息："何姑啊！"

何姑此刻一脸焦虑地踏上了佛山街头，她挂着一个大包袱，提着一个大提箱，竟然是一副阖家搬迁的模样。她沿着青石板街道走去，两侧烟火气十足的小店里传来各种声音，有一架留声机播放着情歌，好巧不巧的，还是那一首《平湖秋月》。

何姑耳边再次响起陈山河在信中说的话，但这一次是何姑自己的声音，因为这段话，她已经背得熟极而流："你如果愿意做我的妻子，就来找我，如果不愿意，就不要出现在我面前了，缘分终究有深浅，我认命。"何姑目光坚定。

身后传来一阵嚣张的吆喝声,何姑躲到路边,看到一群地痞提着刀和棍棒,横行霸道地走了过去。

地痞们涌进了水果店,陈山河镇静地倒着茶,茶水冉冉冒着热气,他一点都没有把对面的地痞放在眼里。地痞头子显露着胳膊上的刺青,说:"潮州佬,我不是来喝茶的。"

"其实我不是潮州人,我是佛山本地人,禅城老乡。我父母是外地人,来佛山后开了这家水果店,我三四岁的时候吧,经常来店里玩,后来父母生意做大了,就不怎么来了。"

"谁开店,也得进我的货。"

"好说、好说,你来看这个记号。"

他吃力地起身,蹲到门边,指着墙壁半米高位置上的几道浅浅的痕迹。

"有点模糊了,但是还能看,你能看清楚吗?"

地痞头子一动不动:"我看个鬼哦!"

陈山河盯着那几道浅浅的横线:"是我爸爸亲手画上去的,我的身高,这一道是我弟弟的,那时候小妹妹还没有出生,真是……有个词怎么说的?恍如隔世、恍如隔世,可不就是让你看了鬼啦。"

地痞头子不耐烦:"你个仆街……"话音未落陈山河竟然扑了过来,手里不知道何时拿到的一柄小刀,迅疾如风,飞速捅着地痞头子,地痞头子表情惊恐、痛苦,旁边的小弟们吓傻了。陈山河把刀顶在他脖子上蹦蹦跳动的血管上,在他耳边低声说着:"炮制中药最难的是切削药材,尤其是鹿茸,必须下刀极快,否则损失就是千金万金,我这刀法是切药练出来的,还入得法眼吗?"

地痞头子也是个狠人,怒不可遏地招呼小弟:"给我弄死他!"

何姑正好赶到,看到这一幕的她猛然举起西瓜砸在地痞头上,把他砸傻了。何姑顺手拿起旁边的西瓜刀,举着,准备拼命的样子。

陈山河看到何姑,一把将地痞头子推向那些还傻站着的小弟:"行了,回去洗洗脸吧。怎么,等着吃饭哪?滚!"

地痞头子的小弟们架着地痞头子离去，何姑手里还举着西瓜刀，陈山河笑了下。二人四目相对，眼中似有千言万语。

陈山河说："来了？"

何姑说："来了。"

"不走了？"

"不走了。"

5

附近的粤海关大楼，报时钟的乐曲响起来。徐南禄等在码头前的入口处，宋石莲快步走了出来："徐老板！不，徐英雄，请受小弟一拜。"

"行啦！行啦！陈山河是怎么回事？他去哪儿了？谁在给他泼脏水？"

"不知道。"

"你不知道？那生意不做了？钱不赚了？"

"奎宁用光了吗？山河说还够用十天的。"

"他什么时候说的？发冷丸产量每天都不同，他怎么判断还够十天？你不说实话，这门生意我就不做了。"

宋石莲苦笑："徐老板，你是做正经生意的，山河不想拖累你！"

"狗屁！老子从小就想闯江湖，怎么？江湖你们去得我去不得？我还上过战场见过漫山遍野的死人，你们见过吗？"

"你是徐英雄，我们不敢跟你争。"

"那就说实话。"

"我这几天准备带一帮兄弟去佛山，当地做水果生意的大天二不守规矩，我们去抢了这门生意。"

"那正好，我跟你们一起去，正好借你们帮我搬一搬书。"

陈立夏家楼下的早点摊子，陈卫又亲自动手做了一桌子早餐。骑楼下悠长的走廊，早点摊子上冒着白色的蒸汽，陈立夏穿着木屐噼里啪啦地跑下来。

"没睡好？"

"梦见大哥了。"

"妹夫有什么线索吗？"

陈立夏气哼哼地说："别叫他妹夫，他就是我师哥。"

"怎么？闹别扭了？"

"他说大哥不是好人，我不理他了。"

"他是在帮的人……"

"那不叫在帮！"

"对、对，在党、在党，有组织的人，他们找线索更方便，大哥的下落，恐怕还得着落在他身上。"

"以前没找到你们俩，我以为这辈子只和戏台上的今人古人过下去就行了，可现在就觉得日子不一样了，不孤单了。大哥不见了，我就难受得受不了。"

"大哥有没有跟你说过，咱们的仇人到底是谁？"

"没有。"

"我担心他是要甩开我们自己去报仇。"

"不是说好了一起报仇吗？"

"都怪我那天犹豫了一下……可他就生气了。"

陈立夏看着陈卫。

"我很怕他自己去报仇！那我要后悔一辈子了。"

"我去问师哥。"

6

警察局里又是一屋子人在开会，邝庆奎在发脾气："说国共合作你们就真相信了？红军改成国民革命军，就跟政府同心同德了吗？那是共产党的队伍，拿着枪跟我们打了十年仗的共产党!"

"可是蒋委员长说……"

"这就是我要批评你的,我们这个职业不是普通公务员,我们肩负着重要使命,要建立自己的是非观。"

廖四六张口道:"奎哥……"

"你闭嘴。"

廖四六震惊地闭上嘴,很屈辱。

另一名警察很吃惊:"国共合作,难道是假的?"

"不管真假,我们心里都要清楚,要让共产党为我们所用,但不能让共产党占了我们的便宜。"

警察委屈:"没有啊!"

"还没有?广州城最近来了多少外地人?知识分子!社会名流!里面有没有共产党?你们盯住了吗?越是有影响的越要盯住,大作家茅盾来广州住爱群大酒店,你们谁监督了?夏衍在我们眼皮底下编《救亡日报》,有人盯着吗?"

廖四六又开口:"奎哥……"

"闭嘴!"

廖四六急了:"日本奸细还抓不抓?我有情报你要不要听?"

邝庆奎说:"说。"

"我不知道怎么得罪奎哥你了,整天训斥我……"

邝庆奎把茶杯砸了过来:"给你脸不要是吧?你上个月在恩宁街买宅子花了四根金条,在状元坊钱家老铺做六身西服,在长兴金店买金项链,在先施百货买香水和外国首饰,还把陈塘的妓馆睡了个遍!你个仆街,哪儿来的钱!"

廖四六面无人色,众警察也都低头看着自己面前的桌面,不敢抬头。

"说!"

"我没有什么好解释的。"

"谁要听你解释?我需要听你解释吗?说日本奸细。"

廖四六收拾情绪："是，我拿到驳脚的情报……"

邝庆奎突然打断他："国共合作的机会要抓住，把平常藏在角落里的共产党都找出来，即使不抓也登记在册。"邝庆奎催促廖四六："说啊！"

廖四六说："是。我拿到驳脚情报……"

就在廖四六在邝庆奎面前吃瘪的时候，金慧荣把陈立夏和陈卫约到冰室见面，他给陈立夏拿来一个冰激凌，陈卫拿来的却是荷兰水，金慧荣和陈卫目光碰撞，陈立夏都接了过来。金慧荣看看四周，压低了声音："你们大哥在佛山，受了枪伤但无大碍，他姑姑在照顾他，据说已经住在了一起。"

陈立夏说："他们一直住在一起。"

金慧荣说："这次……不一样。你们大哥是够邪的。"

陈立夏立刻把冰激凌还给他，陈卫连忙打岔："好了，别说这些，他住在哪里？我要去找他。"

"我也去。"

"一起回去看看咱们的家。"

金慧荣说："我最近代表组织接洽国共合作，太忙，我不陪你们去了。你们告诉大哥，他的事应该能解决，不用躲着了。"

"怎么？"

"国共合作了嘛！想杀他的那个人，我可以去做做工作……"

"你知道是谁？"

金慧荣犹豫了一下："具体是谁你们问他，但是我可以做工作，让他安全回来。"

佛山荔枝园里枪声大作，陈山河在练着射击。远处当靶子的汽水瓶应声破裂。宋石莲叫着好，陈山河又打了几枪，走了过来。树下一张小桌，何姑正张罗徐南禄和宋石莲喝茶。

陈山河说："徐老板去打几枪？"

徐南禄骄傲地说:"我在前线打腻了!"

宋石莲和陈山河捧场地笑起来。

徐南禄说:"虽然我也不知道打没打到鬼子!小鬼子,该死啊!"

"他们长什么样儿?我还没见过。"

"人面兽心,而且斯文败类。去年南京沦陷,日本军队一方面大肆屠杀,另一方面还有计划地抢劫医书,我的几位中医朋友都损失惨重。石云轩写信来说,所藏十几部宋版医书被洗劫一空,葛蔚堂损失古医书一百五十五部,卢浦生损失医书八箱,其中包括《保赤要言》一部……"

"所以你把医书都送到佛山,是担心广州守不住?"

"天天轰炸也受不了啊!万一中了炸弹,我死了不要紧,这些书可都是国家的财富啊。"

"放心,我专门挖了地下密室,防水防炸,那些医书不会有损失。"

"你打算一直待在这里了?"

"对啊山河,佛山还是小了点儿,你说的那个水果供货的事,留下一拨兄弟就能把持住了,我们的精力还是要放在广州。"

"广州我肯定要回去,现在还不是时候。"

宋石莲说:"愿闻其详。"

陈山河笑了:"你个粗人整天还咬文嚼字。我回去之日就是报仇之时。"

7

夜晚的广州,大街上已经冷冷清清,但戏院里面依旧灯光明亮,人声鼎沸,喝彩声阵阵。戏台上悬挂着为抗战捐款的横幅,观众席里传递着为抗战募捐的纸盒子,里面塞满了钱,有女观众摘下自己的首饰投进去。演员正好演完一场下了台,韦太平走上戏台:"各位喜爱太平年班的朋友,还有喜欢红棉戏班的朋友们,谢谢你们一直以来的捧场,近日接市政府命令,为了防范日本飞机轰炸,夜晚娱乐活动全面取缔,今天是最后一场演出,跟大家告别,谢谢。"

观众炸了锅，纷纷叫喊："这不是好好的吗！透不出亮光，日本飞机过不来。"

韦太平道："各位、各位，这个问题八和会馆也向市政府提出了咨议，市政府的答复是，为了防范日本奸细指引轰炸！"

观众再次炸锅，纷纷大骂日本奸细。门突然被撞开，军警冲了进来，四下包围，邝庆奎和廖四六走进来。

邝庆奎道："把帘子拉好啊！找死哪？"

廖四六连忙转身把门和帘子都关好，邝庆奎站在入口处："我是省会警察局侦缉队邝庆奎，你们中间有一个日本人的奸细，是你自己滚出来，还是我抓你出来？"

观众席众人面面相觑。

"不要怀有侥幸心理，我知道你的目标就是这所正在募捐的戏院，过一会儿就会出门放火箭，指引轰炸。"一个观众突然跳起来向角门奔去，台上飞来一支花枪，别住他的腿，他摔倒在地，被摁住。邝庆奎向台上丢出花枪的金慧荣拱拱手："身为中国人，却为了私利出卖国家，你是民族败类、国家之耻，按战时条例，就地正法。"

奸细身上搜出了火箭，被押着往外走，观众破口大骂，茶壶水果丢过来，连押送的警察也挨了好几下。一声小号声嘹亮响起，金慧荣吹着一曲《义勇军进行曲》送他们离开。观众集体鼓掌叫好，有人跟着唱起来。

戏院外传来一声清脆枪响，给这首曲子画上句号。

8

佛山的水果店，陈卫和陈立夏蹲在门边，数着墙上的横线。

陈卫说："我怎么一点都想不起来了？"

陈山河说："我也早就忘了，那天坐在这里发呆，太阳光正好落在这里，我就想起来了。"

陈立夏问："为什么没有我的？"

陈山河说："你也是有的，不过不在这里，在咱们的家里。"

陈卫应和道："对，我有印象，小时候爸爸妈妈最喜欢给我们量身高，生怕我们长不大，都在大门口的门框上。"

陈山河说："我来佛山这么久，伤都快好了，但不敢回去看看。"

陈立夏说："大哥是心里的伤没有好。"

陈山河笑笑。

陈卫说："我回去看过，已经住进别的人家了，我花钱请人家把厨房借给我，做了一桌子菜。"

陈立夏诧异道："啊？什么时候？为什么啊？"

陈卫说："这些年一直不敢想佛山，有一天学会做妈姐菜。你们记得吧？咱们家也有妈姐做菜的。我学会之后一下子就想家了，在咱们家的厨房做完那顿饭心里才安定，我的情绪都在我做的菜里。"

陈立夏提议："那我们回去看看吧？大哥？二哥？"

两个哥哥一起摇头。

"为什么？都到佛山了啊！"

陈卫说："等给父母报了仇……"

陈山河说："报仇……"

兄弟俩相视一笑。

陈卫对陈山河说："哥，你出来好几个月了，我们回去报仇吧。"

陈卫回了广州，先去看了一眼谭耀亨，他在钉着一个小木箱，里面塞着炼乳、罐头、火腿、腊肠、陈皮等容易保存的岭南食品。

陈卫吃惊地看着："干什么？老谭你这是……"

谭耀亨笑得合不拢嘴："我女儿来信了，我有她的地址了，我给她寄点吃的东西去。这孩子从小嘴就叼，在北方又水土不服，不知道会吃多少苦！"

"好事啊，寄到哪儿去啊？"他拿起信封，惊得都口吃了，"延……延安？延安不是那个……的地盘吗？"

谭耀亨骄傲地说："我女儿，怎么样？厉害吧？"

陈卫不以为然地笑笑，说出了自己的计划。为了给未来的新菜宴打广告，他建议把这一桌席的收入捐赠给警察局，邀请邝庆奎作为警察局的代表，出席新菜宴。谭耀亨觉得很有道理，他在警察局有关系，能促成此事。

数日之后，药王庙里，何姑在跪拜药王，烧香磕头，很是虔诚。陈立夏站在旁边好奇地看着神像，她伸手拿起香炉边的信封，看到信封上印着"何记大药房"的字样，下面还有地址和电话，她很吃惊："嫂子，这是你们的大药房？"

何姑说："是啊，这个叫升仙袋，是装香灰用的，在庙里求了药方都要抓一把香灰煮在药里，这叫'服仙药'。"

"店哪天开业？"

"原本想的是明年的药王诞，但你大哥不想等了，明天之后就开业啦。"

"太好了，到时候我去给你唱戏道贺。"她们叽叽喳喳地说着话，大殿深处的隐秘角落里，陈山河和陈卫凑在一起嘀咕着。

陈山河问："确定他能来吗？"

陈卫说："谭耀亨托了很硬的关系，又亲自上门邀请，邝庆奎答应参加了。"

"好。"陈山河把一个小玻璃瓶递给他，"你大大方方地加在邝庆奎的饭菜里就行，单吃它是没有毒的，也没什么特殊味道。"

"加在哪道菜里？明天的新菜宴有十道菜。"

"随便，只要保证他吃下就可以。"

陈卫不解。

"用药还得是中医中药博大精深。吃完这顿饭两个小时内，只要他再喝下另一种药，就死定了。"

"什么药？怎么下？谁给他下？"

"一个拿了我二十根金条的人。"

这个人就是廖四六，这时他正凑到邝庆奎面前说着："奎哥，听说明天有宴席吃？"

"你耳目倒是很灵。"

"听说都是名厨、新菜，带我去开开眼界呗？"

"等你把陈山河的脑袋拿来再说。"

廖四六苦着脸："奎哥，邝局长，我都说了我没收钱放他，那是大罪过，我不可能知法犯法。"

"那你的钱哪儿来的？别说是赌来的，查得到。"

"我积攒下来的。不是靠薪水，反正雁过拔毛。"

"都拔过谁的？"

"谁的都拔过。"他指指桌上带着裂痕的獬豸雕像，"上次发现里面不是纯金的，我又去敲了一笔，买恩宁街的宅子用的就是这笔钱。"

"你知道我平生最恨贪腐。"

"那我也坦白交代，好过被你冤枉我放了陈山河。"

"你是我带出来的老人，我不愿意看你一路沉沦，有一天被我亲手枪毙。"

"我这不是盼着被你拉上岸嘛！奎哥，你是最讲情义的人，不会不拉兄弟一把吧？"

"那明天跟我去吃席。"

廖四六笑着答应。

金慧荣快步走进药王庙，正好看到陪着何姑在散步的陈立夏。

"你哥哥们呢？我有急事找他们。"

何姑指指庙里，陈山河和陈卫正并肩跪在神像前。

陈山河说："药王菩萨，保佑我们兄弟大仇得到，弟子一定终生供奉你。"

陈卫说:"弟子也是,天天给你供美食,弟子做菜很不错,你肯定满意。"

两个人上了香。

金慧荣进来说:"两位哥哥,明天的事取消吧。"

"什么意思?"

"立夏跟我说了,虽然说得不明白,但我知道你们要干什么,你们要杀邝庆奎。"

"在神灵面前说什么生啊死啊的。"

"真的不要杀他,他是国民党这边主张抗战的重要人物,而且抗战热情很高,他死了对抗战是有伤害的,对国共合作的大好局面也有伤害。"

"不懂,我们也不参与你们这些党派什么的。"

"国仇家恨,国仇在前,说明它更重要。你们杀了他倒是快意恩仇了,但是对国家不利啊。这种时候,家恨要让位给国仇啊。"

"你说的都是什么啊?听不懂,我们就是来烧香拜佛,后天我大药房开业,你跟立夏来喝酒啊。"

9

城西的南北杂货行是地下党的联络点,孙掌柜走向东挑西拣的金慧荣,脸上带着招待客人的笑容,嘴里说的却是另外的意思:"属实?"

"是。我得到消息马上去阻止,但陈家兄弟不接受劝告。"

"邝庆奎主张抗日,虽然对国共合作还很抗拒,但我们要团结他,他现在不能死。"

金慧荣拿起一块干鱼肚,举起来向光看着:"我劝他们国仇大于家恨,国难当前要一致对外,虽然我认为邝庆奎应该枪毙。"

孙掌柜凑近了一些,假意举手指点鱼肚:"阻止他们复仇不是要袒护邝庆奎,也是为了保护他们,保护好我们的烈士子女,这件事你要注意分寸。"

"是,我很清楚邝庆奎是个什么人,我更担心陈家兄弟的安全。"

"手头的事情先放一放,你全力处置这件事,不能让邝庆奎死,也不能让他们受到伤害。"

"明天上午我跟邝庆奎一起公审汉奸,我会劝他不参加宴会,争取时间再做陈家兄弟的工作。"

谭耀亨把这次新菜宴当成一辈子的大事来办,此刻在电灯光下用毛笔写着菜单。在他笔端一行行菜的名称被写了下来:雀肉鹿麋、网油蚝脯、红烧大菝翅、鲍鱼猪肚……旁边散放着好几份已经抄好的菜单,正摊开晾干墨迹。

外面响起了刺耳的空袭警报声,随即趟栊门被拉开,谭耀亨手一抖,墨汁污染了菜单。他停下笔,撕掉这一页。陈卫骂骂咧咧地走了进来:"整天炸!整天炸!小日本这么有钱,炸弹用不完的?"

"收收心,你不能再毛躁了。按说你该斋戒沐浴,静心凝神,保证明天全力以赴。"

"斋戒?我?老谭你太紧张这件事了。"

"这不是简单的一顿席,这样的规模,有先例的仅有江太史家宴而已。阿卫,我与有荣焉。"

陈卫敷衍着:"行,行,一定让你有荣。"

屋外的防空警报再次响起,陈卫指指外面:"去防空洞还是随便它了?我钻防空洞钻烦了。"

"听听炸哪儿再说,还有个事跟你商量。"谭耀亨犹豫了一下,"要捐的钱,先把成本扣掉吧?"

"成本不是广州大酒家出吗?"

"我不想让他们出了,全部由我一力承担。"

陈卫没有想到:"为什么啊?食材可不少钱呢,你哪里来的钱?"

"这房子,我押出去了。所以我说先扣掉成本再捐,要不这房子就不是我的了。"

"可是……人家广州大酒家愿意承担费用。"

谭耀亨沉默片刻："你别问了，反正我愿意出这个钱。"

陈卫还要说什么，谭耀亨打断他："行啦，一切都由我来张罗，你就别分心了，你负责把菜做好，明天我请了舞狮，请了唱大戏的，对了，大戏请的是你妹妹的戏班。"

陈卫变了神色："我妹妹？她答应了？"

外面响起了轰炸的声音，灯光也变得忽明忽暗，房顶上扑簌簌地落下尘土。

谭耀亨听听爆炸声："不用去防空洞了，但愿明天不轰炸。"

"你请我妹妹怎么不跟我商量？"

谭耀亨愣了一下："这方方面面的，哪件事你过问了？"

"我出去一下。"陈卫匆忙套上衣服。

谭耀亨吃了一惊："大半夜的！掉炸弹呢！宵禁啦！"

陈卫已经跑了出去，甩出一句话来余音袅袅："我命大。"

轰炸依旧在继续，炸弹爆炸的声音更清晰了，夜色中火光点点，远处的山头和高楼楼顶，探照灯的光柱向着夜空晃来晃去，高射炮和高射机枪用不同的频率射击着，一串串曳光弹在夜空交织。陈卫满头大汗地奔跑着，警察吹着哨子阻止着他："嘿！宵禁！宵禁啦！"陈卫毫不理睬，转眼拐进小巷。

陈山河和何姑在打包行李，陈山河把油灯放在箱子上照亮，隔着棉被的窗户偶尔传来爆炸声，有一颗炸弹声音分外响，震得油灯差点掉下行李箱，陈山河连忙扶住："到了新家就有电灯用了。"

"你非要安电灯！用电不花钱啊？"

"花得起。明天你把这些送到新家去，然后就在那边等我。"

"我给弟弟妹妹都买了新被褥，明晚就能住在新家了。"

"还是你想得细致。明天了结恩仇，我们就带着弟妹安安稳稳过日子。"

门外传来敲打院门的声音，陈山河猛然站起来，把手枪抄在手里。

何姑压低声音："邝庆奎知道你回来了？"

"你别出来。"陈山河出了门去开院门，何姑站在窗口看看，手里紧紧抓着一把不知道从哪里摸来的切药刀。

陈卫压低声音："哥，我。"

陈山河打开了院门，陈卫挤了进来，陈山河向窗口的何姑摆手示意安全。

"谭耀亨请了小妹明天去唱戏捧场，会不会有危险？"

陈山河没有回答，看着远处夜空中不时亮起的爆炸火光和高射炮的曳光弹道。

爆炸声和枪炮声远远传来。

"今晚炸弹都落东山了。"

"大哥，你跟我说实话，还是有点危险吧？万一我们失败了，会不会连累小妹？"

"不会失败，每一步我都算计好了。"

"你就没算到小妹也会去。"

"谭耀亨……"

"他倒是好意，想让小妹赚这个钱。大哥，别让小妹去了吧。"

陈山河点头："她还不知道明天我们要干什么，你用谭耀亨的名义通知她演出取消了，顺便送上违约金，她就不会去了。"

"好办法。真的没有危险？"

"如果出了纰漏，咱们三兄妹都活不成。"

陈卫急了："怎么会出纰漏？你不是都算计好了？"

"所以不会出纰漏，我计算的是人心，人心是有价钱的，我给够了钱。"

"大哥，钱没那么重要！怎么可能换来人心？"

"对好人是换不来的，但是对贪心的人，一两黄金一两心，一两不够我给一斤，一颗心能有多重？"

"人心不知道，猪心八两。"

"我计划的关键，是有人在酒席结束后让邝庆奎喝下第二剂药，这样他没有当场毒发，就没有人怀疑到我们身上，也不会连累广州大酒家。"

"八两黄金那个人？"

"我给了足足二十两，当初买我自己这条命也才用了十两。"

"万一失败了呢？"

陈山河沉默片刻："爸爸以前喝了酒喜欢念诗，有几句他念得最多。"

陈山河的手指摸了摸腰间插着的手枪："银鞍照白马，飒沓如流星，十步杀一人，千里不留行。"有一颗炸弹落到近一些的地方，声音更大，火光冲天，铁血乱世的景象烘托着这句话里的悲壮。

陈卫道："好，我们兄弟俩，拼了。"

10

五花大绑的六个汉奸被推倒在刑场，这个刑场曾用来枪毙谢十三，此刻却到处张贴着惩办汉奸的标语。记者们挤在人群前拍照，被绑的汉奸有男有女、有老有少，穿着各异，神情也各有不同。

邝庆奎一脸漠然地站在树荫下，远远看着廖四六带着手下忙碌着，把六个汉奸踢得跪倒在地，后背上插好写着"汉奸"的牌子。金慧荣站在他身边。

邝庆奎问金慧荣："标语是你们贴的？"

"这是个宣传抗日的机会。"

"你们共产党一向很会抓机会，别在这里撒传单，人多容易出意外。"他的话音未落，人群中已经有人向天空中抛撒传单，又纷纷扬扬落下来，看客们纷纷伸手抓着。

"人够多的话，传单不太会落到地上，也就不容易出意外。"

"这份经验很难得。"

"邝局长客气了，国共两党联合抗日，正该把双方的优势都发挥出来，密切配合。"

"你们的优势我看不到有多大用处，我的优势就在这里。"

邝庆奎向远处的廖四六做了一个手势，廖四六掏出枪来，毫不犹豫地把六个汉奸逐一枪毙，在看客们的惊呼声中，六个汉奸倒在地上。金慧荣猝不及防,很是惋惜:"应该公开宣判一下。"

"你在教我做事?乱世用重典,子弹比标语管用。再自作主张,我可不客气哦。"

"邝局长说话,还真是不客气。"

"我拷打过、抓捕过的人,我还能怎么客气?"

"我觉得邝局长实在没必要抵触国共合作。"

"我尊重联合抗日的大势,但我不需要你们教我做事。而且,在这里只需要一个声音,说得更直白一些,我的声音。"邝庆奎盯着金慧荣,"这算是国共合作的第一次行动吧?值得庆贺,中午正好有个酒席,我借花献佛——"

"那个酒席你能不能不去?"

"为什么不去?人家要把这一席的收入捐给警局,我当然要露个面。"

"现在广州局势复杂,要注意安全。"

"我从警十五年,想刺杀我的人多如牛毛。提起牛毛我想起来了,你来说情的陈家老大陈山河,前天回了广州,躲在何记生药铺,我给你面子,装没看见。广州于我如反掌观纹。几个月前,他还托徐南禄在冼基街置办宅子开药房,现在大概快要开业了,看在国共合作的面子上,他只要自己不来作死,我就允许他苟活。吃酒去。"金慧荣吃惊。

11

谭耀亨把新菜宴摆在了广州大酒家,他检查着餐桌的布置,时而调整一下桌上的碗筷位置,神情专注,倾注着全部热情,每副碗筷前有一个精致的瓷环,套着一张菜单。他俯身在碗筷前,比量着跟桌子对面的碗筷是否呈直线。

黄祁全走向餐桌,拿起其中一个瓷环,拽出菜单来看着。菜单印制得很精美,抬头印着"素手试新厨品菜宴",下面是手写的十二道菜名。

黄祁全说:"餐具不搭调吧?你这是以前十三行出口西洋的瓷器?不如就用我们店里的。"

谭耀亨爱惜地看着瓷器，上面的图案果然与常见的不同，亭台楼阁和侍女人物都是西洋风格。"我爷爷靠这个起家，临死前最怕家道中落，今天这个日子我用这套餐具，算是给他个交代。"

黄祁全嘟囔着："你觉得合适就行。"

谭耀亨犹豫了一下："后厨……"

黄祁全打断他："不可能专为你这一桌席就清空后厨，你有什么怕水台、砧板、打荷看到的，自己藏好。"

"留出砧板和灶头就行，其他的阿卫都准备好了。"

陈卫哼着《步步高》的轻快旋律，在蒸汽弥漫的厨房里准备食材，检查泡发的鱼肚，从煮着骨头、鸡鸭的锅里舀出高汤来过滤，用碎冰块冷藏切好的肉类，在水中雕刻着萝卜，调制着各种酱料，分门别类装进小碗中……空处放着几个大笸箩，垫着冲洗干净的芭蕉叶，一层层码放着准备好的食材，高汤过滤几遍后被倒进大瓮，冒着热气的瓮口被芭蕉叶封住。

林北江的X光照片摆在灶台前。陈卫端着一小碗高汤放在相框前，热气升腾缭绕："师父，你说过你的梦想就是换上新衣服，坐着八抬大轿去别人家整治酒席，我还抬杠说我们家都是用汽车接厨师。今天没汽车也没八抬大轿，我叫了黄包车去做一桌酒席。你尝尝我吊的高汤，跟现在大家用的不一样，老谭从古书里找来的眉目，我给试出来了，真不赖，你尝尝。他们说你是肺痨，活不了多久，现在肯定已经死了，真想让你看看我现在的本事啊。"

他从怀里抽出一张菜单，在灶台下面点燃，举在相框前看着它烧成灰烬："今天除了做菜，我还要干一件大事，成了，天天给你烧香送贡品，没成，咱们师徒也能早点见到面，怎么都不亏。"

陈卫淡然宁静，热汤冷却下来，再无热气，投射进屋里的阳光也在一寸寸慢慢移动。

何记生药铺的灶前，何姑用一根竹杠用力反复压着面团做着竹升面，她神情专注，仿佛把所有的情感都揉进面团中。陈山河坐在她脚下不远处，用一块软布擦拭着一大堆大小不同的钥匙，他在掩饰着紧张和害怕，他掂量着其中最大的一把:"新家的这把有二两重吧?你换条结实腰带。这是老铺的,这是佛山水果铺给徐南禄藏医书的,还有这是汇丰银行保管柜的,跟徐南禄合伙生意的股份契约都在里面,以后你不想经营了,拿出来就能卖掉⋯⋯"

何姑在摔打着面团。

"我妹妹跟她师哥,你觉得怎么样?是个踏实过日子的人吗?女婿算半个儿子,子承父业了,我不是说荔枝生意,咱爸爸妈妈可不是卖荔枝的⋯⋯"

"你闭嘴吧。啰啰唆唆听得人心烦。"

"那我帮你揉面。"

"用不着,你闭上嘴坐着。"

陈山河把钥匙穿在一起,叮当作响地给何姑缠在腰上:"我心里最好的日子,就是现在这样,你做饭我偷懒,闻着烧柴香,等着饭菜熟。可飞机天天来炸,说不定哪天炸弹就落在咱头上了。我不担心杀邝庆奎,不难,难的是天上掉炸弹,这个没办法,这饭菜的味道,这烧柴的声音,这些好日子,随时就能给你轰隆喽。"

他突然深吸一口气:"何姑,答应我一件事。今天不要去广州大酒家,我知道你想去等我,不放心我,我要你答应我,别去。如果我们兄弟失手了,不必收尸,带着钱走得远远的,到没有人认识你的地方再开始想我,最好想一辈子。如果没失手,我带着弟妹去新家吃面条,你多买点面。"何姑猛然丢下面团,转身死死抱住陈山河,把他身上弄得满是飞扬的白面,他们死死地拥抱在一起,激情飞扬。

花篮早早就摆满了广州大酒家的大门外,还挂着一条写着"素手试新菜品鉴拍卖捐赠典礼"的横幅。谭耀亨在检查着横幅,摆正花篮,忙得脚不沾地,一些受邀而来的宾客聚集到门口,有人相互寒暄,有人接受记者采访,两头舞狮在锣鼓声里起舞。狮头掀起的瞬间,人们看到了舞狮者中的陈山河,从陈山河的角度,也能看到人群中的邝庆奎。陈山河借着狮头摇摆的机会,不断观察着周围的情况,把廖四六、麦坤、周少雄等警察的神态看在眼里。

天意楼的倪老板正向鸿星酒家的秦老板介绍自己身边的厨师阿政:"阿

政,来见过鸿星酒家的秦老板。秦老板,这是我天意楼的主厨阿政。"另一侧,记者举着小本本记录着金如酒家主厨莆师傅的话:"我不认为厨师应该搞七搞八地创什么新,厨师厨师,就应该遵照师傅们的指导,老老实实做菜。"

后门打开,陈卫将几个笸箩搬了进来。后厨依旧一片忙碌景象,学徒们在忙着打扫卫生,砧板用菜刀刮出白茬、冲洗水台弄得满地是水,灶台也被学徒们擦得干干净净。学徒丁宝想去帮陈卫搬笸箩,被麦啸文喝止:"丁宝!干什么你!把人家的宝贝碰倒了你赔得起吗?"丁宝连忙缩手。

陈卫说:"不至于,文哥,不至于大声说话。"

"陈卫,你在教我怎么带徒弟吗?"

"没有,没有……"

"那就好,我还以为陈师傅要给我们大家当师父了。"

陈卫笑笑:"文哥,给我的是哪个灶、哪个砧板?"

"你们要保密,我们要避嫌,今天后厨都是你的,我们走。"

麦啸文带着厨师们离去。

"谢啦。"陈卫洗干净手,开始安置半成品的食材。

油鸡大佬和点心小案从各自的位置走出来,跟他打着招呼。

点心小案道:"阿卫,看你的啦!"

陈卫咧嘴一笑,牙齿雪白。

酒家大门外,狮子在邝庆奎等人面前舞动。

谭耀亨说:"各位亲朋好友,谢谢大家来参加这一次素手试新菜品鉴拍卖捐赠典礼,所得收入将会捐赠给广东省会警察局,酬谢他们为保护市民安全、抓捕日本奸细所做的努力。"

众人哗啦啦鼓掌。

谭耀亨说:"请邝局长为狮子点睛吧!"

邝庆奎接过朱砂笔,在狮子眼睛上画了红点,狮头开合之际,金慧荣看到了陈山河的脸。

众人簇拥着邝庆奎走进来,他在留声机前站住脚,揽过金慧荣:"那次飞行集会是用唱片做号令,你现在承认了吧?"

"咱们说过只谈合作,既往不咎。"

"你跟我说戏台上只唱良辰美景奈何天,不管什么良将忠臣家国天下。"

"不管不行啦!国破山河在,没有良将忠臣家国天下,唱不出良辰美景奈何天啦!"

邝庆奎哈哈大笑:"可是这也证明了你们……不,证明了你,爱撒谎,不守法。"

"邝局长也很善于诬陷,还有绑架,知法犯法。"

两人心照不宣地哈哈大笑,邝庆奎搂着金慧荣向宴会厅走去:"走走走,我借花献佛,请你吃席!"他们在一大帮人簇拥下走向宴会厅。金慧荣担心地四处张望,寻找陈山河的影子。

众人进了宴会厅,谭耀亨忙迎上来:"邝局长,请上座。"

邝庆奎拉着金慧荣在主位上坐下:"你们随意,我跟小金好好喝一杯。"

谭耀亨招呼众人:"那就请大家入席吧。"

黄祁全、冼仲隽等人也纷纷响应,东家各自带自家主厨入座,由于临时加了一个金慧荣,谭耀亨迅速地把金慧荣面前的大碗挪开,每个大碗里装着几个小玻璃瓶,碗的外面贴着不同的人名,起着名牌的作用。

倪老板就近坐下,看了眼面前大碗上的名字:"哟呵!秦老板!对不住,坐了你鸿星酒家的位置。"

"天意楼早就想坐我的位置啦,尽管放马过来。"众人捧场地笑着,倪老板把大碗放在转盘上转到对面。

谭耀亨吩咐侍者:"起菜。邝局长,你讲两句吧?"

邝庆奎摆摆手:"我是来饱口福的,其他一概不理,不用管我。"

谭耀亨拱拱手:"是。各位,今天拍卖的是我和陈卫研究出来的新菜式,大家把想出的买价塞到你们眼前的小瓶子里,价高者得到割烹技巧和一年的独家权利。"

众人都拿起小瓶子研究,药瓶用内画技巧写着不同酒家的名字,倪老板用手指抠了抠瓶子上的名字，确认是写在瓶子里侧的："谭铁嘴，成本下得不小啊！这几百个小瓶子花了不少钱吧？"

"那你就多开价，别让我亏得当裤子。"

黄祁全问："为什么是一年为期？"

"因为第二年就有新菜式了，这些就可以公开，让更多人吃到。"

冼仲隽问："一年能回本？"

"都是行家，吃了就知道了。来来，先试试冷盘。"

邝庆奎并不理睬这些，他拉着金慧荣，勾肩搭背地说着话："我喜欢吃粤菜，但我不让自己沉迷，人啊，无欲则刚。我在特侦队的前任梁齐光也喜欢吃，顿顿饭让各个酒家轮流送餐，办公室跟食堂的味道一样。你猜后来怎么样？被人在饭菜里下毒，死了。"邝庆奎突然凑到他耳边低声问着，"不是你们共产党干的吧？"

金慧荣连忙否认："不是。"

"我也觉得不是，你们不屑于用下毒这种手段，我怀疑是军统，兰建辉你还记得吗？兰教授，你那个酒肉朋友，他后来是我的领导——南京军统派来的干部。"

"听说兰教授入职军统前真是大学教授，难怪把我们都骗过了。"

一道道热菜上了桌，众人都等着邝庆奎首先起筷子，邝庆奎给金慧荣夹了一筷子，众人开始品尝着。

头顶着狮子头；穿着一身舞狮服装；单手提着狮子尾的陈山河被拦在广州大酒家门口："我去讨赏钱，说好了给一百，这才八十。"

特务让开，陈山河挤了进去，他在僻静处脱下狮子服装，换好提前藏在这里的西服，又从板壁后面摸索了一下，拿出一支手枪在腰间别好。他悄悄向外面打量着，正对面就是宴会厅，可以看到觥筹交错的那些人。四周有警察在警惕巡视。

转盘把新上来的一道菜顺序转到每个人面前，大家都认真品尝，有人急不可待地拿纸写着数字。一个个纸卷被塞进玻璃瓶，丢进桌子中间的大碗，叮当作响，大碗里已经有不少玻璃瓶了。

陈卫在砧板前站立，面前是备好的各种食材，他的手插进围裙口袋，掏出来打开拳头，掌心里有一个装满液体的小玻璃瓶。陈卫专注地炒着菜，这一刻后厨是他一个人的舞台。一盘菜热气腾腾装进盘子中，他用炒勺敲了一下锅沿："网油蚝脯，起菜。"

谭耀亨举起一张纸条，向众人宣布着："这道雀肉鹿糜，天意楼出价最高，恭喜倪老板。"

众人有的鼓掌，有的喝着倒彩："老倪，还是你们天意楼有钱，平常没少坑人吧？"

倪老板说："我们肯花钱，是看到这道菜的潜力，阿政说说。"

主厨阿政说："很佩服谭老师的奇思妙想，这道菜给了我很大启发，我觉得可以顺着它开发出一个系列菜品，丰富我们天意楼的菜单。"

谭耀亨巡视大家的表情，很满意："谢谢谬赞，主要功劳是我的小友陈卫厨师，下面请各位继续品尝，这一道网油蠔脯还有点特色……"

邝庆奎突然拍了一下桌子，众人都看向他。邝庆奎说："拍完了吗？"

谭耀亨说："刚拍出这一道雀肉鹿糜，天意楼以八百元法币拍下来了，这还是刚刚开始，后面一定会更高。"

"那就凑个整，算一千吧，十二道菜，要你一万二千块，明天送到警察局去。"

"啊？这个……"

"什么这个那个的？现在都散了吧。"

一桌人都莫名其妙，廖四六起身驱赶着众人："散了散了，警察办案，闲人回避。"

谭耀亨说："邝局长……"

"对了，今天这场戏是你搭的台，你留下吧。"

廖四六招手，几个便衣警察鱼贯而入，驱赶着众人。各家掌柜和主厨仓皇逃出，看到大队警察站在门外，他们仓皇散去。

金慧荣问："邝局长这是要唱哪一出啊？"

"你看下去就知道了。把客人请上来呀。"

麦坤等警察推搡着陈山河走进来，邝庆奎招呼着他："来，来，坐我旁边，我很欣赏他，胆子大、脑子活。"

麦坤把一把手枪和一把匕首放在桌上："从他身上搜出来的。"

邝庆奎给金慧荣指了指："心还够狠。"

"早知道你搞全武行，我就不来吃你的饭了。"

"我是请你来看戏，对了，菜就别吃了，有毒。"

金慧荣剧烈咳嗽起来。

邝庆奎说："陈家三兄妹今天要毒死我。我说过可以放他们苟活，可惜，他们不珍惜啊。"陈山河看向廖四六，廖四六目不斜视。

"毒死你？菜里下毒还是酒里下毒？满桌人陪葬？"

"不，不，不，他们的手段有趣得紧，某一道菜里会下药，大家都会吃到但没有毒，但如果我再喝下另一种药，二者在我体内相遇，砰——"他做了个爆炸的手势，"我就死了。"

邝庆奎伸手，廖四六凑过来，把一个装满液体的小瓶子放在桌上："就是这种了。已经到了最后一道菜了，你猜后厨里，陈卫有没有下药？"

谭耀亨惊恐而绝望地看着。

邝庆奎戏谑地盯着金慧荣，手指间把玩着那瓶毒药："他们于我只是癣疥之疾，我更想看看你会怎么样。等那份下了毒的菜端上来，就算是人赃俱获了，我斩草除根，你没话说吧？"

"就算他们真的要报仇，也情有可原，他们的父母是死于你手，你不会否认吧？"

"人人都报私仇，还要法律做什么？"

"那根据法律你会判你自己有罪吗？还是你会依法惩办另一个当事人廖四六？"

廖四六扭过头，不理不睬。

"他们三个是我党的烈士子女,你伤害他们就是破坏国共合作,我们会把官司打到南京,找蒋委员长评评理。"

"笑话!他们毒死了我,算不算破坏国共合作?再说,难道杀人不要偿命了吗?"

陈卫被推了进来,后脑顶着手枪,麦坤端着那道菜送上桌,又把空药瓶放在旁边。

邝庆奎说:"山高月小,水落石出,我喜欢这个时刻。这空瓶里的药下到菜里了?"

谭耀亨道:"邝、邝局长,这是有什么误会吧?我们好端端做菜,怎么会有毒呢!"

邝庆奎没理睬他,盯着金慧荣说:"既然国共合作,不如我把审判权交给你,看看你是怎么秉公执法的。提醒你一句,人证、物证都在,按照法律专业术语,这叫证据链齐全了。"

金慧荣伸手拿起那个小药瓶:"这是毒药吗?我看未必吧?"

"单喝它没有毒,吃了这道菜,才会'砰'。"

"那我先吃口菜试一试你说的毒,先说好了,我吃完喝完,你放他们走。"

"凭什么啊?你吃了没事我才放他们走,你要是'砰'了,我不是该替你报仇?"

"放他们走是我的条件。你是冲着我来的,或者说是冲着国共合作的局面来的,如果我中毒而死,你去了一颗眼中钉,不是正合你的心意?"

邝庆奎忍不住笑起来:"对不住、对不住,一想到这个结果,我还真有点开心。"

"你答应了?"

"你真想替他们死?为什么?"

"我们党,讲究的是为人民。"

"好,我答应,我倒要看看你们的党会不会这么做。"

金慧荣伸筷子去夹菜，嘴里叮嘱陈家兄弟："帮我照顾好你们妹妹。"

陈卫说："等等，后厨有后厨的规矩，说我饭菜有毒，我这个厨师最该自证清白。"

邝庆奎说："好！我尊重这个规矩，就让厨师吃。"

陈卫拉开椅子坐下，拿起筷子吃着那道菜，连连赞叹："真好吃，我手艺真好。一人做事一人当，我哥跟此事没关系。"

谭耀亨却突然爆发，扑到陈卫面前："你在干什么？你毁了我！你知道我投入了多少心血？你知道不知道这是我一辈子的指望？你怎么就能这么残忍？你要杀他，为什么要选在今天？"

陈卫歉疚。

"他就是为了杀我才布这个局，是他煽动你捐钱给警察局的吧？就是为了让我来中毒。"

"你闭嘴！"

邝庆奎摆摆手，麦坤等人上来，拽着谭耀亨向外走去。谭耀亨一路把着柱子、门框、桌椅，不断向陈卫喊着："陈卫你不是东西！你害死我了！你毁了我！"

他的声音一路远去，陈卫神情黯然，伸手去拿药瓶。

陈山河道："放下。"

"哥。"

"放下。我跟你怎么说的？十步杀一人，千里不留行，是让你杀自己？"

"啊？"

"你跟我兄弟情深，想抢着死？大丈夫从不轻易言败，你服输了？"

"我没服输，可是哥，你出纰漏了啊！我还反复问你有没有问题！"

邝庆奎得意地："他当然觉得没问题了。"

"我的计划没有问题！至少还有匹夫一怒，血溅五步！"

邝庆奎夸张地故作惊讶："哎哟！这还叫没问题？莫不成你还有另外的计划！我猜猜啊，对了，你混进酒家准备拿枪打我来着，可惜不管用啊！成阶下囚了啊！还血溅五步，你能怎么着？拿筷子扎我？拿盘子敲碎了划我脖子？莫不成你还提前在这里藏了把枪？"

邝庆奎说到此处突然一愣，猛然弯腰低头看向桌下，金慧荣和陈山河的手正在抢夺固定在桌子背面的一把手枪。邝庆奎猛然要掀桌子，枪却已经被金慧荣抢去，顶在邝庆奎脑袋上。廖四六他们顿时举枪，纷纷对准了陈家兄弟和金慧荣。

"把枪给我！给我！"

陈卫很是吃惊："哥？"

邝庆奎鼓掌："这可真让我吃惊了。陈山河还真是狡猾如狐！可是枪在金师傅手上，你这可没法子收场了啊。"

金慧荣说："我要做个中人，这件事到此为止。"

邝庆奎说："我拒绝，有种你就开枪。"

金慧荣毫不犹豫抬手一枪打在天花板上，随即再次顶在邝庆奎头上，落下一片灰土。枪声在回荡。

金慧荣说："我很少有机会摸枪，别逼我走火。"

邝庆奎掏着耳朵："你这就不怕破坏合作了？"

金慧荣说："我不许陈家兄弟找你报仇，因为国仇大于家恨，国共联合抗日。但你设局伤害革命烈士的后代，我也不许，这一刻我是他们的妹夫，一家人跟你以命换命，你舍得吗？"邝庆奎还要说什么，金慧荣凑近他的耳边，"别嘴硬，想好了再回答，因为你没机会后悔。"

邝庆奎看了看顶着自己的枪，由于紧张，枪身在颤抖，金慧荣说得没错，他的确很少摸枪，也真的很容易走火。

邝庆奎说："就给你金慧荣一个面子，今天的事到此为止。"

"你怎么保证不会出尔反尔？"

"因为我有把握他们跑不出我的手掌心。我们走。"

邝庆奎起身，金慧荣让开路，邝庆奎带着人向外走，经过陈卫面前时说："手艺不错，菜很好吃。"他转身向外走去，廖四六连忙跟上，邝庆奎回身看了他们一眼，似笑非笑，做了一个开枪射击的手势。

外面传来了炸弹爆炸的声音，顿时玻璃破碎、杯盘摔倒，屋子晃动、灰尘落下。

这一次的轰炸机特别多，炸弹不断落下来，掀起阵阵火光和烟柱。高射炮和高射机枪在反击，曳光弹道在升空。众人奔逃出广州酒家大门，沿街都是逃避空袭的人群，防空警报刺耳地叫着。轰炸声此起彼伏，陈山河扶着陈卫跑出来，金慧荣追赶着他们，逃难的人群中，还能看到冼仲隽、黄祁全、麦啸文等人。

一颗炸弹落在人群中，好几个人被炸飞，落到地上的油鸡大佬浑身是血，咽了气。点心小案千手陈连忙救他，却发现脖子上一个大伤口，救无可救。千手陈来不及伤感，脱下外衣盖在油鸡大佬脸上，连忙跑远了。邝庆奎和廖四六从他身边跑了过去，他们上了汽车，快速在废墟遍布的街道中行驶。

邝庆奎说："明天你接管特侦队。"

廖四六兴奋道："是。邝局你放心，我一定把陈家三个小崽子弄死。"

"格局，懂吗？执掌特侦队要有格局，今天这事儿，我没把三兄妹放在眼里，我的目的是制服金慧荣，国共合作，国字要在前面。"

廖四六不明白，但嘴里却一口答应："是！讲格局。"

另一边，陈山河一把抓向金慧荣："为什么抢我的枪！"

"枪在你手里，你们一个都活不了。"

"至少我们能报了仇。你敢阻止我们报仇？"

"我是为了立夏，她失去了两个哥哥该怎么办？警察们也不会放过她！难道你们报仇就是要这样的吗？"

"是我看错了人心！"

"你本来也没有相信廖四六，所以你做了那么多安排。"

"我还是算计失败了……可惜！可笑啊！我们兄弟费尽周章报仇，在你们眼里，只是一次博弈而已。"

金慧荣说："国家危难，个人恩怨就渺小了。邝庆奎半辈子都在跟我们共产党斗,即使国共合作了他也改不了习惯,但我相信,面对共同的敌人,每个中国人都会并肩战斗的。"

远处传来一声巨响,众人都忍不住堵耳朵,他们看向远处冒起的巨大烟柱。

陈卫道:"这是个大家伙!是冼基吧?哥,新药铺在冼基?"

陈山河神色一变,突然拔腿就跑。此时的广州到处都是爆炸的烟火,陈山河躲避着来往的逃难人群,躲避着军警、救火队,他一路狂奔,他跑进了冼基街。冼基街是广州药坊、医馆云集的街道,他跑过这里拥挤的受伤的人,跑过两侧林立的医馆,包括徐南禄的南禄医馆、南禄药坊。他慢慢停下脚步,眼前出现了一个巨大的弹坑,这里正是他开设药铺的地方,他和何姑的新家,是他让何姑来这里等自己的。现在,药铺没了,新家没了,这里变成了一个炸弹坑,漫天依旧在飞舞着干枯的各种中药,陈山河慢慢跪了下来,他在土里拼命挖着、找着,手指磨出了血,他浑然不顾,直到从土中挖出一把硕大的铜钥匙。

第十一章

1

邝庆奎带着廖四六穿行在警察局大院里,这里也吃了轰炸,一片混乱,飞溅来的泥土碎石到处都是。警察们急匆匆地进进出出,不断有警察跑到邝庆奎面前报告情况:"邝局,省政府通知开会。"

"备车。"

"报告邝局,抓捕到一名打信号的汉奸到案,其他汉奸正在抓捕。"

"报告损失。"

"正在统计,初步知道有七十多处民房被炸,三十多人死亡,二百多人受伤。"

"继续统计。"

"是。"

邝庆奎和廖四六加快脚步走着。

"去把陈家三兄妹都抓起来,现在没工夫提防他们。"

"是。"

何记新药铺已经被炸成大坑,弹坑内外满地药材的碎片、残屑,半块何记药铺的牌匾碎在废墟中。徐南禄、徐联仲、陈卫、陈立夏等人都在劝慰着陈山河,金慧荣指挥人手在大坑里寻找着,陈立夏看向他,他在坑底微微摇头。陈山河跪在弹坑边,死死握着那把钥匙。

一个邻居在人群外重复着自己的话："我亲眼看到的,她就站在这里开门,人刚刚进去炸弹就落下来了,我也给炸得飞起来了……"

除了大坑前围着的这群人,远处的街道上是一片忙碌景象,有的店铺在搬家逃难,有的在锁门上板。廖四六和几个手下远远地看着陈山河等人："这人啊!不能太张狂,做生意挣大钱,开新铺子娶媳妇,还想拿捏他拿捏不起的人。"

"廖哥,他拿捏谁了?"

"关你屁事。"

"那咱们捉人吗?"

"现在捉人不是找死吗?让人家砸死了正好埋那坑里。先盯着吧。"

谭耀亨看着一藤筐的餐具发呆,是那套家传的西洋风格的十三行瓷器,这些瓷器的西洋图案中,都有一个同样的盾形标记,这是"家族纹章"。他拿起桌上的砚台,作势欲砸,比画了几下却下不去手。

外面传来趟栊门的声响,陈卫走了进来:"老谭你没事太好了。我嫂子中了炸弹,没了,我得去陪陪我哥。"谭耀亨没有回应,陈卫收拾着自己的几件衣服。

"你说要捐钱给警察局,就是为了毒死邝局长?"

陈卫犹豫了一下:"你不是也看到了吗?没有毒药。"

"你把我当傻子?不,不是当傻子,是想让我当替罪羊。"

"我、我们有过周全的考虑,不会连累别人。"

"这叫不连累吗?你管这个叫不连累吗?"

陈卫沉默片刻:"对不起,是我害了你,我……想办法赔。"

"你毁了我们的事业!你毁了我的信任!"

"是我的错,我也不想这样……"

"我原以为能和你一起干一番事业,开创一个大局面,甚至成为给粤菜立规矩的人。我懂理论你会实践,我博闻强记你有天赋,可是你辜负了我,也辜负了你的天赋！"

陈卫打断了他："老谭，是你误会了，我们俩从来都不是一路人，仅仅因为一个会吃一个会做就能成为同路人吗？不会的。你把美食当作手段，你靠它置办房产、养活女儿、呼风唤雨，我不是这样，美食于我来说就是因为它好吃，所以……你我现在分开也不坏。"

谭耀亨瞪起眼。

"我哥突遭变故，垮了，我得去照顾他。今天的事不管怎么说都伤害了你，让你受到损失，这套新菜品的所有权利都留给你，希望能作为补偿。对了，也谢谢你这段时间的鼓励。"陈卫鞠了一躬，转身离去，趟栊门响，谭耀亨没有动，心如死灰地坐着。

一阵开锁的声响，何记生药铺的门被从外面打开，光线投射进来，勾勒出陈山河的身影，他迟迟不肯迈步进来。陈卫要催促，被陈立夏拉住，他们默默地看着陈山河。陈山河终于还是迈步进来。他行走在货架间，由于大部分药材已经被搬到新店随着炸弹灰飞烟灭，这里的货架空了下来。陈山河的视线中时而会出现何姑的身影，她认真地在忙碌着。陈山河拼命想看清她的样子，画面却一阵阵模糊，这是他奔涌而出的泪水在不断模糊双眼。陈山河对着空空的货架拼命抹着眼泪，眼泪却怎么也止不住。他抬起衣袖、撩起衣襟擦着眼睛，却依旧停不下来。陈卫和陈立夏站在他身后，看着他面对货架不断擦泪的背影。陈立夏感同身受，扑在陈卫怀里哭起来。

陈山河没在生药铺多停留，他甚至一刻都待不住，他去了广东省会警察局。廖四六闻讯走出大门来："你个仆街还敢找上门来？行了，来了就留下吧。"

"汉奸呢？引来炸弹那个汉奸！关在哪里了？把我跟他关在一起。"

"你要干什么？"

"把我跟他关在一起，你我的恩怨一笔勾销。"

廖四六不怒反笑："勾销？你以为你……"

"二十两黄金买一条命，钱你收了，命欠一条。你的、邝庆奎的，还是那个汉奸的,你自己选,我反正总要拿到。"

廖四六沉下脸:"你威胁我?"

"是,我不想活了。"

廖四六沉默片刻:"你的命,我做不了主。那个汉奸死定了,奎哥对汉奸从不手软,你用不着同归于尽。"

"我宁可死也要亲手弄死他。"

"那二十两黄金邝庆奎充公了,我卖个消息给你,咱们两清,奎哥要我抓你们兄妹归案,你们现在跑还来得及。"

"不,二十两黄金,换我亲手杀他。"

"这个我真不能做主,要不你等一等,等枪毙他的时候我叫上你。"

"不!我一刻都等不了。"

廖四六不敢做主,报告了邝庆奎,邝庆奎同意了:"那就送他去南石头。"

"啊?真关在一起?"

"省颗子弹不好吗?日军在进攻增城,广州也要准备打仗了。"

"广州能守住吗?"

"守不住也得守,这是我们的广州。陈家另外两个呢?"

"都抓起来?"

"废话!攘外必先安内。"

"是。"

警察打开了南石头惩戒所的一扇牢门,陈山河走了进去。一个穿着西服、一脸斯文模样的人惊惧地看着陈山河走进来。陈山河把那枚沾着血迹的大钥匙挂在铁栏杆上,向着它拜了拜。

"你引来的日本炸弹?"

不等那个汉奸否认,陈山河一拳打出去,汉奸惨叫着。陈山河一拳又一拳,认真又冷静地打着汉奸,钥匙有节奏地撞击着铁栏杆。汉奸一边惨叫一边辩解,从不承认到诉苦,再到哀求:"我没有……我不是……不是我……我没办法……我错了……"循环往复。陈山河一拳拳把汉奸打到断气。

金慧荣听说陈家兄妹被捕，找到广东省会警察局邝庆奎的办公室来，压抑着愤怒说："你有什么权力抓走陈山河和陈卫？他们犯了什么罪？你还要抓陈立夏，她又犯了什么罪？"

"警察局办案，岂容外人指手画脚！而且我很忙，不想浪费时间给你解释。"

"他们没有下毒害你，没有证据凭什么抓人？"

"无可奉告。"

此间，几个警察不断进来，向邝庆奎汇报事情或者签字，轮番打断金慧荣的质问。

金慧荣换了个口气："当前局势是很紧张，日本人步步紧逼……"

"知道你还在这里啰唆？你这算不算假公济私，为了救你的小情人和小情人的哥哥，就跑来干预警察办案、破坏司法独立？"

"你也别给我扣帽子！陈家兄妹的事是你欠他们的，你凭什么还要斩尽杀绝？"

"因为我要全心全意跟小日本干，不能让他们拖后腿。"

"我会约束他们。"

"我信不过。除非……"

"除非什么？只要不违背民族大义，我都可以答应。"

"广州我看是守不住的，余汉谋之流空有抗日口号，靠不住。我准备拉一支队伍打游击，跟我去干吧。"

金慧荣吃了一惊，迅速想着该如何措辞："我不能马上答应你。"

"我懂，你要请示上级嘛！我要的不是这个。我不能让一个共产党钻进我的队伍里，你要登报退党，再加入我。"

"这不可能。"

"这个邀请会为你保留一段时间。"

"那陈家兄弟？"

"日本人打进广州之日，就是我拉队伍打游击之时，这之前我不杀他们。"

金慧荣走出警察局大门，陈立夏、韦太平、徐南禄、黄祁全等人连忙迎上去。

陈立夏问："怎么样？"

"他们暂时不会有生命危险。"

"那我们现在干什么？嫂子的后事总得办吧？"

"连块完整尸骨都没有，要不立个衣冠冢？"

"那也得大哥来主持吧？"

"我也算他半个师父，先把墓地找好，你们对墓地有要求吗？"

大家都看向陈立夏。

金慧荣："你父母……"

"我们找过，找不到。"

"那我就去东沙马路找块墓地，那边有十九路军淞沪英雄的陵墓，还有黄花岗七十二烈士，革命英雄多，能护着她。"看众人都赞同，徐南禄匆匆离去。

"我回去找找东家，看看能不能帮帮阿卫。"黄祁全也离去了。

金慧荣看着韦太平说："师父，咱们边走边说。"他们向街道深处走去。街上已经有了逃难的人，提着行李，推着黄包车，拖家带口向着同一个方向走去。

陈立夏问："他们去哪儿？"

韦太平说："往北、往西，日本人从增城打过来，离他们越远越好。"

陈立夏又问："我师父那边呢？"

韦太平转向金慧荣说："我这就去找她商量，先得从你这里要个实话，能守住吗？"

金慧荣在犹豫措辞。

韦太平说："你现在已经不遮掩身份了，跟国民党还合作抗日，一定知道他们的底细。"

"广东抗日热情是有的,但守军薄弱,主力部队被调到武汉打会战,且国民党政府对广州形势预判有误,认为离香港近,日本人不敢得罪英国人,不至于开战。"

"那就是守不住了?我去跟你师姑商量,争取一起走。反正我们有红船就有吃有住。"

陈立夏问:"现在还有红船?"

"剩下的不多了,我已经雇到一条,先挤一挤,离开广州再想办法。你们两个……"

金慧荣说:"我这个时候离不开。"

陈立夏说:"我要陪着哥哥们。"

南石头监狱牢房里,陈山河握着那柄大钥匙发呆。门响,陈卫被推了进来。

"大哥!"

"小妹呢?"

"跟金慧荣在一起。"

陈山河点点头。

"听说日本人就要打过来了,我们酒家的油鸡大佬也被炸死了,大家都在想办法离开广州。"

"那你照顾好立夏。"

"大哥你说什么呢?小妹要咱们俩一起照顾啊!"

"我心愿已了,想去陪你们嫂子了。"

"先出去再说,还得给嫂子办后事呢。"

"她现在……就这么陪着我,挺好。"陈山河托起掌心的钥匙。

2

广州大酒家里,黄祁全给冼仲隽倒上茶:"陈卫的事,全靠东家帮忙了,我代他给东家道谢。"

"帮他说句话而已，也不知道行不行，跟我去香港的事，你考虑好了吗？"

"承蒙东家提携，我一定好好干。"

"好，千手陈不肯去，油鸡大佬人也没了，点心和烧腊你再找人挑吧，其他愿意跟你走的人都带上，我包了一条船去香港。"

"是。这个广州大酒家怎么办？"

"乱世啊，命如草芥，财如粪土，现在就算想顶出去，也没有人肯接啊。"

黄祁全犹豫了一下，说："我倒有个不成熟的法子。"

"说说看？"

"这次陈卫搞出来的破事，损失最大的其实是谭耀亨。"

"是啊，听说他把房子都抵押出去了，这下血本无归了吧？"

"但是他们琢磨出来的那些菜确实好，各家酒楼抢着要，证明他和陈卫成功了。我想的是，如果这酒家实在顶不出去，不如交给他们俩经营，也算给广州大酒家多一条后路。"

冼仲隽沉思，慢慢点头："那我还真得把陈卫弄出来了。"

3

天台戏院已经变了模样，有了强烈的战时气氛。戏院入口前的空地上多了一个沙包围起来的高射机枪阵地，几个国军士兵懒洋洋地靠在沙包上，色眯眯地打量进进出出的摘星女班的艺人们，艺人们却顾不上理睬，都在忙着收拾行李。

陈冶冰送韦太平从戏院里走出来，叮嘱韦太平："把摘星交给你了，你可要一视同仁。"

"我这就去八和会馆登记，合班以后就叫摘星太平年班，好不好？摘星在前。"

"这些虚名无所谓。"

"包银上也不会含糊，一切都让你做主。"

"我不跟你们走。"

韦太平急了："不走怎么行？真会死人的！立夏没过门的嫂子刚刚被炸死了，粉身碎骨啊。"

"我生在广州，学艺在广州，演戏在广州，一天都没离开过，现在也不打算走。"

"那我折腾什么哪？"

"你帮我把她们带走，我就安心了。"陈冶冰拍拍巴掌，把乱哄哄的尹灵芝等人聚集起来："大家都知道了吧？广州待不下去了，我把你们托付给太平年班，跟着韦班主好好活下去吧。你们的契约我已经交给韦班主了，以后还是要认真唱戏、踏实做人，别给我丢脸。"

尹灵芝劝陈冶冰跟她们一起走，陈冶冰还是那句老话"不合规矩"。陈冶冰心里惦记着陈立夏，问韦太平陈立夏搞的那个小班子怎么办、是不是也一起带走。韦太平回说她那个班子好办，棚面什么都是东拼西凑借来的，船上不差她和金慧荣的地盘，陈冶冰还想说什么，忍住了。

韦太平带着戏班诸人离开，安顿他们去红船，还要采买船上吃用的东西，很是忙碌了一番。到了晚上，月色很好，天台被照得明晃晃的，守着高射机枪的几个士兵在抽烟聊天，陈冶冰在打扫着院子，突然站住脚，韦太平提着两包荷叶包的吃食站在门口。

"你怎么又回来了？"

"没好好吃饭吧？都逃难去了，找这点吃的可不容易。"他找了个地方安顿好吃食，把陈冶冰推到桌前坐下，"我把新的'摘星太平年班'交给瑞山了。他是我一手带出来的，以前被他大师兄压着，后来又被小金压着，也够憋屈的。他其实很有能力，早就能独当一面了，我让他把戏班子带走。"

"那你呢？"

"留下来陪你。"

"谁要你陪？你赶紧跟他们走！"

"为什么？"

"你没看大家都在逃吗？去年日本人打进南京屠城六周，死了几十万人！广州总共才有多少人？经得住他们屠城？"

"那你还不肯跟我一起走？"

"我是真不想看到好日子破碎。"

"你这是存着与城玉碎的死志啊！那我更不能走了。"外面传来了刺耳的空袭警报，那几个士兵迅速冲向沙包掩体，跳进高射机枪里，装子弹瞄准，夜空中相继亮起巨大的探照灯光柱，寻找飞机的踪影。

"下去躲躲？你们这边的防空洞在哪里？"

"我从不去钻防空洞。躲得了一时躲不了一世，万一吃了炸弹正好不用再烦恼。"

"这可不像是你啊！你一直都那么守规矩！"

"守规矩管用吗？要命还是要规矩？红船不能上女眷，这规矩比天大吧？可大不过炸弹去，也得捎上女眷一起逃难！"

飞机临近，轰炸开始，爆炸震耳欲聋，近在咫尺的高射机枪也露出真容，向着天空喷射火光和子弹，两个人不得不扯着嗓子继续聊天。

韦太平大声地说："你要这么说，我可就有点想法了。"

陈冶冰也大声地说："什么想法？"

"我要娶你。我们俩从小一起练功学艺，我早就喜欢你了，小时候就想着长大了要娶你，结果你为了练功，在华光祖师爷的神位前面烧香发誓，说不嫁人。你要守规矩，我只能随你，可你现在守不了规矩，那我也不守规矩了……"

高射机枪在换子弹，突然安静下来，韦太平却依旧高声喊着："我要娶你。"声音在振聋发聩后的安静中回荡着，陈冶冰静静地看着他。

外面的士兵们一边利索地换好子弹，一边插了句嘴："娶她！不娶你就是孙子！"

他们继续开枪，再次吵成一片。

韦太平大声地喊："你答不答应？答不答应？"

陈冶冰静静地看着他，身边是爆炸的烟火、高射机枪的火焰和弹道。乱世红尘，陈冶冰慢慢地靠近韦太平，倒在他怀里。韦太平又惊又喜，投降一样举起双手，不敢去抱住陈冶冰。

开枪的士兵抽空扭头看了一眼，哈哈大笑，开枪更加起劲："小鬼子们！吃喜糖喽！"暗红色的曳光弹射向夜空。

4

轰炸的地方离这里比较远，牢房窗口只能隐约听到爆炸声，看到夜空点点火光。陈卫扒着窗口向外看着，说："今天晚上有八万人的火炬大游行，要唱《保卫大广东》，与城共存亡，可惜咱们不能参加了。外面说什么的都有，谣言满天飞。有说日本人打下了增城，直插广州的，又有说日本人都是忍者，会暗器、会迷烟、会轻功，能万里取人首级，还有的人说政府已经投降了……"

陈山河陷入自己的世界，不喜不悲地坐在墙边。牢门被打开，两个穿着警察制服的狱卒走进来，二话不说就在墙上刷糨糊贴标语。陈卫凑过去看，标语上写的是："你们一定会失败！你们是畜生。"

"大哥，这是什么啊？"

"留给日本人的。"

"啊？他们怎么能看到？"

"接管了监狱就能看到了。"

狱卒出门，锁好，离开。陈卫追着人家："什么意思啊？他们怎么能接管监狱？不是要保卫广州吗？他们打过来了？那我们呢？我们怎么办？"

狱卒远远甩过一句话："自求多福吧。"各个牢房都传来囚犯们的询问声，一片混乱。陈卫凑到标语前百思不得其解："为什么啊？写这个，日本人在乎吗？大哥，你说这可笑不可笑？"陈山河沉浸在自己的世界里。

5

空荡荡的街道看不到一个人，城市上空是大火带来的滚滚烟尘，沿着空荡荡的街道两侧的房屋、店铺、骑楼、树木都完好，就是一个人都没有，宛如死城。

一辆插着日本旗帜的三轮摩托车停在了街道交会的中心，面对着空无一人的街巷。架设在三轮摩托车斗上的大正十一年式轻机枪开始射击，子弹打向前面的建筑，玻璃破碎、门板穿洞、墙砖爆裂，子弹壳从车斗上倾泻而下，落在地面上叮当作响。

这一刻是1938年10月21日下午，日军机械化部队三千人进入广州，广州宣告陷落。

邝庆奎带着一队全副武装的手下在街道穿行。这里也是空无一人，到处都是匆忙逃难的景象，他们听到了身后城市深处的阵阵枪声，回头望去，城市上空烟尘滚滚。廖四六看到一户人家院门前倒着一辆脚踏车，连忙跑过去推了过来："弹药箱推着走吧。"

"等等。我倒想起件事来，你骑这个车去一趟南石头。"

"哦？放了陈家兄弟？要不找个电话机……"

"杀了。"

"啊？"

"你亲自去一趟，有始有终。然后到清远会合，晚上请你们吃清远鸡。"

"是。"

廖四六检查了一下武器，骑上车，邝庆奎叮嘱了一句："见到日本人躲着走。"

廖四六骑着脚踏车，突然跳下车，连滚带爬躲到路边。公路上横着一辆插着日本旗的摩托车，几个日本士兵正以摩托车为哨位，把守着通道。廖四六把枪摘下来，开始脱身上的警服，动作却突然停下来，因为草丛里站起来一个提着裤子的日本兵。廖四六第一时间捡起枪来，日本兵却双手提着裤带，来不及拿枪，廖四六举枪犹豫着，日本兵的表情从惊恐变得狰狞："八嘎！"

廖四六吓得抖了抖，日本兵再次喊道："八嘎！"

廖四六丢下了枪。

廖四六碰到的只是日军的一支先头小分队，而远在珠江南岸的南石头监狱还没有日本军队的影子，陈立夏焦急地等在大门口，这时大门突然打开了，一群警察一边脱着制服一边跑出大门，四散而逃。片刻之后，更多衣衫褴褛的囚犯蜂拥着跑出大门各自逃散。

牢房里，陈山河心如死灰地靠墙坐着，那两条标语已经被陈卫撕了一半。他们兄弟俩已经被关押了有些日子，都胡须凌乱。陈卫从敞开的牢门往外看着："大哥，都跑光了，咱们也走吧？再不走就得坐日本人的牢了！"

陈山河没有回答。

"出去杀几个日本人也好啊！"

这句话让陈山河的眼神活泛起来。随即外面传来陈立夏焦急的叫喊声："大哥！二哥！陈山河！陈卫！"陈卫精神一振，连忙回应："这儿哪！"陈山河起身，说："出去，杀日本人。"

街道上人烟稀少、遍地狼藉，窜来窜去的是抢劫的盗贼。他们砸开店铺的门，抱着抢来的各色货物乱跑着。陈家兄弟护着妹妹一路走着。

陈立夏把两个哥哥带到了东山，这里都是新建的住宅，透着与西关截然不同的气息。一扇西洋大门打开，陈卫吃惊地走进来："小妹，这是谁家啊？怎么到这里来了？"

陈山河神色木然，似乎对周围环境并不在意。陈立夏把两把钥匙分别交给两个哥哥："这是咱们的新家。"

"哥的生药铺呢？"

"我卖了。我不想让哥再住到那里。"

陈卫担心地看了陈山河一眼，责怪陈立夏："小妹你怎么自作主张！那是哥的家。"

"哥本来就要搬到新家去，新家没有了，我就再给哥一个新家。"

陈卫看看不说话的陈山河："那也应该跟我商量，也许哥就想回生药铺去住呢。"

"想回也不让哥回，我要让哥忘了过去，重新开始。"

陈卫还是有些担心："哥，小妹说得也有道理，虽然有点莽撞……"

"我和二哥也都住过来，家里要有个女人做主，以后家里我做主。"

陈山河和陈卫都有些吃惊地看着妹妹，妹妹此刻小小的身子迸发出强大的力量和担当。她没有再等待哥哥们的意见，径自给他们介绍着新家的一切："大哥住这间，二哥你住这间，小房间是我的，厨房归二哥，我们都不跟你争。天井给我练功，大哥多占一个房间存放你的医书，这儿有个大窗户，看书不毁眼睛。"

她进进出出介绍着，身影在各个房间来回穿梭，陈山河和陈卫都有点不知所措，他们的生命中还从没有受过妹妹的照料。

"还行吧？哥？"

陈山河没有说话。

"小妹没跟我商量，不过我觉得她是对的。"

陈立夏又走了过来，把一个手帕包递给陈山河："我把这个带来了。"

陈山河打开，是那个广绣的水表套子，已经不那么新了，带着些干涸的水渍。陈山河捧在手心看着。陈立夏轻声地："哥，嫂子她，一定想你能好好活着，替她活着。"陈山河的眼泪扑簌簌掉在广绣套子上。

6

日本军队占领了广州，但日子还要继续，可是一夜之间，在店铺和车船上都被贴上了一张落款为日本华南派遣军宪兵队的告示。

冯瑞山正安排戏班子坐红船离开广州，没有搭理贴在红船船身上的告示，结果被日本宪兵当场枪毙了，红船也被扣留。韦太平找到蔡叔，想请八和会馆出面讨个公道，蔡叔垂头丧气地说："华南派遣军宪兵队，权力很大，对广州各行各业都能管得上。那纸命令就是催命符，贴在店铺门上就必须开门营业，贴在车马船上，就禁止移动。"

韦太平怒道："就没地方讲理吗？找警察管用吗？"

"警察局还不是要听日本人的。广州被日本人占了啊，你还没弄明白？"

"那也不能随便杀人！"

"你说不能？管用吗？"

"那瑞山就白死了？"

"这一年多被炸弹炸死的，没有两万也有一万了吧？不也都白死了？八和会馆也被炸了！你跟谁讲理？自求多福吧，我最后悔的是没有早跑，跑出去吃糠咽菜也比在枪口下朝不保夕好。"

廖四六找到了陈山河的新家，举手敲门，新警服的袖口绣着金边，他一边敲门，一边满意地打量着袖口金边的花纹。陈卫打开门，认出了他："你？你当汉奸了？"

"我跟你很熟吗？当面骂我汉奸，你找死吗？"

陈立夏也出了门，说："谁啊？"她看到了廖四六，脱口而出："汉奸？"

廖四六沉下脸："陈山河呢？"

"你找我大哥干什么？"

"有事你跟我说吧，我大哥病了。"

"陈山河！没死就给我滚出来。"

陈卫阻拦着他，被他一脚踹进屋子，陈山河扶住陈卫走了出来："老廖，老大威风啊。"

"少套近乎。陈老大，你要死要活？"

"怎么说？"

"要死我就弄死你，要活就拿钱来，不要法币，要金条。"

"那你弄死我吧。"

廖四六抽出枪来，是一支日本南部十四手枪，俗称王八盒子："杀人对我从来就不是个事儿，现在给日本人干，就更不是事儿了，看见我这佩枪没有？日本人赏的日本手枪，全警局只有这一把。"

陈山河一把抓住枪管，顶在自己额头上："来。"

"松手！"

"开枪！"

"叫你松手！"

"叫你开枪！"

"仆街！你就这么舍不得金条？"

"我是不想再活着了，我每天，都很难过。"

"那老子就成全了你。"廖四六的手指在扳机上收紧，陈立夏和陈卫冲出来阻止，被陈山河用身体死死挡在屋子里。陈山河死死盯着廖四六，廖四六闭上眼，手指狠狠扣下去，却没有扣动，手枪的扳机圈里塞进了另一根手指，顶住扳机让他扣不下去。

阮飞舟的脸从廖四六身后移了出来，向陈立夏打了个招呼："Summer姐，我回来了，你还好吗？"

廖四六狠狈地走了，新警服胸前有个大泥脚印，脸上也有个红掌印，两个穿军服的日本士兵把守在大门两侧。

阮飞舟说："Summer姐，你不请我进去坐坐吗？"

陈立夏情绪复杂："你居然是日本人！"

"我从小仰慕中华文化，在中国读了大学，又当了记者。"

"以前为什么不说你是日本人？"

"说了，你们还能把我当朋友吗？"

"那你怎么又当兵了？你是当兵了吧？"

"没办法，要服兵役嘛，Summer姐，不请我进去坐坐？"

"以后吧，我大哥……我嫂子被炸弹炸死了，他不想见到日本人。"

"水火无情，望他节哀顺变，我改日再来拜访。对了，金哥在哪里？"

"他现在整天忙，顾不上我了。"

"他在忙什么？还是劳工神圣那些吗？"

陈立夏顿了一下："是我们俩那个小戏班子，得安排演出啊，手停口停，一天都不能闲着，还有他师父和我师父的戏班子，也得他操心……"

"好，有什么需要都可以找我，我在华南派遣军宪兵报道部当个副主任，专门负责文化教育和卫生健康，广州所有的戏班、电影厂、戏院、电影院，还有学校、药铺、医馆、餐馆、茶楼、酒楼、酒厂，都归我管。"

阮飞舟走后，陈立夏有些心虚地看着两个哥哥。

陈卫说："你以前不知道他是日本人，对吧？这小子中国话说得真好，一点都听不出来。"

"是啊，他以前是报馆记者，我还以为他被飞机炸死了。"

陈卫连连使着眼色，陈立夏也醒悟过来，连忙住嘴。

陈山河道："你们俩用不着这样。你们嫂子的事，我恨日本人，但还不至于见到日本人就杀，那能杀几个？再说冤有头债有主……"陈山河停了下来，显然他也说不清这个真正的仇人姓甚名谁。

陈卫说："知道了大哥。小妹，这个人以后你要划清界限，不能跟他再有联系。"

陈立夏点点头："嗯，就是不知道他会不会答应。"

"还轮得着他答不答应？先问问我答不答应。"

陈山河说："说说你们怎么打算的。日本人虽然占了广州，但去香港的海路还通着，要不你们两个去香港吧。"

陈卫诧异："啊？"

陈立夏断然道："我不去。我师哥肯定不会去，他不去我也不去。"

陈卫问："你又不是共产党，你陪着他干什么？"

陈立夏说："我不该陪着吗？"

陈卫说："当然不该。"

陈立夏说："妈妈就陪着爸爸。"

陈卫说："那他们两个都是。"

陈立夏说："我也可以是。"

两个哥哥同时说："不行。"

陈卫道："小妹，别掺和这些党啊派的了，爸爸妈妈死得多惨？明明可以凭本事吃饭，却掺和这些跟自己没关系的事，最后连命都丢了，是吧大哥？"

陈山河点头："不走也行，我们都有安身立命的本事，但金慧荣干的事不是安身立命，而是玩命，你不能掺和。"

陈立夏还想反驳。

"要么答应，要么我们三兄妹离开广州。"

陈立夏委屈地说："好吧。"

陈山河看向弟弟妹妹，伸手揽住他们："廖四六的枪顶在我头上，我是真想让他开枪，他也是真想开枪。扣扳机那一刻，就算我真的死过一回了。以后，就好好活吧，活成你们嫂子想看到的样子。"

陈立夏扑在他怀里："哥。"

陈山河说："我想明白一个道理，乱世来了我们挡不住，但不能顺着水漂，要逆着水游，我命由我不由天，我们陈家一定会从我们三兄妹手上开枝散叶、灿烂发光。"

7

窗外传来日本兵整齐的走路声，喊着日语的命令，徐南禄从挂着窗帘的窗口走回来："小日本一天恨不得巡逻八百遍，他们一定很费鞋。"

宋石莲和陈山河正在低声商议着，没有回应他。

宋石莲说："码头全都换上了日本兵，英国人的哨兵都被赶走了，我让兄弟们先停一停,别撞在枪口上。"

"已经有一批货在路上了。"

"到了再想办法,实在不行,打电报通知船上的人,进港前倒进海里吧。"

"那咱们损失太大了。"

"比丢了性命好,红鱼帮跟海关缉私斗了多少年了,最重要的心得就是,一旦他认真,我们就得认命,斗不过的。"

"我不是逼你们兄弟冒险……我在想,这门生意我们趁早另做打算,不能再依仗走私了。"

"为什么啊!我只是暂时没摸到小日本的脉门,我可不是怕事。"

"走私总不是长久之道。"

徐南禄插话:"山河说得对!我早就想提议让你们老老实实做药,想继续做发冷丸也可以,岭南中草药那么多,还找不到代替奎宁的药草?以后你多研究医书,研究中药和西药结合,这才是正道。"

宋石莲说:"那我们红鱼帮不就没用了?"

陈山河说:"你有三千帮众,将来肯定会有大作用。"

徐南禄说:"乱世来了躲不了,就先避其锋芒、韬光养晦,做点实在的事。"

谭耀亨的家里变了样子,书报都下了书架,用绳子捆成一摞摞靠墙放着,屋子里还放了几个皮箱,跟书放在一起。谭耀亨一脸困惑地看着阮飞舟:"我们见过?"

"我做记者的时候,你是业界前辈,我的偶像。"

谭耀亨一脸鄙夷:"那你现在为日本人做事了?年纪轻轻做什么不好非要当汉奸?"

"我是日本人,我在为自己的国家做事。"

谭耀亨将信将疑,阮飞舟让开身子,可以看到趟栊门外站着两个背枪的日本兵，谭耀亨吓了一跳。

"我来找你出山。"

"我已经不写东西了。"

"是因为做生意赔了本吗？这间不错的大屋，你要让给别人了？"

"愿赌服输。"

"果然是令人钦佩的好品性。"他拿出一份房契，"我忍不住要帮一帮你，这是你抵押的房契。"

"你怎么拿到的？"

"想拿自然能拿到，这不重要，重要的是我要你帮我一个忙。"

谭耀亨皱眉。

"我们掌握了几家报社，我邀请你来当主笔，宣传大东亚共存共荣的理念，虽然你只是写食评，但你在业内资历深、交游广，有一呼百应的能力。"

"我身世清白，不使人间造孽钱。"

阮飞舟笑起来："谭先生，这话谁都可以说，你不可以。你是个什么东西我早就知道了。颠倒黑白、唯利是图、结党营私、翻云覆雨！你装什么正气凛然？"

"我宁可流落街头，冻死饿死也不当汉奸，否则无脸去见先人。"

趟栊门被拉开，谭耀亨被人从门里丢了出来，他已经挨过打，浑身上下都是脚印，脸上也满是掌掴后的红肿。屋里一片打砸的声音，能听到瓷器倒地破碎的声音。

一个日本士兵从屋里走出来，把一张盖着红章的告示贴在门上，大写的"没收敌产"四个字，落款是"日本华南派遣军宪兵报道部"。阮飞舟拿着一个有盾形纹章的瓷碟走出来："这套餐具图案很特别，对你有些意义吧？可惜就剩下一只了。"

他作势欲砸，谭耀亨伸手要救，阮飞舟却停了手："为你并不拥有的品性丢失一切，值得吗？"他把瓷碟丢在地上，在日本兵的保护下扬长而去。

谭耀亨把瓷碟紧紧握在手里。

天台戏院上的防空炮阵地已经拆除了，只留下几个沙包，韦太平坐在沙包上发着呆。

陈冶冰问："瑞山的后事办好了？戏班子怎么办？没了红船也没了班主，他们长不了。"

"不能让他们散了啊！那几个大的还能去别的戏班子谋生，小的那些怎么办？散了就废了。"

"我们把戏班子再收回来吧。"

"你不担心风言风语？"

"我不再登台唱戏，就不算坏了规矩。以后，我就在戏班里当个开戏师爷，把自己积攒的故事写出来。"

"好，我这就去把他们安顿下来，既然走不了，日子还得过，我去找老蔡挂个号。"

韦太平去找老蔡，八和会馆已经被炸毁了，临时租了一间茶馆存身。韦太平进来的时候，阮飞舟正板着脸对着一屋子各个戏班的班主训话："都别想跟我藏着掖着，我分管的几个领域，你们是我最熟悉、最了解的，可以说了如指掌，我可以把你们当作我的心腹，给你们最大的保护、尊重和福利，也可以把你们当我的敌人，对敌人我会无情到底。"

韦太平凑到老蔡身边坐下："怎么了这是？这不是阮记者吗？"

蔡叔没有回答，把手里一份文件转了一下位置，露出"日本华南派遣军宪兵报道部"的大红章，韦太平吃惊地睁大眼。

在日军各路派遣军中的报道部，有的挂靠在宪兵司令部，有的挂靠在海军或陆军的司令部，职责大体与文化有关，邀请日本记者随军采访等工作只是一部分明面上的工作，号称"笔部队"，但其实，它承揽的工作很多、很杂、很不上台面，所以始终是个神秘机构。

金慧荣也在给陈立夏说着阮飞舟："阮飞舟不是一般的服兵役的日本人，宪兵报道部也不是一个管宣传的普通部门，实际上是特务机构，任务是配合占领军，从精神和文化层面对我们实施占领。"

陈立夏诧异："他是特务？"

"而且是资深特务，他早就用大学生和记者的身份潜伏广州多年，结交文化界人士。现在想想不寒而栗，我都从来没有怀疑过他。"

"他会害我们吗？"

"你不会有事，他会除掉我。"

"为什么？"

金慧荣有点懊悔："因为我的身份已经暴露了，共产党是坚决抗日的，是日本人要铲除的对象。不过也不怕，我好歹也是四年党龄的老同志了，从事地下工作我有经验。"

陈立夏掰着手指头："啊？今年是1938年，你1934年就当共产党了？你怎么从来不告诉我？三四年我在干什么？我在天台戏院第一次登台，首场就是正印，那出戏是《梁红玉》，你还来捧场，给了我一盒外国巧克力。"

"那天下午，我入党宣誓。"

"晚上就来捧场？"

"还在楼下的先施百货买了巧克力。"

"我怎么一点都不知道？"

"掉脑袋的事我当然要保密。我不想你跟我一起承担压力，你就开开心心生活，安安心心唱戏，剩下的，我替你扛着。"

陈立夏跃跃欲试："我也想承担压力，我现在管着我家好多事呢，有时候挺累，有的事挺麻烦，但是我开心，因为我愿意给哥哥们做事，我也想为你做事。"

"阮飞舟最近频繁在粤剧行业、新闻行业行动，逼有一定名望的人参加他的汉奸组织，为侵略者涂脂抹粉，粉饰广州的所谓太平景象。而我们要做的就是不让他得逞，保护有良知的中国人，打击软骨头的汉奸。"

黄祁全站在灶台前不知道想着什么，麦啸文带着陈卫走了进来。

陈卫说："黄师傅你找我？"

"有一块钱吗？"

"有吧。"

黄祁全伸手，陈卫掏出一张法币，黄祁全接过来塞进自己口袋。

"厨师学艺，都喜欢学师父的所谓绝招，这绝招是师父对厨艺的感悟，也可能只适合他本人，但道理是一通百通的，多学一些别人的绝招，对提高厨艺也有帮助。"

"黄师傅你这没头没脑的……"

"东家要带我去香港，走之前我要把我的绝招传给你，也算不辜负你师父林北江的嘱托。"

"啊？太好了。"

"我的绝技不是一两道看家菜，而是对镬气的掌握，这方面我有点心得，所以大伙叫我镬气黄。镬气其实是对温度的把控，温度又跟食材的特性、厚薄、油温、距离远近有关。"

陈卫专注地听着，黄祁全比比画画地讲着，时而还冒起一团火光，那是他在上灶示范，空旷的后厨，只有忙碌的两个身影。

又到早茶时间，学徒们在清扫桌椅，那位有固定座位的老食客又提着自己的一盅两件，等着学徒打扫出座位。黄祁全坐在椅子上，神情疲惫："大概就这么多了，剩下的要靠你自己领悟，你跟谭耀亨搞的那些新菜，有想法、有创意、有天赋，但不够完美。各家酒楼出钱买的是你的想法，而不是你的厨艺，你承认吗？"

陈卫点头："主要是时间太紧，食材又贵，我还没练好。"

"甘甜、鲜甜、爽口、弹牙、和味、大补，这好比是练功夫，光有拳谱还不够，还要勤学苦练，我教你的，恰好就是这方面的一点心得。"

陈卫倒上茶，起身单膝跪在黄祁全面前。

"不必如此，我收了你一块钱的。"

"一日为师终身为父，以后师父但有所需，我千山万水也会赶过去效力。"

黄祁全欣慰地接过茶碗,喝了一口:"起来吧。"陈卫站起身来。

"还有一块钱吗?"

"啊?有。"他又拿出一张法币。

黄祁全再次收进口袋:"这是我替东家收的,东家说了,广州大酒家就交给你了,租金是一块钱。"

陈卫吃惊。

8

陈立夏睁大了眼:"一块钱?广州大酒家归你了?"

陈卫压抑着得意:"是租给我,我得赚钱交各种乱七八糟的税,养活这么多厨师、伙计、学徒,还得照顾好房子,该油漆该粉刷一样都不能少。"

"那也太好了吧?光那些满洲窗就值很多钱。"

"你还打算拆下来卖了呀?"

"他们为什么对你那么好?是不是黄师父有个待字闺中的丑女儿?"

陈立夏哈哈大笑,被陈卫连连提醒,陈立夏连忙收声。他们探头看向另一个房间,陈山河正在盯着一张广州城地图看着。

陈立夏冲陈山河喊着:"大哥,二哥要发财了,要当广州大酒家的掌柜了。"

"乱讲,我就是当厨师,楼面的事我得另外找个人。"

"那我不管,以后天天去吃饭,天天都吃好吃的。"

"我还委屈过你啊?"

陈山河拿着地图走出来,铺在桌上指点着:"老二拿了广州大酒家,也未必是好事。"陈卫不解。

"最繁华的惠爱中路、汉民路、西濠口、长堤,都被日本人划作商业区,不允许中国人开店经营,以后生意不好做了。"

"怕什么？在咱们的地盘做生意，还能让日本人比下去？"

"日本人开商店还有'商业贷款'，等于没有成本。"

"我的成本是一块钱。"

"你跟我嘴硬什么？我就是提醒你要小心，日本人打过来图的是钱！是财富！这个时候做生意，说不定就跟他们迎面撞上。"

"哦，我不怕。哥，咱们去广州大酒家看看，以后就是咱家的地盘了。"

陈立夏兴奋地说："好啊！好啊！"

广州大酒家附近的街道上，一个提着行李、神情局促的日本男人站在街头。繁华的街道，林立的酒楼、店铺、招幌，让这个男人目瞪口呆，旁边穿着日军军装的冈田搂住他的肩膀："小泽，从现在开始学中国话吧。这里是我们的未来，学会中国话才能挣到中国人的钱。"

小泽小太郎说："冈田，我会努力的。"

"好啊！先找地方住下，做碗拉面给我吃，出征六个多月，我最想念你做的拉面。"

陈家兄妹从他们身后走过，走进广州大酒家，此时还没有客人，陈卫带着哥哥妹妹一路走进去，描述着自己的设想："小戏台就交给小妹你了，给你的红棉班一个专属戏台，怎么样？"

陈立夏撇嘴："这里能唱出什么名堂！"

"饱吹饿唱，说明吃跟唱自古就有关系。"

"胡说八道，不理你。"陈立夏喜滋滋地到处看着。

陈卫又对陈山河道："大哥咱们俩也有合作，我准备搞药膳，这一边我改造一下，全都是明火明炉，当面煮粥，大哥你贡献几个药方，延年益寿的那种！"

陈山河觉得他这想法不错，陈卫继续说："这两天歇业，我择日开张，所有人员全都留用，黄师父能经营好，我也能。我还要把新菜都用在这里，拍卖没收到钱，老谭赔得一塌糊涂，正好把新菜都用在这里，十二道妈姐菜也用上，我把老谭请来坐镇楼面。"

陈山河欣慰地拍拍他的肩。

陈卫说干就干，去谭耀亨家找他，却看到了门上的封条，很是诧异。他左右寻找，一路问着人找到附近的凉茶店，凉茶店外简陋的木桌前，谭耀亨伏案疾书，那个盾形纹章的瓷碟放着几块饼干摆在面前。远处一群人气势汹汹地向他走来，有几个身上还披麻戴孝，他们围住谭耀亨拳打脚踢，打得狼藉一片，陈卫狂奔而来驱散了众人，他们骂骂咧咧散去。陈卫想搀扶起倒在地上的谭耀亨，被他拒绝。

"怎么回事？他们是谁？为什么打你？"

谭耀亨没有回答，只是紧张地检查着那个瓷碟。

陈卫急了："说话啊！不说话我怎么帮你？还有你家怎么贴了封条？你这几天住哪里？"

"不劳惦记。"

"你是为这个瓷盘子挨打？这不是一套的吗？就剩一只了？"

"我的事跟你没关系。"

"咱们俩是搭档！"

"高攀不起。"

"还记仇了？我可没下毒，是邝庆奎不讲道理！再说还可以再拍卖一次啊！反正那些酒家都想要。那些是什么人？怎么还戴着孝？是你老家的亲戚？"

"你能不能别问了？不想说。"

"有事别自己扛着，说出来我还能帮点忙。"

"你帮不了。"

"你说说看。"

两个人针锋相对地大眼瞪小眼，谭耀亨屈服了："我不能当汉奸，知道吗？我女儿是抗日的，我当汉奸，怎么有脸当她爸爸？"

"谁也不能当啊！我也不能当，侄女是抗日的，我当汉奸，怎么有脸给她当叔叔？"

谭耀亨明白陈卫借着开玩笑缓和关系，叹了口气："前几天，有个以前当记者的人找到我，说现在是日本宪兵报道部的了。"

"阮飞舟，我见过他。"

"他也找上你了？他要我参加他组织的什么协会，写大东亚共存共荣的文章，这怎么能答应？他把我赶出家门我也不怕，身上一支笔，走到哪里吃哪里。"

"对啊！"

"他跟所有的报馆打了招呼，谁都不许刊发我的文章，想饿死我。我就索性什么都写，反正我也什么都能写，前两天帮人写了个墓志铭……"

谭耀亨气得快要说不下去了："宪兵队去砸了人家的丧事，人家当然要找我算账。我不怪他们，乱世之中能做一个普通人，不遇到麻烦事，不引人关注才是最难得的。我干脆离美食这个行业远远的，广州就是这一点好，只要不懒，就能凭双手吃饭。"

"你不是说永远不离开这个行业吗？"

"可什么是永远？以前写食评，是害怕好吃的东西留不住，想写出它的味道就是永远，后来觉得跟你一起把美食做出来，天天有的吃才是永远。"

陈卫笑起来："那好，那我就给你一个永远的机会。"谭耀亨面无表情地看着他。"冼老板把广州大酒家交给我了，咱们一起经营吧？"

"不感兴趣。"

陈卫愣住了。

9

冼基街那个巨大的弹坑用树枝围了一圈，算是防止行人掉下去的警示，旁边有烧过纸钱的残灰，在风里飘摇。陈山河站在弹坑旁，手心里紧紧握着那枚钥匙。远处传来一阵叫喊声、吵闹声，还夹杂着撕心裂肺的哭喊声，这声音惊扰到陈山河，他循声走向吵闹之处。

四五个拿着棍棒、穿着日式服装、头上扎着白布条的日本男人，正打砸着一家药铺的门面，到处一片狼藉和药草。店主人被打得头破血流，店主人的妻子拼命护着他，呼喊着，邻居们前来阻拦，也被几个日本男人打得头破血流。在他们附近，两个持枪的日本军人嬉笑着看着。围观的人群中，陈山河挤了进来。一个神情倨傲的日本男人冲着众人哇啦哇啦说了一番话，示意一个跟着他们来的人翻译。

　　那男人愁眉苦脸地对大家拱拱手："各位街坊，我不是汉奸，只是碰巧在日本洋行上班，会说几句日本话，他们逼我当翻译，我没办法，不答应他们就打我。我就斗胆翻译一下，有些粗鄙无礼的话，是他的意思，不是我的意思……"

　　他说得有点长，日本人猜到他不是在翻译，一棍子打在他肩膀上。

　　日本人催道："快快地。"

　　男人连忙开口："他们的意思是，只要那条街上开了日本药铺，就不允许中国人再开药铺。"

　　店门口那个被打的药铺主人喊起来："我家不是新开的，我家在这条街上开了几十年，小日本还没来呢！"翻译向日本人说了几句日语，被日本人一通咆哮，翻译连忙转向众人："他们说，他们开业时，你们家没有开门营业，所以现在不允许再营业了……"

　　药铺主人说："我家是出去逃难，现在回来了怎么不能开业了，太霸道了吧？"这回还没等翻译开口，日本人又挥舞棍棒冲了过来，对着药铺主人一顿乱打。

　　陈山河挤开人群向骚乱处走去，越走越快，最后竟然奔跑着跃起，一拳打在日本人的肩膀上，随即左右开弓上演了一场全武行，把四五个日本人打得满地滚。他们尖叫着呼唤那两个日本兵，陈山河在日本兵举起步枪之前，已经闪身挤进人群，一躲一闪，消失不见了。日本兵开了枪，枪声在回荡。

　　回到南禄医馆，陈山河很兴奋，徐南禄给陈山河的双手手背关节涂着药水："你太莽撞了，万一打中你怎么办？"

"见到日本人我压不住火,何况他们还在欺负中国人!"

"日本人占了广州之后,大部分同行都不敢开门,怕被乱兵砸抢,尤其是专营参茸贵药的,全都关门歇业了,谁知道一转眼开了十几家日本人的药铺,他们很抱团也很蛮横,规定有他们的地方就不能再开中国药铺!"

"就没有想想办法?"

"想!怎么能不想?大家公推我们几家有点牌面的药铺去跟他们谈判交涉,结果日本人那边很齐心,以一个叫三国有喜的药铺老板为主,我们约见他,结果人家不肯见。"

"不肯见?"

"不肯见,说各凭本事、公平竞争,可他们有日本兵拿枪保着到处打砸我们的药铺,哪里有公平竞争可言?"

"跟这种人谈什么公平竞争?就得跟我这样,来几下狠的才痛快。"他挥舞拳头,伤口却疼得他连连甩手。

徐南禄沉默下来,陈山河问:"怎么了?嗯?"

"你别往心里去啊……"

陈山河催促着:"说什么呢?怎么了?"

"你刚才帮的那家药铺叫回春堂,卖生草药的,现在全家都被杀了。"

陈山河猛然握紧双拳,拳峰上的伤疤迸裂。

"没告诉你这个,是因为他们的死与你无关,从被日本人盯上那一刻起,他们的命就已经丢了,即使没死在日本兵的枪弹下,也会因药铺破产穷困潦倒而死。"

"是哪家日本药铺?"

"单独找他一家报复没有意义。来几下狠的当然痛快,可这么大的中药产业,不能断送在咱们这一代人手上,所以还是得跟日本人谈,谈谈规矩,也谈谈不规矩。"

"我懂了,我来想办法,我认识一个日本人,他应该能跟什么三国说上话。"

陈山河约阮飞舟到番菜馆见面。他来早了，坐在桌前发呆，身后不远处，小提琴在拉着忧伤的曲调，陈山河的手指随着乐曲声在轻轻动着，但又显然没有动在节拍上，更像是强行克制，随时可能拍案而起。这里有他太多回忆了，尤其是跟何姑在这里吃的那一餐饭，陈山河心如刀割。

阮飞舟快步走进来，径直走向陈山河，陈山河也看到了他，从座位上站起。

"真没有想到会接到你的邀请。"

"你是小妹的朋友，冒昧相邀，还请不要怪罪，请。"

他让阮飞舟入座，阮飞舟却突然站稳身体，向他鞠了个躬："听闻尊夫人因战火罹难，我深表不安和歉意。"陈山河飞快地看了一眼周围宾客的反应："与你无关！你这么说话，我就不好开口请你帮忙了。"

"不，不，我愿意为你提供帮助。不知道我能为你做些什么？"

"先吃饭，入乡随俗，酒足饭饱才谈事情。"

阮飞舟推开菜单："我很少吃西餐，看不懂这些。"

"那我给你做主了。"

他招来侍者，用英语点了两客牛排，阮飞舟诧异地看着他。

"不知道小妹有没有跟你提到过，我们陈家在佛山还有点牌面，曾经！"

"我知道一些。"

"中国人讲孝顺，孝顺的标志之一，就是恢复祖上的荣光，我就想干这个。"

"你想从哪里入手呢？"

"交朋友。我想和在惠爱中路上开日本药铺的三国有喜交个朋友，不知道你能不能代为引荐。"

阮飞舟沉默片刻："我知道你找我干什么了。这件事不好办。"

"愿闻其详。"

"这些日本药商是出于对本国政府的信任，出于对广州未来的期待，才变卖家产筹措资金来这里创业的，我们宪兵报道部要保护他们的利益。"

"那你更应该帮我牵线搭桥了,做生意讲究强龙不压地头蛇,大家商量一下,生意才做得长久。"

"我可以帮你介绍,但三国有喜这个人有点……怎么说呢,小地方来的,不够通达、不容易讲道理。"

牛排被端了上来,陈山河拿起刀叉一刀划开,血水流出:"牛排我只喜欢三成熟,划开见血这一刻,味道好。"

三国有喜从穿着打扮上看不出是日本人,一口流利的中国话,带着中国东北的口音,丰富的方言俗语信手拈来,他正站在药铺的柜子前整理各种中药,陈山河只好陪他站着。

三国有喜说:"你关系够硬的哈,都找到宪兵报道部了!我跟你说哈,找谁都不好使,我不是军方的,也不是官方的,我就是一个商人,你搬出谁来也不好使。"

"那三国有喜先生,怎么才……好使哪?"陈山河学着三国有喜的东北口音。

"学我口音是不?砢碜我是不?我从小在满洲长大,学医学药,开店做生意,我什么没见过?"

陈山河连忙摆手:"没有、没有,是没有想到在这里能听到东北口音。"

"你们中国有句话,千里为官只为财,我从满洲跑到岭南来,也有千里了吧?我为钱来的。"

"我代表广州药业同道,欢迎东北同行。"

"跟我这整什么呢?还代表!你脸可真不小。"

陈山河有些无奈,试图把交谈拉回正常轨道来:"你们来广州开药铺,广州药业同道拦不住也挡不住,不如大家坐下来谈一个章程,日本药铺公推你为代表,所以我就来跟你谈。"

"我欠你的?你要谈就谈?再说有什么可谈的?各凭本事呗。"

"好一句各凭本事,你们有军队撑腰,做事可有点坏规矩。"

"有军队撑腰也是我们的本事之一,你们也有军队啊,找他们来给你们撑腰啊!"

"三国有喜先生……"

"懒得废话。我明白儿地告诉你,我们就是想一统广州乃至广东全境的中西药生意,你们要么献上店铺、药方托庇于我们,要么另谋生路、自生自灭。"

"不给大家留条生路吗?"

"你叫陈山河是吧?你有家生产发冷丸的药厂,并到我门下来吧。"

"既然谈不拢,那就告辞了。"陈山河恼怒地拱手而别。

三国有喜头都不回:"不送。"

陈山河往外走去,却看到大门口的台阶上,一个十来岁的小孩子正躺在竹椅上,身上搭着薄被晒着太阳,一个保姆正在一旁照料着。陈山河盯着那孩子看,孩子的视线也跟随着他移动,他向孩子笑了笑,孩子缓慢地咧开嘴,艰难地露出一个笑模样。

陈山河回到南禄药坊,这里冷冷清清,见不到以前热闹的制药景象。徐南禄和徐联仲正在劝说一个跪在地上的女子起身。陈山河走了过来,用目光向一脸无奈的徐南禄询问。

徐南禄说:"山河来了?等我一下。"

跪在地上的女子被惊动,她飞快地看了陈山河一眼,原来是小菊,那个负责蜡丸封装的女工。

徐南禄说:"你还是先起来吧,这样不好。"

小菊低头站了起来。

"药坊停工是暂时的,等过一阵子复工,肯定通知大家回来,你们先自己找点事做。你这么年轻,又在咱们这里学了不少本事,找事做还是不难的。"

小菊低头不说话。

"如果找不到事做,遇到难处,也可以来找我,我会力所能及帮忙。"

小菊再次点头。

"快回家吧,家里该着急了……"

小菊没有动。

陈山河掏了掏口袋,拿出几张皱巴巴的日本军票递给小菊:"没多少,别嫌弃。"

小菊惊惶地摆手:"不要,我不要。"

"都是一起做工的,你还教过我封蜡丸哪,同气连枝、互通有无,拿着。"

小菊接过钱,鞠躬,又向徐南禄鞠躬,转身离去。

徐南禄说:"生意都停了,给大家发了点钱先放回家,减少花费也减少风险,跟日本人谈得怎么样?"

陈山河刚要说话,小菊又跑了回来,脸憋得通红,迸出结结巴巴的一句话:"听说你姑姑的事了,她是个好人,应该去了好地方,你别太难过。"

小菊的勇气耗尽,转身就跑,跌跌撞撞地消失在大门口。陈山河一口气憋在嘴边,半晌缓不过神来。徐南禄也沉默着,知道陈山河此时内心恐怕在翻江倒海。

陈山河骤然流下两行泪,他一把抹去:"这是谁啊!这个人可不能再用了,不能让她回来上工了,我还好心给了她钱,她就这么戳我的肺!徐老板这是你安排的?你这样可不好,我得罪你了?"他嘴里絮絮叨叨,完全不过脑子地胡说八道,最后突然停住,缺氧一般深吸一口气,"见笑了。我日里夜里,拼了命让自己不再想起姑姑,每次一想就掐自己一下。"

他撩起袖子,两只胳膊上都布满青紫色的指甲印,随即又立刻隐藏在袖子下:"我不敢去她的衣冠冢上坟,不相信她已经不在这个世上了,执拗地觉得我不去上坟她就还活着,可是刚才这个谁!这个谁!"

陈山河闭上眼屏住呼吸,随后恢复了平静:"见笑了,咱说回三国有喜。"

徐南禄很理解地点点头。

"他野心很大,油盐不进,说要垄断整个广东的药业。"

徐南禄说:"日本商人看上咱们岭南的药材,会收购、加工,制成丸散膏丹,在我们最好的地段开药铺,甚至还要巧取豪夺各家的中药秘方,吞并店铺霸占市场,直到把我们都逼死。"

"擒贼先擒王,我想从三国有喜开刀。我离开三国有喜家时,看到他家有个生病的小孩,就找人打听了一下……"

"怎么样?"

"小孩是他儿子,一年前突然生病,高烧惊厥,在东北遍请名医,都说要吃广东陈李济的活络丸,他就带着儿子千里求药。活络丸果然有效,但因为病程太久,沉疴难尽。他听说有人收藏有一枚超过百年的老活络丹,药力更足,就到处寻找。"

"你要找到这样一份宝药去讨好他?"

"达到目的,何必管手段?三国有喜这家伙在秘密寻访,是怕有人知道了哄抬物价。"

"自作聪明,这种百年宝药并不会因为他急着要就会抬价,不用抬,有价无市,不是家里揭不开锅,不会有人卖的。"

"你知道在谁手里?"

"不知道,反正不值得。再说他们也不配。"

10

谭耀亨又在凉茶铺唯一的桌子前伏案写作,桌子腿还不一样长,垫着谭耀亨的一只鞋,他的光脚踩在另一只鞋上。陈卫不知道何时走了过来,把一瓶"荷兰水"放在他面前,又摆上两个纸包,纸包渗出油来:"凉茶喝多了肚子受不了,吃点正经东西?"

"别耽误我写字挣钱。"

"广州大酒家的正事不干,你写什么写?"

"我以此为荣。"

陈卫把后腰上别着的一卷报纸丢在桌上:"难怪不怕阮飞舟了,知道用笔名了!可你看看你写的都是些什么烂玩意儿?还以此为荣!"他随意扒拉着报纸,"秋月明是你吧?《奇女子崂山奇遇,遇蛟龙暗结珠胎》!浪蟾也是你吧?《罗浮山艳史》!庶纣是你吧?《武当十三剑》,这个我看了一点,挺好看,最难堪的是这个,岭南笑笑生,《烛光艳影》号称是当代《肉蒲团》,我给你念一段……"

"你这样有意思吗?"

"我怕你是文如其人。"

"放屁。"

"你写这些下流文字,就不怕你女儿知道吗?"

"与我何干!那是岭南笑笑生。"

"跟我一起撑起广州大酒家吧!做人要有滋、有味、有尊严,你靠写这些东西活着,我看不下去,那种活着,跟死了有什么不同?"

谭耀亨沉思着。

"你要不答应,我就把这些报纸寄到延安去,你女儿的地址我也记住了,是陕西延安……"

谭耀亨打断他:"宪兵报道部还在盯着我,你不怕惹麻烦?"

陈卫笑了:"我有办法。"

陈卫的办法就是金盆洗手。

广州大酒家门前鞭炮齐鸣,谭耀亨和陈卫在门口迎接宾客和记者,陈立夏在跑前跑后帮着张罗着,门前摆着一张桌子,上面蒙着一块广绣盖布,盖着什么东西。陈卫把记者们拢到一起,谭耀亨站在了桌前。

谭耀亨向众人抱拳行礼:"各位远道而来的报馆同行、酒家朋友,谭某半生都离不开报馆与酒家,爱美食,也爱分享,所以成了食评人。承蒙抬爱,叫我铁嘴,实在受之有愧,因为我还不够嘴硬,也因为我找到了另一种分享美食的方法。"他掀开广绣盖布,露出一支派克钢笔,"这是我用第一篇食评的稿酬购买的派克钢笔,以后我用不上了,今日遍请亲朋好友做个见证,金盆洗手之后，昨日之我不再有。"他拿起一只锤子，狠狠砸在钢笔上，墨水四溅，手上也沾了墨汁，陈卫招手，侍者端上水盆来。

远处传来阮飞舟的阻止声："等一等！"

陈卫低声催促："快洗手！"

谭耀亨却不慌不忙，手悬在水盆上等着阮飞舟。

阮飞舟说："谭先生这么心急？"

谭耀亨说："手上有墨，久了就不容易洗了。"

"如果我不让你洗呢？"

"钢笔已经砸毁了，何必再强人所难？再说，我也不在乎。"他伸手入水洗着手，陈卫担心地看着阮飞舟，阮飞舟的右手手指不断屈伸，似乎随时会抓出枪来。

众人都屏住呼吸看着，现场只有洗手的水声哗啦啦。陈立夏挤过来，挡在谭耀亨和陈卫身前："阮飞舟，你来吃酒席吗？今天是我二哥的酒家开张，你随份子了没有？"阮飞舟皮笑肉不笑："是吗？那真是可喜可贺。"他从口袋里掏出一张日本军票放在桌上，"那就开席吧？"

宴开几席，谭耀亨提着个酒壶，在各处张罗、敬酒、碰杯。阮飞舟独自坐在一桌，面前摆满酒菜，却没有人跟他坐在一起。他猛然站起来，走到另一桌的陈立夏旁边，一把拽开她旁边的客人，大马金刀坐下来，同桌的人噤若寒蝉，纷纷借故离开。陈立夏正提着筷子吃得很欢快，闻声不高兴地瞪着他。

"你二哥开了酒楼，你大哥呢？还在忙他的药铺？"

"不知道。"

"金师哥呢？好久不见了，怕我们抓他？"

陈立夏飞快地看了他一眼。

"他是抗日分子的事瞒不住我，不过与我职责无关，我不过问，毕竟有多年情谊在。"

"师哥在忙什么，我也不知道。"

阮飞舟看着在各处游走招呼客人的谭耀亨："我最近在反思自己的工作，

325

发现杀人似乎不是解决问题的好办法,刚刚接手这份工作时杀了一些,虽然不是我亲手开枪,但……最近已经很少杀人了。"

"难得你天良发现。"

阮飞舟还是盯着谭耀亨:"是吗?可我为什么现在又很想杀人哪?"

"因为你想掩饰自己的无能。"

阮飞舟瞪着她说:"Summer姐,你这样耿直好吗?"

"你也不是第一天认识我了,岭南女子就这样硬颈,说话不会拐弯。"

阮飞舟看着一脸淡然的陈立夏,陈立夏低垂着眼:"你要还念着认识多年的情分,就多一份善念吧。"

"你说得对,醍醐灌顶,看了这么多戏,早该懂得分久必合的道理,我不会把事情做绝,也希望大家朋友多多帮衬。"

陈立夏没有回应。

"行吗?Summer姐,答应吗?"

"你叫我陈立夏吧。叫我Summer姐的那个阮飞舟,不敢逼我答应什么事。"

阮飞舟被噎住。从广州大酒家走出来后,他沉着脸离去。街道上人来人往,一眼看去多了些穿着日本军装的人,三三两两地逛着街。穿着军服的冈田和穿便衣的小泽小太郎各自嚼着甘蔗走了过来。

冈田问:"怎么样啊小泽?已经逛了四五天了,想好在哪里开店了吗?"

小泽小太郎说:"中国菜太好吃了,我都不敢开自己的店了。"

"是吗?那我给你买船票送你回去?"

小泽小太郎尴尬了一下,说:"如果能让中国人也尝尝我们山口县的味道,也很期待啊。"

"小泽你变坏了,说话开始绕圈子了。跟我说实话!敢不敢开店?"

"以我这几天品尝的结果来看,粤菜很不错,但我们山口美食也有特点。"

冈田笑起来:"这才对嘛!这才是我心目中自信的神厨小泽。"

"可惜适合开店的地方都已经被开了店。"

"这不用你操心,你看上哪里了?"

小泽小太郎看向路边的广州大酒家:"已经开店的地方都适合开店。"

"广州大酒家?那就这一家吧,我准备一下,一定让你得到它。"

小泽小太郎欣喜地看着广州大酒家:"会不会太昂贵?这里一看就很昂贵,开店得考虑成本,太昂贵的地方不行。"

"小泽你变坏了,不直爽了。跟我说说,隔壁班的晴子你搞到手没有?我入伍的时候,你可是把她招到你店里去了。"

他们勾肩搭背地离开。

陈山河在南禄药坊专心地搓着药丸,宋石莲一脸焦灼:"六千片奎宁已经运到沙面的英国洋行,但是怎么弄出来?红鱼帮实在没办法了。"

徐南禄说:"上次你们商量,不是说要倒进海里吗?"

宋石莲说:"那就真血本无归了,博个机会吧!只要弄出沙面,我们红鱼帮少拿三成。"

徐南禄说:"我不赞成再做这种生意了。"

宋石莲说:"最后一次行不行?你看你这药坊也关门了,我红鱼帮三千儿郎也要吃饭,我们做老大的,总要为他们着想。"

陈山河欣赏着自己搓出来的药丸:"宋哥这话有道理,这件事,我来办。"

徐南禄问:"你凭什么办?红鱼帮人多势众都干不了!"

"哈哈,他的本事离开码头就不好使了……"陈山河突然笑了起来,重复着"不好使"三个字,"三国有喜那个小日本说一嘴东北话,东北话太能传染人了,哈哈,不好使。"

徐南禄道:"太危险了。"

陈山河说:"用心算计,用钱开路,难不到哪里去!"

徐南禄急了:"还提用钱开路?你在廖四六那里吃的亏,忘了?"

"对啊兄弟，廖四六那二十根大黄鱼还给你没有？要不要找他算账？"

"廖四六出卖我是想当特侦队队长，现在已经当了警察局长，短时间也没机会升官了，他会安心给我推磨的。"

宋石莲佩服地竖起大拇指。

"我算计好之后去取药，徐老板把伙计们再招回来，奎宁一到就开工。宋哥的三千子弟撒到大街小巷，一做出发冷丸立刻分销。我们有了钱才能跟三国有喜掰掰手腕。"

沙面岛在英国人的控制中，日本人的手还伸不进去，一队舞狮人正抬着锣鼓，抱着狮头穿行在沙面岛的西洋建筑间。陈山河穿着一身舞狮的服装混进了这队舞狮人，他径直走到带队的宋石莲身边。

宋石莲问："怎么才来？"

"关卡不让我进来，磨了半天嘴皮子。"陈山河举起一个狮头，抬头查看里面。

宋石莲低声交代着："六千片药缝在狮子里。"

"缝结实没有？"

"再结实也经不住抖，还是拿在手上吧。"

陈山河抱着狮子头，跟众人一起向沙面岛外走去，他们很快过了桥头的关卡。陈山河等人神情越来越轻松，拐过一个弯，前面又有一个关卡，这回是日军在把守着。陈山河招呼大家打起精神来，他们向关卡走去，前面经过关卡的人都要向日本哨兵鞠躬，有人忘了鞠躬，被哨兵推倒在地，拿枪托砸着、打着。

廖四六骑着脚踏车经过哨卡，看到了舞狮队伍里的陈山河，吃了一惊，他停下车来。日军哨兵检查着证件。

陈山河说："沙面有家日本株式会社开张，请我们去舞狮助兴。"

哨兵看看抱着狮头、抬着锣鼓的队伍，嚷嚷起来。陈山河等人听不懂，相互嘀咕着不知道他要干什么。哨兵看说不明白，拉动了枪栓。

廖四六连忙跑过来:"太君,太君,我来说,我来说。"他对陈山河说:"人家想看你们舞狮,快,舞一段糊弄一下。"

"他让舞我们就得舞啊?我们去沙面舞狮,是拿了钱的。"

"你跟人家争什么啊?人家有枪,比有钱管用。"廖四六掏出一张日本军票塞进陈山河口袋里,"行了吧!赶紧舞吧,让我也开开眼界。"

"兄弟们再辛苦一下,警察局廖局长有赏。"

众人齐声答应一声,在路边摆开了锣鼓,宋石莲凑过来低声:"你会吗?"

"我哪儿会!"

"那怎么办?"

"看过很多次,跟着瞎舞呗!"

陈山河披挂上狮皮,举起了狮头,哨卡处的日本兵挎着枪看着,来往的百姓却不敢停留,匆匆而过。

陈山河说:"大家凑合看一眼哈,今天舞狮可不是为了犒劳日本人,乡亲们走过路过不要错过!"

鼓乐响起,陈山河舞动狮头,他盯着前面的另一头狮头,人家怎么动他就怎么动,倒也似模似样。狮子头下面的陈山河汗如雨下,举狮头的动作越来越吃力。一粒白色药片从狮子身上掉下来,顺着路骨碌到一旁,被一只脚踩在脚下。

有惊无险地回到南禄药坊,制造药片的设备又开始运作起来,搅拌、成形、烘干、装瓶……小菊等女工再次上工,正在瓶子外贴上何记古方发冷丸的标签。小菊没事就抬头偷眼看看陈山河。陈山河和徐南禄在跟着忙碌着。

徐南禄说:"这是最后一次了,答应吗?"

"我早说过不干了。宋石莲那边我来打招呼。"

"风险太大,道德有亏,以后还是老老实实钻研医书,找几个有效的方子,创出自己的看家药来。"

"好,不过你说道德有亏我可不认啊。你有什么好方子?你一定有,你看了那么多医书，存货多。"

"中—安宫牛黄丸知道吗？"

"清代吴鞠通《温病条辨》，把它与紫雪丹、至宝丹并称为'凉开三宝'，号称'救急症于即时，挽垂危于顷刻'。"

"考虑一下。还有奇星华佗再造丸，御医世家冉氏在华佗留存的《华氏中藏经》中摸索出来的，其功效当得起'起、死、回、生'四个字。"

陈山河欣然："好！"

外面传来敲门声，离得比较远，声音在空荡荡的作坊里回荡。陈山河和徐南禄面面相觑。陈山河指指搅拌机："药都投进去了？"徐南禄点头。

"那就行了，查无对症，有人问就说祖传秘方，传子不传女。"

大门打开，陈山河看到门口的阮飞舟，阮飞舟抬起手，指尖夹着一枚白色药片："廖四六拿这片药来举报你，是想在我们日本人这里增加分量，我能压他一时压不了一世，毕竟他还可以向其他部门举报你。"

"你能扣下这片药，我已经很感激了。"

"你想等我走了就一夜卖光，来个死无对证？没用的，你应该有个靠山了。"

"我不会当汉奸的，爸爸妈妈泉下有知，不让。"

阮飞舟手指间的药片停止转动，举起来仔细看着："你是懂药的，只要能治病，不必管是中药还是西药。"

"你怎么就非盯上我了？"

阮飞舟一脸疲惫："我盯上的人何止是你，徐南禄、谭耀亨、陈冶冰、金慧荣，还有你的弟弟妹妹，各行各业的顶尖人物我都盯上了，我心疼他们学艺不易，走到现在这个位置不易，想保一保他们。"

"你这个话说得没道理，你不来招惹他们，对他们就是最好的保护。"

"只要他们听从我的安排，一起为大东亚共存共荣做贡献，自然就能得到保护。"

陈山河想说什么又闭嘴。

"我知道你要说什么，但是大东亚共存共荣是天下大势，大势不可违，一切的亲情、友情、交情，都要在这个大势下才能实现。"

"你从来没想过，这个仆街的大势是不对的吗？"

阮飞舟盯着他："你们陈家的人，胆子都很大。"

"从小没有爹娘教，我们三兄妹都是野生的。"

"大势不可违，不管它有没有道理，你既然没本事翻天蹈海推翻它，那最好就顺应它，顺应大势，不吃亏。"

"也就是把你当靠山喽。"

"是。"

"如果我不想靠别人呢？"

"寸步难行，或者粉身碎骨。"

他把药片夹在两指之间狠狠一捏，药片很硬，没碎，他又加大力气，指节都发白了，但药片依旧没碎。陈山河愣愣地看着他，阮飞舟下意识地还在用力气，陈山河伸手把药片从他手指间抽了几下，抽出来放进自己口袋："别浪费了，这一片药，说不定能救一条命呢。"

阮飞舟的气势被这捏不碎药片的意外搞得一泻千里："反正我该说的不该说的都说了，我能提供的帮助不多，你妹妹可以参加日中文化交流，安排她去日本演出，你和徐南禄可以加入我们的'大东亚医学促进委员会'，你弟弟，我也会有安排。"

陈山河打着哈哈："让你费心，我可真不安心。"

11

已经打烊的酒家前厅，谭耀亨在用算盘算着账，陈卫趴在他旁边翻看一本菜谱，谭耀亨放下笔，神色凝重。

陈卫问："怎么样？赔了还是赚了？赔得不多吧？今天是第一天，赔点也行吧？"

"我也不懂算账。"

"那你趴这儿打了一晚上算盘。"

"粗浅算算食材的进价、厨师伙计的薪水,好像略有盈余。"

陈卫松了口气:"那就好。"

"先别忙着高兴,酒家想挣钱得从菜单上做文章。"

"加新菜?"

"是把食材充分利用上,比如说后厨进了一条鳗鱼,那菜单上就要有好几样用鳗鱼做的菜,鱼身做成金钱鳗鱼片、鱼头同凉瓜和咸菜炖汤、鱼尾切成细条用青菜爆炒……这条鱼进到后厨,每一寸地方都没浪费,都能换成钱。"

陈卫欣慰地挑起大拇指:"以后前厅后厨都让你说了算。"

谭耀亨犹豫了一下:"真让我说了算,就管管你妹妹,别给咱们酒家招来祸患。"

"我妹妹怎么了?"

"你去后厨看看就知道了。"

后厨已经洗刷干净了,到处都罩着细布,刀具炊具都井井有条。后厨一角,金慧荣和三个手下正蹲在地上开着会:"武汉会战历时四个半月,国民政府军事委员会军令部统计日军伤亡人数为二十五点六万人,日军速战速决的战略彻底破灭。"

他的三个手下,两个男的是东坤和蔡汉民,女的是叶葱葱,以前也若隐若现在金慧荣身边出现过。

东坤问:"荣哥,我们该怎么做?"

蔡汉民说:"对啊荣哥。"

"毛主席在《论持久战》里说过,我们现在就是要树立信心,消灭敌人的有生力量。上级指示我们,迅速把武汉会战的战果通报给全市人民,粉碎敌人不可战胜的假象。"

后门突然打开,陈立夏鬼头鬼脑地钻进来:"师哥,好了吗?小鬼子的巡逻队过去了。"

"好了，那大家就分头去准备，葱葱撰写、东坤印刷、汉民运送到位。"

三个人同时答应，起身要走。

"你们还没吃东西吧？我哥这里有吃的。"陈立夏茫然地到处翻了翻，什么都没有找到，"我去找二哥，你们等我。"

她快步跑了出去，片刻之后拉着陈卫跑回来："你就给他们下碗面嘛……"

她发现金慧荣和几个人已经不在这里了。

"二哥！你这么大厨房为什么不放点吃的！"

"好，好，下次一定准备好点心。你也是，小金来了你告诉我嘛。"

"他不让，他都不想来，是我硬要他们来的，这里安全。"

陈卫苦笑着："他们安全了，你哥我可就不安全了。"

陈立夏犹豫了一下："哥，那我以后不让他们来了，可是我又不放心我师哥，他们得躲着日本人，还得躲着那些汉奸。"

"行啦，二哥是那种怕事的人吗？放心吧，以后点心管够，想吃面也有。"

陈立夏笑起来："二哥真好。"

金慧荣他们的动作很快，转过天来，广州主要的几条大街上都出现了传单，街道上的人争相捡着、传阅着、议论着，传单上大字印着"国军武汉会战，歼敌二十五万"。

日军司令部会议室，一沓传单被劈头盖脸砸来，一部分砸在阮飞舟脸上，阮飞舟头也不敢抬。日军司令官在一群大皮靴军装男簇拥下离去，只剩下阮飞舟半鞠着躬。在他身后还有一些穿西服、穿警服的中国人，他们收起低头谢罪的表情，三三两两地散去。廖四六穿着警服也在其中，他看着前面依旧鞠躬的阮飞舟，走了过去。

阮飞舟的眼泪滴下来，落在传单上，廖四六看到了他在哭。犹豫了一下，递过手帕："起身吧，司令官已经走远了。"

阮飞舟没有接手帕，他抹干净眼泪，转身向外走："办事不力，源于心软，我挨批评，活该。"

警笛声中，军警冲上来，包围了天台戏院的大门。韦太平和陈冶冰被军警驱赶出来。廖四六扬了扬手里的传单："有人从楼上撒传单，影响了市容环境卫生，我来抓人。"韦太平辩解着："天台戏院只占天台的三分之一，且并不临着撒下传单的那一侧，传单的事跟我们无关。"

"你说无关就无关？你是警察还是我是警察？"

"大楼十几层，每层的窗口都能撒出传单去，你们只找我们天台戏院，怕是本末倒置了。"

"我就找你了！不服气？"

"不是服气不服气的问题，是天下的事，大不过一个理字。"

"谁跟你讲理？我用得着跟你讲理？告诉你，今天交不出撒传单的人，我就封了你的戏院。"

"生计不好，我们戏院早就停业了。"

"嘿！怎么一个个都说话这么顶肺？"

阮飞舟走了过来，手里摆弄着一张传单："好了，你们下去找找线索，我来跟两位师父聊聊。这是我的旧游之地，还是很感慨啊。"

"宪兵报道部无缘无故打死我戏班里的正印武生冯瑞山，我也很感慨，竟然是昔日同桌喝过酒的熟人所为。"

"那件事我已经批评了经手人。"

"哦，批评。"

"还请韦班主谅解，下车伊始，百废待兴之时，政策执行难免偶有莽撞。"

"那冯瑞山就白死了？"

"不，只要你和陈师父肯配合，总有机会为他争得一份公平。"

陈冶冰拉了韦太平一把："和他说这些干什么？回去吧。"

"陈师父，我和Summer姐是好朋友，你是她师父，我凡事都会多多照应你。"

"用不着，我和陈立夏已经没有了师徒契约，你不用看她的面子。"

"那我就直说了，过几天有个日本艺术家代表团来广州进行艺术交流，想请两位参加,并做演艺示范。"

"我们不参加。"

"那可由不得你。"

"你还想怎么样?"

"警察局不是抓到你们撒传单了吗?"

"你这样说话,就不是君子之道了。"

"你跟侵略者谈什么君子之道?"

阮飞舟突然一个耳光抽了上去,陈冶冰虽然躲了躲,但没有完全躲过去,她震惊地捂住脸,韦太平连忙把她挡在身后。

"你们两个也算是没吃过苦头?去问问冯瑞山子弹钻进脑袋是什么滋味?"

"你不能不讲理!"

阮飞舟把传单丢在他们面前:"我连证据都带来了,还算不讲理?再说了,你找谁来跟我讲理?宪兵报道部主管广东文化,我上面没有人了,要讲理只能跟我讲!你确定要跟我讲理?演出时间我会派人通知。"

他转身离去。电梯缓缓下降,金慧荣的小号曲《红河谷》萦绕耳边,阮飞舟脑海中不断闪现着当年跟陈立夏、金慧荣和那些朋友,飞行员唐云、诸葛丰、兰建辉在嬉笑交谈的各种片段。那时候的阮飞舟笑容谦卑,金慧荣和陈立夏对他真诚相待。电梯到了楼下,他踩上了地面,重新变成了宪兵报道部的特务头子阮飞舟。

廖四六正在街道上吆五喝六地指挥警察们驱散人群,恢复秩序,阮飞舟招手叫他过来:"金慧荣找到了没有?"

"我的人都撒出去了,满广州在找他。这小子属黄鳝的,滑手。"

"我给你提个醒,盯紧陈立夏。"

"醒目!"

"你跟陈山河似乎关系不一般?"

"是不一般,我们有仇,杀父之仇。"

"陪我走走,跟我说说他的事。"

"好,你想听,我就说说。"

"我要听真话。"

"我尽量。主要是他跟我说过的话也真假参半,我不敢肯定都是真的,你不知道,他有个外号叫狐狸……"

夜色降临,天台上月色正好,韦太平和陈冶冰已经相拥着不知道坐了多久。陈冶冰手里的传单已经看了很多遍。韦太平凑了过来,压低声音:"这个,我听说就是立夏和小金搞的,这两个孩子,真不让人省心。"

"挺好。"

"好是好,这不是操心吗!"

"今天这一巴掌打醒了我。"

"还疼吗?"

"疼在心里,太平,日本人来了,我们真的没有太平了。"

"要不大家看着这传单觉得解气呢!"

"我倒是理解了立夏和小金他们这些年轻人,年轻人如何能忍得下这口气?"

"你别钻牛角尖啊!忍一时风平浪静,也不是让你忍气吞声啊,该生气肯定还是生气,只是你这个脾气……你可千万别想不开……"

他一时间有些着急,语无伦次起来,陈冶冰伸手握住他的手,懂得他的爱:"我不会寻短见,又不是我的错,我为什么要自杀?但我也不会怕,我宁可被他们一枪打死,也不会低头。这是我们的广州,总有一天,还会是一个干净的广州。"

陈冶冰把传单叠成一架纸飞机,向着楼外丢出去。纸飞机飞出了楼檐,扑向夜色中的广州。纸飞机在大街小巷飞翔着,俯瞰着夜色下的广州,不远处的珠江在月色下波光粼粼。曾经有过一架相似的纸飞机在夜色中飞翔,那一次欣欣向荣,而这一次的广州,忧伤而死寂。

第十二章

1

广州大酒家门外,金慧荣和陈立夏站在门口等待着,陈立夏不停地小声嘀咕:"师父要是骂我怎么办?"

"那你就忍着点儿,她是你师父,骂你就是爱你。"

"那我是不是应该天天骂你?"

"好啊,你现在有哥哥撑腰了,厉害了。"

"我二哥听说是请咱们俩的师父,亲自上灶做好吃的。"

"来了。"

他们迎了几步,韦太平和陈冶冰一起走来。

四人进了包厢坐定,金慧荣张罗着倒茶斟酒:"这酒家是立夏二哥在掌灶,一直说要请两位师父来吃饭。立夏,给师父们上茶啊。"

陈立夏乖巧地倒着茶:"师父,干爹,喝茶。"

陈冶冰道:"叫师父就不必了,规矩不可废。不过你现在还算不错,我也很替你高兴。"

韦太平询问:"小金啊,说说为什么要吃饭啊?"

"好久不见师父……"

"别灌迷魂汤,说真话。"

"边吃边聊,立夏去催催你二哥,一定要拿出最好的手艺来。"

陈立夏起身出门。

"请二位师父来，是商量宪兵报道部的事，他们给各家戏班下了通牒，逼大家粉饰太平，还要参加什么日本艺术家的联欢活动。"

"你瑞山师兄死得憋屈，我们戏班跟宪兵报道部势不两立。"

"我知道，所以请两位师父来商量一下，怎么才能带动大家一起对抗。"

"你可别乱来，我说势不两立，不代表要跟他们硬拼，拼不过。这是八和会馆该管的事。"

"八和会馆已经被炸了……"

"华光祖师神位尚在。"

"我知道蔡叔他们也在努力，但光靠他们人单势孤，需要大家齐心协力。"

"我们就不参加了，最近正准备带戏班子离开广州。"

陈冶冰诧异地看了韦太平一眼，金慧荣有点失望："没听说你们要走啊？"

"刚刚有眉目，师父有那么多人要养活哪，在广州不能开戏，每天人吃马喂，受不了啦。"

"什么时候走？真有点突然。"

"随时可能走，今天这一顿就当你给我们饯行了。"

金慧荣苦笑。

吃完饭离开广州大酒店，韦太平和陈冶冰边走边聊："真要走？怎么没听你说过？"

"我得堵上他的嘴。小金跟他大师兄一样，太能惹事。"

"我觉得他说得有道理，宪兵报道部欺人太甚，就应该团结起来跟他们斗。"

"道理是没有错，但是团结没那么简单，大快活班的陈杰伦你还记得吧？"

陈冶冰点头。

"他们戏班一向在南洋嘛,他讲过南洋有一种蚂蚁,成千上万赶路,遇到过不去的江河,就抱成皮球那么大一团滚过去,外面那一层蚂蚁淹死了,但球滚过去了还能接着赶路。"

"这很好啊,团结才是正道。"

"是,问题是谁会成为最外面被淹死的蚂蚁?我不想你和戏班子出事,所以,别跟小金掺和了吧。"

徐南禄在捏筋整骨,阮飞舟趴在病床上,疼得龇牙咧嘴:"大东亚医学促进委员会,就需要你这样的名医坐镇。"

"别说话,不能泄了气。"

阮飞舟被憋住,徐南禄又按了几下:"你这个筋络板结,说明气血不通,我给你揉开就好了。"

"你可以执掌理事之职位……"

"别出声。"

"我不怕泄气,我要请你把广州各医馆、药铺都发动起来,积极加入委员会。"

徐南禄在他后背上涂了一层红色的药酒。

阮飞舟肌肉颤动,连连呼疼。

"痛则不通,疼为了通,这种药效是极好的。"

"我每天殚精竭虑,就是为了让各行各业都能安居乐业,共同建设我们的大东亚共荣圈,但是亲自上门邀请的,你是唯一一位。"

"我可不敢当。"

"不敢当也得当,这是你对广州百姓要负的责任。"

徐南禄完成了全套程序:"我对任何人都不免费,承惠三元。"

阮飞舟掏出军票。

"军票的话,要四元。"

"派遣军司令部三令五申,军票等值。"

"但是用军票的是日本人,为表示尊重,我用的药酒更贵。"

阮飞舟知道他在信口胡说:"我本将心向明月,奈何明月照沟渠啊,徐师父,在你心中,我是个杀人魔王吧?"

"我没有亲眼见到,听说杀了不少了。"

"我不想杀人,也没想害人,我就想让你们给我一个热闹和平的广州,让我跟上级有交代,为什么就这么难?为什么要逼我?"

"今天用的药酒有点劲儿大了,你上头了,回去多休息。"

"我的邀请你没当回事?"

"才疏学浅、身体抱恙、力不从心。"

阮飞舟点点头,穿好衣服走出去。

徐南禄找来了陈山河:"我得马上走,我瞧小日本要拿我开刀了。"

"是那个什么大东亚促进会?"

"汉奸组织,宁死也不能参加。山河,你也要留意了,有些事一辈子都不能做,一步错步步错,德行有亏,你就完了。"

"我知道。"

"你那个性子有点偏激,我怕你心里没有正邪之分。"

"徐老板,不能说我干点走私的事就把我骂成坏人吧?发冷丸你可是大股东。"

"来,签个字。"徐南禄把陈山河拉到一沓文件前,"快签字。生意我带不走,存货也带不走,房子、药坊、医馆我都转给你了,不能便宜了日本人。"

"你去哪里?"

"乡下,天高任鸟飞。"

"行,我送你出城。"

黄包车停在路边,徐南禄坐在车上,焦虑不安。这里是洋行林立之处,陈山河从其中一个门口走了出来,他腋下夹着一个皮包来到黄包车前,打开徐南禄脚下的诊疗箱,把自己的皮包塞了进去,沉甸甸地咣当一响:"这段时间挣的钱你都带走，穷家富路。"

"我用不着，我在乡下有……"

"知道你饿不着，这是我的心意。"

"你们留在广州更需要钱，不用操心我。"他犹豫了一下，"陈李济那枚老活络丸，存世仅有一枚，在我手里，卖了能支撑很久。"

"原来在你手里，那就留着当传家宝，以后传给我。"

"滚你的，老子在乡下有老婆孩子！"

"那还说出来馋我？赶紧走吧，一路顺风。"他招招手，在路边坐着休息的黄包车夫跑过来拉上车。

徐南禄转身叮嘱着他："你自己一定要把持住，坚决不能当汉奸。还有想办法伪装一下自己，免得他们盯上你。"

"怎么伪装？"

"你自己想，你是狐狸啊。"

徐南禄给陈山河提了个醒，之后他就像是变了一个人，经常流连在纸醉金迷的赌场里。他在赌桌上下重注，不断大口喝着酒，头发湿漉漉地搭在额头，满脸汗，手里把玩着那把钥匙。庄家和桌上另外几个人暗中使着眼色，显然这是一伙人，正在"围猎"陈山河。

"买定离手，开牌。"

赌盅被掀开，众人看到骰子发出惊呼，陈山河面前的钱被庄家搂走，他毫不在意，浑身摸了一下，却摸不出钱了。

"有注下注。"

众人催促着陈山河，一个穿着警服敞着怀的赌徒尤其叫得热闹："还有钱没有？没钱就滚开。"他还有意撩开警服，露出腰间的手枪来。陈山河一伸手，把赌徒腰里的左轮枪拔出来拍在桌上，众人下意识闪躲，赌徒叫喊一声伸手要抢枪，陈山河把枪在桌上转了一下枪口对着赌徒，手指搭在扳机上，赌徒不敢动了。

赌徒道："兄弟，这可是袭警大罪。"

陈山河说:"谁叫你先骂我的?"

庄家说:"陈掌柜,这个可当不了赌注。"

陈山河拿起左轮枪,把子弹卸下来倒在桌上,又拿起其中一枚塞进弹仓,转动一番,把枪对准自己的太阳穴,他眼神凶猛:"枪不够当赌注,命够不够?"

庄家无奈:"陈掌柜,我们不赌这个……"

"你们不赌,我赌。"陈山河扣动扳机,弹仓转动,没有子弹射出,众人呼一口气。

"下一枪你来,或者开牌接着赌下去。"陈山河眼神凶猛,"怎么不敢了?你吃我的赌注不是挺过瘾的吗?来啊!"

庄家赔着笑:"要不你先歇一歇?柜上把你的赌注拣出来还给你。"

"骂人?我是输不起吗?我就要继续赌,我的命就是赌注。"他再次扣动扳机,弹仓缓缓转动,众人都惊恐。

一只手从他身边伸过去抓住手枪,一颗子弹打上房顶,落下灰尘。

众人惊呼,陈卫又惊又怒地抓着枪。

"哈!你来了?这颗不算啊,再来!"

陈卫把陈山河拉出赌馆:"哥,刚才多危险?我要是没来你就打中自己了!真是装样子给日本人看?"

"他们到处抓人当汉奸,徐南禄都被吓跑了,我装成一个吃喝嫖赌的烂人,就不会被纠缠了。"

"为什么?"

"烂人谁都不愿意要啊!干不成事,还偷鸡摸狗,成事不足,败事有余。"

"那你还要去青楼?"

"还是先赌吧,变烂人也得一样样来,我现在这样子,估计他们已经知道了。"

"哥,我怎么觉得你不是装的,你扣扳机的时候真是在赌吧?"

陈山河打了个哈哈,陈卫却执着地盯着他:"是不是?"

"是有窍门的,我少年时遇到过奇人。"

"你一直握着那把钥匙,你还在想嫂子!"

陈山河瞬间被刺痛,没了声音。

"哥,嫂子她不会愿意……"

"好了,别婆婆妈妈的,既然没死成,那就继续活着吧。"

2

陈卫在头灶的位置上挥舞锅铲炒着菜,谭耀亨推开门看着他,当视线相遇时,谭耀亨做了个手势。陈卫炒好一盘菜,擦着手走过来,谭耀亨把点菜单递给他:"来了一桌日本人,我瞧着有点不对。"

"点了这么多?他们几个人?"

"五个。"

"生炒排骨、上汤浸鸡、清蒸鲈鱼……这是菜馆考厨师的三道菜。"

谭耀亨点头:"点了十五道菜,有煲有烤、有浸有炒、有熬有焗、有蒸有炸、有扒有焗,粤菜十来种割烹技法都用上了,这是个内行。"

"也可能是同行,没事儿,我就不怕踢馆的。"

"你心里有数就行,我去前面盯着他们。有点不放心。"

谭耀亨在前厅的餐桌间巡视着,他的视线隐晦地盯着某一桌,小泽小太郎正向冈田介绍着桌上的菜肴,一边品尝一边连连点头。冈田用日语招呼身边另外三个人吃饭,他们都穿着日军军服,小泽小太郎看向其中一个神情拘谨的男人:"冈田,这位是……"

"不用管他。你看这间酒家如何?"

"非常好。"

"哪里好?"

"位置好,人气足,井然有序,饭菜美味新颖。"

谭耀亨带着侍者来上菜,他就近观察着桌上众人的神态,小泽小太郎是见猎心喜的表情,死死盯着每一道菜,视线跟着菜移动。冈田则是东张西望,心不在焉。其他三个人中,两个人在埋头大吃,头都顾不上抬。谭耀亨看向坐在最外侧的第三个人,猛然一惊,这个人穿的是一身新军服,但脖颈处露出的是很久没洗澡的印记,而脸上也是一脸烟容。

谭耀亨:"请问贵客对饭菜还满意吗?"

谭耀亨的注意力在最后那个人身上,那个人却猛然抖动了一下,一头趴在正在喝的汤碗上。

转眼间,陈卫和谭耀亨被关进一间日军的仓库,大门被日本兵从外面锁上,他们打量周围,这里是被印着日文的物资箱子从仓库切出的一个小角落。两个人惊魂未定,脸上还带着伤,衣服上也有被殴打的大脚印。

"老谭,怎么回事?那个人怎么了?"

"死了。"

"怎么会死了?"

"先别问我,我脑子也乱成一锅粥。"

"这是哪儿?日本兵的仓库?"

"我早上起来右眼皮一直跳,右眼跳灾吗?"

两个人各说各的,心里都乱成一团。

陈山河得到消息,很快赶到广州大酒家。大门上交叉贴着封条,写着大日本第五师团后勤部队,他伸手去撕封条,又停下来,转身走向后门。

后厨里,廖四六正拎着筷子,在卤菜烧腊中挑拣着,吃得满嘴流油。陈山河从后门走了进来。

"来啦?你上回的毒药没收好吧?怎么连日本人也毒死啦?不得不说,你是这个!"廖四六挑了挑大拇指。

"我二弟呢?"

"肯定在日本人那里啊!死的是第五师团后勤部刚招的翻译,杀他跟杀日本人同罪。"

"有蹊跷。"

"反正法医验出来是中毒死的，那碗汤里也验出毒药了，人证物证俱全，你弟弟死定了。"

"你能帮多大的忙？"

"杀日本人的事，我可不沾。"

"我二弟这是被人讹上了。你去问问对方什么底牌，接得住我就接了。"

"我不沾。抗日的事谁敢沾？"

"大庭广众毒死日本人，那不是抗日，那是自杀。再说，我有药能让他们出了门才死，这你知道啊。"

廖四六被噎住："你现在承认了？你不是嘴硬得很吗？"

"廖局长，我心里很乱，你说点有用的话，行吗？"

"我去试试看吧。"

陈山河抱拳："承情了。"

前厅传来陈立夏急迫的叫声："二哥！二哥！大哥！大哥！"

陈山河连忙对廖四六补了一句："再跟日本人解释一下，就说风大把封条吹断了。"

门被推开，陈立夏闯了进来："大哥！他们说二哥被抓走了！"

陈山河说："你听谁说的？"

陈立夏扬了一下手里抓着的被撕毁的封条："大哥，怎么办啊？"

"你等一下。"他对还在吃东西的廖四六点点头，"廖局长先去忙吧，回头请你吃大餐。"廖四六擦擦嘴，转身从后门离去。

"大哥，你让这汉奸去干什么？我要去找师哥。"

"你可千万别把他牵扯进来。"

"为什么？"

"那就变成抗日的事了，你二哥就真危险了。"

"二哥都被抓走了还没有危险？"

"他从不关心政治,怎么可能下毒杀日本人?只要不是抗日的事,都能有办法挽救,我们自己先不能慌。"他指指陈立夏拿着的封条,"像这个就不必撕下来,徒增一道波折。"

"大哥,你慢悠悠的,不着急吗?"

"你二哥多经历些磨难,不是坏事。放心吧,大哥能救出他来。"

一家凉茶店,小泽小太郎目瞪口呆地看着冈田,冈田在满桌子茶食小点心中挑选着:"死的那个中国人,是我从路边随便抓来的,一个抽大烟的废人。"

"冈田,不应该这样!我可以筹钱来买那家店……"

"你买不起,把家乡的田和房子都卖了也买不起。"

"可是……我们不该这么做吧?"

"为什么不该?我们占领了广州,当然应该这样做,如果是中国人打到日本去,他们也会这样做。"

小泽小太郎还想说什么,被冈田打断:"我从军后学会了不要心软,要为了任务而冲锋。现在我们的任务,就是让那个酒家变成我们的。"

茶馆门口出现了廖四六的身影,冈田向他招手。

黑暗中,吊在仓库上空的一个灯泡亮起来。陈卫被亮光刺得眯起眼,随即他看到谭耀亨神情凝重的表情:"我想明白了。"

"怎么?你知道是怎么回事了?"

"八九不离十,那个人应该是个厨师,日本厨师。我听说广州来了很多日本商人,开商店、开药店、开照相馆、开汽车行,这个人怕是要开酒家。"谭耀亨想起餐桌上有个日本人面对菜肴时不眨眼的真心喜爱的表情。

"那他开呗!谁拦着不让他开了?"

"他看上广州大酒家了。"

"不卖。"

"人家，可也没想买呀！"

陈卫明白了他的意思，难以置信，"这年头什么样的妖魔鬼怪都钻出来了。"他突然暴怒起来，撞向仓库大门，"放我出去！放我出去！"

谭耀亨吓了一跳，连忙去拉他，大门外上着一把大锁，被撞得咣当作响，周围却没有人。谭耀亨把陈卫拉回来："外面没有人，我已经看过了，没有人把守，就是把我们锁在这里了。"

"我、我烧了这仓库。"

"就算你不怕死，你有火柴吗？你连根上吊的鞋带都没有。"

"我跟日本人死磕到底，我绝不认输，我跟他们死磕到底。"

"死磕也要分人，你跟我死磕可以，跟日本人死磕，就真的要死了。"

"宁为玉碎，不为瓦全。"

谭耀亨叹口气："可惜了，今天还约了魁安楼的祁掌柜，他想买下咱们那套新菜菜谱，价钱谈了几轮，本该今天谈定的。"

那边，廖四六的动作很快，他找到陈山河说："人家开的条件很简单，交出酒家就放人。"

"什么意思？"

"把话挑明了吧，有几个皇军看上你弟弟的酒家了，乖乖交出去才能保他的命。"

"这也不是他的酒家啊，他就是个厨师，哪儿有权利……"

"跟我说这个没有用。"

"我不是跟你说，我是让你跟他们说，抢东西也得从正主手里抢啊！这酒家的东家是冼仲隽。"

"我都打听过了，冼仲隽一块钱法币把酒家给了你弟弟。"

陈山河从口袋里掏出一块钱举在面前："我给你一块钱，你帮我买一家来，行吗？有多少我收多少。"

"少给我打马虎眼。"

"我是给日本人讲道理,没有一块钱买酒家的道理。"

"这道理我没法去说,你另请高明吧。"廖四六转身离去,陈山河神情阴郁。

陈山河请宋石莲到番菜馆见面,宋石莲一脸为难:"山河,不是哥哥不肯帮忙,实在是……你弟弟被关在日本军营的一个仓库。红鱼帮全军覆没也打不进去啊。"

"我也没这个打算。我是琢磨着,能不能等那几个日本人落单……"

陈山河做了个抓捕的动作,满怀期待地看着他,宋石莲犹豫了一下。

"动手我自己来,借几个兄弟搭把手就行。"

"不是这个问题。邝庆奎拉出去打游击了你知道吗?前几天偷偷进城干了一票,杀了两个日本军官,结果现在到处关卡!到处是巡逻队,你要是抓人,根本跑不出半条街!山河,你逼我也没有用,真不行啊!要不通过行会试试?酒楼的行会挺厉害,前些年为了什么事,还跟别的行会打起来,打得整条街都炸了。"

"行会出面也得有个说理的对手,找谁说理?军营大门都进不去。"

"联系一下冼老板?他人脉广,再说这是他的买卖。"

"派人去香港送信了,但是,不知道哪天能送到,再说,人家……"

"再想想,我们还认识什么能说得上话的人?最好跟日本人有点关系,做过生意什么的。詹姆斯侯行不行?他跟外国人说得上话。哦不行,他也跑香港去了!"

陈山河摇头:"人倒是有一个,可我真不想找他。"

3

金慧荣也知道了此事,让陈立夏约陈山河到一个隐秘地方见面:"大哥,你不能去找阮飞舟!二哥的事我来想办法,无论如何不能去找日本人。"

"你们有什么办法?"

"首先是保证二哥的安全,这是一次抗日行动,要好好谋划一下。"

"具体打算怎么办?"

"我需要跟别人商量。"

"你们以前遇到过这种事吗?怎么解决的?"

金慧荣犹豫了一下:"具体情况还要分析,但大体来说,邪不压正,揭露真相,呼吁声援。"

陈山河摇头:"你那些办法还是算了吧。"

"这是有效的办法,还能宣传抗日。"

"用我二弟的安危来宣传?不行。"

陈立夏附和了一句:"对啊师哥!"

金慧荣说:"动员新闻界的力量,通过正当途径,揭穿日本人的狼子野心和贪婪,掀起抗日浪潮,同仇敌忾。"

"人家把肉票一撕,珠江里一丢,完全可以不承认有这件事。"

"大哥,这不是陈家一家人的事。我们一起想办法。"

"你老老实实守着立夏,这件事你不要管了。"

金慧荣还想说什么,陈山河勃然大怒:"否则别怪我翻脸,我可不管你是什么党。"他警告地指指金慧荣。

陈立夏有些气恼:"大哥!你干吗呀!我师哥也是为了二哥。"

"不,他不是,他心大,他为的是更多的人,但是你二哥不能被他当垫脚石。"

金慧荣的想法让陈山河有了紧迫感,他反而下了决心。

蒸汽缭绕的早点摊子,阮飞舟在喝着白粥,吃着虾饺。陈山河提着一笼叉烧包和一笼凤爪走过来,放在他面前,阮飞舟有些诧异。

"听我小妹说,你喜欢来这家摊子吃早点。"

"以前当记者时收入少,去不起大酒家。"

"我二弟说,风味在民间。"

"可是高手在酒家啊！在街头做出名气就会被酒家收了去。找我有事？"

"我二弟得罪了日本人，被抓走了。"

阮飞舟不置可否。

"你已经听说了？"

"我很好奇，为什么不是Summer姐或者金师哥来找我，他们两个跟我更熟。"

"长兄为父，救二弟的事，该我出面。"

"我还以为他们两个对我有不满了。"

"如果请你帮忙救出我二弟，有什么条件？"

阮飞舟笑起来："这么直接吗？"

"没时间绕圈子。我可以出钱，我生产了一种药叫何记古方发冷丸，赚了些钱。"

"军方跟我不是一个系统。"

"我还掌握了一条走私渠道，也许你用得上。"

"如果我需要，有军舰可以用，不需要理睬海关。"

"那看来我只能给你的早餐买单了。"

阮飞舟哈哈大笑："我听说你沉迷赌馆，还动不动就赌命，这样可不堪大用啊。"

"我可以改。"

阮飞舟大笑："是改，还是不再装下去了？"

陈山河盯着他。

阮飞舟道："我没有特别留意你，只是随手看了一眼数据，这个月你去九次赌馆，每次都要大闹一场，输赢不论，烂赌鬼的坏名声倒是有了，像是刻意装出来的。"

"赌鬼就是赌鬼，不分烂不烂。"

"陈大哥是通透之人，我也就直话直说，我要你来帮我。"

"怎么帮？"

"跟我一起歌颂这个时代。"

"我尽力。"

阮飞舟盯着他："你没有诚意，正常的中国人听我这么说，要么会冷嘲热讽，要么会勃然变色，至少也会问问怎么歌颂，你一口答应尽力，是跟我耍滑头。"

"那怎么办？先骂你二十分钟再跪下来求你？以后相处久了你就知道了，我不是个正人君子，我不是你说的那种正常人。"

阮飞舟还在掂量着他的话。

"再说你说什么歌颂时代这种屁话，我听不懂，我就知道一切都有代价，富贵险中求。说吧，让我干什么，我二弟平安了我就给你办。"

陈山河答应得痛快，但确实另有打算。他找宋石莲商量："我弟弟一放出来，我们兄妹马上离开，你得保证我们安全离开广州。"

"三千兄弟这点事还做得到。"

"我们先去佛山落脚……"

"那里也有日本人啊！"

"没事儿，只要躲开阮飞舟就行，他也想不到我们兄妹会躲在佛山。"

"我再弄点假消息，就说你们跑到香港去了。"

"那更好！"

陈立夏忍不住跑了过来："哥！二哥怎么办啊？你快点想办法啊。"

"放心吧，你二哥明天就能回家。"

"啊？你怎么知道？"

"我想了办法啊。对了，你收拾一下东西，等你二哥回来，宋哥送咱们离开广州。"

门外响起敲门声，很有节奏，宋石莲站起来："找我的。"他走出门去，陈立夏追着问："哥？为什么要走啊？"

"不走不行，我和你二哥都被人盯上了。"

"那我能不能不走啊！我师哥还在这里呢。"

"他顾得上你吗?我看他谁都顾不上,他眼里只有他要做的事。"

"不是不是,哥你别误会他,我师哥对我挺好的……"

宋石莲表情怪异地走回来:"帮里接到邀请,码头工会号召所有工人罢工,声援酒楼、茶楼的几家工会为救你二弟的罢市活动。"

陈山河猛然站起来:"坏了!金慧荣坏我大事!"

陈山河着急了,因为他知道一旦跟抗日纠缠在一起,事情就变得复杂了。

廖四六此刻也在跟阮飞舟报告着这件事,他已经搬到昔日邝庆奎的办公室来了,但现在坐在办公桌后面的是阮飞舟,他自己恭恭敬敬地站在一旁。

"事情就是这样的,我是受陈山河委托替双方斡旋,为皇军服好务是我的本分。"

"我的同胞确实在诬陷陈卫喽?"

"我不知道,从证据上看很结实。有死者、有毒药,按照法律用语来说,证据确凿。"

"这件事我不方便直接出面,你去告诉那个日本军曹,陈卫不能动,让他换个人坑。"

"哦?我的话皇军不一定听啊!是一定不会听啊。"

"你就说是宪兵报道部的意思。他不让步的话,我会找他的上级理论。"

"我……"电话铃响起,廖四六连忙拿起来,随即神色一愣,放下电话,"罢市了,酒楼、饭馆、茶居、茶楼都罢市了,全城今天无早茶。"

各酒家、茶楼都冷冷清清没有开门,有的在门上贴着"歇业"的字样,有的索性上了门板。酒楼、餐馆前来吃早茶的市民们议论着、吵闹着。标语贴得到处可见,有的是"要生存",有的是"求活",有的是"抗议抢夺广州大酒家",有的是"日本人滚出去"。警察们吹着警哨疏散人群。

陈立夏被金慧荣约到了隐秘之处:"我们的罢市很成功,触动了敌人的软肋。"

"大哥都说了不让你这么干!"

"他觉悟还不够,看不明白。我站在更高、更大的戏台上,所以看得比他远。"

"你那个戏台太危险了。"

"哪个戏台不危险？你二哥好好经营着酒家，你大哥好好开着药铺，却都被人家盯上了。还有瑞山师兄，好端端就被日本人开枪打死了。立夏，这个世道必须挺身反抗。叫你过来是叮嘱你一句，我不能公开露面了，以后有事要找我，就去这个地方。"

他凑过去低声说着，陈立夏点头。

"我知道你大哥怪我，可我怎么可能袖手旁观？"

"我大哥说你不是为了救二哥，你是为了你的野心。"

"我没有野心，我只有更大的戏台，让天下人都能看到欢笑和美好的戏。"

"我大哥说，我们三兄妹要脚踏实地，凭手艺吃饭，凭本事做人。"

金慧荣叹口气："你大哥这个人啊……"

陈立夏警惕地说："我大哥是好人！"

金慧荣说："我想起戏文里唱的曹操了，治世能臣，乱世枭雄，你大哥可不能走错了路啊！"

此时陈山河正等在日本宪兵队大门外，一辆车从外面开过来，阮飞舟下了车："山河兄，你在这里干什么？"

"你必须立刻救出我弟弟，否则我们的交易作废。"

"为什么突然这么急了？是因为金慧荣挑动的罢市吧？你怕事情闹大了，对方会杀死你弟弟。"

"我不知道什么罢市不罢市，我只是要求你守承诺救人，也表现一下你求贤若渴的诚意嘛！"

"你不肯主动报告罢市这么重要的情报，即使我现在问起，你还继续否认，山河兄，我倒是怀疑你的诚意了。"

"你救不救人？"

"我已经在救了！"

日军的后勤仓库里,陈卫和谭耀亨吃着生冷的饭菜,陈卫说:"大哥一定在想办法救咱们,因为小时候我和小妹最佩服大哥,他敢顶撞爸爸妈妈,敢带我们到处去玩。"

谭耀亨说:"他现在更邪门了,做事不择手段,剑走偏锋啊。他这种人成佛成魔都在一念间。"

"成佛成魔都是我大哥。"

大门被打开,廖四六探头进来看了看,推开门进来:"我受陈山河和宪兵报道部的阮飞舟之托来救你们。"

"他们两个怎么搅和到一起了?"

"这是一鱼两吃哈,先是你大哥托我跟日本人谈判,日本人开出价码,要广州大酒家。"

"他们想得美。"

"是啊,人家就是想得美啊,弄个人来当场死在你们酒家,证据确凿,要么给他酒家,要么枪毙你们俩,怎么样?美不美?"

谭耀亨制止要暴跳的陈卫:"这个我们猜到了,然后呢?陈山河怎么说?宪兵报道部又怎么插手了?"

"陈山河是不吃亏的人,当然不肯答应,就找了阮飞舟。"

"倒是一条路子,阮飞舟提了什么条件?"

"谭老师通透,什么条件我不知道,但陈山河以后就是阮飞舟的人了。"

陈卫大声地说:"放屁!我大哥不可能当汉奸。"

廖四六哼了一声:"这个由不得他了。"

陈卫和谭耀亨都神色凝重,廖四六拿出一根粗大的雪茄,剪开尾巴:"我出去抽根雪茄,这地方也不知道存了什么东西,不让见火。"他走到门边,"你们商量一下,签个和解书,随便赔几十几百的意思一下,这件事就算过去了,别辜负了你大哥的心血。"廖四六拉开门出去了。

陈卫发着愣:"我大哥,不可能是汉奸。"

谭耀亨说:"不是当然最好了。当了汉奸,连祠堂都进不了。"

"老谭,我不能让我大哥当汉奸,不能让他向日本人求情,我必须干点什么。"

"你还想自杀成仁?"

陈卫跑到门边拍门,不顾廖四六的反对,把正在抽着烟的他拽了进来。廖四六把拿着雪茄的胳膊伸到门缝外:"什么事?什么事?我雪茄还没抽完。"

"你跟日本人说,酒家给他了,条件只有一个,他只有使用权,没有所有权,如果有一天东家回来,他得还给人家。"

"啊?你不用给他了啊!你大哥已经……"

"不行!日本人要的是酒家,我就让他求仁得仁,别拉我大哥下水。"

"何必呢……"

"还有一个条件,谭老师和现有伙计必须留用。"

谭耀亨连忙摆手:"等等,这个不算,我怎么可能留下来给日本人干活?你别祸害我。"

"我是给你留个饭碗。"

"谢谢,我饿不死,不用你操心。"

"那就这么跟他们说吧,我们这就回广州大酒家,找些朋友做见证,当场转让。"

陈卫把话说得斩钉截铁,可真到了广州大酒家的后厨收拾自己的菜刀时,还是心里堵得慌,他看了一眼后厨的各种陈设,转身走出去,厨师和伙计们夹道目送陈卫,丁宝红了眼圈,陈卫一路跟大家打着招呼,走向前厅。

小泽小太郎穿着盛装,神情拘谨地等在桌前,冈田在一旁给他打气:"挺起腰杆来!你不欠他什么!这是拿他的命换来的,他不吃亏!"

"可是冈田君……"

"不要跟我说可是!这个酒家只是交给你经营,它不是你的,是我的!"

小泽小太郎被他恶狠狠的口气吓了一跳,冈田继续说:"给我笑起来。"

小泽小太郎生硬地笑着,看着陈卫走过来,廖四六把两份文件放在桌上,又迅速摆好钢笔:"两位还要交代些什么吗?"

冈田催促着廖四六:"快快地!"

廖四六不理他,转头看向陈卫。

陈卫说:"人在做,天在看。"

"不说了?"

"再说该拼命了。"

廖四六笑笑:"吉时已到,签字吧。"

"让他先签。"

"有必要吗?"

"因为我不能主动出卖,我是被逼的。"

廖四六向小泽小太郎示意,冈田推了他一下,小泽小太郎一路鞠躬走到桌前,在转让契约上签字,陈卫也上前签了名字。

廖四六说:"请各位中人也签字画押吧。"

请来的几位宾客表情各异上前签字,廖四六拿起契约吹干墨迹:"按照规矩,请中人的费用得买家出,不过我征求过各位中人的意见,都不肯要这份钱,那么就散了吧。"几位中人立刻转身离去。

陈卫和谭耀亨跟各位中人一起走出大门,广州大酒家的牌匾已经摘了下来。陈卫抱起牌匾,一群记者围了上来,陈卫说:"各位记者朋友,我托你们给喜爱广州大酒家的朋友们捎句话,很抱歉,这间酒家从此刻起,不再是属于我的了,被身后那两个日本人抢走了。他们的手段很简单也很有效,在我店里杀了一个人,然后以此要挟我,要么偿命,要么交出酒家,我没有办法,只好被夺去了酒家,但是总有一天,我还会夺回来的……"

远处,陈山河和阮飞舟快步赶到,正好目睹了这一切。

陈卫说:"我想跟大家说的是,宁为玉碎,不为瓦全,我宁可失去这么大的产业,也不会选择跟日本人妥协。我有手艺,没有了酒家,我还可以做牛杂,可以干菜艇,可以摆摊卖白粥,但如果我妥协了,一辈子都见不得光、见不得祖宗、见不得兄弟姐妹。"

陈山河和陈卫隔空对着眼,彼此交换着态度,陈山河对阮飞舟冷淡地点点头:"我要去陪我二弟了,他受了这么大的委屈,我也无心帮你干什么了,不,不是无心,是心有怨怼,不能干,干不得。"

陈山河向陈卫走去,跟他一起抱起牌匾,他们转身离去。阮飞舟紧闭着嘴,死死盯着酒家大门前的那两个坏了他的事儿的日本人。

廖四六一路跟随陈山河去了家里,伸手跟他要钱,陈山河诧异:"你还跟我要钱?"

"废话!我给你两头奔波,斡旋成功,不应该收点辛苦钱吗?这可是你答应了的。"

"可是我二弟丢了他的生意。"

"他也保住性命了!对不对?你别跟我说什么可以不丢生意!你那是与虎谋皮!你会身败名裂成一个狗汉奸!仆街!你该庆幸我帮你谈成了生意,因为我挽救了你的名声。"

4

阮飞舟和三国有喜坐在首位,另外四个日本人鹤田、香取、野泽、麻生随意散坐着,他们已经等了一阵子了,鹤田着急了:"还要等下去吗?我看不会有中国人来了吧?"

香取说:"就是啊!我还有生意要做!"有他们两个带头,剩下几个人也纷纷附和,一时间鼓噪起来。

三国有喜说:"中国人很不友好,不欢迎我们来做生意。"

阮飞舟说:"没有中国人参加,'大东亚医学促进委员会'便名不副实。好,那我们就先开会,第一个议题就是怎么才能让中国人参加。"

鹤田说:"何必一定要他们参加?我们就不能代表大东亚吗?我们才是大东亚最重要的民族!"

野泽说:"就是啊,来广州开医馆和药店的已经有几十个人了,广州之外的城市也有一些，我们完全不需要中国人参与。"

三国有喜说："各位，我们要说的不是生意，是政治，广东乃至现在占领的上海、南京、武汉，这些广大的地域都是帝国士兵浴血奋战得来的，我辈商人要配合帝国坐稳这个江山。"

阮飞舟说："三国有喜先生说得对，这就是政治，因为共同的利益能够瓦解中国人的抵触，分化他们、同化他们，当越来越多的中国人认同我们，帝国的占领才真正稳固。"

麻生说："可是他们不肯来啊！他们还殴打我们。"

鹤田说："我去城外收中药，中国人还藏着不肯卖，太可气了。"

香取说："是的，我的房东还想要加房租，我把他送到宪兵队，索性一分钱都不给他。"

其他人也纷纷控诉着。

野泽说："连黄包车也额外多要钱，我把他狠狠打了一顿，我练过刚柔流空手道……"

鹤田很感兴趣："哦？空手道吗？家父出身松涛馆，我随家父练过几年。"

阮飞舟等他们吵闹了一阵，才抬手压住他们："这就是今天开会的目的。一天不能消弭对抗，一天就不算完成对广州的占领，所以要从各行各业做起，同化你们能接触到的广州人，魔高一尺道高一丈，诸位，我们一起努力吧。"

三国有喜说："医药行业，我认为可以先从顶尖人物入手，人嘛，都是容易一窝蜂的，把领头的蜜蜂引到我们的蜂巢上，其他人也就会投靠过来。"

阮飞舟说："可是这些人要么逃出广州，要么称病关门闭户。"

三国有喜说："我有个合适的人选，我跟他打过交道，印象深刻，他有能力、有名望，更重要的是有野心。"

阮飞舟问："是谁？"

三国有喜说："他开了个药厂生产治疗疟疾的特效药，他叫陈山河。"

等到只剩下三国有喜和阮飞舟两个人时，三国有喜更加放松："政治那一套我不懂，在生意场上，想让对手屈服先要逼他绝望，陈山河的生意必须破产。"

"你是想让他破产？你盯上了他的药坊？"

"我这可是想帮你的忙。"

"我看中他在中国药材商人中的影响力，如果他破产了，还有这种影响力吗？"

"有钱就有影响力。如果他肯屈服，不，依附于某一家日本药店，我们就能够让他重新有钱，还能让更多中国商人知道，依附我们才有生路。"

"不是依附，是共存共荣。"

三国有喜看着一脸认真的阮飞舟，点点头："好，共存共荣。"

"陈山河的生意，依靠的是走私来的西药，你想想能不能从这里入手让他绝望吧。"

陈山河的生意已经陷入绝望，他把一沓钱推到宋石莲面前，说："奎宁都用完了，发冷丸的生意就此停了吧。"

宋石莲说："如果我还能搞来西药呢？"

"我们说好了不干了。太危险，现在不光要避开海关缉私队，还要避开日本人的关卡，还有一直盯着我的廖四六、阮飞舟！不能再干下去了。"

宋石莲继续吃着肠粉。

"你在南禄药坊的暗股，还有红鱼帮的分成，按老规矩存在怡和洋行，你需要时自己去取。"

宋石莲还是没有说话。

"徐老板走之前，给过我一个治头疼的方子，我跟徐联仲老爷子商量了一下，打算做成成药。"

"南禄药坊还能做发冷丸吧？我来弄奎宁，我来担所有的风险，你只要帮我生产出来就行。"

"宋哥，我们可以一起做新生意。"

"红鱼帮等不了,几千张嘴天天等着吃饭,码头生意比往年又差了很多,我着急啊。"

"可是真的太危险了,上次在沙面那一笔,其实已经被廖四六发现了,他贪心报告给了日本人,日本人对我有所图才压了下来。"

"不能继续做吗?你不是说要算计人心?"

"我算计人家,人家也在算计我,只要我继续做,就逃不出人家的算计。宋哥,那是逼我当汉奸的算计,不能沾了啊。"

"这么严重?"

"人家日本人也不傻,凭什么放我一马?"

宋石莲沉默片刻:"那这样吧!从现在开始,你跟我不是搭档了,就是单纯的生意关系。我拿原料来,你帮我做成发冷丸,该多少加工费用,我出,行不行?找别人做,我信不过。"

陈山河摇头:"只要在南禄药坊做,我就脱不了干系。"

宋石莲沉默片刻:"你……不会是怪我没帮你救你弟弟吧?"

陈山河搂住他的肩膀:"你我兄弟一场,万事心照,说这话,你买单。"

宋石莲没有听陈山河的话,继续偷偷走私西药,但是他运气不好失手了。粤海关大钟奏着报时乐曲,照相机闪光灯耀眼的光亮退去后,七八具尸体摆在码头大门前。廖四六正在记者们面前侃侃而谈:"这一次警察局和海关缉私队合作执法,破获了一起西药走私案件,击毙走私犯罪分子八名,缴获走私西药硫酸奎宁五千片,价值一万八千美金。至此,肆虐广府码头多年,涉嫌走私、抢劫、诈骗等暗黑生意的臭名昭著的红鱼帮,宣告破灭。"

陈山河从死者面前走过,看着他们袖子上的红鱼标记。洋服、皮鞋、衬衣上的红鱼标记,是宋石莲为红鱼帮打造的形象,天再热也得打扮齐整。陈山河在宋石莲的尸体前蹲下,替他系上散开的鞋带:"宋哥啊!此去黄泉,山高路远,你走好。"

记者们在附近对着尸体拍着照片。廖四六溜达过来:"重情重义,好汉子。"陈山河起身,突然伸手搂住他的肩膀,廖四六吃惊地挣脱了几下,没能脱身。陈山河勾肩搭背地把他拉到一旁："当着死人不能乱说话，来，这边聊几句。"

他们走到远一点的地方，"谁提供的线索？别说是海关缉私队，他们没这个本事"。

"我就不能……"

"那你就是狗拿耗子捞过界了。说吧，我欠你一个人情。"

"仆街！你到底哪里来的自信？每次都跟我吆五喝六？你是匪我是警！你是民我是官！你是老鼠我是猫！你凭什么这么嚣张？"

陈山河想了想："凭我不要命。"

廖四六被噎得说不出话来。

"还有啊，别污蔑我是匪，我是正经守法的药材商人。"

"守法商人？这五千片奎宁被查获，你该吐血了吧？"

"说得好笑，与我何干？"

"别以为我不知道你们合伙做走私生意！人家日本人就是要让你血本无归。"

"谢谢提点。具体经手的是哪位？阮飞舟还是三国有喜？宪兵报道部还是日本药商联盟？"

"呵呵，无可奉告。"

"我给钱。"

廖四六停下脚步，他就爱听这三个字。

陈山河得到了那个名字，他做了一番准备，趁着夜色，他推着一辆夜香车走在街道上，夜香车的辘轳是木制的，在石板路上声音清脆。三国有喜的药店大门半开着，透过大门能看到三国有喜在柜台前算账。夜香车的辘轳声越发响亮，而且越来越快，片刻之后，蒙着脸的陈山河疯狂地推着夜香车冲向药店的大门，冲上台阶撞进了大门。陈山河闪身躲在门旁，片刻之后，药店内一声巨响，大门里喷溅出大片污渍。

天色亮起来，廖四六用白手套捂住口鼻，观看一片狼藉的药店，说："夜香车在隔壁那条街被偷，已经在警察所报了案，爆炸物是炮仗，大号的，还是好几个捆在了一起，炸不死人，但是恶心人。损失大吗？"

不等三国有喜回答，廖四六继续说着："其实人没事就是万幸，钱财身外之物而已，听说小少爷受了点惊吓？"

三国有喜阴沉着脸："你必须给我抓到他，他这是谋杀日本人。"

"谋杀谁都犯法，不分日本人还是中国人。"

"这是匪徒！无法无天！"三国有喜愤怒地连连拍着柜台，却被柜台边缘上嵌进去的一枚铁钉扎破了手。

廖四六连忙捂住鼻子凑近观察，柜台上、家具上还有很多这样镶嵌进去的铁钉。原来陈山河捆扎的炮仗内还裹着一层铁钉。

"哎哟！还有这机关哪！那这性质就不是过节放炮仗了！这是凶器！三国有喜先生，夜香不是为了恶心你，它是一味毒药啊。"

三国有喜醒悟，连忙冲到天井的水槽，把手伸到水喉下冲洗着。廖四六继续观察着柜台上面密密麻麻的铁钉，不由得抽着凉气，夹紧裤裆。廖四六冲着天井喊着："我得恭喜你啊，要不是你躲在柜台后面，现在可就是命案了。"

阮飞舟来探望三国有喜时，三国手上已经包上了厚厚的绷带。

阮飞舟说："廖局长是资深警察，在破案方面比宪兵队有经验，你要相信他。"

三国有喜说："我为帝国遭受伤害，你们就这样敷衍我？"

"要抓人也得有个目标啊，抓谁？"

"一定是陈山河，我举报了他的走私行为，他立刻就报复我。"

"也未必是他，三国有喜先生，你来广州不到半年，已经吞并了三家中国人的药铺，还抢占了进草药的渠道，你得罪的人可不仅仅只有陈山河。"

"那我就一个个斩草除根，你们得帮我。"

"宪兵队杀人也是要权衡的，都杀光了谁为我们工作？"

"那帝国不惧牺牲打下来的王道乐土，还是不是我们日本人的？"

"当然是,可只有我们不够啊。据我所知,满洲开拓团每年都增派人手,可我们拥有的土地还是只有一小部分,中国太大了,这块肉要细嚼慢咽。"

三国有喜举起包裹着的手:"难道我就得吃这个亏?"

"怎么会呢?先记下来,徐徐图之。"

陈山河在灯下对照医书研究着药材,陈立夏快步跑进来,一下子扑在椅背上,跪在椅子上:"大哥,你真的把粪便灌进日本人的药铺了?"

"嗯?你怎么知道?金慧荣让你问的?"

"真是你啊!广州都传遍了,说有个日本人被教训了!不过太恶心,大哥你可真不卫生。"她吸了吸鼻子,一副厌弃的样子。

"你跟金慧荣说,报仇要有办法,别老搞什么游行撒传单,要搞点新花样。"

"可是你跟那个日本人有什么仇?"

陈山河叹口气:"他害死了宋石莲。"

"啊?"

"老宋不算是好人,认识他的时候,他手下设局骗我们的钱,你嫂子上了当,急得不行,我跟他不打不相识,他虚荣好面子、贪吃贪心,但他对手下三千兄弟负责任,我不如他。小妹,人活这一辈子,独善其身不难,难的是为别人担大旗。"

"我不用担大旗,两个哥哥和我师哥会替我担,我师父和干爹会替我担。"

"我也盼着这样,如果有一天需要你为别人担起责任,我这个做哥哥的就不够格了。"

5

菜艇的灶台旁摆着"广州大酒家"的牌匾,挂着林北江的X光照片,在火光映照下反着光。陈卫熟练地切菜、颠勺、炒菜一气呵成。

已是深夜，灶中还有暗红色的余烬，陈卫和谭耀亨在船头吃着宵夜喝着酒，谭耀亨讲着自己的食经："食材分文武，柔的软的为文，硬的韧的为武，割烹之道难在文武配合。比如燕窝，随园食单中说用鸡丝配燕窝就是大谬，因为文武不合。"

"燕窝我还没做过，说起来燕翅鲍参，我做得都不算多。"

"在菜艇上很难有机会做名贵菜肴，好在一法通万法通，广州大酒家这件事，我赞叹你文武兼济、胸有大义、当断就断，好。"

"老谭你这张嘴啊，真是铁嘴。"

"割烹之道调和百味人心，做菜就是修行，陈卫，我羡慕你啊，也羡慕你师父林北江，他命好，不像我，跑前跑后忙活，也只是个老谭。"

陈卫大笑："老谭啊，原来你惦记的是这个啊？可我不能叫你师父，那就乱了辈分。"

谭耀亨笑容中带着失落，他转移话题："那家日本餐馆，明天要开业了，去见识见识？"

"我让出广州大酒家是为了保我大哥清白，不代表这口气我咽下去了，明天我们大张旗鼓地去！"

陈卫和谭耀亨分别在竹棍上粘贴报纸、试着把竹棍绑在腰带上。

陈卫说："这几家报馆我写过稿子，我来背。"

谭耀亨说："我就陪你疯一把。"

用报纸粘在细竹棍上扇形排开的"大靠"在风中飘扬，能看到是各家不同的报纸，迎着阳光，报纸透着光亮。陈卫和谭耀亨背着哗啦啦作响的报纸一路走来，意气风发。实际上，两个人却在碎碎念地嘀咕。

陈卫说："搞什么！搞什么！弄得跟耍猴戏一样！我不干了！我走了！"

谭耀亨也压低声音："你懂什么！这叫醒目，只有引人注目，才会引来报馆关注，才能把这件事做大，给对方施加压力。这种事我干了半辈子，你真以为食评人是靠写食评为生？靠的就是醒目，靠的就是造势！"

两个人絮叨着走远，不断有人赶到，追随着他们，都是各家报馆派来的"取稿人"。

广州大酒家易主之后变化并不大，门口悬挂了布帘，牌匾变成了"明月家日本料理"。冈田和小泽小太郎穿着盛装剪彩。他们招呼客人走进去，谭耀亨和陈卫被人群簇拥着走来，冈田冷下脸。

谭耀亨说："怎么？这就是你们的待客之道？"

冈田问："你们来干什么？"

谭耀亨说："吃饭。广府十九家报馆食评版总主笔，食评人铁嘴……"

陈卫接上："金舌陈卫，七家报馆食评人。"

谭耀亨继续："来吃饭。带路！开路以马斯。"

里面的变化也不大，多了些日本风格的布帘，悬挂了一些日本风格的灯笼，希望用这种简单的办法变成一家日本餐馆。进进出出都是日本的军官和商贾，吃惊地看着走进来的两面"旗"。穿着和服的侍者把陈卫和谭耀亨引到一处空桌前。

谭耀亨嘀咕着："你怎么能叫金舌啊？"

"银舌不好听。"

"那叫铜舌也好啊，直接叫金舌，你可比我值钱啊，今天你请客。"

"这个可以摘了吧？"

"摘了摘了。"

俩人摘下背上这些报纸，接过侍者递过来的菜单。

谭耀亨说："从第一页开始，上一本。"

侍者傻眼。

"上一本不懂啊？每一道菜都给我们上。"

侍者离去，谭耀亨安慰陈卫："没事儿，日本菜量都不大。"

陈卫说："你不看看价钱？"

"不能堕了气势。"他犹豫片刻说了实话，"报馆说他们公摊今天的费用，就为了狠狠打日本人的脸。"

换上了日本厨师打扮的小泽小太郎诧异地抬起头:"全都要?他们两个人吃不了。"

冈田说:"你别管他们的胃口,这两个人都是有名的食评人,能左右酒家的名声,你不要大意。"

小泽小太郎说:"那也不用全都上,有些食材还没有备全,我来做一次会席料理吧。"

小泽小太郎认真做着菜,切着生鱼片、码盘、煮着菜、烤着鱼、炸着天妇罗。一份份饭菜被放置好,送走。

侍者在两人面前一一摆放着很多装着前菜的小碟,谭耀亨指着小碟跟陈卫说:"这个叫前菜,跟咱们的冷盘是一个性质,后面还会有先碗、刺身、煮物、烧物、扬物、酢物、蒸物、止碗、渍物、锅物等。"

陈卫很茫然。

"没事儿,等上来了我再详细讲,你只管品尝、学习、研究和挑毛病就行。"

"你怎么还懂日本菜?"

"祖上做外国生意,我什么东西没吃过、见过?你以为当食评家只有一条好舌头就够了?你得博览群书、广闻博记,打通古今中外、东洋西洋,才敢称得上一个评字。"

"行,那你多讲讲。"

谭耀亨拿起筷子,在小碟子里扒拉着,他们时而检视、品尝、记录,间或停下来奋笔疾书。写好之后折叠起来,扬起手,门口聚集着几个报馆的人,见到扬手便会有一个快步跑过来,接过那张纸离开。

冈田远远看着,小泽小太郎好奇:"他们这是干什么?"

冈田说:"真是狂妄的两个人啊!当场写下评论送到报馆去。"

"他们的评论是什么?喜欢我的菜吗?"

冈田斜睨他一眼:"他们是来说好话的吗?他们怎么可能说好话?"

"我去问问他们。"

冈田一把拉住他:"你不能去!"

"为什么?厨师去问问食客的评价,这很正常。"

"去问其他人吧!今天我请了很多有名望的人,他们会给你正确的评价。"小泽小太郎有些不情愿,被冈田推着去了。

此时阮飞舟也在店里,他派了宪兵队去南禄药坊把陈山河带过来。陈山河双手被绑在身后,被两个日本宪兵押在这里,他抬头看着店招。阮飞舟从门里走了出来:"抱歉,抱歉,用这种办法请你过来。快,解开。"

宪兵解开了绳子,阮飞舟挥手让他们离开。陈山河揉着手腕上的绳子痕迹,阮飞舟引着他走进门去:"我没有恶意,今天这家日本餐馆开张,我想要请你一起品尝,但是你为什么会跑啊?"

阮飞舟把陈山河让到一个有布帘遮掩着的隔间,陈山河和远处的陈卫四目相对,陈卫眼中有疑惑,陈山河没有理睬他,在阮飞舟面前坐了下来。

阮飞舟说:"我一向认为,两个民族相互了解,消除误会,建立友谊,可以从食物开始。我对中国有感情,我喜欢粤菜、喜欢听粤剧,你又是Summer姐的亲大哥,所以我对你很客气。来,尝尝这个盐烤秋刀鱼,只用盐做调料,简简单单,我们就不能让事情简单些吗?"

陈山河借着吃鱼思考着。远处,陈卫和谭耀亨说话的声音越来越大,清晰可辨:"文如其人,菜也一样,能看出厨师的人性,比如今天吃的这些。"陈卫用筷子扒拉着生鱼片和炸天妇罗,"刀功不够齐整,切的时候心乱了,火候不稳定,这块虾不足火候,这条青菜又炸过头了。"

"还是说明他心里乱了,为什么会乱?因为我们来了。"

"泰山崩于前而色不改,他显然没做到。"

"心里有鬼,万难无愧于心。"

"你写我写?写心虚与手抖的关系?"

"你写嘛,我都金盆洗过手了,别让人家抓到把柄。"

陈卫答应着拉过纸笔:"写刺身我先从潮汕鱼生落笔,怎么样?"

"应该的,他山之石可以攻玉,本地的玉也可以拿来砸砸石头。"

离他们不远的另外一桌，小泽小太郎和冈田正在征求客人的意见，他们神色难看。

远处的陈卫正沉着脸看着阮飞舟给陈山河亲热地夹菜，谭耀亨在一旁继续讲解着："止碗就是酱汤，你试试喝不喝得惯。原料是大酱，用木鱼花做调料，木鱼花是一种海鱼干，日本菜少不了。高级宴会通常上两道汤，清汤和酱汤，他今天给咱们上了两道汤，估计不便宜。"

陈卫频频看向陈山河，心烦意乱。谭耀亨抬手叫报馆的人过来拿稿子，冈田却冲过去，低吼着轰走了报馆的人。冈田沉着脸走回陈卫和谭耀亨面前："你们吃饱了吗？吃饱了赶紧滚出去，这里不欢迎你们。"

谭耀亨说："就这么做生意？把客人轰出去？太匪夷所思了吧？在日本真是开馆子的？你们日本人下馆子就是当孙子？"

"八嘎。"冈田浑身乱摸，估计是想摸枪，可惜今天穿了便装，"我知道你们在干什么！我会封掉所有的报馆，让你们空欢喜。"

谭耀亨冷笑道："那我自掏腰包印刷三万张，保证贴到广州城的每一条街道。"陈卫扯着脖子喊："掌柜的，买单。"

小泽小太郎一溜小跑着赶过来，陈卫继续大声喊："走了！快走了！日本人的饭菜太难吃！一刻都待不住！"

陈山河这一边，他听着陈卫的叫喊，知道是喊给自己听的，他看着陈卫和谭耀亨走了出去。阮飞舟也看到了他们："你二弟这性格可不像你。"

"我比他年长许多，也就没有了他的锐气。"

"你想带着弟弟妹妹好好过日子，听我安排就能做到。陈大哥，中国人讲究长兄如父，你不为自己考虑，也要为弟弟妹妹考虑吧？"

"我们有过一笔交易，可现在酒家易主，交易未成，你不能逼我履约啊。"

"那就再做一次交易吧。这次交易的是你自己。你可能不知道，广东警察局早在十多年前就有了先进的指纹识别术，那辆装粪便的大车上验出很多指纹。"

陈山河看着自己的手指："你是说这些纹路？我有四个斗。"

"每个人的指纹都不一样，所以啊陈大哥，你在日本商人三国有喜的药铺里干的事，会让你吃官司的。"

"你这不是冤枉人吗？"

"我很忙，没时间跟你周旋了，答应，还是不答应？"

陈卫执拗地等在料理店门口。谭耀亨跟那几个报馆的人低声说着什么，打发他们离开，谭耀亨看着陈卫说："咱们也走吧。"

"我要等他出来，我要问问他，为什么又跟日本人搅在一起了。"

"你这样问他，他会为难。"

"不问他，我会难过。"

"那咱们站得远一点。"他拉着陈卫的袖子，想拽到街道对面去。阮飞舟快步走出大门，他脚步轻盈，看起来心情愉快："二哥也来吃饭？你大哥这就出来，我有事先走一步了！"他扬手叫了黄包车，迅速离去。

陈卫惊疑不定："我大哥他……这个鬼子刚才是不是在笑？"

谭耀亨说："你先别急！"

"我大哥不会当汉奸。"

"当然！别忘了你嫂子可是被日本飞机炸死的，他怎么可能当汉奸。"

陈卫松了口气："大哥怎么还不出来？"

陈卫越等越急，一个小伙计跑出来，就是小学徒丁宝，他一溜烟跑到陈卫面前："陈师兄，陈师兄，你大哥从厨房后门走了，让我出来跟你说一声。"

陈卫失望，他揉揉丁宝的脑袋，把他推向大门的方向。陈卫心灰意冷，跟着谭耀亨走去。丁宝回去了，片刻之后门帘掀开，陈山河偷偷溜出来，他看看陈卫不在，迅速向街道深处走去。

6

阮飞舟怀里抱着一个行头，手指头在漂亮的佩饰上扣来扣去。韦太平和陈冶冰坐在他面前,无言地看着。韦太平的嘴角随着他手指的扣动而抽搐,但手却死死按住陈冶冰的手。

阮飞舟说:"以前在台下看戏,最好奇各位大佬倌的行头,一直想着要是能亲手摸一摸就好了,谢谢两位师父,让我一偿夙愿。"

韦太平说:"阮老师客气了。"

"世间好物不坚牢,彩云易散……"阮飞舟的手指一使劲,扣掉了一块亮晶晶的佩饰,"哎呀,真是可惜。陈师父的行头是租的还是自己买的?我想多半是自己买的,陈师父冰清玉洁,怎么能忍受租来的行头?"

他把行头举到鼻子前,深深吸着气:"香。我得吟一句诗,形容一下这种香气。"他故作姿态地想着,屋里安静下来,韦太平死死拉住陈冶冰的手。

阮飞舟说:"对了,宪兵队要在这座大厦设一个营地,不方便滋扰百姓,我想起可以借戏院一用啊,反正你们也没戏可演。"

韦太平说:"我们正在排演新戏,很快就要演出,戏飞都卖出去了。"

"哎呀那你不早说,我这个念头都起来了,一时半刻可退不下去。"

三个人又相对无言,阮飞舟扣着行头,咔吧一声又给扣掉一块:"说句实话吧,日本艺术家来广州,你们必须出面联欢恳谈,否则我不会罢手,大家难免难堪。"

陈冶冰说:"我吞炭、我毁容,不让你难堪。"

阮飞舟说:"何必哪?艺术又没有国界!"

陈冶冰拍拍胸口:"每个中国人心里有。"

阮飞舟沉下脸。

韦太平说:"阮老师,你是了解她的,她就是这个性子,连最疼的徒弟都能赶出师门,你非要逼她做什么,那一定是鱼死网破了。好歹还有陈立夏这层关系,还是不要了吧?"

阮飞舟说:"如果不是看Summer姐的面子,你们还能活到现在?王旗营戏班正印武生钻天猴陈兴盛、莲香天戏班正印丑生张连果、唐有演出公司正印花旦陈翠翠、正印小生兰杰……"

韦太平吃惊地把陈冶冰拦在身后:"他们不是意外身故了吗?"

"我不妨明着告诉你,身故是真,意外是假,顺我者昌,逆我者亡。我要管理一座城市,压力很大,这么做也无可厚非吧?再问一遍,去不去?"

"我们再想想。"

"别有侥幸心理。你们让八和会馆蔡德伦帮你们找船离开,我已经知道了,船,不会有,你们,也走不了。"

韦太平傻了眼。

明月家日本料理内,冈田走进后厨:"刚刚接到命令,我被调往前线了。"

"啊?冈田君,这么突然?"

"听说命令是从上面下达的。那么这里就交给你了。"

"不行,不行,没有你我怎么能开好这家店?"

"中文你学得差不多了,那么挣钱花钱就不成问题了。放心吧,我会让军中战友常来光顾,有人捣乱你就去找他们。"

小泽小太郎还是慌张摇头:"不行,不行,我真做不了,冈田君,我们不该抢下这个酒家。"

"你在说什么胡话?"

"我听到他对食物的点评了,在厨艺天赋上,我比他差远了,这个后厨应该是他的。"

"八嘎!打起精神来,这是战争。"

"我不是军人。"

"站在异国的土地上,我们每一个都是军人,我们要保护已经得到的一切。"

"不,不,你不懂,你不知道我现在的沮丧,我想回日本了。"

冈田一巴掌拍在他的肩膀上:"你给我打起精神来!你知道拿到这个酒家,我顶了多大的压力,又花费了多少钱吗?你必须好好干下去!"

小泽小太郎还是神不守舍。

"你难道想回老家,守在寡淡的村子里了此一生?你见识了广州的繁华,还能再忍受家乡的安静吗?小泽!人是要前进的,你愿意像村里的老爷爷那样,一辈子的日子,像茶杯一样清澈见底吗?那不是我们在家乡最瞧不起的日子吗?"

小泽小太郎深吸一口气。

"要过上好日子,就要付出代价,我要去打仗,你何尝不是?但只要你冲上敌人的阵地,你就是阵地的主人,这种喜悦,回到故乡你一辈子都不知道。"

小泽小太郎再次深吸口气。

"我们身处最好的时代,奋力奔向人生的终点,每一天、每一步、每一次呼吸,都迎向此生的灿烂时刻。做菜、挣钱、享受,小泽,不要辜负你自己。"冈田给他打着气,又像是说给自己听的。

小泽小太郎鞠躬:"嘿!"

陈山河推开家门,看到邝庆奎正狼吞虎咽地吃着饭菜。

"我那儿不缺吃的,粮食、腊肉、腊鱼都有,青菜也不缺,但就是没有人会做,以后打游击要带着厨师。"

"我没钱。最近开销大,没存下钱来。"

"不要你的钱,给我准备药,消炎药、金疮药,还有治发热、肚疼的药,都要丸散啊,好拿好带。"

"好。"

邝庆奎还在吃:"抗日别动队跟你打借条。"

"不用,算我支援抗日。"

"也行。那你就再支援支援。"邝庆奎摆摆手,手下拿着一个背包走过来,沉甸甸放在桌上。他用筷子把背包挑开条缝隙,露出里面的一堆手榴弹,有长柄的苏式手榴弹,也有甜瓜形的美式手榴弹,"今晚要干票大的,你帮我们背着。"

"你太抬举我了,我干不了这个。"

"你连我都敢杀,我相信你干得了,你也必须干。"

邝庆奎的手下举起了枪。

"你不怕我反水?"

"我可是抗日的,你要破坏抗日?你还算不算中国人?还有没有良心?"

"带这个上街,躲不过日本人我就死定了。"

"我们有仇,你忘了?我虽然打日本人,但我也很记仇,所以我给你个机会,把它们送到日本宪兵队后墙,咱俩恩怨一笔勾销。"

陈山河无奈地背着背包走在前面,离他有一段距离,邝庆奎等人散开来,慢慢跟随着。陈山河靠近了日军哨所,邝庆奎放慢了脚步,陈山河却加快了脚步,背包里的手榴弹互相碰撞,发出金属的声音。他走到日本哨兵面前,突然一个深鞠躬,一兜子银元稀里哗啦掉出来,在地上滚动着。日本哨兵眼神一亮,陈山河连忙弯腰捡拾,被日本兵一枪托打在背上:"快快地,过去!过去!"

日本哨兵驱赶着陈山河。邝庆奎看着陈山河过了关卡,日本哨兵们嘻嘻哈哈捡着银元,他松了口气:"走。"一行人走过哨卡,鞠躬行礼,但日本哨兵乐此不疲地捡钱,根本不理睬。

日本宪兵队的高墙之下,不时有探照灯光晃过来,陈山河缩在墙根下。邝庆奎等四五个人贴着墙根快步走来,陈山河指指地上的背包:"两清。"

邝庆奎的人迅速拿出手榴弹各自分发:"小子,别怪我心狠,我们都把脑袋拴在裤带上了,容不得儿女私情。"

"我可以走吗?"

"走吧,明天看报纸,万一我们死在里面,清明上坟烧点纸。"

陈山河点头,躲避着探照灯光离去。邝庆奎带来的人架设人梯,向高墙上爬去。陈山河低头走得很快,身后的黑暗中远远传来爆炸声和爆炸的火光。

陈山河哼着戏走回家门,陈卫出现在门口,冷冷看着他。

"怎么不进去?"

"不想让小妹听到。你跟阮飞舟是怎么回事?为什么又跟他搅和在一起了?"

"我是被宪兵绑去的。"

陈卫气得笑起来:"我亲眼看到你们推杯换盏,你说你是被绑去的?"

"我解释你也不信,走了,回家睡觉。"

陈卫一把拉住他:"大哥!汉奸不能当啊!"

"我说我没有,你信吗?"

"不信。"

"那你要我怎么样?"

"不能当汉奸。"

"好,不当。"

"你发誓?"

"我发誓,如果我当了,就天打五雷轰,不得好死。行了吗?"

陈卫依旧不满意:"答应得这么快,你在骗我。"

"那你要我怎么样?拿菜刀去砍死个日本兵给你当投名状?"

陈卫无言以对,他猛然蹲在地上哭了起来,断断续续连哭带说:"大哥,我好怕你当汉奸!你疼我和妹妹,你想保住广州大酒家,差点就当汉奸了。我从小就说不过你,我也不知道你哪句话是真的,我担心啊,你当了汉奸,我们怎么有脸见爸爸妈妈啊!"

陈山河蹲在他旁边,搂住他的肩:"大哥不会当汉奸的,明天记得买报纸看。"

第二天一大早,报童挥舞报纸高声叫喊着:"看报!看报!游击队进城攻打日本宪兵!队长邝庆奎正告倭寇滚出中国!"报童的嘴被捂住,一个大人把他藏在身后。街头上,一队日本士兵正大步列队走过,气势汹汹。

金慧荣正匆忙走着,听到报童的叫卖声:"看报!看报!游击队进城攻打日本宪兵!队长邝庆奎正告'某些人'!"报童的吆喝已经改了更安全的字眼，想必是得了好心人的指点。金慧荣买下报纸，快速看着，嘴里忍不住喃喃自语："好啊，好啊！"

陈卫手里握着报纸一路狂奔地跑来，他猛烈地拍着大门，片刻之后大门打开，他扑了进去。陈山河把搂着他的陈卫摘下来："行了，别喜形于色，再把宪兵招来。"

"大哥，真的是你干的？"

"我没干，我只是把手榴弹帮他们送到地方。"

"游击队？"

"邝庆奎。"

"真是他！"

"金慧荣那时候拼命阻止我们杀他，现在看来还是他有道理，报国仇，还是比报家恨有意思。"

"他进广州了？"

"昨天就坐在你这个位置，吃了我好几碗饭菜。"

"大哥，我错怪你了。"

"别想多了，是阮飞舟逼我做的，我自保而已。"

"大哥我也要跟你一样。我以前不喜欢游行啊示威啊这些事，有那个时间还不如多琢磨几道菜，可是现在我觉得还是你对，应该抗日去。"

陈山河很严肃："你记住，我们陈家不当汉奸，但也不掺和抗日，我们就好好过自己的日子。"

陈卫迷惑，他举起手里的报纸："可是你……"

"这是帮忙，我又没动手，你我都是小老百姓，乱世里能活下去就不容易了，别自己去找死，记住了？"

"好吧。可是妹夫……"

"我还没答应呢，你就叫上妹夫了？要不你来当老大，我叫你大哥。"

"大哥你不喜欢金慧荣？"

陈山河叹口气："他不姓陈，我管不着他，你和立夏一定要听我的，我保证你们两个活着不吃亏,我以后跟爸爸妈妈有交代。"

"是。大哥,报纸上说炸弹丢进了宪兵队大院,炸死好几个日本人,真的吗?"

"不知道。"

"你应该跟着去看看啊!多解气啊!"

"这就是我要叮嘱你的,君子不立危墙之下,别去掺和没必要的热闹。"

廖四六走进自己的办公室,吓了一跳。阮飞舟坐在他的椅子上,脸上贴着一块纱布,正在把玩桌上的那个金灿灿沉甸甸的獬豸雕像。

"你不是中了炸弹吗?"

"侥幸,没死。"

"万幸,万幸,福大命大造化大。你来我这小庙……"

"邝庆奎丢了炸弹,还留下一张告示,有点嚣张,你以前是他的部下,我来问问你,他是个什么人。"

"你不提,我都快忘了这个前上司了。他是个工作狂,没家没业,心狠手毒,做事只问后果,以前对付共产党,对付南京的军统特工,他都很有一套。"

"那他现在怎么盯上我们了?"

"他把广州当成他自己的,你们抢了他的地盘……"

"很朴素的想法,越朴素,越可怕。"

"他既然敢进广州,我更危险,他恨背叛他的人,我可是背叛得再彻底不过了。"

"我们会保护你的安全。"

"谢谢,我还是更信我自己,再说,也不敢劳动宪兵队给我当保镖。"

"他在广州应该有个落脚点,你猜是谁在帮他?"

"谁都有可能。"

"陈家兄弟呢?"

"他们更有可能,以前他们有杀父杀母的死仇,可是真轮到报仇的时候,却不了了之了,我觉得他们的关系不一般。不过你不说我还没注意,我跟他们也是杀父杀母的仇人啊,怎么也相安无事了?"

阮飞舟不理苦苦思索的廖四六:"外面的人都以为我死了,我准备藏起来,看看有谁会笑得更开心。"

廖四六举起大拇指。

第十三章

1

说生活所迫也好,说夙愿难平也罢,谭耀亨和陈卫到处去推销他们的新菜式,"这次我来谈价格,你上回发火,结果一道菜都没卖出去"。

陈卫说:"他们以前抢着要买!"

"此一时彼一时了,现在这局势,酒家倒闭,跟木棉花落地一般噼里啪啦,没几家买得起新菜式了。"

陈卫不以为然。

"这里我熟,借厨房做几道菜给他们看看,他们一定会买。"谭耀亨拍拍身边的大瓮,还有装在竹筐里的准备好的食材。说实在的,自带食材上门推销,他们混得已经有点惨了。

"再卖不出菜谱,咱们俩靠什么活下去?"

"菜艇还养不活你了?"

"我堂堂铁嘴靠菜艇活着?哼!"

一个领班走了过来说:"两位师傅,后厨请吧。"

谭耀亨说:"直接去后厨?你们掌柜不出来见见?"

"掌柜在宴客,请你们做几道拿手菜直接送席上。"

"他都不肯露个面了?都是老朋友。"

"走菜的时候能见到。"

谭耀亨不满地哼了一声："阿卫，好好露一手，我今天还就不让还价了！"

一顿饭的工夫，谭耀亨和陈卫又气又恼地抱着大瓮背着竹筐提着刀具炊具走出酒家大门，看起来很狼狈。

谭耀亨说："你记住这一家啊阿卫，莫欺少年穷，我总有一天让他们高攀不起。没诚意买就别让我们过来！今天那条鱼、那些食材！这么多钱真是喂了狗。"

"行啦，行啦，回去我给你煮个汤去去火气。"

领班从后面追了上来说："请留步！两位师傅请留步，我们东家有件事，想请陈师傅帮忙。"

东家依旧没有出面，但意思和钱都给到了。省政府征调厨师，他们酒家想聘请陈卫帮他们应个卯，两人看在钱的份儿上，答应了。

谭耀亨叮嘱陈卫："多留个心眼儿，你是替他们酒家的厨师应卯，用不着表现得太出众。"

陈卫把自己的菜刀卷进牛皮包，放进箱子里，说："能被省府后厨征调的都是高手吧？"

"也不一定。谁也不愿意自家厨师被征调，会找各种借口敷衍搪塞，或者花钱到外面租个厨师应卯。"

陈卫还是兴致勃勃："临时帮忙，掌镬加五，这收入能让你安心一阵子了吧？"

"你去卖手艺，不要卖名气，他们给的这点钱，不值得你给他们酒家挣名气。"

陈卫又把林北江的X光照片放在箱子里，盖上了箱子盖，谭耀亨看到了，忍不住一脸羡慕："林北江命真好。"

"老谭你就别惦记当我师父了，我从一而终。"

"从一而终？这字眼用得！有时候真恍惚，你到底是有学问还是没学问呢？"

"国小四年级之前的基础,我打得很牢固。"陈卫背诵着,"学生功课,不可间断,昼必入学,夜必温课。"

"呵呵,国小!"

"后来我师父说厨师也要读书识字,腹有诗书气自华,就在菜艇上一边磨菜刀一边教我,反正是东拼西凑来的课本。"

"对,他也是大户人家出身,命运多舛啊。人这一辈子,说不明白。"

"去省府做菜,有什么需要多加小心的?"

"少言少语、谨言慎行。"

外面传来更夫打更的梆子声和吆喝声:"提防瓦面,小心蜡烛……"

日子到了,陈卫跟着五六个厨师一起被带进了广州大酒家的后厨,领头的总厨给大家训话:"各位都是各大酒家选派的名厨,有自己的绝活、拿手菜、名气、威风,我要告诉各位,这些东西在我们省府分文不值。我们是忠诚为先、安全至上的部门,饭菜味道好只是基础要求,更重要的是纪律。你们在征调期间必须遵守纪律,未经允许不得离开后厨。"

陈卫没认真听,一直在好奇地东张西望。总厨看到了他,停了下来:"你!听明白了吗?看什么看?"

陈卫一笑:"我从来没想过,省府的后厨在我家。"

总厨一愣:"你是陈卫?"

"是我,广州大酒家陈卫,这里……"

"省府征用明月家日本料理的后厨,日本炊具大家用不着,就不要乱动。"总厨带着大家在后厨走动,指点着各个部位,"各司其职、各就各位,今晚的宴会必须打起精神来。"

陈卫嘀咕:"到底什么人吃饭啊这么大惊小怪的?"

他身边的一个老厨师连忙拉住他:"别问!别问,干活就行了。"看陈卫还要说什么,便说,"我要做禾秆盖珍珠,想学吗?顺便教给你。"

陈卫很感兴趣:"是三水名菜?那要见识见识。"

谭耀亨跟他说过,像这种征调厨师的机会,往往能跟天南地北的名厨学到不少菜式，还是很值得的，陈卫跃跃欲试。

陈山河和陈立夏在家里吃饭，陈立夏叽叽喳喳地说着话："我师父答应我去加顶了，而且落班就是正印花旦，我师父外冷心热，别人都以为她对我不好，我心里清楚着哪，哥我住到戏班去了，要排戏啦。"她小心地看着陈山河。

"那是好事啊，去吧，抽空回来喝汤。"

陈立夏松了口气："哥你不生气？"

"反正你也不喜欢我身上的药味儿。"

"没有，没有！闻习惯了还挺喜欢的，有安全感。这次真是要排戏啦，戏班都揭不开锅了。"

"记得回来喝汤。"

"汤就不喝了，二哥又不在。"

"大哥煮得不好吗？"

"好……吗？哥，我跟二哥都搬出去住，你会不会冷清啊。"

陈山河溺爱地看着她："那就叫上小金一起来喝汤。"

陈立夏惊喜道："你让师哥来喝汤？二哥说你不喜欢他。"

"我不想你这辈子过得惊心动魄的，怕你以后会后悔。"

"那妈妈跟爸爸惊心动魄吗？他们后悔吗？"

陈山河被问住："你呢？对他满意吗？"

陈立夏埋怨道："他呀！就是忙得没时间理我，整天东躲西藏的，连戏都不排了。我干爹不高兴又拿他没办法。"

"他干的事又危险又不挣钱，图什么啊？你就不劝劝他？"

"他不听啊。他说那是他的理想。"

"过好自己的日子才是理想。"

"他的理想是让更多人过上好日子，哥，你说爸爸妈妈是不是也一样？他们跟你说过吗？"

陈山河沉默片刻："爸爸只教我打拳，教我遇强则强、顶天立地。"

"哥，你想他们吗？我要使劲想才能想起他们的模样，还是穿着戏装在戏台上的样子，离我那么远。"

陈山河伸手揉揉她的头："那是因为你长大了，活出自己的样子了。"

外面的门板响了一声，陈立夏跑过去开了门，叫了一声，陈山河连忙走了过去。门板上贴着一张告示，盖着宪兵报道部的红章，告示背后还在流淌着糨糊。

陈立夏念着："限三日内加入大东亚医学促进会，逾期查封店铺、惩办店主。大哥？"陈山河的脸色沉下来："这是红了眼了。"

天台戏院的大门上也被贴了告示，内容跟药铺的不同："限三日内去宪兵报道部报到，逾期查封戏院、惩办班主。"韦太平、陈冶冰面色沉重地看着。

韦太平说："怎么办？跑又跑不了。"

陈冶冰说："你把班主让给我，我不怕惩办。"

"说什么胡话？"

"真的，你知道我一向不在乎生死。"

"我在乎行不行？别意气用事了，好好商量一下怎么办。"

陈冶冰指指告示："没给你留太多选择，要么屈服，要么死。"

韦太平懊恼："早知道余汉无谋、吴铁失城，广州守不住，还不如早点走。"

"解散戏班子，不唱戏了。"

"不唱戏吃什么？咱们也不会别的，而且那么多徒弟怎么办？"

"反正我不给日本人唱戏，我一辈子要脸，不能让人骂我没气节。"

"你不用唱，咱们不是早就说好了，合班之后你就不唱了。"

"你要唱？"

"去欢迎什么狗屁日本艺术家我肯定不去，照片往报纸上一登，那叫遗臭万年。但是……我们本来也要排戏开戏，对吧？如果有个把日本人自己花钱买票进来了,你能不让人家看吗?停下来罢演对别的人也不公平,对不?所以究竟什么叫不能给日本人演戏,有没有个标准?"

"你说得有道理。"

韦太平刚松了口气。

"我退出摘星太平年班,你保全我名节,我给你谋生的机会。"

韦太平急了:"我是这个意思吗?算了,我找小金商量一下,他见识比你我广,再说他不是……跟我们不一样嘛。"

陈山河的生药铺里,此刻聚集了几个药材商人,陈山河给大家端来茶水:"试试我这个茶,陈皮加普洱。"

贾掌柜说:"陈老板,没心思喝茶了。这究竟该怎么办啊?"

药材商人邱掌柜、胥老板也七嘴八舌附和着。

邱掌柜说:"这个宪兵报道部前一阵子可杀了不少人,谁知道会不会接着杀人啊?"

陈山河坚持给大家的杯子都续上茶水。

贾掌柜说:"你们看报纸了吧?日本宪兵队被人丢进手榴弹,炸死了好几个人,不知道阮飞舟有没有被炸死,谁有医院的关系查一查?"

胥老板问:"查他干什么?"

贾掌柜说:"这个什么大东亚医药会是他一手搞起来的,如果他被炸死了,这事糊弄一下说不定就过去了,如果没炸死,或者炸伤了,那他真会杀人的。"

邱掌柜问:"那我们怎么办?"

陈山河说:"那就丢下一切跑了吧,你的生意、你的家、你的医馆药铺、你的财产,都保不住了。"

众人都安静下来。

胥老板说:"能跑的都跑了,徐南禄不就跑到乡下去了?剩下的都是拖家带口走不了的。各位,我们不妨想一想,加入了这个促进会又能怎么样?"

贾掌柜说:"那不就是汉奸了吗?"

邱掌柜说:"也不应该这么武断吧?挂个虚名,要钱没钱出、要人不出人行不行?总得活着吧?"

众人乱哄哄地议论着。

邱掌柜问陈山河:"陈老板你怎么看?你觉得小弟说得有道理吗?"

陈山河没有回答。

贾掌柜说:"宁为玉碎,不为瓦全。"

胥老板说:"说来容易做来难,都是有家有口的,你玉碎了,家人怎么办?饿死?"

众人一下子乱起来,各说各的,听不清他们吵的是什么,但看出互相指责,竟至动起手来。陈山河踮起脚,从货架最高处拿下来一个笸箩,里面是大小不一、形状各异的金属块。陈山河捡起其中最大的两块,双手互持着敲击起来,伴随着敲击,唱起了一首儿歌《落雨大》。这样的怪异表现让众人都停了下来。

陈山河举起手里的金属:"最近落下个毛病,有空就找炸弹坑挖炸弹皮,挖了这么多了。大家知道我在冼基买了新房,老天爷看不得我过好日子,一颗五百磅的大炸弹给炸成坑,我夫人连块完整骨头都没留下,《落雨大》是她最喜欢唱的儿歌,敲着炸弹皮唱,有味道。"众人都看着神态自若的他。

陈山河说:"你们怎么选我不在乎,我的选择早就放在桌上了,炸弹皮挖不完,这个梁子揭不过去,国仇家恨,不死不休。"

2

廖四六带着六名警卫走进医院。警卫们都膀大腰圆、眼神凶猛,身上也都带着不止一把枪,有人还背着长枪。从阮飞舟遇刺开始,他就特别在意自己的安全,出入都是这样的大阵仗。他在病房外挥手让警卫们留下,警卫们立刻分工明确地散开,全面守护着门口。廖四六跟把守门口的日本士兵点点头,敲门进来。阮飞舟在批阅文件，廖四六谄媚地凑过来："大开眼界啊，你的办法真有成效，三天期限一到，那些人乖乖就范。"

"引而不发更有威慑，我总结的经验，杀人的过程不可怕，可怕的是被杀的选择。"

"高。我看那个医学促进会已经有不少人报名参加了，迎接日本艺术家的演出，也有几家戏班要参与。"

阮飞舟得意，廖四六试探着："就是……陈山河没参加，陈立夏也没有。"

阮飞舟沉下脸。

"这家兄妹从小没有管教，不懂进退，要不要好好教训他们一下？"

阮飞舟瞪了他一眼："好了！不要把你们的个人恩怨带到工作中。"

廖四六被识破也不以为意。

"你很怕死？听说你带了很多警卫？"

"邝庆奎最想杀的肯定是我，我是大汉奸嘛，杀我还能杀鸡儆猴。"

"你想借我的手除掉陈家兄弟？你跟陈山河不是很亲密吗？"

"他有足够的理由杀我，而我跟他几次交手，没占过上风。"

阮飞舟沉吟不语。

"当然我也没有全力出手就是了，杀他我不需要借你的手，只需要你的首肯，因为我尊重你。"

"你觉得我会庇护他？"

"你和他妹妹……"

"陈立夏是名伶中的后起之秀，不能无故伤害。"

"是。那些不听话的，怎么办？"

"已经去办了。"

阮飞舟的意思，就是字面上的意思，那些不听话的艺人，比如陈冶冰他们，该抓的抓了，该打的打了。

陈立夏却毫不知情，她在排练着戏，还有人举着相机，不断对她拍着照，陈立夏的神色中有一些不快。这时急促的拍门声响起，陈立夏打开门，吓了一跳。陈冶冰鼻青脸肿站在门外。陈立夏穿戴着行头勾着脸，连忙把她迎进来："师父，你怎么了？"

陈冶冰虽然着急，却也没有慌神。她看了一眼屋里的情形，陈立夏正在排戏，棚面俱全，配合的演员也跟陈立夏一样穿行头勾脸，很正式的样子，还有一个人背对着他们，低头摆弄相机。

"你在排戏？"

"是啊，我想带一出新戏去加顶。"

"是什么戏？"

"师父，你还是先说怎么了吧！你这脸怎么回事？坐下我给你涂药。"

棚面们也乱哄哄地过来问候。陈冶冰被拉到椅子前，陈立夏向着背对着他们的人喊了一声："快来帮忙，去衣杂箱拿伤药。"

陈冶冰说："你干爹被人抓走了，你能不能想办法救救他？"

"啊？是什么人？什么时候？"

那个拿伤药的人也凑了过来，是脸上还贴着纱布的阮飞舟，陈冶冰愣住，阮飞舟摸着自己脸上的纱布："我也刚刚挂了彩，跟陈师父同病相怜了。"

陈冶冰起身要走。

阮飞舟说："你走了，可救不了人。"

陈冶冰停下，压抑着愤怒道："你要怎么样才放人？"

陈立夏问："什么意思？"

阮飞舟一脸无辜："不知道，我一直在这里看你排戏啊。"

陈冶冰说："日本宪兵抓的！"

陈立夏惊道："这伤也是他们打的？"

陈冶冰点头，陈立夏瞪着阮飞舟。

阮飞舟说："宪兵队有一千多人，我不知道是哪个干的。"

"那你放人！"

阮飞舟说："Summer姐，你的面子我肯定要给，陈师父和韦师父又是我尊重的前辈，只要他们遵从宪兵报道部的要求……"

"不可能。"陈冶冰断然拒绝。

阮飞舟摊开手。

陈立夏问："什么要求？"

阮飞舟说："很平常，日本艺术家来广州访问，我们宪兵报道部邀请一些业界名宿去进行艺术交流。"

陈立夏立刻说："好，我替我师叔答应了。你快放人吧。"

陈冶冰喝道："立夏！别胡说。"

陈立夏说："师父，艺术交流而已，可以答应啊！"

"不行！这是大义，你没有权利替别人答应。"

陈立夏问："阮飞舟，那我替我干爹去行不行？我把干爹换回来，这个面子我总还有吧？"

陈冶冰怒道："你敢答应就别怪我不认你！"

陈立夏说："师父你已经不认我了，你忘啦？所以这是我自己的事，我愿意换干爹。"

陈冶冰说："他不愿意让你换！"

陈立夏说："等他出来才能说不愿意啊，现在还不知道在受什么罪呢。阮飞舟，看在相识一场，让我换吧。"

阮飞舟说："可以，虽然很遗憾，我本来很期待看到陈师父和韦师父联袂出演。"

陈冶冰说："道不同不相为谋，你死了这条心吧。"

陈冶冰转身就走，陈立夏追上去，被她一把甩开。

陈立夏仍跟着："师父！师父！"

陈冶冰暴躁地挥动左手打碎镜子，顿时满手血："你满意了吗？再叫我师父，我撞死给你看。"陈冶冰离去。屋里的众人，包括拿着乐器的棚面和配戏的演员，都吃惊地看着。

陈立夏打发走了棚面，卸着妆，问阮飞舟："是你让人抓我师父和师叔的。"

"是。"

陈立夏被噎住。

"世上并无法外之地，不服从宪兵报道部的命令，我也只能秉公办事。"

"什么公？什么法？你们站在中国的地盘，这本身就不公、不法。"

"你跟金师哥太亲近了，学的全是共产党的腔调，这唱腔是有害的、危险的。我很在乎我们的友谊，我之前动用权力把你从交流会的名单中剔除，就是我在保护你。"

"我不领情。"

此刻，南禄药坊外，几个日本宪兵正和三国有喜一起走出来，日本宪兵在大门上贴着封条。

三国有喜叮嘱道："一定要保护好这里，所有的设备、原料、电线、水喉都要保护好。"

日本宪兵离去，三国有喜恋恋不舍，他对着大门摸了又摸，他的手上还包扎着绷带。

陈山河从僻静处转了出来，问他："喜欢吧？"

三国有喜连忙四下张望，日本宪兵正走向远方，他想张嘴叫喊。

陈山河说："喊就打死你。"

"你还敢露面！"

"巴不得我把产业拱手相让？"

"你露面也没有用，宪兵队查封不良产业，会拍卖给日本商人接手。"

"你把口水擦擦先，手怎么了？被铁钉子扎了？沾了粪毒搞不好要剜肉刮骨哦！"

"你想害死我！"

陈山河戏谑地说："你猜我会不会承认？好吧我承认。只要你惦记一天我的产业，我就不会放过你，有的是办法让你生不如死。"

"这就是你们中国人！你们就用这种手段经商？"

"对你才用这种手段，以暴制暴。正经商人靠的是品质是口碑，北京同仁堂、杭州胡庆余、上海雷允上，还有我们岭南的陈李济、采芝林、潘高寿、敬修堂，还有我这南禄药坊。"

他一把撕开封条开门进去，三国有喜震惊地跟进去："你怎么敢撕开封条？"

"废话！这是我的药坊。"

陈山河径直去收拾了几本医书、账本、纸张。

"你破坏查封会受到惩罚！"

陈山河又打开药柜，把几样贵重药物装进包袱，三国有喜一脸肉疼。

"哎哟！我的东西，你还心疼上了？"陈山河把两本账本拿出来。

"这个你不能拿走。"三国有喜说。陈山河没理他，又去看了电表和水喉，各自抄了个数字。

"水、电你不能破坏……"

"签字！"

"签什么字？"

"到今天为止我用了多少电、多少水！不管谁抢走它，还回来的时候给我补齐水电费。"

"你以为你还能拿回去？"

"我确信我能拿回来。因为邪不压正。"

三国有喜不以为然。

"邪不压正是句成语你知道吗？中国的成语你知道吗？"

三国有喜不满地说："我在满洲长大。"

"是东北，不是满洲！记住了教你一个乖，在中国能成为成语的，都经历过时间的考验。所以，邪永远压不住正，我一定会拿回来，给我看好了这里，否则你赔不起。"

三国有喜哑口无言。

总管把陈卫和厨师们集结在一起，挥手让他们各自找地方坐下。陈卫问着身边的老厨师："干什么？又要训话？"老厨师做了一个嘘声的手势。总厨面前的桌子上放着一个硕大的收音机："今天安排大家收听汪精卫先生重要讲话，请大家认真听。"

收音机打开，汪精卫的声音传来，这是1939年8月9日，汪精卫在广州电台向重庆发表劝降广播，宣扬局部和平，贩卖他的投降理论。

陈卫凑过去问："听什么啊？"

老厨师还是做了一个嘘声的手势，陈卫听了一阵儿，听得索然无味，东张西望、昏昏欲睡。

老厨师在做禾秆盖珍珠这道菜：把绿豆塞在猪肉中，用禾草捆扎起来，浸泡在料汁中。陈卫在一旁专心学着。

"你把琢磨做菜的精气神留出一点来，就能听懂收音机里的意思了。"

"瞧不起我！不就是汪精卫说要局部和平什么的吗，我当他是放屁。"

老厨师连忙看看四周，提醒他小声点儿。

"没事儿，我敢当他的面说。"

"你敢说我不敢听行了吧。"

"宣扬投降日本的人还有脸叫精卫，这是什么世道啊。"

"这样的世道你只能忍，不忍也没有办法。"

陈卫撇着嘴："我不忍。"

老厨师把陈卫捆扎的猪肉检查了一番，也放进料汁中浸泡："这道菜的关键在料汁，配方记住了吗？"

"过目不忘。"

老厨师压低声音："知道为什么做禾秆盖珍珠吗？"

"三水名菜嘛！意思是好东西被藏起来了。"

"收音机里那个也是三水人，算是他家乡菜。"

"他也配吃……你说什么？这是给汪精卫做的？他在广州？"

老厨师做了个噤声的手势。

"是不是啊？你说话别说一半啊。"

"我不知道。听说省府后厨查出有老鼠，临时改到这里宴请，而且还体现中日友好什么的。别打听，该怎么做菜就怎么做菜，谁来吃饭都跟你没关系。"

"你们早就知道？那你们还跟没事人一样？"

"那该怎么办？掀了砧板不干了？还是拿着菜刀去干点什么？你连厨房大门都出不去。"他看看眼珠乱转的陈卫，提醒他，"你老老实实待着，别连累大家。"

陈卫蹲在门口发呆，一副心烦意乱的表情。后厨门开了，总厨送穿着日式服装的小泽小太郎走了出来，两个人都很诧异。

总厨喝道："谁让你出来的？快进去！"

小泽小太郎说："没关系，我认识陈卫君，我们说说话。谢谢。"他向总厨鞠躬，总厨连连回礼："那好，我就不送了。"总厨退回后厨关上门。

小泽小太郎向陈卫鞠躬行礼，说着一口生硬的中国话："陈君，再次相遇，幸会。"

陈卫说："抢了我的酒家，生意还兴隆吧？"

"谢谢陈君的慷慨。"

"滚滚滚，骂你呢听不出来？"陈卫扭过头，不打算再理睬。

小泽小太郎说："我过来取我的厨刀，贵省政府租用我的酒家太过匆忙，我忘了带走厨刀。"

陈卫摆摆手，不想再看他，小泽小太郎犹豫一下，说："陈君的厨艺我很钦佩，我想把这把日式厨刀赠送给陈君。"

小泽小太郎从怀里拿出一个精美的刀盒打开，里面是一把跟中国菜刀区别很大的日式厨刀："这是我们和刀中专门切菜的关东薄刃。"

陈卫不耐烦："被抢的人，是不会和强盗做朋友的，别在这里假仁假义。"

小泽小太郎说:"连你们政府的高官精卫先生,都愿意和日本人做朋友。"

"他也配叫精卫?你知道精卫是什么鸟吗?算了,我跟你说这些干什么?"陈卫站起身要走,街道两端突然出现了一队穿中山装的警卫,他们沿路搜查着走到后门外。陈卫起身进了后厨。警卫们在后厨门外设了岗,留下两个警卫抱着长短枪,其他警卫从后厨门口鱼贯而入。

小泽小太郎一直微微鞠躬,转身离去。

三国有喜在南禄药坊的存货区爬上爬下,清点着药材品种和数量,他抓起一把炮天雄在手里掂了掂,连连称赞:"这炮天雄炒得真好,怪不得南禄能靠龙虎丹赚大钱。用这么好的炮天雄,真舍得下本!"廖四六百无聊赖地守在旁边,不时地抓点山楂干之类的塞进嘴里,引得三国有喜不满地瞪着他。

廖四六说:"恕我直言,这南禄药坊一天没拍卖,就还不是你的,你提前进来摸来摸去,按说是不合规矩的。"

"你必须派警察把守这里,我已经清点了药材和制药设备,少了就向你问责。"

"我没义务接受你的指挥。你可以让日本宪兵队给我们警察局发个协调函,我酌情处理。"

"你应该抓住陈山河。"

"他是地头蛇,抓他可不容易,这会儿可能都跑出广州了。"

3

为了躲避追踪,陈山河决定离开广州。他在沙面用一根金条换到一张船票,随后找到谭耀亨,把一封信和两根金条交给谭耀亨,让谭耀亨把信交给陈卫。信上写道:"二弟并小妹见字如面,宪兵报道部三日通牒之期已过,我不可能奴颜屈膝,所以得离开广州暂避风头。想你我兄妹少年分离,好不容易相认相聚，又迫于世道多次分离，为兄对你们甚是不舍。好在二弟尚有可靠的差事在做，又有谭耀亨这样的人帮衬，我倒还放心，小妹有爱她的干爹和师父照应，想必也能自保，待我在外安顿下来，便设法接你们离开，我们三兄妹各有手艺傍身，纵去天涯海角也能开花散叶。"

后厨正一片繁忙，陈卫专心做菜，包括切菜、下锅、加热以及雕刻冬瓜。瓜被掏空了，陈卫把菜肴倒进冬瓜做成的容器中。

陈卫说："太史田鸡。"

总厨检查着菜品，冬瓜外皮被剥了一部分，勾勒出长城的图案，验毒的人检验安全，点头放行。

总厨满意地说："快走菜。"

冬瓜被放在托盘上，盖上盖子，一路送出后厨，送到餐桌上。盖子掀开，冬瓜里的菜被舀出来，随着震动和热气蒸腾，外皮上的长城图案发生了变化，一部分表皮继续脱落，图案变成了两行字："填海方为精卫，汉奸只是味精。汪味精雅正。"

屋里一下子安静下来。

一群警卫和总厨一起冲出后厨的门："刚才有个厨师出来了吗？往哪边跑了？"

在后门守卫的警卫指了巷口的方向。陈卫沿着街道快步走着，他的腋下夹着林北江的X光照片，他自言自语："师父，你的菜刀我来不及拿了……"

天台戏院里，被日本人放出来的韦太平双手手腕都被绳索磨破了，陈冶冰给韦太平的手腕涂着药膏。韦太平看着陈冶冰脸上的伤，很心疼地问："还疼吗？"

"能让我忘了屈辱。"

"乱世漂萍，命如草芥，我是第二次进南石头了，上次靠小金认了干爹干妈才逃过一劫，这一次又是立夏舍身换我出来……"

"她可未必有舍身之意。"

韦太平不解。

"她不觉得去迎接日本人令人不齿。"

"在牢里我见到蔡叔了,他来做说客。"

陈冶冰脸上露出鄙视的样子。

"认识了大半辈子,相交莫逆,我才发现其实并不了解他。"

"他怕死、贪心、自私、小气……"

"是啊,怕死、贪心、自私、小气,还自以为聪明,老觉得高我一等。可他是我朋友,唯一的朋友。他说被枪顶在脑门上,不答应就是死,连同归于尽都不算,玉石俱焚都不是,死得蝼蚁成灰,他不舍得自己,就当了汉奸。"

"你呢?如果真有万一的时刻,你会舍不得自己吗?"

"我不会,唱了一辈子戏,早就知道终有一死,死要死得清白。"

陈冶冰点头。

"但是我舍不得你。"

"那我就死在你面前。"

"好了,好了,别把死挂在嘴边了。立夏怎么办?"

"还能怎么办?宁为玉碎,不为瓦全,她若去了就真的恩断义绝。"

屋里安静下来,韦太平知道她说的是真心话,所以很为陈立夏担心。

金慧荣还在继续着他的革命工作,他和两三个人围在凉茶摊前低声商量着什么。不断有人起身离去,又会有人坐下继续谈,东坤、蔡汉民和叶葱葱也轮流陪在桌边。

金慧荣还不断在一些小纸条上写着什么,随时交给东坤等人拿去执行。周围远远近近的位置上都有人在做着警戒工作。旁边的桌子前,陈立夏一直在等待着,每次有人从金慧荣身边离开,她都想坐过去,可马上又都有人抢先一步。金慧荣歉意地向她做着手势,随即投入新的交谈。陈立夏只能等,等金慧荣坐到陈立夏身边时,已经声音嘶哑,疲惫不堪。

金慧荣问:"等着急了吧?吃点东西?"

陈立夏摇头。

金慧荣又问："喝凉茶？这家凉茶很好。"

"再喝要闹肚子了。"

"有急事？"

"阮飞舟逼各戏班的师傅们迎接日本艺术家，我师父、你师父都不肯答应，你师父被宪兵队抓走了。"

"这事我知道，我们已经有安排了。"

"干爹已经被放了，我用我自己换了他，可是我也不想去参加，你有办法吗？"

金慧荣疲惫地揉着眉头："日本人要向全世界伪造所谓的和平局面，热衷于搞中日两国的合作、联欢，我们不会让他们得逞。"

"那该怎么办！不肯去的人，要么被抓了，要么逃走了，我们也走吧？"

"好，我安排你出城，你去香港，正好你大哥也去了，能照顾你。"

"啊？大哥去香港啦？他怎么也没跟我说一声！"

"应该是来不及，他留了封信在你二哥的朋友那里，早上辗转托人送到我这里来了。"金慧荣把信拿出来交给她，陈立夏接过信："那咱们也去吧，叫上二哥。"

"我走不了。汪精卫对重庆做了劝降广播，要国民政府接受'局部和平办法'，参加他的'和平运动'，放弃抗日。我们要掀起抗日反汪的浪潮，我走不了。"

"那我也不走了。我舍不得师父，你帮我想个办法应付阮飞舟就行。"

"还是应该走，师父他们也会陆续转移走，我们组织上来想办法。"

"那你快一点啊，阮飞舟现在特别……让我不舒服，动不动就跑来看我练功排戏，赶他他还不走，小人得志的那样子。他以前在我们面前哪里敢这样子？"

"以前的他是在伪装，资深的潜伏特务。"

"反正他现在看我的眼神黏糊糊的，我很恶心，老想叫我哥哥们去打他。"

金慧荣眼神怪异。

"怎么了？"

"以前遇到这种事，你只会想着让我去打。"

陈立夏笑起来："我现在有了两个哥哥啦。对了，我大哥为什么去香港？"

"信里应该有交代，阮飞舟给他下了最后通牒，要他参加汉奸行会，他不肯。"

"那他的南禄药坊不要了？他舍得？"

"你大哥在大是大非上很清醒。"

陈立夏很高兴，她喜欢师哥对大哥的评价。

大哥陈山河此刻来到江边码头，他手里一开一合地把玩着那枚钥匙，粤海关大楼的钟声响起，身后突然乱了起来，街道上传来整齐的跑步声。他偷偷从大树后看过去，是整队的日本宪兵列队跑过。远处还有吹响警笛的声音，他极目远眺，一辆大卡车上正跳下很多军警，他们迅速列队。陈山河再向另一个方向看去，街头多了很多军警，日本的宪兵和中国的警察。陈山河皱起眉头，似乎感到一丝不寻常，有人在验票处贴出陈卫的大幅照片。

他去了附近的冰室，这里有一台电话机，陈山河拨通了警察局的电话。

"廖局长，街上这么大阵仗？出事了？"

"你在哪儿？陈卫跟你在一起吗？你可别犯傻，你帮不了他。"

"说说看！"

"你弟弟被征调去省府做饭，今天发威，大骂汪精卫是汉奸。"

"他就是汉奸啊。"

"那也不能指着鼻子骂，谁受得了？"

"他见了汪精卫了？"

"没当面见到，但他骂人的话让汪精卫看了个当面。震怒，所以谁也救不了他了。"

"他在哪儿？"

"这不是正在抓吗！我还想问问你呢。"廖四六挂断电话，紧接着又拿起电话："接日本宪兵队，宪兵报道部。"

陈卫闯了大祸，廖四六知道，陈卫自己也知道，他挤在人群里偷偷看着码头大门前密集的哨兵。他的放大的照片贴在汽灯的光亮中，陈卫连忙低下头，陈山河从他身后挤过来，拍了一下他的肩膀转身向外挤去，陈卫如释重负，跟在他后面挤出去。

陈山河在僻静处把船票递给他："威尔士亲王号明早七点开航，从码头是没办法上船了，我安排了小艇，夜里接你到江心等着，船出港后会送你上船。"

"哥，你怎么知道我在码头？"

"你骂了汪精卫，天罗地网，你只能坐船去香港。"

陈卫大笑："我骂得可痛快了。"

"还笑！哪怕你找我要点毒药也算杀个大汉奸，你这算什么？就出了口气？"

"饭菜送出去之前要验毒，毒药没用。能出口气我也很开心了。"

"行。你先去香港躲一躲，说不定我带小妹也很快过去了。快上船吧，到了香港写信回来。"小艇靠过来，陈卫上了小艇："哥，你呢？你不会有事吧？"

"我能有什么事！"

"哥，你觉得我没做错吧？"

兄弟俩对视，陈卫眼神里透着渴望。

"爸爸妈妈会为你骄傲，我也是。"陈卫咧嘴笑了。

送走陈卫已经是半夜了，陈山河必须为自己打算了，他去找三国有喜。

"要跟你谈生意。"陈山河道。

"现在？半夜了！"

"宪兵随时会来抓我，要想活命，我就得现在跟你谈生意。"

三国有喜矜持地说："我不想跟你谈。"

陈山河拿出一本医书，封面上有"《选录验方新编》光绪十八年"的字样："这本书你一定也有吧？你之所以带着儿子来岭南求医，就是为了书中这一行字吧？"

他翻开一页念着："……有数岁幼儿偶患惊风，头足往后扯成弯曲，谓之角弓反张，叫（音jiào）唤难闻，百药无效，后服活络丸一颗既安睡，再服数颗脱然痊愈，神效无比，此丸以广东省城大南门己未牌坊陈李济店为真，别店多假，用之不效。"

"你什么意思？"

"我打听过，你儿子现在天天服用陈李济的活络丸，病情得到控制了，但毕竟生病太久，想根除需要更强药力，你想找到陈李济流传百年的一枚活络丸。"

"你知道在哪里？多少钱？"

陈山河盯着他不说话，半响才说："你还真是……先是个商人，然后才是父亲，治你儿子的药难道不该是无价的吗？"

"你真的知道药在哪里？多少钱我都会出。"

"那枚药，我能拿到。"

天亮的时候，驴车摇晃着走向广州城外，陈山河和三国有喜坐在车中，离日本哨位越来越近，陈山河回头看了看车里，三国有喜眉清目秀的儿子正僵直身体，望着外面发呆。

"你真的能拿到药？你要是骗我送你出广州……"

"每个行业都有自己的'底'，不懂这个，生意做得再大也学不到精髓。"

"我说你要是敢骗我……"

"别看你在东北学医学药，开医馆做生意，你还没有学到精髓。"

"我不是跟你开玩笑……"

"中医药行业里的'底'就是医者父母心。父母会害自己的孩子吗?虎毒还知道不吃儿子呢。"

"我知道医者父母心。"

"可你不相信,你也做不到。"

"你们中国人能做到?"

"你会知道的。"

到了哨卡,三国有喜探头出去说了几句,日本哨兵把驴车放行了。奔波了一整天后,驴车进了一个山村,狗叫声中门被打开,油灯光投射出来,徐南禄挑着灯,吃惊地看着门口的三个人。

三国有喜和儿子在喝着热水,儿子吃着烤红薯之类的食物。三国有喜不断地看向另一间房里的陈山河和徐南禄。另一间屋里,徐南禄皱着眉头,陈山河慢慢喝着水。

"你知道,天底下很可能就只有这一丸药了。"

"他很对症,吃了陈李济的活络丸后就见效了。我问过给他看病的医生,说唯有这百年活络丸,或可一举把他的病情扫除。"

"你也说是'或可',万一无效,浪费一丸药不说,以后可就再也没有了。"

"药不就拿来救人用的?"

"也许可以留着救更重要的人。"

陈山河笑起来:"这话可不像你该说的。"

徐南禄反省:"是,病人并无轻重之分,是我舍不得药,着相了。"

"那就早点用药吧。"

"人品如何?这药不救大奸大恶之人。"

"他还是个孩子,人之初性本善哪。"

徐南禄起身去了内室,拿出一个小盒:"有钱吧?我再好心也不能白送。"

"放心吧,我帮你要了黄金三十两。"

"还算公道,我不要金条,换成粮食和西药行不行?"

"行,我替他答应了。"

徐南禄拿着药丸走向另一间房间的三国有喜。三国有喜紧张地盯着徐南禄手里的药。

"这位先生既然是山河带来的,病人又对症,这丸药就给他用吧。"

三国有喜情绪激动,站起身深深鞠躬。

徐南禄闪身避开:"不必。"

陈山河说:"好了,深情厚谊放在心里吧,先吃药。"

徐南禄把小盒子打开,捏开腊壳,用竹刀将药丸切开,整个过程流畅至极。

三国有喜惊叹着:"温润如玉气味正,竹刀切腊琥珀光,好药。"

陈山河说:"这丸药是乾隆年制的,你算算多少年了!"

三国有喜感叹:"中药实在太神奇了。"

徐南禄说:"温水送服即可。"

三国有喜端来水喂儿子吃药,儿子吃了太多烤红薯,此刻不肯张嘴,扭着头躲来闪去。

陈山河说:"别掉地上。"

儿子被塞了一粒在嘴里,又吐了出来,三国有喜连忙接在掌心里,着急地喂着。他恼怒起来,突然变得很威严,用日语训斥了一句:"八嘎。"徐南禄一愣,儿子老老实实吃药。

徐南禄疑惑地问:"山河,他刚才说什么了?"

"没听清,东北话吧?他说话口音挺重的。"

"我听着像是日本话?日本兵就爱说这个。"

三国有喜专心喂药,他把盘子里剩下的药都藏在手心里,一把塞进傻儿子的嘴里,捂住他的嘴,逼着他吞下去。

徐南禄说:"不能这么喂药。"

三国有喜的手死死捂住儿子的嘴,不顾他的挣扎,直到儿子流下眼泪。三国有喜把水喂进儿子嘴里,又扒开他的嘴检查了一下,放下心来。

"你这个人也太暴躁了。"徐南禄说完,转身进屋,出来的时候手里拿着一个纸包,说,"我看这孩子本身还有宿疾,应该是消化不良导致的烦躁易惊、夜寐不安,这包王老吉小儿七星茶常泡着给他喝,药铺都有卖的。"

三国有喜再次鞠躬。

陈山河说:"好了!药也吃了,拭目以待吧,你这里有地方住吧?让他们住一夜再走。"

徐南禄道:"就住这间屋吧,还要吃点什么吗?"

三国有喜再次起身,深深鞠躬。

4

1939年9月,陈卫捏着一张纸条,站在门可罗雀的酒家门外,很是诧异。香港轩尼诗道是一条还算繁华的街道,一户门脸也挂着广州大酒家的招牌,但酒家里面却黑乎乎的,门开了半扇,玻璃上贴着的福字褪了色,门联也只剩下一侧。

陈卫走了进去。酒家面积狭小局促,桌椅很多,挤得满满当当,却一个客人都没有,侍者趴在尽头的取菜口,跟后厨里的人聊着天,看到陈卫进来也无动于衷。陈卫向后厨走去,沿途伸手摸了摸桌面,弄脏了手,座椅间的地板上还有鸡骨头等杂物。陈卫的眉头越皱越紧,他走到后厨前:"请问这里是广州大酒家吗?麦啸文在不在?黄祁全师傅在不在?"

侍者没有反应,麦啸文却从后厨里探出头来,惊喜道:"阿卫!"

麦啸文带着陈卫去黄祁全家,他们健步如飞地走着:"师父病了很久,生意一直不好,食材没有广州全,他的拿手菜也打不出名声,房租贵、人工贵、食材贵、调料贵,电费水费都要比广州高,师父又要面子,觉得跟东家没办法交代。"

"黄师父得了什么病?"

"没查出来，发了好长时间的高烧，烧退了，鼻子和嘴都没有味道了。"

陈卫吃惊："没有味道了？"

到了黄祁全家里，他看到陈卫也很高兴。他咧咧嘴："是没味道了，老天爷有意思吧？一辈子调和滋味，结果自己尝不到味道了。"

陈卫打量着窄小的住处，香港这里所有的建筑跟广州相比都狭小杂乱。

陈卫说："有没有看过医生？广州不少名医都来了香港。"

黄祁全摆手拒绝："生在乱世就不该有滋有味。"

麦啸文插嘴："请医生看过，说这是心理上的问题，舌头和鼻子本身是没有问题的。"

黄祁全说："山河变色，故国远去，日子当然没有滋味。听说广州大酒家被日本人抢去了？香港的也快倒了。"

陈卫问："究竟是什么原因呢？按说那么多有钱人逃难过来，应该不缺吃饭的钱。"

"我也想不明白，厨艺到这里就不灵了，是我水土不服？这里的灶火也不同，我这镬气黄的名声也……"黄祁全摇头不已，"你来得不是时候啊。"

陈卫说："黄师父，要不，我试试？"

黄祁全说："试试？这里很邪门的！"

陈卫说："总不能眼看着它倒了。你厨房有什么？"

黄祁全说："不必麻烦了，我这舌头——"

陈卫说："想让你看看我有没有进步。文哥带我去厨房看看。"

麦啸文带着他进了后面，黄祁全呆呆地坐着，听着他们絮絮叨叨的交谈声。

麦啸文说："师父说这里邪门，一点都没错，你根本不知道他们的口味是什么，按说离广府这么近，应该差不多才是。"

陈卫自信地说："味道出自人心，行了，有韭菜，有咸虾，有豆腐啊，我给你们做个家乡味道。"

"做什么？"

"做个张之洞的名菜'大马站'吧,咸虾烧腩煮豆腐韭菜,怎么样?"

黄祁全的神情一振。厨房里传来烧火起灶的声音,这种声音渐渐转化,变成了黄祁全记忆中在广州的后厨里听了半辈子的声音。那种灶火燃烧声、切菜声、碗盘声、锅铲相碰声、油锅炝锅声、麦啸文指挥上菜声……汇集在一起,成了欣欣向荣的声音。黄祁全陷入回忆,脸上露出神往。陈卫端着一盘冒着热气的菜来到他面前,麦啸文手疾眼快地把筷子递到黄祁全手边。

陈卫说:"尝尝,这是我师父最喜欢的菜,他说这才最代表广州,而不是鲍参燕翅那些。"

黄祁全说:"这道菜材料便宜却很难做好,虾酱和豆腐稍一不慎则有焦煳气,你这个还不错,没煳!"

麦啸文惊道:"师父,你能闻到了?"

黄祁全也愣了一下,深吸了一口气,更加震惊。他连忙伸筷子夹菜,但豆腐易碎,夹了几次都没能夹起来,黄祁全索性丢下筷子,伸手捞起一块豆腐塞到嘴里。他闭上眼睛吃着豆腐,不断地伸手抓着菜塞进嘴里,越吃越多。

麦啸文说:"师父你给我留点儿啊!"

陈山河和徐南禄背着药篓子走在山脊上,"我好多年没进山了,以前跟我师父去罗浮山采药,一出去就十几天……"

徐南禄突然站住,说:"你说实话,昨天那两个人是什么人?"

"在我眼里,他们是病人和被病人拖累很多年的父亲。"

"别跟我打马虎眼,说!他们不是中国人吧?"

"你的药要分人种?不同地区的人,药量不同?"

徐南禄给了他一拳:"还打马虎眼!是日本人吧?"

"他就是三国有喜。"

徐南禄气恼地指指他。

"我跟他有言在先,如果真能医好他儿子,绝不吐露跟你有关。"

徐南禄松了口气:"他对你很重要?"

"我的命攥在他手里。"

"粮食和西药没问题吧?"

"我盯着送来。"

"不用送来,我给你几个地点,送过去就行。"

"给谁的?你不是做生意?"

"你就别管了。"

山脊上出现了一个日军岗哨,陈山河吓了一跳。

"没事儿!我是医生,进山出诊很正常。"徐南禄打开医药箱给日军士兵检查了一下,带着陈山河走过去。

进山之后,树林和草丛中不断出现持枪的人,陈山河有些紧张。

"胆子变小了?"

"徐老板你也有事瞒着我呀。"

他们转进一片密林,看到几座"草寮",是一种架空在地面之上,用树干和茅草搭成的窝棚。服装各异的游击队员散布在营地各处,有人在吹口琴,有人在补衣服,有人在练习军事动作,有人在篝火前烧着水,一派热火朝天的景象,所有的人都跟徐南禄亲切地打着招呼。徐南禄从口袋里掏出几粒糖,给了看起来年纪不大的两个小战士。陈山河一路瞠目结舌。

几个伤员躺在干草上。徐南禄给他们治疗着,有的正骨,有的换药,有的针灸,有的煮汤药,还有的在切脉开药方。

"你要的粮食和西药就是给他们的?"

"对!要分给好几个营地。"

"你现在是什么身份?"

"我是个医生,也是个中国人。"

"你……是国民党还是共产党?"

"这支游击队是共产党的。"

"邝庆奎也在打日本人,还去宪兵队丢了炸弹。"

"他们那支队伍条件比较好,暂时还不需要我帮忙。"

"我完全没想到,广州城外是这样的。"

"留下来跟我干吧。"

陈山河犹豫了一下:"很想,不过我小妹还在城里,我不能不管她。"

"带出来呀,还留在广州干什么?"

"她还有一个戏班子哪,总不能都带出来,我先看看吧,如果城里不能待了,我就过来。"

徐南禄正色道:"山河,现在是救亡图存的时刻,我希望你能尽一份中国人的力量。"

"我先顾好弟妹。父母双亡,我们又从小失散,我有长兄如父的责任。"

徐南禄看向他,陈山河坦然:"再说还有南禄药坊呢!不能从我手里丢了。"

"都是身外之物。"

"你过得洒脱了,可是咱们那些药工不行啊,徐联仲老爷子不行啊,都指望药坊活命呢,为了他们我也不能让药坊倒掉。"

徐南禄还想说什么。

"你在山里救他们是中国人的本分,我在城里多救些药工同行,也是尽本分,咱们两个各自努力吧。"

"你什么时候回城?"

"等我帮你拿到粮食和西药。"

"好,那这段时间,你跟我学医吧。"

陈山河诧异:"啊?"

5

陈卫站在空无一人的酒家中间,环顾四周。满地垃圾,灯光昏暗,有不少灯泡都没有亮,陈卫双手一拍,精神一振:"开工!"

陈卫连夜打扫卫生,擦拭桌椅、擦地、更换灯泡、擦玻璃、贴窗花。天亮了，贴着红福字窗花的玻璃透着外面灿烂的朝阳，能看到外面陈卫的身影。

屋里窗明几净，安静祥和，麦啸文和两三个侍者震惊地看着。外面传来陈卫叫卖早点的吆喝声。酒家外摆着一个早餐摊子，蒸笼冒着热气，油锅炸着春卷，粥锅里滚动着白粥。陈卫穿着干净的厨师制服，招待着吃早餐的人。麦啸文走出门，吃惊地看着热闹起来的人气。

"来帮手啊！招呼客人进去吃早茶，现在品种还少，一盅两件要保证。"

麦啸文如梦方醒地招呼客人："请，请，请里面喝茶。"

过了早茶时间，陈卫在外面收了摊子，回到酒家内，店里的伙计们鼓掌迎接，钦佩地看着他。陈卫腼腆又高兴，他突然看到麦啸文和黄祁全一脸沉重地站在人群后面，这表情让陈卫感到纳闷。片刻之后，酒家深处僻静角落，陈卫腿一软坐在椅子上。

黄祁全说："那天跟你一起掌灶的老厨师，连同他带来的水台、砧板、打荷一共五人，都被枪毙了。"

陈卫声音嘶哑："为什么？"

麦啸文说："罪名是攻击汪精卫。"

陈卫怒道："是我！骂汪精卫的是我啊，跟他们有什么关系！"

麦啸文说："认定他们是同谋，其实是为了平息汪精卫的怒火，拿他们的命来填了。"

"不，这不对！我以为顶多连累他们拿不到钱。这不对，不对……"陈卫神情恍惚，猛然转身跑了出去，黄祁全对麦啸文挥挥手："别让他做傻事。"麦啸文解着身上的围裙，快步追了出去。

陈卫跌跌撞撞走着，不看路、不看人，跟行人迎头冲撞上也毫不在意，一脸痛苦。麦啸文在后面跟着他，一路走过大街小巷，一直跑到了海边，海浪拍打防波堤，溅起水花，打湿陈卫的脚面。他凝望海尽头，说："这世道没地方讲道理了，是不是？"

"陈卫你别多想了。"

"我想过海回广州，我想要回去问问为什么。可是我不能就这么回去，赤手空拳，回去就是个死。"

"汉奸想杀人想立威，不是因为这件事，也会找到别的理由，你别把过错揽自己头上。"

"我不是纠结这个。有仇报仇，天经地义，我只想知道该怎么做。"

"替他们好好活着。"

陈卫变得孤僻，躲着众人，这天他正在后厨独自发呆，黄祁全走过去："在想着他们？"

"今天他们头七，过了头七，就轮回转世去了。那位老师傅还教过我做禾秆盖珍珠。"

"厨师要想记住另一个厨师，就做一遍他的拿手菜。"

陈卫动心了。一灯如豆，后厨一角上，陈卫在为禾秆盖珍珠这道菜做着准备工作，挑选绿豆、洗菜切菜、调配酱汁、绑扎肉块……蒸锅冒着热气，陈卫打开蒸锅，水汽蒸腾，他端出了蒸好的菜。酒菜摆好，陈卫点起三支香，插在香炉里，望着热气，端起酒杯，洒向地面。

"师傅们，一路走好！"

6

阮飞舟走进药店，看到三国有喜正在手把手教儿子写毛笔字。阮飞舟皱起眉头，觉得奇怪，片刻之后才醒悟过来："你儿子？"

"我儿子好了，问个好。"

儿子规规矩矩地说："叔叔你好。"

"太好了！恭喜恭喜！是另寻名医了？我记得以前吃的是陈李济的活络丸。"

"效不更方，运气好，求到了一枚宝药。"

阮飞舟吃惊道："你找到那枚百年活络丸了？只有一丸存世？"

"我答应不宣扬此事，找我有事？"

"你向广州城外运去了两大车粮食和西药,为什么?运给谁了?"

"我的正当生意,没必要向你交代吧。"

"粮食和西药都不可能是正当生意!落在抗日分子手里就是资敌行为,三国有喜,这是大事。"

"我当然不会资敌,就是一笔生意而已,而且以后也不会再有机会了,再说,这也不是你们宪兵报道部该管的事吧。"

阮飞舟气笑了:"我是怕你被利益蒙蔽,受别人蛊惑。"

"我心中有数,不劳你担心,找我到底什么事?"

"已经有近十家药店同意加入,我们的医学促进会可以宣布成立了吧?作为第一任会长,你需要准备入会纲领。"

"我会准备好。"

阮飞舟盯着他看,说:"这枚药是陈山河给你找的。"

三国有喜没有回答。

"他在哪里?"

"我要跟你求个情,不要抓捕他了。"

"不!他违背了宪兵报道部的命令。"

"所以我出面跟你求这个情,如果你不肯答应,会长我也不做了。"

阮飞舟盯着他看了片刻,笑了起来:"我猜猜看,粮食和西药是买药的代价,帮他洗脱罪名,是他帮你找药的条件,对吗?"

"你说的我都听不懂。"

"他能为你找到珍贵的药,成为你的朋友,不正是我们共存共荣的成果吗?很好,我会支持的。"

三国有喜警惕地说:"我们只想安安稳稳做生意,不想参与政治。"

"我懂,政治也是为经济服务的嘛,放心吧。我对陈山河还是很欣赏的,他在哪里?"

三国有喜回答不上来。他不知道此刻陈山河正在游击队里,跟着徐南禄学习诊脉。

徐南禄说："感觉到了吗？浮轻取，重按无，浮如木在水中浮，浮而有力多风热，浮而无力是血虚。血虚也有区别，精血两虚腰膝酸软，神疲乏力，要用敬修堂的康寿丸固本培元。"

陈山河一脸茫然。

"医药不分家，研究药性要先懂医理。"

"我要学到什么时候？我是问现在学还来不来得及。"

"想偷懒了？"

"这话太诛心了！粮食和药送来了，我得回广州了，等以后抽出整时间再跟你学。"

此时，一位游击队员痛苦地捂着肚子跑过来："徐师傅，我拉肚子，拉了一天了。"徐南禄掏出些药给他："王老吉保济丸，头疼脑热的时候也能用。"游击队员接过药就憋不住似的走远了。

"我是真希望你留下来。"

陈山河开着玩笑："这位施主，在下六根未净，还得回红尘照顾弟妹哪。"

徐南禄只得放陈山河回广州，他知道陈山河最惦记的就是弟弟妹妹。

陈立夏去了西关的戏服店，这里是金慧荣定下的接头地点，很多件戏服悬挂在店内的半空中，阳光从窗口投射进来，戏服上金光闪闪，色彩绚烂。陈立夏仰头望着那些美轮美奂的广绣戏服，这是她心中最美的时刻。金慧荣悄然出现在她身后，神色警觉地巡视四周。

"师哥！"

"这里不太安全了，以后换个地方找我。"

陈立夏拿出一张请柬："阮飞舟的会要开了。"

"放心，我已经有安排了，明天就送你离开广州。"

"你要带我走了吗？我师父和你师父呢？你也要想办法啊。"

"我怎么会不管他们。"他伸手想抱一抱陈立夏，手抬起来，又有点犹豫,"我不能跟你一起走,我们要分开一段时间了。"

"啊?那我们什么时候见?"

"不知道。"

这三个字突然击中了陈立夏:"师哥,我们从来没有分开过。"

气氛瞬间旖旎,时间凝固,两个人的脸渐渐靠近。风吹动晾晒的行头,金银丝线在阳光下迷离闪光。心跳的声音响起,就在将亲未亲的时刻,陈立夏突然慌张地推开金慧荣,背转了身。

金慧荣也冷静下来:"我先走,你过一会儿再出去。"

那些悬挂的戏服在阳光下溢彩流光,这是陈立夏的舞台。心跳声继续响着,陈立夏仰头在戏服间徜徉,伸手迎着阳光,捕捉光柱中的微尘。

陈立夏收拾心情,去天台戏院看望师父,戏院大门上交叉贴着封条,阮飞舟从黑暗中走出来,说:"我经常回忆起当记者的日子,那时候真是快乐。"

陈立夏指着封条问:"我师父和师叔呢?戏班的人呢?"

"小金师哥……"

"我师哥怎么了?"

"你我都知道他是共产党,我一直睁一眼闭一眼,但是他搞抗日活动,要破坏广州的和平稳定,我要把他师父、你师父这些跟他有关的人都抓起来调查一下。本来也要抓你,但你要参加明天的艺术家交流活动,我替你担保,不抓了。"

"你抓吧,我不去。"

"还是去吧,否则你师父、师叔都会受苦啊。不知道你们为什么这么抵触!这是艺术家之间的交流,你不想见识一下日本的戏剧艺术,博采众家之长吗?我记得你崇尚马师曾的观点,要打造……"

"这乱哄哄的世道,我唱不出来!"

"唱戏能帮助社会稳定下来,稳定了才能发展。"

"粉饰太平。"

"太平不该宣传吗?不唱你难道还要哭?"

"我不哭,但是我可以喊。"

"你喊?喊什么?"

陈立夏倔强地抿住嘴。

阮飞舟走出大楼,头顶上传来陈立夏的呐喊:"啊!啊!去死吧!"

阮飞舟不以为意,转身离开,陈立夏向着远处的珠江大声呐喊:"啊!啊!去死吧!"

7

宝华戏院的台口悬挂着横幅,写着"中日艺术家联欢会"。

台上,一个日本能剧艺人拿着扇子涂着白脸咿咿呀呀地表演着。台下有一些熟面孔,蔡叔、尹灵芝坐在一些外表狂狷的书画家、诗人之中。这些人有的略带羞愧目光低垂,有的一脸谄媚与有荣焉,观众中还有一批是日本的艺术家,仰着脸自豪地看着台上的演出。阮飞舟坐在角落里,注意着全场,不断用眼神和小手势指挥着满场转的摄影记者们。他看看手表,起身贴着边儿走向后台。

此时在地下党的接头地点南北洋货行,孙掌柜一手打着算盘,趴在柜台上跟伙计聊天,但说的却是很严肃的话题:"金慧荣同志突遭搜捕,紧急转移离开广州。他制订的救人计划继续执行,今天要从宝华戏院接走六名爱国艺术家,粉碎敌人粉饰太平的活动。我们雇的卡车将准时开到宝华戏院后门,六名爱国艺术家会利用在后台化妆的时机从后门离开。六人之中,陈立夏是烈士子女,也只有她并不知道我们的安排,需要提前跟她接头,告诉她我们的救援计划。"

奉命去通知陈立夏的是一名穿着工装的工人,他走向后台的陈立夏,突然停住脚步藏身侧幕,阮飞舟从他面前走过去。

前面戏台上能乐的声音隐约传来,陈立夏看着镜子里的自己,脸上露出了决绝的表情。她穿着一身大靠,背后插着旗,英姿飒爽。她拧下花枪的木枪头,换上了一只磨得发亮的铁枪头,她用手指试了试枪尖,用的力气有些大,枪尖刺破手指渗出鲜血。阮飞舟无声无息地走了进来,陈立夏把手指上的血吞进嘴里。

"Summer姐准备好了吗?太靓了!你的穆桂英会让日本同行震撼的。"

"我师父和师叔放了吗?"

"当然,你要是不放心,我可以把他们请到这里来。"

"闭嘴。"

"Summer姐又对我嬉笑怒骂了,我很开心,说明Summer姐接纳我的一片好心了。"

工装裤地下党始终没有机会通知陈立夏,他只得引着另外五名艺术家出后门上卡车,前面的戏台传来粤剧的鼓乐声。

"那么,请登场吧。"

陈立夏抄起花枪转身往外走,阮飞舟跟在后面。他们走到虎度门外,尹灵芝正等在这里:"哎呀立夏啊,日本戏太精彩了,你可一定要超过他们啊!"陈立夏正要掀开门帘走出去,花枪却被阮飞舟一把抓住。

"Summer姐还是不要打真军了,小心伤到自己。"

陈立夏往回夺,两个人顿时厮打起来。尹灵芝被这突如其来的全武行吓得目瞪口呆。从戏台下看过去,空荡荡的戏台上,棚面的乐手在敲着急促的鼓点,而虎度门前悬挂的门帘却抖动、凸起不已。

阮飞舟低声而急速地说着:"想上台戳死自己!想拿命证明清白!我偏不让你如意。"

他拧下金属枪头,突然发力把陈立夏撞出虎度门,门帘被扯下半边来,陈立夏勉强站稳,倒是一个亮相的姿势,台下亮起一片闪光灯。陈立夏手里提着一根没有了枪头的花枪,她径直跳下戏台,一边撕扯着戏装和大靠,一边向外走去,人群中站起几个大汉拦截,被陈立夏挥动花枪格挡,这个瞬间颇有些"虽千万人吾往矣"的悲壮。阮飞舟摆了摆手,大汉们又坐回去。

阮飞舟说:"让她走!休想在我这里成就英雄。陈立夏,今天没能死在台上，你就是汉奸。"

陈立夏分开众人走了出去，留下后背还插着一面旗的背影，她逆风而行，背后的那面旗猎猎作响。街头行人好奇地看着这个脸上带着妆、身上还穿着半片戏服的人。陈立夏扑到江边，俯身看向江面。回忆的碎片转眼间闪过：小时候在江水中沉浮，金慧荣救出她，她跟着金慧荣背着龙袍寻找大师兄，长大后的金慧荣吹着小号……

陈立夏喃喃自语："师哥，我该怎么办？你在哪里啊？"

此时金慧荣已经到了邝庆奎的游击队，他奉上级命令，来加强由国民党领导的游击队的政治力量，这也是国共合作共同抗日的一种策略。

金慧荣向邝庆奎伸出手来："又见面了，邝队长。"

邝庆奎皮笑肉不笑："共产党这是打算摘桃子了？"

"根据国共合作的精神，我党派我来协助游击队工作。"

"你觉得我会需要协助？"

"你们军火和物资准备充分，人员训练有素，是比较有战斗力的队伍。我会带来我党基层工作的经验，帮助队伍扩大战果，巩固在民众中的口碑，最终得到他们的支持。"

"我要是说不呢？"

"派我来是国共双方共同商定的，只要你这支队伍还承认番号，领取费用，就应该会遵守上级的命令。"

邝庆奎和他对视片刻，伸出手来相握："广州城还好吗？"

"抗日行动已转入地下，我是逃出广州途中接到的任命。邝队长，能不能帮我给广州带句话？我出来时太匆忙，还有事没处理好。"

陈立夏参加欢迎日本艺术家的活动，经过阮飞舟的操持，大幅照片占据了所有报纸的头版。陈冶冰召集记者开发布会，她在会上说："感谢各位报馆的朋友应邀前来。关于近日传闻的陈立夏参加某活动并演出穆桂英挂帅一事，陈冶冰发出声明如下：第一，陈立夏曾经是我的徒弟，但已经于民国二十五年正式退还师约,解除师徒关系,今日重申,我与陈立夏从此生死不论,再无关系;第二,有传闻陈立夏要在我们的摘星太平年班加顶一事,是谣传,双方并无此项演出计划;第三,我始终坚信,'饥不啄腐鼠,渴不饮盗泉',做人做戏,气节为先。我说完了,谢谢各位。"

陈冶冰鞠躬离开,韦太平上前给各位记者塞着红包说着好话。

人群后,陈立夏站在一个巨大的哈哈镜前,远远地看着师父离开。陈立夏看了一眼哈哈镜中的自己。哈哈镜因为空袭的原因已经从中间裂开了,糊着一条纸条固定着,镜子里的她变了形。陈立夏向陈冶冰追了过去,跟记者们擦肩而过,有人认出了她,想要拦住她采访,却被同行拦住,眼看着她追进了戏院大门。

"是陈立夏啊,不采访一下?"

"采访了你敢登吗?别节外生枝,拿了钱回去干活了。"

陈立夏追进来,陈冶冰正呆坐在观众席,孤零零地望着空空的戏台。陈冶冰以为脚步声是韦太平的,头也不回地说:"我想一个人待会儿。"

陈立夏没有作声,也在椅子上坐下,望着陈冶冰的背影。陈冶冰在流泪,不时抹着眼泪,眼前的戏台时而模糊时而清晰,而随着一抹一擦,戏台上时隐时现、时有时无地出现了陈立夏的身影,有小时候练功学戏的她,也有长大后英姿勃勃唱戏和古灵精怪鼓捣电影、干冰、灯泡的陈立夏。

这些出自陈冶冰的回忆,又与坐在后面的陈立夏的回忆交缠在一起。在陈立夏的回忆中,是师父教她学戏,手把手地调整姿势,是师父给她买了甘蔗,是师父亲手给她做了衣服试着大小……

"师父。"

陈冶冰惊醒过来,迅速擦干眼泪:"看戏请买戏飞,否则就不要来了。"

"摘星已经很久没开戏了!"

"你唱的这出戏还不够吗?陈冶冰爱徒陈立夏,粉墨登场献声穆桂英挂帅——我真是当不起。"

"我没有当汉奸,我是准备死在台上的,花枪枪头换成了真的,出了虎度门我就捅死自己。"

"伶人死在戏台，挺好。"

"没想到阮飞舟有防备，一下子把枪头抢走了。师父，报纸上登的不是真的，我一句都没有唱。不信你去问尹灵芝，她全都看到了！"

"好嘛！摘星戏班真有出息，一次就去了两个人！我真该拿枪头戳死自己。"

"我怎么才能洗清自己？非得用命吗？我不怕死，可我觉得不该这样。为什么一定要拿命来证明清白？是证明给日本人看还是给我们自己人看？如果是给日本人看，为什么要流我们的血！如果是给自己人看，为何不留下性命干更有意义的事？"

陈冶冰没有回答，两个人就这样陷入安静中。陈立夏站起身："师父，我想明白了，你轻抛性命，图的还是你的名声、你的规矩，而不是真相。我不会逃避，该我面对的我不含糊、不腿软、不后退，但是从今往后，我不会活在别人的规矩里。"

她转身离开，脚步声远去。陈冶冰眼神空洞，因为她无法回答陈立夏的提问。

8

三国有喜拉开各个药柜抽屉配着中药，时不时看一眼儿子。他在药店里奔跑嬉戏，现在看起来已经是个完全正常的孩子了，阮飞舟趴在柜台上陪着他配药。

三国有喜说："医学促进会我会搞起来，但是陈山河，我不会去拉他入会，这是他帮我找药的条件，我要遵守。"

"你如果真想感谢他，就应该给他制造机会参加进来。"

"他不想……"

"不，他想，只是他需要一个台阶。我很熟悉他，他是个为了成功不择手段的人,搞西药走私、搞发冷丸,只要对他有利益,他都会去做。"

"我要言而有信。"

"参加促进会对他最有利,他能够在经商、税收、原料采购、销售等各方面享受便利。他是聪明人,一定看到了这份好处,欠缺的就是一个不得不加入的台阶。"

三国有喜把柜台上的药包好,递给了阮飞舟:"百合、酸枣仁都是治疗失眠的药材,但心病需要心药医,你不可再思虑过甚了。"

"谢谢,我哪里停得下来。已经搞了轮船业、米业、航业、找换业、酒楼茶室业等八个行业公会了,还得继续搞,把各个行业的人都控制住,广州才能真的属于我们。"

"我会尽我所能,帮助你们控制广州。"

"看来你真的不想让陈山河加入进来,为什么?我不太相信是为了遵守承诺。"

"你可以相信是因为这个。"

"那么真实原因是什么?"

三国有喜犹豫片刻:"陈山河很有能力,有能力的人也会对我的事业产生威胁,我不想有一天对有恩于我的人兵戎相见,忘恩负义。所以我不想让他加入进来。"

"他越有能力就越有号召力,我们需要这样的人来带领中国的医药商人。"

"可是,你怎么能保证他会听你的话?"

"所以要拉他入会。在中国,当了汉奸就会被排斥,被排斥就只能更紧密地依附我们。依附,就要听话。"

三国有喜没有再说话,隐隐觉得,阮飞舟说得有点道理。

南禄药坊恢复了生产,药工在各自的岗位上忙碌着,有人在查看正在晾晒中的筐箩里的药材,有人不断地向筐箩中倾倒着不同的药材,有人在负责搅拌药材，有人在制作药丸，有人在进行蜡丸封装，将成品后的药丸装进有"陈李济壮腰健肾丸"字样的包装里。小菊坐在蜡丸封装的位置，远远地看着陈山河。陈山河陪着徐联仲老爷子巡视着。徐联仲看起来比以前老了许多，走路都需要搀扶。

"你搞发冷丸，我其实一向不欣赏，虽然挣到了钱！那个中西合璧，我看就是挂羊头卖狗肉。"

"老爷子你就少操点心吧，狗肉没啦，羊头也不用挂了。"

"你就不能再搞点狗肉？"

"啊？"

徐联仲叹气道："这些药都是常用药，有销路但不会太好，搞不到狗肉，复工会赔掉家底的。"

"不至于吧，我看这壮腰健肾丸卖得还行啊。养血祛湿治肾亏，男女都需要的。"

"可我们这人多，开销大，仅靠'还行'是撑不住几天的！"

"复工也是徐老板的意思，我们商量着能帮一个是一个，能帮多久帮多久，赔光家底再说。"

外面传来敲锣打鼓的声音，大门打开，陈山河和徐联仲走了出来。舞狮已经开始，两头舞狮上下翻飞，敲锣鼓的人也很卖力气，越来越多的人聚集过来看着热闹。三国有喜牵着儿子的手走到近前，向陈山河深深鞠躬。陈山河连忙侧身让开。三国有喜挥挥手，一块披着红的牌匾被抬了上来："陈君，今日我携犬子前来道谢，全靠你寻到珍贵的百年活络丸，才让他沉疴尽去，按照中国人的传统，你就是他的再生父母，我会让他一辈子报答你。"

陈山河的脸色冷了下来："中国人讲究知恩图报，更讲究一诺千金。"

"你是要求我保密，但我不能这样做，宁可背负毁诺的骂名，也不能让你的品德蒙尘。"

围观的人议论纷纷，徐联仲老爷子沉下脸来。陈山河看向围观的人群，迎着一片不解或鄙视的目光。他的视线再次延伸，人群后面，阮飞舟向他挥了挥手,陈山河冷笑,他叫停了舞狮:"就拿这么个破玩意儿来糊弄我?你这谢意不够真诚啊。"

三国有喜一愣:"陈君你需要什么?"

"你来谢我,还问我需要什么?就是搬来金山银山,我也绝不会跟你们日本人合作,更不会加入你们那个什么医学促进协会。"

"我没有这个意思。"

"你搞这一套,摆明了就是想让我坏了名声,不得不跟你们合作。对不起,我陈山河是个烂人,坏了名声也不会跟你们合作,盗亦有道,懂吗?"

"我不是来游说这个的,就是单纯地想谢谢你救了我儿子。"

"从未见过把忘恩负义说得如此冠冕堂皇的人,我救的是病人,你也支付了代价。额外的谢意如此饱含恶意,日本人都这么两面三刀吗?"

"陈君,我是为你好。"

"不必,跟你没那么熟。这块匾你拿走,要不我当场劈了当柴烧。"

陈山河看了一眼睁着大眼睛看自己的那个孩子:"他还是个孩子,你想想你在教他什么?怎么耍心眼儿?怎么背信弃义?教他什么叫恩将仇报?"

三国有喜愣住。

"都散了吧!南禄药坊今日复工,不日将恢复卖药,街坊邻居远近朋友,敬请垂询各大药房。"

风波过后,空荡荡的车间里,陈山河在专注地搓着药丸,徐南禄、徐联仲坐在他身边。

徐南禄说:"我接到消息就拼命往这里赶,会有无数人问你这丸药是哪里来的,你无论如何不能说出我的名字。"

"徐老板多虑了,我已经把事情摆平了。"

徐南禄摇头:"你脑子灵光,用自污把损害降到了最低,但是他们不会罢休的,如果我没有猜错,报馆街肯定在拿这件事做文章,等见了报,麻烦才真正到来。"

"他们还能怎么样?"

"很简单,把你写成个汉奸。"

"就像他们对付我妹妹那样?我妹妹被逼着跟日本人联欢,这傻丫头想在台上以死明志,但没死成,反被拍了穿着戏服的照片登在报纸上,被说成给日本人唱戏的汉奸。"

"老百姓只相信他们看到的东西,尤其是白纸黑字有照片!明日之后你就是巴结日本人的汉奸了。"

徐联仲说:"如果不是亲耳听你们说清楚,我也会认为山河是个软骨头。"

"徐老板来之前你可一直没给我好脸色,是不是心里在骂我?"

徐联仲有点尴尬。徐南禄说:"我不后悔拿药救人,病人是无辜的,但我恨你太笨,被摆了这一道,我一生清白都系在你手上了。你别让我失望,也别让我后悔。"

三国有喜回去后,埋怨阮飞舟:"这下子我失去他的友谊了。"

"你跟一个中国人,不可能也不应该有什么友谊。"

"陈山河会来报复我的!"他大概是想起了那一车爆炸的粪便,捂住了自己被铁钉扎伤过的手掌。

"一切都在计划之中,过了明天他就身败名裂,只能选择与我们合作。"

"只能合作?未必吧?以他的个性,只怕会专门跟你作对。"

"除非他离开广州,否则一个被国人唾弃和孤立的汉奸,没生意、没收入、没尊严,他凭什么能逃出我的掌心?"

"你这是逼良为娼啊。"

"那不好听,这叫逼上梁山。"

"那我拭目以待,你把他逼到绝路,他真的会来投靠你吗?"

阮飞舟自信地点着头。

陈家的小厨房里,陈山河忙着做饭,陈立夏发着呆。

陈山河探头出来对她说:"今天阮飞舟也给我设了个圈套,想毁了我的名声逼我就范,我偏不如他所愿,大闹了一场。"

陈立夏说:"有人捎了师哥的口信来。"

"哦?他跑哪儿去了?"

"他跟邝庆奎在一起。他的上级让他去联合邝庆奎抗日。"

"这可真是风水轮流转。"

"哥,我想去找他。"

陈山河吓了一跳:"不行。枪子不长眼,你去掺和什么!"

"广州,我待不下去了。"

"大家都会知道你没有唱戏,没有人怀疑你的人品。"

"可是师父不理我了。"

"她那是别住筋了,过段时间就好了。"

"要过多久啊?我一天都不想等了。以前师父说断绝师徒关系,我不害怕,因为我知道她还疼我。我跟师哥去上海加顶,她还关照便宜租我戏服,可这次不一样了……"

"我去跟她说说。"

"没有用。尹灵芝亲眼看到是怎么一回事,我央她去跟师父说明白,可师父根本不听、根本不信。"

"立夏,当年爸爸妈妈被杀,我就立誓要好好活下来,这些年我干这个、干那个,都是为了这个。有人说我做事不择手段,有人说我狡猾如狐狸,我都不理睬,我要好好活下去。"

陈立夏不知道他为什么说这些话,茫然地看着他。

"咱们三兄妹从小被分开,各自长大,所以性格上不太像。你二哥是愣,你是憨,都好、都对。我宁愿自己当个坏人,也要保护你们两个尽管去愣、去憨。"

"大哥……"

"但是哥想告诉你们,这个世界你终究面对的是你自己,你对自己怎么看？你对自己有没有尽过心、尽过力？有句成语叫无愧于心，而不是无愧于街坊、邻居、师父、师娘。"

"大哥是说，不用考虑别人的看法？"

"如果你能无愧于心，就不必在乎别人的看法，如果不能，那么听听别人的建议也无妨。"

陈立夏思索着。

"我问你，那件事你无愧于心了吗？"

"我去是为了救师父和师叔，我无愧；我带去真枪头想自戕在戏台上，我无愧；被阮飞舟夺去枪头推上戏台，我立刻撕了行头离开，我无愧。哥，我无愧于心。"

"好，那你就能安心睡觉。跟你师父的误会，让时间去解决。"

陈立夏释然，笑起来。

"这才是我的小妹。"

"哥，阮飞舟设局坑你，你怎么办？"

"放心吧，哥有办法！"

陈山河提着一根木棍，气势汹汹地走在报馆街上。他来到其中一家报馆外，确认了一下门旁悬挂的招牌，挥起棍子打碎了玻璃，又一通乱砸，打得一片狼藉。门内冲出了几个记者模样的人。

"叫你们主编出来道歉。"

记者们又惊又怒，刚责问一句，陈山河把手里的一卷报纸砸了过去。

"骂我的稿子，是日本宪兵报道部安排的吧？你们就这么愿意给日本人当狗？"

记者们说："你是陈山河！你这是污蔑，我们有新闻自由。"

"放你的屁。你们采访我了吗？没采访我就敢登文章骂我，谁给你们的胆子！"

记者们乱哄哄叫着要报警。

"等着我去告你们吧！"他转身走到另一家报馆前，核对了招牌，再次打砸起来，玻璃破碎声不绝于耳，警笛吹响，陈山河在愤怒地一路打砸过去。

不出意外，陈山河大闹一通后，被抓了。陈山河衣衫被撕破，脸上还带着伤，大马金刀地坐在栏杆内，廖四六靠在栏杆上问："跟我说句实话，你真把药搞来给日本人了？卖了一大笔钱吧？"

"纯属造谣。"

"我倒觉得你做得出来，因为我也会这么做，陈山河，咱俩是同一种人。"

"不敢高攀。"

"那个说东北话的日本人出了多少钱？"

"我一分钱都没拿，骗你死全家。"

廖四六愣了片刻，突然道："我明白了！他敲锣打鼓给你送块匾，都知道你跟日本人有交情了，以后谁还敢为难你？这块匾价值千金。"

"匾我可没要，我还砸了一堆胡说八道的报馆。"

"对啊，应该撇清啊！你这一招一式的，我拼命追都跟不上，砸报馆又是为什么？"

"他们污蔑我卖药给日本人了，我找他们算账。"

廖四六一副苦恼的样子说："报馆登这个消息，对你是好事啊！"

陈山河没有回答。廖四六恍然道："你怕被人当汉奸？想又当婊子又立牌坊？我跟你推心置腹啊山河，甘蔗没有两头甜，做人不能两头都占。"

陈山河戏谑地拱拱手。

"当汉奸怎么了？生活所迫没办法啊！都是平头老百姓，就别朝着史可法文天祥那样的为难自己了。"

"我也不想当吴三桂，戏台上被唾骂上几百年。"

外面传来拍巴掌的声音，阮飞舟从外面走了进来，廖四六连忙立正。

阮飞舟说："吴三桂能上戏台，是因为他冲冠一怒为红颜，老百姓更看重的是人间真情。"

他对廖四六说:"我跟他单独聊聊。"廖四六转身离去。

"砸报馆街挽救不了你的名声,我有的是办法继续加注。"

"我也不是束手待毙的性子,真想一拍两散,我也有的是办法。"

"包括往宪兵队丢炸弹?"

"你干脆一枪打死我,还全了我身后的名声。"

"讲和吧。作为交换,我承诺会对陈立夏和陈卫网开一面,仅限一次,你应该知道这个承诺的价值,他们都很能闯祸。"

陈山河不以为然,向外面扯着脖子喊:"廖局长,我可以走了吗?"

外面没有回应。

"我的工作是恢复广州的和平安宁,要相信我对广州的感情。"

"予取予求的感情吧?你们来了之后抢了多少东西?听说一德路、白云路的有轨电车,连铁轨都被拆下来运回日本了。"

阮飞舟有些尴尬,却又不知道如何解释。

"再说我弟弟的酒家被抢走,你我都亲眼所见,你让我怎么相信日本人?"

"抢你弟弟酒家的军曹,我已经安排去前线了。避免这些事再次发生正是我工作的意义,我也需要你们的配合。"

"广府人脖颈硬,遇事不喜低头,也不会指望别人发善心。"

阮飞舟无言,沉默片刻,说:"那我就把你当成磨刀石,看我这把刀能不能庖丁解牛,切开广府人的硬脖颈。"

第十四章

1

陈卫这段日子走遍了香港的菜市场和鱼市,检视着香港出产的各种蔬菜、鱼虾等食材,在琳琅满目的中西各式调料间寻找着、品尝着、嗅着,他还购买各种贝类,分门别类装在蒲草包里。

黄祁全恢复嗅觉之后胃口大开,麦啸文都要忍不住劝着:"师父,你嘴刚好,还是别吃这么多了。"

"忍不住。你半年尝不到味道,也一样。"

"那你留点肚子,阿卫在后面琢磨新菜式呢!"

黄祁全放下手里的东西说:"有新菜?还不拿走?"

麦啸文连忙跳起来收拾走。

"他做什么新菜?"

"他说要做禾虫。"

"香港哪里来的禾虫?乱讲!"

"是啊,广东才有这个口福嘛,可他跟着魔了一样,说广州大酒家需要一道名菜,一炮打响。"

"靠禾虫?画饼充饥嘛!"

"就是要画饼充饥。"陈卫端着个盘子碗走过来,"广东人最讲究初夏仲秋吃禾虫。这两年那么多人逃到香港,广州大酒家如果能有禾虫菜安慰思乡之情，一定能火爆起来。"

麦啸文说："那东西出水就死，从斗门运到广州都不容易，怎么可能运到香港来。"

"做假的。"

黄祁全和麦啸文愣住。

"我师父专门带我去斗门吃过禾虫，那甘香甜美，吃过就忘不掉，所以我试着把那种味道找出来，试了很多食材。"

他掀开碗，黄祁全和麦啸文凑了过去，深深吸着气。

黄祁全说："闻起来是炖禾虫的味道！你怎么做到的？"

"炖禾虫用的是榄角蓉、古月粉、陈皮沫、鸡蛋、蒜蓉……它们构成了炖禾虫这道菜的一部分味道，这些材料香港都有。"

黄祁全品尝，麦啸文也连忙拿起筷子，他们都流露出吃惊的表情。

黄祁全赞叹："很像！很和味，甘甜！禾虫用什么代替的？某种海里的东西？"

"就是从鲜味入手，试了很多有鲜味的食材，最后选了蚝，蚝浆味道跟禾虫比较像。再加上那些配料隔水蒸，做出来就是炖禾虫味道了！目前还只能做出炖禾虫的味道，焗和炒还不行。"

黄祁全说："这道菜一定能火爆，再把咱们的拿手菜轮番拿出来，成为香港数一数二的酒家也不是没有可能。"

陈卫说："其实是取了个巧，靠思乡来吸引人。我师父说过，舌是心之苗，心里有故乡的人，舌头自会去找它的味道。我最忘不了的是佛山的五月菇，不要说吃，闻到味道都会想佛山，想荔枝园，想我的爸爸妈妈，还有大哥和小妹。"

突然而至的煽情气氛让大家有些不适应，黄祁全咳嗽一声："用蚝是这道菜最大的秘密，一定要保密。进食材要多买上几种海产，蚝壳也要偷偷处理掉，广州大酒家会让人仰视，阿卫功不可没。"

陈卫笑了。

正如黄祁全所言，广州大酒家果然火爆了。巨大的彩笔勾画的广告牌悬挂在酒家门外，写着"举头望明月，低头思故乡"，另一块牌子上只有巨大的"禾虫"二字。门口的另一边还摆着一张桌子，桌上堆满了广州大酒家月饼礼盒，桌上的牌子上写着"正宗广式月饼"。排队的人流从门口一直沿街蜿蜒而去，一眼望不到头。麦啸文在门口招呼客人，维持秩序。食客中一位年长者有一点点激动，握住麦啸文的手说："没想到还能在香港吃到禾虫，你们有心了！"

麦啸文道："老先生，一道家乡菜，一份故乡情。我们能为大家做的也就这么多了。"

年长食客说："多谢！"

麦啸文向大家指着一旁桌上堆着的月饼礼盒说："感谢大家捧场，还有个好消息要告诉大家，今天我们不仅为大家准备了禾虫，还准备了我们广州大酒家的中秋月饼礼盒，凡是进店吃禾虫的，都可以优先购买我们广州大酒家月饼礼盒。"

队伍中另一食客开始打趣："靓仔，看看我们这吃禾虫的队伍，你们广州大酒家的月饼怕是不够用啊。"人群爆发一阵欢快的笑声。

2

廖四六依旧前呼后拥地走在街道上，他身前身后的保镖手不离枪，警惕地戒备四周。廖四六搂着陈山河的肩，说："回去好好做人，别老惦记砸报馆，那是粗人干的事！要不要一起吃个宵夜？"

"你不怕阮飞舟怪罪你？"

"我们又不是一个系统，我是给大日本帝国面子，可不是冲着他阮飞舟。不过我也很好奇，你凭什么有底气跟他对着干？"

"无非不怕死而已。我已经死过一次了，你们杀我爸爸妈妈的时候，我该算死过一次了吧？"

"这月白风清的,提这个干什么?梁子不是早就揭过去了吗?邝庆奎怎么说的来着?哦!这是时代的悲剧。"

"他现在可是带着队伍在打日本人。"

"你以为他就是好人了?日本人打进广州那天,邝庆奎让我去杀了你们兄弟,我停下来吃了碗牛杂,去南石头监狱的路就被日本人堵上了。"

"这么说,我们兄弟现在还活着,得感谢那个牛杂摊子!"

"得感谢我!"

"我赶时间,先走一步,免送。"

陈山河过了马路,扬长而去。

廖四六喃喃自语:"你个仆街!滑头。"

陈立夏在屋里比画着粤剧里的动作,钻研着唱腔。门外传来敲门声,她走过去,看到门缝里塞进来一个信封。信封里是一张大德电影院的电影票,上面印着上映的电影片名《魂断蓝桥》。

陈立夏很诧异,翻过来看,电影票背面用铅笔拓印着一个铜钱的图案,是她熟悉至极的"平靖胜宝"铜钱的图案。陈立夏很是激动,马上打开门,外面却看不到人。

她毫不犹豫地赶往电影院,电影院外巨大的《魂断蓝桥》电影海报上画着费雯丽和罗伯特·泰勒的头像,写着"山盟海誓玉人憔悴,月缺花残终天长恨"的海报词。

陈立夏走进电影院,对号入座,身边空着一个座位,她东张西望,观众很多,几乎满座。电影院黑了下来,电影开始了,但她身边一直没有人坐。

陈立夏焦虑,忍不住伸手抓住空座椅的扶手,仿佛这样就握住了金慧荣的手。电影院最后一排,跟陈立夏稍微错开的位置上,金慧荣俯瞰着她的背影。他的身边也空着一个座位,一个胖胖的老者挤了过来,坐在这个位置上。

金慧荣递过一个小纸卷,说:"需要的物资。"

胖老者孙掌柜把纸卷塞进袜子里,顺手又取出一个纸卷递给金慧荣,说:

"扫荡计划。"金慧荣把纸卷别在袖口里面。

孙掌柜说:"物资交给邝的人运,可靠?"

金慧荣说:"就用他的人吧,以免他多想。"

孙掌柜问:"哪个是陈立夏?"

金慧荣用眼神指向下面几排的陈立夏,孙掌柜认真看了看。

"我不太同意带她走,太仓促了。"

"这是组织上对烈士子女的保护,她最近经历的事情,说明她面临困境。我先走了,你多保重。"

孙掌柜艰难地离开。金慧荣没有动,就这样一直看着陈立夏,陈立夏此刻已经被电影吸引,看得热泪盈眶。银幕上正演到那最后一曲舞曲,随着《友谊地久天长》的旋律,蜡烛一支支熄灭,这首旋律一直在回响着,陈立夏惆怅地走出电影院,一眼看到广告牌下金慧荣向她扬起的笑脸,她快步走过去,越走越快。金慧荣转身就走,钻进了电影院旁的小巷,陈立夏紧跟着冲进来,死死抱住金慧荣,热烈拥吻。金慧荣在她耳边低声说着撤离计划。

陈立夏给哥哥留下一封信:"哥,等你看到这封信,我已经出了广州,师哥来接我离开。哥,我不是不听你的话,可是我从小是跟师哥长大的,早就跟他相依为命了,他唱戏,我就唱戏,他抗战,我就抗战,他死了,我也不想活着。我不懂师哥干的事,从小他就崇拜我们的大师哥詹银台,一直想当一个伶人中的英雄,后来我去了摘星女班学戏唱戏,不知道他什么时候真的走上那条路了。他不肯让我跟他一起走,说是太危险,可是只要能跟他在一起,我不怕危险。"

然而陈立夏没能如预期一样出城,反而陷入了危险中。

夜里,敲门声响起,陈山河去开了门,门外站着两个便衣。一辆车把他带到了上下九那边的第九甫路上。那里被日本宪兵和广州警察封锁起来,到处亮起了风灯,照得一片光亮,人影憧憧。广州抗日游击别动队的物资转运部被叛徒出卖,损失惨重。

阮飞舟坐在汽车里,看着建筑物前的忙碌,一具具尸体被抬出来摆在门外，一箱箱药品、粮食、腊肉等物资被搬出来，摆在尸体旁，陈立夏脸色惨白地被推了出来，脸上身上还溅着血。

阮飞舟说："宪兵队抓捕给邝庆奎采购药品和粮食的人，五死二伤，Summer姐大概是想跟着他们离开广州的，撞在枪口上了。虽然侥幸没当场中枪，但她这种情况，还是难逃一死。"

陈山河远远看到了汽灯亮光下的陈立夏，问阮飞舟："你那个条件，还作数吗？"

阮飞舟笑起来："当然。老百姓喜欢看冲冠一怒的吴三桂，因为他重感情。"

3

为了救妹妹性命，陈山河毫不犹豫地答应了阮飞舟的要求，即使知道面前就是火坑，他也不会皱眉头。南禄药坊前鞭炮大作，一块牌匾披红挂彩被揭下，写着"大东亚医药促进会"。三国有喜、陈山河还有几个或西装革履或长袍马褂的中日商人聚在门口，日本药商鹤田、香取、野泽、麻生都在其中。

三国有喜高声张罗着："谢谢各位捧场敝会的开业典礼，大东亚医药促进会，旨在加强中日两国医药界的合作，成为一座友谊的桥梁，欢迎广州各医馆、药店、药铺、药行踊跃加入，共襄盛举。接下来请各位来宾移步明月家日本料理酒家，敝会奉上薄酒一杯，与各位来宾欢庆这个时刻。"

离人群远一点的地方，阮飞舟和廖四六坐在汽车里看着。

廖四六说："没想到陈山河也有今天！活该！不过他是属刺猬的，你小心扎手。"

"所以你务必要盯紧了陈立夏，只要她还在广州，陈山河这刺猬就扎不了手。"

"是。咱们去吃席吗？"

"我不去了，要淡化宪兵报道部的存在。"

"那我去一趟？辖区新买卖开张，我出面以示重视。"

仪式完成，三国有喜和陈山河转身走进南禄药坊，边走边脱着身上沉重的正装，两个人的笑容都褪去了。

"打电话给酒家，撤掉两桌酒席吧，山河君，中国人来得太少了。"

"你得给他们好处，他们才会归心。"

三国有喜警惕地："我说过了，药铺位置划分不可能再有变化！"

"好地段都被你们抢走了，还谈什么共同促进？至少每个街区给我留出两个名额。"

"不可能。"

"那就每两个街区给我留三个！"

"有日本药铺的街道不能再有中国人的药铺，你们已经开了很多药铺了，不应该再跟我们抢了。"

"我们的药铺被你们的飞机炸毁了很多！"

"那跟我们没有关系！我必须保证我们在广州的投资获得利益！"

"那就是谈不拢喽！我告诉你三国有喜，要不是有军队，你们的生意分分钟破产。"

"我们有军队，你们就得乖乖就范，没得商量了，每五条街顶多一个名额。"

"阮飞舟搞这个促进会绞尽脑汁，咱们一拍两散了，他还会支持你吗？他要是不支持你，你还跟我玩得下去吗？我号召全体中国药商卡死进货出货，你们还做个屁生意。"

三国有喜哑口无言。

"老子背负骂名干这个仆街的事，不捞足好处就对不起自己，所以丢你老母！谁也别想跟我争。"

三国有喜答应了，但是陈山河却被世人当成了汉奸。陈家的房门不断传来一阵阵打砸声，还夹杂着叫骂声："陈山河！狗汉奸！滚出来！"陈立夏很惊恐，她给自己壮胆唱起了歌，唱的是《友谊地久天长》，当然，她唱的不是英文的,也没有中文歌词,所以只能是哼哼调子。

陈山河在另一间房,默默打着拳,一招一式,神情专注。陈立夏过来找陈山河。

陈山河问:"害怕了吗?"

陈立夏摇头:"日本人冲进房子时,有一点怕,到处都有人倒下,我想起小时候,爸爸妈妈……"陈立夏说不下去了,陈山河把她搂在怀里:"放心吧,哥会一直保护你。"

"你被外面的人骂,是不是因为保护我?是不是为了救我,答应了什么条件?"

"没有。"

陈立夏不信。

"哥做事从来都是有目的的,不会被谁胁迫,想欺负我的人,最后都会吃亏。"

广州郊外,僻静山林中的游击队的营地里,有人在放哨,更多的游击队员在各处睡觉。金慧荣和邝庆奎在低声商量着,声音渐渐大了起来。

"五个弟兄,两个月的给养,就这么白白牺牲了,到底是什么原因?"

金慧荣道:"事情还没查清楚。"

"是因为你安排你的小情人出来,一定是她暴露的!你们拿弟兄们的性命儿女情长呢?"

"是我的责任我承担,我向组织上检讨,但现在还不能证实是这个原因,也可能是有叛徒奸细!如果不查清楚,这条交通线就不能再信任,也得不到后续给养,我们还怎么坚持下去?"

邝庆奎不耐烦:"里外话都让你说了!给养没了你说怎么办!"

"号召大家忍一忍,发动山里的老百姓支援我们,再通过打猎捕鱼,增加一些补充,统一管理伙食,我相信困难是暂时的,一定能克服。"

"我不管,你负责解决,皇帝不差饿兵,我不能让兄弟们饿着肚子打鬼子。"

金慧荣答应下来。

酒家里,一桌人正在吃饭喝酒,贾掌柜、邱掌柜、胥老板都在其中。陈山河径直走了进来,来到他们桌前,众人吃惊且表情厌恶。

陈山河说:"知道你们都看我不顺眼,我也不久留,就一句话,汉民路上可以开一家中药铺,这个指标谁想要,可以跟我联系。"

贾老板不信:"不可能!日本人不允许那条街上开中药铺。"

陈山河又说:"接下来高第街、惠福路、吉祥路、德宣西路、梯云路、南华西路都有开中药铺的指标,我跟日本人搞那个促进会是干什么用的?就是为了跟日本人抢指标,谁想要,私下联系我。"

他转身离去,众人震惊片刻,议论纷纷炸了锅。

贾老板说:"别听他的,他在骗人,我根本不信!"

然而转眼之间,贾老板就神情尴尬地把四色礼品放在陈山河家的桌面上。陈山河拿着一个扑满走过来:"贾老板,长话短说。"

贾老板想解释几句,却又不知道怎么开口,陈山河把扑满晃了晃,里面哗啦啦作响:"你打算出多少钱答谢我,写个数目投进去,我挑个心诚的成交。"

贾老板吃惊说:"我还要拿钱给你?"

"我从日本人手里抢下来的开店指标,难道白给你用?"

贾老板气愤道:"那本来就是中国人的。"

"别跟我喊,跟日本人说去,看看他们理睬你不?"

贾老板忍不住冷嘲道:"陈老板真是找了一门好生意。"

"我拿命抢的,拿脸换的,你要不要投?不投就早点离开,免得被别人撞见你说不清楚。"

贾老板犹豫不决。

"日本人已经把广州吞嘴里了,趁着还没咽进肚子虎口夺食,以后恐怕就没这个机会了。"他又晃晃扑满,"你来得有点晚,快满了……"

"我写。"

贾老板迅速屈服了。

南禄药坊还在开工,工人们无声地制药,角落里摆了几把椅子,安置了茶台,陈山河和三国有喜喝着茶。

三国有喜说:"我们日本人让出开店指标,是希望你能多多拉人入会,不是让你卖指标中饱私囊。"

"你还要分一杯羹?"

三国有喜没好气地说:"我提醒你别忘了促进会的目的!"

"促进中日医药交流,架起两国友谊桥梁嘛!要不你们再让出几条街?"

"你这样贪婪,我真的很失望。"

"别装了!你把持这些划给日本人开店的街道是为什么?听说你们日本人来开店,也要向你俯首称臣?"

"这是我们日本人内部的事。"

"有钱大家赚,你管你们日本人的事,中国人,我来管。"

"可是你不能再要开店指标了,这是日本军部特批给我们的。"

"那你再特批给我呗?"

三国有喜无言,陈山河不以为意地哼着歌。

陈家的日子一如既往,陈立夏蹲在地上帮陈山河择着菜:"听他们在外面骂,说你在卖开药铺的指标。"

"算是吧。日本人不允许中国人开药房,我跟他们一条街一条街地谈判,要出了几条街的开店指标。"

"大哥,你是在做好事。"

"当然!"

"那你为什么还要收钱呢?人家都说你勾结日本人赚黑心钱。"

"升米恩斗米仇,白送给他们,他们不会领情,而且日本人也会对我不放心,我唯有自污才能存身。"

"哥,我想去看看我师父,听说他们想开的戏一直开不了,都快揭不开锅了。"

陈山河伸手摸出一沓钱递给她。

茶楼里,韦太平倒着茶,蔡叔有些受宠若惊地抬手叩着桌面:"想不到你还肯找我。"

"几十年朋友了。"

"那次去南石头劝你,是他们逼我的。"

"我知道,所以不怪你。"

"很多老朋友都不肯谅解我,简直要把我当仇人打杀了去。"

韦太平看着蔡叔苍老的面容:"也是你倒霉,日本人选中了你,要么死要么给他们干活,其实没有被选中的人是运气好,不用面临选择。"

蔡叔的老泪迸出,他连忙捂嘴忍住眼泪:"总算有人说句公道话了。自从八和会馆被日本飞机炸成瓦砾,我这心里就空了,一辈子都活在八和会馆里,它没了我怎么办?日本人找上我,要我帮他们做这做那,我能怎么办?我只是做自己熟悉的事,我不是汉奸啊!"

"好了老蔡,这些都不必说了,懂的都懂,不会啰唆。吃点心,我自己带来的。"

蔡叔伸手去抓桌上的茶点:"这小凤饼可有日子没吃了。以前八和会馆还在,天天有人请吃饭,一天三顿没在家里起过火,现在当面相遇都有人请我吃吐沫!好吃!好吃!这些我打包走。"

"好,以后我再请你吃,这次要请你帮我个忙。"

"我还能帮你忙?"

"现在开戏要先送戏本去审查,师妹她自己当开戏师爷,搞了一个戏本送了去,可已经很久了,一点消息都没有。"

"又有了新规矩了？行，去哪里审查？省府还是市府？我都能找到人疏通。"

"是日本宪兵报道部。"

蔡叔神色大变："宪兵报道部？阮飞舟那里？不、不，我跟他们没交情。我躲着他还来不及呢！你就别害我了。"

"老蔡……"

蔡叔把咬了一口的小凤饼放回盘子："有多大胃口吃多大点心，年纪大了，吃不动了。"

蔡叔站起身说："太平，对不住了。"他向外走去，身形摇晃。

天台戏院的舞台上，陈冶冰在指导几个学徒排练新戏，看得出她对新戏很有感情，十分投入。韦太平神情黯然地走进来，强颜欢笑道："休息一会儿吧，别太辛苦了。"

陈冶冰打发学徒们离开，问："你去哪里了？"

"别的戏班审查起来都很快，我琢磨是阮飞舟在刁难我们。"

"能不能先卖戏飞？"

"万一不获批准，不让开戏怎么办？"

"就是一个规规矩矩的戏，我想不出他刁难的理由。"

韦太平犹豫了一下："要不找找立夏这孩子……"

陈冶冰瞪着他，韦太平越说越心虚："递句话问问原因……"

"戏台上那么多忠臣良将、贞洁烈女都白演了？"

"得开戏啊，不开戏，两座戏院的租约拿什么付？"

"广州待不住，我们就离开广州。"

"戏院租约找不到人接手，戏班每天的花费又省不得，连雇车租船的盘缠都拿不出来。"

"那也不能找陈立夏，我死也不答应。"

"我再求求人吧。"

"也不能去找老蔡。"

"好。"

陈冶冰还对戏本通过审查抱有幻想,如果她知道阮飞舟的办公室就安置在日本宪兵队中,窗外就是牵着大狼狗的宪兵在巡弋,恐怕就不会有这个幻想了。阮飞舟的办公桌上放着一沓戏本,有手写的,也有油墨印刷的,封面上都别着一个纸条,写着不同戏班的名字。他拿起一个印章盖在戏本封皮上,印章上两个大字:不准。窗外传来人的惨叫声和狼狗的狂吠声,越来越响。宪兵在训练狼狗,狼狗扑击着惨叫的人。阮飞舟走到窗前关上窗,又一把拉上了窗帘,声音小了下去,屋里也暗淡下来。他打开留声机放着音乐,在音乐声里踩着舞步扭来扭去、进进退退的,随手在各种戏本上盖着不准的红章,阮飞舟展露了前所未见的另一面,很不端庄的样子。他用力把一沓盖好章的戏本推倒在一个文件筐里,最上面的一份,别着一个手写的戏班名字是摘星太平年班。

不久后,这份戏本放在了韦太平和陈冶冰的面前,他们呆呆地看着封面上"不准"二字。

"有没有说为什么不准?就算要改,也得知道错在哪里了。"

"错在我们不听他摆布。"

"那也要有个拒绝的理由。"

韦太平苦笑道:"这还难找吗?"

他翻了一下,里面掉出一页纸来,纸上是一首歌词:"扒得到啊,他在笑啊,扒不到呢,他急躁啊,你扒不到你不要着躁嗯哪呀。捧住个腰往里抱,不肯我扒,溜不掉哦,不肯我扒,你溜呀溜不掉,扒灰爹就往上爬,媳妇就被他扒急了,随手就给他一火叉——"

陈冶冰把纸抢了过去,看了几眼愤怒地丢了回来:"哪里来的下流小调?"

"应该是首歌词,不太正经的那种,怎么会夹到咱们的戏本里?"

"赶紧撕了,污了眼。"

韦太平犹豫了一下:"要不给送回去?这也是宪兵报道部要审查的吧?广

播、电影、唱片、粤剧、粤曲都要审！"

"这种东西就该禁止。"

外面传来敲门声，阮飞舟走了进来说："恰恰相反，这是最近广播电台最热播的歌曲，是当下最流行、最时尚的歌曲，表现了……"他看了一眼歌词，"一个公公对儿媳妇的热情，我认为这种友爱的气氛代表了现在的广州。"

陈冶冰没有理睬。

韦太平说："是送错了。你正好带回去。"

阮飞舟说："你们报审的戏本被拒了，我来指点一下迷津。"

韦太平说："那太好了。"

阮飞舟振振有词道："你们的问题是脱离了时代，写什么才子佳人啊？跟广州百姓的生活有什么关系？"

韦太平小心地解释着："我们这个就是一个古代故事……"

阮飞舟说："那也要有跟现实的联系，要以古喻今，以古讽今也行，做不到这一点，不予通过。"

韦太平问："那……我们应该换个戏？"

"也不用，把这段充满民间温暖，最能代表广州情形的歌曲放进戏里，就可以通过。"

韦太平为难："这……不搭调啊。"

阮飞舟说："把我当外行？忘了我干了多少年报馆了？粤剧最大的本事就是对其他艺术的融合，既然能用小号做伴奏，用电影做布景，就更能加进歌曲去。"

陈冶冰开口了："那也不能用这首下流歌曲。"

阮飞舟坚持："你看到下流，我看到热情，我要你们融入这个，你们就得融入这个。"

陈冶冰正色道："粤剧角色，正邪忠奸分得很清楚，正印武生、小武、小生，例不演奸戏，何况是唱这种下流小调，我宁可解散戏班，也不做有辱华光祖师爷的事。"

阮飞舟笑了笑："无所谓！我仁至义尽，你们求仁得仁，也好。"

谈崩了，生意肯定是彻底做不下去了。韦太平去了戏院，打开门锁推开门，门上灰尘扑簌簌落下，空荡荡的戏院回荡着他的脚步声。他行走在戏院各处，手指在座椅、桌面上划过。回忆昔日人来人往、座无虚席的戏院，内心无限感伤。他爬上戏台，掀开虎度门的门帘进了后台。站在空荡荡的化妆间，他退了回去，再次探头进来。前面传来脚步声，韦太平振作一下精神，双手擦擦脸，夹紧腋下的大包走了出去，陈冶冰站在观众席，跟戏台上的韦太平四目相对。

韦太平说："你就不要跑这一趟了嘛，我能应付。"

陈冶冰说："你舍不得这里。"

"有舍才有得，我看得开。可能小金更舍不得，是他带着一票人硬把这里抢下来的。"

"他早就不在意这个戏台了。"

"人各有志，说来也怪，他是我看着长大的，你说怎么就有了比戏台更大的念想？还不顾生不顾死地扑进去折腾。"

"这里就是你的念想。"

"我有两个念想，一是有一个自己的戏台，不用餐风饮露地在野地里唱到天亮；二是有你，后来两个念想都实现了，人生圆满了，结果日本炸弹来了，日本兵也来了……"

"是我太硬颈，害得你没了戏台，要是不守着那么多规矩，也许你不用失去这么多了，你怪我吗？"

"这话问得无趣。"

两个人一个在台上、一个在台下。

韦太平说："戏台一搭八方来听，一方是人，七方鬼神，就算台下没人也要唱下去。"

"你不后悔就好。"

"我想在这里唱一出戏。"

陈冶冰用手打着拍子,韦太平唱了一曲。

他们的身影远去,唯有以掌伴奏和清唱声在响着。

4

冼仲隽来到香港的广州大酒家,背着手四下打量,窗明几净,很是满意。

冼仲隽问:"陈卫呢?"

黄祁全说:"在换衣服,每到上客的时候,他都穿着正装在门口迎接客人。"

"这不是你的做派吗?找到衣钵传人了?"

"有陈卫在,我就可以安享晚年了。"

"休想!我今天来,就是跟你说这个事。"

后厨的门开了,陈卫换上了一身正装,正走向前厅的大门,几个同样穿着整齐的学徒在他身后肃立,跟着他一起迎接客人。

冼仲隽赞道:"很好,有新气象。"

黄祁全开着玩笑:"你就直说他卖相比我好呗!"

冼仲隽说:"等会儿他忙完了,让他来见见面,这小子切脚趾惊吓到我,我还没罚他喝一杯呢。"

黄祁全陪着冼仲隽走进包间。

桌上的杯盘已经撤去,端上一壶新茶,陈卫走了进来。

黄祁全说:"忙完了?东家一直在等你。"

冼仲隽说:"等得越久,说明生意越兴旺,我不急,来,坐下说说话。"

陈卫抢上一步,给冼仲隽和黄祁全倒上茶:"东家,广州大酒家,我没保住,没脸去见你。"

冼仲隽说:"那怎么能怪你?大势所趋,就算我留在广州也一样保不住,何况你来了香港,还救活了香港的这间店嘛!"

黄祁全说:"咳!接下来该我说抱歉了。"

冼仲隽安抚道:"好了、好了!自家人开个玩笑。陈卫,我刚才跟黄师傅商量,要再开一家新店,你去掌后厨,怎么样?"

陈卫诧异:"啊?"

黄祁全说:"是啊,东家是要栽培你。我乐见其成,你再上一层楼,我也风光。"

陈卫看着两个人,斟酌了片刻,说:"谢谢东家的好意,也谢谢黄师父举荐,能为广州大酒家效力,我很愿意,但我心中有一个夙愿未了。"

黄祁全问:"什么夙愿?不是让东家给你娶个亲吧?"

陈卫笑笑说:"我要回广州,把广州大酒店拿回来。"

黄祁全和冼仲隽对视。

冼仲隽说:"阿卫,你有心了。不过广州大酒店被抢,我从未责怪于你。"

陈卫说:"我不是怕责怪,我是过不了自己心里这道坎。听戏词里唱过,国破山河在,有山河就有希望,希望不灭,山河不破,拿回广州大酒家就是我的希望。"

黄祁全劝他:"你先别急,现在这个局势也拿不回来,你先帮东家开一家新店嘛!"

陈卫说:"东家,黄师父,不是我陈卫不识抬举,是我时刻不敢自满,一旦去了新店,会忙于日常应酬,会周旋于新开始,会慢慢失去了那个希望,我宁可就守在这间小后厨,打磨手艺,积攒力量。"

冼仲隽拍案大笑:"好!好!我支持你守着这个希望,也希望每一家广州大酒家,都秉持我们'饮和食德'的理念,'饮要和谐,食应道德',心底无私,眼怀希望。"

他举起茶杯:"饮胜。"

三个人碰杯。

广州小街边的粮食摊,陈立夏掏出一沓日本军票,又掏干净口袋,把铜板都搜出来放在法币上:"都买大米,加三斤腊肉,能买多少?"

店主盯着军票:"有法币吗?"

"没有。"

"港纸呢?"

"你想得美。"

店主不情愿地接过军票来:"要帮你送货吗?"

"要钱吗?"

"要半块钱。"

"算了,我自己背。"

店主找来一个背篓,装进去一袋米和几根腊肉。

"再多加点儿!"

"军票,就这些。"

陈立夏背着背篓到了天台戏院门外时已经大汗淋漓了,她吃力地卸下背篓立在戏院门口,大门内空荡荡的没有人。她向着里面大喊起来:"有人吗?有没有人?"

喊完之后,陈立夏躲到一旁的哈哈镜后面,看着有人跑出来,发现了门边的粮食,聚在一起讨论着。陈立夏紧张地看着,看到他们把背篓背进了戏院,松了一口气。

韦太平回到天台戏院时,看到陈冶冰正沉着脸,桌上摆着饭菜,有白米饭和炒腊肉,但是却没有人吃,戏班众人都盯着饭菜。

韦太平问:"今天有米吃?哪里来的?"

众人都没有回答。

韦太平继续问:"怎么了?"

陈冶冰说:"问他们。"

韦太平看向徒弟们。一个徒弟说:"有人送了一筐米,还有腊肉,我们就做了吃,师父说不行。"

韦太平问："谁送的？这么好心？"

"不知道，就放在戏院门口了。"

"啊？是谁落在咱们门口了吧？有人找过来没？给人家算钱赔上吧，这都做熟了……"

陈冶冰说："是陈立夏送的。"

韦太平问："你怎么知道？"

有个师妹迟疑地举起手，说："我看见立夏师姐了……"

韦太平小心翼翼道："那……那就吃吧，你们师姐一片好心，别辜负了。"

众人不敢动筷子。

韦太平说："行啦，你们师父不会怪罪，快吃，都凉了。"

陈冶冰说："都不许吃。"

韦太平拿起筷子，吃了口饭，说："吃吧，做好了还能丢掉吗？现在有口大米吃多不容易。快吃快吃。"

徒弟们犹犹豫豫地拿起碗筷。

韦太平说："我是班主，我命令你们都拿起筷子吃。"

众人的动作骤然加快，迅速吃了起来。

陈冶冰起身离开，韦太平狠狠扒了两口，把自己碗里的米饭拨给旁边的人："你们吃吧，不要留饭了。"韦太平也走出去。

陈冶冰抱着肩膀伫立在月色中。

韦太平走到她身旁，说："今天刚知道，老蔡死了，吊死了三四天也没有人知道，发现时人都臭了。"

陈冶冰没有说话。

"为了审查戏本的事，我偷偷去找过他，没跟你说，怕你生气。他没帮忙，说怕见阮飞舟，真的怕，手都在抖，没几天就自杀了。不知道跟我去找他有没有关系。"

"那能有什么关系？"

"不知道，我就是心里堵得慌。一个熟人，半辈子的朋友，前几天还活生生地说话聊天，现在就阴阳两隔了，我觉得……跟假的一样。"

"这几年我们身边的人离开的可不少。"

"是啊，瑞山就死在我们面前，身体那么棒的武生，虚荣、偷懒，嘴还馋，一身我不喜欢的毛病，可他不该死啊！所以我就想啊，我们是不是不要太苛责了，谁活着都不容易。"

"我没苛责！"

"那你气什么？气大家没跟你说就生米煮成熟饭了？跟你说了你还会让他们煮吗？"

"他们就缺这一碗米饭？"

"已经两个月没吃过米了。缺的也不是一碗米，是份希望。"

"谁受不了可以走，师约随时可以退给他。"

"有本事的早都走了，剩下这些都是我们的责任，我们有责任让他们不饿死，有责任让他们看到希望。"

陈冶冰叹气。

"不是我们的错，是这世道不好，所以不要苛责别人，也不要苛责自己。"

"我是气陈立夏偷偷摸摸地来！"

"好吧，我也气！她就不能给我带瓶酒来？这要是小金，一定忘不了。"

陈冶冰转身，却身子摇晃，韦太平连忙扶住，惊叫起来："你身上怎么这么热？"陈冶冰晕倒了。

5

鞭炮齐鸣，贾老板站在门口迎接宾客，他的药铺开业了，门口摆开一条长案，堆满了各种名贵中药材，鹿茸、人参、虫草等，都扎着红花，披着飘带，飘带上写着不同的药铺名称。不断有宾客前来道贺，随行伙计把带来的药材放在这条长案上,司仪高声喊着:"杏和堂送上同业堆花六十年陈皮一筐,贺贾老板生意兴隆济世救人万家生佛。春草园送上同业堆花百年老山参两枝,贺贾老板永隆大业、昌裕后人。同康大药房送上同业堆花鹿茸三十斤,贺贾老板开业大吉,恒心铸恒业,隆德享隆名……"贾老板满脸堆笑地拱手相迎。

远处,陈山河带着挑着担子的随从,大摇大摆地走来,贾老板的脸色沉了下来,周遭的宾客邱掌柜、胥老板等也安静下来。陈山河到了众人面前,随从把大把大把的名贵药材堆上长案。

司仪打开礼单,喊着:"南禄药坊送上同业堆花灵芝一筐、天麻七两、龙涎香一块、麝香三两、燕窝两筐,贺贾老板生意兴隆、济世救人、万家生佛!"

司仪还没有念完,不知道从哪里窜出个人来,把一盏热茶扣向陈山河的脸,陈山河似乎早有准备,闪身躲开热茶,一脚踢倒了那个袭击者。

被踢倒的袭击者指着陈山河大骂:"狗汉奸!你怎么不去死!"

陈山河都不正眼看他:"扫兴,贾老板,我就不进去了,祝你生意兴隆啦!"

陈山河要走,贾老板追了上来:"不敢劳动陈老板,同业堆花请拿回去吧。我们店不缺这些。"

"不讲规矩了吗?同业堆花是给你撑场面的,照例第二天由你亲自送回。"

"贾某不想领陈老板这份同业之情,请带回去吧。"

陈山河看了看周围冷漠观望的宾客们,说:"我送来的东西没打算带走,你留下吧。"

"不敢当,也不敢要。"

陈山河一把搂住贾老板的肩膀,他手臂用力,把挣扎的贾老板夹在臂弯间,说:"明天你送不送回去谁会知道?你给了我多少钱,我就给你上了多少货,这本来就是你的,不要你就一把火烧了。"

贾老板吃惊。陈山河松开手,指了指还在破口大骂的那个人:"你家的药铺是日本人抢走的,你要泼茶、泼硝镪水,朝日本人泼去,不敢惹日本人就凑点钱给我,我给你找个地方另外开店。"

他扬长而去,众人围了上来,七嘴八舌。

邱掌柜说:"贾老板洁身自好,勇气可嘉。"

胥老板说:"道不同不相为谋,他还有脸来送同业堆花!给他丢回去,别污了名声!"

邱掌柜说:"这种人还是别得罪了,先留下吧。"

贾老板远远地望着陈山河走远。

陈山河走进南禄药坊,看到三国有喜神色不对。他示意了一下,徐南禄从正在制药的工人中走了过来。

陈山河道:"徐老板?你回来了?太好了、太好了。"

徐南禄问:"陈老板,你有钱吗?"

陈山河莫名其妙:"钱总是有一点的,徐老板需要用钱?"

"当初我们一起合股做生意,南禄药坊是我拿出来的股本,现在连日本人都大摇大摆地进来了,我惹不起,我走,你有钱就把它买走吧。"

"我没钱。"

"那你走也行,我给你钱,买下你的股本,还我药坊一片干净。"

"我也不卖。"

"我们已经不可能合伙做生意了,买股本还是卖股本,总是要选一样。"

"我不卖我也不选,我就想要现在这个样子。"

"最好我拱手相让?"

"那我就笑纳了。"

"呸!你居然变成厚颜无耻之人。"

"也许是你看走了眼,我本来就是。"

徐南禄气得喘息不已。

"你这身体大不如前了,还得保重啊,毕竟那枚活络丸可没有了。"

徐南禄狠狠指指陈山河说:"我的医书呢?还我!"

"什么医书？"

"我大半生搜集的医书一千二百册！飞机轰炸时我托你保管的！"

"那就继续托我保管吧，乡下没像样的条件，书跟着你走，寿命都能短上一截，我不能毁了它们。"

徐南禄怒极反笑："就是铁了心要吞掉呗？"

"那是属于全中国的财富，不应该属于某个人，你无权私藏。"

"你还真是跟你的日本主子学会了，侵略不叫侵略，叫进入，占领不叫占领，叫共存共荣，霸占我的医书，叫替我保管！"

"你要这么想，我也没有办法。"

"那就手底下见真章吧。"

陈山河一边脱着外衣一边假惺惺："不好吧？你的医馆也关门了，那些跌打损伤药也没了，打出个好歹来，你怎么办？"

徐南禄摆好了洪拳的起手式："洪拳徐南禄。"

"先说好了，不管打输打赢，书可是没有。"

徐南禄刚要说话，陈山河已经一拳打出去，随即是狂风暴雨般的攻击，三国有喜看得连连后退。

香港的广州大酒家宾客云集，虽然比广州那家小了很多，但另有一种热闹。一盘盘冒着热气的饭菜被从后厨传递过来，陈卫从后厨出来，心满意足地巡视着大家吃菜的表情。某一桌的客人突然大拍桌子："陈山河这个汉奸，一定不得好死！"

"小点儿声。"

"怕什么！这是香港，我就要说，汉奸不得好死。"

陈卫向那边走了过去，说："我是本店的厨师，饭菜还可口吗？"

客人都伸出大拇指点头称赞。

陈卫说："两位可是从广府来？我也有亲戚在广府，两位刚才提到的是陈山河？能听到乡音真是亲切，待会儿我去做个菜送给二位。"

"不敢当、不敢当,刚才说起的陈山河,原本是个人物,可最近投靠了日本人,搞了一个什么协会。这倒也不算什么,被日本人逼着搞行会的也不少,但是他不该霸占了徐南禄的产业和医书。"

"对啊!两个人合伙的买卖,他抢了。徐南禄托他保管的医书,他吞了。徐南禄来讨要,还被他打伤了!"

陈卫大为吃惊,心乱如麻,他很快写了信托人捎到广州。

陈立夏读着陈卫的信,说:"我相信大哥不是那种人,不会贪图别人的钱财,也不会因为惧怕日本人而成为他们的走狗。"

陈立夏抬头笑着说:"大哥,二哥骂你是走狗。"

"你知道我不是就行了。"

"我觉得你也很像。"

"我自己知道我不是,就行了。"

"那不够,大哥,我们给二哥回封信吧,要不他在那边会不安的。"

"好,你来写,我来说。吾弟见字如面,知道你在香港打开了一番天地,我和小妹都很高兴,你切切要安心在香港打拼,为我和小妹留一个出路。广州居大不易,我们时刻都在寻找机会离开,若能去香港,我们陈家兄妹可以各凭本领在香港打开一个局面,甚至安家在那边,娶妻生子、开花散叶,爸爸妈妈泉下有知,会欣慰的。跟徐南禄的事情,有谣传的成分,但这一部分其实是我有意放出去的,我想让大家知道,徐南禄那批数目巨大的医学藏书已经尽在我的手里了,这样的好处是,我再推出新药,就可以假托是从这批医书里钩沉出来的。老百姓信这个,老百姓需要一个故事,我就给他们一个故事。"

陈卫穿着正装,站在前厅笑脸迎接着客人,客人也都熟悉地跟他打招呼,他神情恍惚,在肚子里打着给哥哥写信的腹稿:"大哥并小妹见字如面,我对大哥很失望,为了挣钱就可以不择手段了吗?以前觉得你是一座山,现在看就是个土丘,遇到风雨就成了烂泥。我随身带着我师父林北江的X光照片,只有骨骼没有血肉,我师父说过,做人要清清白白。大哥,千万不要再继续下去了,给我和小妹做个榜样吧。"

而此时,多雨的广州,一条小巷里的刺杀正在进行。雨伞满地滚动,追杀陈山河的人有好几个,在狭窄的雨巷里四处出击。雨水迷糊了大家的眼睛,刀光在雨水中闪亮。陈山河胳膊被划破,他也打中了对方的胸口,双方都在剧烈喘息,口中的哈气穿透雨雾。陈山河转身奔跑,刺客们追击,却被他猛然转身,一拳打中。搏斗在雨中继续着,陈山河且战且退,警察的哨音响起,追杀他的人消失在黑暗中。

警察的手电光照着陈山河的脸,他剧烈喘息着。

陈山河受了轻伤,徐南禄给他包扎着。

陈山河问他:"不是你那些山里邻居干的吧?居然杀我?真把我算作汉奸了吗?如果我算汉奸,这广州城该死的人多了!"

徐南禄说:"我天亮就去问问我的邻居。不过,我猜不是他们干的。"

"那就是邝庆奎那伙人,他们就喜欢鬼鬼祟祟地到这里丢个炸弹、那里刺死个人!邝庆奎一直想杀我,这是公报私仇!"

"你要是不放心,我也可以托邻居给他们带个话。"

"带个话!必须带个话给他!让他擦亮眼睛别杀错人。"

"乱世之中,守住正直的本心不容易,你非要跟我演那么一出戏,靠自污存身,做再多好事也很难被大家理解,要步步小心啊。"

"每个人都在跟我说饿死事小、失节事大,让他们自己来试试?我不想饿死,也不会失节。"

6

廖四六戏谑地看着陈山河:"活该!你也有被人刺杀的时候,刀上抹了蛇毒没?没抹吗?太可惜了。"

"再啰唆这顿你请客。"

"我喜欢上这日本料理了,味道好不好另说,吃起来有气派。"

此刻他们坐在到处飘扬着日式风格的布帘的酒家里,格局没有太大变动,只是侍者和食客都带着日本元素，比如不断客客气气地鞠躬之类的。小泽小太郎亲自给他们端上饭菜，陈山河目送小泽小太郎离开："谁要杀我？能不能查出来？"

"这可没法查，你仇人太多。"

"除了你我没仇人。"

"跟你说过，你我是一样的人，都天怒人怨，人人想诛之，你看我带了多少警卫？"

陈山河看了一眼旁边一桌，五六个带着手枪的大汉正埋头吃饭。

"我招惹谁了？前两天出门露个脸，有个傻东西就泼我热茶，现在居然动了刀！你帮我找出这个人来，我不想千年防贼。"

廖四六做了一个手指捻钱的动作，陈山河掏出一沓日本军票。

"要法币或者港币。"

"没地方搞去，就有军票要不要？"

廖四六不情愿地接过来，捏捏厚薄，塞进口袋，他们身后的一桌客人，传来了谭耀亨的声音："若论食鱼生，广府才是专家，尤其是顺德，桑基鱼塘多，冬至清鱼塘的时节，取鲩鱼片薄切，佐以萝卜丝、红椒丝、葱白丝、香茅叶丝、橘树叶丝，加盐调味，更加薄脆、馓子、麻花同食，非日本鱼生可望项背的。"

陈山河扭头看向他，却发现他并未入席，仅仅坐在食客身后，为他们讲解着。

食客们也没有把他当回事，各自聊着天，吃着桌上的生鱼片。谭耀亨微微闭着眼，继续说着："羊城竹枝词有云，冬至鱼生处处同，鲜鱼脔切玉玲珑，一杯热酒聊消冷，尤是前朝食脍风。明朝就有关于鱼生的记载，记云'细切如丝，以萝卜细剁，布扭作汁，姜丝少许拌鱼脍入碟，簇生香菜、胡荽，以芥辣醋浇……'"

他咽了一口吐沫，食客头也不回："接着说啊，没话说了？"

谭耀亨说："以萝卜汁拌鱼丝是有道理的，萝卜最去鱼腥，沿海多产腥物，必用萝卜入馔。日本鱼生也用萝卜丝，不知道是不是从中国学去的。"

陈山河起身离去，谭耀亨其实也知道陈山河就在隔壁，所以一直微闭着眼，现在陈山河离去了，他松了口气。

陈山河走到门口，低声给侍者说了句什么，侍者看向谭耀亨的方向，连连点头，接过了陈山河塞过去的一沓钱。

侍者向谭耀亨的方向走来，谭耀亨轻轻叹了一口气，站起身向外走去。

食客诧异道："你去哪儿？我们吃完了，你上来吃吧！"

谭耀亨似乎想说句狠话，但最终还是化作一声低叹："今日兴致已尽，就此别过。"他在众人愕然的注视中走向门口，侍者迎上他。

7

邝庆奎带着游击队员们埋伏在山林中。一队日本运粮车慢悠悠穿行着，枪声大作，战斗骤然打响，日本士兵被打得或死或伤。

战斗过后，篝火上煮着热粥，游击队员们在唱着《游击队员之歌》。金慧荣给大家打着拍子，营地里一片热火朝天的景象，到处堆着缴获的粮食。邝庆奎慢条斯理地吃着一盒日本军用罐头，金慧荣走过来坐在他身边。

邝庆奎说："等着我夸你？"

金慧荣说："是老百姓的支持才让我们得到情报，打这一场胜仗。"

"你想说老百姓支持的是你们共产党吧？"

"这不正是国共合作的意义吗？我准备去一趟广州。"

"干什么？"

"我们打击了侵略者，要让广州城的老百姓都跟着高兴高兴。"

"又是你们那一套，去吧，回来带只烧鹅，嘴里淡得很。"

金慧荣一笑，答应了下来。

广州的宪兵司令部里，阮飞舟在参加会议，他的座位离会议桌最前沿的司令官还有很远的距离："部队在广州城外经常遭到游击队的袭击，运粮车队受到伏击，粮食被抢走！"

与会人员都在做着笔记，阮飞舟心不在焉，在笔记本上随手勾勒着美人头像，戴着行头、穿着戏服，说不出是不是陈立夏。

宪兵司令说："部队在城外遇袭，不在宪兵司令部的职责范围内，但是，游击队的每一次行动，几乎都能迅速地在城内发传单、标语和所谓战报、喜报，极大地扰乱了市民对皇军的认识，也打击了我们的支持者的信心。解决这些传单、标语，就是我们宪兵司令部的任务了。宪兵报道部！"

阮飞舟立刻站起："嘿！"

宪兵司令说："印刷厂归你们部门管理吧？能不能遏制传单标语出现？"

阮飞舟说："我一定想办法。"

陈立夏算准日子，又背着一篓粮食来到天台戏院，她招手叫过一个学徒，问："听说师父生病了？吃药了吗？上次带来的粮食你们吃了吗？"

学徒点头。

"师父怎么说？"

"开始发脾气不让我们吃，后来让吃了，不过她自己不吃。"

"哼，不吃就不吃，把这些背进去。"

身后一阵高跟鞋的脚步声，随即一只涂着红指甲的手搭在陈立夏肩头。

尹灵芝说："这不是立夏吗？回来看师父了？"

陈立夏抖开她的手，捂住鼻子："你这香水能杀蚊子了。"

"日本货，最适合东亚女性。"尹灵芝回身挽住一个穿着日本军裤和西服上衣的男人，"我朋友从东京给我捎来的，回头送你一瓶。"

军裤男色眯眯地看着陈立夏。

"你自己留着吧，你来干什么？"

"找班主有事。"尹灵芝挽着那个男人走了进去。

陈立夏对学徒说："快进去看看她干什么，回来告诉我。"

学徒拎起背篓走了进去，陈立夏坐立不安地等待着。

陈冶冰虚弱地坐着，额头还包着布遮风，一脸倦容。

尹灵芝说："师父，我发现自己要学的还有很多，后悔离开你了，我想跟你借演过的戏本，回去用心钻研，又能提高技艺，又能聊慰对师父的想念。"

"戏本？"

"还有行头，反正你们也不开戏了，不如把行头、戏本都借给我，我朋友是日本人，他有办法疏通宪兵报道部的审查。"

"有这么大本事，你就自己去演呗，谁还拦着你不成？"

"干了半辈子了，我当然知道戏本才是一剧之本，可我又没钱请开戏师爷写，只好借咱们戏班的存货啊。"

"没有。"

"师父，是没有还是不想给啊？"

"不想给。"

"可是我的日本朋友很想看我唱戏，没有，不好吧？"

"好。"

"好不好，可不是师父你说了算。"

"那谁说了算？"陈立夏怒气冲冲走进来，"你吗？你算什么东西？还是你身边这个日本人？他又算什么东西！仗着日本人来抢师父的东西，你是欺师灭祖！来来来，到华光祖师爷面前评评理，看看会不会对你天打五雷轰！"

她推搡着尹灵芝，尹灵芝连连后退，高跟鞋崴了脚。

"你注意分寸哦！注意分寸哦！我可不怕你！"

"那我就打到你怕！带个日本人狐假虎威？不对，是狗仗人势！不，狗仗狗势！"

尹灵芝尖叫起来："陈立夏！别以为你认识阮飞舟我就怕你！"

陈立夏更怒了："你无耻！趁师父生病了来逼宫？你良心被狗啃了？叫什么叫！不服气就斗一场！文的武的我都接着！上台比唱功还是约人开打？我有两个哥哥，怕打不死你！"

尹灵芝不敢跟她继续对视,转而看向陈冶冰说:"师父,原以为唱戏的人比旁人活得通透,偏偏你就一辈子活不明白,我是来要行头和戏本的吗?我是救你。"

她愤愤不平地带着日本人离去。身后传来惊呼,陈冶冰虚弱地倒下。

油灯下,金慧荣整理着行装,邝庆奎的一只胳膊受了伤,吊在胸前。

邝庆奎说:"你最近往广州城跑得太勤了吧?"

金慧荣说:"那也是我们仗打得好,我们的战果极大地鼓舞了城里的百姓,很支持我们,筹集物资更方便了。"

"毁了后勤站的叛徒,一定要死,你别管了,我另外找人办。"

"我可以……"

"别以为在野外开过几次枪就能杀人了,打没打中还不一定呢,让你面对面去杀人……"

"是锄奸。"

"面对面,懂吗?他溅出来的血会喷到你脸上,热的、腥的、铁锈味儿的,你行吗?你不行。"

"我带几个人去。"

"人多了容易暴露,人少了不管用。你就老老实实地把粮食带回来,别在我面前显摆你们共产党能干,咱俩都穿一条裤子了,没必要!"

"我量力而行。"

"如果时间来得及,替我去酒家好好吃一顿。"

"知道。"

8

陈卫当初跟着樊七学习食材时,曾到过这种满是干货的南北杂货行,四壁和半空中悬挂着各种海里的山里的干货,有火腿,也有鱼肚、鱼翅,各种稀奇古怪的食材,这是岭南独有的店铺特色。此刻,金慧荣正跟孙掌柜接头,他们装扮成挑选货物的模样,在各种稀奇古怪的干货间游走着,时不时对着某个鱼肚或火腿比比画画,嘴里说着的却是另外一回事。

孙掌柜说:"上次转移陈立夏的行动失败,是我操切了,我承担责任,以后再酌情寻找机会吧。"

金慧荣说:"是。"

"这次的给养都装在船上了,你连船一起带走,经过广州水面不要停,锄奸行动同时开始,造成骚动引开江面一带的警戒。"

"邝庆奎说他安排锄奸。"

"没必要,不要小看我们在广州的力量,足够锄奸的。说起来还要感谢当年佛山的陈煜卿、谢大雪同志,用他们的牺牲为我们保留下火种。"

"你……"

孙掌柜点头:"我们那一批被陈煜卿夫妇掩护转移的党员有四十多名,这些年都在各自的岗位上发挥作用。小金,对烈士子女一定要加倍爱护,莫让他们辜负了父母的期望。"

"你是说?"

"陈家的老大陈山河,加入了日本人控制的行业协会,还做了一些不光彩的事,民众反应很不好。你们是旧识,要想办法规劝他,不能让烈士在九泉之下寒心。如果……如果他死心塌地要当汉奸……"

金慧荣看着他。

"不姑息才是对烈士的告慰。"

陈山河在吃肠粉,几个保镖留在外面,占据了门前的几张小桌,乱哄哄地要着肠粉。做肠粉的小贩手脚麻利地切割肠粉,金慧荣从后门走进来,坐到陈山河面前。

陈山河警惕地摸出手枪,在桌子下对准金慧荣。看到是他,松了口气,说:"是我树大招风,要被当汉奸除掉了?"

金慧荣说："刺杀你的，不是我们的人。"

"可我不是汉奸。"

"徐南禄跟我透露过一些，我知道你另有苦衷，但是苦衷不是理由，作为我党的烈士子女，更要谨言慎行。"

"你有办法把立夏带走吗？"

金慧荣诧异。

"我唯一的牵挂就是弟弟妹妹，二弟还好说，能闯祸但未必会吃亏，小妹就不行了，她那性子……"

金慧荣跟他同时说出来："外柔内刚。"两个男人对望一眼。

"她在戏班子里长大，你们对她保护得太好了，所以她的个性里没有退缩忍让，对上日本人，我怕她吃亏，把她送走我就没什么顾忌了。"

金慧荣点头："过刚易折，慧极必伤。要带走立夏，我需要制订个计划。"

"但不能跟你去打仗，你把她送到香港去找二弟。"

"可是……"

"别说你做不到。"

"她还好吗？"

金慧荣问出了最想问的问题。

陈立夏在天台戏院照顾着陈冶冰，陈冶冰虚弱地躺在床上昏睡。韦太平探头看了一眼，陈立夏跟了出去。门外，戏班子的人正拖着衣箱等唱戏的行头出去。

韦太平夹着他的皮包，说："去唱一场天光戏，明天早上就能回来，人家要求唱《六国大封相》，所以人我都得带去，数着人头收钱。"

"没问题，好不容易开戏，都带走吧，这里有我。"

韦太平有些犹豫："几个小徒弟留下照顾你师父，就一晚上，挣了钱好给她看病。"

455

"知道、知道,去吧。"

"你师父生了病,脾气反倒更大了,万一她醒过来看到你……"

"我知道,我会哄着师父的。"

"实在是我得去盯着,要不怕钱拿不回来。"

"干爹你就放心去吧,师父交给我了。"

"你都很多年没叫过干爹了。"

"谁叫你把我送到摘星女班的。放心吧,师父不让我叫师父,我就叫她干妈。"

韦太平欣慰地离开,陈立夏打发学徒去屋里照顾,自己跑去灶前熬药,却发现炭不够了。陈立夏起身走到戏院门口,向一个百无聊赖的汉子招招手,汉子是便衣警察麦坤,吃惊而小心地走过来。陈立夏递过一把零钱:"能麻烦你帮我买点炭吗?楼下就有。"

麦坤说:"我是……"

"你是谁我不管,你不是负责盯着我的吗?这点小忙都不肯帮?"

麦坤瞠目结舌、无言以对。

"赶紧去,多的钱请你喝茶了。"

陈立夏转身回了戏院,留下这汉子在门口纠结。

街头一间很平常的小店铺里,阮飞舟举起一张铁笔刻印的蜡纸,对着光看着,蜡纸还没有刻完,仅仅有加粗加宽的美术体的捷报二字。一个简陋的印刷作坊,看不到印刷机,只有一架油印机和满地散落的传单。铁笔、蜡纸、钢板等油印设备随处可见,两个穿着工装裤、满身油污的伙计被枪顶在墙角。阮飞舟抄起油印机上的滚刷,在他们脸上滚动,弄得一脸黑油。

阮飞舟说:"一个月里查抄了三百多家印刷厂,家家都说不是共产党,家家都说只是接生意,共产党的生意这么好做吗?"

廖四六凑上来说:"我觉得他们还真是当生意接的,你看他们印的都是些什么?戏院戏飞、餐馆菜单、贴墙上的广告,还有这个,"他拿起一张印好的纸念着,"天惶惶地惶惶,我家有个夜哭郎……这些东西太便宜,谁都能凑点钱买一套,然后就号称是印刷厂了。"

阮飞舟压抑不住愤怒,却又要强行抑制:"那怎么办?怎么办?他们不知道印传单要受惩罚吗?"

"知道,有生意忍不住啊。"

"那是他们瞎了眼。"

阮飞舟拿起刻蜡版的铁笔,猛然向一个伙计的眼睛刺去。

廖四六震惊地脱口而出:"仆街!"

铁笔没刺中眼睛,扎在脸腮上,伙计惨叫。

阮飞舟转身往外走,命令道:"枪毙、砸机器、拆房子。"

阮飞舟和廖四六走出印刷作坊,两个伙计被拖出门,按倒在地开枪射杀。更多的警察扑进作坊,开始打砸。油印机被搬出来点燃,黑烟滚滚,这幅背景让走来的阮飞舟和廖四六更显得阴森。

阮飞舟说:"我心里很憋得慌。"

廖四六问:"要不要去看医生?广州所有的名医我都认识。"

"我憋得慌是因为很无奈!很无力!为什么立了这么多规矩杀了这么多人,对我们的反抗还是层出不穷?我很困扰!"阮飞舟指心窝,"憋得慌!明明有了权力,却还不能随心所欲,我不痛快。"

廖四六不知道想到哪里去了,凑过来一脸猥琐的笑容,说:"不嫌弃的话,我带你去放松放松,有个地方能让男人随心所欲。"

廖四六终于向阮飞舟发出了这个邀请,在他看来,这是和日本人迅速建立起友谊的最好办法。

显然他成功了,于是一直喜滋滋的,直到在警察局里开会了,廖四六依旧神游物外。几个属下拿着小本子,汇报着工作。

高山峡说:"我盯的人一整天都在双门底的旧书店里,到晚上才回家吃饭。"

麦坤诧异:"还有钱买书?"

高山峡说:"是卖书,他每天都带几本书去卖,卖出去了就有钱买米,卖不出就饿一顿。"

麦坤就是在天台戏院跟着陈立夏的那个汉子,他说:"陈立夏今天上午去买了粮食,然后送到天台戏院,一直待到晚上。她师父生病了,她打电话请了医生,又出去抓了药,到晚上才回家。"

廖四六脸上挂着诡异的笑容,让众人有点吃不准,他们相互用眼神询问着。

高山峡问:"六哥,咱警察局成了给日本人干活的了?整天给他们盯着人?"

廖四六缓过神来,反问道:"那你想给谁干活?"

高山峡说:"谁给开饷就给谁干啊,日本宪兵队也不给咱们开饷。"

廖四六说:"可人家拿捏着你的命哪,不要命了?"

属下们似乎都有些不以为然,廖四六语重心长地教导:"知道你们都不想给日本人干活,这只是一份工作,上级交代的工作要去完成吧?日本宪兵队不是上级,可人家写个条子给省政府,还不是照样交代给咱们干,你能不干?何必给自己添麻烦。"

周少雄说:"盯这些戏子、画家的梢,有什么用啊!"

廖四六说:"有什么用,不用咱们管。咱们只要伺候好日本人,就不会吃亏。"

众人都有些不以为然,廖四六来了兴致,压低声音,一脸猥琐道:"你们知道咱们的阮大主任这会儿在哪里吗?"

阮飞舟在一间不怎么正经的地方醒来,举着镜子望着裸着上身的自己,脸上身上到处都是唇印。他厌恶地擦着,越擦越脏。隔壁传来一阵欢笑声和几个男人合唱日本歌的声音。阮飞舟露出厌恶的表情,厌恶自己也厌恶隔壁的人,隔壁传来一个中国女人的声音,让阮飞舟再次皱眉。

尹灵芝道:"哎呀你们讨厌死了,带人家来这种地方,人家还怎么唱戏嘛!"

不久之后，阮飞舟起身过去，坐在几个日本人中间，一起唱日本歌喝着酒。尹灵芝赔着笑坐在旁边，心神不安地偷看着阮飞舟。

9

外面的更夫在敲着梆子，喊着："留神火烛，小心瓦面。"梆子敲的是三响一停，这是三更，十一点。陈立夏一脸疲惫回到家。

陈山河说："明天早上七点你师哥接你离开广州。"

陈立夏问："啊？接我？他亲自来了？"

"对，他不能露面，你去恩宁路口，陈李济的广告牌下面等。"

"为什么突然接我走？"

"刚好有个机会，粤海关钟声为号，他们的车准时经过那里，不停，不等。"

"你呢？"

"我替你们守着广州。你去香港找你二哥，别去钻山窝子。"

"哥，我想跟师哥在一起。"

"你会打枪吗？会杀人吗？都不会就别去连累他，会害死人的。"

"可是我……"

"去香港等，不管是等他还是等我。"

陈山河在桌上用手指蘸着茶水，勾勒出简单的地形："盯梢的人早已经懈怠了，一天三班倒，谁也受不了，尤其是夜里。我观察过几次，无一例外都睡了，所以天亮前就大摇大摆地走。"

陈立夏道："好，我想先去天台戏院看一眼师父，她的病也不知道怎么样了，我不放心。"

"倒是也顺路，看一眼也行，但是你一定不能迟到，因为他们的车不能停、不能等你。现在睡觉，养精蓄锐。"

陈立夏抱着被子凑到陈山河面前，说："哥，我睡不着，你哄我睡。"

459

陈山河愣了一下，起身把床让给她，自己坐在床前，迟疑了一下伸手拍着她，但是这种从未有过的亲昵，让两个人都很不适应。

"算了、算了，你拍得我更不困了。"

陈山河悻悻地一笑。

"以前没找到你和二哥，我经常想象这个样子，有两个哥哥保护我、心疼我，睡不着了哄我睡，给我赶蚊子……"

"你小时候，爸爸妈妈特别忙，基本上没怎么照顾过你，赶蚊子哄睡觉的是保姆，我也哄过几次。"

"难怪我对爸爸妈妈的印象不深，只记得妈妈在戏台上的样子，特别好看，所以我现在也唱戏了。"

"爸爸妈妈都是爱我们的，就是太忙了，忙着做生意，还忙着他们共产党的事。"

陈立夏来了精神："金师哥也是。以前整天跟我在一起，后来突然就忙起来，当了伶人工会的头头，带着人开会、谈事，后来更是神神秘秘见不到人……"

"所以啊，我不想你走他那条路，我们三兄妹都有手艺，凭手艺吃饭，过太平日子。"

"哥，可现在日子不太平啊。"

"这是暂时的，肯定会过去。"

"怎么过去？我有时候想，小日本什么时候能走呢？是不是就像蚊子，吸饱了血就飞走了？"

"他们不会走，就算走了，还会拖家带口地再回来。"

"那怎么办？"

"是啊？怎么办？我不怕他们，没有你和你二哥，我早就跟他们干起来了。"

"你也要当游击队？"

"不，我有我的办法。"

他听着外面的更夫打着更，随即一阵散乱的梆子响起："散更了，天要亮了，走吧。"

黎明前的黑暗，外面一灯如豆，陈山河无声地出门，对面的一辆车里，监视的人睡得正香。陈山河招手，陈立夏快步走过去。

陈山河压低声音说："我还得回去，点灯、做饭，让他们以为你在屋里，你自己能走？"

陈立夏重重地点头。

陈山河抱抱她："一定不能耽误时间，大钟响起，必须赶到路口广告牌下。"

"放心吧哥。我和二哥等你。"

陈山河推了她一把，陈立夏转身快步走进黑暗的街道。

百货公司楼下，几个日本醉鬼挥舞酒瓶唱着日本歌，歪歪斜斜地沿街走来，尹灵芝扶着其中的一个，是陪她去要过戏本的那个军裤男。阮飞舟跟在他们身后。他们来到高楼下，为首的军裤男扭头寻找阮飞舟。

军裤男问："是这里吗？这里的女人唱戏好听？"

阮飞舟说："当然，在顶楼上，风景也好，正好能喝着清酒看日出。"

军裤男说："搜噶！开路！"

尹灵芝似乎想阻止："哎呀算了吧，都半夜了，回家我给你唱。"

军裤男说："不行，要看日出。"

他们钻进高楼，阮飞舟慢悠悠地跟上。

醉汉们上了天台，他们向戏院大门摸去，尹灵芝还想阻止，被军裤男一巴掌拍倒在地："八嘎！"

黎明到来，朝阳照亮天台戏院的房顶，可以听见嘶哑的惨叫声。

阮飞舟坐在游乐园的哈哈镜前，捏着一杯酒，望着朝阳发呆。身后传来女人的惨叫声、男人的大笑声，阮飞舟向着哈哈镜里的自己举起酒杯。

戏台上下，都是施虐的场面，张开双手阻拦的女学徒被一刀刺死。

陈冶冰拿起剪刀反抗，被一巴掌打在脸上，她的衣服被撕开。

尹灵芝神情呆滞，缩在角落里。

陈冶冰躲闪到幕布后，用幕布遮挡身体，日本人把戏服披在身上，脸上胡乱涂了颜色，戴着行头，又跳又扭，陈冶冰用剪刀反抗，被道具花枪打掉。日本人各自拿着道具刀枪互相打闹着，他们拿道具刀枪打着陈冶冰，刀剑在陈冶冰裸露的皮肤上打出红印子，军裤男扑上去舔着红印子上的血珠。

另外几个日本人找到棚面的乐器，胡乱敲打着，陈冶冰除了反抗，就是不断地把各种布条往身上裹，而日本人除了喝酒、嬉闹，主要动作就是撕掉陈冶冰身上的任何东西。

陈立夏赶到时，日本人已经走了，她站在戏院门口，震惊地看着一片狼藉。小学徒衣衫褴褛地躲在戏台下哭，尹灵芝疯疯癫癫，嬉笑着到处跑来跑去。陈冶冰半坐在戏台中央，裹着一件撕破的戏服，神情空洞，躯壳已死的样子。

陈立夏向陈冶冰冲过去，尹灵芝跟她擦肩而过，嘴里嘟囔着："照镜子去、照镜子去。"陈立夏并没有看到，尹灵芝出了戏院去照哈哈镜，随即跳下楼去。

陈立夏跪在陈冶冰面前，报时钟响起，她紧紧抱住陈冶冰，在她耳边低声说着："师父，师父你一定会没事儿的，我带你去找我大哥，他认识好多医生，他什么药都有，师父你说说话啊师父……师父我好后悔，以前不懂事总惹师父你生气，你越不让我干什么我偏干什么，你不让我在戏台上装电灯，我非要装，你不让我用色士风做棚面，我非要做，你不让我男女合班，我偏要合班，你气得退了师约我也不怕。我知道师父是爱我的，可我不该欺负师父，不该仗着师父疼我爱我就任性胡闹……"

陈立夏扑在陈冶冰怀里哭着，突然一滴又一滴的眼泪从上面落下来，落在她脸上，引起了她的注意："师父？"

陈冶冰低声："你是个好徒弟，我从没怪过你……"陈冶冰闭上了眼。

粤海关大楼的钟声响起，骑楼下，一个衣冠楚楚的人正走来，几个杀手从骑楼下突然站出来,向他开枪,他倒下。警察吹响警笛,街头一片骚乱。

钟声在继续,卡车上的人都很紧张,司机加快车速,金慧荣死死地盯着街道上,转眼靠近路口,陈李济的广告牌下空空如也,车从广告牌前转眼驶过,金慧荣失望地回望。

10

陈立夏披麻戴孝,陈山河搂住了她。

陈立夏说:"哥……"

"节哀,后事怎么办?"

"要问我义父。"

陈山河看看周围悲悲切切的徒弟们:"他人呢?"

陈立夏指指卧室,说:"在陪着师父,不让我们进去。"

"得抓紧时间给你师父换装入殓。"

"叫了粤光殡仪馆,但是义父不肯开门。"

"再等等,再不出来得敲门了。"

"其他人呢?"

"有个小学徒也受到伤害,送博济医院去了。还有尹灵芝也送去了,她摔断了腿,什么都说不出来,好像是疯了。"

"这事跟她脱不了干系,我会查清楚,你先操办师父的后事。"

说话间卧室的门开了,韦太平神色平静地走了出来。

陈立夏叫道:"干爹。"

韦太平说:"我给你师父换好衣服了,剩下的事,你费心安排吧。"

"好,干爹你去休息休息吧。"

"是,是该歇一歇了。"

他把腋下夹着的皮包交给陈立夏:"那我就去歇一歇了。"

他转身出门。

陈立夏追问:"干爹你去哪里?"

"这里我待不住,换个地方歇歇。"

陈立夏还要说什么,被陈山河拉住。

"派个小徒弟陪着韦班主。"

陈立夏连忙指派了一个小徒弟跟了出去。

"我再去给殡仪馆打个电话……"陈立夏把那个沉甸甸的皮包交给陈山河,自己走向电话机。

韦太平神色平静地走在街上,街道尽头是哨兵林立的日本宪兵队大门。

他摊开手心,里面有一枚日本军服上的扣子。这是他给陈冶冰擦拭身体、换衣服时,掰开陈冶冰握得死死的拳头,掌心里是这枚军扣。

陈立夏看到刚才的小徒弟回来了:"班主呢?我干爹呢?"

小徒弟说:"师父让我回来守着他的包。"

"他的包?这个包?"

"是。"

"他怎么说的?要你把包送过去是吗?他在哪儿?"

小徒弟摇头:"没有,就说让我回来守着他的包。"

陈山河问小徒弟:"他往哪个方向去了?"

小徒弟指了一下,陈山河飞快地跑出去。

陈山河和陈立夏跑出戏院,他们奔跑到天台边俯身看下去,那个方向正是日本宪兵司令部的位置。

韦太平静静地等待着,阮飞舟从门里走了出来,廖四六跟在他身后。

阮飞舟说:"韦师父,我已经听说了,正在跟廖局长商量善后事宜,你,节哀顺变啊。"

"我夫人让我给你带句话。"

"请讲。"

"她说……"韦太平凑近了阮飞舟,声音还减低了,阮飞舟凑了过去。

韦太平突然抽出两把匕首向阮飞舟刺来,阮飞舟下巴被划破,韦太平施展出戏台上的武功，步步紧逼追杀着。廖四六一脚踢过来，韦太平不躲不避，被踢中胳膊。

哨兵开了枪，韦太平倒在他们两个面前。

天台上的陈山河和陈立夏看着远处。

陈立夏问："刚才是响了枪吗？"

陈山河说："广州现在每天都有枪声。"

陈立夏担心地说："那是宪兵队？我干爹……"

陈山河没有说话。

阮飞舟回到办公室，坐在一大堆剧本和书籍、唱片中间发愣，下颚处已经贴好了纱布。

廖四六说："你该知道啊，他们唱戏的练南派武功，讲究打真军，真能杀人的，你运气好！"

"多亏你救了我。"

"我偶尔也练两手嘛，反应敏感些。"

"韦师傅一辈子老好人，总想着息事宁人，图个万般周全，没想到他也有暴起杀人的一刻。"

"秀才造反十年不成，不必在意。"

"不，我在意，我大大地在意，这是在挑战日本宪兵队的权威，必须受到惩罚。"

"人都死了……"

"中国人讲究入土为安，我偏不让他安，传令下去，谁都不许收敛他。"

陈立夏披麻戴孝，站在殡仪馆的汽车前，一个穿着西服、经理模样的人在她面前低头道歉："实在是宪兵队不允许我们接这单生意，单独给陈冶冰女士发丧是可以的，韦太平先生就……"

陈立夏说："不行。"

"我们真的不敢啊，我们可以把钱退给你。"

"钱我交了就不会收回来,你不能做我自己做。"

她一挥手,一个年轻人上前把司机拽了下来,自己上了驾驶位。

"这……这不合适吧。"

"那把你们几个绑起来?"

"我们自己绑吧,车子你们抢走了,我们什么都不知道。"

他和被拽下来的司机往外走去。

陈立夏走在汽车前,举起一根孝子杆,汽车发动了。

"师父、干爹,不孝子陈立夏,送你们上路了。"她迈步前行,车辆跟着她缓缓起步。

陈立夏朗声:"今有粤剧艺人韦太平、陈冶冰,一生精研艺术,苦心栽培后辈,又于恶贼当道之时,不畏强权,以生命守护粤剧尊严。广州粤剧界同人,效前辈李文茂旧事,着优孟衣冠为同道送行,滚滚江山,只为大花面乱权,欺我无能终散局,花花世界,点得正武生揸印,奸臣杀尽始收科。"

随着她的朗声念诵,殡仪馆车辆后面显出了密密麻麻送行的人,都穿着各式戏装,有才子佳人,有王侯将相,都举着送葬的旗帜,飘飘摇摇走来。沿途都有百姓围观,有人忍不住加入队伍中,队伍越发强大,不断有人抛出纸钱来。

廖四六和阮飞舟带着人守在哨卡,但望着走来的队伍,两个人都无话可说。

廖四六说:"我头皮有点发麻,怎么办?这还能开枪吗?"

阮飞舟:"谁组织的才最重要,没有人组织,怎么可能聚集这么多人?"

"那还开枪吗?"

"你敢?你来啊!"

"我觉得还是查一查幕后主使比较好。"

阮飞舟看着走在最前面的陈立夏,她一脸肃然清唱着戏,几句戏词传了过来,是宪兵队早就明令禁止的《洪承畴》里骂汉奸的戏。

"从这里到走马岗八和墓园的哨卡全部撤掉,让他们赶紧下葬了事,再聚集下去，一旦有人闹事就是大麻烦。"

阮飞舟看着队伍两侧不时抛飞的纸钱说："去查查是不是真纸钱！如果有人趁机撒传单，一结束就抓人。"

"抓谁？"

"抓谁都行！谁敢抗日就抓谁。"

送葬队伍从哨卡前走过去，络绎不绝。

金慧荣在另一个位置观察着情况，随后发出信号："开始了。"他身边的一个人走到高处点燃一支烟花，飞上天空，烟花炸响，随即在城市的各个方向，每隔一段距离就升起一支烟花炸响，接二连三地远去，阮飞舟等人惊恐地看着烟花。

金慧荣拿起小号，吹起了《义勇军进行曲》，在吹奏声中，有警察向这边跑来，金慧荣在街道上奔跑，小号声在继续。各处高楼都飞扬起传单，飘飘洒洒落下。在金慧荣的小号声中，传单如雨，在各条大街上飞舞坠落，百姓们纷纷仰头看着，伸手接着传单，传单中还夹杂着纸钱。

金慧荣在心里向师父和师娘告别："师父、师姑，恕我不能亲来给你们送行，我会让整个广州为你们飞舞传单和纸钱，每一片都是打向日本人的耳光。"

与此同时，陈山河脸上正戴着一个大花脸的面具，举枪向正在欢宴的几个日本军人射击，他们就是施虐于陈冶冰的人，陈山河转身离去。桌前唯一的活人是小泽小太郎，他刚刚正跪坐着为客人捏寿司，此刻尿了裤子。

事后，陈山河找到金慧荣，让他带妹妹走，但是金慧荣摇头说："她不会跟我走。因为师父把戏班子拜托给她了，她死也不会丢下不管。"

"什么时候？"

"师父那个皮包，里面是他的一切心血，我和立夏都知道，接过那个包，就是接过了戏班子。"

"你们闹了这么大声势，就算日本人现在不敢动手，之后也不会放过立夏。"

467

"我都安排好了，立夏带着戏班子离开广州。"

11

香港的广州大酒家张灯结彩、锣鼓喧天，舞狮的队伍在门前舞动，百姓们聚拢起来看热闹，堵塞了门前的交通。冼仲隽和几名富商、士绅模样的人挤在规模不大的酒家里，黄祁全、陈卫和其他几名厨师站在中央，正在接受银光闪闪的奖牌。

颁发奖牌的是金发碧眼的外国人，他跟众位厨师并列合影，记者们的闪光灯不断亮起，麦啸文等人在拼命鼓掌，与有荣焉，冼仲隽身旁的一位富商向他道贺："恭喜冼老板，旗下两位名厨获得厨神荣誉，还得到了詹姆斯爵士的亲自授奖。"

冼仲隽摆手道："哪里、哪里，英国人只有炸鱼薯条，来香港当然觉得什么都好吃。"

富商说："冼老板不要谦虚了，授奖的是英国爵士，评奖的可是我们这班吃尽美味的嘴刁之人，他们得奖，实至名归，以后你这广州大酒家要扩建啦。"

冼仲隽笑道："小生意、小生意，照顾广府乡亲的口味而已。"

门外舞狮的鼓乐声音更大了，一个年轻人挤进了广州大酒家，他凑到被厨师们簇拥着的陈卫身边……

仪式结束后，麦啸文问陈卫："阿卫，你真要回去啊？"

陈卫说："我大哥被人追杀，我得回去。"

麦啸文说："那你什么时候回来？咱们拿了两个厨神的奖牌，肯定会火爆起来。"

陈卫说："有黄师父和你，一定能撑起来。"

黄祁全说："不如让阿文替你回去一趟，你身上还背着案子呢。"

麦啸文说："对，我去替你看看你大哥。"

陈卫犹豫了一下，说："还是我自己回去，别人看到的、听到的未必是真相，再说如果我大哥真的当汉奸了，我得把他拽到这里来。"

麦啸文还是担心："那人家要抓你怎么办？"

陈卫说："我小心着点儿，广州那么多人，不会那么巧就抓到我。"

黄祁全问："你什么时候走？"

陈卫说："越快越好。"

黄祁全说："我帮你安排，你最好不要坐船，从陆路翻山过去，虽然时间长，但日本人的哨卡不会太严。"

麦啸文点头："对啊，码头查得最严，他们走私食材的都走陆路。"

黄祁全吩咐麦啸文："把我衣柜里的箱子拿出来。"

麦啸文进了卧室，随即拿出一个小木箱。

黄祁全说："港币和西药是广州最喜欢的东西，偷渡客们拿它当硬通货，这些你带上，盘缠什么的就全都有了。"

陈卫推辞："不行、不行……"

黄祁全正色道："怎么不行？你救了我的味觉、我的手艺，还救了广州大酒家，我跟你谈报酬了吗？带上。"

麦啸文也连连相劝，陈卫收下。

黄祁全说："奖牌就留在店里，一来能招徕生意，二来也是给你留的位置，广州大酒家头灶永远给你留着。"

红船码头上，白发飞扬的梁叔坐在一把太师椅上，太师椅四个腿上有绳扣，插着两根木杠做成轿子，梁叔的腿不好，只能这样被人抬来。他仰望着红船，红船船身上横七竖八拉着一些粗绳索，也不知道是干什么用的，看起来像是在维修一样。

陈立夏站在他身边。

梁叔说："红船三十六，广府四海行，我一辈子经营红船，攒钱造新的，戏班子租走，再攒钱建新的，新的戏班子再租走。以前真是大戏最好的时光，坐着我们的红船唱到天南地北……"

陈立夏说："可不是吗梁叔,我师哥就是在红船上长大的。"

"太平年班的小金吧?那小子是个人物。他师父也是个人物,一辈子不敢惹是生非的角色,谁承想干了这么漂亮的事,不错!"

"这次给我师父和干爹下葬,全赖同行帮忙。"

"兔死狐悲、同仇敌忾,我老梁也不甘落后,这条红船送给你了。"

"梁叔……"

"日本人抢走了所有的红船,这一条我推说要修理,暂时没交给他们,其实没有毛病,你们今晚就能启程,出去了就别回来,这条船我不要了。"

"日本人会不会伤害你?"

"我不知道啊!船被偷走啦。上船去吧。红船三十六,带你四海行。"

天台戏院的大门被踢开,一队日军进来到处搜查着,阮飞舟走在最后面。廖四六带着几个警察坐在观众席的座椅上喝茶:"太君,你们来晚了,人家早就走了。所有的衣箱、杂箱都带走了。"

"他们能跑到哪里?哪个戏班敢收留她?带着那么多东西、那么多人,她离不开广州。"

一名警察说:"根据名单,她这摘星太平年红棉班有伶人三十七人、棚面八人,还有衣箱、杂箱各路人马十二人,这是五十七人的戏班子,一条红船就装走了。"

阮飞舟和廖四六同时一愣:"红船?"

廖四六看向阮飞舟:"不是红船吧,听说都被你们弄走,成了运输船了。"

阮飞舟说:"应该还有一条在红船码头修理,那里,没有哨兵……"

当晚,码头上手电乱晃,戏班子正在举着手电登船。

有人在黑暗中催促着:"快!快!登船后熄灭手电,全程保持黑暗,小心被日本人发现。"

陈山河搂了搂陈立夏，说："不管到哪儿了，记得给我寄封信来，路上注意安全，小心土匪、小心日本人，还有村里的土财主也要小心，他们现在也都有了护院的枪支，反正各方面都要小心，如果遇到麻烦，你就说是红鱼帮宋石莲的妹妹。"

陈立夏问："红鱼帮不是没了吗？"

"外面的人未必知道，万一能吓唬住呢。"

"放心吧哥，我不是小孩子了。"

"你在我心里永远都是。有事一定要找我，带个信来，我千山万水也会去保护你。"

"嗯。"

"你赶紧上船，立刻启程。"

陈山河催促着上船的人："快！快！升帆！"

陈山河看着远处驶过来的车灯，继续催："上船！走！别点灯。"

陈立夏连忙上船，陈山河帮着解缆撤跳板，船上升起了帆，船在黑暗中离开。陈山河望着远处的车灯，骑上脚踏车从另一个方向离开，黑暗中传来他豪迈的歌声。

阮飞舟的车开到码头，他没有下车，廖四六跳下来，到水边探头看了看，只有水波荡漾的声音。廖四六扯着脖子向那边的汽车喊着："什么都没有，什么都看不见。"

第十五章

1

冈田不满意地环顾四周:"小泽,这么久了还没有重新布置?挂上帘子就算日本料理店了?太让我失望了。"

小泽小太郎惊喜地迎了上来:"冈田!你回来了?太好了。"

他双手去抱冈田,却发现冈田的一只袖子空荡荡的,胳膊断了一只:"啊?怎么了?你的胳膊……"

冈田装作不在意:"我把它种在我们占领的土地上了。"

小泽小太郎还想说什么。

"快快地!好吃的端上来。"冈田大马金刀坐下。

小泽小太郎连忙给他摆上各种吃食,眼神一直飘着那只空袖子。

"说说!为什么还是这个样子?半年多了还是这个样子?"

"我总觉得这不是我的店,人家随时会收回去。"

"胡说!就是你们这种心态才让我们的占领付出更多代价。"

"前线不顺利?"

"我们来了,我们就是这块土地的主人,你要拿出主人的气势来,把这里全都拆掉,我要看到真正的日本料理店。"

小泽小太郎没有回答。

"听到没有?士兵们打完仗回到广州,希望看到故乡的景象,吃到故乡的食物，你不要让我们失望。"

小泽小太郎从柜台下拿出一沓报纸，最上面是陈卫和黄祁全抱着奖牌的合影："这家酒楼就是他的，说他在香港成了厨神。"

"那又怎么样？这样的奖牌我也能给你做，给你挂满这面墙。"

小泽小太郎沮丧地："你不懂。"

"为这个店我付出了一条胳膊的代价，而且就是因为我要留下这家店，得罪了宪兵队的一个课长，他要求上级调我去前线。"

"他怎么能这么坏？都是日本人，为什么要互相欺负？"

"这世道就是这样，只能靠自己强大，强大就要有钱，有钱就要经营好这家店！小泽，你不会让我的胳膊白丢吧？"

小泽小太郎连忙跪坐谢罪。

旁边的屋子里传来鼓掌声和叫好声。

"我去给客人送瓶酒。"

"我也去吧，我要开始学着做生意了。"

隔壁房间里是阮飞舟和廖四六，阮飞舟正在给廖四六别上一枚奖章，警察们叫着好。

"抓捕电台一定要先抢密码本，宁可击毙电报员也不能让他销毁，本来你这次是有可能拿到勋章的。"

"是，拿到奖章已经很知足了，那个共产党的电报员救活了吗？他个仆街的直接拉爆了手榴弹。"

"他伤得太重，死了，不过也有收获，"阮飞舟拿出张纸条递给廖四六，"这个酒家，你可以查查看。"

小泽小太郎和冈田敲门走了进来，小泽小太郎抱着一瓶清酒："各位客人，菜马上就来，这瓶日本清酒送给客人品尝。"

廖四六说："小泽现在很会做生意了嘛。什么酒拿来给阮长官看看。"

小泽抱着酒送过来。冈田突然站住脚，冷冷地看着阮飞舟，阮飞舟认出了他，随即视线落到他空荡荡的军服袖子上，阮飞舟向他点点头："难得有日本酒喝，我们敬一杯给前线归来的将士。"

冈田转身离开，小泽吃了一惊，担心地看着阮飞舟。

"吃过枪子的人，心里会留下伤，等他好了再喝吧。"

陈卫背着个包袱，一身利索的短打扮，在山间飞快地攀爬着。他突然站住，鼻子深深嗅着味道，发现地上有几个踩灭的烟头。陈卫刚要转身，四周的树丛中钻出来四个便装打扮的土匪。

"小子！鼻子还挺灵，身上背的什么？打开看看。"

陈卫的后背被顶上了枪，他拿下包袱，蹲在地上一层层打开，除了几件衣服外，露出了西药。

土匪们贪婪地催促着："下面！下面是什么？"

西药下面的布包被解开，是一个方方正正的机器，带着仪表盘和按键等。

"这是什么？"

"哦，这个叫发报机。"陈卫的手猛然扬起，一把泥土扑向几个土匪的脸，他也随之冲出去，厮杀起来。

陈卫说得没错，那个东西真是发报机，而且是麦啸文交给他的，到那时陈卫才知道，原来他一向不怎么看得起的麦啸文居然有着跟父母、跟金慧荣一样的身份。麦啸文请他把这个发报机带到广州去，接头地点在城外的木棉酒家，他告诉了陈卫一个接头暗号，而陈卫留下了百花酿鸭掌的做法。

当时麦啸文很惊讶地问陈卫："你舍得？百花酿鸭掌可是你的看家菜，我师父都不如你做得好。"

陈卫说："我现在觉得，能让更多人吃到的菜，才是最好吃的菜。"

陈卫摆脱了那几个土匪后，翻过山进了广州的地界，他径直去了接头的木棉酒家，想早点完成麦啸文托付的差事。这里是广州城外，街道简陋，来往的有很多挑着担子的乡下人，酒家规模也小得很，他走进酒家，伙计上前招呼着他，将他带到一张餐桌前。

陈卫点菜："叉烧包、虾饺、普洱，另外加一个棉花鸡。"

伙计说:"棉花鸡不做了。"

"不做了?"

"师傅死了,没人会做了。"

"可惜。"

伙计给他上了茶,陈卫叩指相谢,伙计又端来了叉烧包和虾饺。

陈卫一直在观察着周围的食客和来来往往的伙计,他叫来另一个伙计说:"你问问后厨,有一道菜你们会不会做。"他一边说着,一边夹起虾饺吃了一口,表情似乎有了微微变化。

"什么菜?"

"脆皮乳猪。"

"不用问后厨啦,肯定会做的嘛!客人你要点吗?"

"今天先不要,我明天要请朋友,先问问,再给我来碗菜艇粥、一个肠粉。"

伙计应声端来了粥和粉:"客人慢用。"

陈卫慢条斯理地吃着,他眼神不再四处观察,只专注于吃饭,然后摸出军票放在桌上,提起自己的包袱走向大门,还跟伙计道谢。陈卫的身影消失在门口,酒家里突然安静下来,伙计不再走动,客人不再动筷子,很是诡异。柜台里掌柜的使了一个眼色,一个伙计脱下围裙追了出去,另一个伙计快步走到陈卫的桌前,翻检着桌上剩下的食物,连茶壶都掀开看了看,他抬头向掌柜摇摇头。

掌柜摆摆手:"继续。"

酒楼里的客人、伙计再次活动起来,敢情这一屋子都不是正经人。

陈卫从吃下第一口虾饺,就知道这个酒店有问题了,在广州做得这么难吃的店是开不下去的。他突然蹲下来系着鞋带,眼角扫到了后面跟来的人,他叫了辆黄包车,跳上车离去。

跟踪的特务也连忙叫车,上车的瞬间并没有留意陈卫从那辆黄包车上跳下来,藏身在一个行人身侧,眼看着那个特务跳上黄包车向远处追去,陈卫大胆地利用行人遮挡自己，与黄包车上的特务只隔着一个人，却没有被他发现。

陈卫现在有了一个烫手山芋，他没有其他的联系办法，而发报机这种东西被日本人查到了也是大麻烦。陈卫把发报机拆成细碎的零件，藏在一堆带壳花生中间带进了广州，决定等有人用接头暗号联系上自己之后，再想办法交接发报机。

陈山河家门外，两个年轻人用刷子从上到下刷上糨糊，把几条标语熟练地贴在门板上。

他们还意犹未尽："把锁眼堵上，让他进不了门。"他们拿起锁头就要往里灌糨糊。一双胳膊搂住了两个人，陈卫在他们中间探出头来："需要钥匙吗？"

两个年轻人吓了一跳，刚要挣扎，陈卫双臂用力把他们两个的头撞在了一起，三个人打了起来，陈卫游刃有余地戏弄着两个年轻人。陈卫边打边骂："哪儿来的浑蛋小子！敢堵我家门，敢骂我哥哥。"

"等等、等等，你哥哥？你是陈卫吗？"

"就是爷爷我！"

两人都很兴奋，停了手："不打了、不打了，原来你就是陈英雄！"

"嗯？"

"陈英雄，你刻冬瓜痛骂汪精卫，大快人心，你是我们的英雄！"

"填海方为精卫，汉奸只是味精。霸气！过瘾！正气凛然！"

"你们到我哥家来干什么？"

两个年轻人把陈卫引到一个茶馆，争着说话："这是我们平常聚会的据点，都是爱国抗日的年轻人，以反对汉奸为己任。"

"前几天参加了撒传单活动，哇！好大的规模，全广州所有五层以上的高楼都有我们的人撒传单。"

"好几万张！警察局和宪兵队到处抓我们。"

"他们抓不着！我们组织得好，行动都是掐着表的，令行禁止。"

陈卫打断他们:"这种事,你们不该守口如瓶吗?"

两个年轻人都愣住。

"你不是陈英雄吗!"

陈卫说:"我要不是呢?你怎么证明我是?或者我是,但是我被抓了,投降了,不是英雄当汉奸了,你们怎么办?"

年轻人不知所措,嘴里嘟囔着:"不会、不会。"

陈卫大咧咧坐下:"说说吧,为什么对付我哥哥?刺杀我哥哥的也是你们?"

"啊?"两个人一脸茫然。

2

同样的问题,阮飞舟也在问着三国有喜:"为什么要杀他?"

三国有喜一脸茫然:"啊?"

阮飞舟说:"为什么要花四百元军票找三个亡命徒刺杀陈山河?"

"不知道你在说什么!"三国有喜嘟囔着。

"我连你花了多少钱都知道了,你还有必要否认吗?你为什么要这么做?他救了你儿子,你还忘恩负义?"

三国有喜沉默片刻:"我跟你说过,他有能力、有野心、有手段,他是我在事业上最大的敌人。"

阮飞舟没想到是这个答案,一时无语。

"我从满洲跑到广州,是看重这里的未来,是要一展抱负,是要建立三国有喜家的百年基业!"

"停!别给我说这些无聊的话!为什么要杀他?"

三国有喜理所当然地说:"他阻碍了我的发展。"

"那就杀人?你是商人还是强盗?"

"你不懂商业就不要干涉我。"

阮飞舟冷笑，说："那他要报复你，我也不管了。"

三国有喜沉默片刻："不，你得保护我，这是你的职责。他对你没有用，也不会听你的话，他加入我们的组织也不代表屈服，反而会利用它为中国人争夺利益。"

阮飞舟说："不！他被中国人唾弃，只有投靠我们，他贪婪敛财……"

"那是假象，他蒙蔽不了我。开店指标卖了钱，可他又换成名贵药材还给他们！我不会看错人，留下他迟早会伤害到我，还有大日本的利益。"

"他之所以有今天，还是起源于为你儿子求了一枚药。"

"我感激他，但是我不会后悔，恩与仇是铜板的两面，丢出去之后，哪一面朝上我就尊重哪一面。"

"谁来丢？"

"当然是我。"

阮飞舟被他理直气壮的回答噎住。

"我希望你支持我，我可以用一个消息跟你交换。"

"你？"

"有人采购了一批西药，有大批消炎用的磺胺，这是可以治疗枪伤的。"

"什么人？"

"上次我交易粮食和西药，送到过一个村子，那里的人突然找到我。"

"如果你的消息确实有用，他的命运就交给你的铜板吧。"

游击队营地里，金慧荣和邝庆奎之间，气氛有些不对付。

邝庆奎说："拿着我的饷，吃着我的粮，抽空回了趟广州，操办那么大一场抗战活动，金老弟，你不愧是出身戏班，很会抢戏啊！"

"工作是当地的党组织做的，我只是居间协调了一下。"

"这笔光彩被你们共产党领去了，还上了香港的报纸，上了重庆的广播，是不是天底下都以为广州只有共产党在抗战？"

"邝队长你别这么说啊，我们共同抗战，不是为了荣誉。"

"那也不能没有荣誉！在山里和衣睡了一年多，我为什么？我图什么？"

"这次真是临时起意，来不及跟你商量。"

"一日之内印了上万张传单，发动近千人占据广州所有高楼撒传单，你还说临时起意？是在炫耀你们共产党的力量还是当我是傻子？"

金慧荣无奈地停止争辩。

"下不为例，否则，离开我的队伍。"

"我进来的时候，看到有些兄弟等在外面？"

"嗯，我进了一批西药，今天会送来。"

"新补给，我不是刚刚弄回来吗？"

"这是补给之外的，正好有机会搞到磺胺，我就下手了，钱还赊欠着哪。"

"可靠吗？"

"我在广州二十年，我要的东西，还从没有出过岔子。"

话音未落，外面传来了枪炮声、爆炸声，油灯被冲进来的气浪打翻，黑暗中弹道纵横。

一番激战后，邝庆奎和金慧荣带着十几个游击队员狼狈地钻出树林，他们都一言不发，身上带着血与火的痕迹。

三国有喜靠出卖游击队的消息，换来了阮飞舟的友谊，他请阮飞舟来吃日本料理，向阮飞舟举起酒杯："我现在可以抛硬币了吧？"

阮飞舟认真地看着三国有喜："我原本以为，日中两国的医药界人士能共存共荣、共同创作财富。"

"中国人的财神是关羽和赵公明，都是能打能杀的将军，可见商场如战场，文无第一，武无第二，商场上只能有一个胜利者。"

"我也是中国通，中国人的财神也有比干和范蠡！"

"可他们的下场都不太好，一个被挖心，一个下落不明，我怀疑是被暗杀了，所以商场自古就是有你没我。"

"好吧，我答应过你不干涉不过问，但我要的共存共荣局面，不得破坏。"

"放心,会有我们需要的共存和共荣的。请,请尝尝故乡的味道。"

阮飞舟默许了三国有喜对陈山河采取的行动,但没有不透风的墙,廖四六也找上了陈山河,他们坐在珠江边大榕树下的牛杂摊上,廖四六一边拿竹签戳着碗里的牛杂,一边说:"有个消息想卖给你,你能出多少钱?"

陈山河说:"哪有你这么做生意的?抢钱啊?"

"前段时间有人刺杀你,知道是谁吗?三国有喜。"

陈山河大吃一惊:"为什么?我跟他相处还可以。"

"对,你还是他儿子的救命恩人!但是你抢了日本人开药铺的指标。"

"那是他们太霸道!凭什么全广州哪里能开药铺由他们定?他们开药铺的地方,中国人不能开,他们可能开药铺的地方,中国人还不能开?"

"可是你把抢来的指标卖了钱。"

"不卖我留着玩儿?生意这么差,我不搞点钱拿什么养人?"

"养什么人?"

"南禄药坊几十口子人!徐联仲老爷子,岭南最好的药工,我不得好好养着?我还指望他们以后给我挣大钱呢。"

"你把指标抢走卖了钱,就是抢了三国有喜的钱。那些指标,他是打算卖给日本人的。"

"为这个就找人杀我?我的命也太不值钱了吧!"

"在日本人眼里,你的命,对,还有我的命,都不值钱。还是邝庆奎有魄力。说吧,这个消息你给多少钱?"

"今天牛杂我请了。"

廖四六瞪眼。

"开个玩笑,这个消息我知道不知道都没有什么用,不过看你的面子,我送你两箱药吧,收拾库房发现的,以前陈李济的好药,你出手也方便。"

3

陈山河打开家门进屋，他突然有所觉察，握住腰间的匕首小心地走进屋子。陈卫从桌前转过身来，正在吃着东西。

"你怎么回来了？骂汪精卫的事儿还没过去呢！我费了多大力气才把你送走？你回来干什么？"

陈卫布置着碗碟，摆上筷子："今天运气好，买到了佛山的五月菇，这可是咱们小时候的味道。"

"你还在我这里起火上灶了？外面锁着门你就起火上灶？不怕被人发现？"

"五月菇只有五月的荔枝园才有，爸爸妈妈每年这个时候都做给咱们吃，鲜甜和味。我在香港这半年，天天馋这个味道。"

"你就为了吃个五月菇回来？"

"尝尝我的手艺，我刚刚没忍住先吃了，真好吃。"

陈山河拿起筷子吃了几口，也觉得好吃："真是小时候的味道，离开佛山我就再没有吃过了。"

"大哥你当汉奸了？"

陈山河一愣："放屁！"

"我在香港听人说你成了药霸，跟日本人勾结在一起卖什么指标，我根本不信。"

"我的事不用你管。"

"所以我回来问了一些人，连上中学的学生都说你是汉奸，空穴不会来风。"

"空穴怎么就不会来风？你见过几个空穴啊？跟我绕什么圈子？"

"大哥！汉奸人人喊打，所以才会有人锄奸惩恶刺杀你。"

陈山河怒道："够了！说说你为什么回来？我好想想该怎么办！"

"想着是不是把我送给日本人？"

陈山河怒而拍案。

"哥,不管你有什么理由,都不该跟日本人勾结在一起!这是民族气节。"

"我要是没有日本人的关系,你骂完汪精卫就死定了!跟那几个厨师一样死定了。"

这是陈卫心中的隐痛,他被噎住,一时说不出话来。

"你去了一趟香港就了不得了?敢回来教训你大哥我了?你知道为了保护你、保护小妹,我在前面顶了多少压力?"

"哥,我已经长大了,不用你为我挡住压力了!廖四六草菅人命,我会找他报仇。"

"你别给我闯祸就万幸啦!"他看看一脸平静的陈卫,"是有点变化了,沉稳了,这半年你有长进了。我想办法把你送回香港去!"

"哥,指标的事你怎么说?"

陈山河平静了一下,说:"刺杀我的是日本人三国有喜,因为我抢指标就是从他们嘴里抢肉。我也的确把指标卖了钱,但那是为了迷惑日本人,要不怎么解释我的行为?爱国?保护中国药材商人?那不是找死吗!"

"可你还是用这个赚钱了啊!"

"卖指标的钱我都换成名贵药材,用同业堆花的理由还给他们了,我一分钱没挣。"

"真的?"

陈山河看着陈卫的眼睛:"爸爸妈妈是什么样的人?我怎么可能当汉奸?如果有一天我当了汉奸,你就亲手杀了我。"

陈卫羞愧:"大哥!"

"生逢乱世,身不由己的事情太多了,我不在乎别人怎么看我,但你和小妹不一样,你们记住这句话,如果我当了汉奸,杀了我。"

陈卫有点晕乎。

"你回香港吧,我帮你安排。"

"我先见见老谭,我给他写过几次信托报馆转交,可他一直没有给我回信。"

"他现在混得有点惨。"

夜色中的荔枝湾波光粼粼,菜艇生意清淡,周围没有往日那样聚拢来拿菜的小艇,灶火用几块炭吊着,仅剩一点微弱的火光。蝶叔和谭耀亨相对无言。

谭耀亨说:"再没有客人,可不妙了。"

蝶叔没好气地说:"好不了!你说的菜我都炒不出来。"

"那你请厨子啊。"

"请什么样的厨子才能做你说的那些菜?会做那些菜的又怎么可能来菜艇?"

"求上得中,要不我来菜艇做什么?总不能提点些不入流的菜吧?"

"你瞧不上菜艇,还跟我们混在一起?"

"你这话不讲理,我要有口饭吃,会到你这里来?"

蝶叔被他的坦诚噎住了。

"我是看在阿卫的面子上才帮你的。"

江面上传来笑声,一只小艇送来了陈卫。陈卫跳上菜艇,跟蝶叔亲热地打招呼,谭耀亨绷着脸掩饰尴尬,陈卫一把搂住他:"想我做的菜了没?"

谭耀亨挣扎了几下没挣脱开:"还不快去做!"

陈卫哈哈一笑:"想吃什么?"

谭耀亨说:"太史田鸡啦!冬瓜壳上要刻花的那种。"

陈卫笑道:"哈哈!那就让你尝尝陈英雄的成名作,蝶叔——"

蝶叔说:"太史田鸡是吧?田鸡腿、瑶柱、火腿、扁尖、精肉和冬瓜同炖,可惜缺点食材。"

陈卫问:"缺什么?扁尖吧?江太史家做这道菜最重扁尖,要用咸笔笋所制的干毛尾笋尖……"

蝶叔一本正经地说:"另外还缺田鸡腿、瑶柱、火腿和冬瓜,我只有一点精肉,要不做个肉汤吧。"两个人愣了一下,齐声大笑起来。

蝶叔不笑："警察和宪兵还在捉你，你在广州待不住的。"

"也不见得，我不抛头露面就是了，几百家酒家的后厨、近百条菜艇，还有茶楼茶居的点心房、路边的粥摊、牛杂摊、烧鹅卤鹅铺子，都是我存身的地方。"

他突然愣住。

谭耀亨问："怎么了？"

陈卫说："这么一算我会做的还真多，欸，我妹妹爱说祖师爷赏饭，我发现我也是。"

4

村中旧戏台前，简陋的桌椅前，陈立夏正跟村中的几个乡绅地主商谈演戏的筹码。

陈立夏说："韦班主是我干爹，他把太平年班交给我了，现在叫摘星太平年红棉班。三个戏班合班，实力更强，武生打的是真军，少林寺传下来的，棚面里加有西洋色士风，声音靓得很。"

乡绅们对陈立夏推销自己的生涩表现了然于胸。

"陈班主这么年轻就'担大旗'了？"

陈立夏说："是，所以才冒昧来跟各位'斟盘'。"

"韦班主来我们村演过戏，老是夹着个大皮包……"

陈立夏伸手，肃立在身后的小学徒立刻送上了那个大皮包。

"我干爹早就退掉红船，在广州拿下了天台戏院和宝华戏院两处场子，包也早就换过了，不过，对乡亲们的态度没有变，演，就要演最好的。"

"村里最近没什么婚丧嫁娶，也不当节当令，我们一年到头要看的戏，都在八和会馆安排好了。"

"八和会馆被炸弹炸了也有两三年了，演戏全靠老朋友捧场，我们的红船就停在村外，乡亲们想看，我们就演一场，演到天亮就走。"

"可是好久没见到红船来了。"

"不敢隐瞒各位,我们是逃难出来的,红船也是仅有的一只。"

远处传来一阵凌乱脚步,戏班诸人正飞快地跑过来,陈立夏猛然站起,学徒远远地喊着:"快!船被抢走了!"

红船已经不在河边了,戏班的衣箱、杂箱堆在河滩上,艺人们的个人行李也堆在一旁,各个茫然无措地站着。几个学徒带着陈立夏飞快地走来,几个乡绅也拉开一定的距离,跟在他们身后。

学徒把一张纸条递给陈立夏,纸条上盖着鲜红的两个章,一个是私章,仅有"世铎"二字,另一个正规得多,是"第2区民众抗日自卫团"。

陈立夏念着纸条上一行钢笔手写的字迹:"兹有伍观淇将军所部第2区民众抗日自卫团,征红船一只为运输所用,特证明。"陈立夏抬起头来:"就这样?"

学徒们连连点头:"刚才这里全是兵,抢了船就走了。"

陈立夏难以置信:"是国军还是日本人?"

学徒们七嘴八舌地说:"国军啊!说等抗战胜利了,凭这张纸条去领钱呢!"

陈立夏哑口无言,旁边的士绅探头过来说:"这个倒是真的,我们村也收到过,只要支援了抗战队伍,都有这样的凭据。"

陈立夏说:"光有这个有什么用?我们这许多人怎么办?"

答案是只能靠双腿走路了。几辆独轮车载着衣箱和杂箱在乡间小路上推着,后面是拖拖拉拉的队伍,中间还有挑着担子的村民,帮他们担着行李。他们穿行在水稻田中间的小路,水面上带着一串倒影。陈立夏等人神情困顿、疲惫不堪,有人在队伍中闭着眼,拉着前面人的衣角,跌跌撞撞地走着。

5

南禄药坊里,陈山河正在张罗生产,徐联仲和小菊等熟面孔出现在工人们中间，按部就班地在制药的各个工序上忙碌。大门被踹开，一队日本宪兵持枪荷弹地闯了进来，他们二话不说，到处搜查，拿刺刀在包装好的药箱上刺戳，又把整齐的药材挑得到处都是。

陈山河道："你们干什么？干什么？这里是大东亚医学促进会。"他连忙指点着那块中文和日文的招牌，但没有人理睬。宪兵在各处搜寻，陈山河神色渐渐冷静下来，他跟徐联仲对着眼神，徐联仲轻轻摇头。一排摆放新鲜草药的架子被打翻，其中一个瓦罐落地破碎，掉出里面黑乎乎的一块烟土，宪兵们检查着烟土，一挥手，捆起了陈山河。陈山河制止徐联仲冲过来："没事，我跟他们去看看。宪兵队查烟土，这事儿不对。"

日本宪兵队的狼狗在咆哮，陈山河被绑在树上，他身上脸上已经有了被打过的伤痕。阮飞舟走了过来，挥手让宪兵把狼狗牵走："广州市禁烟局发布过禁毒令，日本宪兵队有义务保证条例的执行。"

"那你这是过河拆桥了？不需要我给你充门面，就设计坑我。"

"你辜负了我对你的信任，也辜负了大东亚医学促进会的宗旨。"

"一定要赶尽杀绝吗？三国有喜把烟土弄进药坊费了点心思吧？"

阮飞舟定定地看着陈山河。

"广州就这么大，他以为能天衣无缝？那三个动手刺杀我的人早就找到了，我大局为重，换来的就是这个？"

阮飞舟说："我不希望你认为他是忘恩负义的人，他忠于国家，在私人操守和国家利益面前，他的选择值得鼓励。"

"那你的选择就很成问题了。嘴里喊着共存共荣，心里想的是三六九等，明知道是他在坑害我还助纣为虐，你很让我寒心。"

"我可以放你离开广州。"

陈山河冷笑："代价是交出我的药坊？"

"这是我能为你争取到的最好条件了，三国有喜其实是希望能不留后患的。"

"行，我答应。"

三国有喜的药店门外有站岗的日本士兵，敞开的大门内生意不错，三国有喜也在柜台前忙碌着。他的儿子在柜台一角安静地玩着积木。一直忙得黄昏时分，三国有喜站在门外，跟站岗的日本士兵相互鞠躬致意，日本士兵下岗离开。三国有喜指挥伙计上着门板。

这一切都被躲得远远的陈山河看在眼里。第二天，三国有喜在柜台上打着算盘算账，儿子在厅堂里拍着皮球，发出砰砰的声音。三国有喜打算盘的手突然停了下来，因为砰砰的拍球声停止了。他抬起头，柜台前的厅堂里只剩下那个球。已经上了门板的大门被推开，灯光投射在街道上，三国有喜急切地冲了出来。

三国有喜呼唤孩子的声音凄厉急切："太郎！太郎！"更多的人从各个门户里走出来，站在街头，看着三国有喜到处寻找。

太郎被陈山河带到了徐南禄那里。

徐南禄背着药箱，一副要出门的打扮，诧异地看着陈山河和那个小孩子："你这是……你把他弄过来干什么？"

"三国有喜要弄死我，我不能让他舒服喽。"

"这还是个孩子！你这么干，跟三国有喜有什么区别？"

"以其人之道还治其人之身，再说我把他活着带来，就已经跟三国有喜不一样了。"

孩子仰头轮流看着他们。

"可是我这……我马上要进山，山里打了一仗，很多人受了伤。"

"我跟你一起去，还能帮把手。"

"他呢？总不能带进山里吧？"徐南禄看看孩子，"算了，在村里找人养几天吧？会说中国话吗？不会就装几天哑巴。"

城内南禄药坊，日本宪兵把徐联仲从人群中拽出来。三国有喜扑过去吼道："说！陈山河去哪里了？我儿子他带到哪里了？"

徐联仲说："陈山河又不是我儿子，我怎么知道他去哪里了？再说你儿子去哪里了，你问我？"

三国有喜挥手要打耳光,廖四六喊了一嗓子:"等等。"他晃着膀子走过来,"打了人,你儿子可能就回不来了。"

三国有喜怒视着他。

廖四六说:"失踪人口归本警局所管,又是外邦友人,所以我亲自来处理本案。三国有喜先生,要查案子也得先勘查现场,你跑这里来干什么?"

三国有喜一口咬定:"一定是陈山河!"

廖四六说:"还是要稍微讲一点证据的,当然,没有证据也行,但他会把你儿子藏在这里吗?不太可能。"

三国有喜说:"这些人都是人质,我要把他们都抓起来。"

廖四六叹口气:"你是没搞明白啊!现在人质是你儿子啊,懂吗?你现在应该跪下来求人家别撕票,而不是这么……这么雄赳赳地来要人。"

三国有喜方寸已乱:"那怎么办?"

廖四六推着他往外走:"那就先去勘查现场,寻找蛛丝马迹啊。"

他们走了出去,小菊等学徒急忙围了过来:"徐爷,真的吗?山河大哥绑了他儿子?"

徐联仲说:"我怎么知道!"

小菊说:"山河大哥一定不会撕票的,他心地那么好。"

徐联仲不满地说:"心地好干得出这种事吗?"

山林中的游击队营地里,气氛与以前差别很大。搭建的草寮已经不够用了,林间到处都躺着血迹斑斑的伤员,呻吟声、呼疼声此起彼伏。徐南禄带着陈山河逐一检查着、治疗着。一个游击队员被从外面抬了进来,一路滴着血。

抬担架的游击队员说:"快!徐医生!"

徐南禄让他们就地放下,立刻蹲下来检查着:"腹部中弹,子弹打透了没留在体内,万幸。"

陈山河说:"肠子出来了,你有药吗?有磺胺吗?"

"早就没了。"

"那怎么办？没有药，这肠子塞回去也……"

徐南禄说："去抓鸡！剥鸡皮来。"

游击队员应声飞快地跑开，很快草寮后面传来抓鸡的扑腾声，鸡惨叫了几声，戛然而止。

陈山河问："炖鸡汤？加人参吊命？对他没有用。"

徐南禄说："小子！好好学着，中医中药博大精深，够你学一辈子。拿酒精来！"

陈山河打开药箱拿出酒精，徐南禄戴上布做的口罩，用酒精擦手消毒，还把刀剪等手术工具也消了毒。游击队员又端着个碗飞快地跑回来，碗里是一块刚剥下来的鸡皮。

"剥皮时洗手了吗？"

"按你说的，用烧酒洗了，碗也是烧酒里泡过的。"

徐南禄蹲在伤员面前，把他露在外面的肠子用酒精洗了洗，涂了药水，随即从碗里选出一段鸡皮切下，裹在肠子上。

陈山河看得目瞪口呆，徐南禄手脚麻利，将伤口包扎好。

陈山河问："这就完了？这样也行？"

徐南禄说："清赵濂《伤科大成》有记，伤破肚皮而肠脱出者，封金疮药，贴活鸡皮，加布扎好，服通肠活血汤。小子，鸡皮不光能吃，也能治病救人。"

"这本书你有吗？"

"想学吗？我教你。"

忙完之后，徐南禄疲惫地靠坐在篝火旁休息。

陈山河走过来："总算都包扎完毕了。"

"治伤可不是包上就行了，还得换药、清创、再换药、再清创，中药管用，但手头存货不多了，光靠山里采的草药，品种有限，疗效也受限。"

"我去搞点磺胺？"

"不只是磺胺啊，这些人也未必都是枪伤，很多都是疟疾、痢疾、风寒咳嗽、水土不服。病不难治,但是荒郊野岭,药既不全,煮药也不方便。我的意思是选定几款对证良方做成丸散。"

"需要什么样的药?"

"清脾饮、芍药汤、止嗽散、藿香正气丸、午时茶等,这些都需要可靠的药坊加工。"

"你是让我再回南禄药坊?"

"是请求,不是要求。你这大半年忍辱负重,背着汉奸的骂名支持抗战,我知道你已经很难忍了。"

"是。我回不去了,来你这里学医,给他们治病疗伤。"

徐南禄说:"如果不是真的困难,我不会开这个口,我何尝不知道你离开广州才安全、才自由?可是别人没有这个条件和能力,我们这支游击队二百多人,伤员十四个,要吃饭、要治伤、要看病,鬼子又层层封锁扫荡。山河啊,你留在广州,我们就有了坚持下去的希望。要不,你再想想?"

6

广州地下党的电台被破坏之后,上级派来了一个新的电报员,她来到那个南北洋货店里跟孙掌柜接头。谭淼淼是个带着点儿婴儿肥的年轻女子,正热切地看着货架上能吃的东西,火腿、鱼肚、蘑菇、干贝、鱼干、虾干、腊肉、腊肠、风干鸡……总之,这样的店铺里一切都可以吃,而在她眼里,不可吃的似乎也可以吃。

孙掌柜说:"组织上派你来,是因为你是本地人,有亲属关系可以掩护身份,你找到你父亲了?"

谭淼淼收拢心神:"还没有,一进城就来找你报到了。"

"组织关系这就算接上了,你回去等候通知,有地方安顿吗?"

"有,我回家住。"

"看看家里是否适合架设电台,一定要保护好电台和密码。"

"请组织上放心，我会严守秘密，电台呢？"

"电台还没有送到，你安顿下来后找一份正当职业，等候电台。注意地下工作的原则。"

谭淼淼随口回答："隐蔽精干、长期埋伏、积蓄力量、等待时机，上级传达过。"

孙掌柜从柜台上捡了一些腊肉腊肠包起来，看到谭淼淼明显被腊肉转移了注意力，索性多加了一些风干鸡之类的："谢谢光顾。"

谭淼淼高兴地提在手上。

谭耀亨和陈卫蹲在街边，正对着谭耀亨家的大门，看着趟栊门里灯光明亮、欢声笑语，一家人有男有女、有老有少，其乐融融。

谭耀亨说："这是我亲手买下的房子，用的是我写文章的钱。"

陈卫吃惊："啊？就靠写食评？这么赚钱吗？"

"这算什么！我小时候家里有好大的宅院，用着好多佣人，教你妈姐菜的徐婆婆……"

"徐婆婆回顺德，还好吗？"

"挺好的。"

"等有机会了我去顺德看她。"

谭耀亨不满地看着他，陈卫连忙做了个手势："你接着说，这是你买的房子，你写食评能赚这么多钱？我不信。"

"写食评自然赚不了多少钱，但是能赚出名声来，有了名声就有了影响力，再加上呼朋唤友结成联盟，在饮食界就不容小觑，稍微动动脑筋就能把名声换成钱。"

陈卫冷笑一声。

"我知道你要说什么！没错，就像我对付广州大酒家那样，也就是因为这件事咱们才有了缘分啊。行啦，不看了，再看也是别人家了。"

谭耀亨刚要站起来，突然下意识蹲下，陈卫差点闪了腰。

谭淼淼正提着几根腊肉寻寻觅觅地走来。

陈卫问:"怎么了?她是谁啊?"

谭耀亨起身喊住了谭淼淼:"淼淼。"

谭淼淼高兴地说:"爸爸!你怎么在这儿站着?"

"行李呢?什么时候回来的?"

"刚回来,咱家来客人了?"

她好奇地看着趟栊门里的一家人。

"哦,是……有个朋友……房子我借给他……"

陈卫插话:"这是淼淼侄女吧?你跟孩子说实话,淼淼,你们家被日本人抢走了,现在住的是一家汉奸。"

谭淼淼这才看了一眼陈卫:"爸爸?"

"他说得没错儿,这儿不是咱们的家了。"

"那你在这里干什么?"

"正好路过,顺便来看一眼。"

陈卫说:"你爸爸还顺便给我讲了讲他的发家史。"

"爸爸,你现在住哪儿?我们去吃饭吧?"

"我现在跟他住,他会做饭,广州最有前途的厨师。"

陈卫挺起胸膛,谭淼淼无动于衷,这让陈卫有点受挫。

他们俩把谭淼淼带回了菜艇,在一堆各式炊具和瓜果蔬菜中间有两个地铺,摆放着铺盖卷。

"不行,爸爸,得找个房子搬家。"

"这里挺方便的。"

"我住着不方便。"

"你要回家住吗?好,太好了,你想住在哪里?爸爸去租下来。"

"在上下九找房子吧,要住骑楼。"

陈卫接话:"侄女你是在外面发了财回来的?我跟你爸爸可租不起上下九的房子,而且那边太热闹了,我不喜欢。"

"不用你操心。"

"我怎么能不操心？我也要住嘛。"

谭淼淼诧异："爸爸，我回来了，你还要跟别人住吗？"

谭耀亨尴尬。

"你爸爸现在一粥一饭都是跟我合用的，当然，你要有钱，花你的我也不反对。"陈卫继续道。

"爸爸，家里是什么情况？你那些书呢？咱家怎么会没钱？"

"咳！别提了，都是这小子害的，我把钱都投到生意上，以为能赚得钵满盆满，结果他给我临阵乱搞，钱没了，房子也没了。那句话怎么说？"

陈卫说："一蹶不振。"

谭耀亨长叹一声，狠狠地指了指陈卫，陈卫嬉皮笑脸。

"陈卫还在被宪兵队和警察抓，上下九那边人多热闹，怕是不安全。"

"越危险的地方越安全，北平话这叫灯儿下黑。"

陈卫模仿着她的儿化音："灯儿下黑呀！行，我就舍命陪君子了。"

上下九的骑楼，二层的一个木制百叶窗被推开，尘土飞扬。谭淼淼探出头去，满意地打量四周，到处都是从各家窗口伸向骑楼中间的晾衣竿，上面挂满了被单和衣物。陈卫在她身后探头探脑。

"大个子，你帮我个忙？"

"说吧大侄女。"

谭淼淼指指外面的晾衣竿："帮我弄一个晾衣竿，不过我不要这种平伸出去的，我要竖起来的。"

"竖起来怎么晾衣服？"

谭淼淼比画着："两边竖起来，上面搭一根竹竿。"

"你就是想比别人晾得更高？"

谭淼淼连连点头。

陈卫拎着三根竹竿和一捆细铁丝走来，谭淼淼走在他身边，比比画画着："竹竿里面能不能打通？"

"为什么？"

"不为什么，我有用。"

陈卫突然看到对面过来两个警察，立刻躲到骑楼下，利用骑楼的柱子藏身，嘴里还在跟谭淼淼说着话："你这个人，说话又不说明白，我怎么知道该不该打通，打通多粗多细？"

谭淼淼嘴里跟他斗着嘴："竹竿是我买的，铁丝也是我买的，我要什么你就给我做什么好了，怎么帮个忙还那么多事？"

"你也知道我是帮忙的啊！不收你工钱还这么霸道。"

谭淼淼看到街道对面有一个穿着便衣挎着手枪的人，也连忙闪身进了骑楼内，把躲在柱子后的陈卫吓了一跳。

陈卫说："别动粗！我干还不行吗！"他刚要继续走，被谭淼淼拉住，但谭淼淼又不肯说话，陈卫挣扎了几下挣脱不开，就放弃了。两个人躲在柱子后面，牵着手低着头，一言不发，直到骑楼外面的警察和便衣先后走了过去，两个人同时松了一口气，相互看对方都觉得不对劲。

陈卫说："你，没事吧？"

谭淼淼甩开他的手，率先走去，陈卫心有余悸四下张望，追了上去。

陈卫忙活了半天，一个晾衣架子在窗口搭了起来，具体来说，是沿着两侧的窗框竖起两根竹竿，竹竿最上面的分岔处，又打横搭上了一根竹竿——这是南方特色的晾衣竿，竹竿一端保留着枝杈分岔的位置，成为可以搭载和固定的地方。

整个晾衣架被铁丝牢牢固定着，陈卫看着晾衣架最下面露出的一截铜线发愣："你塞进去的？什么时候塞的？你要我打通竹竿就是要塞这个进去？为什么？"

"怕刮风弄断了竹竿。"

"风还能刮断竹竿？"

"我说能就能，要你管！你该走了吧？"

"开什么玩笑？房子是我出钱租的，好心收留你和你爸爸，怎么还要赶我走？"

"你……你住在一起,不方便。"

"我没觉得。"

"是我不方便。你自己没有家吗?"

"好男儿四海为家。"

谭淼淼想说两句难听的,又不知道说什么好,陈卫扬扬自得:"楼上就让给你住吧,我跟你爸爸抵足而眠去。"

"年纪轻轻不求上进,还要我爸爸去做工赚钱养家。"

"是他自己非要去菜艇帮忙的!菜艇生意都被他搞坏了,你爸爸的长处从来就不是下厨,他就是嘴上功夫。"

"说得你很棒似的。"

"我和你爸爸研究出了一套能成席的最佳菜品,改天做给你尝尝。"

谭淼淼明显地有个咽吐沫的动作:"说说,先说说都有什么。"

"先说海味,鱼肚羹、瑶柱羹要有吧?汤品里沙参玉竹煲猪肉、菜干煲白肺要有吧?三鸟,上汤浸鸡、葱油鸭、芋头蒸鹅,海鲜排第四,红烧鱼头、银芽炒虾仁。肉类第五,陈皮牛肉饼、旗下祭神肉。小菜里面,芥蓝炒牛肉、鱼片炒菜心……"他一路报着菜名,谭淼淼听得连连点头,不断咽着口水。她背靠窗口坐在窗台上,陈卫开始手舞足蹈地讲着菜,阳光和风从窗口进来,勾勒着她的身影。

"肉太少了,至少要有瑶柱蒸肉饼、蛋白煎肉饼。小菜差得更多了,我还想吃煎蛋饺、锅烧肉、银芽炒鸡柳、炒鲈鱼卷或鳜鱼卷。还有青菜,我爱吃腐乳椒丝炒通菜、虾子笋、酿菱笋、瓜皮虾。对了,还有粥,瑶柱白粥,连鱼片、炸鱼皮一起上。"

陈卫也觉得惊艳:"是个行家啊!比你爸爸会吃!"

7

村落古朴、干净,池塘碧绿,古树参天,陈山河和徐南禄各自背着药箱走在村中，他们刚刚从游击队回来，风尘仆仆。

"你想好了？"

"你做了好几天工作让我回去，现在还问我想没想好？"

"从公义的角度，我希望你回去，从你个人的角度，有危险、有屈辱，所以，你要考虑清楚。"

"我自有办法。"

徐南禄犹豫一下："我想提醒你的是，要有分寸、有底线，不能以暴易暴，不能为了达到目的而不择手段。"

"我尽量。"

徐南禄站住脚，很是严肃："不是尽量，而是必须，如果局面发展到你需要违背人性、不择手段了，我要求你立刻放弃，另想办法。"

"知道了，你都说了一路了。"

附近传来孩子们的笑闹声，就在他们面前的空地上，三国太郎和村里的小孩子笑闹滚打。此刻的他穿着农村孩子的衣服，也跟这些孩子一样滚得满身是土，看到陈山河，跌跌撞撞地跑过来。

"把他带回去吧。"

"留在村里养着吧。"

徐南禄严厉地看着他。

"干什么？我回去冒那么大风险，还不能留他做个人质？"

徐南禄坚决摇头："这种手段就是我担心的你的底线。"

"我觉得留个人质很有效。"

"那个日本人，为了给孩子治病，从冰天雪地的东北来岭南求医问药，他一定很爱这个孩子。将心比心，祸不及家人，我们做事尤其如此。"

陈山河拖长声音："行——吧。"

"你确认一下，如果带他回去，会不会有危险？"

"我有自保之法，放心吧。我会把三国有喜拉下水，保证你这里的供药。"

三国有喜神情憔悴地趴在柜台上，灯光在墙上勾勒出他的影子。外面传来拍球的声音，一声两声之后，三国有喜浑身一激灵，猛然抬起头来，门前的拍球声越发清晰。三国有喜跌跌撞撞地绕出柜台跑到门边，又怯怯地不敢开门。他凑到门缝里看出去，随即狂喜着打开大门，三国太郎和蹲在地上的陈山河玩着皮球。三国有喜猛然扑了出去，一把抱住了三国太郎，三国太郎被抱得太紧，挣扎着，担心他的球跑远了。

　　陈山河说："太郎不用担心，是你的球，跑不了。"

　　三国有喜把儿子藏在身后，狠狠地盯着陈山河："你还敢出现？我要杀了你。"

　　"你杀过，没杀成，你还诬陷我贩卖烟土，我小小地报复一下你，不过分吧？"

　　三国有喜喘着粗气，一时不知道如何回答。

　　"你呀！说你什么好？共荣共存是你们日本人提出来的，你怎么就领悟不到精髓呢？"

　　三国有喜没有回答。

　　"精髓就是挣钱啊！你来中国是干什么来了？观光？相亲？吃饭喝酒？不是啊三国老兄，你是来赚钱的，你整天琢磨杀人，这不是走偏了路吗？"

　　"你也不是好东西。"

　　"当然！物以类聚，我们两个坏东西才更应该携手合作、共同发财。"

　　"怎么发财？"

　　陈山河邪邪地一笑："老办法，何记古方发冷丸。"

8

　　廖四六沉着脸，翻看着一个记录本："蹲守四天，就只有三十四个客人来吃饭？"

麦坤说:"周围街坊看我们换了人,都不来吃早茶了,其他来过的人都跟踪了,没发现异常,除了一个。"

"一个什么?"

"一个客人跟丢了,不过那个人没什么异常。"

"跟丢了就是异常!他什么样子?吃了什么?点了什么?说过什么?有记录吗?"

廖四六烦躁地翻着本子,麦坤连忙上前帮他找到某一页。

廖四六盯着本子,念念有词:"普洱、叉烧包、虾饺,后来又要了肠粉、艇仔粥,问了棉花鸡,没有,问了脆皮乳猪,有,但没有要。付的钱是日本军票。"

"我看过记录,没什么异常。"

"先要了一盅两件,为什么会追加肠粉和艇仔粥?"

"饭量大?"

"自己什么饭量不知道吗?而且吃了一口叉烧包就追加肠粉、艇仔粥,他这不是饭量大!"

麦坤不解。

"后厨做饭的是谁?"

"为了保密,从伙计到客人都是我们自己人,厨师是警察局食堂的。"

"食堂的饭能吃吗?喂狗都不吃。"廖四六露出鄙夷的神色,周围的警察都露出理解的笑容,"就是这个叉烧包露了馅儿。这个人也谨慎,又要了其他的来品尝,确定这厨子不是开酒楼的水平。"

"可是他全都吃完了啊!"

"这恰恰是他有问题的证据。食堂的饭你们谁能吃得完?他坚持吃完了才走是为了不引起怀疑。够隐忍!错过了抓他的机会,这个地方不必蹲守了。"

众人都连连点头。

"抓起来的掌柜、伙计和厨子怎么办?"麦坤问。

"再审几天,没收获就放了。这荒郊野外的也没什么油水,别浪费精力了，通知各路兄弟，我们要找的人对食物很在行，是个高手。"

众人轰然答应。

南北杂货行里，孙掌柜和叶葱葱、东坤、蔡汉民等骨干低声交谈。

孙掌柜说："接头地点被廖四六破坏了，我们跟香港派来送电台的人失去联系，也跟上级失去了联系。"

东坤问："要不要派人去香港……"

孙掌柜说："去了也不知道找谁，现在除了半副接头暗号，我们没有一点线索。"

陈卫手里也只有这副接头暗号，完成不了麦啸文的嘱托。他写信给麦啸文，用隐语告诉了他这件事，但一时没有得到回复，不过他现在想到了一个办法。

"老谭，我想去踢日本料理的馆。"

"明月家日本料理？怎么踢？"

"硬碰硬地踢。那个小泽什么的不是自夸厨艺好吗？我出一道菜谱，看他能不能做出来。"

"他要是能做出来呢？"

"我把锅吃了。"

谭森森下楼来，到处找水喝。

陈卫的视线追随着她："森森找到工作了吗？不太好找吧？实在不行，咱们合伙做个什么买卖吧？"

谭森森没理睬他："爸爸你别听他的，他就是脑袋一热，瞎说八道呢。"

陈卫来了精神："我真去踢馆，你敢跟我打赌吗？"

"警察局还在抓你，大摇大摆地去打擂台，这叫老鼠舔猫鼻子。爸爸，你可躲他远一点儿吧，别让警察连你一起抓了去。"

谭耀亨说："对啊阿卫，警察局现在是廖四六当家，那可不是个好东西。"

陈卫正色道："我就是冲着他来的。"

谭家父女都不解。

陈卫说:"我骂汪精卫出了一口气,警察局要抓我,我认!一人做事一人当,可他廖四六抓不到我,就杀别的厨师交差,这不能忍,我早就想回来跟他周旋周旋了。"

谭耀亨也有点兴奋:"你打算怎么做?可不能被他抓住。"

"当然,他不是爱拍日本人的马屁吗?我就踢日本人的屁股打他的脸。"

谭耀亨越发兴奋:"好好好,事了拂衣去,千里不留行。"

谭森森泼冷水:"你们以为警察、密探、宪兵队都是摆设?"

谭耀亨说:"只要掐好警察们赶到的时间,来得及跑。"

谭森森说:"就没人认出你们俩的长相?就算当场没抓住,人家还能找不到这里来?"

谭耀亨醒悟:"对呀!"

陈卫笑而不语,谭森森不满地哼了一声:"装模作样。"

小泽小太郎是个勤奋的人,早早就打开门,准备营业,但是今早他开门出来,迎面是一片举起来的照相机和一群记者。他们按动相机快门,七嘴八舌地询问着:"请问你将如何应对挑战?""你害怕吗?""你跟陈卫的恩怨是怎么回事?""真的是你抢了这家酒楼吗?""请你发表看法。"

莫名其妙的小泽小太郎顺着他们的视线回头仰望,晨风吹拂着一张巨大的白布,挂在明月家日本料理店的招幌上。白布上墨笔大字,第一行写着:"香港厨王陈卫挑战日本料理,可敢应战乎?"第二行是一道菜谱:"虾仁压碎成茸,加盐打制起胶,虾七肉三切粒肥猪肉和火腿茸。三日后可敢一试乎?"

谭耀亨和陈卫勾肩搭背从一家报馆走出来,他们贴着墙边快速离开。

谭耀亨说:"报馆答应明天见报,我虽然不写文章久矣,但还有点影响力。"

陈卫戳穿他:"是广告费给得足。"

"没我出面,有钱也没人敢登。你打算哪天踢馆?"

"现在肯定炸了锅了，我偏不急，先吓唬他们几天。"

"可敢应战乎的乎字是点睛之笔。"

"点睛之笔在那半道菜谱。"

谭耀亨不满地说："对了！你怎么能拿百花酿鸭掌的菜谱出来？虽然只有半道，万一有人揣摩出全套的呢？"

"那就公开呗！"

"呸！咱们俩研究了这么久才搞出来的菜，你说公开就公开？"

"放心吧！咱们俩珠联璧合才拿出来的，别人又怎么能揣摩出来？日本人更不可能了，他们连这道菜是什么都不知道！"

那块神秘的白布，后来堆在了廖四六的桌上。廖四六送小泽小太郎离开，小泽鞠躬："给你添麻烦了。"

廖四六说："是我治安有漏洞，让你受惊了，我会尽快处理。麦坤，送小泽先生出去。"

麦坤送小泽小太郎离去。廖四六叫过周少雄和区淮："查、抓，务必不能让陈卫惊扰了日本人。"众人齐声答应。

廖四六说："如果真是陈卫回来了，让木棉酒家值过班的人去认认。"

麦坤说："廖局是说……"

廖四六说："他可是个懂菜的高手，先查查看。"

9

金慧荣一脸脏兮兮地趴在地上探头向山下望着，山坡下一座小村庄炊烟袅袅。金慧荣转回身，身后是一支疲惫的队伍，差不多人人带着伤，衣衫褴褛，有气无力地委顿在地。

邝庆奎从队伍后面提着枪走来："怎么样？再不走又追上来了！仆街！这些疯狗是甩不掉了。"

"必须休整一下，吃点热乎东西，要不没有战斗力。"

"哪里还有粮食？"

"我去下面的村子看看。"

"不行。山区的村子都养着护院炮手，枪不比我们少。"

"我们是打鬼子的队伍，能跟他们讲道理。"

邝庆奎不以为然。

"我去试试，你们原地休息。"

邝庆奎还在犹豫。

"同志们必须休息一下，要不士气就垮了。"

"你一个人去，不一定能活着回来。"

"带人去人家更有戒心。等我回来吧。"金慧荣摘下手枪递给邝庆奎。

"枪也不带？"

"万一光荣了呢！别浪费。"金慧荣走上山坡，消失在山坡下。

邝庆奎嘀咕："这死脑筋。"

转身，他向手下下命令："做好准备，金政委死了给他报仇，攻进去有吃、有喝、有钱拿。"

山坡下，金慧荣瘦小的身影向炊烟处走去。

小村村口筑着土垒的高墙，村中青壮年持着火枪、红缨枪、粪叉、锄头等守在墙头，看着金慧荣走近。一个嘴里嚼着槟榔的大汉站在最高处，抱着一支正经步枪。大汉举枪射击，子弹打在金慧荣身边，溅起一片泥土。金慧荣举起手，拍打着自己身上示意没有带武器："乡亲，我是抗日游击队的，我没有恶意，我们跟日本鬼子打了几仗，路过贵宝地，想借点粮食。"

那个大汉还在不断地开枪，炫技一般地把子弹射在他的身前身后，但金慧荣的声音都不带停顿的，平静地说完这些话，人也走到了高墙下。

"是村里请的炮手吧？不必浪费子弹了，请村里长者露面说说话。"

花白胡子的村长被簇拥上了高墙："壮士，我们村子贫瘠，没有余粮啊。"

"一粥一饭足矣，抗日游击队会感激你们为抗日做的贡献。"

"抗日不关我们村子的事,村里有祖训,不得参与国事。"

"国事就是家事,国有难,家又怎么保得住?"

"我们村子离广州远,日本打不过来。"

"我就是广州人,我住在西关,我已经站在村口了,你们离战火还会远吗?山上是我们的队伍,隔着一道山还有追我们的日本军队。"

墙头上一阵慌乱,村长急了:"你们带来了日本人!"

"日本人来了,不会就占一个广州,所有的城镇、村子都会被他们占领,你们筑起高墙是为了防外敌,我们打游击也是防外敌,我们应该是一家人。"

村长还在犹豫。

"覆巢之下岂有完卵?"

村长正要开口,身边那个嚼槟榔的炮手突然举起枪来,随即,墙头的青壮汉子都举起了土枪和叉子。

金慧荣回头看去,山坡上,邝庆奎带着游击队员们向这边走来,他们拉成长长的横列,看起来有漫山遍野的感觉。

炮手猛然把枪口指向金慧荣。

"我说了上面有我们的队伍,我没有带枪来,只是想跟你们讨一碗热粥。"

"那这是怎么回事?"

"同伴担心我的安全。"

金慧荣转身,向着远处的邝庆奎高举双手交叉着,邝庆奎举起手来,身边的战士都停下来。

"既然惊扰到乡亲,那我们这就离开。"

村长吃惊:"你们这就走?"

"我们的部队,不拿群众一针一线。"

金慧荣转身离去。

村长道:"那……容我们奉上薄酬。"

金慧荣抱拳:"不必了。"

"你们是哪家的队伍？我们定送上锦旗彰显诸位。"

"我们身上的伤，就是我们的奖章。"

村长看着他的背影，突然着急地喊起来："壮士留步！"

村外山坡下，村民们挑来了一担担冒着热气的瓦罐，里面有粥有菜，他们给游击队员们分盛着粥。村里的女人们自带针线，在喝粥的战士们身边给他们缝补衣服，战士们面红耳赤，不敢乱动。另一批人正整理着成担的粮食和腊肉，还有不知道多少煮熟的鸡蛋，滚烫地塞到战士们的口袋里。村长站在邝庆奎和金慧荣面前，把两包银元和一布袋丸散丹药交给他们："来不及准备，把村里各家的成药搜了一些出来，都是从广州的大药行买的正品货，你们带着，治个头疼脑热肚子疼什么的。"

邝庆奎说："谢谢老人家。"

"应该的，你们拿性命打鬼子，我们无动于衷，还是人吗！"

"我们会到山那边跟鬼子打一仗再走，不让鬼子发现你们这里。"

村长拱拱手："这位小哥说得对，覆巢之下岂有完卵，我们躲得了一时也躲不了一世，放心吧，我们会做些安排，日本鬼子来了，我们就躲到山里去。"

10

南禄药坊外，舞狮、鞭炮，非常热闹，三国有喜和陈山河共同揭开了牌匾上的红绸，露出"何记古方发冷丸株式会社"的牌匾。宾客们鼓掌叫好，一眼望去，日本药商鹤田、香取、野泽、麻生和中国药商贾掌柜、邱掌柜、胥老板等都在场，只不过中国商人表情冷漠而日本商人却很兴奋。有个穿长衫的账房先生靠近三国有喜和陈山河，低声说了句什么，两个人的神色都冷了下来。

药坊内，工人聚集在一起，都转身背对着外面坐着，三国有喜和陈山河望着一屋子背影。

陈山河问："什么意思？跟我玩罢工这一套？徐老爷子？你说说？"

徐联仲闷哼一声，闭上眼睛。

陈山河说:"干什么啊?不想过日子了?敢罢工?你们到底要干什么?今天是大喜的日子,我不想发脾气啊。"

他又叫喊了几句,人群里传来小菊怯怯的声音:"山河大哥……陈老板。"

陈山河看着人群里站起来的小菊:"小菊是吧?你来说!你们这是要干什么!"

"陈老板,你不能……南禄药坊不能是日本人的啊!"

三国有喜怒道:"八嘎!"

陈山河连忙把他往外推着:"行啦,行啦,这里我来处理,你去陪客人喝酒。"

三国有喜还要挣扎着说什么,陈山河凑到他耳边:"我的人我来搞定,给我个面子,去吧、去吧,不耽误开工。"

三国有喜不情愿地离开,陈山河板起脸说:"谁跟你们说南禄药坊变日本人的了?我才是大股东、大老板!再说这是你们该管的事吗?我给钱你们干活!没这份工作你们都得饿死。保命要紧不懂吗?都起来开工!"

众人有些骚动,但没有人站起身。

"拆我的台是不是?徐老爷子,我是看在徐南禄的面子上,才强行复工让大家有口饭吃。不拉上日本人一起干,我复工一天就赔一天,我能赔几天?我破产了你们大家还怎么过日子?"陈山河不耐烦起来,"想干的就起来干活,不想干的趁早滚蛋。"

工人们骚动起来,小菊站起身,穿过人群,径直走向大门。陈山河冷冷地看着她,小菊又转回身看向陈山河:"你这样,对得起何姑吗?"

陈山河忍住怒火,无声地向外面指了指,小菊离去。

药坊的工人们都不肯上工,陈山河决定"擒贼先擒王",他在路上堵住了提着几棵青菜走来的徐联仲。

徐联仲怒道:"拦住我干什么?我宁可全家饿死也不给日本人干活。"

"如果是给徐老板干活呢?确切地说,是给游击队做药呢?"

505

徐联仲审视着他。

"是徐老板让我来见你。"

"有什么证据?你说是就是?"

"本来是写了封信,不过怕路上有闪失,就烧了。"

徐联仲转身要走。

"徐老板说跟你提'黑炭头'三个字,你就相信我了。"

徐联仲果然停下脚步:"他要你干什么?"

陈山河惊喜:"你相信了?"

"让你干什么?"

"让我给他们提供粮食、药品,还有钱吧,这个他没提,但我觉得缺不了,所以你们得回来开工啊。"

"你跟日本人合股……"

"要靠日本人才能把东西送过哨卡,这个理由够吗?"

徐联仲点头:"我没本事把药品弄过关卡。好,我召集大家回去开工。"

"太好了。对了,徐老爷子,这个黑炭头有什么秘密?你给我讲讲呗?"陈山河追着徐联仲。

"黑炭头是个外号,真名叫杨殷,是陈李济的工人,在陈李济搞起了共产党的工会,我是工会会员,南禄也常来找我,跟着参加了不少工会的活动。杨殷很有威望,我们都叫他黑炭头大哥。"

"有威望还被叫黑炭头?"

"他长得黑嘛,他是陈李济的女婿呢!"

"难怪南禄药坊能挂上陈李济的招牌,是因为这个关系吧?"

徐联仲得意地笑而不答,陈山河满意地离开,他不知道的是此时此刻,廖四六已经带人进了他的家。

廖四六在屋里转悠着,手下的几个警察在各处检查拍照,将床上的两副被褥、门口的两双木屐、灶间的两副碗筷都一一拍照。墙边放着两个竹筐,里面是满满的花生,廖四六抓了一把吃着。

麦坤从床下拽出一个包，里面是黄祁全送给陈卫的一沓港币和西药。麦坤问："充公吗？"

廖四六说："别老是盯着鱼饵上那点肉，要钓大鱼，工作要细致。"

廖四六从口袋里摸出手套戴上，拿起其中一个碗倒扣过来，碗里滴出了几滴水，他又拿起另外一只碗，碗是干爽的："这说明什么？"

麦坤张口结舌。

"如果其中一只是陈卫的，那么他至少有一天没有回来吃饭了。"

"说明他还有别的落脚之处？"

"继续找，菜艇、谭耀亨家、菜市场，还有各家酒楼的后厨。"

门口的周少雄低声说了一句："廖局，他回来了。"

"你们去忙，我跟他聊聊。"

麦坤等人鱼贯而出，随即，一脸诧异的陈山河走了进来："以后我给警察局配一把钥匙吧？"

廖四六说："不用，开锁我们有的是技术手段，你弟弟陈卫呢？"

"不知道，失踪很久了。"

廖四六指指床，又指指碗筷，再指指门口的木屐。

"他只是失踪又不是死了，家里留着他的东西，也正常吧？如果他回来了，我会大义灭亲，送他去自首。"

廖四六在身上摸了摸，从裤子口袋里摸出一沓报纸甩过去："你弟弟干这么大的事，跟你商量了吗？"

陈山河看到了报纸上的那张白布的照片和标题：广府名厨陈卫挑战日本料理，半道未名菜谱难煞天下英才。

"同名同姓吧？我弟弟哪有这个胆量？这不是找死吗？不可能是他。"

"他是我们警察局明令通缉的犯人，这张报纸挑战的不是日本料理，而是我廖四六的脸面，你转告他……"

"我没法转告，不知道他在哪里。"

"那我不管，你反正得给我转告明白。"

"可我人都见不到怎么转告？别耽误了你的事。你还是另想办法吧。"

廖四六被噎住，勉强继续说下去："别插嘴！听好了！告诉陈卫……"廖四六思路和气势都断了，他恼怒地把没吃完的花生丢在桌上："告诉他，给我小心点儿。"

陈卫登在报纸上的消息也引起了地下党的注意。南北杂货行里的叶葱葱等人传看着报纸。

"这上面的半道菜谱，就是约定的接头暗号，这不会是偶然的，这是陈卫在向我们发出的信号，他就是要跟我们接头的人。"孙掌柜很肯定。

叶葱葱问："会不会太巧了？陈卫怎么会成为我们的人？"

孙掌柜说："他本身就是烈士子女，又痛骂过汉奸汪精卫，有着强烈的爱国情怀。"

东坤问："我们该怎么接头？"

孙掌柜说："他已经告诉我们了，就在三日后对日本料理的挑战中，大家记住这半句接头暗号，不要错过机会。"

陈卫还不知道那篇报道最终会带来什么结果。他此刻正看着谭耀亨打开一个绸缎包裹，露出里面一个纹章小瓷碟："差不多一百年前吧，我家祖上做十三行的生意，给英吉利国一个大家族烧瓷器。你看，这是他们家族的族徽，哦，叫纹章，每一件瓷器上都有。我家祖上典房子、卖地接下这单生意，烧的瓷器装了好几船。"

陈卫问："然后呢？"

"英吉利国的那个家族打仗失败被灭了，货也没人要了。谭家就破产了，只传下一套瓷器，代表谭家重现辉煌的期待。"

"现在只剩一个了？"

"盛年不重来，一日难再晨，及时当勉励，岁月不待人。看你跟日本料理斗法，我热血沸腾，年轻人就该做年轻人的事。"

"老谭，是咱们一起。"

谭淼淼沉着脸走进来，把一沓报纸丢在桌上。

谭耀亨惊喜："已经登出来了？阿卫，我的面子还管用吧？"

"陈卫，你不要住在我家了，以后也不要来。"

谭耀亨责怪："淼淼！你说什么呢！"

"你们非要去踢什么馆，还这么大张旗鼓，我惹不起，你要赖在这里不走，那我走。"

"哪里有这么严重？"

"爸爸，你少跟这种人掺和，什么陈英雄！无非是好勇斗狠、沽名钓誉。"

陈卫说："如果出了事，警察也是来抓我，与你没有关系，我倒是好奇了，你究竟在怕什么？难道你的身份见不得人？"

谭淼淼没有回应。

谭耀亨说："对呀，是不能见人啊！你提醒我了！淼淼是该小心点儿，我跟你说过她以前闹过学潮。阿卫，还是别踢馆了，要不你就搬出去住？"

陈卫说："行啊老谭，你这过河拆桥的本事挺高啊。"

谭耀亨说："这房子就算我跟你借钱租的，你可以回家跟你哥哥住啊！"

陈卫盯着谭淼淼："为一点点可能的危险就赶我走，你是不是太谨慎了？"

谭淼淼说："我就是不喜欢跟陌生人住。"

陈卫说："行，嘴真硬。"

谭淼淼说："我说的是真心话，你那不叫勇敢，而是鲁莽。"

"看来咱们俩的字典不一样，走了老谭，三天后去砸场子。"陈卫离开。

陈卫回去找陈山河，陈山河压低声音："你怎么还敢回家来？"

"我怎么了？"

"上了报纸！还想不到人家会来家里抓你？"

"我回来拿东西。"陈卫直奔那两筐花生，把花生倾倒出来，又东张西望寻找一番，跑到桌前，拎起桌布的两个角，猛然一抽，桌布被迅速抽下来，原本在上面的茶壶茶杯平稳落在桌面上。

"漂亮吧？香港广州大酒家人手不够，我不光干后厨的活儿，铺桌布也练出绝技了。"他把桌布铺在地上，从花生里扒拉出一堆拆开的零件，数着数量放在桌布上。

"这是什么？怎么混在花生里？"

"一点小生意。"

"什么生意？都是零件？什么零件？枪？你可别乱来。"

陈卫把零件包在桌布里打成包袱背在肩上，径直走到窗边："你不用管我。"

"等等！外面有人。"

"我来的时候没有。"

"一定有。"

麦坤和周少雄蹲在阴影里，监视着陈山河的家，麦坤低声嘀咕着："我打赌他不可能回来，肯定在哪个小旅馆睡得正香。"

周少雄说："算了，咱们廖局喜欢搞形式主义，非让我们熬成这样才够敬业。"

麦坤说："听说是以前邝局长的传统，一脉相承。那是？"

窗户被推开，一个人影蒙着脸跳了出来跑向黑暗中，麦坤和周少雄连忙追过去，同时吹响了警哨。

陈卫躲在窗边，看着陈山河引着两个警察跑进黑暗中，他推开窗户跳了出去。

陈山河摘掉蒙面的布埋头奔跑着，周少雄和麦坤紧追不舍，迎面的几道手电亮起，锁定了他，他遮挡着眼睛，廖四六走了过来："大半夜的，你跑什么？"

"饿了，想去吃个宵夜。"

"还蒙着面跳窗户？知道门口有人守着？"

"不知道啊！从后窗出来能抄近路，我经常这么走，跳自己家窗户犯法吗？"

"带回去。"

"等等！为什么抓我？我要见律师，见我的合伙人。"

"别开玩笑了，还律师！"

众警察都笑起来。

"我要见我的合伙人，明天早上我们有重要生意要出货，我必须跟合伙人交代一下，否则他会破产。"

"你的合伙人就是日本人三国有喜吧？以为找到了一个护身符？告诉你，在我面前不管用。"

"你会后悔的。"

三国有喜得知陈山河被捕，找到阮飞舟这里来了："你说过保护我们经商，现在我的利益受到了严重伤害，我要求得到保护。"

阮飞舟说："不要急！你说的严重伤害，是因为陈山河被抓进警察局？"

"对！看来你就是那个警察局长背后的人了？"

阮飞舟否认："什么背后的身前的？不过是因为宪兵队对警察局有指导义务，经常在工作上打交道。"

"我不管那么多，陈山河必须放了。"

"你不是很想置他于死地吗？他私通游击队，为他们提供药品，这是死罪。"

"你说提供就提供了？你有证据吗？没有证据就是诬陷！他是我合法的股东，他受到诬陷，就跟我受到诬陷一样，我会保留向你的上级抗议的权利。"

"别以为我不知道你们合伙做假药，合伙走私。我也知道你手里有通行证，但只要我追究下去，敢给你发通行证的同僚和你都会完蛋。"

"欢迎你追究下去，我还是那句话，私通游击队也好，走私药品也罢，拿证据来。没有的话，你就应该放人。"

阮飞舟揣摩着他的意思。

"你有证据，我不会包庇他，毕竟我也是日本人，但没有证据就抓人，我一定要讨个公道。"

"你知道不知道,你担保他是要付出代价的。"

"他的事我清楚得很,他跟廖四六有杀父之仇,廖四六抓他是公报私仇,他也不可能跟游击队勾结,他不是那种人。"

"他是哪种人?"

"是个坏人!贪婪、心狠、有手腕、眼里只有钱。他还是个亡命之徒,很轻贱生命,这样的人怎么可能是好人?"

阮飞舟似乎被三国有喜说动了。

警察局里,廖四六隔着栅栏跟陈山河说话:"你也不是第一次吃我们这里的饭了,还可口吗?"

"株式会社一周发一次货,用每次发货的钱继续支持生产,今天错过了发货收不到钱,我们株式会社的生产就会停顿,停工的损失,我的合伙人是无法承受的,他一定会大闹一场。"

"不就是三国有喜吗?我会怕他闹?"

"我还是大东亚医药学促进会……"他停顿了一下,似乎忘了准确的名字,"……的高层领导,靠山是宪兵队。"

电话铃响,警察跑来叫廖四六接听,廖四六去接电话,眼神却一直盯着陈山河。陈山河举起手铐,向他做了一个要求解开的动作。廖四六挂断电话,挥手让手下解开手铐脚镣:"这次你运气好,不过我会一直盯着你,看你什么时候露真容。"

被释放的陈山河宴请三国有喜,面子功夫做得足足的。他向三国有喜举起酒杯:"大恩不言谢,都在这杯酒里了,我先干为敬。"

三国有喜也举杯喝酒,但依旧愤愤不平:"我们生意火爆,惹得同行眼红了。"

"你说这背后,是日本同行做手脚?"

"一定是这样的,否则那个警察局长不会不顾忌我的身份,只有他背后也是日本人,他才敢对我下手。"

"咱们怎么办？"

"当然继续了！你不用担心，我会保护你，保护我们生意的安全，但是……"三国有喜严肃地看着陈山河，"绝对不能跟游击队做生意，如果这方面被抓住痛脚，我也无能为力。"

"游击队？我连他们是方是圆都不知道。"

"那就好。为了我们的事业，我会盯着你的。"

南禄药坊又恢复了繁忙，一系列制造药丸的程序有条不紊地进行。主料、辅料混合在机器中，搅拌、烘干、成形。女工们在手工装瓶，药瓶外贴上标记，一箱箱药物被搬上了手推车。

"等等！"三国有喜检查着车上的药物，"这些是什么？这不是发冷丸。"

陈山河说："是我自己生产的药，不算在株式会社里。"

"你要用我的渠道把这些药运出去？"

"都是些常备药，一起运出去是为了掩护发冷丸啊。现在城里有很多人打着爱国的旗号抵制我们的发冷丸，要是被他们知道，难免会有麻烦。"

三国有喜将信将疑。

陈山河说："你不信我的话？那你来准备打掩护的药好了。"

"什么药？"

"就我这种，你自己看。清脾饮、芍药汤、止嗽散……"

"我没有。"

"那你啰唆什么？"

三国有喜犹豫了一下，说："宪兵队说，要严格限制药品流出广州，以免落到游击队手中。"

陈山河笑起来："游击队要这种药有什么用？治咳嗽吗？打仗要的肯定是磺胺、止血药、枪伤药之类的啊。"

三国有喜还是有些怀疑，陈山河打开药箱："你随便抽查，顺便检查一下我们南禄药坊的药怎么样。"

三国有喜讪笑着，但还是眼疾手快地抽了一些药握在手中："那我就学习学习。"

油灯下，谭耀亨打着呼噜睡得正香。

陈卫在油灯下组装着发报机，他的手指灵活地动着，零件渐渐组合在一起，时而还要回想一下拆卸时的样子，调整安装方式。头顶的木楼板传来谭森森走动的木屐声，陈卫停住手，抬起头凝神听着，还随着木屐声的移动转着头。谭耀亨的呼噜声突然停了，陈卫吓了一跳，有些心虚地探头查看。他也不知道心虚是因为发报机，还是因为别的什么。陈卫继续安装着，桌上的零件越来越少，其中偶尔还有几个花生，也被他剥开吃了。直到最后桌上还剩下一个类似弹簧的很小的零件，发报机已经装好了，居然多出一个零件没装进去，陈卫拿着它傻了眼。天亮了，发报机已经收到不知道什么地方了，陈卫手指间旋转着那个零件发着愣。

谭森森提着一堆早点走进来，摆在桌上："大老爷，动一动手呗？"

陈卫把零件握进手心里，张罗着摆放："在哪里买的早点？以后我来做就是了。"

"不敢当，昨晚只是让你借个宿而已。"

"知道、知道，不住这里也不妨碍我来做早点。我刚见到我妹妹那会儿，天天跑到她租的房子楼下，包下旁边的早点摊子给她做早餐，顺便卖给街坊们吃。那个早点摊出了名，听说要盘下酒家啦。"

"也不知道是不是吹牛。"

"你吃过就知道了，保证你一吃就忘不了，有句诗怎么说的来着？一见什么误终身，你这就是一吃美食误终身。"

陈卫说得得意，手中的零件掉在桌面上，他连忙去抢，被谭森森一把抢过去，翻来覆去打量着。

"这是什么？"

"说了你也不知道，还给我。"

"这是电键下面的弹簧,你怎么会有这个?"

"你认识?你怎么会认识这个?"

"我……我大学学的是物理呀,做实验经常见。"

陈卫茫然地点头:"屋里?谁屋里?"

谭淼淼突然笑了起来,笑得拍桌子:"可惜我爸爸出去了,真应该让他听听,他中意的这位天才不懂物理、化学是什么。"

"化学?哦!你说的是物理化学的那个物理啊!你发音不准呀!哪儿的口音?还屋里!"

陈卫伸手要零件,谭淼淼握在手心藏在背后。

"你怎么会有这个零件?"

"我做生意的嘛!准备走私一点儿零件卖,这是样品。"

"是吗?"她狐疑地盯着陈卫的眼睛,陈卫坦然,两个人对视,还是谭淼淼先败下阵来,"我不管你的事了。"她转身上楼,陈卫走到角落,拉开柜子门,发报机就放在里面,他迅速地安装着这个零件。

11

谭耀亨和陈卫趴在桌上低声商量着:"抓你的人肯定早都埋伏好了,所以明天你不能露面。"

"好,我不露面。"

"我找了好几位广州的大厨、大酒家的掌柜,我们作为见证者,登门问个结果,小泽那小鬼子要是真做出了百花酿鸭掌……"

"那我就认输。愿赌服输嘛!但是百花酿鸭掌的菜谱只有你我知道,他从哪里能学到?所以我不会输。还是老谭你有本事、有人脉!如果有人能说出这个菜谱……"

谭耀亨说:"不可能。"

"听我说,如果有人私下找到你,跟你说了这道菜谱的后半截,就是鸭掌处理的那部分,你就跟他握握手,告诉他我会跟着他走的。"

谭耀亨蒙了:"什么……什么意思?什么乱七八糟的?"

"别打听,照着做就是了。"

谭耀亨还要不依不饶地问。

陈卫说:"你不帮我,我就自己去,那可就难保性命了。"他看到楼梯上的光影变化,知道谭淼淼正在楼上偷听,提高了声音,"不像有些人胆小如鼠,为了自己安全,把给她租房子住的人都轰了出去。"

谭淼淼索性下来,说:"爸爸你能不能不去?有人要发疯让他自己去发。"

谭耀亨说:"你们俩又要吵?八字不合就别往一块儿凑,你下来干什么?"

"我喝水。"

谭耀亨说:"喝完就上楼去,我们还有正事要谈。"

"不就是商量怎么作弊吗?陈卫,究竟是什么原因,让你觉得能逃脱抓捕?"

"要不要跟我打个赌?我赢了就搬回来住。"

谭淼淼转身就走:"懒得理你。"

一夜无话。第二天一大早,日本料理店门外就站满了看热闹的人,记者们都兴致勃勃。小泽小太郎和冈田站在门口等待着,廖四六指挥警察们在周围潜伏下来:"不知道他几点来,你们照常营业,他敢来就别想回去了。"

小泽鞠躬:"那一切就拜托了。"

陈卫背着一个包袱,趴在远处的房顶上,用一个单筒望远镜观察着人群。

谭耀亨带着几个大厨模样的人,在记者们簇拥下走到桌前:"我们广州粤菜界的同人,从报纸上听说了今日的赌赛,特意来开开眼界,不知你做出那道菜没有?"

小泽起身鞠躬:"我不知道这个菜谱对应的是什么菜,从我的分析来看,菜谱并不全。"

谭耀亨说:"对你们日本人来说是有些难度,我想问问大家,有人知道这是什么菜吗?"

众人面面相觑,人群中,孙掌柜、叶葱葱、东坤等人散在各个方向,东坤看向孙掌柜,孙掌柜缓缓点头。

东坤举手:"我知道!这是广州大酒家的新菜,叫百花酿鸭掌,后半截做法我记得,用姜葱水煮熟鸭掌,从掌背起出骨头,去筋和掌枕,再按照一掌三钱馅料的比例酿入虾胶,将鸭掌捏回盏形下锅半煎炸。这道菜,虾胶蒸好后艳红如百花初开,所以叫百花酿鸭掌。"

众人轰然叫好,都看向东坤,廖四六吩咐手下:"查查他是不是去过木棉酒家的。"

陈卫用单筒望远镜看着东坤的样貌,他的望远镜突然移动了一个位置,来回寻找一番,定在了谭森森脸上,她正好奇地东张西望。陈卫自语:"她来捣什么乱。"他再次移动望远镜,却发现东坤已经挤出人群。谭耀亨眼神复杂地看着东坤离去,他俯身到小泽面前:"怎么样?百花酿鸭掌,能做出来吗?"

小泽小太郎强撑着:"我为什么要做?不是我要比试的!"

谭耀亨说:"这不是比试,这是挑战,当然,你做不出来或者不敢接受,也是一种鄙视,鄙夷的鄙。"

小泽小太郎听不出有什么区别,喃喃自语:"虾胶怎么可能艳如百花?怎么可能?"

谭耀亨扬眉吐气:"大中国美食,蕞尔小国懂个屁!"

一门之隔,廖四六等人在看着外面,周少雄嘀咕着:"这算什么事儿啊?一个菜谱,各说一半,接头呢?"廖四六猛然惊醒,死死盯着周少雄,周少雄吓了一跳:"我开个玩笑。"

廖四六果断道:"不是玩笑!追那个人!"他拉开门冲了出去,一群警察连忙跟上,他们撞开门口的人群,一路狂奔而去。

陈卫脚步轻快地走着,他追上东坤:"百花酿鸭掌的关键,是鸭掌要新鲜。"

"你是陈卫？"

"如假包换。"他把包袱交给东坤。

身后传来密集的警笛声和脚步声，陈卫钻进侧面的窄巷，东坤把包袱交给赶过来的叶葱葱，叶葱葱把包袱放进菜筐里背在身上，迎着军警的方向走去，军警们和叶葱葱擦肩而过。

谭淼淼抱着包袱走来，突然发现路边凉茶摊前，陈卫正好奇地看着她，尤其是盯着自己的包袱。陈卫认出她提着的包袱正是自己交给东坤的那一个，陈卫有点诧异地看向谭淼淼，谭淼淼反感地皱眉。陈卫说："相请不如偶遇，来，请你喝凉茶。"

谭淼淼说："你出了大风头，还不赶紧跑？"

"我找你爸爸庆功啊。"陈卫伸手去拿包袱，"我帮你拿。"

谭淼淼连连躲闪："不用、不用。"

陈卫不由分说还是抢了过来，让谭淼淼很不安。陈卫叫来伙计替谭淼淼要了凉茶："午时茶吧？什么东西啊？还挺沉。"

"我的生意，对，我要做的生意。"

"什么生意？"

"暂时保密。你别乱摸！再摸就给我放下！"

"还急眼了！不摸就不摸！我觉得是个盒子，对不对？"

"对不对都跟你没关系。你……你们别在家里庆功，想去哪里去哪里，就是别在家里。"

"为什么啊？我就是厨师我还要出去吃别人的饭？我还准备做百花酿鸭掌呢！就是今天比试的那道菜，虾胶蒸出来的时候……"

谭淼淼克制着："艳红如百花初开。"

"是啊！你不想亲眼看看、亲口尝尝吗？"

"你的鸭掌呢？"

"你答应了？我这就去准备，晚上请你吃大餐，庆祝你……"

"庆祝什么？"

陈卫拍拍包袱："要开张做生意了啊！"

窗外的晾衣架就是发报机的天线。谭淼淼戴着耳机操作按键，收发着电报，嘀嘀嗒嗒的声音在响着，所有的窗口门缝都用棉被遮盖，四面墙壁也贴着棉被吸音，结果就是谭淼淼热得满头大汗。电文记录下来，她迅速收拾好电台，然后关灯，打开了窗户，凉风吹进来，她凑到窗口贪婪地吹着。随即她拿过一本康熙字典，一边翻查字典，一边译着电文，笔尖在抄录的数字上移动，嘴唇翕动，无声地数着数字，手指尖在字典的字里行间移动，停留在某个字上。最后谭淼淼把抄着编码的纸条点火烧毁，字典被放回原位。

陈卫走在街头，他抬头看向谭淼淼家的二楼窗口，皱起眉来，因为窗口蒙着布。

谭淼淼推开窗，把脸凑到窗口，呼吸着外面的清凉风，她突然愣住。街道对面，陈卫正靠在骑楼的廊柱上，脚下放着一个木桶，抬头看着她，两人目光对视，陈卫灿烂一笑。随即，谭淼淼依旧坐在狭小的楼梯上喝着汽水。脚下放着装满水的木桶，里面还浸泡着几瓶汽水。

"小时候，汽水叫荷兰水，我妹妹最喜欢喝了，爸爸妈妈不让她喝凉的，我跟大哥就一人给她买一瓶，一个买凉的，一个买不凉的，让她兑起来喝，正好不凉不热。"

谭淼淼没有回应，专心喝汽水。

"渴坏了吧？冰室汽水太凉，我怕你喝了肚子疼，但是不凉的又不解渴，就要了一桶水，这样正好不凉不热，再来一瓶？"

谭淼淼摇头："你平常都这么……关心别人？"

"也分人，你爸爸皮糙肉厚，我才不管他呢！"

"那你也不用管我，我不需要照顾。"

"这是我的绅士风度，绅士风度就是不管你需不需要，反正我需要。"

"我爸爸说，你这人特别胡搅蛮缠，还真是。"

"我就当他是夸我了。你身体怎么样？有没有什么头晕、头疼、怕风、怕光之类的毛病？"

谭淼淼戒备地问:"你干什么?你管得着我吗?"

"如果没有这些毛病,大白天拿被子堵窗户就太奇怪了。"

"我愿意。"

"等巡警也觉得奇怪找上门来,看你还会不会这么回答。"

"我当然会。"

陈卫盯着谭淼淼的嘴唇看了看。

"干什么?"

"看看你的嘴为什么这么硬。"

谭淼淼抹抹嘴站起来:"莫名其妙。对了,我的生意要开张了,你来捧个场吧。"

骑楼下的廊柱上,钉上了一块不大的"美丽照相馆"的招幌,陈卫和谭耀亨都无言地看着。从大门可以看到,谭淼淼正在屋里忙碌着,一台立式照相机占了屋子中间的位置,墙面上悬挂着一块幕布。

陈卫问:"你给她出的主意?"

谭耀亨说:"是你出的钱。"

"她可没说是做这个生意,我们晚上睡在哪儿?"

"照相机可以挪动。"

"你女儿总是这么想一出是一出吗?"

"她还想开餐馆呢,我没答应。"

谭淼淼推开门招呼他们:"快进来!我先给你们俩拍。"

照相机取景框里的显出陈卫和谭耀亨的倒影,有时是单人,有时是合照,快门不断地按动、定格。

窗户再次被蒙了起来,发报机的按键声响个不停,二楼变成了暗房,绳子上晾晒着很多陈卫和谭耀亨的照片。这就是谭淼淼要开照相馆的原因,可以给白天蒙住窗户找到合理的理由。

阮飞舟告诉廖四六,中共电台的信号又出现了,廖四六:"什么意思?不是被我们破获了吗?"

"说明他们有了新的电报机和发报员,廖局长,你还要再接再厉啊。"

"好,我还指望再得一枚勋章呢。对了,这个信号是什么时候出现的?"

"下午。今天下午。"

廖四六一愣。阮飞舟问:"怎么?"

"没什么,想起上午的一场闹剧,那个陈卫居然还在报纸上发表启事,指责我们警方介入,说这次比试取消,以后再择机举办。"

"陈家兄弟不像看上去那么简单,嗯,很可能都很不简单。"

"我很怀疑上午的事只是一个幌子,甚至跟新出现的电报机有点关系。"

"你详细说说。"

"你给过我一个酒家的名字,怀疑是一个接头地点,我派出了最精锐的力量蹲守……"廖四六把前前后后的事说了一遍,阮飞舟缓缓点头,认可了廖四六的推测。这半道菜谱和中共电报机的突然出现有关系。

计划已拟订,廖四六又来找陈山河的麻烦。他坐在陈山河面前,手里虚拟地捏着个什么东西,嘴里梆梆地发着响声。

陈山河诧异:"廖局有何贵干啊?"

"敲竹杠。你弟弟闯祸了,畏罪潜逃,我打算发通缉令,格杀勿论。"

"廖局,你这一上来没头没脑的……"

"你不是喜欢看报纸吗?别说不知道陈卫在踢馆。哦,官方说法是寻衅滋事,破坏日中友好。你弟弟那狗脾气你也知道,一定会拒捕的,拒捕我就开枪,'啪'!他就死了。对了,他还有前科,大前科!"

陈山河叹口气:"别狮子大开口啊,我赚钱也要跟日本人分的。"

"你弟弟犯的事可不小,我还要压住日本人不提抗议,要费很多事。"

"我都没赚几个钱,再说陈卫能犯多大的事?"

"别的不提,光凭他骂了汪精卫,把他交上去我就能升官又发财。"

"那点奖金你看不上,升官的话,升到省政府当个小头头儿,见谁都得打躬作揖,你愿意?有你在警察局说一不二威风?"

"万一得个肥差……"

"别想!你有多少根基自己不知道?肥差轮不到你。"

"这么耿直,你会不招人喜欢的。还有你弟弟老想弄死我,我应该先下手为强。"

陈山河叹口气:"别说我弟弟了,我也想弄死你啊!"

廖四六瞪着他,看着陈山河愁眉苦脸的样子,突然大笑起来。

"廖局长,咱们恩仇交缠十几年,我弄不死你,你也不容易弄死我,还是捞点实惠吧。我弟弟,你打算卖多少钱?"

廖四六贪婪地笑起来:"我不想要几个金鸡蛋,我要的是那只鸡。"

"那我跟日本股东商量一下,再加你一个股东?但是我弟弟……"

"我就当什么都没发生过。我派几个体己人来给你帮忙,出城送货也有个保证。"

"好啊!求之不得。"

12

宽阔的江和荒凉的江边,陈立夏正率领戏班子在搭建一个草棚,或许这个草棚早就存在,但已经被风雨摧残得破破烂烂。他们现在用茅草和芭蕉叶略作整修,有人在草棚屋檐下挂起了彩色纸张书写的横幅:"广州摘星太平年红棉班倾情献唱。"字也不是新写的,纸张也有些陈旧和残破,在风里抖动着。

棚面在草棚一角架设起来,正在调试乐器。草棚对面的空地上,已经聚起了七七八八的观众,个个都是衣衫褴褛、面黄肌瘦,背着逃难的简单行李,他们神色木然。

陈立夏用牙齿咬着绳头,加固着草棚,两个女学徒唐小婉和林清凑到她身边。

唐小婉说:"班主,这些人都是逃难的吧?演了也收不到钱。"

陈立夏说:"能收点粮食也好。"

唐小婉说:"那不成了要饭的了?"

陈立夏说:"丫头,咱们的晚饭还没着落哪,不要饭就饿一顿?再说了,拳不离手曲不离口,越是这种时候,越不能放弃磨炼自己。"

唐小婉说:"好吧、好吧,我唱,班主,你现在真跟师父一样了,唠唠叨叨。"

陈立夏一愣神,唐小婉拉着林清蹦蹦跳跳地跑开:"饱吹饿唱,正好。"

陈立夏继续捆着绳子,但神不守舍,想师父了。

邝庆奎和金慧荣带着队伍穿行在山林间,不远处能看到珠江波光粼粼。队伍很疲惫,但士气很高昂,人人背着不止一支步枪,还扛着一些罐头、粮食,穿的衣服杂七杂八,其中有一些是日军军服,只不过都拆开穿了,穿上衣的不穿军裤,穿了日本军裤的不穿军服上衣。

金慧荣突然举手,队伍骤然停下来,他侧耳倾听着,隐约传来唱戏的声音:"是《沉香思母》?除了立夏谁还会唱这出戏?"

他突然拔腿向前跑去,甩下一句话:"你们先戒备。"

他冲出树林,向江边飞奔,邝庆奎拿出望远镜,从树林缝隙看向江边,望远镜头中,简陋的草棚里正在演出,稀稀拉拉的难民在看戏。邝庆奎:"戒备个屁啊!全体都有,出去看戏。"

陈立夏正在草棚下唱着戏,突然发现外面的观众有些骚乱,随即看到观众增加了不少,人群后出现很多背着枪的人,把原有的观众吓得紧张起来。陈立夏扫视人群,突然愣住,唱腔戛然而止,金慧荣正站在人群中向她笑着,江边这一刻安静极了,只有江水滔滔的声音。

带着妆的陈立夏和金慧荣手拉手跑进树林,来不及寒暄,猛然紧紧拥抱在一起。远处,草棚里演出在继续着,估计是换成了武打戏,棚面的音乐更激烈了,人群里不断传来叫好声,听起来很遥远。这里只有剧烈的心跳声,开始是两个人的心跳声,渐渐地气息相同,心跳的频率也趋同,变作了一个心跳的声音。

演出在继续，邝庆奎招手叫来正看得过瘾的一个战士："带几个人，向来路纵深一公里警戒。"战士招手叫出几个人，向他们来的方向跑去，边跑还边留恋地看着草棚里的演出。邝庆奎抬腕看看手表。

金慧荣也在看手表："我们跟日军一直保持着两个小时的距离，所以，我们很快就得上路，你们也抓紧时间离开。"陈立夏依偎在他怀里，无声无息。

"我也舍不得离开你，要不你跟我走吧。"

"那戏班子怎么办？"

"找个别的人当班主，带他们继续走。我们一路上要打仗，他们跟不上，也太危险。我们缴获了些粮食，待会儿分你们一些，还得小心别让难民看到了。"

"师哥，我不能跟你走，我不能丢下戏班子。"

"也不算是丢下吧。"

"我带他们出来，我就有责任带他们回去，半途丢下，我不能这么干。师哥，这是你教我的责任啊。"

"你学会负责任了，我很为你高兴，可是我真舍不得你啊。"

"那你留在戏班子吧？"

金慧荣默然片刻，说："我们都有自己的责任啊，我的任务是代表组织来整编邝庆奎的队伍，已经卓有成效了，我不能半途而废。"

陈立夏搂紧金慧荣："师哥，离开之前，抱紧我。"

欢乐总是短暂的，片刻之后，陈立夏在重新勾着脸，唐小婉在一旁帮她举着镜子："他们给了些粮食，我偷偷藏在衣杂箱里了，班主，你会跟他们走吗？"陈立夏没有回答，唐小婉年纪不大却是个碎嘴子，絮絮叨叨地："其实你就是跟他们走，也是很好的选择，夫妻本是同林鸟，大难临头各自飞，咱们戏班子要么饿死，要么累死，你还是早点走吧，不用管我们，大家把行头再卖一卖，分了各自回家吧。"

"再提卖行头，家法伺候。"

"我知道提这个不吉利，可是不提不行啊，你走之后戏班子也没必要再走了。"

"闭嘴。跟棚面说,《聂莹送弟》。"

"哦。"唐小婉匆忙跑到前面去,陈立夏打开衣杂箱,穿戴起来。

邝庆奎以手示意,队伍开始列队。

邝庆奎问:"不留下?不带着走?"

金慧荣摇头。

邝庆奎说:"无情未必真豪杰。"

金慧荣说:"日军还有一小时追上来,我带人去阻击一下,你们掩护难民先走。"

棚面突然再次响起鼓点,众人扭头看向草棚,陈立夏穿着大靠,威风凛凛地出场。陈立夏开始唱戏,队伍也出发了。

邝庆奎说:"《聂莹送弟》啊?这是为你送行哪!"

金慧荣道:"正好!"他带着人向反方向走去,边走边拿出小号,边走边吹,吹的是激昂的《义勇军进行曲》,队伍里群情激奋。陈立夏唱着戏,目送着队伍远去,小号声也远去。

小号声听不见了,陈立夏唱不下去了,她颓然停了下来。

邝庆奎说:"大家跟着我们立刻转移,鬼子很快就追上来了!"

有人在指挥着难民们撤离,也催促戏班子拆卸乐器,收拾行头离开。陈立夏被两个学徒拉扯着离去,突然听到远处传来枪声,她脸色惨白地回头。

片刻之后,小号声远远响起,是《魂断蓝桥》的插曲,金慧荣用号声告诉陈立夏:"我还安好,一路平安。"

陈立夏欣慰地流泪,小号声悠长而忧伤,江水悠悠,流向远方。

13

廖四六带着麦坤和几个警察站在街边。廖四六说:"你的任务就是盯紧了这些药，看他在哪里、跟谁交割，跟踪每一个交割的人，查清他的底细。"

麦坤为难："廖局，我们的人手恐怕不够啊。"

廖四六说："那就需要你想办法了，你应该有办法。"

一辆卡车开了过来，廖四六挥挥手，陈山河停了车，车厢里的三国有喜沉着脸。

警察们上了后面的车厢。

陈山河道："还真派人去？你这是浪费警力啊！"

廖四六说："我是保护市民财产，维护社会安定。"

陈山河说："那就辛苦几位了，回来请大家喝酒。"

安排好陈山河，廖四六转头就和三国有喜在日本料理店喝酒。廖四六用手指比画成手枪，指点着某个座位："那几个日本人就坐在这里，蒙面人从门口走进来，梆梆梆连打六枪，四个还是五个日本人来着？全部当场毙命，然后蒙面人吹了吹枪口的青烟，头也不回地转身就走，那背影！帅！"

三国有喜道："听说到现在还没有抓到凶手，是你们警察局的耻辱。"

"连日本宪兵队都没有头绪，我丢什么人啊！"

"还吹了吹枪口的烟，你亲眼看到了？"

"他必须吹啊，不吹就不完美。"

"你不是说他蒙着面吗？怎么吹的？"

"如果是陈山河，你觉得他会不会吹？"

三国有喜一愣："嗯？"

"你以为我跟你们混在一起就是图钱？"

"不是？"

"陈山河能带给我的，远比钱更重要。你们日本人加强对粮食行、药店药铺、南北杂货行的监管，严密封锁城外游击队的生存空间，可是他们依旧源源不断地得到接济，这是什么问题？这是大问题。"

廖四六向三国有喜举起酒杯："只要抓到陈山河跟游击队勾结的证据，我就能真正得到日本人的看重。"

三国有喜不耐烦地翻着白眼："你得不得到看重与我无关，我只关心我的合作伙伴不能受到诬陷。你想拿他换你的荣华富贵，行，拿出证据来。"

华南派遣军司令部宽大的会议桌上，几个竹篓摆在上面，司令官摆摆手，副官把竹篓推倒在桌面上，滚出大小不同、颜色也不同的药丸来。会议室里的人都莫名其妙地看着，阮飞舟也在其中。

"这是最近一次扫荡，从游击队的营地中发现的大批药物。"司令官隔着长桌，扫视众人，"司令部情报处、宪兵队特高科、广东特务机关、兰机关、吉田机关、兴亚会馆、东亚研究所……这么多情报机构都不能找到抗日抵抗组织？还任由他们养伤治病！"

众人都不敢与他对视，阮飞舟抬头看着司令官，主动站了起来："报告长官，请允许我来调查这些药品。我在宪兵队负责文化、医药领域的治安，对医药组织有了解。"

司令官道："很好。"

阮飞舟绕过长桌，走到司令官面前，敬礼，然后把各种药品捧回竹篓，提起来回到自己的座位前。众目睽睽下，他走回来坐下，紧紧抱着竹篓，此刻，心跳声才扑通扑通地大了起来。

司令官又在说着别的事，但声音遥远，阮飞舟能听到的只有自己的心跳声。

廖四六的办公室里，陪陈山河去送货的麦坤回来复命："陈山河在三十里村交割了发冷丸，有二十多人来拿货，最多的拿了三箱，大部分只拿一箱，还有人合着拿了一箱。"

廖四六问："就这些？没有什么可疑之处？"

"拿货的人都是当地的小商人，做的也都是倒买倒卖的生意，没什么可疑的。"

"陈山河的钱收回来了？"

麦坤贪婪地点头:"都是现款交易,廖局,他这钱也太好赚了。"

"没日本人开条子,他这生意你能做?"

"是,我们该怎么办?"

"三十里那个村,拿过货的每一个人,都给我好好查。派人带上照相机过去蹲守,扮乞丐、小贩、支茶摊、开饭馆给我牢牢守住,布好局之后,再送药就不要跟着了。"

"懂了,不打草惊蛇。"

南禄药坊,阳光正好,斜斜投射进来,没有其他人,陈山河安静地用一块木板搓着药丸,一排排乌黑的药丸从木板下滚动出来。陈山河神情专注,似乎很享受这个过程。

三国有喜开门进来:"你说气人不气人!我要招人,薪酬出到二十五斤大米居然没有人来,我提高到三十五斤,还是没有!你们中国人怎么回事?不吃饭了吗?"

陈山河说:"那就再提高些嘛!"

"再提高我还赚什么钱?我是来做善事的吗?还是你会做生意,把药都卖给游击队了!"

陈山河继续气定神闲地推着药丸,等一排药丸圆滚滚落到下面的托盘里,才呼了一口气:"什么游击队?"

"别装糊涂了,皇军扫荡,从游击队的营地里找到一大批药,都是广州流出去的,香取先生的药店有化验设备,验出来都是你生产的。"

"咱们俩打个赌。"

"什么?"

"如果香取能化验出药物成分,断定是我生产的,我把这里所有的股份都送给你,反之亦然。"

"什么意思?"

"中药的奥秘在于药方,在于配伍,一颗药丸需要多少药材,如何炮制,几钱几分，先放后放都有讲究。药效在配伍过程中不断相互影响、变化，道生一，一生二，二生三，三生万物，他凭着化验设备能验出来？"

"验不出来？"

"能验出来就不需要你来诈我了。"

三国有喜有点尴尬："怎么会？我们是搭档。"

"是吗？我还以为你是想把我弄成抗日分子，借机吞了我的股份哪。"

"不会、不会，离了你我连工人都招不到，我们还要继续合作下去。"

14

陈立夏的戏班子规模已经明显减小了，都饿得两眼无神、摇摇晃晃，一直带在身边的衣箱和杂箱也只剩下一只，戏服被装进竹筐里挑着。他们行走在荒村的道路中间，这里被一支国民党军部队占据着，村口架着机枪放着岗哨，士兵们正在街道两侧各自围坐，用饭盒吃着饭。这支部队军服整齐，枪械也擦得很亮，是一支正规军。戏班子众人从吃饭的军人身边走过，各个都斜眼看着他们吃饭。陈立夏和唐小婉等女人都用泥土弄脏了脸，她们不断小声提醒着后面的人。

"别乱看，别惹祸……"

"赶紧走！别惹他们……"

白手套握着马鞭轻轻拍打着掌心，白手套的主人徐世铎看着领头的陈立夏，马鞭突然停止拍打。

徐世铎叫过副官："给他们饭吃，晚上劳军演出，记得给钱。"

副官道："是。"

荒村有一个简陋的土戏台，虎度门前连"出将入相"的门帘都没有。

演出已经开始，陈立夏和唐小婉等人粉墨登场。戏台下，士兵们整齐安坐，不断鼓掌叫好。士兵们正中间，白手套军官徐世铎大马金刀地坐着，目光灼灼地盯着陈立夏。

戏台上，陈立夏和唐小婉和着鼓点对着刀枪，唐小婉小声嘀咕："班主，那个军官看上你了。"

陈立夏说："少废话，唱完连夜走。"

"刚吃了一顿饱饭。"陈立夏用手里的花枪打了唐小婉一下，"你还想卖了我？"

台下观众以为看到了"舞台事故"，都哈哈大笑起来，徐世铎微微一笑。

演出结束了，在火把照耀下，戏班众人在收拾行头，捆扎行李。

唐小婉压低声音催促："快！快！班主拿到钱咱们就走。"

不远处传来脚步声，唐小婉凑到几个男艺人身边："你们武生做好准备。"

武生："啊？"

"抢人啊！万一班主被扣住了呢？"

军帐扎在戏台前的空地上，门口摆着折叠桌椅，摆着冒着热气的两杯咖啡，徐世铎看着夹着大皮包的陈立夏。

"这个包不衬你。"

"是我干爹临终前传给我的。"

"难怪。感觉你承担了太重的压力。"

"谢谢，也没太多压力，就是唱完戏收钱不容易。"

徐世铎一愣，突然哈哈大笑，笑声在夜色里回荡："你是怕我不给钱。"

"能给当然好，不能给就算我们劳军了。"

"如果不给你们怎么办？"

"唱戏前吃了一顿饱饭，又能顶两三天，说不定就找到愿意付钱听戏的人家了。"

"从西到东，两天之内的范围里，村庄悉数被毁，十室九空，只怕你们连听戏的人都找不到。"

陈立夏沉默。

"这样吧，相遇就是有缘，你们戏班子加入我的队伍，算是军中剧团，先跟着我去扫荡鬼子吧。"

"啊？"

"就这么定了，我这就给你下委任状。"

勤务兵立刻从军帐里拿出纸笔摆放在桌上，还多提来一盏油灯增加亮度，"一般情况下我不愿意携带累赘，但最近不用打仗，我要去广州湾接收盟国物资，你们随军，有吃有喝"。

徐世铎一边说，一边在纸上笔走龙蛇，然后掏出两枚印章一一盖上。

"长官，我有一言在先，不知当讲不当讲。"

"讲讲。"

"我男友也是抗战军人，他是共产党，在游击队里当政委，如果有一天跟他相遇，我就要率队离开，你可答应？"

徐世铎明显没有想到，但短暂停顿后立刻恢复正常："既是抗日袍泽的眷属，徐某自当以礼相待，你尽可放心。"

"谢谢长官收留，我们戏班一定用心唱戏，为将士们打气鼓劲。"

陈立夏接过了那张纸，借着两盏油灯的光亮，看着上面龙飞凤舞的委任状。

"兹委任陈立夏为伍观祺将军所部第2区民众抗日自卫团剧团少尉班主。"

一个大红印章旁边，还有一个小小的人名章：世铎。

陈立夏惊叫了一声，连忙从大袋子里翻找，找出一个金属烟盒。

徐世铎说："我不吸烟。"

陈立夏打开烟盒，从中取出折叠得很仔细的一张纸条，打开递给徐世铎。

徐世铎看到的是征用红船的纸条，也很诧异："原来真是有缘分！"

"我们的红船呢？"

"被飞机炸沉了，不过战后会赔偿的，这张字条你收好。"

陈立夏把两张纸在手中折叠着，越叠越小，徐世铎的脸随着她的动作抽搐着，似乎很是不忍。陈立夏把纸条折成小块，用烟盒装了起来。

"谢长官。"

"我姓徐。"

"谢徐长官。"

"军需官会给你们分配营帐,去休息吧。"

15

廖四六亲自动手摆放着碗盘的位置,其实已经摆好了,他轻微挪动着位置,挪完之后又觉得不够好,又挪回原位。小泽在一旁摆着几样小菜。

廖四六说:"好酒好菜,该上都上,他平常喝什么酒?"

小泽说:"喝中国酒更多一些。"

廖四六诧异:"哦?那把我的存酒……算了,我的酒不好,你有什么尽管拿来。"

阮飞舟从外面走进来,廖四六连忙迎接。

"我不是来喝酒吃饭的,我也没这个心情。廖局长,陈山河的证据找到没有?可以抓他了吗?"

"正要跟你汇报,证据已经拿到了,很快会送来。"

"那就是还没有了?我跟你说了几天了?一周了吧?你还没搞定?很难吗?你跟我信誓旦旦都是吹牛?"

"你说三国有喜一定要看证据……"

"我是要看证据,不是让你从头开始去做证据!要快!要快!懂吗?等游击队被打败,司令部不再关心这件事了,那就是我的失败,也是你的失败!"

"是!我想办法。"

"现在就想,我没时间等。廖局长,你不会为了点钱财就包庇他吧?如果拿到证据处置了他,整个药坊都是你的。"

"我马上去办。"

阮飞舟转身离去,小泽抱着两瓶酒走过来,看到廖四六面色严肃,没敢过来。廖四六一句话不说,转身离去,四周座位上站起一大票随从,呼啦啦地跟着走出去。

金慧荣等在河滩,在远处训练战士的邝庆奎走了过来:"正训练呢!什么事这么急?"

"上级说抓到一个廖四六的手下,携带照相机监视城里送来的物资。你了解廖四六,想问问你有没有可能做通他的工作。"

"廖四六?没有用,这个人太贪。"

"我们能凑些钱。"

"他的贪心不是金条能填上的,他要权势,要当人上人,他以前在我面前装出贪财的样子,是想掩饰他对我那位置的贪心。"

"那该怎么办?"

"我马上去广州跑一趟吧。他好歹算是我的人,我应该清理门户。"

"这太危险了。"

"我邝庆奎怕过危险?别啰唆了,我这就走。"

邝庆奎带着两个部下混进了广州城,径直先找了一个酒家,点了一大桌子菜,坐在角落里大吃大喝着,每一个盘子都迅速被清空,他从来没有吃得如此迫不及待。

"邝队,咱们去救人吧?"

邝庆奎说:"皇上不差饿兵,先吃。鸡呢?去催催鸡!"

吃了很久之后,邝庆奎剔着牙走出来:"吃鸡还得来这种小馆子。"

陈卫一眼看到了他,闪身躲在一旁,随即跟了上去。

邝庆奎刚走进小巷,就被从后面冲过来的陈卫撞得下盘不稳,扑向墙壁。他试图挣扎,但陈卫动作很快,短促交手后,一把匕首横在邝庆奎脖子上,两个部下这才反应过来。邝庆奎认出陈卫,摆手制止随从:"无妨,你们守住巷子,我跟老友聊聊。"

两个随从虽然不放心,但还是分别去把守巷子。

"邝庆奎你也有今天!"

"好几年没见了,你什么时候学了功夫?火候不错。"

陈卫不废话,手一动就要动刀子。

邝庆奎说:"我是来救你哥的!廖四六要杀他。你看看我的内口袋。"

陈卫掀开邝庆奎的外衣,从里面抽出一沓黑白照片,单手翻看着,都是陈山河跟别人交易药品的场面,有几张拍得很清晰。

"你哥现在什么生意都敢做,他卖药品给游击队,被廖四六抓个正着。我现在也带着队伍抗日嘛!听说他有难,我来救他一命。"邝庆奎想动,被刀子顶得更紧了一些,他扬着头,说话都吃力了,"我接到任务马不停蹄地赶来,盯着廖四六的兄弟说,他半小时前带人离开了警察局,我估摸时间,现在已经进了你哥哥家的门。"

邝庆奎说得没错。南禄药坊的大门被撞开,警察们冲了进来。陈山河暴起反抗,搏斗,但是被几支枪顶在头上。徐联仲被推了进来,神情愤怒。

大门外探进廖四六的脑袋:"我可以进来吗?"

廖四六走了进来,抓了把椅子坐下,指着徐联仲说:"知道为什么抓他吗?我让他帮我辨别辨别是不是南禄药坊的药,居然不肯,还想把药吞肚子里销毁证据,嘿嘿,该死。"

陈山河问:"你要干什么?"

廖四六拿出一页纸说:"签字画押,认罪服法,罪名就是勾结游击队,供药供粮。日本人下了死命令,非得拿到证据,其实够迂腐,要你一个手印难吗?我弄死你照样拿你的手指头按手印。"

徐联仲突然挣脱了控制,抬腿向廖四六踢来。廖四六的手下及时抢上一步,一刀插进徐联仲的肋间,他也挣扎着倒下,廖四六戏谑地看着陈山河。

陈山河说:"何必多造杀孽!我签就是了。"

他被两把匕首顶在后背,一直顶到桌子前,伸手拿起毛笔去砚台里蘸墨,却猛然把毛笔插进身后军警的眼睛中,同时抡起砚台砸在另一个人脸上。

窗口突然一黑,大把白面粉被投了进来,满屋子弥漫,军警们被迷住了眼睛。陈卫从窗子跳进来,跟陈山河一起动手,把捂住眼睛的军警纷纷打倒。椅子上的廖四六掏出枪来,却被两把匕首顶在脖子上,他的枪口对着陈卫。

廖四六说:"看我枪快还是刀快!"

陈山河说:"放下枪,我放你一马。"

廖四六说:"舍不得你弟弟了?"

他突然掉转枪口对着陈山河,陈家兄弟来不及反应。

廖四六说:"现在呢?"

陈卫说:"你放下枪,滚。"

廖四六癫狂地笑起来:"老鼠进了瓷器店,想怎么玩就怎么玩。你们俩都给我放下刀,否则肯定有一个给我陪葬,搞不好还是两兄弟一起陪。"

陈山河和陈卫对视,默契地突然一起动作,想换成一前一后夹击的姿势,但廖四六也机灵,脚下一蹬把椅子挪开,两把刀依旧在他脖子上,他的枪口也一直对着两兄弟中的一个,三个人僵持起来。

廖四六说:"你们兄弟束手就擒,我保证不追究此事,否则,你们可就……"

邝庆奎的声音突然传来:"可就什么啊?让我做个裁判行不行啊?"

邝庆奎双手插在口袋里走了进来,两个随从跟进来,抽出匕首——刺杀着满地滚的军警。

廖四六语气软了:"奎哥……"

邝庆奎说:"不敢当。我来了你还敢坐着?"

廖四六说:"奎哥你多体谅我……"

邝庆奎说:"我不体谅。"

廖四六说:"那我也只能自保了。"

陈卫手中的匕首突然收回,撤到一半时扎进廖四六的手臂,刀子应该是扎到了神经,廖四六抠住扳机的手指骤然伸直,无法扣扳机。陈卫伸手拽下了他的手枪,邝庆奎的手下赶过来把廖四六捆起来,还用绳子勒住了嘴。

邝庆奎说:"你给游击队供粮供药,也算子承父业了。"

陈山河说:"别!别用也字儿啊!我可不是共产党,什么党都不是!做生意而已,你们出的价钱高,我为什么不挣钱?"

邝庆奎狐疑:"是吗?那为什么要派我来救你?"

陈山河说:"我连他要抓我都不知道,我能知道什么?"

邝庆奎看看满地尸体:"这里怎么收场?杀了就一了百了。你们要不想沾血,就交给我带走。"

陈卫说:"你不会放了他吧?"

邝庆奎说:"杀汉奸能立功,我可舍不得放他!怎么样?让给我吧?"

陈卫还有点不甘心,跃跃欲试想杀廖四六。

陈山河说:"那就麻烦你了,把人拉远一点丢下。"

邝庆奎吩咐手下:"去搞几辆黄包车来。"

屋里依旧还是家具凌乱的样子,邝庆奎他们走了,陈家兄弟面面相觑。

陈山河后怕:"今天多亏你了。"

陈卫问:"你真的给游击队送药?"

陈山河说:"他们给钱的!卖药、卖粮食,只要给钱我什么都卖!"

陈卫失望。

"这些事你都不要掺和,记住了,国民党、共产党,什么党都别参加,就本本分分当你的厨师,当岭南第一名厨,这些赚钱啊、挨骂的事,有我哪。"

"大哥……你为什么……"

"徐南禄是共产党那边的,问过我要不要加入,我说不了,加入了还怎么好要钱?那不是要赔本了?再说我受不了约束,自由自在多好。"

陈卫更加失望:"大哥,今天你被抓了,我去救你,跑得飞快,因为我很为你自豪,你是因为抗日才被抓走的,可你现在说只是生意,我真是很失望。"

"我肯定是抗日了,我卖了多少药多少粮?担了多大风险?但是抗日也得吃饭!我得狠狠挣点钱,这个世道,没钱心慌啊。"

"钱钱钱!你怎么把钱挂在嘴上?"

"我还放在心里呢！咱们陈家在佛山是多大的生意？我要挣钱买回祖宅，收回爸爸妈妈的生意，我还要拿钱给小妹买下个戏院，让她尽情唱戏，给你买个大酒家，让你……"

陈卫坐不住了："哥！我和小妹都有自己的生活，用不着你操心。"

"怎么能不操心？长兄如父，懂吗？这就是老天爷给我的责任。"

"哥！爸爸妈妈在天上，一定不希望看到你现在的样子！他们想看到的不是买回祖宅，不是这样恢复父辈的荣光，他们在意的根本不是金钱，而是他们的理想。"

陈山河不解："什么理想？"

"为了人类的解放而斗争。"

陈山河忙碌地收拾翻倒在地的家具，随口回应着："你说话这口气，怎么跟金慧荣似的！解放人类也得先有钱啊！你得让人家吃饱啊！这样吧，咱们家我负责挣钱，你负责解放。"

陈山河回过头，发现陈卫已经离开了，陈山河这才收敛笑容，坐下来仔细盘算着。

两辆黄包车驮着尸体，沿着僻静街道走着，拉车的是邝庆奎的手下。邝庆奎搂着廖四六的肩膀，亲热地走着。

廖四六说："奎哥，给条生路行不行？"

邝庆奎说："你生，我可就死了。"

廖四六马上说："我保证……"

邝庆奎说："我会被我自己气死。你可以试着喊救命，看看有没有人来给你陪葬。"

他们进了一个废弃的城隍庙，蛛网笼罩残破神像，到处灰尘。

廖四六说："奎哥，这里是阴曹地府阎罗宝殿？"

邝庆奎说："有胆色了，敢开玩笑了。"

"落到你手里，我也不说废话了，给个痛快吧。"

"举头三尺有神明,城隍也是神,不算委屈你。"

"还是奎哥识时务,上山打游击当英雄,比我留下当汉奸体面。不过有句话我得说在前面,我不是有意背叛你,我是被日本人抓住了,是你让我去南石头杀陈家兄弟,要不我也能成英雄。"

"英雄哪里有那么好当的,我睡了三年破庙、树林子,我身上全是虱子,我两年没吃过烧鹅!没吃过烧卖!没吃过叉烧!没吃过肠粉!没吃过卤水鹅头!没吃过虾饺!"

邝庆奎突然停住不说了。廖四六咧嘴笑起来:"这才是我的奎哥嘛!我说你也不会摇身一变就成了真英雄,你不过是投机押错了宝,抱腿抱到了腰,活该吃苦啊你个仆街。"

邝庆奎一个耳光打过去,廖四六脸上瞬间红肿起来。廖四六哈哈大笑:"这世道不公平啊,我不相信好人有好报。奎哥,看看你就知道了!你算个什么好东西?你手上沾了多少人的血?佛山陈家满门……哦,对了,三个小崽子没死,可他们没死也瞎了眼,居然跟你同流合污!我也瞎了眼,他们兄弟明明可以杀你,我贪图特侦队队长的位置。是我活该!"

邝庆奎在这个过程中一下下地打着廖四六的耳光,却始终无法打断他的叫喊声。

"可笑啊可笑!一个手上沾血的人成了抗日英雄,还有天理吗?还有天理吗?还有天理吗?"

邝庆奎再次高高举起手,廖四六突然求饶:"别打!别打,别打了!我最怕疼了。奎哥还记得我这两边的文身吧?来,撕开看看。"邝庆奎撕开他的两只袖子,左右胳膊上各有一个文身,左边是同字,右边是志字。

"年轻时有热血,想文'同志仍须努力',但文了'同'字就受不了,换另一只胳膊文了个'志'字,就再也没勇气继续了。奎哥我看透你了,你跟我一样,坚持不下去。"

"那先借你的命用用,说不定能让我坚持得久一些。"

他一刀刺进廖四六的心脏,廖四六挣扎片刻,死了。

邝庆奎喘息着:"同志仍须努力啊。"他转过身,跟着他的手下拍下了他和廖四六尸体的照片。

谭耀亨打着呼噜睡觉,陈卫把师父那张X光胸片摆在面前,照片已经比以前陈旧了一些,陈卫发呆。谭淼淼从楼上轻手轻脚下来,但是脚上的木屐却咔咔作响,她索性脱了木屐,光着脚下了楼梯。光着的脚从陈卫面前的楼梯一级级下来,陈卫却无动于衷,她倒水喝着,看到发呆的陈卫,走了过来。

谭淼淼问:"怎么有张X光照片?"

陈卫说:"我师父,拍了这张照片,知道自己得了肺痨,没跟我告别就走了,说是不想让我看到他死。"

"他现在……"

"再没有见过他,估计早就死了。徐南禄说,非洲有种大象……"

"我知道,他们临死前会独自离开象群,去个没有人知道的地方默默死去。很有尊严的死法。"她观察着陈卫,"你今天有心事?"

"有个人跟我说过,人这一辈子过得值不值,要看他死的时候会不会悔恨,是碌碌无为,是虚度光阴?还是把这辈子都献给了世界上……"

他突然停住。

"献给了世界上的什么?"

"忘了。"

"献给世界上最壮丽的事业,为解放全人类而斗争,保尔·柯察金的《钢铁是怎样炼成的》。我从延安来的,有个苏联老师给我们讲过保尔和冬妮娅的故事。你呢?陈卫陈师傅,你一个烧菜师傅,怎么会知道他?"

"我知道谁?我什么都不知道啊!你真是莫名其妙……"

"还装!你明明……"

"我没有!都是你在自说自话。"

"是吗?人的一生应当这样度过:当回忆往事的时候,他不会因为虚度年华而悔恨,也不会因为碌碌无为而羞愧。在临死的时候,他能够说:'我的整个生命和全部精力，都已经献给了世界上最壮丽的事业——为人类的解放而斗争。'"

谭淼淼目光炯炯地盯着陈卫，这目光是找到了同志的亲切，一种对上了暗号的热切。陈卫却突然邪邪地笑了笑："你有没有那种感觉，就是明明跟一个人离得很近，却彼此一点都不了解？"

"当然有啦，很多时候会这样。"

"找到一个知心人很难，你遇到过吗？"

谭淼淼犹豫了一下，点头。

"人在哪儿？"

谭淼淼的眼圈突然红了："我睡觉去了。"她匆忙上楼，却忘了没穿木屐，再加上心慌意乱，一脚踢在楼梯上，疼得叫了一声，蹲下来。谭耀亨闻声停止了打呼噜，谭淼淼不敢再呼疼，眼泪打转。陈卫上前，看到脚趾已经踢破了，他连忙从自己包里取出一瓶跌打万花油，搬起谭淼淼的脚，从自己衣服上撕下一条布，上药包扎着。

谭淼淼拼命弓着脚拒绝，被陈卫瞪了一眼，又向谭耀亨的方向努努嘴。谭淼淼只好停止挣扎，谭耀亨继续打着呼噜。

陈卫细细包扎着，说："跟我说这句话的那个人是我在香港认识的一个朋友。她是苏联人，她教了我很多东西，后来她的祖国发生了战争，她回国参加战斗，听说被德军杀死在战场上了。"

"这是你的心事？"

"不，她教过我不要动感情，我今天才发现，我做不到，我哥哥他……"陈卫摇摇头，"不提他了，你的脚不会有事，我的药好，我扶你上去？"

谭淼淼挣脱开他的手，一瘸一拐上楼。

陈卫看着她一层层升上去："喂！还会有的。"

谭淼淼一愣。

"知心人。"

16

广州湾，也就是后来的湛江，抗战时期是一处安全的港口。盟军援助中国的抗战物资正在这里卸货，远处偶尔传来轮船的汽笛和海鸟的鸣叫声，仓库里堆着各种物资，包装箱上都是外文。一长溜手推车正在装着物资，一车车运出仓库，士兵们正在忙碌搬运，穿着半旧军服的戏班子众人也在帮忙。徐世铎戴着白手套，陪着陈立夏走过来。

徐世铎说："世界各地捐赠的抗战物资一船船运来，分发到各级抗战队伍中，我们领完物资，今晚就返回前线。接下来就会有危险，你们就不要再随军了，我已经安排好了，你们就坐这班船去香港。"

"去香港？"

"那里安全，唱戏也有人听，等抗战胜利了，你们再回来。"

"谢谢。"

"如果有机会遇到你那位良人，我会转告他你的下落，真的有这么一个人吧？"

"当然，他是我的师哥，叫金慧荣。"

"好，说起来我对共产党也很好奇，曾经有一次去延安的抗日军政大学参观的机会，后来因故没有去成，很遗憾，好在与共产党人的家眷同行一段路，聊补遗憾。"

"也谢谢你这段时间的照顾，与抗战英雄同行，为抗战英雄演戏，是我们的荣幸。"

徐世铎摘下手套："公务繁忙，我就不送你们上船了，就此告别。"

陈立夏和他握手。

徐世铎把另一只手套也摘下来，一起送给陈立夏："太阳毒辣，要戴上手套，我今天新换的，送你了。"

"谢谢，我身无长物，也不知道能送你什么。"

徐世铎看着陈立夏的眼睛，仿佛要把这一刻印在心中："不必，这样就是最好的了，谢谢。"他敬礼，转身离开。

穿着半旧军装的陈立夏也举起手来，向着他的背影敬了一个军礼，目送着徐世铎的身影消失在仓库门口的光亮中。

陈立夏带着戏班子到了香港，很快联系到了演出机会，硕大的海报上画着陈立夏的戏装扮相，巨大的字体写着"广州名班巡演倾情奉献；当家刀马旦小红棉首本剧《梁红玉》"。

鼓乐声里，一身大靠的陈立夏在戏台上演出，观众席中，诸多面孔或激动或沉醉，能认出来的有冼仲隽，携着年轻的冼太太。

演出结束后，冼仲隽在广州大酒家设宴招待戏班子，桌上富商云集，觥筹交错。冼仲隽举起杯来："感谢小红棉女士的演出，游子期盼乡音已久啊，来，饮胜。"

众人喝了酒。一位华商感慨着："离唐山越远，爱国心就越浓重，抗战军兴以来，大家都踊跃捐款捐物，为抗战出力。日寇进犯广州的时候，我们还捐了一架飞机呢。"

众人脸上放光，与有荣焉的样子。

冼太太说："就算不是有组织地捐款，大家也是挣到点钱就送到唐山去了。"

陈立夏问："个人是怎么捐款的呢？"

华商们纷纷开口道："有侨批。""用侨批啊！""侨批！"

陈立夏不解："侨批？"

冼太太解释："侨批是大家汇款回唐山的办法，很可靠的，有机会带你去见一见。"

陈立夏说："好啊！你们总说唐山，唐山是什么意思？"

冼仲隽说："唐山是我们对家国的称呼。"

陈立夏站起来举起酒杯："我从唐山来，就让我代表唐山父老敬大家一杯酒，谢谢大家对抗战的支持。"众人一起碰杯饮酒。

戏班子包下一家小旅馆落脚，陈立夏和唐小婉从门外走进来，热得摘下各自长到手肘的手套扇着风。唐小婉说："我去问问有没有冰水。"

唐小婉去柜台找人，陈立夏看到茶几上一沓英文报纸，最上面一张大幅照片，是徐世铎的照片。照片上的徐世铎双手被绑在背后，笑容灿烂，身旁站着几个持枪的日本兵。陈立夏拿起报纸慌张地看着，她的视线在那些英文上晃动，却不认识，她慌忙环顾四周，跌跌撞撞地去找人。一个穿西服的中国人正好走出来，被她一把抓住："请你看看，这上面说了什么？"

西服男人莫名其妙，但陈立夏脸上的焦灼使他连忙接过了报纸："这个中国军人，是抗日的，叫徐世铎，日前被日军抓住，英勇不屈，枪毙了。"

陈立夏一屁股坐在椅子上，脑中不断闪现着最后一面徐世铎走向仓库大门，消失在门口的光亮中。

旅馆的花园中，陈立夏徒手挖着坑，唐小婉拿来一把园丁用的小铲子，但是陈立夏摆手拒绝，硬是挖出了一个坑。唐小婉打来水给她洗手，手指已经破了，唐小婉替她倒吸着凉气，陈立夏却似乎没有感觉。洗干净手，陈立夏把那双白手套叠好，用自己的过肘手套把它紧紧包裹起来，又包上那张报纸，徐世铎带笑的照片包在最外面。

陈立夏把报纸包放进坑中，唐小婉抢着伸手堆上了土："让我也送一送徐长官。"

陈立夏伸手跟她一起盖着土："他是我们的长官，也是我们的兄长，就让他在这里，看花开花落，听鸟鸣风声吧。"她们身后，戏班诸人也一起默哀。

她招手让大家都聚拢过来："有件事要跟大家商量，我决定从今往后，摘星太平年红棉戏班，只演抗战戏，用我们的演出宣传抗日，唤醒民众反抗侵略的意识，戏台就是我们的战场！要上战场自然有危险，如果有谁不想参加，可以退出戏班，我发给路费自谋生计。"

她的视线扫过众人，众人都同仇敌忾的样子。

陈立夏说："现在不好意思说，或者没有想好都没关系，我等大家一个晚上，日出之后就不许再退缩了，明天起，我们戏班人人都是战士。"

第十六章

1

戏院门外大幅的海报上，对称地写着"广州名班香江献唱""抗日救亡人人有责"的字样。陈立夏穿着全套大靠，手里提着一张弓，时不时将弓拉起来。唐小婉和林清等学徒举着纸卷的喇叭，向入场的观众喊着："拉弓看戏，自愿捐钱。"她们身边放着一个纸箱，外面贴着"一元救国"四个字。不时有观众上来接过弓来拉着，弓倒并不硬，大部分人都能拉满，引来阵阵喝彩。拉满的人也都没有吝啬，掏出钱放进募捐箱里。那两天的报纸上都是《广府名伶引弓香江，掀起抗战捐款新热潮》之类的题目。

大榕树下一个简单的茶摊，桌上一半是笔墨纸砚，一半是茶具，陈立夏和唐小婉坐在茶桌旁等待着。茶桌前已经有了一对小夫妻模样的人在请写批老人写批。

写批老人在信封上边写边念："信至汕头澄海蓬牙乡宗祠交家双亲大人安启，外付港币十一元儿李广沙携媳寄，对吗？"

小夫妻一起点头，男的拿出几张港币递给写批老人，写批老人把这封信装进桌上一个陈旧的西洋饼干盒里："行啦，水客过一会儿才来，你们还要等着看她走？"

小夫妻又一起点头，写批老人："那你们就在一旁等，我先招呼客人。"

小夫妻连忙把座位让给了陈立夏和唐小婉。

写批老人问:"你们二位看着眼生,是刚从唐山来?"

陈立夏说:"我们是唱大戏的,来香港演出。听说老人家是潮汕人?"

写批老人道:"是啊,好久没回去过啦。"

陈立夏拿出一包茶叶:"带了些潮州出的凤凰单枞茶。"

写批老人道谢:"有心啦。"

他麻利地泡茶,桌上本就有一个茶盘,红泥炉上烧着热水,转眼间茶就泡上了。写批老人迫不及待地喝了一杯,眼睛湿润了:"见笑,好久没有家乡味道了。"

他看到那对小夫妻一脸憧憬,又冲了杯子给他们也倒上:"你们有口福。"小夫妻也迫不及待地喝茶,写批老人连喝三杯,才平复了情绪,"多谢了。可是要寄批回唐山?"

陈立夏说:"我想为抗战捐钱。"

写批老人点头问:"捐给哪里?唐山有很多抗战机构,你要告诉我捐给哪里。"

陈立夏却茫然:"别人都捐给哪里?"

小夫妻插嘴:"我们捐给了八路军办事处。"

陈立夏吃惊。

小夫妻轮流开口,衔接得很默契:"我们是三年前捐的。""最早号召捐款就捐了。""1938年初。""民国二十七年。""我们捐给了八路军武汉办事处。""没捐多少钱,刚刚攒了二十六块钱,都捐了。""本来是想寄回家。""就没寄,但是双亲都没有埋怨。""后来八路军还给了回批,说收到了捐款,是一个叫周恩来的先生写的信。"他们说话衔接得密不透风,一口气说完了。

陈立夏问:"给八路军捐款?为什么是给他们?"

小夫妻相继说:"听说八路军是抗日的。""报纸上也这么说,应该是真的。"

写批老人问:"你呢?想好了捐给谁吗?"

陈立夏说:"捐给抗日军政大学,能寄到吗?"

写批老人说:"有人给这个地方捐过钱,只要它还在,不管在天涯海角,批是一定能寄到的,到时候会有回批寄来供查验。"

写批老人取出一个新信封,边写便念叨着:"信至抗日军政大学校长大人亲启,外付……"

陈立夏说:"港币一千元。"

写批老人和小夫妻都惊了一下:"好气度,尊号是……"

陈立夏说:"岭南抗战将领徐世铎。"

写批老人转瞬写完,陈立夏把一沓港币给了老人。

写批老人说:"香港有三十多家批信局,'德利''德泰''致祥''信孚',水客定期会从各批局拿走侨批,走水路送回唐山,多则十几天,短则三五天当有回批,你们可时不时来问一问。"

2

廖四六失踪多日了,警察局的警察们进进出出,如临大敌,高山峡、麦坤、周少雄和区淮更是慌了神。

"都别乱!都别乱!廖局长不会有事的!"

麦坤说:"他的保镖都死了,他人也失踪了,你跟我说他没事?"

区淮说:"有没有事,查了再说!把人都派出去,所有路口都设卡。"

周少雄说:"路口有日本人的哨卡,还用你?"

区淮说:"他们不知道查什么。"

麦坤说:"你知道?"

高山峡说:"当然是查廖局长。"

周少雄说:"廖局长回来之前,咱们四个是不是商量一下,谁代表廖局长稍稍主持一下工作啊?"

众人都安静下来,显然更关心这个问题。

离这里不远的某个酒家临窗的座位上，邝庆奎在贪婪地吃着，他的手下凑了过来说："队长，咱们该走了。"

邝庆奎说："吃了晚饭再走。"

手下说："等他们发现尸体就走不了啦。"

邝庆奎说："他们这会儿都在忙着争位子。对了，还有钱吗？"

手下摸摸口袋："这顿还够，咱们不是还得买点粮食和药带回去吗？"

邝庆奎说："那个还用花钱？正经是想想怎么搞点饭钱，总不能掏枪买单吧。"

而此时，一辆押运着粮食和药品的卡车停在乡间的路边，游击队员们在搬运药品和粮食。车边，徐南禄和陈山河低声说话："虽然铲除了廖四六，但是千万不能大意，你是游击队的生命线，不要在任何人面前暴露你的身份，包括你弟弟妹妹。"

陈山河说："我没必要说出来让他们担心。就是可惜了徐老爷子，太无辜了。"

徐南禄沉重地点头："我是学医出身，以医入药，跟他学了很多识药制药的本事，他被害，是药行的大损失。"

"广州的医馆药铺现在很零落。"

"老百姓过日子离不开医药，现在离不开，将来更离不开，这是老祖宗传给我们的宝贵财富，我们得守住。"

"是！你那些医书，我都好好保存着呢。"

"还不够！听说三国有喜等日本医药商人，正想方设法抢夺我们的医书、药方和各家医馆的独门绝技。我有一个请求。"

"你说吧。"

"尽量去争一争、抢一抢、保一保，把老祖宗留下的宝贵知识抢下来，留在我们中国人手里，这是为子孙后代做好事。"

陈山河沉吟。

"我听说你常去赌场，还赌什么手枪射脑袋？"

"谁跟你嚼的舌头。"

"有开枪走火、一了百了的念头？还在想着何姑吧？你这个孩子啊！大家给何姑建的衣冠冢你从来不去，因为你觉得她不在那里，在你心里。"

"好端端的说这个干什么！"

"你想轻贱你的生命抵消想念，我以为谬矣，你应该努力活下去，去实现她的理想。"

"她的理想？"

"对，每个做药材行当的人都有个念头，做最大的药房，做传世名药，总之，让中医药传承悠远、发扬壮大，你就把这当作何姑的理想吧。"

"徐掌柜，徐老板！你绕这么大个圈子就想让我去抢医书！行！这件事，我担下来了。"

冰室里的温度比外面要凉快一些，陈卫要了一瓶汽水，坐到靠窗的座位上，身后的座位上，孙掌柜的脑袋靠过来："陈卫，不要回头。我知道你，也知道你的父母、你的哥哥和妹妹，我很欣慰。"

陈卫咧咧嘴，他也靠在椅背上："你们怎么找到我的？"

"这不重要，重要的是我要谢谢你送来的东西。"

陈卫说："我看你们还欠缺保密意识，我可以保护你们的电台。"

孙掌柜说："那就不必了，我们已经吸取了教训，单线联络，连我都不知道电台在哪里。"

"我知道，我还知道你们的电报员什么脾气秉性，知道她一日三餐吃什么。我跟她父亲合租一套房，她住在我楼上，所以我有先天的条件保护电台。"孙掌柜很吃惊。

阮飞舟到警察局时，麦坤等人正吵闹不休。

麦坤说："廖局长是我找到的，但是我不敢居功，我一定要先给廖局长报仇，谁先抓到凶手，谁就接任局长。"

周少雄说："报仇当然应该，但是抓凶手跟当局长是两回事！"

麦坤说："周少雄，别以为我不知道你什么心思，你根本没想去抓凶手。"

区淮大声道："别吵了！廖局尸骨未寒你们就争这个。"

阮飞舟沉着脸大步走进来："廖四六遇刺前，曾接受了我的一项任务，你们谁知道进展？"

众人面面相觑，麦坤问："长官，是什么任务？"

阮飞舟说："我要他调查陈山河，查出什么情况了？"

没有廖四六，众人谁都说不出个所以然。

阮飞舟气闷着转身就走，麦坤等人一路相送，沿途有经过的警察站住敬礼。

麦坤说："廖局长那天在明月家日本料理宴客，没有带我们几个，身边只有他的护卫。据日本厨师小泽说，他没有吃饭就走了，然后就失踪和被杀了。"

阮飞舟问："你们找到凶手没有？还是忙着争权夺利没有人去找？"

"凶手是邝庆奎。"

"你怎么知道？"

麦坤拿出一张照片，是邝庆奎站在半死不活的廖四六身边："这是在廖局长身上发现的。"

"照相馆调查了没有？他拍照片还冲洗出来，在哪里冲洗照片的？"

麦坤恍然道："对啊！谢谢长官指点，我这就去调查。"

陈山河走到自家门外，房前屋后站起邝庆奎的手下，拿着枪警惕地看着他。手下掏出钥匙打开门锁，示意陈山河进门。屋里没有开灯，黑暗中传来打呼噜的声音，一个手下打开了灯，开灯的声音使得呼噜声一停。

手下说："邝队是我，陈山河回来了。"

屋里传来伸懒腰的声音，邝庆奎光着膀子提着手枪走出来："还是在床上睡觉舒服,说出去没人信,快三年了没在床上睡过觉,这抗日也太苦了。"

"你们怎么还没走?他们找到廖四六的尸首了,城里在盘查陌生人。"

"我不是陌生人。我是广州的主人。你弟弟呢?"

"我让他避避风头再说。我们是小老百姓,不是谁都能像你一样临危不惧大将之风。"

邝庆奎受用地笑笑:"找你筹点粮饷,给你准备了凭据。"他指指一个手下,那手下立刻从怀里掏出一张纸。

邝庆奎念着:"捐赠收据,兹收到爱国人士南禄药坊陈山河捐赠药品三十箱(折金条十根)、粮食一千八百斤(折金条二十根),特发此捐赠收据。广州抗日别动队邝庆奎,民国三十年仲夏。"

纸上还盖着一个广州抗日别动队的红章和一个庆奎二字的私章。

"邝局长,你这把数量都填上了,这是逼我捐啊。"

"咱们俩还客气什么!你这家里翻遍了也就找到三十根金条,要不我还能多写上点,那功劳就更大了。"

"总不能都拿走!"

"老子在外面拼命三年,拿你三十根金条不应该吗?"

"得给我留点吃饭、进货的钱。"

"呸!你那狡兔三窟的习惯,肯定别处还藏着钱呢,那些我就不跟你计较了。"

"哪儿有实捐的?总得给个回扣,鼓励鼓励。"

邝庆奎也没想到陈山河这么执着地要钱,举手点了点他。

"谢邝局长体谅。"

"给他留一根。"

"三根吧,一成回扣,惯例嘛!"

"你……是个人物。"

他点点头,手下掏出三根金条丢在桌上。

"邝局长什么时候离开?"

"不急,你给我找个名医调理调理身子。"

门口传来轻轻的敲门声,挺有节奏的,三长一短之类的,显然是约好的暗号。

手下去打开门,另一个手下飞快地进来,把一份报纸放在邝庆奎面前。

在一堆广告中间,一则新闻的标题很醒目:皇军扫荡,击溃城郊土匪抗日别动队,正副匪首邝庆奎、金慧荣下落不明。

邝庆奎脸色顿时沉了下来:"出城。"

3

三国有喜、香取、鹤田、野泽、麻生等日本药商局促地坐在阮飞舟面前。

阮飞舟说:"我会给你们提供一切必要的支持,目的只有一个,查清楚南禄药坊陈山河是不是在向游击队提供药品。"

众人都看向三国有喜。

三国有喜说:"没有南禄药坊了,有的是何记古方发冷丸株式会社,是我和陈山河合股经营的小买卖。"

阮飞舟说:"我说过,你的走私生意我不过问,我只要知道陈山河有没有通敌。"

三国有喜说:"据我对他的了解……"

阮飞舟打断他:"你对他根本不了解!你就像个蠢猪一样被他骗,不!像个目光短浅的蠢猪。"

众人都吃惊,却又不敢争辩。

三国有喜说:"你说得有道理,我确实有不少受骗的体会。"

看到他服软了,阮飞舟没有继续,掉转目光看向众人。

阮飞舟说:"长治久安,首先是要治,只有把抗日力量消灭掉,才能有安全的环境让大家做生意、发财,所以,恳请各位帮忙,拜托了。"

他向众人鞠躬,众人也连忙起身,一起鞠躬,众人都直起身子,才发现三国有喜依旧在深深鞠躬。

散会当晚,在明月家日本料理店,阮飞舟高踞在桌前,三国有喜向他举起酒杯:"谢谢你肯赏光,我想将我在军中的老乡介绍给你。"

阮飞舟说:"你这是威胁我?"

"不不不,怎么会是威胁?日本人在异国他乡,有家人朋友帮忙会更容易些,看来你对我很有成见。"

"我当然有。我们的将士拼命打下的地盘,我们拼命建立的秩序,却被唯利是图的你们破坏了!"

三国有喜悻悻地说:"我也是为了尽快站稳脚跟。"

"你不是新到中国来的,我也不是,我们都对中国很了解。我们本应该是统治他们的最好人选,现在你却被他们利用,成了他们逃避法律的保护伞!"

"我对陈山河的管理还是很严格的,他不可能在我眼皮底下逃避法律。"

"你的意思是我错喽?"

"是我的错、我的错。"

"钻进钱眼里的商人什么时候才能领悟国家的苦心?就像我下午跟你们说的,长治久安谈何容易?你以为凭借枪炮就能让中国人服服帖帖吗?不可能的,要攻心,要瓦解,要润物细无声,要不动声色,必须让他们对大日本归心,一代人不行就两代人。所以我们在学校推行日语,我们在商店销售日本商品,我们还要推广日本的音乐、戏剧、诗歌……让我们的文化覆盖他们的文化,在中国人心里打上大日本的烙印。"

三国有喜连连点头。

阮飞舟意犹未尽:"我很早就被送到上海读书,我是东亚同文书院的高才生,我参与书院组织的旅行,到过中国大部分省份。我知道这个国家有多么辽阔、壮丽、富饶,知道它的人民有多么仆街的难对付。"

三国有喜被突然冒出的脏话吓了一跳。

"我毕业后被派到广东,奉命结交文化界的翘楚,因为文化界是我们掌握人心的最好入口。我委曲求全、虚与委蛇,我逼自己忘掉日语,我连说梦话都要说中国话，就为了完成我的任务，而现在这一切努力，都将被你们的铜臭破坏。"

"请喝酒，这里能喝到正宗的菊正宗，来自本土的清酒能聊解乡愁。"

"也是你们走私进来的吧？"阮飞舟喝了一杯，三国有喜连忙斟满，阮飞舟珍惜地品尝着，"我在日本没有喝过菊正宗，这辈子喝得最多的是上海的老酒和广东的玉冰烧，我是个断了文化传承的人啊。你们这些商人，要对得起我们的付出啊。"

"我们都在各自的领域为帝国努力。"

阮飞舟酒意上头："你？"

"我做生意积累财富，这些钱终究会回到日本报效国家，而且我还在搜集中国的药方和医书，比起金钱，这才是中国最宝贵的东西，带回国可以提高大日本的医药水平，让更多患病同胞得到拯救。"

"这倒是值得做的。"

"这是我们医药界同行的共识。他们拜托在军队的朋友，攻入上海、南京还有其他城市时，逐一去拜访当地的名医和收藏家，都很有收获。可惜我来广州时已经晚了，军队不方便再去登门寻找收获了，只有宪兵有这个能力。"

"确实，宪兵队可以进入任何一家的大门而不被阻拦，不过，我为什么要帮你？"

"帮我就是帮我们的国家。我想介绍我的老乡给你……"

"我！不！在！乎！"阮飞舟醉意上头，指着三国有喜的鼻子喊了出来，突然发现在附近默默服务的小泽小太郎站了起来，随即周围几桌的客人也都站了起来，毕恭毕敬看着门口。他扭头看去，一队日本士兵快步进来，在屋子各处布防，警惕地守护这里。紧接着门口走进一个日军大佐，鹤发童颜，儒雅温和，他是波字8604部队部队长佐藤俊二大佐。

三国有喜站了起来。

阮飞舟这才意识到这是三国有喜的客人，也连忙站了起来，向大佐敬礼："报告大佐，南支派遣队宪兵队阮飞舟报到。"

553

大佐在主座上坐下来，"我来晚了，临出门接了一个电话。"

三国有喜道："酒刚刚温好，刚刚好。"

小泽小太郎上前来撤换餐具和酒具。

大佐举起酒杯："今日同乡聚会，不必拘礼，请。"

阮飞舟连忙碰杯喝酒。

大佐道："阮飞舟，名字很熟悉，我们是不是见过？"

阮飞舟说："有一次在司令部开会，有幸见过大佐，你坐在田中久一司令官身边。"

大佐说："司令官对我的波字部队比较重视。你们在聊什么话题，请继续吧，不要拘束。"

三国有喜说："大佐，我正在跟他吵架。"

阮飞舟连忙否认："不是，不是吵架，只是交换意见。"

三国有喜不放过他："就是吵架！而且还是你单方面地叱责我，你说我不关心大日本的利益，只想着自己赚钱。"

阮飞舟连忙看向大佐，大佐微笑着听着，但看向三国有喜的眼神却透着温和。

阮飞舟辩解："不，我们在讨论收集中国医书和药方的事情，我说这是件有利于国家的好事，我们宪兵队也可以帮上忙。"

大佐不置可否，伸手叫过小泽小太郎，低声交流着什么，小泽小太郎连连点头，看起来像是在说酒的事。阮飞舟趁机看向三国有喜，三国有喜却不看他。

三国有喜继续告状："他还怪我不该跟中国人做生意，成了他们的保护伞。"

大佐问："是你提到过的那个叫陈山河的人吗？"

"就是他。"

大佐说："我觉得阮飞舟提醒得有道理，跟中国人合作要掌握好分寸，不能被他们牵着鼻子走，主动权要掌握在我们手中，你在这方面是有欠缺的。"

三国有喜说:"我是疑人不用嘛!"

大佐说:"疑人也可以用,关键看你怎么用,我们是胜利者,胜利者有权制定规则,我想阮飞舟是想提醒你这一点。你是商人出身,对这个并不敏感,但我们军方是很看重战场上的主动权的。"

阮飞舟附和道:"是、是,我就是这个意思。"

大佐说:"何谓胜利者?首先要有自信的心态,就像我们平常做实验,用的都是致命的细菌,但是我们并不害怕,我们还要研究它、控制它,让它为我们所用,这就是自信的心态。有了心态才有可能去考虑技巧、手段。"

阮飞舟说:"是、是,我会配合三国有喜,共同交流,处理好跟中国人的关系。"

大佐说:"我是有感而发,你们接着聊,我今天来是喝酒的,小泽说又有好酒从日本送来了。"

小泽小太郎捧着一个装有日本清酒的大瓶子走来,阮飞舟看向三国有喜,悄悄松了口气。

散场后,阮飞舟坐在车里沉思着,车子穿行在骑楼下的街道,他看到车窗外,麦坤正带着几个手下沿街走来,气势汹汹。

"停过去。"车子停在麦坤面前,阮飞舟摇下车窗,麦坤连忙走过来。

麦坤说:"报告长官,我们正在调查辖区内的照相馆,西关附近五家照相馆已经检查完毕,听说这里新开了一家,我们来检查检查。"

阮飞舟开门下车:"我也去看看。"

麦坤带着他走向不远处挂着美丽照相馆招牌的谭淼淼家大门,他无视门上挂着的"暂停营业"的牌子,用力拍打着门。门被撞开,麦坤等人冲进来,正看到从楼上走下来的谭淼淼。

麦坤大声道:"警察办案!搜!"

警察们在照相机周围检查着。有人看着各种底片,有人在翻抽屉。

阮飞舟也走了进来,背着手东张西望。

谭淼淼问:"警官,什么事啊?照相馆刚刚开业,还没做几笔生意呢。"

麦坤说："刚开业更要检查，楼上是什么地方？我上去检查。"

谭淼淼说："不能去，楼上是暗房，我正在冲洗照片。"

麦坤说："看的就是冲洗照片。"

他推开谭淼淼，上了楼梯。楼上很暗，到处悬挂着底片。金属的显影盘里放着相纸。麦坤四下查看着，谭淼淼一眼看到一截铜线从被子下面露出来，延伸到桌子下，桌子下是来不及隐藏的发报机。

麦坤问："楼上怎么这么热？"

谭淼淼连忙走到窗边，扯下被子，打开窗户，也顺便挡住铜线。

谭淼淼说："冲洗照片就只能这样了。"

麦坤又问："那怎么又打开了？"

谭淼淼不满道："你这么冲上来，我这些底片已经废了。"

麦坤贪婪地看看谭淼淼汗湿的衣服。

"那我还得赔偿你的损失了。"他伸手去摸，被谭淼淼打开他的手。麦坤抽出手枪比画着，继续伸手摸过去。

这时楼梯响了，阮飞舟走上来，在屋里四处观察着。除了床铺外，这里的确是一个暗房的样子。阮飞舟检查着各种相纸和显影药粉、定影药粉瓶子，连泡着相纸的显影药水也伸指头蘸蘸，伸到嘴里尝尝。

麦坤说："长官，这家照相馆刚刚开业，手续还不全，要不要……"

阮飞舟的视线在挂在绳子上已经冲洗出来的照片上看着，看到了陈卫和谭耀亨，阮飞舟指指陈卫："他是谁？"

谭淼淼说："顾客。"

阮飞舟伸手在照片上抹了一下，手指头上有灰："顾客的照片还挂了这么久？人是死了吗？"

谭淼淼急了："你这个人说话怎么这么难听？"

阮飞舟逼问："他是谁？跟你什么关系？"

谭淼淼说："我把他当顾客！怎么了？"

阮飞舟说："他把你当什么？"

谭淼淼说:"不知道。"

楼下传来陈卫的喊声:"谁啊?谁闯进来捣乱?下来让我看看。"

"谁?"麦坤快步下楼,大喊,"抓住他!抓住他!嘿!抓到大鱼了长官!"

阮飞舟转身下楼,谭淼淼连忙收拾发报机。

麦坤带人把陈卫按倒在柜台上,阮飞舟下了楼:"在这里看到你,我真是有点惊讶了。"

"廖局长说我无罪,亲手放了我。"他指指麦坤,"他可以做证。"

麦坤急了:"我没有,我不知道。"

阮飞舟问:"你跟这家照相馆什么关系?跟她什么关系?"

陈卫说:"我是她男人!"谭淼淼吃惊,刚要反驳,就听陈卫说,"虽然她只当我是顾客。"

阮飞舟问:"怎么认识的?"

陈卫说:"谭耀亨嘛!谭耀亨是她爸爸,我正打算把老谭这个兄弟变成岳父。"

麦坤把邝庆奎和廖四六的照片拍在桌上:"见过吗?"

陈卫辨认着:"邝庆奎?廖四六?"

麦坤说:"连声局长都不叫了?"

"对,邝局长,廖局长。他们这是在干什么?"

"问你见过没有?是不是在这里冲洗的?"

"这里没有代客冲洗的业务。"

"小子别太得意!你的案子可没销,我随时能把你再抓进去。"

陈卫微笑不语地看着阮飞舟。

阮飞舟问:"那道菜真的好吃吗?"

陈卫说:"有机会做给你吃啊?不过我猜想,过几天小泽应该琢磨出来了,可以去尝尝。"

阮飞舟:"你拿出的半道菜谱,真有意思,廖四六跟我说过,像是跟什么人接头对暗号。"

"廖局长是个有童心的人啊,古话叫赤子之心。可惜,英年早逝。"

阮飞舟猛然追问:"我没说过他死了!报纸上也没公布他死了!谁告诉你他死了?莫非你跟杀人犯有关?"

陈卫翻了个白眼:"没有什么秘密可言。你现在随便上街问人,十个里有五六个知道廖四六死了,别问我怎么传出来的,我不知道。"

阮飞舟看看麦坤,麦坤尴尬点头。

"廖局长放你,是因为你哥哥找日本人施加压力,我很不喜欢这样的局面。你好自为之,不要丢掉做厨师的本行。"

阮飞舟走出门,麦坤等人连忙跟上,片刻之后,阮飞舟的车开走了。

谭森森一屁股坐倒在楼梯上。

陈卫说:"你做得很好。脚还疼吗?"

谭森森莫名其妙地觉得暴躁:"你管我呢!为什么说那种恶心的话?"

"什么话?"

"当我爸爸女婿那种!你胡说什么啊?"

"越是有人间烟火气、有血有肉、有欲望有贪婪、有点无关痛痒的小毛病,越不容易被怀疑,知道为什么吗?因为他们也是这样,就容易对你产生认同。"

"我才不要他们认同!你也不许跟他们同流合污。"

"这不是同流合污,这是基本的……待人接物的技巧,你在延安没学过?"

"延安还教这些?"

"延安教不教我不知道,但你回广东来总有人教教你吧?"

"什么意思?我回来跟别人没关系。"

"好、好,那就总结一下经验教训。你能想出开照相馆用暗房的点子,很不错,但是你挂我跟你爸爸的照片是败笔,照片上落的灰太多,不像是开业状态,要保持每天一定量的业务。"

"等等、等等,你怎么知道照片上落灰了?你上楼上了?谁让你上去的?什么时候上去的?"

"这个重要吗?"

"当然重要!你答应过不上二楼,要不我不会让你住楼下。"

"这是我租的房!"

"我跟我爸爸也住在这里,有权利保证安全。你以后不能上二楼,注意男女之防,还有不能再说什么找岳父的事。"

陈卫一时无语:"已经说出去了,阮飞舟和警察局都记录在案了。"

"你说的是我只当你是顾客,现在还可以当你是房客,就是这样了。"她转身上楼,结果又踢到脚,她害怕陈卫再上来查看,几乎连滚带爬地上了楼。陈卫突然露出笑容。

4

陈立夏又来榕树下找写批老人了。小桌上摆着红桃粿、鼠草粿等几种经典潮汕小吃。茶炉冒着热气,陈立夏和写批老人、水客芳哥喝着茶,写批老人在一大摞"回批"中翻找着,找出一个印着国民革命军第十八集团军字样的信封来:"这是你捐款的回批,你自己看看吧。"

陈立夏说:"这么快就到了?"

写批老人说:"全靠他们这些水客,风雨兼程,快得很。"

陈立夏看向芳哥,一个其貌不扬、瘦瘦小小的广东女人,她打开信封取出信纸,信纸抬头印着红色的字:"国民革命军第十八集团军用笺。"

陈立夏念起来:"岭南抗战将领徐世铎先生大鉴,兹收到先生给抗日军政大学捐款港币一千元整,当遵命转交该校当局。先生关怀祖国抗战人才养成的爱国热诚殊堪叹敬,查抗战以来,蒙海内外人士不弃,纷纷赐予物质精神援助,令该校蒸蒸日上,已培养数千抗战干部奔赴抗战前线。该校一贯秉持'团结、紧张、严肃、活泼'之校风,欢迎海外人才来校读书。谨致民族解放敬礼,国民革命军第八路军代表。"

陈立夏念完,沉默。

写批老人说:"给八路军的捐款都是交给他们的办事处啦,我们侨批靠水客奔走四海,银钱交付从无延误疏漏,更没有侵吞失落,无他,'信用'二字。"

陈立夏说:"谢谢。"

写批老人说:"尝尝我做的红桃粿,偶尔他们带一点点材料过来,我才能做一做家乡味道,没办法,这里没有替代的食材,一方水土养一方人啊。"

"那真是不容易。"

写批老人说:"可惜我最想吃的'玻璃芋泥'我不会做,那是用肥猪肉做的甜品,要提前几天准备。以前唯有潮州三角码头的天发酒家可以随去随吃,回唐山的人下了船都要先去吃上一碟。也不知道那家店还在不在,不知道我什么时候才能吃得到。"

"一定能吃到的。"

写批老人说:"有人奇怪我们远离唐山却愿意捐款,其实就是为了家乡的味道啊,难道不值得吗?"

水客芳哥一直闭目养神,似乎对说话没有兴趣,两个女学徒远远地跑了过来,神色惶急。

陈立夏问:"怎么了?"

她们把一张报纸递给她,上面刊登的是游击队被扫荡,金慧荣和邝庆奎失踪的消息。

陈立夏匆匆看完,说:"我要回唐山、回广州,爷爷,你有办法吗?"

写批老人说:"可是这报纸……"

陈立夏说:"我师哥出事了,我要回去找他,能回去吗?"

写批老人说:"芳哥送批,有时也送人,不过要加钱。"

水客芳哥点点头,陈立夏说:"好。芳哥是吧?我们什么时候能走?"

自然是马上就能走,芳哥迅速安排着一切,而旅馆里,陈立夏动作迅速但并不慌张。她拉开大皮包,条理清晰地给唐小婉和戏班子的管事吴伯交代着里面的东西:"戏班的执照、演出的凭证、戏班花名册、戏码合同、大家的证件,就交给你们两个共同保管。"

唐小婉说:"报纸上说的也未必准确。你什么时候回来?"

陈立夏说:"抗战募捐义演是十天后,不管能不能找到师哥,我准回来演出,这是抗战的大事,我不会耽误。吴伯多盯着点。"

吴伯点头:"放心吧,都是做熟了的事。"

陈立夏把腋下的大皮包交给吴伯:"行啦,我走了。"

陈立夏走到桌前,给供奉的华光祖师的神位上了香,拜了拜。

芳哥一直等在一旁,叮嘱道:"给你编的名字家世,一定要记明白。"

陈立夏说:"记戏词是我的本行。我叫唐莱西,广府西关人,祖上生意败了,有一个哥哥。"

她们向门口走去,林清快步跑进来:"班主、班主,抗战募捐义演提前了!"

陈立夏问:"提前到哪一天?"

林清说:"后天,分给我们的场子是连演七天,每天一场。"

陈立夏愣住,她看向水客芳哥。

芳哥说:"后天刚到那边,回不来。"

陈立夏皱眉思考着。

唐小婉问:"要不,咱们戏班退出?"

陈立夏说:"放弃抗战演出?师哥不会愿意的。芳哥,我不走了。"

芳哥说:"钱不能全退,已经给你买了证件和船票。"

陈立夏说:"按你们的规矩来,耽误你赶路了。"

芳哥说:"钱你找写批爷爷要,他知道怎么办,我走了。"

芳哥点点头,转身离去。

唐小婉说:"班主……"

陈立夏说:"别啰唆了!召集大家做准备。"

老吴把那个大皮包又交给她,众人都走了出去。

陈立夏再次给华光祖师上香:"师哥,我不能去找你了,不知道你现在怎么样了……"

粤剧的鼓乐音响起,《梁红玉》开演。陈立夏英姿飒爽,台下群情激愤,传递着一个个募捐用的纸箱,观众往里面投着钱。冼仲隽、黄祁全等人都在其中,只是不在同一排。冼仲隽身边年轻的冼太太一身贵气,正摘下满手的金戒指、玉手镯投进募捐箱。冼仲隽一眼看到,来不及阻止:"你不如多捐一些钱,也免得他们还要去变现。"

"给钱显不出我的诚意,他们可以留着奖励给功臣啊。"

冼仲隽把募捐箱向旁边的人传递过去:"玩笑话。"

台上演出到了尾声,陈立夏向棚面做了一个手势,站起来一个吹小号的人,吹起了《义勇军进行曲》。全场观众都站起身来,跟着鼓掌合唱。冼太太摇晃着冼仲隽的胳膊:"这个梁红玉演得太好了,比我们上次看的还要好!我要好好奖励她。"

冼仲隽说:"我准备出资支持他们戏班。"

冼太太欢呼:"好啊,好啊,我来主持,一定把他们打造成香港最好的剧团,抗日剧团。"

冼仲隽说:"好啊,那你约她见面谈。"

陈立夏率领戏班谢幕,献花的孩子们冲上台去,记者们的闪光灯亮成一片。冼太太转身对另一侧站在后排的随从低语着:"今晚全体记者都要请到,请他们写文章发照片,力捧这个梁红玉。她叫什么来着?"冼太太翻看节目单,"啊,陈立夏,小红棉?不好,就叫她梁红玉,我要明天全香港的报纸,都有她。"

随从起身离开,冼太太恢复了傻白甜的样子,凑在冼仲隽身边鼓掌欢呼。戏台上,陈立夏有些神思恍惚,跟她配戏的人时而变成了金慧荣,时而又是真实的演员。

5

邝庆奎在油灯下擦着枪。金慧荣浑身绷带,斜靠在床上看着他说:"我听说你在广州滞留,并不是因为逃不出来,是因为你想多留几天。"

"谁跟你嚼舌头了?"

"有没有这回事?"

"你有什么资格跟我这么说话?"

"我是共产党派来的代表,我有资格负责所有的思想政治问题。"

"我思想没问题。"

"邝队长,你这三年坚持抗战,大家都看在眼里,你很辛苦,同志们都很辛苦,但现在还不是休息和享受的时候。"

"谁在休息享受?我九死一生去广州锄奸救人,也叫休息享受?别跟我说什么共产主义,我信三民主义的。对了,廖四六也信,还文了'同志'两个字。"

邝庆奎掏出一张照片,是他站在被杀死的廖四六身边拍的照片。

"你还拍了照片?"

"任务嘛!拿什么证明我完成了?我要找家报馆把照片登出来,标题就是广州抗战别动队邝庆奎刺杀汉奸。"

金慧荣斟酌着话语:"邝队长,我觉得,你身上的名利思想有点冒头。"

"废话!我们脑袋别在裤带上是为什么?为了名垂青史啊。不冒头怎么垂青史?"

"我要求召开全队大会,批评你的行为,你必须做出检讨。"

邝庆奎被气笑了:"我拉起来的队伍,你算老几?"

越来越多的游击队员聚拢过来开会。邝庆奎脸色阴沉,把手里的枪组装完成,似有似无地对准金慧荣:"我才几天没回来,你就把我的队伍都收买了?你们共产党真狠。"

"不是收买,是民心所向。同志们知道抗战的目的是什么,绝不是你说的名垂青史！"

"我不会出去。你自己搞的自己收场。别逼我跟你翻脸。"

金慧荣看他态度坚决,独自走了出去,外面传来一阵欢呼声,邝庆奎脸色阴沉。片刻之后,外面传来了众人合唱《游击队之歌》的声音。邝庆奎握着手枪,脸色越发阴沉。

今晚广州的月色很好,陈山河一路走来,路边的趟栊门里透出灯光,投射在小巷里,门内传来广东乐曲的丝竹声。他的脚步突然放慢了,这一刻,月光、小巷、红灯笼,让他似曾相识。那是他扶着喝醉了的何姑走在狭窄的街道上,突然在两座趟栊门的阴影间抱住了何姑。

陈山河伸手入怀,摸出那支被摸得很亮的钥匙,那是他跟何姑唯一的关联了。这一刻,陈山河眼前浮现了何姑的手、她的衣袖、她的鬓间飞扬的发丝、她走路的脚步、她整理药草的动作,那些药草带着碧绿的叶子,遮挡着她的脸,她在水缸里舀水,水缸里原本会有她的倒影,但尚未看清却被水瓢破碎了水面,她在灯下做着水喉的广绣套子,灯光却明晃晃的,只能看到剪影。虽然一次次拼命靠近,但所有的画面里,都看不到何姑的脸。这是陈山河心里的挣扎,在这样一个月夜里,被他藏了很久的何姑却突然出现了,思念如潮却无法让他再看到何姑的脸,陈山河越着急,心里的何姑就离得越远。陈山河站住脚,月色将他孤单的影子勾勒得很远,陈山河终于面对了现实,正像地面上的影子一样,他会永远孤单下去。

曲折的街巷,黑暗中传来一声男人悠长而痛苦的嘶喊,像是孤狼在月色下的吼声:"啊——"

哗啦啦的洗手声响着,随即灯亮了起来。三国有喜擦着手走到里屋,他站在书架前,全是排列整齐的各种线装医书,三国有喜拿起来,凑到鼻子旁迷恋地嗅着味道。

书架上贴着小纸条,写着很多医馆的名字——萧氏正骨医馆、陈氏针灸医馆、王家汤药馆等,每个医馆下面都有或厚或薄的几本医书。

到了南禄医馆的纸条下,上面的书架空空的,三国有喜盯着南禄医馆的字眼,眼神贪婪。

敲门声响,陈山河走进来,背着手看着书架上那些医书和各家医馆的标签。

三国有喜说:"这么晚了过来,就为了看我这些医书?"

陈山河说:"郎家接骨医馆下午被日本宪兵队抄了家,郎家人找到我,说他家祖传的医书到你手里了。"

"你别多管闲事。"

"人家也是大东亚医学促进会的会员,人家找我求助,于公于私、于情于理我都不能不管啊!"

三国有喜不以为然。

陈山河说:"喂!你不会把那个促进会忘在脑后了吧?当初费了多大力气到处拉人入会!"

"没有。"

"郎家的医书呢?让我见识见识!平常秘不示人,想见也见不到。"

三国有喜指指其中一格书架。陈山河却没有马上过去,反而继续看着书架上的医书,这些书有大有小,有线装古书,也有硬皮笔记本,还有卷轴等,形式上各式各样。

"这里好多家医馆我都很熟啊,原来他们的秘藏都到了你这里!"

"他们被我的诚意打动,卖给我了。"

"你怎么做到的?"

"用心。"

"好好说话。"

"真是靠用心,我早就跟宪兵队打过招呼,查抄医馆、药坊一定要让我跟着,这样才能保护下这些东西。"

"保护?"

"对呀,宪兵队办案粗暴,医书、药方这些东西要是当成证物就损毁了。"

"那不叫用心,那叫用钱!案子查完之后你会还给人家吗?比如郎家接骨医馆的这些?"

"当然……当然会还啦,我只是暂时替他们保管,我不忍心看到医书被损毁嘛。"

陈山河看到了南禄药坊的格子,回头看向三国有喜。三国有喜解释道:"这是我的梦想。我早就听说徐南禄多年收藏的医书都在你手里,他跟你讨要,你还跟他打了一架,不肯还给他!我们志同道合啊。"

"我不是不还给他,是我给卖了。"

三国有喜没想到,十分吃惊:"卖……卖了?卖给谁了?为什么卖?"

"我那时候得罪了邝庆奎,躲到佛山去了。徐南禄怕飞机轰炸,把医书送到佛山托我照管,我在那边没钱花,就卖了。"

"卖给谁了?"

"书贩子。"

"我不信,谁能吃得下那么多医书?"

"我又没说是一次卖的,断断续续卖了小一年,缺钱了就抽两本出来卖,有时候遇不到书贩子,就送到当铺,也没想着赎,直接就是死当。"

三国有喜将信将疑:"你真的卖了?"

"你去佛山打听去啊!谁不知道卖书换酒的陈七爷。"

"怎么是七爷?"

"败家子才卖家里的藏书,我怕丢人,冒个花名儿,再说我也得躲着徐南禄啊,最后还是被他知道了,打上门来要书,我哪儿还拿得出来,就闹翻了。"

三国有喜眨巴着眼睛,觉得这个话题进行不下去了。

陈山河翻看着上面的医书:"你这些书也能卖不少钱了,要出手吗?我帮你找人。"

"不！这都是我的宝贝，我不会卖的。"

"可惜、可惜，能不能借给我看看？"

三国有喜狐疑地看着他。

"我找人抄了再卖。"

"不行。"

"为什么不行？反正也不是你的书，你还是要还的。"

"可是……"

"既然要还，不如抄一本留着。这样吧，我花钱找人抄，抄好了咱们俩一人一本，你的带回日本，我的卖了换酒，好不好？"

"让我再想想……"

"还想什么啊！我又不要你花钱，不用谢了。"他伸手从书架上拿了一些医书，"说干就干，我这就雇人干活。"

陈山河手疾眼快地拿下书来，线装书基本没动，拿的都是手抄的本子。他抱起一沓书准备离开："行啦，我回去干活了，唉！劳碌命啊。"

三国有喜看着他离去的背影，突然翻了脸："你敢迈出门去，我就找宪兵队抄你的家！你心里在蔑视我吗？你是把我当傻子吗？"

陈山河收回迈出门的脚："怎么还急眼了？开不起玩笑啊？开不起你早说啊，整天笑嘻嘻地鞠躬鞠躬，有什么用啊？"

三国有喜沉着脸，抢过他手里的一沓医书："是你先把我当傻子！"

"你也把我当傻子了吧？还从宪兵队手里抢救下来的！分明就是你找宪兵队去抄家！你谋夺人家祖传医书，害人家进宪兵队！谁不知道宪兵队是阎王殿，出来也得剥层皮？"

"你早就知道了！那么徐南禄的医书被你卖了，也是敷衍我的假话吧？"

"那倒真是卖了，不信你可以去查。"

"我会去查的，如果我查到你欺骗了我……"

"那咱们就终止合作，这份日进斗金支持你搜罗医书的生意，我不做了。"

三国有喜被噎住。

"本来想留个面子你好我也好，你非要撕破脸，那就撕喽！"

"你不要咄咄逼人！"

"这些书我要拿回去抄，行不行给句话。"

"为什么？"

"卖钱。"

三国有喜不信。

"凭什么中国的好东西都被你弄走啊！哪怕我卖给书贩子了，好歹也留了一套在中国。"

"你还是很爱你的国家嘛！"

"我更爱钱。你我这样的奸商，没必要讨论爱不爱国了吧？我们都爱钱。"

"我信不过你，要抄只能在这里抄。"

"也好，我带人来，自带笔墨纸砚和茶水。"

陈山河准备墨水花了不少心思。他在家中调配墨水，面前摆着几个装了不同颜色粉末的小碗，用毛笔蘸着墨写下几个字，然后再往墨汁里加入一些药粉，继续写字。一张张写了字的纸摆在面前，奇迹发生了，有的纸上很快就褪了色，再次变成白纸。他是在调配一种能褪色成白纸的墨水。陈山河嘴角带着笑容，桌上摆着那把磨得发亮的钥匙，他时不时看上一眼。

很快，陈山河带着四个文化人模样的人来到三国有喜的药店里，有穿长衫的，有穿西服的，有戴眼镜的。他们各自拿着一本医书奋笔疾书地抄写着，时不时蘸一下墨水。

三国有喜时不时地看向他们，拿起抄完的书，逐字逐句跟原本对照着。

陈山河说："抄本字迹整齐清楚，你留着，原本给我，我再抄一份后还给原主人。"

三国有喜问："有必要吗？"

陈山河说："长治久安啊，老这么抢，还怎么安啊？有抢有还，才能生生不息嘛！"

三国有喜还在犹豫。

陈山河说："再说这些原本来历不同，大小不一，新旧各异，还有残破缺漏，这种东西又不是宋版古籍讲究个原版，抄一本字迹清楚，纸新墨浓，能当传家宝保存起来。你要原本也行，随便你选，反正留给我一套就行。"

三国有喜看看抄好的医书，大小整齐划一，样式也相同，纸张挺括墨色如新，封面上还写着"三国有喜恭录"的字样，忍不住喜欢，说："你都写上我的名字了！"

陈山河说："中国古代有名的藏书楼，都自己养着抄书匠，图的就是字迹更好，流传百世，而且，落上自己的名字。"

他把原本搜罗起来放进自己的包裹里："合作愉快。"

回到家中，陈山河第一时间就坐在灯下，打开医书的原本抄录着。一本书翻到最后，封皮上是"郎家接骨秘术"的字样，他在封皮上认真地写上"南禄医馆陈山河敬录"。

陈山河提着一个手提包走在沙面的洋行楼下，洋行雇员接过了陈山河的手提包，打开看了一眼，里面是整整齐齐抄好的医书。

洋行雇员说："又有这么多？你恐怕需要再租一个保险柜了。"

陈山河递过去一卷钱："那就再开个新的。"

洋行雇员说："陈先生，别人租我们洋行的保险柜，存的都是股票证券金银细软，只有你来存这些书。"

陈山河说："它们对我来说就是宝贝。"

6

早茶时分，酒家高朋满座，茶水和食物的热气升腾缭绕。陈立夏一边喝茶，一边看着手边的报纸，上面有演出的新闻，大幅照片和更大的标题，到处都是梁红玉的字样。

麦啸文又送来一沓叉烧包。

陈立夏说:"文哥,吃不下了!"

麦啸文说:"这个好吃,能吃下的。冼太太要过来跟你见面吃早茶。"

"那我就不能吃了。"

"我师父说,冼太太气场太足,怕你到时候吃不下东西,让我先给你吃一餐再说。"

陈立夏笑了起来:"没事的。"

麦啸文道:"是真的,冼太太来酒家,我们大气都不敢出,冼先生非常疼他太太的。"

"无欲则刚,真的没事。"

店里突然安静下来,只剩下高跟鞋的声音,冼太太走进来,径直走向陈立夏。

冼太太伸出手来:"立夏,我是冼太,我们见过,我要投资你的戏班,坐下谈谈吧。"她坐下来,看了一眼麦啸文,麦啸文醒悟过来,立刻将桌面收拾一空。

陈立夏说:"等等,我还没有吃完。"

麦啸文说:"我给你们上新的。"

"不,我没吃完的,不能浪费。"她坚持让麦啸文把那些吃的点心又放在她面前。

冼太太说:"有意思,符合我心中梁红玉的形象。"她招招手,随从抱来厚厚的一沓报纸,最上面那一张跟陈立夏正在看的一样。

冼太太说:"嫁给冼先生之前我是做新闻的,最懂得如何用文字让一个人出名。立夏,你出名了。"

陈立夏说:"谢谢。我师父教过我,做戏做人都要脚踏实地,不可热衷虚名,不为虚名所累。"

冼太太说:"那么就说定了,我入股你的戏班,你只管安心唱戏。摘星太平年红棉班这个名字不好,太长了,要改一个响亮的名字,就叫梁红玉吧,你的艺名也改叫梁红玉。"

陈立夏说:"有人捧是值得高兴的事,不过我还要考虑一下,跟戏班众人商量商量。"

冼太太说:"你是班主,跟他们商量什么?不如你先听听我的条件?"

陈立夏说:"不听了,怕听了之后再拒绝,我会后悔。"

冼太太说:"你要拒绝?你现在住的还是……还是这里的房子。"

陈立夏说:"如果你介意,我们可以搬走。摘星太平年红棉班这个名字,我们永远不会变,我也不会改我的艺名,钱对我们很重要,但自由更重要。"

麦啸文端着一堆吃食送过来,冼太太却神色不悦地起身离开。

麦啸文问:"怎么了?"

陈立夏说:"别拿过来,餐点上了桌就不能卖给别人了,别浪费。"

麦啸文让伙计端走食物,问陈立夏:"怎么了?"

陈立夏说:"我再想想,她也要再想想。"

她们到底还是谈崩了。戏班的人照常各自忙碌,有人在墙边压腿练功,有人在清理行头,有人端着木盆洗澡归来,有人在翻看报纸,一副休息的景象。两个女学徒悄悄走到陈立夏身边,压低声音轮流问着她。

唐小婉说:"班主,听说你拒绝冼太太了?"

陈立夏说:"你们都知道了?"

唐小婉说:"香港才多大的地方!现在报纸上都没有咱们的照片了。"

陈立夏说:"唱戏不是为了这个。"

林清说:"怎么不是啊?唱戏不是为了红吗?"

陈立夏说:"我以前也这么想,现在不一样了,我们唱戏是为了活下去。"

唐小婉和林清似懂非懂。

陈立夏说:"不是为了挣包银的那种活下去,而是为了坦坦荡荡、无怨无悔地活下去。"

她们还是不懂。

陈立夏说:"等你见了生死就懂了。"

林清说:"这些我不懂,我就知道现在物价越来越贵,租房子一天一个价,咱们不能被轰出去。"

黄祁全和麦啸文也在商量这件事:"师父,听说冼太太要咱们把戏班子赶出去?"

黄祁全说:"妇人之见,不理她。"

麦啸文说:"可她是东家的……"

黄祁全说:"她不是东家。这件事你不必担心,也不必让阿卫的妹妹知道。"

收音机里正在播放的广东音乐突然停止,换成字正腔圆的粤语新闻:"现在插播本港刚刚收到的紧急新闻。据悉,日军于当地时间12月7日凌晨,空袭了夏威夷的珍珠港,美军舰只损失严重。"

这个消息顺着电波飞快传播到各地。此刻在广州沙面洋楼外的咖啡馆,陈山河和一个商人坐在咖啡馆的草坪上,陈山河把一袋金条推过去,商人偷偷检验成色。

陈山河说:"瞧你这跟做贼一样。"

商人说:"财不露白。"

"以后交易换个地方嘛!我请你吃饭。"

"还是沙面好,换了钱直接存洋人银行的保险柜,安全,再说现在也就沙面不是日本人的地盘了。"

商人推过一个纸包,陈山河撕破一角,看到里面都是满满的港币,陈山河把纸包卷在衣服里。

"你不点点?离开这张台,我可就不认了。"

"不必,你骗我,我会杀了你。"

"乱世藏金,你换这么多港币干什么?"

"我妹妹在香港,给她换点。"

周围的灯光突然熄灭了,整个沙面陷入黑暗,各种语言的惊叫声此起彼伏，片刻之后咖啡馆的侍者给各桌送上了蜡烛。

黑暗中传来密集而整齐的脚步声，随即，一队队日军士兵从黑暗中走来，出现在烛光下。

商人喃喃自语："出事了！一定出事了！出大事了！港币！港币要跌了！"他突然站起来，"钱货两讫，例不反悔，告辞。"商人转眼走远，留下茫然的陈山河。

这一天是1941年12月7日，日本偷袭珍珠港，太平洋战争爆发，次日，美国和英国对日本宣战，中华民国政府于12月9日对日宣战，12月21日，德、意对美宣战，第二次世界大战范围扩大了，而陈山河因为在这个时间点上换港币，身家缩水了一半。

第十七章

1

日军军舰炮击香港,诸多民宅被炸,冼仲隽家也不幸中弹,他倒在餐桌旁,胸前一片殷红血迹。冼太太双手抱头蜷缩在桌子下。冼仲隽吃力地伸手去捡身边的半碗炖禾虫,冼太太明白了他的意思,颤巍巍地钻出来,捡起碗来,舀起一勺炖禾虫往他嘴边送去。他用力吃了一口,还没咽下去就死了。

冼太太也是个狠角色,第一时间就召集了黄祁全、麦啸文、陈立夏等人:"英国佬都是银样镴枪头,嘴上说得漂亮,我看他们守不住香港。我不打算留在香港,订了明晚的船,冼先生的丧事就交给你们办了,作为酬劳,这家广州大酒家给你们经营十年。"

黄祁全不安:"冼太太……"

冼太太说:"我不是征求你的意见。明早律师楼会来人办手续,你们签字就是了。倒是你啊,陈立夏,你跟我走好不好?"

陈立夏诧异:"啊?"

冼太太说:"我要去美国,一个女人出去打拼,需要信得过的人帮衬,你来帮我吧!你的人品和能力我都很欣赏。"

陈立夏说:"谢谢,我不能离开我的戏班。"

冼太太说:"等以后条件好了,你可以把他们也带到美国去。"

陈立夏说:"我离开,戏班子就散了。谢谢你的好意,我还是跟他们在一起吧。"

冼太太的态度冷下来："好吧，你要记住一句忠告，女人更要学会抓住机会。"

陈立夏说："谢谢指点。"

冼太太转身离去。

黄祁全说："东家一生英明，连个办后事的人都没有，唉！"

麦啸文说："师父，这酒家……"

黄祁全说："替东家守它十年吧。"

黄祁全问陈立夏："香港也打仗了，你们怎么办？"

陈立夏说："我跟他们不会分开，能演戏就演戏，不能演戏，我们就打零工先活下去。"

游击队一直驻扎在山里，金慧荣的伤差不多好了，他在地上小心地练习走路，邝庆奎神色阴郁地走进来问："能下地了？好得还挺快。"

金慧荣说："心里着急啊。"

"是该着急！日本人对英美开战了，战局会不会有变化？英美能打败日本吗？他们要是也拿日本人没办法，那真就没希望了。"

"我派人去买报纸了。"

"报纸天天说假话！日本人打香港十几天了，有什么正经消息没有？一点都没有！要是守不住香港，英国人肯定提起裤子就跑。"

"别灰心！我们不是在组建东江抗日游击根据地了？抗战力量不断壮大……"

"别跟我说这个！你东江游击队敢去打广州、打香港吗？不敢就还是个挨打的命。"

"老邝。"

"叫我邝队长！最烦你们称兄道弟拉近乎。我带几个人进城一趟。"

"你干什么去？"

"打听消息。"

邝庆奎带着几名手下径直去了广州。正常的关卡都有日本人把守,进不去,他们沿着城外的小路走着,沿途的建筑都被封上了窗口,有的是用砖石,有的是木板。他们一行人停在其中一扇窗口下,手下熟练地拆卸着封堵窗户的木板,露出可供一人通行的窟窿。微弱的灯光投射出来,他们鱼贯爬了进去,木板又被娴熟地封闭上。

狭小的屋子里,屋主人两口子躺在被窝里装睡,邝庆奎等人从床前经过,把一沓厚厚的法币丢在床上。等他们远去,被窝里伸出一只手,把钱飞快地拿回被窝里。

进了广州城,邝庆奎一路东张西望。

"邝队,咱们去哪里?还是先找个酒家吃个宵夜?"

"去广州大酒家。哦,现在叫明月家日本料理,去看看。"

明月家日本料理的窗户上贴着圣诞树的彩色画,带来些圣诞气氛。几个人举着枪、举着手榴弹,控制着前门和后门,小泽、伙计、食客都鸦雀无声、噤若寒蝉。

邝庆奎趴在柜台上,听着收音机里的声音:"12月25日,香港总督杨慕琦宣布无条件投降。这场历时十八天的抗战,起始于12月8日凌晨4时日军发起的攻击,首先是启德机场遭到轰炸,驻港英军失去制空权,日军遣华舰队在海上封锁香港。9日起进攻英军各据点,12日突破守军主要防线,14日占领九龙并炮击香港,18日和19日登陆并占领香港岛东北部,21日切断水源,25日下午7时30分英军投降,日军占领香港。"

邝庆奎关了收音机,怅然若失:"你们原路回去。"邝庆奎走向大门。

"邝队,你去哪里?"

"不要管我。"

"可是……"

邝庆奎突然回身举枪:"我说了!不要管我。"

众人被吓住,邝庆奎说:"马上原路滚回去。"

他转身开了大门走了出去,几名手下贴着墙边悄悄跟着,前方的邝庆奎背着手,看起来走得很轻松,他们相互低声议论:"队长这是要去哪里?""小心巡逻队……"

　　邝庆奎一脸坦然地从一队巡逻的日军小队面前走过去,日本巡逻队也没有理睬他。邝庆奎的手下只敢东躲西藏,在黑暗中等巡逻队过去,邝庆奎已经走得更远了。一个手下突然加快脚步:"这是去宪兵队的路!仆街!邝队长是不是要跟他们拼了?"

　　众人都热血沸腾,纷纷喊着拼了,掏枪上膛。他们看到邝庆奎站在了宪兵队大门前,跟守门的宪兵说着什么,随即他们看到阮飞舟从大门里迎了出来,没说几句话,就张开手和邝庆奎拥抱,亲热地拍打肩膀。邝庆奎把身上的武器都卸下来丢在地上,又解开衣服张开双手供哨兵检查。阮飞舟制止了哨兵的检查,大笑着把邝庆奎引进了宪兵队,手下们面色大变,转身就走。邝庆奎已经干脆利索地叛变投敌了。

2

　　一辆擦得很亮的汽车穿行在广州的大街小巷,车头飘着一面小旗子,是青天白日旗加一条飘带的伪政府的旗。汽车停在警局大门口,邝庆奎一身崭新警服下了车。他仰望大门,环顾四周,面无表情地迈步走进大门,他心中默默地念叨着:"刚进警察局的时候我量过,从大门口门岗走到办公大楼,是一百二十步,走到组长办公室一百三十五步,队长办公室二百步,局长办公室二百三十六步,两度走完这两百三十六步,我仆街地走了四年。"他一路走啊走,经过了大门、走廊、各个科室,沿途是麦坤、周少雄、区淮和高山峡等警察小头目,他们显然都不意外,只是表情各异。有人机灵地敬礼,有人赔笑,邝庆奎一概不理,板着脸走进了局长办公室,又狠狠地关上了门,把所有尾随而来的人挡在门外。

　　邝庆奎打量着警察局局长办公室,变化似乎不大。他径直走到办公桌旁,在桌下扣了扣,抠出一支小手枪,他检查一下,放在桌上。他又走到书架前抠了个机关,书架自动开了一个洞,里面满满都是金条。这都是廖四六积攒的财富,而藏枪和藏金的两个地方,还是当年邝庆奎让他设置的。廖四六一辈子追着邝庆奎的脚步,却学不会邝庆奎的审时度势,所以,他积攒的这一切,邝庆奎就笑纳了。

桌上摆满了各色美食,桌子四周是端着碗的麦坤、周少雄、区淮和高山峡等警察小头目。他们看着邝庆奎大口吃着,没有人敢伸筷子。邝庆奎边吃边流泪:"这道菜太辣了,辣出眼泪了!什么时候粤菜里放辣椒啦?"

麦坤赔着笑:"是、是,太不像话。"

周少雄说:"广州天天要喝凉茶的,吃辣椒不是要害人命吗!是哪家酒楼?我去砸了他们!"

邝庆奎说:"也不对,名字里有'豉椒'的菜,就是加了辣椒的菜,豉椒蒸排骨、豉椒鱼头。用'椒丝'开头的菜也是,椒丝腐乳炒通菜。"

区淮问:"那……砸还是不砸?"

"大家都是熟人,不必这么拘谨,我以前是什么样,现在还是什么样,大家齐心协力一起把警察局搞好,来,吃菜。"

众人轰然答应,积极地伸出筷子。

警笛声中,警察们扑进小巷,挨个砸着被封闭的窗户。有的是真封闭了,砸不开,有的就很快露出通行的洞来,包括上次邝庆奎进广州时钻过的那扇窗口也被敲开。一个警察摘下手榴弹拉弦丢进去,捂着耳朵蹲下,窗口里喷出爆炸的火光。这一日的广州城警笛一直在响着,四面八方没有停止追捕,到处可见枪弹的火光。

陈山河利索地收拾着东西,整理好包裹,他走到门边,很多支手电筒的光亮却已经透过门板照了进来。邝庆奎的手指在门上拍出一连串节奏,透着得意扬扬:"起床了,天亮了。"邝庆奎进了房门,笑眯眯看着陈山河,"故地重游,心生感慨啊。金条还藏在老地方吗?上次我可是一找就找到了。"

"你现在找,还能找到,不过没有金条,是港币。"

"港币啊？现在行情可不好。"

"所以说我倒霉呢！找黑市商人刚刚换完，珍珠港就打起来了，港币暴跌，一杯咖啡还没凉，我的港币就跌成废纸了。"

"这么说，留你也没什么用了，咱们还有那么多深仇大恨。"

邝庆奎摸出手枪来。

"邝局长是铁了心要给日本人当狗了？要不要改一个日本名字？阮飞舟叫你过去摸脑袋的时候，喊起来方便。"

"我给政府当差，不是给日本人。"

"连你们的政府都是日本人的狗。"

"你是一心寻死啊。"

"那你就开枪啊！看你打死我，能不能全身而退。本是同根生，相煎何太急？我也是靠日本人吃饭的，我懂。"

邝庆奎揣摩着他这么理直气壮的原因，闻声嘲笑："你的底气就是这个？你指望三国有喜能保住你？"

"想弄死我的人不少，廖四六想，阮飞舟也想。阮飞舟算是你抱的大腿吧？以前跟你一样瞧不起三国有喜，结果你猜怎么着？三国有喜请出一位大佐，把阮飞舟吓得屁滚尿流。"

"哪位大佐？哪位大佐我也不怕。"

"你不怕，但是为我得罪日本大佐不值得！你犯得着吗？尤其是你刚刚站稳脚跟！"

邝庆奎犹豫着。

"我活着才能继续挣钱，所以三国有喜需要我。邝局长，给自己留个金矿不好吗？"

"老被仇人惦记着，不如斩草除根。"

"临危不惧，方显你邝局长英雄本色。"

邝庆奎哈哈大笑。

冰室里，谭淼淼和陈卫并肩喝着汽水："我要跟你说一件事。"

谭淼淼："嗯？"

"以后你的安全由我负责。"

"啊？"

"具体的你就不用管了，反正知道有我默默保护你就行了。"

"不知道你在说什么，对了，我倒是想邀请你一起做件事。"

"什么事？"

"我要编一份菜单，把好吃的粤菜按照不同的价格，丰俭由人地搭配起来。"

"这个我倒是有资格。"

"我爸爸最有资格！"

"那你还找我！"

"跟你一起编更有意思。你愿意吗？我们每次见面都讨论一个菜，一定要在色香味各个方面都最能代表岭南。"

"还要好吃。"

"还要有历史感。"

"还要有新意。"

"还要纯粹，不能弄太平馆的西餐。"

"可是粤菜本来就兼收并蓄啊。"

"那也得收得有理、蓄得有趣……"

"通过！"两人兴奋地聊着。

于是他们有了约定，每天都商讨一道菜，谭淼淼负责选定，陈卫则推导出具体做法，由谭淼淼记录下来，这成了他们的秘密。终于有一天，谭淼淼工工整整地抄好了一本菜谱，这是她和陈卫这段时间朝夕相处的成果，每一道菜的做法都凝聚了他们俩共同的想法。谭淼淼翻开菜谱考陈卫，陈卫倒背如流："每一个字、每一个标点符号在哪个位置，我都记得牢牢的。"

谭淼淼很满意："如果有一天，我是说如果，有人来找你，想让你默写出这份菜谱，你能做到吗？"

陈卫问："啥意思？我肯定不能给他啊，这是属于咱们俩的秘密。谁想要？男的女的？"

谭淼淼说："我也不知道，我只是说如果，如果有个人找你，不管男女，只要他来要，你就默写给他，能做到吗？"

"你爸爸要？可以给他看看，但不能算是他的，这是咱们俩的心血、秘密！"

"不是我爸爸，不一定是谁，但是只要他来要……"

"为什么不是你来要？"

"哎呀你就别管了，只要有人来找你，说要那本我们的菜谱，你就默写给他，行吗？求你了。"

"就说我们的菜谱？"

"对，就说我们的菜谱。"

陈卫答应了，谭淼淼看似松了一口气。

3

日军占领香港后，街上的人明显变少了。戏院门口，工人正在拆下《梁红玉》的海报，戏院经理陪着陈立夏走出来，正好看到这一幕："实在不好意思，日本人一定会追查抗日活动的，我们戏院演过抗日戏，拆下来免得惹麻烦。"

陈立夏说："谢谢你这些日子的照顾。"

"都是中国人嘛！对了，要不要看场电影？最后一场了。"

"不必。"

"以后美国电影也不让放了，《魂断蓝桥》成绝响啦。"

陈立夏停住脚步，《魂断蓝桥》是她去见金慧荣时看过的电影，此时此刻，她想重温。

黑暗的影院里，银幕上的《魂断蓝桥》演到音乐响起的段落，男女主人公在不断熄灭的烛光下起舞，陈立夏看得流着眼泪。放映突然中断了，银幕上打出幻灯字幕：请梅兰芳、蔡楚生、司徒慧敏到半岛酒店日军司令部会晤。这是占领了香港的日军开始抓捕此地的文化名人，逼他们粉饰太平，歌颂日军的占领。这种对文化名人的胁迫，与阮飞舟在广州的行为一脉相承。观众哗然，片刻之后，幻灯片消失，电影继续上映着。陈立夏起身离开。

回到寄寓的广州大酒家，唐小婉慌慌张张拿来一张报纸，指点着上面的内容："你看、你看！"报纸上一则启事："请邹韬奋、茅盾先生参加大东亚共荣圈的建设。"

"班主，怎么办啊？咱们演梁红玉，一定会被日本人抓的。"

老吴说："听说马师曾师傅逃到澳门去了。咱们也想办法跑啊！"

陈立夏说："从香港去九龙的水陆码头都被封锁了。"

唐小婉说："要不，我们都不唱戏了，大家各谋生路，这样日本人就拿我们没办法了。"

老吴说："你以为谋生很容易吗？"

陈立夏说："大家放心，戏班不会散，我也不会丢下大家独自逃生，时局是艰难，红尘冷暖，百味人生，方能唱出纸短情长。"

唐小婉说："班主，你就说苦中作乐呗！"

陈立夏嗔道："胡说八道，罚你去帮忙洗碗！"

广州，电报员谭森森接到一封密电，译出后的内容是，"呛喉即刻回港"。电文通过秘密渠道送到上级老孙那里，孙掌柜去了陈卫喜欢的那间冰室，坐到了他面前。

"呛喉同志，你瞒得我好苦，我还以为你只是个交通员。"

陈卫一愣，慢慢露出笑容，在香港的那几个月，他已经被发展成了秘密情报人员，接受了最专业的训练，他的级别很高，直接受香港那边的党组织领导。广州的地下党组织刚刚知道了他的身份，孙掌柜传达了密电内容，陈卫起身离去。

陈卫带着一些腊肉、腊肠回到照相馆,把腊肉、腊肠安置在屋角,告诉谭淼淼自己要回香港了。谭淼淼诧异:"你回香港做什么?还这么急?我爸爸还在菜艇帮忙,来不及让他回来。"

"广州大酒家需要我去坐镇啊,我是香港厨神嘛!"

"那为什么还要在广州待了这么久?"

陈卫看了她一眼:"你说呢?"

"我怎么知道?"

"腊肉、腊肠是给你和你爸爸吃的,别让他拿到菜艇上去卖喽。"

谭淼淼看着他踩在椅子上挂香肠的背影:"你究竟是什么人?"

陈卫沉默片刻,决定违反一次纪律:"你今天收的电文,不是有'呛喉'这两个字吗?"

谭淼淼震惊,一时手足无措,下意识地看了一眼房门:"你早就知道我的身份?为什么不告诉我?"

陈卫说:"纪律。"

谭淼淼说:"现在又不要纪律了?"

"我的任务完成了,有些话再不说怕来不及。"陈卫从脖子上摘下一块玉佩,"这块玉我从小戴在脖子上,是我们家留下的唯一一样东西,我想送给你。"

"不要!太贵重了,我不能要。"

"我哥和我妹妹也都会同意的。"

谭淼淼慌乱地说:"跟我说这个干吗?他们同意什么……反正我不能要。陈卫,既然你也是同志,应该知道工作九死一生的性质,何必彼此拖累牵挂哪?匈奴未灭,何以家为……"

"那你就替我保管,这总可以吧?还有我师父的照片,这是我最珍贵的两样东西了,我不想暴尸荒野了,让它们也丢了。"

"啊?革命是有危险,但不能就此悲观啊。"

陈卫一本正经地说:"那为什么还要等匈奴灭了呢?革命就是愚公移山,要尽早培养下一代继续革命。"

谭淼淼有种缺氧的窒息感:"你怎么……怎么又说疯话!"

"抓紧时间跟你说一下安全方面的问题。第一是搬家,这一片骑楼做杂事的太多,容易暴露,你说灯下黑,也得看是什么灯。"

"搬去哪里?"

"去第十甫路吧,那边有很多卖留声机、卖灯泡电线什么的店铺,混在里面不容易被发现。我知道你挺得意照相馆这个身份,能掩护你白天遮挡窗户的行为,但阮飞舟已经注意到这里,也知道你我的关系……"

谭淼淼瞪了他一眼。

"他是个资深特务,地下工作的经验比你我加起来都多,我很介意他,所以,你必须搬家,换一个掩护职业。"

"我要请示上级。"

"不用。电台安全我有负责的权力,我来不及帮你办了,你自己抓紧。"

"好,呛喉是什么?"

陈卫说:"就是味精,厨师们都不喜用味精,说吃了口干,所以叫它呛喉,这些年很少用这个称呼了,我走了。"

"我送你。"

"虽然我很想跟你一起逛逛街,像平常人家那样一起买买菜、看看电影,回家来给你做菜,但是,以后吧,会有那么一天的。"

谭淼淼又羞又气:"我说的是送你到门口!门口!"

陈卫笑笑,他们走到门口,门外就是车水马龙的人间烟火,屋里却分外安静,两个年轻人就这样站着。谭淼淼的视线只盯着陈卫胸前的扣子,不肯抬头。

陈卫的视线落在她颈间细细的绒毛上,遥远的什么地方,依稀传来清唱粤剧的声音,听不出唱的是什么,但袅袅娜娜,分外妖娆。

陈卫声音都沙哑了:"我刚刚说的是真话。"

谭淼淼微微点头:"那你要保重自己哦。"

陈卫在路上开心地奔走着,身边有人穿着木屐走过,清脆的声音引得他看过去。这木屐声让他想起当年在广州大酒家后厨几十只穿着木屐的脚在奔走,木屐声响成一片。陈卫穿着木屐在切着菜,麦啸文穿着木屐走来走去地指挥着。这是陈卫记忆中最深刻的画面,是他的成长史,也是他对未来的向往,这一刻在爱情得到回应的时候,他想做菜了,唯有做菜才能表达他的感受。

谭淼淼在发着呆,谭耀亨不满地嘀咕着:"他就不能明天再走?都不跟我打声招呼,他把我这里当旅馆啦?真是养不熟的白眼狼!"

谭淼淼说:"他出的钱……"

"我收拾的家!家具不是我淘换来的?我给他省了多少钱?再说我是不是长辈?这个家里是不是该我说了算?"

谭淼淼心不在焉:"是。"

"你怎么了?魂不守舍的?这小子,没趁我不在家欺负你吧?"

"爸爸……"

"别以为我看不出来,这小子老偷偷看你!"

"爸我上楼睡觉了。"

"你可考虑仔细了,他是不是你的良配。"

谭淼淼又不想上楼了,但也不敢看向谭耀亨,她对着楼梯说着:"还以为你挺满意他,整天把他挂在嘴上。"

"人是挺好,就是太不安分了,跟他在一起,不知道下一分钟给你折腾出什么事来。唉,人无完人。愁啊!"

"他让咱们搬家。"

"什么?他还想把我们扫地出门?"

"不是。他是说要搬到……"

"不搬!好端端地折腾什么?做生意要讲熟客,你们这个小照相馆好不容易有了几个熟客,一搬走,熟客也没了。"

"找个更热闹的地方,客人更多。"

"那更没有必要,就这么一台旧照相机,就你我俩人,客人多了也麻烦,照顾不过来,不搬不搬。"

"他说这里不安全。"

"看到了吧?早就说这小子不是良配!他是欠了钱了还是惹了人了?至于东躲西藏吗?你好好想一想!到底要搬到哪里去。"

谭淼淼没想到老爹转变得这么快:"啊?"

"想搬到哪里去啊?给我个范围,我明天去找房子啊!唉!真是操心劳碌命!"谭耀亨絮絮叨叨,谭淼淼偷偷笑了。

南禄药坊里,陈山河用搓板搓着药丸:"搓丸的关键是手劲儿。劲儿大了,板子压死,药条就扁了,劲儿小了,药丸搓出来切不断。搓板必须稳,搓出的药丸讲究圆、光、亮。"

三国有喜翻看着桌上抄录的医书:"那些医书呢?怎么只有这几本了?"

陈山河说:"有的还了,有的卖了,证件带来了?"

"这可是很难拿到的证件。你到底为什么要去香港?"

"我小妹陷在香港了,我不去接她回来怎么行?她年轻不懂事,在香港唱抗日戏,得了好大的名声。现在你们的人占了香港,她能有好果子吃?赶紧弄回来免得大家麻烦。"

陈山河搓完了全部的药条,都变成了一颗颗药丸。他找出一个大碗来装着这些药丸。

"真材实料,你拿去送人,壮腰补肾,管用。"

三国有喜把一沓厚厚的日文文件递给他,陈山河伸手接,他还不肯撒手。

"你现在算是防疫给水部队的后勤,去香港采购机器零件,明白吗?"

陈山河拽过证件:"我得带人回来,这上面写了吗?"

"只能带一个,男女不限。"

他们走到大门口,一辆脚踏车放在门内,上面还绑着一个大皮箱。

三国有喜疑惑地问:"你骑这个去香港?"

"去码头!"

"箱子里是什么?"

"小额港币。香港现在禁用大额港币,有钱人都成了穷鬼,我去帮他们换换钱,六折,很划算。"

"你去救人还要赚钱?"

"顺便嘛!也算你一份好啦,我去买零件总要带钱吧?"

三国有喜笑了,他就喜欢这个钱字。

香港牵动了很多人。金慧荣正在开会,上级布置着任务:"东江游击队要接应滞留在香港的文化界人士安全离开,分东西两线。西线走水路,经澳门到广州湾;东线经九龙,翻山进入我们东江游击区。上级要求我们做好沿途接应,务必保证进步人士、文化界人士能顺利逃脱日寇魔爪。"

金慧荣举手发问:"文化界人士,都有谁?我们会有名单吗?"

"名单由八路军驻港办事处掌握,为了保密,我们不需要知道。"

"不知道名单,万一丢了一两个人怎么办?"

"会有专人负责清点人数,你们只需要负责各自范围内的安全。"

金慧荣犹豫了一下:"会有唱大戏的朋友吗?有不少粤剧大佬倌在香港。"

"文化界人士涵盖了文化界的各个领域,我能说的包括茅盾、夏衍、邹韬奋、梅兰芳、蔡楚生等人,他们离开九龙之前的行程另有人负责,我们负责的是离开之后的安全。"

4

南石头监狱,邝庆奎沿着长长的走廊走来,他的脸在灯光下时明时暗。麦坤把守在一扇牢门前,见到邝庆奎,他连忙敬礼:"报告局长,人在里面。"

邝庆奎走到牢门前,看着里面一个穿着便衣的人,是久违了的兰建辉。邝庆奎回身对麦坤说:"到外面等我。"他看向兰建辉:"我该叫你兰教授还是兰长官?"

兰建辉抬起头,脸上还带着伤:"不是说你在打鬼子吗?我在重庆还看到过给你的嘉奖令。"

"羞辱我可不明智,这间牢房大概是咱们第一次见面的地方吧?你那时候说让我客气点儿,以免日后不好相见。"

"我现在还是这句话。你以为日寇能长久吗?他们发动了太平洋战争,跟英美各国开战,这叫贪心不足蛇吞象,最终就是蜉蝣撼大树的下场。"

"可惜你看不到这一天了。"

"我们军统的锄奸队也不是吃素的。"

"你来干什么?锄奸?"

"告诉你也无妨,我要去香港采购西药。"

麦坤蹲在监狱外面的地上扒拉着石子,邝庆奎走了出来,麦坤连忙立正。

"行啦,别给我来这套形式主义。在哪里抓到的?"

"沙面,黑市。"

"去那里干什么?"

"他在找人走私。"

"我问你!你去那里干什么?"

"哦!我有驳脚给我线索。"

"驳脚怎么说?"

"说有人在交易走私西药。"

"警察局什么时候成缉私局了?"

"驳脚说是重庆来的军统。"

邝庆奎突然沉默,麦坤揣测着:"长官,这个人,长官认识?"

邝庆奎看着他,突然笑起来:"敢这么试探我的人,都死了。"

麦坤惶恐:"不敢不敢,绝不敢!卑职只是职业习惯。请局长原谅。"麦坤深深弯腰鞠躬。

"日本人来了,中国人的脊梁骨都软了,动不动就学人家深鞠躬。抬起头来。"麦坤抬头，竟然满头大汗。邝庆奎对此很满意："知道敬畏，你还有救。军统的事你不要过问了，给你个任务，去查中共在广州的秘密电台！"

麦坤道："是！一定完成任务。"

邝庆奎把兰建辉带到广州城外一个简陋的小茶摊，把他的手铐在桌子腿上，邝庆奎坐在他对面，狼吞虎咽地吃着东西。

兰建辉说："在广州的时候，我没觉得广州菜好吃，可去了重庆才觉出不同来，重庆菜太辣，我每次吃完之后，谷道都受不了，火辣辣的，有时候能肿起来。"

邝庆奎说："想恶心我？省省力气吧！我在日本学警察课程，经常在法医房里吃饭，饭盒就放在尸体大腿上，你别把自己说恶心了。"

"你带我到这里来干什么！我不会屈服。"

"屈服并不丢人，丢人的是无谓的牺牲。对了，同事一场，还没有讨过你的墨宝，能不能惠赐一幅啊？"

"你假惺惺的要干什么？"

邝庆奎起身解开了兰建辉的一只手，另一只依旧扣在桌腿上，他一挥手把桌上的碗盆都抹到地上，杯盘乱滚，然后摆放好纸笔："我说你写：兹收到我党秘密派遣人员邝庆奎报效之西药一批，价值……价值就写二十两金条。"

兰建辉突然停手："你要拿去做什么坏事？我不会配合你的！"他单手撕掉了收条。

"送货的马上就到，你把收条撕了，我怎么给你交货？"

"什么意思？"

"就是说，我要报效给国家一批西药，价格你开，虚报也可，我只要一张纸条，签字画押，以证清白。"

"如果你真能这么做，那我欢迎你弃暗投明。"

"别别。别急着认亲戚，我只是多拜几个码头，不求跟你苟富贵勿相忘，别互相打扰为好。"

"你的事我回去一定记录在案，板上钉钉。"

"时间差不多了,也不知道你运气好不好。"

黑暗中传来脚步声,邝庆奎喊了一句:"带过来。"一个不起眼的男人推着自行车被麦坤带人推搡着过来,邝庆奎问他:"去香港进药了吧?交出来饶你不死。"

男人费解:"哪儿有药?长官你说的是什么啊?"

邝庆奎命令:"搜。"

几个警察上前,细细搜查着他的身上和行李。兰建辉瞪大眼睛,他们一通翻找,拆下了自行车,从车身的管子里、轮胎里倒出西药来。

邝庆奎说:"既然你说没有药品,那这些就与你无关了,你可以走了。"

男人似乎还有点不舍得,麦坤推搡着他:"还不滚?"

警察们继续把药品倒出来,分拣着不同的药材,包装在不同的信封里。

邝庆奎问兰建辉:"够不够?不够就再等一个,现在走私西药的都抓不过来。"

兰建辉把收条交给了邝庆奎:"合作愉快。"

邝庆奎说:"别再来烦我就行。"

香港广州大酒家的早茶正式开始前,炉灶的热气已经升腾起来,和着投射进来的阳光,又暖又温馨。陈立夏带着唐小婉等一批女演员帮着摆放餐具,麦啸文神秘地靠近陈立夏,示意她跟自己到一旁去说话。陈立夏跟着他来到角落里:"文哥,什么事这么神秘啊?"

"你准备一下,有个机会回广州。"

"啊?这么好?哪里来的机会?"

"别打听,有人来带你走。"

"什么人带我走啊?文哥你不说清楚,我也不敢走啊。"

麦啸文再次压低了声音:"我的身份和金慧荣一样。"

陈立夏眼睛一亮:"啊?你也是……"

麦啸文做了一个噤声的手势:"我师父不知道。"

"你认识我金师哥吗？"

"你们的戏我看过，但我们平常没联系，你懂吗？"

"懂。"

"这次要救出去几百人，组织上调动了东江各支游击队，分段保证安全，说不定你会见到他。"

"真的啊？太好了！"

"就在这几天出发，你不要离开酒家，接你的人随时会来。"

"啊？只有我？戏班呢？"

"走不了那么多人，这次安排走的，都是会受到日寇伤害的文化界人士，你演抗战戏出名，在日寇那里也是挂了号的。"

"可是我不能丢下他们。"

"你走了他们才安全，你走了，日寇就没有报复的目标了。"

陈立夏执拗地摇头："戏班信任我，留下与我一起演抗战戏，我现在丢下他们，还算人吗？"

陈立夏去乐器行买了一支小号，托麦啸文交给要走的文化人，说沿途护送的人中，如果有人问起小号又姓金，就把小号交给他，如果到了目的地也没有遇到，小号就送给他们，在内地还能换几个钱。

5

陈山河和陈卫在香港街头意外相遇了。

"哥，你怎么来了？"

"接小妹！她在香港唱抗战戏，日本鬼子一定会抓她，你来干什么？怎么不跟我说一声？"

"我也是来接小妹。你也没跟我说啊！"

"小妹有难，当然是大哥出手喽。"

"我是二哥，我不能不管。"

他们两个对视,都笑了起来,兄弟俩在这一刻都觉得温暖。

香港广州大酒店里,冼太太脸若寒霜,威严地扫视众人,黄祁全、麦啸文、陈立夏坐在她面前。

麦啸文:"冼太太,你不是说把广州大酒家留给我师父经营十年吗?我们还在等律师楼来办手续呢!"

"就当我没说过。"

"能问问为什么吗?你说要离开香港,现在……"

冼太太提高声音:"走不了,懂吗?日美交战,还能有船去美国吗?既然走不了,我不得靠这酒家过日子?我回来有什么不对吗?"

麦啸文说:"可是你说过,我们办理冼先生的后事,交换……"

黄祁全说:"阿文,不必多说。广州大酒家是冼家的,东家离世,理应交给冼太太。不知道冼太太有什么章程?"

冼太太说:"你们照常经营,我只看账本,以后每个月我安排会计楼来做账。"

黄祁全说:"应该的。"

冼太太说:"几个本家亲戚来领份薪水,职位你看着安排,跟着采买学习学习就行。"

黄祁全说:"好。"

冼太太又说:"酒家不养闲人,戏班子搬走吧。"

麦啸文问:"冼太太,你不是还想投资戏班子吗?"

冼太太说:"此一时彼一时,那时候是风头正劲的梁红玉,现在可是挂着催命符的,住在咱们酒家,是个祸害啊。"

"我会带戏班离开,谢谢各位师傅这些日子的照应。"陈立夏站了起来。

麦啸文提议:"先找好住处再走吧?"

冼太太说:"你说了算?如果下一秒日本人来抓她,连累了酒家,谁担责任?"

门口应声进来一个人,冼太太惊讶地指着他。那人莫名其妙地看着冼太太。

陈立夏惊喜地站起来:"二哥!"

陈卫大步走了进来,陈立夏扑到他怀里。

陈卫跟黄祁全、麦啸文打着招呼:"黄师父、文哥,好久不见。"

黄祁全和麦啸文都亲热地起身跟他拥抱,冼太太饶有兴趣地看着陈卫:"你是陈卫厨师吧?果然年少有为。"

陈卫不明所以地看向黄祁全,黄祁全说:"这位是咱们东家冼先生的遗孀,东家前几天被炮弹打死了。"

陈卫说:"冼太,节哀。"

冼太太说:"陈卫师傅,有你回来坐镇,我对广州大酒家更有信心了,冼先生在世的时候经常在我耳边夸你。"

"谢谢。"陈卫又继续对麦啸文说:"我和我大哥来接立夏回广州。"

陈立夏惊喜道:"大哥也来啦?"

冼太太又插嘴:"回广州干什么啊!同样是被日本人占着,香港还自由些。"

陈卫有点烦她了,不予理睬:"大哥在外面,我们一起接你回去。"

"我去找大哥。"陈立夏欢快地跑出门去。

冼太太说:"可以雇辆车……"

陈卫说:"冼太,你能回避一下吗?"

冼太太一口气噎住,顿时怒火飙升:"这是我的酒楼!"

陈卫说:"我来吃饭,怎么?你要打搅客人吃饭?"

冼太太站起身,强行抑制怒意:"天黑之前搬出去,否则我叫日本人来。"

她踩着高跟鞋离去,黄祁全送她出去。

屋里的陈卫和麦啸文压低声音。

陈卫问:"什么任务?"

麦啸文说:"护送一批文化人离开香港,你负责带三个人走,没问题吧？"

陈卫又问："我妹妹呢？"

麦啸文说："她在第一批的名单里，但是她拒绝了，说不能离开戏班子。"

另一边，陈立夏从陈山河怀里抬起头来："哥，我不能丢下戏班子跟你们回去。我走了，他们接不到戏演，用不了几天就散了，我师父和干爹的心血就废了。"

陈山河说："那就一起走。"

"真的？太难了吧？"

"难也要做，我跟你二哥想办法。回去之后再决定戏班子怎么办。广州也不太好，邝庆奎又回来当警察局长了。"

陈立夏吃惊："那我师哥呢？他们不是在一起吗？"

陈山河不知道该怎么回答，因为他真不知道金慧荣在哪里。其实金慧荣就在离香港不远的山区里，撤离香港文化人的工作已经开始了，他藏身山石后和树丛中，看着山下稀稀拉拉一串人走上来，领头和殿后的都是带枪的人，中间六七个人雇了挑夫担着大家的各种行李，一路爬上来。

金慧荣的视线在这六七个人中寻找着，没看到陈立夏，他有些失望。他鼓起嘴巴学着鸟叫，对面领头的人也双手圈住嘴，学着鸟叫。

"是三队吗？"

"我是三队金慧荣。"

"二队姜莱阳，我们负责的男四女三，全都在此，交割完毕。"

"辛苦，我们三队接手。后面还有人吗？"

"我负责接的就这些，还有一批人由四小队负责。"

金慧荣点点头，跟这个领头人相互抱拳，二队的人转身下山。

金慧荣说："各位，接下来的路，由我的小队来护送，大家可以先休息一下，吃点干粮，半小时后我们下山。"

知识分子们纷纷坐倒在地，疲惫不堪。游击队员们端出水壶和水碗，给大家倒水和分发干粮,是正经的大面包和奶酪,又有人提着凉水壶请众人倒水洗手。

金慧荣给大家分发食物:"请教各位,有人认识一个唱大戏的艺人,叫陈立夏的吗?艺名小红棉。"

几个人互相望望。

"小红棉这个名字很耳熟。不过我是北方人,听不懂大戏,也没有关注。"

"是不是前段时间演《梁红玉》的那个女艺人?大家都叫她梁红玉,我倒是记得艺名叫小红棉。"

金慧荣说:"对、对,应该就是她。这位先生喜欢看大戏?"

"我是写戏的,也写电影,大戏或者叫粤剧,是你们岭南的特色剧种,我来岭南后刻意看过一些,很有特点。"

金慧荣说:"请先生指教。"

"我认为你们的戏底子厚,剧作家产量高,吸纳性强,除了梆簧、排子、小曲,还吸收了弋阳腔、各种民间说唱,音乐丰富,乐队有四十多种乐器,古筝、琵琶、蝴蝶琴、卜鱼、沙的、双皮鼓……"

金慧荣接口数着:"梆鼓、京锣、勾锣、钹、战鼓、大小木鱼、大锣及大堂鼓……"

"更特别的是吸收了西方的梵婀玲、木琴、吉他、色士风,等等,这就太独特了,说明了这个剧种兼收并蓄的特点。一方水土养一方人,岭南人也一定是心胸开阔、海纳百川的性格。"

金慧荣道:"先生说得太好了,我也是唱戏的,可从来没从这个角度想过,听你一说,心里特别清楚。先生贵姓?"

"免贵,我姓夏,夏衍。"

队伍继续上路,他们一行人穿行在绿色的丛林中。金慧荣持枪走在前面开路,两侧和队尾也都有队员在警戒着。快到一个乡村路口了,一队骑着脚踏车的日军巡逻队骑了过来,金慧荣连忙做手势,众人藏进了树丛,看着巡逻队从前面驶过。手下用眼神询问金慧荣，还做了一个砍杀的手势，金慧荣摇摇头，指指五六个旅者，意思是要保护他们。

骑车的日军巡逻队远去，金慧荣让大家钻出树丛，却突然发现对面的一片树林里，也钻出来十来个躲藏的人。双方第一时间都举枪相对，互相打量，从气质上来看，双方很相像，都是外围几个带枪的，护着五六个游客样子的人。这些游客，有的穿着本身的西服、长袍，也有的换上统一样式的唐装。

金慧荣问："是四队吗？"

对面的人答："我们是四队，你们呢？"

金慧荣说："三队。"

虽然交换了信息，但双方的游击队员都没有放松警惕，直到双方的旅客队伍中有人相认。对面队伍中认出了这边的什么人，惊喜地挥着手。

"钱教授？你们也来啦！"

两边队伍看起来熟人不少，相互热闹地打着招呼，教授、老师之类的称呼满天飞，双方的游击队员们也松弛下来。

对面的游击队员说："我的命令是在这里会合你们三队带来的人，然后一起带去根据地，你可以交接了。"

金慧荣说："好，我队护送七人，男四女三，完好无缺，交接完毕。"

金慧荣突然看到对方一位女士背在身上的小号，心中一动："请问你是音乐家？吹小号？"

"我不会。你是不是姓金？"

"是！是！我是姓金。"

"那你认识一个姓陈的……"

"陈立夏，我师妹。"

"那就是你了，这是陈立夏带给你的，她说，这一路上有人问起小号又姓金的，就是她要找的人。"

"谢谢，我师妹……"

"她本来也在撤离名单上，但是她说要照顾戏班，所以不跟我们走了。"

游击队员们护送他们远去。金慧荣目送着,他举起小号凑到嘴边,一曲《游击队歌》被吹响。

旅客们挥手告别,他们越走越远,吹的曲子变成了《魂断蓝桥》的主题曲,余音袅袅在山林间。

6

陈山河、陈卫、黄祁全、麦啸文以及戏班子全体在喝酒吃饭。

陈山河举杯:"多谢大家对小妹的支持、照顾,我和阿卫敬大家一杯。"

众人一起举杯:"饮胜。"

陈山河说:"这次我们要带小妹和戏班一起回去,十五个人,需要的证件多,香港有没有黑市?"

麦啸文说:"你找黑市买通行证?会很贵。"

陈立夏说:"哥,我们戏班子可没钱了。"

陈山河把自己那份文件拿出来:"有哥哥在,不用你操心。带我去黑市看看,应该能换到十五份证件。"

陈卫向麦啸文使个眼色。

麦啸文说:"山河兄放心的话,就交给我去办吧,你是生面孔,他们会欺生。"

陈卫说:"我跟你一起去,我不算生面孔了。"

陈山河说:"好,这事就拜托你们,不够的话就补钱,我还带了些小面额的港币,也一起换成大额港币。"

黄祁全说:"这倒是好生意,阿文你要帮山河要个好折扣。"

麦啸文说:"是。"

黄祁全说:"阿卫,我们听说了你和谭耀亨挑战日本料理的事,干得漂亮!"

陈卫说:"那小鬼子抢了广州大酒家,这口气我可一直没咽下去,总有一天我得抢回来。"

麦啸文说:"广州大酒家的东家变了,倒是犯不着拼命。"

陈卫说:"那个冼太太不好打交道?"

黄祁全说:"按说不该背后说人是非,不过她做事也的确离谱,东家尸骨未寒,她转眼把冼家产业败得精光。我都担心这一间广州大酒家能不能保得住!"

这个问题没有答案。

接近出发的日子,麦啸文把三个文质彬彬的人介绍给陈卫:"就是他们三个,发疟疾掉了队,来不及编进别的撤退队伍,只好由你单独护送了,行吗?"

"行。"

"沿途没有游击队接应了!"

"我带他们混进戏班一起走。"

"会不会给他们带来危险?"

"有危险就一起面对吧,人多力量还大些。"

"你哥哥……你要小心一些,黑市的人说你哥哥的证件来头很大,他怎么能搞到这种证件?出证件的那个防疫给水部队非常神秘,上级一直在调查,你哥哥跟它又是什么关系?"

"我哥哥虽然有点滑头,但他不会是汉奸,更不会出卖我和小妹。"

"如果是呢?你怎么办?"

"我会大义灭亲。"陈卫严肃地说。

警察局大门前,卡车已经发动,车上坐了不少警察,阮飞舟和邝庆奎站在车下。

阮飞舟说:"宪兵队抽调各地警察力量去封堵香港,我把机会给你争取来了,如果能抓住中共偷运出来的那些社会名流、知识分子,我会为你请功。"

邝庆奎说:"我会坚守分配给我的关卡。"

阮飞舟说:"很好,你们先行出发,我会巡回各处关卡,希望能听到你们的好消息。"

"是。"邝庆奎上车出发。

与此同时,陈山河和陈卫带着众人穿行在山林,陈立夏追上来:"哥,歇歇吧,大家连续走了七八个小时,累得不行了。"

"好,休息一会儿,翻过前面的山就到了。"

众人一下子散落在各处休息,陈山河给大家分着食物和饮水,陈卫过来要拿食物。

"你带人来应该提前跟我说,证件、粮食都没准备够。"

"我们少吃一点,我可以不吃。"

"他们是什么人?"

"商人。"

"我看不像。"

"他们是我的朋友。"

"干净吗?还要过一个日本人的哨卡,别给咱们惹来麻烦。"

"你不是跟日本人关系好吗?"

"我那份跟日本人关系好的证件,已经换成他们的回乡证了,你临时加人,增加了变数啊。"

"那朋友求到头上,我能不管吗?"

"你应该跟我提前说。"

"在街上遇到他们的,来不及商量。哥,我这点儿主还能做吧?"

"你倒先急了?我还没发火呢!"

"那你发呀。"

陈立夏钻到他们两个人中间,一手挽一个:"两个哥哥不要吵,你们放下手里的事一起来救我,我很开心。"

陈山河和陈卫同时劝慰:"那还不是应该的吗!"陈立夏一手挽着一个哥哥,他们放弃争吵,继续前进。

最后一道关卡设在一个小村庄，陈山河一行非常不走运，被守在这里的邝庆奎抓个正着。邝庆奎让戏班子诸人站成一排，手里像洗牌一样耍着那一沓证件，从头走到尾，停在陈山河三兄妹面前："不枉老子连夜开车一百多里地，还真让我蹲了条大鱼。"

陈山河说："邝局长跑这儿来发财了？"

邝庆奎道："受省政府指派，全省联合行动，抓捕中共从香港偷运出来的文化人，你这里有多少啊？"

"我小妹的戏班，你知道的，都有花名册，很早之前就在八和会馆里备了案。"

邝庆奎说："那就逐一核对吧，至少你和你弟弟不是戏班的人吧？"

"我们俩是来接他们的，世道这么乱，我们俩怎么放心小妹一个人走嘛。"

邝庆奎审视众人，停在一个跟陈卫来的人身上："西服的样子不错，不便宜吧？哪家商场买的？"

陈卫说："他是开戏师爷……"

邝庆奎打断："给我闭嘴。"

陈山河狠狠看了陈卫一眼。

邝庆奎逼问："说啊？"

"爱群大厦。"

邝庆奎问："几楼？"

"六楼。"

邝庆奎越问越快："六层没有卖衣服的！什么牌子？多少钱？哪年做的？"

对方回答得严丝合缝："没牌子，找人做的，裁缝在六层开铺子，三十块大洋，民国二十七年做的。"

邝庆奎又问："你是开戏师爷？编过哪出戏？"

陈立夏说："《梁红玉》。我们戏班这一年多，只唱一出戏就是《梁红玉》。我不说你们也都知道。"

邝庆奎说:"《梁红玉》可是挂了号的抗日戏,你们就别怪我不讲情面了,是返回香港还是跟我回广州受审啊?"

陈山河凑了过去:"邝局长……"

邝庆奎拔枪:"退回去。"

"都是老熟人……"

"我说退回去你听到没有!"邝庆奎上膛,"退不退?"

陈山河退回去,和陈卫相互使着眼色。

一辆吉普车风尘仆仆开过来,阮飞舟下了车:"抓到这么多了?还是你这个关卡成绩大!"

他走了过来,一眼看到陈立夏:"Summer姐?怎么是你?好多年没见!"

陈立夏挤了个皮笑肉不笑。

阮飞舟问:"你们这是?"

陈立夏说:"回广州。"

"证件都有?"

"都有。"

"没有夹带外人吧?"

"都是我们戏班子的人,认识好多年了,我大哥二哥你也认识,不会误会吧?"

"不会、不会,我们执法还是以人为本的,我猜大哥二哥来救妹妹吧?真是太动人了。"

陈卫说:"相请不如偶遇,小妹,不如在这里唱一场戏,让大家验一验戏班子的真假,验明正身也好放我们一马。"

阮飞舟眼前一亮:"好主意!可以吗,Summer姐?"

也没什么像样的戏台,就在一户人家的大门前摆开了棚面,从老百姓家里借来的桌椅高低不等,阮飞舟和邝庆奎坐在其中,居然还有粗瓷大碗的土茶伺候着,也不知道从哪里弄来的。

阮飞舟和邝庆奎等着开场。

阮飞舟说:"大戏还得在这种地方听才有味道,它原本就是在乡村唱起来的,在城里剧院看的都不是原汁原味。我也好久没听她唱戏了。"

邝庆奎板着脸。

另一侧的僻静处,陈立夏等人在勾脸,陈卫带来的三个人也在穿戏服。

陈卫低声对那三个人说着:"音乐一响你们就走,从这里往北一直走就行了,不要走大路,钻到林子里弯着腰走,翻过山就是游击队的地盘,你们就安全了。我留下拖住他们,不能送你们。"

他看到陈山河怒气冲冲地走来,连忙迎上去:"哥,回去我跟你解释,现在不要争、不要吵!"

前面响起了锣鼓声,三个人看向陈卫,陈卫给了一个暗示。

三个人转身向房子后面走去,一个警察正把守着,看到三个穿戏服的人走出来。

"干什么去?"

"尿急!尿急!"

他们从警察身边走过,径直走向远处。

陈立夏在唱戏,阮飞舟听得津津有味,邝庆奎却心思不在戏上,他拿着一把回乡证把玩着。阮飞舟拿起茶碗喝了一口,马上又吐掉:"原汁原味,就只能喝这种茶了!可惜啊,没有什么水果,甘蔗、荔枝都还没上市。"

邝庆奎如受重击,他愣住了,想起当年他踩着一地荔枝向戏台前的桌子走去,一片杀戮景象,不断有人倒在他脚下。戏台上,穿着戏装的陈氏夫妇双双倒毙,鲜血流淌,棚面们浑身颤抖继续奏乐,背后都顶着刀子,刀子刺入乐手的后背,鼓乐终止。邝庆奎坐下来,挑着桌上的荔枝。

邝庆奎猛然站起:"陈老板糊弄人啊!"他顾不上跟阮飞舟说话,数着戏班子众人的人数。

山林中,那一行三人正在狂奔着,远远的枪声传来,他们回头望去,村子已经很远了。

"快跑，跑远了他们才安全。"

开枪的是邝庆奎，他把冒着烟的手枪对准众人："来的时候十八个人，现在是十五个！那三个人呢？嗯？"

陈山河道："邝局你数错了吧？一直都是十五人，有花名册，在八和会馆备案过。"

邝庆奎把枪对着他，陈山河立刻闭嘴。

"在老子眼皮底下玩花招？都给我拉过来，就地枪毙。"

警察们上前，把戏班子众人都拉过来排成一排，邝庆奎提着枪在他们面前走着停在陈立夏面前："民国十六年，我在佛山抓捕从广州逃出去的共产党余孽，你们的父母，陈煜卿、谢大雪唱戏酬神，我以为那些宾客是我要抓的人，就突袭陈家大宅，结果上了当。我要抓的人暗度陈仓。没想到阴魂不散啊，他们的后代也用这一招让我上当，是可忍孰不可忍！今天我要斩尽杀绝。"

阮飞舟打量着众人，尤其是盯着陈立夏。

陈山河说："你是找借口杀人吧？拦路抢劫。"

"聒噪！"邝庆奎向他面前开了一枪，子弹打在离他很近的地方，陈山河停住嘴。

陈山河说："好吧，我认输了，一人做事一人当，是我干的，与我妹妹无关。"

邝庆奎说："要给我上演兄妹情深的戏码？"

陈山河说："真是我！贪心收了点钱，夹带了几个人，愿赌服输，你处置我吧。"

邝庆奎看向陈卫："你呢？不主动说点什么？"

陈卫刚要说话，被邝庆奎喝止："都别跟我面前演戏了！今天要抓的就是你们的小妹妹陈立夏，别看瘦瘦小小不起眼，她可是香港鼎鼎大名的梁红玉，资深抗日分子，也是共产党要偷偷运走的文化人！今天谁都能走，她，走不了！"

陈卫和陈山河相互使着眼色，做出要动手拼命的准备，用眼神分配着动手的对象，陈山河锁定的是邝庆奎，陈卫锁定的是阮飞舟。

阮飞舟起身走了过来，正在陈卫准备扑击过去的瞬间，他突然凑到陈立夏面前，亲密地凑到她耳边说："Summer姐，你的哥哥们确实要了小聪明，我都看不过去了。邝局长疾恶如仇，我也应该支持，不过，你Summer姐的面子我一定得给，希望以后能常听到你的戏哦。"

"我欠的人情，我会还。"

"好。"阮飞舟走到邝庆奎面前，低声说着什么，邝庆奎似乎不肯，被阮飞舟搂着脖子又嘀咕了一阵儿。

邝庆奎愤怒地招呼警察们："收队。"他径直向村外走去，警察们跟上去。

阮飞舟说："Summer姐，要不要坐我的车回去？"

陈立夏摇头，阮飞舟也上了车："陈家兄弟，我给你们提个醒，不管你们以前怎么样，以后，广州我说了算。"

吉普车开走，众人都松了口气，戏班子众人瘫坐下来。

阮飞舟的吉普车追上了邝庆奎，此刻邝庆奎已没有了刚才愤怒的表情。

邝庆奎说："你说的是真的？"

阮飞舟说："当然，与其抓几个文化人，不如顺着这条线，把广州的中共地下组织全都挖出来。"

"你觉得三兄妹里哪个是？"

"都可能是。"

"如果是陈立夏呢？我看你对她另有不同。"

"那又怎么样？是不是共产党，她都逃不过我的掌心。"

两个人心照不宣笑起来。

"他们就交给你了。"阮飞舟的吉普车开走。

一众人还留在原地，陈立夏说："大家赶紧收拾行头，马上走！"

陈卫说："对，此地不宜久留。快走！"

他正张罗着，陈山河大步向他走去，陈立夏看到，冲过来拦住陈山河："大哥！不要啊！"

陈山河压低声音："他差点害死你！害死我们。"

陈立夏说："二哥一定有苦衷。"

陈山河说："那也不能为了那三个人，把全班人马拿来当枪使！"

陈卫走了过来。

陈山河质问："你就不怕连累我们？不怕我们被日本人打死？"

陈卫压低声音说："大哥，我没别的办法！我只能这么做！这是唯一的办法！"

陈山河说："那小妹呢？你就不怕害了她？你利用她！你利用我们所有人！你太自私自利了！"

陈卫说："我救的人很重要！"

陈山河说："我和小妹不重要？如果阮飞舟和邝庆奎杀了我们呢？我们就活该？"

陈卫说："大哥！这个世道总有些东西值得付出！需要我们牺牲！"

陈山河说："那你别拉上我们！"

陈卫说："我问心无愧！我不是为了我自己！"

两个人对峙起来，气氛剑拔弩张。

陈立夏抱住两个哥哥："哥，爸爸妈妈看到你们这样，会伤心的。"

两个哥哥再次偃旗息鼓，有小妹在，他们没办法吵起来。

回到家，陈立夏四处张望着。

陈山河说："行啦，你冲个凉早点睡觉，戏班子就住在南禄药坊的仓库吧，以后怎么办，你睡一觉起来再想。"

陈立夏说："哥！二哥不会有事吧？他救的那三个人，就是要逃出来的文化人吧？大哥你不该责怪他，我以他为豪。"

陈山河说："小妹，做人不能只看外表，要擦亮眼睛。"

陈立夏给堂屋中间供着的父母牌位上了香："爸爸妈妈，我们兄妹又回到一起了,我不管他们谁对谁错,都是我的好哥哥,求爸爸妈妈保佑,让我们永远不分开。"

陈山河溺爱地摸摸她的头。

阮飞舟和邝庆奎吃着日本料理,邝庆奎给阮飞舟倒酒。酒瓶空了,邝庆奎向柜台后的小泽示意了一下,小泽却在发呆。

邝庆奎起身走过去:"我去挑瓶好酒。"

邝庆奎来到柜台,小泽小太郎醒悟过来,连忙拿酒。邝庆奎扭头看向另外一排架子,上面的酒瓶都用粗笔写着人名,酒也不全是满的。

"这是什么?"

"这是客人们存的酒。"

"这么节俭吗?"

小泽笑笑,邝庆奎挑好了酒转身就走,突然停下来:"有廖四六的酒吗?"

小泽说:"有。"

邝庆奎有些没想到:"拿来。"

小泽去架子上拿来半瓶酒,是很普通的玉冰烧,写着个大大的"六"字。写这个"六"字,想必那一刻他是志得意满的。邝庆奎拧开盖子闻了闻,嫌弃地皱眉,又拧好还给小泽:"继续存着吧。"

阮飞舟看着邝庆奎坐回来之后就有些闷闷不乐:"邝局长似乎有心事?"

"没事,想起我以前的一个部下,深感死生无常。"

"有一首《落樱》的俳句,很符合你此时的心境。"

他举起酒杯,用日语朗诵着江户时期的俳人加舍白雄所作一句俳句:"昏灯初上恋相思,落樱更伤春。"

邝庆奎当然莫名其妙,阮飞舟翻译给他听,邝庆奎这回听懂了,但是更莫名其妙,一时冷了场,他急中生智举起酒杯:"不管相思还是伤春,我敬一杯,祝贺你高升。"

阮飞舟也有对牛弹琴之感，跟着举杯："饮胜。"

两个人喝了酒。

"邝局长，我调任宪兵队特高课，维护广州安定局面的职责更重，尤其是各种抗日抵抗组织必须铲除，这方面还希望得到邝局长你多多配合。"

"职责所在，敢不用命。说起对付共产党，我也算卧底进去体验许久，很有心得。"

"非常好。酒桌之上不谈公事，我只简单透露一点点，广州共产党有一个秘密电台，我们志在必得，掌握共产党的密码，他们将没有秘密可言。立功的机会哦。"

"邝某一定用心办差。"

酒足饭饱，阮飞舟和邝庆奎走出大门，小泽小太郎站在门口恭送。

阮飞舟说："小泽，你今天心思不在美食上啊，是不是想家了？"

小泽小太郎说："对不起。是冈田先生……"

阮飞舟问："他又回前线了？好久没见到他了。"

小泽小太郎："他……玉碎了。"

阮飞舟微微愣住："请节哀。"

他走出门去。

第十八章

1

广州码头汽笛长鸣,冼太太和黄祁全、麦啸文提着行李走出码头。日本士兵迎面拦在前面,指挥着从码头走出来的众人分别列队,登上等候的卡车。一个中国男人举着大喇叭来回穿行吆喝着:"据市政府令,所有回广州人员一律集中管理,甄别身份并做好检疫后才能进入广州,请大家按顺序乘车前往营地。"男人不断循环着这些话,冼太太等人被队伍裹挟着上了车。

集中管理的营地是南石头监狱改建的,跟之前的样子有很大不同,大门后是一片院子,搭着帐篷。卡车停在监狱门外,日本兵催促众人下车,门口摆着一排桌椅,下了车的人排着几条长队,在长桌前登记姓名,领取号码牌。麦啸文排到近前,递上一沓证件:"我们三个是一起的,这是证件,怎么把我们拉这里来了?我们什么时候能回家?"

长桌后面的人毫不理睬,只在本子上抄录他们的名字,远处传来粤海关的报时钟响。

黄祁全等人进了帐篷,里面全是地铺,密密麻麻的草席子一溜排开,有的已经坐卧了人,枕着各自的行李。

"这能住人吗?真是胡闹!"冼太太转身往外走。

门口处也有人大声叫喊起来:"这能住人吗?这怎么能住人?我们不是难民!我们是旅客!是回家!我不住!这地方我坚决不住,死都不住。"

两个守卫把他拖了出去，他一路挣扎叫喊，但很快被一拳打在脸上，再无声息了。帐篷里的人顿时安静下来，一个难民小声劝着大家："到这里了要守规矩，规矩就是别跟守卫讲规矩。"

黄祁全问他："请问，要在这里住多久才能离开？"

"说不好，哪天能检疫完，看运气，我都住了十天了。"

陈山河这些日子足不出户，在家抄写着医书，陈立夏凑过来："我去看了二哥，他跟谭伯伯一家开了个照相馆，你知道吗？"

"好啊。"

"照相师是谭伯伯的女儿谭淼淼，挺好看的，她还给我照了好几张照片。"

"好啊。"

"哥，我还记得爸爸妈妈出事那天，二哥也用一个照相机拍照片，你不让他拍，他根本不听你的，他从小就不听你的话。"

陈山河的笔写不下去了，他想起小时候的陈卫从照相机的黑布后面钻出来，笑得很灿烂。

"咱们兄妹少时分离，重聚多不容易啊，大哥，你就让一让二哥嘛！"

"你跟他也是这么说的吧？他怎么说的？"

陈立夏悻悻地说："他没说，真的什么都没说。"

"我知道他会说什么。"

"二哥说的是真的吗？"

"什么是真？什么是假？就拿这些医书来说吧，三国有喜盯上了，勾结宪兵队连抢带夺，怎么办？眼看着他把这些宝贝弄到日本去？"

"那就抢回来！"

"打不过他，抢不回来。我就跟他说，找人替他把这些医书誊抄一遍，字迹清楚，格式又统一，还写上他的名字供他珍藏，他就答应了。"

"然后呢？"

"那些医书秘方的正本被我拿回来，存到沙面的洋人保险柜里了。"

"那……大哥你不会眼看着老祖宗的好东西被抢走，你一定有意抄错几个字是不是？或者乱改一气。"

"三国有喜是行家，故意抄错肯定不行，抄完之后他还会核对。"陈山河得意地一笑，"我在抄书用的墨汁里做文章，字迹会越变越淡，过上一段时间就全都变成白纸了！"

陈立夏开心地拍着手笑起来。

"小妹，用药讲究寒热、虚实、表里、阴阳之别，要审时度势对症下药。病情凶险时，不可一味用猛药，去了病也去了病人的命。"

"可是二哥说，宁为玉碎，不为瓦全。"

"做一片瓦遮住一片天空，庇护一棵小草几只蝼蚁，比做一块被砸碎的玉更难，也更有用。"

"没有办法迂回了怎么办？"

"那就碎！真有那样的时候，瓦片也能浴火重生，百炼成砖。爸爸妈妈讲过北方的长城，不就是用一块块砖垒起来的？我们的家不就是砖瓦盖起来的？"

"我觉得你跟二哥说得都有道理，你们能不能和好啊？"

陈山河沉吟片刻："当然。会有那么一天的。"

几天之后，陈卫坐着黄包车去南石头，吃惊地看着面目全非的这里，新来的旅客们排队做着登记，黄祁全、麦啸文从侧面的小门走出了南石头，陈卫连忙迎了上去，他们把行李放在车上。

陈卫问："你们怎么突然回来了？"

黄祁全说："我们在香港听到消息，抢了广州大酒家的那个日本人，要卖掉广州大酒家。"

陈卫说："太好了！有人买吗？"

黄祁全说："他'放盘卖台'好几天了，没人接手，广府同行都很给面子，要先看我们的意思。"

麦啸文说："冼太太的意思，是由你出面把酒家买下来。"

陈卫答应："好啊！是应该收回来。但是不应该花钱买回来，他一分钱没花抢来的，凭什么要滚蛋了还能卖笔钱？"

麦啸文说："现在不是追究这个的时候，只管把它先收回来！"

黄祁全说："对啊，广府同行虽然给面子，但也不会等太久，那么大一个酒家，还是很有诱惑力的。"

陈卫说："不，要花钱买回来，我不舒服。黄师父，让我先跟那个日本人谈一谈吧。"

黄祁全不置可否地走向黄包车。麦啸文对陈卫低声道："你是怎么考虑的？"

陈卫说："组织上给我的最新命令，是让我留在广州，寻找抗日机会，等候新的命令。我在想，把收回广州大酒家跟抗战结合起来。"

小泽小太郎确实有心要转卖，他拉着陈卫和麦啸文参观着："我卖这个价格，不是我贪钱，是我欠了各方面这么多钱，我不能昧着良心一跑了之，我个人只要一张船票钱，就像我四年前来这里，也只有一张船票钱。"

"你干了四年还不够一张船票？"

小泽小太郎羞愧而苦恼："我也很纳闷为什么会这样，我对自己的厨艺有信心，在家乡时也有点名气，为什么来到这里就没有挣到钱呢？"

"你做菜还行。"

"谢谢。我想早一点回日本。"

"这酒家是你抢走的，想回家，提着行李走就是了，还要把它再卖一笔钱。我很佩服你的无耻。"

"真是抱歉！不过这几年我一直在精心照顾酒家，花钱修缮房屋，去年下大雨房顶漏水，我花了很多钱修，到现在钱还没有还完。"

"用不着哭穷。"

"真的抱歉,还不上那些债,我就是跑回日本也无脸见人。"

"上次我来踢馆,教了你一道百花酿鸭掌。"

"我已经学会了,这些日子就靠卖这道菜维持。"

"可是廖四六搅局,说好的踢馆没完成,我在报纸上发了声明说要押后,现在是时候了。"

"你什么意思?我都已经经营不下去了。"

"我们比一场,你赢了,我给你钱,风风光光回日本,要是你输了,就留在广州打工挣钱还债吧。"

小泽小太郎没有想到,吃惊愣住。

不过陈卫的这个想法没有得到大家的赞同,在菜艇上,几个人边吃边聊。黄祁全说:"何必节外生枝呢!冼太太已经准备好了买酒家的钱。"

陈卫说:"我觉得不能便宜了他。"

谭耀亨说:"对!踢馆必须踢完,给全广州老百姓一个交代。"

黄祁全说:"我们只想收回酒楼做生意,实在没有必要……"

麦啸文说:"如果阿卫在厨艺上赢了他,广州大酒店收回重开正好大放光明。"

黄祁全说:"不可能赢的!日本人能让我们赢?我给你们泼盆冷水吧!"

麦啸文说:"所以要商量一个比试办法啊。"

谭耀亨说:"我帮你设计,既要体现阿卫的厨艺,又要表现粤菜的特点,还要让日本人做不了手脚。"

黄祁全摇着头:"他们不用做手脚,他们也不会跟咱们讲道理。"

陈卫看向埋头吃东西的谭淼淼,谭淼淼心灵感应一样抬头对视。

陈卫说:"你怎么说?"

谭淼淼说:"从我们的菜单上选。"

陈卫说:"好。"

众人齐声问道:"什么菜单?什么你们?"

谭淼淼说:"我和陈卫无聊时做的小游戏,把我们俩认为的最能代表粤菜水平的菜，从凉菜到热菜，从汤到点心，编出了一本菜单，也没有名字，就叫我们的菜单。"

满座人都有些愕然，在他们看来，这个"我们的菜单"还有着琴瑟相和的寓意，但两个年轻人却似乎不懂，大家便也没有挑破，只有谭耀亨有点吃味儿，一脸悻悻。

其实谭淼淼另有所图，月凉如水，满地清辉，谭淼淼追问着陈卫。

"你能背得出来吗？"

"每一个字。"

谭淼淼大有深意："真的？不要骗我！"

"当然，每一个字都凝结了咱们俩的心血，我怎么会忘。"

"那就好，要记住哦，每个字都记住。"

他们都没有把即将到来的赌赛放在心上，但小泽却很心虚，他找到阮飞舟说："跟中国人比赛，没有本国人在场，我不踏实。"

"放心，我会阻止这场比赛。"

"不，不是这个意思，我对我的厨艺有自信，我渴望这场比赛，我只是希望它能是公正的。"

"你有必胜的把握吗？"

"我有！我这几年钻研粤菜的诀窍，博采中日两家之长，我相信我的厨艺不逊色于陈卫。"

"不，日本人不能输。"

"我不一定会输。"

"我要的是万无一失。小泽，你想结束生意回日本去，我不会干涉，但是如果你们要通过比赛来决定酒家的归属，我不能允许你输。"

"这是民间的事。"

"战争越来越胶着，我们被陷在这个国家了，士气低落，随军开拓的商人也遭遇经营困境，人心涣散，你的输赢会影响人心。你不能输，我们也输不起。"

"可是我已经答应他了。"

"我可以让他改口,这并不难。"

"来不及了。"小泽拿出一沓报纸,"他们在所有的报纸上都发了广告,说要完成踢馆的约定,全广州都知道了,你还能怎么阻止?"

阮飞舟愣了片刻,突然大发脾气:"我非常厌恶中国人的这种算计!非常!就算必须比赛,他们也不可能赢。"

生气归生气,阮飞舟还得安排这件事,不容出纰漏。比赛当天,广州大酒家的大堂坐着穿军装的日本军官,另一侧是黄祁全、麦啸文、冼太等人。大家面面相觑地等待着。

小泽小太郎被陈卫拉到后厨。

小泽说:"陈桑,为什么要来这里?我们还是回去开始比试吧。"

"不用比,我吃过你做的菜,不错。"

"什么意思?"

"你刚抢走广州大酒家时,我和谭耀亨来踢馆,你做了会席料理,生鱼片刀功不齐整,天妇罗火候不稳定,虾不足火候,青菜又炸过头了。"

"陈桑……"

"但你进步很快,我后来又吃过一次你做的茶碗蒸、一次烤鳗鱼和一次雪虎,这三次一次比一次更好,尤其是雪虎,简单的炸豆腐、烤豆腐,全靠火候出色,从厨艺上我是认可你的。"

陈卫向一旁的店主人打了个招呼:"有什么食材啊?我自己来做可以吗?"

店主认出他来,欣然相让,还一副与有荣焉的样子,跑前跑后展示食材。陈卫利索地系上围裙,又在水盆里舀水洗手,一丝不苟,小泽小太郎追到灶间,不依不饶:"你说这话是什么意思?羞辱我吗?我的店要破产了,你说我厨艺好?"

"你的生意做不下去了,不是因为厨艺。"

"那是因为什么?"

"因为老百姓不想吃日本人做的菜。"

"为什么不喜欢吃?"

"因为你们是用刀枪砸开门闯进来的,舌是心之苗,民心所向,又怎么会喜欢吃你们的食物?你的失败、破产,不是因为厨艺,而是因为你是侵略者。"

"我不是!我就是一个厨师。"

陈卫看着他:"那我的酒家是怎么变成你的料理店的?"

小泽小太郎哑口无言。

陈卫不慌不忙地做着菜,说:"你的债务我接下了,再给你买张回日本的船票,有朝一日把你们日本人赶出中国,欢迎你再回来开店,我也可能会去日本寻访美食,我们或可把酒言欢。"

小泽小太郎不服气:"你的厨艺究竟怎么样?"

陈卫说:"厨艺无非料、刀、炉、火、器、味、水、法,但运用之妙存乎一心,存的是什么心?存的是中国心。"

陈卫嘴里说着话,手下却很利索,端上了一盘五彩拌鲮鱼皮:"这里食材有限,你尝尝。"

小泽小太郎将信将疑地吃了一口,闭上眼品尝着,眼泪突然流出来。

"如果说我略胜一筹,就胜在我的中国心上。"

众人还在明月家日本料理的大堂里相互瞪着眼,等待结果,小泽小太郎从后厨走出来,他走到众人面前:"我……"他低头看着那份契约,突然伸手蘸了蘸红色印泥,按下了手印。

阮飞舟又惊又怒:"小泽!"

小泽小太郎如释重负:"四年前按下这个手印,肩膀上一直沉甸甸的,这压力有我在日本时的名望,有我在中国大展拳脚的希望,还有我想成为厨神的渴望,今天,在真正的厨神面前,这个压力我放下了。中国有句话叫'朝闻道夕死可矣',我现在很满足。"

阮飞舟骂道:"八嘎!评委们还没有见到菜呢!"

小泽小太郎说："不必了，我看了他做菜，我吃过了他做的菜，我没有了拿起厨刀的勇气，我对厨艺有了新的认识，我心服口服。"

他向众人深深鞠躬，起身大笑而去。

离开的日子很快就到了。小泽小太郎提着行李箱走出来，回望自己工作了四年的酒家："这块牌子你会换掉吧？"

陈卫说："我会把所有不属于这里的东西都拆下来。"

"谢谢你们承担了债务，还给我买了船票。"

"别太难过，这不是你的厨艺问题。"

"真的是你说的理由？"

"因为民心所向，'心开窍于舌，舌为心之苗'，厨艺没有国度，食材有国度，吃这些食物长大的人有国度。中国人最讲究风骨和气节，所以你在广州做美食，一定会失败。"

小泽小太郎鞠躬："受教了。"

麦啸文带着一群工匠在屋里屋外忙活着，迅速把日本料理的风格全部取消，恢复以前的样子。黄祁全坐在桌前看报纸："阿卫，报纸上登了你昨天的话。"陈卫戴着个报纸做的帽子，正在擦洗窗户："什么话？"

"民心所向！'心开窍于舌，舌为心之苗。'这段话说得好啊，太鼓舞百姓士气了。"

陈卫得意，麦啸文带着几个年轻厨师叫着好。另一侧，谭淼淼帮陈卫擦着满洲窗的玻璃，她絮絮叨叨扭头说着话："我向往的地方啊，嘻嘻，真不是哪个酒家，不是吃哪道菜。我最向往的是一首诗里的样子，我念给你听啊。"

她清清喉咙，念出声来："西风吹老洞庭波，一夜湘君白发多。醉后不知天在水，满船清梦压星河。好听吧？这就是我向往的生活。"这一刻的她，明眸皓齿、笑容恬静，憧憬着美好的未来。

酒家外鞭炮齐鸣、硝烟弥漫，黄祁全为首，带着麦啸文和陈卫一起笑迎宾客。

2

谭淼淼的新家布置成收旧电器的商铺,到处都是残旧的收音机、台灯等东西,陈卫手指在桌上敲动着,柜台前忙碌的谭淼淼耳朵一动,凝神听着。手指敲动有着节奏,是莫尔斯电码:我想你。

谭淼淼脸红了,她回头看向陈卫,陈卫扭转头不看她,手指还在重复地敲着。

谭淼淼也伸手敲着桌面:你在哪里学的发报?

陈卫用手指回应:香港,我会的东西还多着呢。

谭淼淼回应:不信。

邝庆奎抚摸着那个獬豸雕像,沉思着。麦坤小心翼翼地坐在对面,不敢出声打扰。

"我回来坐这张桌子,多久了?"

"啊?大半年了吧?"

"八个多月,二百五十三天,寸功未立,这张桌子,坐不稳啦。"

"邝局?"

"昨天去宪兵队开会,阮飞舟对我们局里人浮于事颇有微词,对广州治安不甚满意,你觉得问题何在?"

"哦!要不,撤销休假,三班倒执勤?"

"问题在于他的手伸进了警察局,你们中间有人急着坐我的位置了。"

"绝对不是我!邝局我忠心耿耿。"

"我知道,所以这件事交给你来查。"

"是!我一定揪出这个人来。"

"还有就是,该收网了。"

"经过秘密侦查,大致摸清了中共地下组织的实力,只是还想着顺藤摸瓜找到最重要的电台,所以才没有惊动他们。"

"收吧,再不收,我的位置都不安稳了。"

广州城警笛长鸣,军警列队奔跑。南北杂货行的大门被砸开,孙掌柜从柜台下掏枪反抗,被乱枪击中;小巷中,叶葱葱走来,被藏在拐角的军警冲出来扑倒;街道上狂奔的东坤被开枪击中后背倒下;蔡汉民被五花大绑地推搡着上了车。

军警蜂拥而入,把陈卫和谭淼淼按倒,他们四下搜查,陈卫的手指敲着桌面,用的是莫尔斯电码:"推到我身上,你什么都不知道。"谭淼淼也敲着身边的椅子腿:"发报机保不住,我来认,你什么都不知道。"

邝庆奎哈哈大笑着走了进来:"陈卫!原来你也在这里。"

"邝局长这么大阵仗,搞什么啊?"

邝庆奎拿起陈卫的照片:"卿本佳人,奈何做贼!"

"你这是什么意思?"

军警们正在屋里翻箱倒柜搜查,有人叫喊一声,从窗户根儿的桌子后面搬出了发报机。

"那这个呢?也不知道什么意思?"

"不知道,收旧电器的铺子,顶下来时就有不少存货。"

"狡辩!都带走!这间屋里每一本书、每一张有字的纸都带走。"

粤海关大楼的报时钟声遥远地传来,一盆水泼在谭淼淼脸上,她被捆在柱子上,伤痕累累地醒了过来,邝庆奎站在她面前低头审视着她。

"邝局?"麦坤投来询问的眼神。

邝庆奎:"你继续。"

麦坤说:"是。你是什么人?"

"我叫谭淼淼。"

"你是共产党。"

"不是。"

"你说谎！你在中山大学读书时就是赤色分子，搞学生运动被开除后你去了北平，继续搞学生运动，再后来去了延安。"

"是，去那边混了一圈，混不下去，回来了。"

"你的任务是什么？"

"没有，我懒得找工作，在家蹭我爸爸的饭吃。"

"你是共产党的发报员！你的发报机已经被查获了。"

"我不是共产党，你说的我都不知道。"

"藏在晾衣架里的天线！花盆下面藏的发报机！人赃俱获你还不承认！"

"反正我都不知道。"

邝庆奎说："带人进来。"警察从外面推进来一个人，是同样遍体鳞伤的蔡汉民。

麦坤给了蔡汉民一个嘴巴："说话啊。"

蔡汉民说："对不起、对不起，他们打得太厉害了！他们折磨我，我没有办法，我都说了。"

谭淼淼说："不知道你在说什么。"

麦坤说："嘴真硬，接着打吧。"

皮鞭声再次响起，蔡汉民跟着心惊肉跳。

另一间牢房里，陈卫也被拷打过了，他遍体鳞伤却一脸无辜。

邝庆奎说："别装出这副样子给我看，你知道她是什么人吗？"

陈卫说："挺可爱的，漂亮女孩，天真烂漫，爱吃东西，跟她爸爸很像，我们一见投缘。对了，她还去过北平，参加学生运动嘛，被开除了，挺热血的吧，年轻人就应该这样。去北方混了几年，也没拿到文凭，但是开阔了眼界，吃了不少北方的名吃，我们挺有得聊的。"

"你不知道她是共产党？"

"她是吗？是不是也无所谓，我喜欢的是她这个人，又不是她那个党，再说我爸爸妈妈也是共产党，还挺亲切的。"

"演！你继续演！演得太真，反而就是破绽。"

"淼淼真是共产党？你们抓了她？别搞错了。"

"错不了。"

长案被收拾干净，摆满了各色菜肴，邝庆奎吃着菜，满意地闭着嘴咽下去："就冲这广州的美食，我回来也值了。我来保护这些美好的东西。"

谭淼淼鼻子抽动，睁开肿胀的眼皮说："冬瓜盅'放水灯'了，芥蓝应该连叶用糖酒炒，去叶先灼后炒是香港厨师的做法，好看不好吃。"

邝庆奎吩咐麦坤："打电话问问店里。"

麦坤答应着出了牢房，邝庆奎继续吃喝："跟你父亲学的？我以前常跟着他的食评去吃东西，后来发现他是收钱写稿，靠不住。"

"我就是一个普通老百姓。"

"普通老百姓可不会用电台。"

"一个有良知的中国普通老百姓，面对日寇侵略做点有良知的事，何罪之有？"

"抗日无罪，我也曾经是抗日队伍的一分子，我不会为难你。"

麦坤快步进来："报告局座，店里说冬瓜盅确实不是原盅炖出的，因为咱们要得急，他们只能'放水灯'，还有大厨以前是在香港干的，最近刚刚逃难回来。"

邝庆奎说："日本人得罪了英美强国，惹了不该惹的人，终究会被赶跑，那时国家会需要很多人才来建设，我对你起了惜才之心，你要珍惜。"

谭淼淼说："我不饿。"

邝庆奎一愣："看我，都忘了你还没吃饭，来人，让她来吃饭。"

麦坤带人上去解下谭淼淼，谭淼淼虚弱得摇摇晃晃，竟然还有一个挣扎的动作："我不去，我不饿。"

邝庆奎笑了："不饿就来解解馋，不，品鉴一下还有哪个菜不够用心。"

谭淼淼不由分说被架过来安置在桌前，她在瞬间两眼放光，似乎还咽了一口吐沫。

邝庆奎把筷子递给她："来吧，这边我还都没动过，尝尝看。"

"我不吃。"

"女孩子是天地钟灵的产物,生下来就应该穿华服品美食,锦衣玉食懂吗?这样才对得起自己的一辈子。托生在广州的女孩子尤其有福气,有天下最好吃的美食,有华美的广绣,有各种西洋东洋的首饰、香水,你喜欢香水吗?"

谭淼淼死死盯着饭菜,一副听不到邝庆奎说话的样子,邝庆奎用筷子碰了碰她的手,被自然而然地顺势接过,在桌面上一磕对齐筷子,伸向一条鱼,稳准狠地夹起鱼鳃下面的一小块肉,送进嘴里,还叼住筷子舍不得拿出来。

"行家。"

还没有等他夸完,谭淼淼猛然仰头,随即咬着筷子狠狠向桌面磕去,要用筷子戳脑自杀,但随即脸上挨了一掌,筷子穿破脸颊。

谭淼淼被重新捆到行刑的柱子上,她的脸颊上多出一个血洞,正在淌着血,邝庆奎用手帕用力擦手:"知道用这种办法自杀,就不会是普通人。敢付诸实施,更加不普通。把谭耀亨带进来。"

谭耀亨被拉进来,他盯着谭淼淼,一脸心疼:"淼淼,淼淼你没事吧?"

"让我爸爸走,我什么都说。"

"那就先把密码本在哪里说出来。"

"我不知道什么密码本。"

"守着电报机说不知道密码本?你当我没有文化?老子在日本学警察,什么东西没见过?"

谭耀亨说:"难怪你喜欢去吃日本料理,原来是去吃旧时味道。"

"要活命就闭嘴。"

谭耀亨说:"闭嘴就不能吃东西了,不吃东西还怎么活命?女儿啊,别听他瞎说,咱们谭家人不能输在嘴上。"

邝庆奎不耐烦,抽枪顶着谭耀亨的头:"说吧,中国人要讲孝道,你不会看着你爸爸死吧?"

谭淼淼:"不、不。"

"那就快说。"

谭淼淼看着谭耀亨："爸爸，对不起。"

"傻孩子，说什么对不起啊，爸爸这辈子吃过最好吃的菜，说过最硬气的话！死而无憾！不对，也有遗憾，你跟陈卫搞的那个菜单，我还没鉴赏过呢。有烧鹅吧？"

"有。"

"有白切鸡吗？"

谭淼淼点头。

"也有咸蛋蒸肉饼吧？"

看到谭淼淼点头，谭耀亨放心了："那就行了，大巧若拙，返璞归真，陈卫已经悟到了。"

邝庆奎开枪，谭耀亨倒下，谭淼淼张着嘴，哭不出声来。

"跟我闹着玩？闹革命不是闹着玩，是真会死人的。"

陈山河得知陈卫失踪的消息，来到警察局，站在一间办公室门口跟周少雄低声说着什么。

周少雄不耐烦地说："邝局长去哪里了，我为什么要告诉你？"

陈山河把一沓港币偷偷塞给周少雄，周少雄麻利地收下钱："去南石头了，找他干什么？"

"这不是好久没见了吗！摆酒聚聚，不知道他中午能不能回来？"

"够呛。"

"有大案子了？去南石头也没多远，我先订上包房？"

"你随便。"

"真有大案子？周哥要立功了！"

"屁！麦坤那小子运气好，抓了个共产党。去去去，少打听这些。"

"是、是，那我再约邝局长的时间，周哥一起赏光啊。"

周少雄没好气地回了办公室，陈山河皱眉。

陈山河坐在离南石头不远的凉茶摊前，守着唯一的街道。邝庆奎的汽车开过来，陈山河起身肃立，目送着车中的邝庆奎。车子开过去，停下，邝庆奎下了车。

陈山河连忙拉开凳子，招呼摊主："两碗王老吉。"

邝庆奎坐下，一脸疲惫的样子："说吧，为什么事？"

"我那个不省心的弟弟，找你去了吧？"

邝庆奎不置可否："说你的事。"

陈山河把端上来的凉茶伸手摸了摸，把其中一碗推给邝庆奎："你胃不好，喝温的吧。"

"都像你这么知冷热懂分寸，我的工作就好开展了。"

"我尽力做到，我弟弟，我也会让他做到，你需要其他什么人做到，我也可以帮忙。"

邝庆奎冷笑："你现在这个样子，我都想伸手摸摸头，听你汪汪叫两声了。"

"你想听，我可以叫，在古代鸡鸣狗盗之徒也是有用的。"

"别的事可以商量，这件事与共产党有关，没得商量。"

"是因为你要给日本人一个交代？"

"是我职责所在。"

"我早上看报纸，记者采访你，你说你不是汉奸，回来是因为这是你的广州。来，我敬邝局长，你豪气干云，陈某振聋发聩。"

邝庆奎没有碰凉茶，一字一顿："别！拿！话！激！老子！"

"我是真心的，先干为敬。"陈山河一口气喝完凉茶，还亮了亮碗底。

"真腻味人！说，要干什么？"

"我不敢……"

邝庆奎拍桌子怒："你个仆街！"

"也不懂怎样才能求你高抬贵手。"

"给共产党求情？对了，你们爹妈是共产党！难怪！打算子承父业？"

"我是诚心诚意向邝局你请教,怎么才能求你高抬贵手?"

邝庆奎盯着他,似乎在揣测着,突然怒气勃发:"我就恨你这副嘴脸!你以为钱能买通一切?你以为老子一定会被收买?告诉你!没门!没门!没门!"

"跟你说句实话,我也没钱了,香港肯定要封锁一阵子,西药搞不到了,有关系也没有用,我现在能拿出来的钱,其实一半是三国有喜的,我在坑这小子。"

邝庆奎兀自愤愤不平:"又拿日本人压我?以为老子重新回来就是软骨头?就是汉奸?老子亲手杀的日本人比你认识的都多。"

"我的意思是,敢收我的钱,就是敢坑日本人的钱,这不也算抗日行为吗!"

邝庆奎对这个理由瞠目结舌,胸口憋了一堆脏话。

"将来在重庆说起来,任谁也得挑着大拇指,赞一声英雄。"

"不可能放人,那个女人是共产党。"

"都是抗日嘛,国共都会领情,再说,谁知道将来是国占上风,还是共占上风?"

邝庆奎重重喘着粗气:"你个仆街!老子在共产党那边没有退路,老子用不着给共产党面子。"

"退一万步讲,真到山穷水尽了,有钱走遍天下,世界大得很,到南洋、旧金山、伦敦,到任何一个有唐人街的地方当一个富家翁也行啊。"

邝庆奎端起凉茶,扬声喊着:"来碗冰的!"

陈山河抱拳:"谢邝局恩典。"

"别说这些没用的,钱呢?"

"晚上我把现钱送到府上,股权折现需要时间。"

"谅你也不敢坑我的钱,走了。"邝庆奎起身走向自己的车,"以后看好你弟弟,别出来惹麻烦。"

"遵命。"

陈卫被放了出来，陈山河去接他，他趴在陈山河耳边低语，陈山河很是震惊，但陈卫态度坚决，他知道谭淼淼此刻还在里面受着折磨。药能救人，也能杀人，有时候杀人就是救人，他向陈山河求一份能解脱的药。

陈卫拿着一本菜谱，又返回南石头去见邝庆奎，说这是谭淼淼手写的菜谱，不知道对邝庆奎有没有用，邝庆奎很高兴，但翻阅一遍发现只是一本手写的菜谱。

陈卫说："这是我们的菜谱，是我跟淼淼选出来的最好吃的粤菜，谭耀亨都不知道。"

邝庆奎盯着他："相识一场，别说我不给你机会。你这个小情人是共产党，这个我查明白了，你是不是，我拿不准。"

"只要你放她出来，我可以是，有什么你冲我来。她什么都不懂，就是个头脑发热的大学生。"

"倒是个情种！不过你看走眼了，她可不是什么都不懂，她是共产党的电报员，我在找她的密码本，你想想她会藏在哪里。找到了，能换她活命。"

"密码本？什么样？"

"应该不大，便于隐藏，上面都是汉字或者数字，你见过吗？好好想想她跟你说过什么，或者藏起来过什么。"

"那让我见见她，我当面问问她。"

陈卫跟着邝庆奎走来，他看到了警察们正抬出去的谭耀亨，站住了脚："等等！他是怎么了？谁杀的他？"

邝庆奎说："一个兄弟性子急，失了手，我已经惩罚他了。"

陈卫在谭耀亨身边蹲下，他的脑袋上有个枪眼，眼睛还大睁着。陈卫伸手给他抚下眼皮，但眼皮依旧睁着。

"老谭，我会拿命保护淼淼的。"

谭耀亨的眼睛闭上了。

"先找个地方停一停吧，我如果能出来，我收殓他。"

"应该的,毕竟是认识快十年的熟人,还真有点伤感,你好好收殓吧。"

看到遍体鳞伤的谭淼淼,陈卫不淡定了:"怎么了?你们把她怎么了?"

邝庆奎说:"我说过了,她受刑了。"

"这让我怎么问她?我还想给她做顿饭呢!"陈卫突然愤怒起来,"可你们把她打成这样!你们是畜生、王八蛋、仆街!"

"做饭?这是个好主意,你好好给她做顿饭,我允许她吃饭,她必须给我吃饭。带他去食堂。"

"不,我不离开她,这里有炉子,让他们把锅送这里来。"

他指指审讯室一个用来烧红烙铁的炉子,常年点着柴燃烧着。

麦坤说:"要不要把轿子给你抬来?"

"不用,你们食堂有什么菜,都拿来,有鸡蛋也拿来。"

邝庆奎点点头,狱警们提着铁锅、锅碗瓢盆、水桶,一路荡漾着走过来。

陈卫把谭淼淼抱在怀里,凑到她耳边,邝庆奎离得很近,毫不顾忌地听着。

"淼淼,我来了,想吃什么?我做给你吃。"

"你做的我都爱吃,每道菜都想吃。"

"那我都做给你吃。"

"我爱吃的菜你都能记得?"

"你说过的每一个字都记得。"

"他们说我是共产党,你信吗?"

"你是不是我都无所谓。"

"我是共产党,你知道我的入党誓词吗?"谭淼淼慢慢背诵着,"终身为共产主义事业而奋斗;党的利益高于一切;遵守党的纪律,不怕困难,永远为党工作;要做群众的模范;保守党的秘密;对党有信心;百折不屈,永不叛党。"

邝庆奎带着嘲讽的笑容,没有打断。

"别说了,你想吃什么?我来给你做。"陈卫指挥警察布置厨房:"快!

架起锅来！打鸡蛋！有多少打多少！"

"阿卫，抱我到火边烤烤火，冷。"

陈卫抱起谭淼淼，麦坤准备阻拦，邝庆奎摆摆手。

陈卫把谭淼淼抱到炉子边，他们的手指相碰，陈卫用手指点着谭淼淼的手背，发着莫尔斯电码，交代了自己的想法，谭淼淼默默点头。

谭淼淼说："他们用这个炉子烧烙铁烫我，我闻到烧肉的味道，都饿了……"

陈卫心疼，眼泪迸发。

谭淼淼说："给我做道菜吧，我喜欢看你做菜。"

谭淼淼委顿在火堆旁，陈卫不放心地看着她，手上却是麻利，转眼炒鸡蛋下了锅，硕大的锅在他的操控下旋转着里面的鸡蛋。

谭淼淼说："这就是我最向往的生活，你做饭，我烧火……"

陈卫把鸡蛋盛了出来，香气散开，屋里众人竟然不约而同吞咽口水，邝庆奎使了个眼色，手下冲过来从鸡蛋中挖走了一大块，几个人分吃了。

陈卫用筷子夹起鸡蛋凑到谭淼淼嘴边，她深深吸着气，满足地闭上眼。

陈卫说："吃吧。"

谭淼淼吃着鸡蛋。

谭淼淼说："严守党的秘密，死亡才是最好的保密。最后还能闻到你做饭的香气，真幸福。"

邝庆奎说："想死？没那么容易！叫狱医来，给她打营养针。"

阮飞舟也得到了情报，他驱车前往南石头，军车开到监狱门口。日本宪兵们跳下车，列队，阮飞舟下了车，挥手，日本宪兵冲进监狱，警察们根本不敢阻拦。

外面走廊一片整齐划一的皮靴响，听到日本宪兵呵斥警察的声音。

审讯室里传出邝庆奎的声音："想说也来不及了！到了日本宪兵队，你们就自求多福吧。"

阮飞舟走进了审讯室："听说你抓到了共产党的电报员，密码本拿到了?"

"还没有。"邝庆奎说着,回身瞪着自己的手下,似乎要找出告密者。

阮飞舟说:"人我要带走。"

邝庆奎说:"请便,最好找个好医生来,我担心她活不到宪兵队。"

阮飞舟看向紧紧抱在一起的陈卫和谭淼淼。

谭淼淼在陈卫的耳边低声说着:"阿卫,我们的菜单上还有那么多好吃的,我没吃过呢,你会替我吃吗?"

陈卫点着头。

谭淼淼说:"那就先把菜单背下来,一样样替我吃。"

她亲吻着陈卫,陈卫从舌尖渡过去一口药。陈卫知道她的选择,越抱越紧,而抱着他的谭淼淼却松开了双手。陈卫抱着谭淼淼的尸体,欲哭无泪。

谭淼淼死了,邝庆奎以为是用刑太过导致的死亡。隔日,法医检查了谭淼淼的尸体,才发现她是中毒而死的。现场找不到下毒的迹象,如果是那碗摊鸡蛋,为何同在审讯室的那么多警察也都吃了却毫发无伤?邝庆奎此刻如受重击,想起来多年之前自己侥幸逃过的那次刺杀,那一次,不就是把毒药分作两处,最后在胃里相遇,然后砰地毒发的吗?

邝庆奎不敢明说,说了就是他的失误,但他立刻派人去抓陈卫。不出所料,陈卫收敛了谭耀亨的尸身后就彻底消失不见了,邝庆奎去找陈山河,陈山河一脸茫然。

陈卫隐藏在一个密室,此刻正安静地写着什么。他的神情并不见得特别悲伤,反倒是一种平静。笔尖在纸上一行行流淌,沙沙作响,写下的都是菜单:鱼肚羹、沙参玉竹煲猪肉、上汤浸鸡、姜葱蟹、旗下祭神肉、银芽炒鸡柳、双飞鱼片、桂华鱼翅、腐乳椒丝炒通菜……麦啸文安静地等待。陈卫把菜单一页页整好,吹干墨迹,精心卷起来,交给麦啸文。

陈卫没有松开手:"根据组织纪律和地下工作的原则,谭淼淼的密码本只有她掌握,临牺牲前,她跟我反复提到这份菜单,要我一定背下来,这是我跟森森一起研究的,她早就知道每一个字我都背下来了。所以我相信这份菜单就是密码。森森她临死前,背诵了入党誓词,说她会誓死保守党的机密,她做到了。"

麦啸文很认真地点头。

地下党的电文又出现了:广州电台恢复,即日起使用新密码。呛喉。

陈卫暂代了电报员的工作,重新建立起跟上级的电报联系。此时他正在译电,笔尖在他和谭森森的菜谱上按照一定的规律移动着,看得出是在数着数,悬停在一个个字上:呛喉,迅速查明我组织及电台遇袭原因。

关于电台的风波还没有过去。邝庆奎带着蔡汉民站在记者们面前说:"此次破获中共电台,剿灭匪首孙羽廷等七人,是我警察局近年勤力剿共之成效,并感化落网人员一名,予以当场释放。"记者们的闪光灯亮成一片。

被释放的蔡汉民畏缩地走在路上,他回头望向身后,麦坤等人远远地散开了跟随着。

陈卫也在匆匆走着,边走边换衣服,改变着形象,一时看不出他换的是什么衣服,但每次都多了一点点,包括最后一次,他扎紧了警服的皮带。蔡汉民安心地从一个穿着警服的人身边走过,那个人却猛然转身,一把匕首扎进了蔡汉民的心口。

陈卫低语:"下辈子做好人吧。"

麦坤等人发现了紧靠在一起的两个人,他猛然拔枪射击,百姓四散奔逃,陈卫闪到墙后。子弹打在附近的电线杆和墙皮上,陈卫不为所动,盯着蔡汉民咽气。

邝庆奎坐在汽车中,听着外面的枪声渐渐平息。

麦坤上车说:"蔡汉民果然遇刺,凶手跑了。"

"那么多人跟着都没抓住?"

"他突然动手,我们来不及收网。"

"是陈卫吗?"

"没看清,邝局,为什么你会怀疑他?"

"这个案子里最大的嫌疑人是陈卫,他从香港回来后不久,中共的电台恢复了,他又跟报务员谭淼淼住在一起,还突然有了身手,十几个人设伏都抓不住。我怀疑他在香港的七个月,受到了严格训练。"

"那不该放他出来呀。"

"我们连谭淼淼的嘴都撬不开,何况他这种受过训练的人。"

车子开动起来,很快越过了蔡汉民被刺杀的角落,几个行人正在看热闹,巡警在吹着警哨,蔡汉民委顿在地。

3

陈山河的卡车停下来,戏班子众人下车,搬下来衣箱、杂箱。

陈山河说:"小妹,你们要好好保重。"

陈立夏说:"放心吧,我们都很有经验了。"

"这里离广州不远,还是小鬼子和汉奸的势力,不要演什么抗战戏。千万听哥的话,别演惹麻烦的戏,随便唱唱,养着戏班子就行了。"

"知道啦大哥。二哥一定很难过,你跟二哥千万别再闹别扭了。"

陈山河摆摆手,上车开走,陈立夏摆摆手召集众人:"我们也开始吧。"

卡车停在街边,陈山河彪悍地坐在车头,看着一群人卸着药品和粮食,不时有人向他丢过沉甸甸的一沓钱,他大略看看数量,丢进随身背着的包里。

他突然看到远处人群外,徐南禄正看着他。

陈山河跳下车挤了过去,集市两旁有许多用竹片、苇席、树枝搭建的草棚,似透非透,层层叠叠、曲曲折折。陈山河跟着徐南禄在密密麻麻的"违章建筑"里七转八转,转到了一处僻静的草棚里,四周有几个游击队员戒备把守,喧嚣被隔绝在远处,听不真切了。

陈山河问:"你怎么跑这里来了?有急事?"

徐南禄说:"是。广州出现了瘟疫,各大医馆、医院都束手无策。最早的病人是从香港回来的,到家就发病,很快就死在医院,接着全家人,还有邻居、朋友也相继发病,有的死了,有的还在抢救。"

"是哪种病?"

"伤寒。伪政府也发现问题了,省卫生处就紧急出了本《流行时疫症状》的小册子,指导伤寒、赤痢的防治,又发公函给各家医馆,查询肠热、痢症的发病情况。"

"我怎么不知道?很严重?"

"伪政府竭力掩盖真相,封锁消息,暗地里试了很多抗毒解毒的方子,桑菊饮也用上了,方出吴鞠通的《温病条辩》,一百多年前江浙瘟疫流行时起过很大作用。"

"我能干点什么?给你们做点桑菊饮吗?"

徐南禄摇头:"我们发现难民营有很多日本防疫给水部队的军医,上级怀疑是他们在做细菌实验,你能不能利用三国有喜的关系进去查一查?"

陈山河自然答应下来,立刻行动。他跟三国有喜说要搭他的车去南石头找个熟人,驴车行驶在前往南石头的土路上,这里的景致跟城内相比显得很冷清,珠江在道路一侧奔流。陈山河扭头看向车厢内,几个大筐上盖着布。

三国有喜说:"想看你就看看。"

陈山河等的就是这句话,他掀开了布,愣住,里面是一堆摆放得整整齐齐的大玻璃瓶。

陈山河拿起一个对着亮光看了一眼,差点丢开,瓶子里密密麻麻的黑点,全是跳蚤:"这是什么?"

"跳蚤,后面还有几瓶是臭虫,这点东西搜集起来可费劲了。"

陈山河简直嫌弃,用袖口垫着捏住瓶子:"要这玩意儿干什么?这就是你的生意?"

"是啊,说了不挣钱的,这么一瓶要攒很久,定期喂血食,要不是跟军方维持关系,我才不干这事儿。"

"可是这玩意儿有什么用?"

"我才不问呢,说不定人家想煮着吃哪。"三国有喜自以为说了个笑话,笑得前仰后合。

驴车从南石头监狱大门进来,来到实验室门外停下,几个穿白大褂的日本军医从屋里出来,卸着货,对着光检查着瓶子里的跳蚤臭虫,满意地点头。有人来把瓶子搬进实验室,陈山河连忙上前抬起一箱跟在后面。他在门口被日军拦下,没有让他进去,从门口一瞥看向里面,除了屋里的试管、烧杯等实验装备,最里面的病床上还躺着一个赤身裸体的人,身上扎着各种管子,一个日本军医看到陈山河在盯着室内,骂了他一声"八嘎",关上了门。

三国有喜连忙制止陈山河:"山河君,不要乱看!"

三国有喜跟军医们挥手告别,他们赶着驴车离开实验室门前。

"这里是禁区,中国人不能进来。"

"病床上那个是中国人吧?"

"有吗?没注意,大概是生病了吧,这里是医护室。你要找什么人?"

"说了你也不知道,那我……"

"你去吧,我跟老乡聊聊天去。"

两人走向不同的方向,陈山河游走在难民营中,他跟随一辆推着尸体的车走出帐篷,跟随它一路走到后面,那里有人挖坑埋尸。陈山河继续转悠着,帮着推尸体的人推着车混过了岗哨,进了铁丝网围着的仓库,他一路躬身前行,混进了仓库,站在门口看去,仓库里摆满了密密麻麻的炸弹。

另一处,三国有喜跟几个穿着白大褂的日本军人在聊着天,突然看到陈山河被几个怒气冲冲的日本军人押着走过来。

三国有喜问:"怎么了这是?你又干什么了?"

陈山河说:"我内急,找厕所。"一个日本军人给了他一枪托,嘴里骂着:"八嘎!"

"不是说了不能到处乱看的吗?你看到什么了?你看他们都生气了!"

"他们也没说哪里不让看啊!没道理啊!"

"你跟他们讲道理?你是不是糊涂了!"

"你就不问问我在找什么?"

"跟我没关系,你自己惹出的祸。"

"跌打万花油的蔡忠,你找到了吗?"

三国有喜猛然停住脚步。徐南禄告诉过陈山河,三国有喜在到处寻找一个叫蔡忠的人,想要得到配方生产药油治疗伤兵。跌打万花油镇痛止血,能让轻伤士兵恢复战斗力,日本人在战场上节节败退,任何可能扭转战局的机会都很有吸引力,大规模生产这种药,能让伤兵继续战斗。三国有喜和陈山河继续在难民营里寻找着,这一次三国有喜比他还积极,不断拽着老年男人询问陈山河,陈山河总是摇头。

驴车行驶在归途。

陈山河说:"你来广州也没多久,怎么跟他们搭上关系的?"

三国有喜说:"在满洲时,我跟关东军731部队有合作,他们部队是搞研究的,需要很多药材上的支持,我就抓住机会,不为盈利,只为得到军方的支持。后来我要搬来广州发展,731部队的石井部长就给广州的同行写了封介绍信。"

后来的研究者发现,自1942年起广州连续几年暴发的伤寒病,是日军波字8604细菌部队在南石头难民营试验肠炎沙门氏菌造成的,而对平民使用细菌武器,是非军事目的赤裸裸的屠杀。

陈山河把在南石头的所见告诉了徐南禄。

"你在南石头看到的炸弹,里面应该是没装火药,有的是沾满伤寒、霍乱、鼠疫等细菌的培养液,有的干脆就是几公斤带细菌的跳蚤。"

陈山河问:"这玩意儿有什么用?"

"陶做的外壳,用飞机运到我们的防线丢下去,外壳碎了,细菌泄漏出来,传人、传牲口,家家染病,万户空巷,部队也就没有战斗力了。"

"我能帮你们做点什么?"

"小鬼子把炸弹藏在南石头难民营,美国飞机也没办法来轰炸,我们必须潜进去破坏它,你想办法获得进出那里的权利,才能提供帮助。"

"我只能在三国有喜身上做文章了。可是我又没有跌打万花油的配方！再说就是有也不能给日本人啊！"

徐南禄说："蔡忠已经把配方给了敬修堂，敬修堂很支持抗日，我们可以让敬修堂给你提供足够的药油，假装是你生产的，这样你就可以混进那个部队。"

"可是老徐，你想没想过别人会怎么看我？我弟弟妹妹会怎么看我？穿上那身皮，板上钉钉的汉奸啊！"

徐南禄说："我知道！按说不应该向你提这个要求，但现在只有你具备这个条件，只能把个人荣辱先放在一边了。等事情成功了，我给你正名，亲手给你戴上大红花。"

陈山河不愿意："这可遗臭千年！死后没脸见祖宗。"

徐南禄说："你又不是真汉奸！你父母在天有灵，会为你自豪的。"

陈山河答应下来，他知道自己有鱼饵在手，三国有喜会上钩的。果然，三国有喜问陈山河："你怎么知道蔡忠会在南石头？"

"蔡忠是广东五大伤科名医之一，师从少林洪熙官一脉，他的跌打万花油集各骨科名家所长，有八十四种中草药，治骨折、脱位、刀伤、火伤、消炎止痛，去肿活血……"

"我知道！我知道！这些不用你讲，怎么才能找到他？"

"我已经找到他了。"

"在哪里？在南石头？"

"在南石头得到了他的线索，回来后去找了一下，还真找到了。"

"他在哪里？"

"我答应给他保密，不过，配方我拿到了。"

三国有喜又惊又喜："把配方卖给我！"

"给你也没有用。你卖再多跳蚤臭虫，也只是个给军方供货的商人，只有成为他们其中的一分子，你才能平起平坐。"

"参加军队？不不，我就想当商人。"

"那你就保不住这份配方,军方随时可以征用。我们只有把这间药坊送给军方,变成军队药厂,我们也穿上军服,手握配方,专门给军队生产跌打万花油。"

三国有喜猛吸一口气。

"你在军方的关系不是很硬吗?不是认识一位大佐吗?赶紧去运作。"

有钱能使鬼推磨,很快,陈山河就穿着日军马裤、高腰皮靴、白色衬衣,器宇轩昂地走来。

三国有喜急切地说:"跌打万花油的配方呢?该拿出来了吧?真需要八十四种药材?得抓紧准备了。"

陈山河说:"配方我不会给你。"

三国有喜吓了一跳:"什么意思?"

陈山河四下打量着,随口回答着:"我要亲手掌握配方,不会交给任何人,但是我会一直跟你合作,我负责制造,你负责供给军方,保你我赚到足够的钱。"

三国有喜不满。

陈山河说:"你这是什么表情?这不是很正常的事吗?把配方给了你,你会不会一脚踢开我?"

三国有喜果然有过此念,悻悻地笑笑:"那你得保证生产出药油来,军中无戏言,真会死人的。"

陈山河说:"我当然会小心。会死人的。"

陈立夏带着戏班子游走在郊外的村庄,她并没有听陈山河的话,还是偷偷在唱抗战戏,但是却被人偷偷举报了,一辆卡车把陈立夏和戏班子送到了南石头。

陈立夏说:"大家不要着急,他们并没有当场抓到我们唱抗战戏,所以才把我们抓到这里来。这里跟南石头监狱不是一回事,是收容香港难民的检疫所,我们一定还能出去的。"

徐叔说:"对,没什么大不了的。"

陈立夏说:"不过听说这里很容易生病,生病了就抬走,抬走的人就再也不见回来。"

林清问:"那怎么办?"

陈立夏说:"要自救,把大家带的药都搜集起来,统一保管,有不舒服要及时吃药。还有,不能喝生水,一定要吃热饭,所以大家都别偷懒,排队再长也要去打水领饭。"

众人都答应。

广州大酒家里,陈卫被侍者引着走向一桌客人。

陈卫问:"客人你想用三十年陈皮入菜?"

金慧荣抬起头,陈卫认出了他,假意凑过去看了一眼金慧荣的菜,低声说:"去后门。"

随即陈卫直起身:"客人请稍等,我再给你做一份。"

他转身离开,远处一个守在门边的便衣警察向他们看了一眼,没有在意。

陈卫推门出来,警觉地四下打量,金慧荣等在后门。

陈卫说:"没想到是你来。"

金慧荣说:"我也没想到呛喉是你,连对暗号都省了。"

陈卫说:"还是不能省,客人你是要三十年的陈皮入菜吗?"

"三十年陈皮我自己带。"

他们对完暗号,都笑了。

陈卫说:"瘦了,黑了!你进广州的任务是什么?"

"安全吗?"

"一直有警察在监视我,不过这里是死角。"

陈卫把手里提着的一件厨师衣服给金慧荣换上,远远地看着就是两个厨师在后门处抽烟休息。

金慧荣说:"上级接到情报,判断有日军在研制细菌,派我们来寻机销毁。"

陈卫说:"好！我会全力配合,有行动计划吗？"

金慧荣说:"还在完善,我们先要混进南石头难民检疫所。"

陈卫说:"好,我们来安排,首先,你们要上一条从香港回来的船。"

两人交接完,陈卫很快回到后厨,他知道自己一直被监视着,每天的行踪都会被汇总。

警察局里,邝庆奎日常询问:"陈卫最近有没有接触过什么人？"

麦坤说:"没有吧？这几天没什么异常。"

"我不听你猜测,把监视记录拿来。"

麦坤借着邝庆奎桌上的电话打了出去:"是我,把最近五天监视陈卫的记录拿到邝局这里来。"

邝庆奎翻看着,麦坤一脸紧张。邝庆奎放下本子:"他昨天走出后厨去前厅见了一个客人,却没有记录这个客人是谁,也没有记录原因,那这种记录有什么用？"

"是,我们一定改进。"

"这个客人,要快查。"

麦坤为难。

"举全城之力,难吗？"

"是,但是邝局,你怎么知道这个人有问题？"

"因为按照你们的记录,陈卫从来不到前厅跟客人见面。他冷傲、自负,根本不屑于理睬客人对饭菜的评价,他为什么会出来见这个人？"

邝庆奎不愧是一辈子的老警察,眼睛就是毒,于是满城都在寻找跟陈卫接头的这个人,而金慧荣却抱着自己的行李,跟着一队从香港回来的旅客走进南石头。他猛然回头看向院子一角,陈立夏正吃惊地看着他,陈山河站在陈立夏身边,也吃惊地看着他。

陈立夏撒腿向金慧荣跑来,越跑越快,势不可挡,金慧荣丢下行李扎了个马步。陈立夏撞进他怀里,手臂骤然环绕住金慧荣的腰,死死扣紧。此时无声

637

胜有声，周遭的一切都远去，只有被放大了的心跳声。

陈山河穿着马裤马靴地走过来，对带队的日军士兵挥挥手，日军士兵带着这一队人离去。

"好了、好了，成什么样子啦？松开手、松开手。"

陈立夏不理不睬，金慧荣举起双手"以示清白"。

金慧荣看着他身上的日本军裤，问："陈大哥，你怎么……"

陈山河说："你先别管我怎么了，说说你，怎么进这里来了？"

金慧荣说："我……"

陈山河说："小妹，你想让日本人看笑话？"

陈立夏不情不愿地从金慧荣怀里起身。

陈山河说："到那边去说话。"

他转身带着两个人走到僻静的地方："说吧。"

金慧荣说："我去了香港。"

陈立夏惊喜："是去找我吗？我已经回来好久了，还带着戏班子去乡下演出，演抗战戏宣传抗日，结果那个村子的人出卖我们，大哥让我们一口咬定是他们不想付酬劳才诬陷我们的。"

陈立夏叽叽喳喳地说着，但是金慧荣和陈山河却在无声地用目光交锋，金慧荣看向的是陈山河的日本军裤，陈山河看向的是金慧荣的行李箱。

陈山河说："你不是在打游击吗？邝庆奎说你抢了他的队伍，逼他回来谋生。"

金慧荣说："我也没想到陈大哥穿上了日本军装，我在游击队也有一条，是我亲手缴获的。"

陈山河说："你也回来了？不是打算投奔邝庆奎吧？"

金慧荣说："他恨不得杀了我。"

陈立夏说："师哥，你还没说怎么来这里的呢！"

金慧荣说："我去香港给游击队采购物资，回来整船人都被拉过来了。"

陈山河说："我安排把他们带出去，你也一起走吧。"

金慧荣说:"不急,我还有些同伴,不好一个人离开。"

陈山河看向远方的帐篷门前,刚刚跟金慧荣一起来的那一队人正远远地向这边观望着。

陈立夏说:"哥,我也不走了。"

金慧荣和陈山河同时说:"胡闹!""不行。"

金慧荣没有走,陈山河带走了陈立夏和戏班子的人。

到了晚上,帐篷里有人在望风,其他人悄悄打开各自的行李箱,挪开衣物,从箱子夹层中取出炸药,金慧荣清点着数量。

几个人影在帐篷的阴影中潜行着,金慧荣带着几个部下躲避着哨兵和探照灯,他们弄开铁丝网,进了仓库。

金慧荣的手下各司其职,有人在一大堆炸弹外面缠绕炸药,有人在戒备,有人在把刚刚杀死的卫兵拖进阴影中。没有灯光,他们时不时亮起手电筒。

大门突然被打开,灯光大亮,成群的军警和日军士兵冲进来,枪战骤然爆发,又很快结束了。

汽灯照亮仓库门前,摆着一张桌子,上面有吃有喝,邝庆奎正慢条斯理地洗着碗筷等餐具。

阮飞舟带着陈立夏走过来:"还要多谢你,让我跟Summer姐久别重逢。"

邝庆奎说:"坐。南石头惩戒所本是我们警察局的地盘,你们日本人非要接收过去做什么难民营收容所,我顾全大局,给了,可你们日本人不行啊!让人家钻到肚子里了都不知道。"

"就是里面这些人?"

"还是老朋友哪!"

陈立夏很紧张,摇摇欲坠。大门里,日军和军警抬着一具具血淋淋的尸体出来,麦坤杀气腾腾,押着金慧荣走出来。陈立夏猛然站起。

邝庆奎说:"别急,快坐,这猪肺粥温度正好。"

金慧荣在他面前坐下,邝庆奎把几笼叉烧、凤爪推到他面前:"快吃吧,这家味道正。"

金慧荣问:"你怎么知道我来了?"

邝庆奎说:"这不重要,重要的是你来了。"

金慧荣问:"为什么?"

邝庆奎说:"这是我的广州,一切都在我的掌握中。咱俩一个战壕里滚了这么久,香火情总是有的,来跟我干吧?许你一个副局长。"

阮飞舟说:"金师哥,弃暗投明,善莫大焉。"

邝庆奎说:"美国飞机开始轰炸了,昨天炸了天河机场,飞机和炸弹都比日本人的大,弹坑大过半个球场,美国武器比日本厉害,日本人,长不了。"

阮飞舟说:"喂!喂!邝局长,我还在这儿呢。"

金慧荣说:"那就再回来继续抗日!"

邝庆奎说:"回不去了,你以为我是三姓家奴吕奉先啊?何况我手上有你们共产党的血了。"

"你……"金慧荣不知说什么。

邝庆奎说:"我杀人是不想再让自己回头,大丈夫,做坏人也要顶天立地,我的金政委,你别怪我哦。"

金慧荣看着眼泪汪汪的陈立夏:"真好,还能跟你坐在一起吃碗粥。"

"我给你盛粥。"陈立夏起身盛粥。

金慧荣看看四周,说:"在这里杀我?"

陈立夏的粥烫了手。

邝庆奎说:"不,不急。"

陈立夏把粥端来,金慧荣双手去接,连碗带手一起握住。

金慧荣说:"亲人的手,暖和的粥,上天待我不薄。"

交接粥碗的瞬间,一张折叠成球的小纸团塞进陈立夏的指缝,她收回手,紧紧握住拳。

金慧荣说:"要杀要剐请等几分钟,我吃口暖和的。"

粥碗里的热气升腾起来,他抬起头眯起眼。

饭后，金慧荣被押到荒地上。

阮飞舟说："Summer姐求我保你一条命。"

金慧荣说："不可能！立夏不是惺惺作态的小儿女，这种话你留着骗别人吧。"

"我是真心想救你出来，我跟邝庆奎说好了，只要你说出在广州跟谁接头，说出你们游击队的营地，就可以放了你。"

"你听我唱了那么多戏，戏台上的忠臣良将都是假的吗？那是我们列祖列宗传下来的脊梁。既然有幸唱过他们、演过他们，我又怎么能给他们丢脸哪？"

"金师兄，就算你不在乎自己，也要为Summer姐着想啊！你死了，她该多伤心啊。"

金慧荣用粤剧念白吟出诗句："千锤万凿出深山，烈火焚烧若等闲。粉骨碎身浑不怕，要留清白在人间。"

"金师兄，人生不是演戏啊，今天闭幕了明天还可以再开，你死了就什么都没有了。"

金慧荣闭上眼不再理睬，阳光照在他脸上，带着淡淡的红色，就像闭眼看向太阳的颜色："此地甚好。"

枪声响起，在山间回荡。

金慧荣牺牲的消息很快被陈山河知道了，他问徐南禄是怎么回事。

"我们报回去的情报上级很重视，派小金和几个精于爆破的同志来销毁，可惜……接下来的任务，由我来完成。"

"什么？"

"我是学医懂药的嘛，上级派我来处理也应该，无非前仆后继而已。"

"打算怎么干？南石头现在一定加强了戒备。"

"恐怕还得靠你，帮我们搞几张通行证，其他的事你不要参与。"

"通行证不难，三国有喜一门心思要靠跌打万花油挣大钱，我找个理由就能拿到，但是进去容易，出来就难了。"

"那是我们操心的事,你就不要管了。"

陈山河盯着徐南禄看。

徐南禄说:"你别想代替我,你的位置很重要,留下更有用,我们这些人完成任务还是没问题的。你……还是留个火种吧。"

"我弟弟呢?"

徐南禄沉默。

"说啊!我弟弟呢?"

徐南禄沉默片刻,说:"他也参与。"

"我有一个条件,不要告诉他我的身份,不要说是我搞到的通行证。"

"为什么?我还想借这个机会让你们兄弟解除误会呢。"

"现在还不是时候。"

"那什么时候是时候?你的身份没几个人知道,万一我死在里面……"

陈山河咧嘴一笑:"明天吧,明天毁掉那些细菌炸弹,我再堂堂正正地走到他面前,让他说个服字。"

金慧荣被葬在山里,陈立夏站在墓碑前开口唱戏。陈山河神色越来越紧张,日影西斜,不知道唱了多久,陈立夏的嘴边已经沁出血迹,她依旧在唱着,直到夜色低垂,陈立夏声音嘶哑。陈山河走上前,把她抱在怀里:"好了,够了,你金师哥知足了。"

陈立夏气息微弱:"哥。"

陈山河说:"他也会希望你年年唱给他听,你唱坏了嗓子,明年怎么办?"

"哥,我不想活了。"

"我懂,你们嫂子没了的时候,我也不想活了,可是你嫂子说,你得活下去,我说,好。"

陈立夏这才哭出声来。

麦啸文和陈卫等人商量着:"你妹妹送出来的是金慧荣用性命换来的情报,告诉我们炸药处理不了细菌弹,最好是用火烧,我们确定使用化学试剂。"

陈卫说:"化学试剂?"

徐南禄说:"小菊在中山大学进修化学,跟她的老师一起调配出试剂,试验效果很好,连钢板都能烧穿,高温会灭杀一切细菌,还不会因为爆炸而让病菌散布到周围。"

麦啸文问:"方便携带吗?哨兵能不能查出来?"

小菊说:"混在食物中看不出来,只要加上水就能调配好,一饭盒原料就足够毁掉一个仓库。"

陈卫说:"好,只有我们四个人?"

徐南禄说:"人多了也没用。"

陈卫问:"怎么进去?"

徐南禄欲言又止。

陈卫很在意:"怎么?"

徐南禄说:"我会搞到进南石头的通行证。"

麦啸文说:"武器我来准备。"

小菊说:"化学试剂准备好了。"

陈卫说:"那我去搞辆车,什么时候开始?"

徐南禄说:"已经开始了。"

三国有喜大步走来,他愤怒地冲撞着行人。他手里死死握着一团报纸,报纸上的大幅告示画着万花油的图案,写着一段大字:"敬修堂药房敬告,本药房所出之跌打万花油,系普生园医馆蔡忠先生亲传秘方,仅此一家绝无分号,坊间所传日本军方自产之跌打万花油,恐系冒名假托,绝与本药房无干。"

陈山河迎面走来,三国有喜加速冲过去,狠狠地挥舞着报纸:"怎么回事?怎么回事?敬修堂怎么会有跌打万花油?"

"我看到了，这也没什么吧？敬修堂做生意而已。"

"我跟佐藤大佐说的是我们有配方！我们有蔡忠的配方，敬修堂怎么可能再有一份配方？"

"因为我们的配方是抢来的，人家气不过，再卖一份给敬修堂也很正常啊！"

"佐藤大佐会认为我骗了他。"

"那就早点交货吧，这样就可以说敬修堂是在我们后面抢到配方的，我们没有责任。药基你送到南石头去了？"

"对。"

"今晚我就去把药油调配好，明天一早请他们来验货。我去找人帮忙，你准备几张通行证。"

"等等、等等！为什么会有其他人？"

"因为药基需要加进好几味辅药，我要几个人帮忙。"

"我可以帮忙，人手不够我可以带店里的伙计去。"

陈山河叹口气："非得让我说透吗？最后的配药过程我不想让外人看到。"

"可是敬修堂已经有配方了！"

"那我也照样可以靠这个发财，敬修堂家大业大，不能把所有的市场都占了去，这是我后半辈子的根基，你不会跟我抢了吧？"

三国有喜恨恨地说："这笔生意做完，我跟你一刀两断。"

"通行证什么时候给我？"

一场针对南石头的大行动在迅速展开，邝庆奎也觉察出了不寻常，他站在一幅大地图前，手下的警察和阮飞舟坐在下面听着："这两天警情频传，我们和宪兵队在各处的哨卡频频有陌生人闯关，而且携带武器，闯不过来就动手，动手失败就自杀，这很不正常。这预示着共党要在广州搞事情。"

阮飞舟说："我可以给你一个提示，南石头。"

"怎么又是那里？"

"接到报告说,三国有喜给陈山河申请了四张能进南石头的通行证。"

"什么时候?"

"今晚。"

"那咱们就去南石头会会他们。对了,你们在南石头到底藏了什么?让共产党这么没完没了?"

阮飞舟压低声音说:"能扭转战局的武器。战事不等人,不光是在中国,我们在太平洋、在满洲都面临很大压力。"

"别说那么含糊,不就是连吃败仗了吗!我们是一条线上的蚂蚱了,我会尽心的。"

邝庆奎的人已经盯上了徐南禄。夜晚,徐南禄倚在骑楼柱子旁,对着路灯看着几张通行证,上面自然都是假名字。他挑了一张年纪与自己相仿的塞进口袋里。小菊出现在对面的骑楼下。徐南禄刚要走过去,突然发现斜对面两个军警正直直地向他走来。徐南禄向小菊做了一个不要过来的手势,把剩下的通行证塞进身边骑楼的砖缝里,向她示意了一下,随即转身就跑。

两个军警就是冲着他来的,自然拔腿就追,叫喊着一路远去。

小菊快步跑过街道,找到了通行证,这时远处的黑暗中传来几声枪响。

徐南禄倒在乱枪之下,几个军警正戒备在四周,一个军警在徐南禄身上摸索着,徐南禄仰面倒在地上,大睁双眼仰望夜空。从徐南禄的角度看到的是一角夜空,有颗星悬挂在夜空上,这是他看到的最后的影像。呼吸声渐渐放缓、放轻,直到那幅星空的图像定格。小菊抑制着悲伤,远远离开。

4

陈山河拿出信纸写信:"二弟、小妹,当你们看到这封信,大哥我可能已经不知道去了哪里。我知道老二的身份,从你回广州我就知道了,我知道你在香港经历了巨变,整个人都有了主心骨。以前你的主心骨是厨艺,治大国若烹小鲜,现在你变了,你亲手来整治我们的国家了,要把我们身上吸血的日本蚂蟥——拔除,用菜刀、用枪、用牙齿、用拳头,直至用我们的性命救我们的国家。我很高兴,虽然你对我有误会,但我相信时间会洗清我的冤枉,我上对父母,下对你们俩,都问心无愧,纵使所有的人都指责我是汉奸,是陈家的败类,我也坚信你们会懂得我……"

外面是一阵一阵的警笛声,陈山河收拾着箱子里的衣服,挑着选着叠着。他看了看熟睡的陈立夏,替她关上了门。

陈山河把那柄钥匙认真地挂在裤带上,还用力揪了揪。他出了门,外面传来几下搏斗声,是监视他的军警被打死的声音,动手的是几个红鱼帮的骨干。

"都来了?"

"山河大哥,红鱼帮三千兄弟,听你吩咐。"

"此去,有人可能回不来了。"

"是你给了我们大伙一碗饭吃,没的说,这条命就给你了。"

陈山河说:"不是给我,是给我们这个国家。"

"你就吩咐吧!红鱼帮不含糊。"

"好,我们去南石头,等我弄出动静来,你们帮我救难民,拖住小鬼子。"

沉重的铁门被拉开,随即大放光芒,更多的灯亮起,陈山河和三国有喜走了进来,开门的军曹带着他们向仓库深处走去,仓库高且大,井然有序地摆放着各种物资。

军曹说:"昨天刚刚从京都来了一批慰问袋,听说有京都姑娘们亲手做的御守、袜子、衬衣、手套、毛巾,有的还有姑娘们求来的'千人针',保佑战事顺利、士兵安康。"

三国有喜说:"但愿战争早点结束。"

"一定会的。"

另一侧是一些遮挡得很严密的木箱,外面贴着封条,书写着巨大的"秘"字。陈山河扭头打量着,看到这批木箱外面"防疫给水部"的字样。军曹指指通道中间几个很大的陶制药罐:"你们的东西在这里,明早会有卡车来运走。"

三国有喜说:"好了,快开始工作吧!"

军曹离去之后，陈山河和三国有喜却没有马上开始工作，他们摆开食盒，吃着烧鹅喝着酒。

陈山河问："你更喜欢东北？"

"我都喜欢。"

"真是想不明白，你为啥非要抛家舍业地死在中国。"

"嗯？什么意思？"三国有喜的手突然垂下，倒在地上，"你把我怎么了？"

陈山河利索地站起来，他打开几个陶制药罐，把墙角的皮管子拽过来，一头插进陶罐，嘴里一嘬引出里面的液体，他拉着皮管跑了几步，把管子里的液体浇在那些防疫给水部的箱子上。

三国有喜一脸惊恐，却浑身瘫软，靠在箱子上动不了，他想喊叫，一张嘴却哗哗地流口水。

"千手正骨陈家被灭门，抢走的是家传的药方，张老固家药铺被烧，丢了家传的医书，这些血，都在你抢来的医书上，他们的命，你应该还。"

陈山河继续忙碌："对了，那些弄回日本的药方、医书，现在应该都变成白纸了，因为我在墨汁里配了点药，两年一过就没颜色了，我怎么会让老祖宗的宝贝被你们弄走哪！"

三国有喜的表情更加恼怒，陈山河的水管里不出油了，他快步跑回去，重新从另一个罐子里抽着油，继续浇在箱子上，三国有喜的药效缓解了，他开始往外爬行。

陈山河说："好，给你一个公平的机会，能跑出去就饶你不死。"

三国有喜努力向前爬着，窗外传来空袭警报声，以及飞机轰炸声、高射炮射击声。

轰炸声吵醒了陈立夏，她走出卧室，到桌边喝水，看到桌上有封信，她拆开看着信："……我最舍不得小妹，我们兄妹聚少离多，当大哥的对你照顾不周。这一次小金牺牲，我难掩愧疚，你的眼泪，每一滴我都不忍心让它落地。小妹，哥哥这就去给小金报仇，我的小妹谁都不能惹哭，天王老子也得给我死。忘了跟你说了，害死你师父的那几个日本人就是我打死的，以后没有大哥照顾你了，老二你记住了，我们小妹的眼泪金贵无比，不能落地……"

仓库大门被打开，邝庆奎等人冲过来，众人向着陈山河开枪，他中了弹，但坚持着掏出火柴划着火。三国有喜边爬边回头望，看到火焰，一脸惊恐。

陈山河说："这火柴就当成我父母牌位前的香火了，告诉列祖列宗我陈山河是什么人。"

他俯身把火柴凑到脚下的油迹上，瞬间点燃了火，顺着地上的油迹烧向两侧的物资，把防疫给水部的箱子吞没在火焰中，奔跑而来的日军守卫惊恐地看着迅速蔓延的漫天大火。

陈山河盘腿安坐，把钥匙举到唇边，轻轻一吻。

在离南石头不远的僻静路边，麦啸文和陈卫看着手表，等待着零点的到来，因为通行证的下端有一行字：本证自8月5日零时生效。

俩人到车后打开后备箱，检查武器，子弹上膛，插在腰间。

陈卫说："老徐英灵不远，还等着我们完成任务呢。那我们就出发。"

两人上车，麦啸文开动轿车，却突然看到了远处不断冒起的火苗，巨大的爆炸声远远传来，麦啸文猛然刹住车，俩人下车远远地看着。

陈卫猛然想起些什么神色变得严肃，他拿出通行证逐字逐句仔细查看着那行字，他想起陈山河抄写的医书，两者之间的笔迹在脑海中重叠着。

"这通行证是哪里来的？"

"小菊提过一句，好像是三国有喜的，哦，是你哥哥搞来的？"

"那日期是我哥哥写的。他不想让我来干这件事，他替我干了。"

陈卫黯然地看着远处的火光。

美军飞机正在轰炸，广州的夜空有打上去的高射炮弹，也有不断落下爆炸的炸弹。近处黑黢黢的仓库蹿出的火苗猛烈燃烧，照亮整个夜空。

难民营的百姓狂奔逃窜，红鱼帮的人一边接应，一边阻击着追赶的日军守卫。当爆炸越来越烈，日军士兵也都顾不上了，四散逃走。

陈立夏正在街道上奔走前行，远处巨大的火光照亮了天空，她扭头看向那边，震惊，火光翻滚像是涅槃重生。

明亮的光芒隐去，现出眼前的废墟，到处还冒着烟，地上湿漉漉的，横七竖八好几条救火的水龙管子，日军把守着此地，驱赶着来看热闹的人。

陈卫和陈立夏并肩站在人群中，他们神色哀伤，陈立夏拉住陈卫的袖子："二哥，是真的吗？大哥他……"

陈卫点头，陈立夏哭起来。

人群另一侧，邝庆奎和装扮成警察的兰建辉也在打量那个废墟。

兰建辉说："我听说办这事的是陈山河？英雄！中共会给他记大功的。"

邝庆奎神色异样："他不是中共的人。"

兰建辉诧异。

"我很确定他不是。他暗中支持游击队，但他不分国共，我的队伍当年他也很支持。"

"那他为什么要这样？"

"我看不懂。不过他父母都是中共的人，是中共在佛山机构的头目，1927年，我杀了他们。"

兰建辉看了看神色平静的邝庆奎。

"那时候各为其主，我只是尽职尽责。"

"不要再提了，未来国共必有一场权力之争，你这个宝不好押了。"

"共产党能跟国民党掰腕子？"

"人家掰了二十几年，手腕还越来越粗了。"兰建辉凑近一些压低声音，"日本人要完了，8月6号和9号，美国人在日本投了超级炸弹，整整两个城市啊，抹平了！"

"那么厉害的炸弹？"

"叫作原子弹！日本人，坚持不了几天了。"

"那……陈山河这个时候死了，不是有点亏吗？"

"没有他这一把火，会死很多人，也许就有你我。他不是共产党也好，我们重庆还能给他请功。"

第十九章

1

阮飞舟匆匆地走在院子里，差不多各个办公室门口都有人在烧着文件，黑烟滚滚。阮飞舟来到他以前的报道部办公室前，一个文员从门里迎了出来："前辈，这里的文件还请你费心销毁。"

阮飞舟点头，进了屋子，办公室里依旧拉着陈旧的布窗帘，依旧又黑又小又拥挤，阮飞舟走动着，手指抚摸着堆积如山的戏本、唱片、杂志和报纸，这些东西中还露出各种颜色的批注纸条，封面上盖着驳回的章。他随便抽出一个戏本，开口唱了几句。他丢下这一本，又打开一本，开口就唱。他一本本翻着戏本，每一本都开口或长或短唱上几句，神情复杂。

他突然疯了一样把戏本抱出屋子，丢在门口正在燃烧的火堆里，激起漫天火星和纸灰。

警哨在吹个不停，警察们在街道上四下奔跑，绑在路灯杆子上的大喇叭循环播放着通知："广州市政府正告市民，不信谣不传谣，为市容卫生和防火安全计，不得购买、燃放烟花爆竹与孔明灯。"

无数烟花打上天空，肆意绽放，飘飘扬扬落下纸屑和碎花，因为这是1945年8月15日，抗战胜利了。

阮飞舟被五花大绑，后背上插着一块木牌，墨笔写着"日酋阮飞舟"的字样，名字上还用红笔打了一个叉。穿着一身崭新国民党警察制服的邝庆奎伸手检查了一下阮飞舟的绳索。

阮飞舟说:"水若不流花不落,两心永隔暗冥中。是去流花桥吗?"

邝庆奎说:"这名字还配得上你吗?"

阮飞舟回头轻蔑地看他一眼:"你不配。"

"成王败寇,想想死在你手下的中国人,枪毙你也没冤枉你。"

"你不配。"

"我活到最后,是我的本事。"

"你不配。"

"谁配得上你?你说,我叫他来杀你。"

阮飞舟说:"要杀我,这座城市的每一个人,都比你有资格。"

礼堂里,邝庆奎安坐观众席上仰望台上,胸前悬挂着一枚勋章,暴雨般的掌声,台口悬挂横幅,写着"广州市抗战胜利庆功表彰大会"。

兰建辉走上台,站在麦克风前,挥舞着一沓纸:"我准备了发言稿,但是今天我不打算念稿子了,为什么?因为我胸中充满了感动,广州这座英雄的城市给了我太多感动,抗战八年,涌现出了无数抗日英豪,他们的事迹深深打动了我,所有的文字在这种感动面前都是苍白的,所以我不念了。"他夸张地把讲话稿撕开丢到半空,引起欢呼和掌声。

台下,邝庆奎和其他几位胸前都悬挂着"抗战胜利勋章"。

兰建辉在台上继续着:"我们广东本次得到国民政府授勋的人员中,我要着重介绍其中的杰出代表,邝庆奎——"

邝庆奎站起身向四周敬礼后坐下。

兰建辉说:"广州沦陷之时,已经是省会警察局局长的他,毅然放下个人荣禄,率领部下打了三年多游击,其间大量杀伤日本侵略者,还刺杀了汉奸廖四六,受到嘉奖,后接受我军统委派,假意投降日寇,卧底敌人内部,忍辱负重,为抗战胜利做出了杰出贡献。"

众人鼓掌,邝庆奎表情肃然,早年间灵机一动逼兰建辉写下的那张报效西

651

药的"收据",成了他摇身一变的证据,但其实那根本不够,今天这一刻是他前几天用一辆后备箱里装满金条的汽车,跟兰建辉换来的。

跟邝庆奎一同领奖的是陈卫。兰建辉在台上举着一把扎着红绸的菜刀,讲述着当年陈卫用这把刀在太史田鸡的冬瓜外面刻下痛骂汪精卫的标语。邝庆奎在底下跟陈卫说着:"咱们以后就同殿为臣了,我希望把所有的仇恨都抛到脑后,这是最实际的做法,不要想着给什么人报仇,我能历经风雨坐在这里,说明我比你更有根基。"

粤海关大楼的报时钟响着,庆祝胜利的游行队伍走过,邝庆奎披红挂彩,跟周围的人打着招呼,接受记者的拍照。一个像是记者的人从照相机后面出来,快步走向他,好像是要给他整理胸前的勋章一样伸着手,但瞬间从袖口里伸出一把匕首扎进他的心口。

陈卫在他耳边说着:"去死!"陈卫消失在进进出出的人流中,邝庆奎跪倒在人群里,没有人注意到他,他面对着欢乐的人群跪着死去。

陈卫穿行在人群中,一群孩子在街上快乐地唱着童谣:"红布包白布,白布包猪膏,猪膏包红枣。"

南石头变成了草丛中的一片废墟,陈卫和陈立夏抱着菊花来祭拜,在地上插上三支香,把鲜花投向废墟的青草间,陈立夏诧异地喊了一声:"二哥你看!"

陈卫顺着她的视线看过去,在不远处竟然是一片花海,摆满了一把把鲜花和供品,还有不少燃烧过的香烛。

陈立夏说:"怎么回事?"

陈卫看看四周,这个地方是南石头仓库的大门,还留着半截门槛能让人认出来,所以才成了祭拜的主场地。

陈卫说:"广州人没有忘记大哥。大哥,你安心吧,你救下来的这个世界,终有一天会如你所愿。"

木棉花树下,金慧荣的墓碑上落满红彤彤的木棉花。

陈立夏对着墓碑低声说:"师哥,我走了,我带着戏班子走了。听说在南洋唱大戏很受欢迎，不怕没饭吃，如果能去开枝散叶，也算我传播出一粒种子。铜钱我留给你了，这是你的理想，是你向往的大戏台，可惜它没有你说的那么好，台下的看客也愚钝，眼见着丑角当道而不自知，我很失望，我不想在这样的戏台上唱戏。师哥，我走了……"她转身离开，那枚铜钱挂在墓碑上。

2

陈卫也离开广州，跟随东江纵队转战大江南北，在部队中他一直做炊事班长。他那支部队成了东江纵队伙食最好的部队，他也实现了谭淼淼品鉴各地美食的理想。1949年10月，他随部队南下解放广州。

1950年，广州解放一周年纪念日。广州大酒家内能蒙上红颜色的地方都被红色占满了，不管是红色的横幅、红旗还是红花，一条大红横幅写着"工商界纪念广州解放一周年军民联欢会"。

主桌上坐满客人，一眼望去，黄祁全、陈立夏、解放军代表等人都在座。不同酒桌上坐的都是熟面孔——林清、徐叔、中药商人贾掌柜、邱掌柜，他们大都穿着符合时代特色的衣服。

陈卫说："我来之前看到一组数字，是广州解放一年来，我们各行各业从百废待兴到快马加鞭的发展情况，其中中药行业、饮食行业发展迅速，一个医一个食，关乎百姓民生。另外，经过人民政府的盛情邀请，昔日的小红棉率领戏班回到广州，充实粤剧行业的力量，仓廪足知礼节，粤药、粤菜和粤剧这三粤，一向是我们岭南不可缺少的文化特色。

"各位认识的和不认识的同志、战友，相信大家注意到，桌上有一些空座位，那是我要求的。那些空座位，留给从抗日战争起，为了今天这一刻而牺牲生命的战友们，我提议，为他们默哀。"

众人都站起身来，主桌上隔三岔五有几个空位。

陈立夏看向身边的空位，摆着一个酒杯、一双筷子，还有一块红绸盖着的什么东西。陈立夏心有所动，伸手拉开红绸，是一支划痕斑斑的小号，陈立夏的眼泪唰地流下来。

默哀结束，陈卫看向众人，说："我给大家讲个故事。一个抗战八年一直受到非议、被屡屡称为汉奸的人，一个临死之前都还被我误会的人，他是我生命中最重要的人，他饱受误解但从没抱怨，他是我亲爱的哥哥——陈山河。我不是英雄，他才是英雄。在座各位今天能坐在这里欢庆胜利，有我哥哥的一份功劳，或者说是以他为代表的一批中医药界人士的功劳。在日寇穷途末路的时候，他们的波字8604部队制造了大批细菌炸弹，一旦投放，广州甚至更多地方将沦为死城。我哥哥以身为饵点燃了存储细菌炸弹的仓库，大家还记得南石头的大爆炸吗？"

众人眼含热泪。

陈卫说："自幼他承担起一个当大哥的责任，一边学习粤药，一边历经千辛万苦把我们兄妹找回身边，他想保护我们。可后来，他想保护更多的人，他秘密为我党供给药品，可为了大计又不得不在表面上做日本人的走狗，宁可自己背负着骂名，直到他烧掉了细菌弹仓库，我们才知道他的身份和目的。"

众人无不动容，陈立夏泪流满面，陈卫的泪水也从脸颊滑落。

陈卫说："大哥跟我讲过，岭南的特色是什么？海纳百川！兼容并蓄！敢为天下先，不屈不挠，岭南人就像是木棉树，开花能开得绚烂，一辈子又挺拔入云。岭南人又像是野草，春风吹过，雨水润过，又能郁郁葱葱。三粤行业中成千上万人，从学徒开始打磨技艺、传承精髓，达到各自行业的巅峰，即使在日寇铁蹄下也不屈不挠，坚持探索，甚至不惜献出生命也要捍卫行业尊严和民族气节，终于迎来了新中国、迎来了春天。这一刻，我希望他们能看得见！

"你们有谁知道，我哥哥这些年救下来多少宝贵的医书、秘方？保护了多少家药铺？救活多少中医医馆？他赚的每一分钱都在救人，除了支援他热爱的粤医粤药，还接济码头上的搬运工人，接济城外的游击队……他挣了很多钱，却没有给自己留下一文，连他留给我的几件衣服，也都是旧衣服。我曾经听过一句支持我奋斗的话，我觉得这句话很适合我的哥哥，我想在这里送给他：人生最宝贵的东西是生命，生命尽头回首往事，不因虚度年华而悔恨，不因碌碌无为而羞耻,整个生命已经献给了世界上最壮丽的事业——为人类的解放而斗争。"

一块木牌被铁锤砸进泥土中,木牌上写着"人民大礼堂工地"。木牌后,当年爆炸的仓库依旧是一片废墟,长满郁郁葱葱的荒草,似乎没什么变化。陈卫和陈立夏拿着鲜花和香烛,站在废墟旁。

"下次拜祭大哥,要换个地方了。"

陈立夏说:"每次来都看到这些草,我就想这可能是大哥的魂魄所在,永远那么有活力,不屈服,不管有没有雨水,不管是不是风雨,它都长得郁郁葱葱。"

陈卫说:"它们与众不同,是因为经历了爆炸和燃烧,经历了磨难才能如此郁郁葱葱,永远势不可挡。"

他们矗立着,身后是一个热闹的工地场景,工人们提着各种工具快步走来走去、施工机械的发动机喷着烟、工地上彩旗飘扬,标语招展,热火朝天,标语是"抗美援朝,保家卫国""向全国男女工人致敬""向全国男女农民致敬""向全国人民解放军的全体指战员致敬"。